【本書爲國家社科基金重大項目「全清詩歌總集文獻整理與研究」、廣西特聘專家團隊課題「清詩總集文獻整理與研究」階段性成果】

# 本朝館閣詩

〔清〕阮學浩〔清〕阮學濬 編
張明晶 任 婕 點校

下

廣西師范大學出版社
GUANGXI NORMAL UNIVERSITY PRESS
·桂林·

# 本朝館閣詩卷十一

## 七言律六

恭和御製駕幸翰林院賜宴分韻聯句後復得詩四首并示諸臣

元韻　劉綸

蓬島先回十月春，長筵叨飽御厨珍。簪紳次第隨仙侶，几杖從容眷老臣。宿聚奎三占象迥，天臨尺五拜恩新。風烏細轉諧金奏，鈴索聲稀報酒巡。

奎藻繽紛翥鳳鸞，柏梁賡韻盛儒冠。吟安竊愧含毫久，奏進還容膝席看。家有賜書分玉軸，人携宫錦翦花團。齋房詔許顏清秘，飛白騰光映翠瀾。

重申天語飭班聯，見道長垂勸學篇。石室遺文尋漢代，金泥故事陋唐賢。槐廳静對移磚影，香案濃生惹袖烟。獻納殷勤關睿慮，漫誇翰墨署神仙。

丹地新成麗景融，鰲頭占籍戴葵衷。昌黎作社儀兼備，宣聖親祠典更崇。部列丙丁蒙賚渥，星迴甲子慶文同。直教下士觀光遍，鵠立青袍候日中。

## 恭和御製翰林院宴畢駕幸貢院七律四首元韻　劉綸

堂開鳳味際昌辰，翠蓋遥臨望帝闉。此日宸游增物色，經時文戰憶艱辛。風雲並護三千籍，雨露先沾十八人。踏遍槐花秋報罷，行看珊網結來春。

干將有氣叶中台，黄榜齊登重茂才。文史三冬應足矣，名經千佛幸佳哉。祇知溟北風多便，争許終南徑别開。自此登龍真得地，至尊親駕六飛來。

修翅垂天任擊摶，誰矜綵筆昔游干。每懷宵旰求賢切，彌覺文章報國難。策射天人推漢制，書升道藝重周官。扶輪大雅資真賞，不獨芸窗飽蠹殘。

明遠樓前漏欲沉，五通十帖記披吟。頻年襆硯慚才拙，兩試持衡感遇深。乾隆戊午、己未鄉會兩試，臣綸並蒙恩命充同考官。敢以微涓量學海，祇期弱草藉華林。璪闈聽譜迎鑾曲，萬品鈞陶荷聖心。

## 聖主躬耕耤田恭紀四首　齊召南

祈年祈穀總躬親，宵旰勤勞念下民。乃擇元辰當吉亥，曰咨羲仲掌中春。油雲自羃齋宫地，絲雨全銷輦路塵。知是大田深望幸，杏花開處倍鮮新。
青壇岳立絳霄邊，禋祀先農鬱裸虔。華蓋影籠芳甸霧，彩旗香拂御爐烟。耕開隴色移周耜，
唱徹禾詞叶舜弦。率土臣工歌率作，屢豐應覩萬斯年。
臺觀丹耦列東菑，次第公卿及甸師。土脉自看田上上，恩光直與日遲遲。種從御廩青箱播，
祥卜圜邱玉粒垂。父老從容瞻晬穆，天顏有喜兆人知。
鸞聲和度周原遠，龍角明占曉色初。搜粟行分都尉節，教田新輯議郎書。要令郡國千春樂，
不止司徒九歲儲。烟火相望萬餘里，於今隨處滿篝車。

聖主臨雍禮成恭紀四首　齊召南

顯謨承烈際重熙，聖主端居講藝時。禮樂百年光舊典，文明千載啓昌期。心源自與中天接，
道脉遥從泗水垂。視學季春依月令，於論鐘鼓譜歌詩。
虎闈燈燭集儒官，聲報靈鼉夜色寒。博士四門齊鼓篋，諸生六館盡彈冠。濃瀼露待沾槐市，
糾縵雲先護杏壇。漏刻漸催天半曙，分班鵠立候鳴鸞。
太平天子莅芹宫，夾道旌旖映日紅。正是芳時逢穀雨，共欣清蹕引薰風。典文稽古三雍備，

家法尊師六拜崇。不盡高山瞻仰意，精禋直自比升中。

彝倫堂繞玉爐烟，論説司成賜坐氈。占得飛龍乾五位，肄來鳴鹿雅三篇。賓興更展春官額，俊造同分太府錢。率海譽髦觀盛德，恩波還勝永平年。

## 聖駕南苑大閱恭紀四首　齊召南

七萃朝嚴玉帳深，九宫中位紫微臨。旌旂雲罕高龍纛，壁壘天星動羽林。百道長虹環劍氣，八方雄獸抱鉦金。由來文德兼神武，萬里鋒銷碧海潯。

禡牙金甲照南山，軍令重瞳曉自頒。三陣指揮天地合，百年清晏虎貔閑。笳風羽箭千鵰落，苑雪桃花萬馬還。共説至尊雄略盛，御圍親取大弓彎。

雲承華蓋駐旌門，威控招摇壯戟幡。會士漢年臨渭曲，衅車周月在天黿。靈鉦震起冬行狩，橺鼓雷騰曉卧轅。千載雅詩賡獵碣，不關江漢咏鋪敦。

星戈月羽肅森森，虎旅魚麗萬貝駸。親整六師天子事，長安四海聖人心。禮成大閲春卿典，誓在中軍夏德深。正報一陽迴玉琯，盡聽鐃吹起和音。

己未十二月廿四日早赴乾清門恭進御覽尚書毛詩儀禮戴記春秋左傳爾雅各校本既退直武英殿用朱子抄二南詩韻呈同館諸太史　齊召南

一代周文邁夏商，石渠著作鬱相望。燈分太乙三冬校，篇振尼山萬古芳。捧進錦函星乍曙，退趨瑶殿日方長。諸公莫便論游息，天子看書坐未央。

再用朱子韻贈杭堇浦同年堇浦校儀禮召南校左氏　齊召南

分班趨直動參商，每到西華矯首望。今日喜逢連騎入，同心言似勝蘭芳。欲條大義吾猶拙，可但爲容子擅長。不朽千秋關盛業，柱天山看地中央。

同館諸太史皆有和章鄙意未盡又用前韻將所進六經各賦一首索諸公再和　齊召南

博士何須數許商，夏侯大小蔚時望。聲從魯壁金絲叶，字寫蝌文簡策芳。共仰中天懸二典，不關良史擅三長。我皇稽古崇無逸，勤政宵衣問未央。

聲諧韶濩試歌商，樂府西京那可望。千載何人追大雅，昔賢諸説薈群芳。來逢匡鼎頤堪解，
傳衍毛公派最長。合是聖朝詩教盛，豳風屏繪座中央。
作傳才高属卜商，祠堂習射後先望。三千制共秦灰冷，十七篇餘漢簡芳。難讀未妨韓子苦，
通經應服鄭公長。叔孫可笑隨時好，綿蕞儀成會未央。
幼從雜佩辨宫商，學到成人擅雅望。四代典文觀大備，三家師法襲餘芳。校讎尚賴劉光禄，
補缺猶須馬季長。論議祇今無聚訟，曲臺開傍殿中央。
當時絶筆感鉏商，夢寐東周失旦望。賣餅小家空立學，素臣千古獨流芳。早看經濟雄梁傅，
先有文章駕子長。我自征南同性癖，時時諷誦未渠央。
六書轉注轉須商，多少英儒磊落望。歲紀干支明小學，詩篇草木譜群芳。螃蜞開府何愁誤，
豹鼠終軍好見長。此日諸經同校定，垂虹應焕斗中央。

## 戊辰九月五日大西門觀御射應制恭紀四首

齊召南

曈曨初日照西山，百尺樓開紫翠間。御苑經寒欣草淺，秋風講武值農閑。虎熊的畫君臣鵠，
鵷鷺墀分左右班。何幸此時叨侍從，大弓親睹至尊彎。

騶虞聲節九相當，五色雲環御蓋黄。但聽舉旌歡破的，真看隨手會穿楊。百年禮樂乾坤泰，萬國車書日月光。神武祇應崇不殺，仰占弧矢直天狼。

侍臣如堵並呼嵩，巧力分明不可同。容節中和天子射，弛張高下聖人弓。曾聞作賦誇雙兔，更説題詞數六熊。何似我皇能百中，閑臨矍相教群工。

射罷還揮七寶鞭，驊騮蹀躞過橋前。千峰金碧明流水，萬樹丹黄寫遠天。豈爲從禽矜羽獵，祇緣祭獸應秋田。由來武事關文德，好憶岐陽刻石年。

是日進詩圓明園上即賜俯和臣韻四篇神妙得所未有巴人下里獲聆

廣樂鈞天謹用前韻恭紀四首　齊召南

天才如海亦如山，賜和章成片刻間。教射力餘千步中，歌詩心寫萬幾閑。自看彩筆凌雲氣，可要銀鎗招箭班。文武一時都拜手，柳梢初上月支彎。

弧矢神威孰敢當，射聲已遣試中黄。金川便阻千盤箐，京觀行栽萬樹楊。文德格苗思舜禹，遠謨開國溯高光。但教率海吹豳籥，會見鑾詩貢白狼。伏讀御製詩，念及金川未靖，有修飭武備之意。

西山雄秀匹衡嵩，十二樓開閬苑同。羽騎穿林過月榭，畫橋横水卧天弓。日看漢帝朝長樂，人道高陽肖有熊。臣捧奎章增歎息，丹青原自屬神工。

揮毫如意等揮鞭，始信龍騰萬馬前。中使捧來紅映日，御詩硃筆行書。宫門看處碧當天。自慚拙學叨詞苑，頻有殊恩賜硯田。丁巳及今年蒙賜二硯。今日親瞻宸藻麗，讀書從此勵年年。

## 武闈即事次壁間前明王尚書韻二首　齊召南

持衡直荷主恩深，鎖院初開使者臨。入彀已知收國士，程材仍自重儒林。風前騄耳聲偏壯，海上珊瑚氣不沉。唐代汾陽由此選，小臣拜手矢丹心。

聖德汪洋海共深，年前曾記翠華臨。奎章今古昭雲漢，文陣東西列羽林。題榜何人名奕奕，登堂此日意沉沉。寄言操鑑諸君子，擇士無忘報國心。

## 賦玉甕應制二首　齊召南

寶甕曾傳萬象鏤，光輝仍列玉墀頭。雙莖高掌徒誇漢，九牧良金却爲周。文寫崑崙襟碧海，瑞同瑪瑙紀丹邱。我皇親灑奎章麗，琬琰鎸成奕祀留。

何用丹青飾象犧，一卷大地已全羅。杓旋斗北斟元氣，詩擬南山和帝歌。貯露自呈時有道，環瀛真看海無波。承光深處堯尊設，六合應知暢飲和。

恭和制製駕幸翰林院賜宴分韻聯句後復得詩四首並示諸臣

元韻　于敏中

集賢初啓澤如春，燦爛瓊筵列八珍。豈但詞林傳盛事，果然聖主得賢臣。文聯東壁圖書滿，詩叶南山松竹新。此日天顏知有喜，聽來鵲語繞檐巡。

高梧翽鳳竹栖鸞，仗下西清集佩冠。宴鎬恍同天上坐，登瀛遠勝畫中看。薰弦再撫卿雲爛，法酒頻斟湛露團。聖學淵源涵溟渤，酌蠡何幸得觀瀾。

堂陛情教上下聯，侍臣同咏柏梁篇。肯持薄技矜詞藻，願凛躬行志聖賢。黼座千秋思進鑑，金泥五色陋升烟。由來官職因人重，敢説蓬萊地是仙。

殿頭天語似春融，從此詞垣奉折衷。百六十人恩並渥，億千萬載道彌崇。記言竊喜昌期遇，保泰還欽一德同。試向西奎瞻北斗，紫微佳氣碧霄中。

## 恭和御製翰林院宴畢駕幸貢院七律四首元韻　于敏中

斗牛光氣應星辰，尺五天南接帝閽。文運百年周甲子，秋期八月過庚辛。爲臨丹禁蓬山地，還念青山席帽人。鎖院盛傳車駕幸，一時寒畯總生春。

聚奎堂迥接中台，此地三年一選才。漫説功名偶然耳，亦知科第豈徒哉。金臺本爲求賢築，珊網原因籲俊開。寄語槐花忙裏客，好從洗髓伐毛來。

璇榜天題一氣摶，兩行珠琲玉闌干。若論觀國才非易，語到知人哲最難。萬選伊誰如學士，三升自昔重周官。小臣却憶當年事，幾度風檐聽漏殘。

日麗龍門曉霧沉，文昌風景入高吟。花開桂落憐甘苦，雲路鵬程閲淺深。持鑑敢忘清似水，儲才還冀盛如林。萬間廣厦千秋遇，總是君師教育心。

## 聖駕南苑大閲恭紀二首　王會汾

龍旂長引電鍠鉦，講武平時校玉堂。天子雄儀高上將，帝星符彩動文昌。參斿戎路岐山曉，白馬朱鬃渭水陽。共説西京多故事，不關鈐策授漁璜。

南苑沙平海色新，天開晴雪映華林。控弦赤羽風翻電，鍊甲團花日碎金。都尉落鵰初獻獲，將軍鈹虎合頒禽。至尊英略兼雄藻，誰賦長楊倚劍鐔。

## 聖駕東巡盛京恭謁祖陵大禮慶成詩八首

王會汾

東巡秋燦九重霞，黃道天開引翠華。父老望深豐沛地，禮儀光盛帝王家。龍旂紫塞懸弓月，虎旅清霜拂劍花。見説歡顔動文母，我皇親侍彩鸞車。

晴色千林宿雨收，望中禾黍緑盈疇。香迎豹尾滕雲合，影轉霓旌穗露浮。已報豐年書太史，便行秋稼指神州。從臣共識皇情豫，駐輦時時賦滿篝。

漠雲如海散朝烟，皎皎青霄赤日懸。遥望氣雄元菟郡，更欣春照紫濛天。呼嵩動地名王拜，震電驚霆大號宣。萬里星躔拱宸極，盛朝威德被無邊。

祖宗神武奠鴻功，靈命長祥帝所鍾。萬歲山光縠林樹，千年雲氣鼎湖龍。堆明金粟瞻冠劍，路駐仙斿繞柏松。此日精虔奉嘉薦，樂歌清廟叶黃鐘。

寢殿崔嵬秘九關，遺弓瞻省動龍顔。青邱丹水經營久，禹甸堯封氣象還。星宿久澄霄漢上，熊羆常守翠微間。孝思孚感無窮意，相照金碑玉蘚班。

南陽白水睹真人，舊里今朝景物新。天漢流精延析木，醫閭修職貢玗琪。大風表海明樓殿，絶島浮洲帶鳳麟。一自重瞳臨眺後，山川全覺露精神。

六龍時邁焕宗周，鉅典瑰文次第修。爲想丹青開駿烈，已知川岳遍懷柔。露蕭車馬東都會，香案烟雲北闕浮。天上詔書銜鳳觜，飛來春色滿神州。

太平天子上陵迴，晴日千門萬户開。星緯珠囊增潤處，鳳儀璚管應風來。金甌永固占神策，玉燭平調仰睿才。共慶孝思繩世德，蒼生流福咏康哉。

恭和御製翰林院宴畢駕幸貢院七律四首元韻　觀　保

至德垂裳拱北辰，恭惟仙仗越城闉。頒來丹詔逢先甲，算到良時届下辛。二十八日辛未。零露已沾儀鳳侶，和風兼拂聽鶯人。棘闈咫尺金坡路，十月春如二月春。

遥望丹梯接曙台，網羅欲盡碧雲才。遭逢如此人知否，辛苦猶蒙帝念哉。萬歲三呼千載會，重瞳一顧四門開。柳邊蹀躞金臺駿，知爲休明作瑞來。

敢道憑空一鶚摶，培風訝許九霄干。花因向日開常早，草慶逢春緑不難。屈指四年膺寵命，衡文三度典寒官。追陪此地恩尤切，報稱常思午夢殘。

星臺崒嵂玉璣沉，北斗城邊萬籟吟。天運左旋清漏迴，日華東出慶雲深。畢箕風雨從民好，奎壁文章徹藝林。一豫一游關係重，帝王心是化工心。

恭和御製御門日雨元韻二首　觀保

入夏南薰叶舜桐，乘時靈澍錫圓穹。萬方憂樂天垂鑑，一氣昭孚帝飭躬。解澤從知滋品彙，屯盈亦復到昆蟲。群瞻睿藻超千古，大地歡聲此日同。

池邊石燕昨翔臨，霑灑連宵直到今。緑野遍欣抽麥穗，名園乍見展蕉心。光如銀燭迎眸瀉，味並衢尊滿意斟。聖主憂民還倍切，微臣何以贊高深。

恭和御製柳絮五首元韻　觀保

園林柳色駐逡巡，却又花飛羃遠津。燕尾乍疑裁白紵，鵝毛争看落陽春。地涵太液飄瓊蕊，館傍長楊糝玉塵。願逐迴風堯陛舞，素心一片漫隨人。

漫空詎比太倉稊，漠漠濛濛入望迷。漢殿三眠初過也，陶家香樹恰歸兮。褪綿時節便粘袖，近水生涯欲被堤。滿地榆錢買不得，殘香還補燕巢泥。

輕于蟬翼白于霜，簇簇丸封審雨堂。緑樹陰中光掩映，赤欄橋畔影顛狂。團風有態分仍合，
蹴月多情静轉忙。若使化機無住著，縱教沾帶也何妨。

南薰晝永雪霏霏，玉屑頻煩羽扇揮。糝徑氈鋪翔鶴潔，沿流花滿上魚肥。烟籠灞水婆娑舞，
暖逐章臺上下飛。最愛喬林清蔭合，拂襟不覺露沾衣。

幾番花信思無窮，轉向浮踪悟色空。宛轉若能依净土，飛揚便可駕長風。化萍有約春將老，
封頂何年山不童。憶得靈和移植好，任教桃杏對殷紅。

## 京兆秋闈分校奉和總憲諸城劉公原韻四首

郭肇璜

閶闔晨開下玉書，榮襄盛典拜丹除。台光乍接冰爲鑑，旻氣初分爽拂裾。鵬路烟澄新霽後，
瓊池香散嫩凉餘。庭槐黄似當年色，今日從公意穆如。

清望原知獨坐尊，更無綾刺涉籬藩。法星自炳中垣側，散木都歸大匠門。丰采頻年占物論，
文章此日問真源。鎖廳未覺商飈厲，一月春風坐宴温。

月案風簾漏易沉，重吟細把意尤深。心緣清白留真賞，時值昇平發雅音。符采顯分和氏璧，
海山高寄伯牙琴。連朝親見披尋苦，大冶應無躍冶金。

儆心不待宵鐘聲，一段孤懷暗自盟。江上秋蓉銜暮色，簾前樺燭憶殘更。拈毫轉愧科名易，
展卷須令士氣平。喜見巨公司玉尺，從知象罔即心精。

聖駕南苑大閲恭紀二首　孫宗溥

農閑振旅耀南畿，一帶晴峰入翠微。萬騎踏霜隨曉仗，六軍捧日識天威。旂分茶火連營壘，
將號熊羆聽指揮。金甲躬披光燦爛，鼓鼙聲裏五雲飛。

旌立和門左右陳，琱弓畫戟一時新。狩從文囿同民樂，網祝商郊與物春。玉帳夜聞行漏箭，
珠旂曉浄屬車塵。鑾回警蹕天街肅，萬歲嵩呼達紫宸。

聖駕南苑大閲恭紀四首　莊有恭

堯階干羽洽重熙，修武歡歌吉日詩。駕出明光陳肅衛，烟清平樂麗朝曦。龍騋電掣騰千騎，
熊虎風回動九旗。即此聲名揚近遠，知方有勇是仁師。

和門鼉鼓一聲開，棋布軍容實壯哉。魚陣伍縫編列隊，雁行兩翼繞高臺。平沙地闊轟雷馭，
黄屋天臨正斗魁。赳赳干城欣有托，六師俱是出群材。

兆呈三白曉初晴，紫氣黄雲護列營。谷煖不知冰雪冷，天澄愈覺斾旌明。覲揚祖德懷神武，
揆奮皇圖息遠征。軍法自來遵古制，從知耀德寓觀兵。
聲靈赫濯邁岐陽，典禮修明正萬方。德囿鳳麟來有象，農田獮狩戒無荒。鑣鳴自叶騶虞節，
樂奏宜登白雉章。幸厠西清傳盛事，抽毫未敢效長楊。

恭和御製柳絮五首元韻　沈德潜

花事闌珊又一巡，紛紛落絮點江津。枝間宛轉難辭樹，陌上迴旋欲餞春。乍止忽飛輕似霰，
疑無還有淡于塵。朝來倘過郵亭路，好買臨岐送別人。
瞥眼春塘長嫩稊，碧空又見景低迷。悠揚素質非穠矣，旋轉微風異籜兮。輕粉糝將陶令徑，
閑雲綴却白公堤。劇憐雨後歸沾滯，也逐紅芳入燕泥。
塘邊彷彿著微霜，穿過珠簾上玉堂。聲臭色香俱寂寞，東西南北總顛狂。游絲並舞相隨緩，
戲蝶争高一例忙。點入研地清不滓，瀠洄筆墨亦何妨。
輕陰漠漠靄霏霏，撲面須教捉麈揮。作陣每兼榆莢小，化萍還覆鯉魚肥。陽雲樓上因風入，
灞水橋邊送客飛。只是裝棉虚想像，聖心對爾念無衣。

迷漫流眄目難窮，無限離心付太空。淡質故應烘薄日，輕身自合受和風。已憐老樹栽司馬，更看飛花捉小童。吹向玉皇香案遍，纏綿還繞朵雲紅。

## 恭和御製落葉六首元韻

沈德潛

嫋嫋風前可自由，霜凋萬物那能留。空村堆去添寒色，斷澗飄餘礙淺流。忽露鳥巢惟覺瘦，頓逢山骨欲驚秋。不須送遠兼懷舊，目擊千林惹暮愁。

秋郊忽漫比春紅，又見霞光一晌空。卷去有痕歸野燒，飛來無計逐征蓬。打窗似聽三更雨，平砌方知五夜風。識得化工遷轉意，生機正在雪霜中。

摇落偏驚宋玉心，閑庭隨處積還深。雲依疏樹稀留迹，月到寒林不受陰。鋪却石床僧未掃，封將樵路客難尋。最宜隴首亭皋畔，獨立支笻聽遠音。

望裏蕭槮氣象殊，南山豈獨萎夫須。青袍處處逢寥落，紅樹年年换有無。林下聲乾聞步鶴，枝頭霜冷想栖烏。此時回憶三生夢，金谷春園一萬株。

淮南木落感如何，楓岸紛紛下最多。閑共雲衣回古洞，遠兼雁影度滄波。餘情未了還栖幹，瘦質當辭不上柯。惟有廣寒宫畔樹，依然羃䍥俯星河。

天無黯淡不成秋，臨水登山幾許愁。瑟瑟聲中沾蠟屐，蕭蕭影裏點漁舟。美人黃土憐嫱旦，賓客西園念應劉。一片拈來悟榮落，滄瀛三變看浮漚。

## 恭和御製落花詩即用落葉元韻六首　沈德潛

芳華開落竟何由，欲喚春歸聽栗留。燕蹴繽紛下瑶席，魚吹吞吐漾寒流。五更風雨疑逢劫，三月池塘似報秋。惹草縈沙無定態，杜陵江上可勝愁。

紛紛墮白與飄紅，鈴索聲停鳥下空。有迹乍依垂帶草，無歸旋逐斷根蓬。青鸞帚掃千堆雪，紫麝奩消一篴風。誰說吴兒同木石，黯然如在別離中。

除是維摩不動心，鬢絲禪榻感還深。輕衫拂處人方淡，小扇承邊樹欲陰。香色已空餘寂寞，因緣未了費追尋。如何塞外春光斷，更起新翻羌管音。

天雨漫空散曼殊，人間榮悴只斯須。縱隨流水香還在，直到成泥艷始無。陌上草茵稀見蝶，門前柳綫暗藏烏。明年依舊勞青帝，又遣芳叢發故株。

最傷心事竟如何，花片紛于離緒多。以我蕭蕭愁獨影，送君去去點清波。三生石話穠鮮日，六曲屏描黯淡柯。一別那能重上幹，恍如踪迹斷銀河。

落葉蕭森記往秋，一番又復撥閑愁。緑雲漸見迷征騎，紺雨徐逢送客舟。高閣微吟斷腸李，武陵虚擬問津劉。觀空悟得無無旨，今古天人共一漚。

瀛臺賜宴恭和御製元韻四首　　沈德潜

天家池館集鳴珂，大有頻書際太和。豈比漢京陳寶鼎，還同周室得嘉禾。飛樓縹緲緣雲上，羽旆飄揚拂樹過。六十餘年承祖德，明良盛事在賡歌。

沿堤匼匝翠雲稠，傍水亭臺紫氣浮。柳外橋通仙島近，竹間泉繞玉階流。倒看天影憑虚檻，背指花開轉畫舟。不用更騎遼海鶴，蓬壺只在苑西頭。

涼秋花木尚便娟，玉座深深籠瑞烟。日射氍毹暖瑶席，風飄迷迭散芳筵。雲罍酒賜公卿洽，糾縵詩成海宇傳。好譜柏梁新樂府，歌聲按自李延年。時伶人演柏梁賦詩故事。

内官傳命小遲留，賚予恩深總莫酬。捧出天文如近日，頒來錦縠正宜秋。彎環鮮藕初辭水，蹸刺銀鱗乍上鉤。更遣棹郎徐打槳，荻花傍艦似滄洲。

敬和御製討源書屋恭瞻皇祖御筆元韻　　沈德潜

玉泉山色滿林園，礀水依然夾道奔。花亞雕闌紅破萼，苔侵釦砌緑添痕。龍飛鳳舞欽皇祖，春露秋霜感聖孫。一月萬川澄印處，周情孔思見真源。

## 恭和御製題釣魚臺元韻旁有漂母祠。　沈德潛

婦人一飯識英雄，把釣城隅劇困窮。略比磻溪懷壯志，不同嚴瀨起清風。到頭鐘室烹走狗，前事杯羹棄我翁。此日淮流響嗚咽，似哀名將遇凶終。

## 恭和御製維揚覽古元韻　沈德潛

露筋祠已過秦郵，一路垂楊罥客舟。岡勢縈紆林不斷，波光杳渺塔疑浮。十年夢覺司勳杜，四韻詩傳太守歐。爲問紅橋修禊後，有人高會續風流。

## 恭和御製初登金山元韻　沈德潛

鷩濤萬叠一螺青，齊魯風沙頓改形。絶頂松杉巢鸛鶴，半空樓閣駐仙靈。森嚴劍佩千官從，浩蕩江天六御停。指點東流到瀛海，徒兒浦外杳冥冥。

## 恭和御製駐蹕姑蘇元韻　沈德潛

省方萬類慶昭蘇，老幼扶携共宴娱。未向湖山看越絶，先逢蕃庶驗吴趨。清嘉里巷風誠慣，

充實倉箱語恐無。有待龔黄勤保赤，可知睿慮半憂愉。

恭和御製正月十日小宴重華宫示大學士内廷諸臣元韻二首　沈德潛

重來瑶席從群仙，瑞雪初消景倍鮮。歌誦虞唐真幸矣，班聯風雅亦欣然。旨命和詩者東坐，餘皆西坐。魚旟牧夢占豐歲，松鶴天書賜老年。林壑已安仍戀主，潞河歸棹敢云遄。

日麗風和是令辰，賜來珍饌命重申。宸章紀盛高唐律，樂府聯吟見漢人。時演柏梁聯句故事。十葉蓂還開舊莢，一枝梅已綻新春。銀花火樹逢轉眼，又聽千門笑語頻。

恭和御製賜臣德潛叠重華宫小宴元韻二首　沈德潛

襹褷健步擬胎仙，聖藻頻年翰墨鮮。同德君臣歌樂只，太和風物睹熙然。正當錫宴聯吟日，預計躋堂祝壽年。八閲暑寒重入覲，羲和催馭不妨遄。

日感君恩十二辰，中心藴結莫能申。素諳吴苑耕桑課，常作堯天歌咏人。北地真堪民共樂，南歸還與物皆春。觚棱他日重回看，五色卿雲入夢頻。

## 武闈即事次壁間王衷白大司馬韻二首名圖，前明萬曆庚戌總裁。

沈德潛

棘院重垣深復深，去年群從翠華臨。曾陪虎觀談經術，好遣鷹揚列禁林。見獵興高餘激壯，腐毫事往已幽沉。評量鈐略諸公在，共識聞雞起舞心。

簡命頻仍恩遇深，冰淵在抱履還臨。龍媒要使來西極，鴞鳥何難集泮林。瑣闥風微簾影靜，奎堂月朗漏聲沉。豐城尚有寒芒起，肯失張華望氣心。

## 聖駕南苑大閱恭紀四首

裘曰修

閶闔晨開六轡閑，層霄星拱太微間。光生彩仗排成錦，壁立天營望若山。赤羽分旗森虎衛，黃金擐甲覲龍顏。閤門昨日傳溫旨，犒賜頻仍次第頒。

晾鷹臺矗擁千官，黃屋親臨駐馬看。鋭走雷霆聲震疊，捷馳風雨勢瀰漫。六師奮武軍容整，萬里銷烽海宇寬。天下太平無一事，至尊猶念守成難。

已占來歲隴頭春，瑞雪平鋪大地勻。候應一陽稽月令，禮尊九伐舉時巡。兵農交重垂邦憲，文武兼資識聖人。信是居安常有備，獨先兢業勖臣鄰。

高原四望喜豐年，滿路歡聲振旅還。億姓有心皆向日，一人每事必承天。輝煌祖德懸金鏡，焕爛宸章泐寶牋。此際回鑾歌飲至，侍臣同進九如篇。

## 恭和御製駕幸翰林院賜宴分韻聯句後復得詩四首並示諸臣

元韻　裘曰修

丹地恩華釀作春，階陳百戲席羅珍。兕觥晋酒昇平宴，鶴髮垂紳弼亮臣。光賁尚方雲錦麗，香分仙品露芽新。便蕃異數簪毫紀，叉手槐廳日幾巡。

奎章舞鳳字回鸞，捧出齊峨七等冠。一串珠璣天際落，兩行纓紱日邊看。黄金鑄額霞成采，白玉爲堂雪作團。任是汀洲鵷鷺侣，都來瀛海泛澄瀾。

莫論璧合與珠聯，寧獨風雲月露篇。此日真成千載遇，後來還數幾人賢。探從碧海非無路，步入藍田更有烟。爲問三山定何許，不將縹緲羡神仙。

一堂和氣樂融融，天語親承識聖衷。當宁即今勞痦寐，吾儕何以答高崇。百年恰值文明盛，三接從知禮數同。香案前頭齊拜手，珮聲真在五雲中。

恭和御製翰林院宴畢駕幸貢院七律四首原韻　裘曰修

棘闈光彩動星辰，鴛瓦鱗鱗接紫闉。運際龍飛天甲子，風高鶚薦日庚辛。論文自詡千秋事，挾策争來萬里人。漫説此中桃李盛，吹嘘都屬上林春。

祥凝五緯聚三台，應運誰爲特達才。經術一時推學者，股肱他日待良哉。天章遍許儒林誦，仙榜親從藝圃開。曾是諸生攻苦地，不圖親見至尊來。

閬苑翩躚鶴影摶，瑶臺十二碧闌干。試看雷雨經綸起，未覺風雲際會難。首闢四門符舜典，載升三物重周官。聖朝玉尺高懸處，不使良材爨下殘。

搦管曾驚畫影沉，春蠶食葉憶孤吟。有懷漫比漣漪净，被澤真同渤澥深。謬謂文章抵鐘鼎，不將廊廟負山林。風檐舊夢驚回首，猶是青燈十載心。

恭和御製落葉六首元韻　裘曰修

西風欲訴定何由，葉葉辭枝不暫留。細逐亂鴉衝古驛，漫隨羈雁渡寒流。千林過影日光静，萬籟傳聲天宇秋。未省平生有離别，却逢摇落豈勝愁。

山山初指落霞紅，似絮漫天向遠空。秋士寂寥依蔓草，美人遲暮等飄蓬。五更霜冷遥關月，四野雲生大漠風。摵摵蕭蕭當此際，重勞回首碧霄中。

飄泊何當負夙心，閉門三徑積還深。轉疑淅瀝侵階響，不見婆娑匝地陰。傳帚老僧閑共語，支筇幽客重相尋。風前頓有攀條感，千古猶聞太息音。

人言秋日景偏殊，剪綵工夫定不須。氣霽遥空千嶂出，烟銷極浦半痕無。踏枝恐誤檐前鶴，繞樹頻啼月下烏。直待春歸上林苑，繁花看取一株株。

秋懷無計奈秋何，遮莫經秋感慨多。拂去任他縈野岸，飄來還許蘸清波。澗松久識龍爲幹，月斧曾聞玉作柯。一等青青同不改，人間天上隔長河。

一從金井早驚秋，今古詞人競説愁。灞岸柳殘辭客騎，吴江楓冷繫行舟。大風賦就咸推宋，前度人來詎是劉。輪與莊周齊物論，鏡中花影水中漚。

## 南闈揭曉日示多士二首　　裘曰修

門外青袍如立鵠，用東坡語。十年前記此間過。自維舊業成荒落，端藉新知與琢磨。卷裏蟲魚催我老，榜中龍虎得人多。只愁結就珊瑚網，别有遺珠可奈何。

桂花香發杏花叢，一種東皇雨露功。敢詡老夫親手植，須知吾道此心同。四朝培養群英出，六代浮華往迹空。勉矣前途無限事，鹿鳴歌闋莫匆匆。

瀛臺賜宴恭和御製元韻四首　程景伊

月地雲階擁珮珂，液池淡蕩曉風和。香分御苑當飄桂，喜動天顔爲得禾。仙樂嘈呟驚乍聽，神山縹緲訝初過。甘泉宴賞熙朝事，繩武來游起舜歌。

瑶島秋清玉露稠，九成宫畔瑞烟浮。鏡中綺閣明于畫，檻外晴巒翠欲流。石磴踏花迎鳳蓋，蓮塘約葉漾龍舟。風亭水榭憑欄遍，望見紅雲最上頭。

松篁别殿静娟娟，拜手瑶墀裊篆烟。坐久時移桐葉地，香多人倚菊花筵。瓊漿挹露金尊瀉，仙饌調蘭翠釜傳。親切蓬山容易到，小臣願比日爲年。

霓旌特爲從臣留，曲水流觴許唱酬。侍坐禮寬容傍日，聯吟天近不知秋。賜來文綺都承篚，携出銀鱗乍上鈎。最是詞垣邀異數，頻年瀛館復瀛洲。

紅葉二首　程景伊

寒林秋盡鬥春華，妒殺春城二月花。溪水一篙翻錦浪，山村十里映明霞。榆關日暮横邊塞，楓葉霜酣落酒家。彷佛仙源桃萬樹，幾回錯泛釣魚槎。
宜濃宜淡媚秋寒，畫手難描葉葉丹。耐冷愛吟鴻雁過，烘晴欲殿菊花殘。車停南浦人回首，
簾捲西風客倚闌。最是承恩依漢陛，亭亭博得紫宸看。

恭和聖製御園仲春即事元韻二首　官獻瑤

夭桃破萼柳垂梢，萬紫千紅簇小包。晝漏初舒鸚鵡語，朝陽向暖鳳凰巢。花風散潤來天末，
社雨飛甘滿近郊。自是皇心欣茂對，乾坤生意認羲爻。
旭日依遲上綺窗，風箏玉柱互瑽瑽。門粘彩燕垂青鎖，幡翦楊絲曳碧幢。佳節六宮新獻種，
芳年四野起耕稯。侍臣敢侈蓮花炬，自惜分陰五夜釭。

瀛臺賜宴恭和御製元韻四首　邱柱

廣宴瓊臺集玉珂，上林秋色麗晴和。泰階運啓千年莢，嘉瑞時登九穗禾。綵帳拂雲林外轉，
翠旂夾岸鏡中過。蓬萊親切依香案，拜舞聲聲叶雅歌。
含元日照慶烟稠，太液波光四面浮。鎬宅宴開周燕喜，柏梁詩溯漢風流。大官傳膳調蘭俎，

中使携壺瀉玉舟。既醉不知宫漏永，鈞天幾疊奏樓頭。
散步幽尋景色娟，半迷樓閣半雲烟。鳥歌泉響皆仙樂，水涘山崖有曲筵。石上揮毫吟未已，
花間垂釣詔仍傳。我朝曠典重逢日，聖祖文孫六十年。
禮成申命更遲留，浩蕩恩波愧莫酬。雲笈頒書分乙夜，星機賜錦燦新秋。含霜御果初承篚，
出水文鱗乍落鈎。歸騎聯翩春色滿，都人指點説瀛洲。

瀛臺賜宴恭和御製元韻四首　王居正

西苑平明簇玉珂，上林風日正晴和。迎薫殿敞移仙仗，觀稼亭幽獻瑞禾。鷺序祇隨元老後，
龍池初許小臣過。宸游同慶昇平樂，仰答深慚天保歌。
九天湛露壓枝稠，太液波回接岸浮。翠渚鏡澄含碧落，飛亭雲構起中流。沙汀皤鶴翔烟樹，
石瀨恩魚識綵舟。歡奉温綸同鎬宴，日臨崇雅殿西頭。
宴開豐澤竹嬋娟，别館秋光繞瑞烟。四面雲峰環御幄，千重水樹入華筵。鴐來鳳舸舒徐轉，
杯向瑶臺次第傳。漫説昆明鑿漢日，賡歌只數帝堯年。
殷勤天語鎮淹留，宸翰裁雲未許酬。禹鼎羹和仙掌露，堯尊酺賜太平秋。歸携珍果青絲絡，

拜賜香羅錦帶鈎。共説恩波深似海，不知身已到瀛洲。

賦得山意衝寒欲放梅　王　錦

紋添弱綫管吹灰，春事分明寄嶺梅。詎有芳菲遲不報，更勞冰雪故相催。林扃冷待微香透，
磵户晴烘素艷回。何處南枝開最早，朝來東閣許追陪。

賦得緑滿文窗生意含　金　甡

柳幕低垂繞碧潭，草茵環合倚窗南。菁葱遠映浮光動，芳潤微留宿雨酣。物類欣榮知自得，
天情瀟灑見真參。毫端彷彿凝元氣，指點生機萬象含。

恭和御製駕幸翰林院賜宴分韻聯句後復得詩四首並示諸臣

元韻　楊述曾

帝車東指藹生春，册府圖書廊廟珍。直以夔龍咨碩膚，不將嚴樂許詞臣。明良已慶堂廉叶，
文物應同日月新。豈似開元誇盛典，祗希玉檢議時巡。
式燕賡歌集鳳鸞，金貂此日羨儒冠。簫韶九奏行雲遏，龍衮三霄近日看。香茗分携甘露渥，

青綾拜賜麗花團。玉河咫尺榮光滿，蓬海何須溯紫瀾。
群玉琳琅插架聯，光躔魏榜耀鴻篇。願書萬本勤稽古，不愧千秋號集賢。況沐恩波深雨露，
頻頒睿藻捧雲烟。文章報國慚無補，敢擬人稱閬苑仙。
陽和十月儼春融，化入絪緼愜聖衷。已被需雲沾澤潤，還期泰陛詡功崇。光華代值文明畫，
翔洽歡徵品物同。仰望日輪皇鑒遠，葵心長捧五雲中。

恭和御製翰林院宴畢駕幸貢院七律四首元韻　　楊述曾

紀元甲子際昌辰，雲漢昭回麗九閽。鰲禁濡恩歌宴樂，龍門紆念涉艱辛。華筵此日簪毫侶，
短策當年席帽人。特賁紫泥移鳳輦，一時藝苑總回春。
巽地三條映斗台，聖朝羅網重英才。振興士氣俱升矣，稠疊王言實大哉。棘舍萬間雲色燦，
風檐四面日華開。那知燭淚燒殘處，也入重瞳盼睞來。
培風鵬翮任飛摶，勿以求心逐野干。便腹五經真不易，摘鬚一第未曾難。文成黼黻方華國，
笥有衣裳省服官。三尺短檠看尚在，書囊無底讀更殘。
春蠶食葉晝沉沉，鳳味堂前幾度吟。名次臚雲邀簡擢，家仍紫籞荷高深。一條冰繫膺華選，

二丈光分照上林。更咏詩篇薪棫樸，金相玉琢答皇心。

## 聖駕東巡盛京恭謁祖陵大禮慶成詩六首

鄭虎文

東望陪京瑞靄連，肅將祀典帝心虔。舊除輦路三千里，重展橋山十二年。長白雲開龍虎躍，渾江鏡净日星懸。依然豐鎬遺謀在，親奉慈宫下九天。

鑾輿初動駐離宫，款塞降王累譯通。赤子肯遺聲教外，穹廬胥入版圖中。望雲傾日三朝久，測水占風萬國同。默數共球懷祖德，升馨應合告豐功。

馳道風清薦早凉，六龍環衛大安旁。寢門共仰三朝禮，帳殿親承萬壽觴。駐蹕山川舒藻繡，迎鑾士女話耕桑。遥瞻王氣慈顔喜，舊識榆枌幸瀋陽。

永懷弓劍感秋霜，茂典重修率舊章。陟降神靈通僾愾，肅雍禮樂備鏘洋。視奩獻服貽徽遠，翼子詒孫衍慶長。鯉供河龍芝出桂，憑將愛慤致嘉祥。

犀衣烟聚胄星敷，立表鳴鐃縱獵徒。吉叶周畋駢六校，仁均商網用三驅。秋郊農隙嫻軍禮，天策兵威耀上都。從邁番夷衆君長，一時稽首效嵩呼。

唐謡夏諺答尊親，記取遼陽第二巡。陵邑他年還望幸，天家無事不宜民。九重雨露隨鑾馭，四海冠裳會紫宸。作賦未能慚侍從，含毫空想屬車塵。

## 賦得爐烟細細駐游絲

鄭虎文

細細爐烟颺赤墀，暖融春色占游絲。一痕静裊縈烟落，百折空盤結篆遲。雲護濃香渾欲駐，風和晴日未經吹。許分御靄歌如縷，盡放氤氳滿袖携。

## 恭和御製駕幸翰林院賜宴分韻聯句後復得詩四首并示諸臣

元韻　竇光鼐

蓬島初迎十月春，聖皇崇奬廟廊珍。簪毫幸際敷文代，授簡榮稱博物臣。金鏡光華千載耀，木天堂構一番新。瓊筵法酒甘于露，心醉渾忘第幾巡。

藝苑摛華集鳳鸞，渾如新沐共彈冠。北辰星聚知環拱，東壁書全得飽看。静聽梁音三日繞，榮分錦段百花團。天恩浩蕩真同海，觀海無能但溯瀾。

煌煌寶訓勖班聯，非但詞追雅頌篇。謙受德崇兼志下，泰交主聖望臣賢。資清試酌冰甌茗，氣直欣看玉鼎烟。身到蓬山驚且愧，凡才何以侶群仙。

太和宇宙氣冲融，調燮還資共濟衷。百谷轉忘滄海大，一拳也贊泰山崇。松扉颺拜遥堪媲，
玉檢荒唐迥不同。須識右文歸重道，宸襟披豁聖謨中。

恭和御製翰林院宴畢駕幸貢院七律四首元韻　賓光鼐

盛典初開選吉辰，詰明鳳駕出重闉。聯珠共睹奎光燦，饌玉偏知蓼味辛。闊到海波能育物，
明如天火受同人。直教未脱藍袍者，也沐陽和大地春。

熙朝元化接元台，崇雅無庸輕艷才。樂備禮明觀止矣，蘭馨桂馥氣佳哉。周三物要諸生備，
虞四門看此日開。山岳由來資土壤，儘容一得罄懷來。

摩空健翮倚雲摶，愷悌憑將百禄干。合有魁儒推學富，免教聖主歎才難。文章自要争千古，
科第寧惟博一官。萬事心花能結撰，墨花開處燭花殘。

三條燭盡漏聲沉，嚼徵含宫費苦吟。誰似賈生能策治，漫希揚子好思深。圭璋有價諧都市，
梁棟須才訪鄧林。自古人文關國運，虚公端合體皇心。

賦得曉禁霜華點素袍　顧汝修

秘殿稀微映早霞，素絲向曉拂霜華。臣心夙抱冰爲骨，禁樹朝溥露作花。疑雪飄來侵袂冷，

因風吹到點袍斜。平明退食還舒望，日上扶桑照萬家。

## 賦得曖曖遠人村二首　鍾鳳翔

祥光靉靆映柴門，屋瓦参差簇遠邨。畫裏溪橋藏又露，仙家雞犬静還喧。炊烟半帶晴雲色，
籬落疏分旭照痕。薄暮寒鴉飛集處，依微燈火射黄昏。

晴空翠靄翳平原，柳暗花明别有村。螺淡烟迷茅舍色，虹殘水照板橋痕。青帘竹裏人沽酒，
紅日竿頭户負暄。地僻時清無吠犬，衢歌一路接柴門。

## 賦得上林春色四首　鍾鳳翔

杏花春雨似江南，淺緑深紅半吐含。清露欲流濃作乳，碧天初洗嫩於藍。眼前飛躍皆堪賞，
閑處鶯花肯便耽。瀲灧龍池澄見底，天心月到鏡中涵。

謖謖濤聲五粒松，蒼皮溜雨十分濃。釀花天氣陰常半，染草烟光翠且重。曉陣雁排雲遠勢，
午衙蜂趁日高春。體元天子頒春令，頓覺陽和異九冬。

萬紫千紅繞扇紗，鋪張錦繡麗如霞。栖烟静愛連拳鷺，叫月喧憐兩部蛙。出土醴泉齊動脉，

繪圖嘉穀並抽芽。皇州一片春如海，爲是乾坤總一家。
祥光靉靆翠華新，承輦清莎翠作茵。連理樹榮天上露，萬年枝傍日邊人。梧栖翽鳳朝陽暖，
藻樂嘉魚碧潤春。共識天顏多霽色，難濡柔翰寫皇仁。

賦得沾衣欲濕杏花雨　陳桂洲

輕衫閑著趁芳春，杏雨沾來拾翠人。香度風微飄袖冷，色含酥潤拂衣勻。乍看御柳颺烟合，
忽挹宮袍濯錦新。最是蓬萊花爛漫，曲江宴罷醉良辰。

恭和御製駕幸翰林院賜宴分韻聯句後復得詩四首並示諸臣

元韻　邵齊燾

堂廉交泰澤如春，燕喜榮分御府珍。天上鏗鏘聞帝樂，階前賡拜慕虞臣。百年學植栽培舊，
九載文思砥礪新。劉井柯亭光睿筆，仰承恩寵共逡巡。
蓬山賜宴會鴛鸞，髦士峨峨共正冠。璇命對揚稽首拜，瓊章暉麗舉頭看。太陽俯鑒葵心向，
小草均霑露彩團。頃刻九重飛帝唱，文河齊許導漪瀾。

歡迎六御肅班聯，拜賜群稱天保篇。文裕經邦宣大道，榮邀稽古邁前賢。葳蕤秘籍餐鴻寶，
紛郁宸章蔓慶烟。葤菲濫陪香案吏，登瀛人説是神仙。
昌期文物道光融，舟楫鹽梅簡聖衷。伴奐游歌歸豈弟，頻煩錫予荷珍崇。臣才忝厠鄒枚後，
帝德惟應堯舜同。珥筆揄揚難遍述，我皇經緯在時中。

乾隆九年十月二十七日聖駕自翰林院臨幸貢院頒賜御書扁額對聯
殊恩曠典亘古未有小臣固陋竊比擊壤堯民賦七言近體十二章敬
誌遭逢之盛　　張鳳孫

玉堂遥接聚奎堂，雉扇輕籠寶鼎香。鹵簿兩行傳警蹕，韶音一片叶歸昌。龍門真得風雲氣，
髦士親瞻日月光。千百年來成創舉，右文雅化軼前王。
珠聯寶額昨新頒，五色雲飛梓柱間。豈止文場添壯觀，欲求上理闢賢關。冰壺誰掌宜虚己，
大冶無私肯鑄頑。敬繹皇言齊感激，姓名何必列孫山。
薰蕕自古器難同，魚目明珠可混充。若使汗青功未到，須教曳白技先窮。挾書弊已清簾外，
欽命題還出禁中。應有真才能脱穎，隔紗豈患目矇矓。

棘院秋飄萬點燈，當頭銀魄照觚棱。此時戰士酣如蟻，是處吟聲細若蠅。一日展期容繼燭，
三春會試待澌冰。不逢聖主恩波闊，容易飛騰逐大鵬。

百年士氣噢咻餘，竹箭南金爲國儲。經濟定知推賈董，詞章争欲邁嚴徐。曲臺分纂三家學，
秘閣頻頒四庫書。簦屩即今盈輦下，弦歌未讓永平初。

聖人首出亶聰明，稽古還咀六藝英。餘事爲詩較雅頌，登高能賦擅都京。烟雲萬變揮毫捷，
秬黍三分審律精。學海波瀾誰蠡測，尋章摘句愧諸生。

翰苑重修古集賢，翠華親莅啓瓊筵。雙巵酒爲台衡錫，百韻詩教館閣聯。天上雲璈翻玉琯，
殿頭寶炬徹金蓮。蓬壺咫尺身難到，作賦曾經溷列仙。乾隆元年，蒙召試博學鴻詞。

清時未分守蓬蒿，貧賤心期逐歲高。朋輩幾人紆紫綬，風塵猶自戀青袍。兩叨乙榜寧論屈，
十踏秋闈敢憚勞。放眼天池何浩蕩，投竿終擬釣連鰲。

席帽頻看上苑春，傭書未負不才身。蓼蟲天性能茹苦，虀臼生涯合受辛。自小文詞羞剿襲，
于今功令尚清真。短檠獨對重搔首，恐負朝廷養士仁。

宅俊寧專重甲科，加恩直爲苦辛多。珠非照乘姑蒐采，玉不連城也琢磨。牛口歌仍思甯戚，

鳶肩人輒問常何。九重寤寐旁求切，豈有奇才老澗阿。

南宮舊址傍城隈，今貢院爲元時禮部舊基。觀象還留百尺臺。試日眼憑銅表豁，去時腸共玉衡迴。魁台此夜星應聚，甲子今年運乍開。淑景早隨鴛鷺至，黄鐘不待驗飛灰。

衢歌巷舞送回鑾，踴躍人人傅羽翰。望入端闈雲靄靄，飄來鎖院珮珊珊。昇平盛事千秋艷，樂育深仁萬國歡。戴縰垂纓群獻頌，一時紙價貴長安。

## 閏七夕二首　楊方立

令節年年艷綺羅，浼他靈鵲兩填河。遥憐碧落秋聲外，又見仙人佩影過。玉漏較從前度永，金風比似昔來多。星橋珍重重逢路，銀漢三旬已不波。

雲階秋浄夜沈沈，十二樓高月色侵。河漢又迴千里目，參商頻感一年心。書傳青鳥期還近，漏轉華清語更深。勝節不常新唱好，七襄聯作鳳池吟。

## 賦得上林春色二首　鍾蘭枝

條風扇暖襲芳襟，社雨飛甘慶作霖。緑鴨晴添新水活，青螺濃壓宿雲沈。三陽開泰輝宸幄，萬物澄觀仰聖心。春入上林佳氣滿，南山獻壽玉杯斟。

戴勝依桑麥未秋，九重雲樹曉光流。梅妝粉片香浮榭，柳刷金絲翠入樓。琴筑低昂聞太液，風光高下匝瀛洲。御爐香裊鑾輿過，一路鶯聲應唱籌。

## 賦得一院有花春晝永

荊如棠

爛漫花光近玉堂，早朝人退愛餘芳。清陰滿院塵埃净，嘉蕊當庭硯席香。居傍蓬萊春正永，人依霄漢日初長。抒懷即事多休暇，湛露恩深意未忘。

## 恭賦御製采蓮一曲午風初

荊如棠

水亭避暑采蓮初，習習温風度曲徐。響入雲窩隨棹轉，聲和花氣到窗虛。中流擊節紅妝舞，亭午調喉緑扇舒。最愛縠紋輕縐處，依浦潛聽有嘉魚。

## 賦得巢燕得泥忙

吴以鎮

玳梁繡閣定新巢，銜得芹泥春水坳。帶雨覓來輕翦過，掠波歸去翠衿交。客中乳哺寧辭倦，社後光陰未敢抛。却爲簾垂尋路入，呢喃絮語傍林梢。

## 聖駕東巡盛京恭謁祖陵大禮慶成詩六首

金維岱

天閶曉啓奉慈仁，禮肅橋山彩仗陳。遠近榮光迎愛日，龍葱瑞靄肇精禋。風飄芝蓋香成幄，霞繞龍旂錦作鱗。舊識翠華臨幸處，望中雲物一番新。

三江水合碧岑週，南斗星占控上游。蓊薆枌榆豐沛里，踞盤龍虎帝王州。烟含霽色山凝翠，草點清光露帶秋。追遠撫時虔對越，惟馨明德薦嘉休。

謨烈繩承世澤遥，重光奕葉儼明昭。静嘉籩豆嚴朝踐，僾愾音容肅焫蕭。一代儀隆周典册，九成樂奏舜簫韶。從知盛德符靈貺，五色祥雲駐絳霄。

渥寵均沾錫類榮，天漿泛處酌金莖。當筵授几家人禮，匝地呼嵩萬歲聲。櫛沐艱難懷締造，笙簧宴樂慶承平。殊方正有共球會，同拜湯孫祀事明。

隊列貔貅貫角弓，軍移霜仗馬嘶風。山迴帳殿連霞碧，陣壓楓林捲旆紅。健隼鞲翻秋塞闊，盤鵰影逐暮雲空。前禽自協三驅策，神武寧誇羽獵雄。

繡旌回指聽輿歌，土沃民淳釀太和。象協華胥沾化普，人游京鎬沛恩多。曾聞山國來銀甕，會睹崑崙進玉禾。至治只從仁孝格，陳詩争喜續猗那。

## 賦得一院有花春晝永

曹學閔

鴛鸞接迹静無譁，朝退從容景物嘉。烟外緑垂春苑柳，風前紅映直廬花。香分玉案雲猶近，漏滴銅壺日未斜。幸際八方歌道泰，陽和應已遍幽遐。

# 本朝館閣詩卷十二

## 五言排律一

### 召試體仁閣下恭紀

施閏章

帝擅知人哲，天寬籲俊途。山川昭瑞應，麟鳳躍高衢。綸綍旁求急，弓旌曠典殊。三公勤啓事，
百執共嘘枯。出處咸推轂，升沉許合符。庭咨兼岳牧，物色遍江湖。雄麗收文士，淵通問宿儒。
賡歌懷喜起，射策笑糢糊。筆札鄒枚出，賢良董賈俱。俳優吾豈敢，經術世還須。檄下王程促，
星馳驛路紆。烟霞時有癖，箕潁未容逋。照乘珠寧掩，連城玉必沽。璽書彌愷惻，芒蹻孰踟躕。
試可憑敷奏，明揚定咈俞。卿雲飛玉几，旭景照金鋪。寶鼎詩重作，燕山銘詎孤。觀游誇羽獵，
研練比京都。公等來何晚，群臣召則趨。天顔真咫尺，日晷迅須臾。虎觀誰同異，龍門信有無。
裁成歸大冶，采擇辨嘉謨。擊缶慚餘響，雕蟲劣小巫。九重不自聖，一得也輸愚。扈從森仙仗，
壺漿出御厨。螭廷紛琬琰，鮫窟拔珊瑚。簪紱瀛洲選，梯航王會圖。安邊看利劍，報德忖恩珠。
文治元根本，民艱尚囁嚅。披鱗能曲貸，伏闕擬重敷。

## 省耕詩　施閏章

農事崇開國，邠風紀授時。供輸仍禹貢，宵旰甚堯咨。耕耤親扶耒，祈年恪奉詞。軍儲籌壤賦，
帝德軫民飢。遜志銘無逸，省方樂有爲。郊圻根本計，豐稔太平期。土鼓欣田祖，帷宫命甸師。
輕陰將霡霂，淑景正繁滋。修禊靈辰近，乘春令節宜。雞人傳象輅，虎旅扈龍旗。霧合千官列，
雷鳴萬騎隨。良疇真錯繡，厚獲祝如坻。傍輦祥飈動，停鑾解澤垂。親承天語勸，敢使歲功遲。
原隰應須墾，耔耘莫憚疲。稑穜元獻種，穀米定流脂。睿藻雲霞爛，仁心魚鳥知。鸞旂歡野老，
袞冕映茅茨。屢下蠲租詔，重陳多稼詩。飽騰資撻伐，皇路會清夷。

## 經筵應制　施閏章

帝哲多天縱，王猷實性成。虞廷心授受，説命學分明。師傅官寮重，詩書智慧生。皇輿真廣大，
睿慮益澄清。省歲銘無逸，歌雲許載賡。臯夔依黼座，董賈聚神京。好古心何亟，防傾氣不盈。
艱難思稼穡，飢渴下弓旌。舊史勤紬繹，先王是訓行。桑林方應禱，竹素重垂情。端策陳墳典，
求言憲老更。甘盤懷舊切，箕範叙疇精。敷論輸忠悃，咨詢出至誠。嘉謨堪補袞，霽色叶和羹。
御几牙籤列，仙班玉佩鳴。表章追伏鄭，傳註起周程。日晡仍留講，宸聰莫可名。龍門書盛事，
虎觀辨群英。滄海皆通貢，潢池敢弄兵。祇今干羽舞，會見泰階平。

上巳修禊應制　施閏章

虞書傳出狩，夏諺望時巡。露布宣威武，宵衣慰苦辛。鑾旂乘麗日，象輅動靈辰。快睹龍顏近，
欣逢天氣新。祓除遵洛水，選勝向河濱。捧劍金人出，登山玉輦頻。永和還盛會，元巳正芳春。
睿藻雲霞爛，澄觀魚鳥親。西池歡駐蹕，南苑看垂綸。每憶華林射，應瞻白馬神。繁花依講幄，
緑柳映扶輪。舊簡班揚侶，旁徵黄綺臣。玷名勞館閣，飛檄到松筠。顧問慚三篋，盤餐溢八珍。
恩波沾草野，仙樂聽韶鈞。扈從千官集，游遨萬福臻。握蘭沿曲渚，浮棗漾青蘋。東晳談同賞，
張華論絶塵。禊堂初授簡，學海恐迷津。聖主收葑菲，塗歌獻紫宸。

院中宿直　湯斌

清切推丹地，瞻依近紫宸。龍池鐘漏晚，鳳沼月華新。古木流霜影，宫雲澹玉津。聖皇方致治，
元化正含淳。幸備班行後，叨承異數頻。端貞期拜獻，樗散愧冠紳。年老才將盡，憂多道轉親。
夜深星斗闊，始悟與天鄰。

夏日瀛臺賞荷賜宴恭紀　楊雍建

西苑從游爽，龍旂拂曙來。肆筵當水曲，過輦促花開。瓊槳分仙露，蘭橈鼓地雷。波摇輕翼動，

湍涌碧雲裁。天語恩優渥，臣心感溯洄。泰交賡一德，鼎養法三台。魚水情先洽，苑檐澤遞推。
薰風驅溽暑，玉井照金罍。望豈和羹侶，人非作楫才。有懷尚欲獻，既醉日邊回。

## 駕幸湯泉恭紀

汪　琬

律當無射候，嚴蹕向新豐。菊映鑾輿艷，雲迎輦路紅。天王停綵仗，文母駐離宮。騎從皆群駿，
追陪儼上公。雲泉來滚滚，佳氣繞匆匆。源自丹砂發，流將碧落通。登臨紆睿覽，游豫愜宸衷。
玉甃凝香霧，紗窗障朔風。陽回温谷内，春在繚垣中。惟羡瑶池水，能專浴日功。

## 西域貢獅子紀事

秦松齡

絶域來王會，奇毛獻鳳城。上林生氣色，薄海兆昇平。扶拔原同類，狻猊只異名。含章資土德，
受性本金精。隅目懸雙鏡，修毫利五兵。力堪摧猛兕，心欲掣長鯨。歕欲千山氣，梯航萬里情。
藏鋒隨綵仗，斂吼望丹楹。漢代聞修貢，姬王紀遠行。來從烏弋重，養傍玉津榮。表瑞游東海，
乘風下太清。形標林邑戰，樂譜教坊聲。舊史寧頻見，興朝自遠呈。賜觀開禁苑，圖畫滿神京。
迹比郊麟美，名羞越雉輕。象犀方慴服，狐兔敢峥嶸。秘殿揮毫麗，盈廷作賦成。非珍難得物，
直鑒小邦誠。聖德真無外，皇威尚有征。西鶼與東鰈，指顧入蓬瀛。

## 蒙恩賜觀御製詩集恭紀　王士禛

聖主崇經術，雍熙暨八荒。鴻名垂海岳，重譯集梯航。雲物生松棟，音徽嗣柏梁。宜民期太昊，
訪道媲宣皇。嚴漏趨丹陛，清秋屆白藏。承恩披雅頌，開帙粲琳瑯。體配江河紀，芒含日月光。
宸衷羅武庫，台象接文昌。氣邁三侯壯，思深六義長。銀鈎輝琬琰，錦字溢縑緗。劍閣看雲合，
横汾咏菊芳。雄篇包宇宙，細律叶宫商。寶鼎歆金景，聯珠照玉堂。微臣依黼幄，朴學愧青箱。
極北常瞻斗，周南啓面墻。賡歌知莫繼，永此戴天章。

## 閱農應制　陳廷敬

聖作勤三事，天行啓四聰。有年惟帝力，無逸即田功。桑柘扶鑾輅，茅茨駐玉驄。野花穿仗發，
山翠拂旗空。壤繡紛交錯，川長引鬱葱。嘉禾方剡剡，瑞麥已芃芃。鶩度濯枝雨，柳眠吹絮風。
周原千畝緑，漢粟萬箱紅。下濟光明遠，高居造化工。年華丹禁裏，烟景幔城中。粒食增堯匕，
薰絃倚舜桐。九農應送喜，歌舞海隅同。

## 五月十二日賜觀聖製南巡詩卷恭紀　陳廷敬

鳳紀天長久，龍飛日正中。萬年三月序，九叙兩河功。典禮虞巡重，江山禹甸雄。帝歌垂睿想，

民俗入王風。翕闢乾坤共，壚錘造化同。詞源方浩瀚，元氣益沖融。丹笈迴雲篆，滄溟散彩虹。璧連還縹緲，珠綴自玲瓏。香影瑶編動，鉛分寶字工。鶯花供御藻，雨雪志年豐。玉律飄陽管，金聲韻嶧桐。衢謡歡故老，巷舞走兒童。恩與留題遍，榮逾錫命崇。道周神理貴，物感至和通。謨烈超千古，文章達四聰。祥雲盈卷帙，瑞色上書筒。雅頌恢皇統，英華發聖衷。石渠春瀲灔，藜火曉曈曨。高厚思隆遇，迂疏愧匪躬。併將颺拜意，稽首祝蒼穹。

## 禮闈校士

陳廷敬

數到掄才地，承恩自禁林。纔移經席仗，猶殷屬車音。白首冰銜晚，青春鎖院深。昔游思短褐，榮路愧華簪。銀燭三條盡，銅壺午夜侵。苑花應冉冉，闈棘自森森。簾下經過斷，風前語笑沉。樓明金榜月，臺轉玉衡參。地鄰觀象臺。屢輟中宵夢，回憐傸直心。香凝新繡綱，寒戀舊綾衾。忝竊繁文字，蹉跎細討尋。池邊蹲豈鳳，書裏穴成蟫。典職堪遲暮，登賢鬱滯淫。不辭鈎校切，有暇得微吟。

## 乾清宫御試紀恩

彭孫遹

軒后垂裳日，姬王脱劍年。貞符彌宇宙，廣澤浹垓埏。問俗因巡岱，勤民爲濬川。自然成帶礪，仍此沛雲天。租調頻寬復，煩苛盡滌蠲。崇儒還釋奠，重道必興賢。萬里漸文教，群材入化甄。

克知需藻鏡，並命集花甎。共仰冰衡朗，重蒙玉敕宣。入門徒踧踖，侯履敢遷延。授簡螭坳上，
摛毫鳳扆前。繽紛披彩仗，清切近彤筵。繡柀承蒿柱，文榱拂蕙櫋。玲瓏珠綴邃，錯落綺疏圓。
聖德覘恭儉，宸居挹静便。詎須同禹室，終未改堯椽。太素規模遠，初春氣候先。韶光空際轉，
淑景午餘妍。寒色銷蘭路，晴暉散柳壥。瑞雲叢捧日，芳樹淡籠烟。細靄霑衣重，流霞染案鮮。
筆床紅窈窕，硯沼碧淪漣。百和研香麝，雙番擘粉牋。移時宫漏下，薄暝禁鐘傳。殿隱鴛鴦甃，
簾垂翡翠錢。露浮栖爵外，風定相烏邊。紫篆春長潤，丹蕖夕更然。從容天語懌，稠叠主恩偏。
瓊茗教承飲，珍肴出賜籩。屬厭情自飫，消渴病應痊。祇愧微才劣，難窺睿學全。讀書窮閫奥，
論史破拘牽。華黍吹笙遍，青壇薦璧虔。未能探海岳，空自守蹄筌。霄漢三辰麗，璿璣七曜懸。
人人垂眷渥，一一列丹鉛。細似抽絲繭，明如燭蕊淵。大鈞無枉互，朽質有雕鐫。叨被誠深矣，
鑽摩庶勉旃。葵心雖荏苒，匪石亦長堅。

## 福陵陪祀恭紀

張玉書

大漠龍興日，邊庭虎步辰。白山浮王氣，黑水渡真人。一旅璇圖廓，千秋景運臻。宅都森拱衛，
卜域涌嶙峋。拜手瞻丹馭，攀髯憶紫宸。禡旗師應律，籌幄動如神。塞北收俄頃，河東定浹旬。
射獵遼海岸，獵兕嫩江滣。駿馬諸藩贄，編珠絶島珍。莠鋤張聖武，嘉植飲皇仁。書契文初炳，
耕桑詔屢申。英雄來草澤，廟社闢荊榛。綿蕞儀追古，豳風俗舊淳。地寒銀磧雪，人燠翠華春。

肇迹垂鴻永，開基翼燕新。衣冠藏石隧，弓劍護霜筠。殷享祠官肅，成功祝史陳。雙峰窺日月，虛殿拱麒麟。蓋代規模闊，敷天翊戴均。痛餘趨磴下，想像屬車塵。

## 昭陵陪祀恭紀

張玉書

玉歷歸真主，珍符際盛期。丕承高廟烈，式廓太平基。仙馭追應杳，神游儼在茲。山河垂睿略，日月仰天儀。開國經綸密，當陽雨露滋。聲華陳羽衛，儉德示茅茨。獻納龍墀引，圖書鳳閣披。愛賢通燕笑，拊卒問瘡痍。訓切投醪事，恩深挾纊時。兩勤南漢駕，頻趣北庭師。水劃熊津闊，山迴雁磧奇。旌門羅貢賮，毳幕擁降旗。環島收唇齒，緣邊戍虎羆。雕弓臨塞勁，鐵馬度遼馳。指顧中原計，艱難締造規。令模傳寶籙，遺範鏤豐碑。先帝羹墻慕，今皇陟降思。薦馨浮酎醴，展苾溢松脂。芝草周垣茁，春陰匝殿移。五雲回望渺，霑灑有餘悲。

## 體仁閣召試恭紀

田雯

雉扇紅雲動，龍池碧液澄。香飄銅鶴篆，花映玉壺冰。朝謁趨鴛鷺，班聯列股肱。旂翻朱罕尾，烟護綺疏棱。謨誥唐虞合，臣鄰稷契稱。朝曦浮綠字，夜被賜青綾。已見群英富，猶思薄海徵。舜門千載闢，漢詔九霄承。詞賦吴都艷，風斤郢匠能。波瀾巫峽水，氣概臂韝鷹。書喜彈冠上，車看攬轡登。誰甘依井渫，那更老樞繩。稠叠弓旌出，紛連元凱升。佩搖温室樹，劄給剡溪藤。

雨露恩方洽，璠璵價倍增。雅醇推董子，駢麗是徐陵。子舍歸方穩，詞場力未勝。半年慈母膝，
兩月水衡丞。園涉存三徑，巖栖架百層。荷衣裝舊橐，書簏裹行縢。夜漏雞人唱，春山豹霧蒸。
邱樊辭薜荔，宮闕倚崚嶒。月盡神珠照，峰青錦瑟憑。衆材無賤棄，豈守讀書燈。

## 湖南奏捷恭紀　田雯

羽檄鑾方達，官軍轉戰勞。峰連天岳險，浪涌洞庭高。早見收邊郡，遥聞鏟賊濠。黄雲空壁壘，
青草散風濤。王者師無敵，元戎氣自豪。妖狐已就縛，封豕欲何逃。戈矟銜晴雪，樓船掣巨鼇。
長驅通貴竹，略地控臨洮。騎突濃花戍，帆懸細雨艘。瀟湘波上下，衡霍勢周遭。兵氣延龍塞，
威聲伏虎韜。三苗消瘴癘，萬里入旌旄。部曲停枹鼓，轅門照寶刀。但聞探盜穴，知不犯秋毫。
當殿痌瘝意，頻年婦子號。澤蒸雲夢雨，詔下楚江皋。册府元功壯，專征閫外操。風詩歌杕杜，
獸錦賜蒲桃。廟算規模闊，神驅羽衛牢。昇平七德舞，送喜薦春醪。

## 人參應制　田雯

遼海黄雲覆，毉閭紫霧函。靈祇藏雨露，元氣抱巉巖。瑶草何年種，芝苗幾處劖。披榛凌絶嶺，
采玉帶長鑱。土厚三根椏，泉肥九折嵒。鼉頭甘可嚼，龜息坐宜銜。瘦老龍蛇縮，髯蒼虎豹饞。
峆岈埋澗谷，軨轄覆松杉。爲藥功偏大，呼人格不凡。苓脂凝琥珀，薙葉走麇麚。雁下盧龍塞，

風懸鴨緑飄。朝鮮使者貢，周禮膳夫監。自異尋常值，何妨什襲緘。丹中珍有托，籠内物應芟。
美足侔雙璧，時方頌五咸。聖朝無賤棄，聲價邁瓊瑊。

## 長至日上躬祀南郊恭紀

張　英

至日躔南極，初陽紀仲冬。繡裳添綵綫，玉琯應黃鐘。慶典同函夏，明禋掌秩宗。齋宮香霧繞，
泰畤碧雲封。視版臨深殿，親郊出九重。霜華迎翠輦，爟火照寒松。登降聞天語，堂皇仰帝容。
瑶臺三后配，黼帳百神從。繭栗燔柴櫝，星辰護燭龍。祠官調寶瑟，舞羽間金鏞。一德符穹昊，
群僚秉肅雍。遥瞻蒼璧薦，共睹紫烟濃。

## 扈從謁孝陵恭紀

張　英

鼎湖龍久去，冠劍託幽宫。地接東溟日，山藏大漠風。入雲浮寶幄，跨澗落銀虹。寢殿周廬繞，
園林輦路通。闕城花自發，温谷水常融。松棟思堯德，龍門頌禹功。千峰争侍蹕，萬嶺儼呼嵩。
典禮遵前制，經營殫聖衷。望陵迴玉仗，瞻宇却花驄。宗伯陳犧象，祠官獻秬穜。懿親陪奠斝，
故老慟遺弓。石馬嘶何處，寒山夕照中。

## 恢復岳州奏捷恭紀　張　英

露布馳星驛，天戈取岳陽。親賢開壁壘，廟算出巖廊。討逆勞專閫，稽誅尚陸梁。困猶魚在釜，
饑藉鼠爲糧。智勇王師備，綏戡武略揚。巢將焚燕雀，險已失瀟湘。夢澤飛旌影，蘭江淬劍鋩。
受降歸鎧甲，列肆進壺漿。凱奏春臺日，歡騰黼座旁。從兹清巨寇，勢若履康莊。鯨浪平巫峽，
狼烟息鬼方。六軍鐃吹入，端拱靖炎荒。

## 賜觀聖製詩集恭紀　張　英

聖藻盈緗帙，高吟秘殿清。端居因感物，幾暇偶怡情。字掩三辰麗，詞探六義精。含毫當紫闥，
結念在蒼生。瑞雪歌銀甕，華星咏玉衡。艱難憐荷鍤，辛苦憶從征。句每臨軒得，篇多駐輦成。
烟霞邀盼賞，巖壑記巡行。氣溢河山壯，思翻海岳平。規模凌雅頌，律吕叶韶韺。寶樹千尋直，
珠光萬斛傾。幸容依黼座，竊許聽金聲。日映丹霄近，奎懸碧漢明。賜觀恩數重，捧讀寸心驚。
仙露臣同渥，卿雲帝載賡。願偕芸閣侶，常紀柏梁名。

## 夏日上幸景山臣英臣士奇扈從御製詩一章七月十八日蒙恩書賜恭紀　張　英

高吟天藻發，烟光碣石浮。樹色津門暗，山雨入龍樓。海雲連雉堞，榮陪八駿游。翠繞三峰近，深恩豈易酬。盛事誠希遇，麗句寫銀鈎。聖慈輝寶翰，蘭開玉殿秋。桂滿金波日，清景御題留。同分圭璧彩，千古照滄洲。

## 省耕恭紀　張　英

皇心崇穡事，睿慮重田功。問俗神堯似，勤民大禹同。頻年頒漢詔，午夜誦豳風。北闕韶光麗，南郊淑景融。土膏方澤澤，牟麥正芃芃。耕稼乘時令，艱難啓聖衷。詔傳青嶂外，輦駐緑疇中。河漢星將曉，滄溟日在東。樹邊聽好鳥，澤畔見飛鴻。清蹕雙旌遠，期門七校雄。桑陰閑稚子，芹曝獻村翁。草映鸞旂碧，花圍黼帳紅。篝車紛綺陌，畚鍤遍芳叢。還許驅黃犢，何須避玉驄。謳謡忘帝力，歌頌達宸聰。蔀屋温綸溥，茅檐御路通。蒼生陳疾苦，赤子賴㠗幪。補助恩常渥，涵濡德至崇。敷天安衽席，荒服靖兵戎。禾黍呈佳瑞，千秋祝屢豐。

孟秋上賜群臣宴於瀛臺賜賚優渥異數頻仍臣振裕以養疴在告未得躬預敬撰蕪言用誌盛事　李振裕

夏律薰風轉，秋旻閬苑凉。瓊臺懸碧落，丹禁接蒼茫。睿賞逾清穆，宸聰定發皇。崇儒虚漢席，恭己答虞裳。道薄横汾曲，恩深宴鎬章。萬幾寧有暇，一豫矢無荒。厭習昆池戰，旋飛太液觴。如綸驚異數，委佩儼成行。傳許趨楓陛，懸知集柏梁。山山方送靄，樹樹必吹芳。宿鷺明還滅，吟蟬隱忽揚。蒲荷曾覆舸，荇藻會牽檣。一水回湍合，千旌引渡張。彩橋虹自現，靈沼鳳應翔。仗立芙蓉鏡，人移縹緲鄉。大都行鼓檝，或者坐吹簧。就日開雙闕，舒雲絢七襄。九州來貢篚，百爾與承筐。服德終無斁，餐和殊未央。醍醐中使出，鑾落大官將。畫裹罇罍泛，花間笑語忘。百壺毋乃過，三爵迴非常。堆雪銀絲細，流脂玉屑香。仙餚紛絡繹，嘉果雜琳瑯。密芰青浮角，輕蓮粉脱房。但教傾素藕，豈復羡寒漿。稽拜皆零露，朦朧半夕陽。醉同邀涣汗，病獨失榮光。偃息臣躬憊，分明天路卬。邠詩方七月，猶復獻君王。

省耕恭紀　韓　菼

春色柔芳甸，皇輿歷總街。迓休天氣應，送喜遠人懷。仙草迎堯日，和風轉舜階。候時鳴瑞雉，協律鼓靈媧。南陌浮烟合，西山積翠佳。一金紛綺錯，五木兆根荄。甘雨先清蹕，油雲沫聖涯。

禮殊鈎盾置，虔似泰昭埋。已達窮檐隱，不須閶闔排。揭來衣有袴，厚幸菜多鮭。咫尺誰無告，恩波自孔皆。得毋勞玉體，何乃爲吾儕。祥結三岐穗，聲歡兩部蛙。谷寒翻暖吹，壤擊更清哇。立表兼乾豆，流禽屬鞬韇。老人邛竹杖，游女野花釵。羽扇雙迴雀，香羅半覆騧。黄圖成陸海，紅粟罷江淮。側聽征繇減，行看牛酒偕。歌豳通雅頌，會使八方諧。

## 聖武成功詩六首　徐秉義

玉帛朝宗會，車書定保年。顯承揚往烈，欽若契真傳。協律姚風奏，恢紘姒日懸。時巡龍馭出，清問鳳綸宣。紫禁桐頻錫，黄圖賦屢捐。巍巍惟帝德，丕冒本如天。

敷文凝定命，奮武訖方隅。跋扈殲三孽，披猖蹶一夫。纔當收猰貐，即已靖萑苻。海國雲沉艦，天山月挂弧。式圍真有截，咨牧正無虞。共仰垂衣治，淳風叶瑞圖。

帳殿神居迥，戎衣睿慮長。韎韋珠作服，鞞琫玉爲裝。蓄衆仁無敵，勝殘武獨揚。旌旆林蔽影，組練日生光。魚麗成前列，龍韜運上方。軍容分左右，黄鉞在中央。

金錞諧雅奏，玉帳啓高雯。兩届芳春節，三占絶塞雲。長征輕險阻，勝略重憂勤。駭浪平浮馬，危峰遠縋軍。枯源泉自涌，凍澤草能薫。瑞應由誠感，群神仰大君。

大武張皇地，洪動赫濯時。山形規聚米，士氣鼓行麋。寇自歸連尹，威猶斬郅支。傾心輸鞢䩞，流唱息胭脂。溢路聯冠珮，充閭擁旄倪。天街迎萬乘，歌舞看班師。三靈環黼座，萬壽進簫韶。廷集瞻雲頌，衢盈擊壤謡。祖功分櫛沐，天德共鈞陶。銀漢奎章麗，金甌甸宇遥。池開非舞駿，門闢更詢蕘。自昔聞恭己，尊光獨聖朝。

## 西山大閱恭紀

徐 倬

鑾輿臨細柳，閲武向長楊。寒至軍容肅，峰高陣勢張。依巖施帳殿，傍壑築圍場。鹿角將軍幕，魚鬚健客裝。蒺藜因石險，堋的帶花香。校獵三驅慣，徵材六郡良。分曹陳虎旅，建纛授龍驤。組練明於水，兜鍪净似霜。風雲看變化，鵝鸛列圓方。步伐胥如一，韜鈐總不常。馬馳朱汗落，旗閃白虹長。萬弩連星影，千刀掩月光。突圍驚兔起，掠陣效鷹揚。拂劍芒衝斗，彎弧矢注狼。鼓雷殷地發，笳吹順風飈。野狖先宵遁，山魈盡晝藏。皇威天奕奕，士氣日洸洸。杕杜沾恩賜，車攻讋遠疆。黄支行款塞，烏弋定來王。飲至情歡洽，鐃歌徹未央。

## 乾清宫御試紀恩

彭定求

乾曜瓊霄麗，奎文紺宇明。賡飏依聖藻，陶鑄切皇情。秘殿初分牘，璇宫又秉衡。恩同宣室召，寵倍上林行。瑞靄開中禁，祥烟儼太清。凝神瞻肅穆，垂拱仰昇平。松棟雲方縵，虹梁景正晴。
丹書呈有象，銅漏聽無聲。緗帙窮三篋，瑶函富百城。隃麋供内府，象管給延英。硯滴蟾蜍潤，
箋披錦縠生。賜餐皆玉饌，啜茗是金莖。喜接天顔霽，深叨禮數榮。夕香聞麝液，宵燭見蓮檠。
積雪消鴛瓦，春星轉繡甍。十年曾釋屩，兹日勝登瀛。每愧雕蟲技，真慚倚馬名。菲葑寧有棄，
葵藿亦知傾。式序隨仙露，傳歌和早鶯。願言勤砥礪，長此荷裁成。

## 恭紀聖恩詩　　張榕端

帝德勤稽古，皇謨敞集賢。萬幾當暇豫，六籍緬窮研。夏殿風光迴，儒臣寵遇專。分行親紫闥，
排日賦霞牋。睿鑒陶成切，洪鈞覆載全。賡颺依舜陛，踴躍戴堯天。御墨輝煌賜，仙厨次第傳。
瀛洲叨盛事，講幄侍多年。東序蒙超擢，成均獲備員。遭逢恩不世，報稱志逾堅。蓂莢瑶階閏，
蕤賓鳳歷宣。蓬壺開别苑，桑柘儼中田。修竹清陰滿，嘉禾繡浪圓。競趨雕玉佩，徐引木蘭舡。
地獻豳風景，屏書無逸篇。尚方頒筆札，中使給盤筵。訓諭從天下，昭回近日邊。誓將敦實學，
祇愧負官聯。異數沾方渥，微生各勉旃。永思精白意，常對聖人前。

## 瀛臺秋霽應制　　張榕端

地迴依丹禁，秋光到玉墀。凉風初應候，宿雨正晴時。北極雄圖遶，西山積翠移。荷蕖紅瀲灩，

苔逕碧逶迤。乍喜津梁近，還看別館奇。芝房斜駕浦，桂廡半臨池。日月波中浴，雲霞牖裏窺。澄烟浮藻井，爽氣入罘罳。鑾輅迴天上，仙舟護水湄。目瞻三島勝，身到十洲疑。寶鴨天香渡，銀毫湛露滋。敢追鳴鳳句，欲獻躍龍詩。刻鵠曾何似，傾葵好自期。微軀同燕雀，長逸萬年枝。

## 賦得西園翰墨林應制　張榕端

大雅誰能繼，西園盛事留。才華收衆望，文藻托千秋。況際勳華世，兼儕鴛鷺儔。含毫鳰鵲觀，染翰鳳凰樓。寶鼎騰仙篆，銀壺報曉籌。五言思藴藉，八法溯風流。刻鵠曾何似，雕蟲敢漫投。微軀沾寵遇，長侍殿東頭。

## 賦得我愛夏日長　張榕端

紫禁緗圖秘，彤闈瑞靄連。舜琴方解愠，堯日正中天。鐵鳳和風轉，銅烏晝漏傳。綺疏穿羃䍥，網户接蟬聯。蓂葉垂垂滿，榴英的的懸。蕤賓司月令，東井應星躔。琬琰飛宸翰，琳瑯拱御筵。凉生金掌露，香潤玉爐烟。邃殿叨三接，殊恩勝九遷。低徊慚綵筆，珍重擘霞牋。饌出蓬池鱠，茶烹太液泉。微軀沾寵遇，長侍五雲邊。

## 瀛臺侍直　　曹鑑倫

縹緲龍池路，岧嶢鳳閣陰。蓬萊森在目，翰墨自成林。水殿涼無際，風爐暑不侵。玉爐香冉冉，
珠幕晝愔愔。翠浪摇層檻，彤霞冒遠岑。氤氲滋瑞草，飛躍任珍禽。金碧中央迴，舳棱四面臨。
鸞隨宮扇展，蟬拂綺櫳吟。岸照紅蓮潔，冰凝紺李沉。鯨鐘徐送響，虬箭静流音。烏影昭陽度，
魚波太液深。靈臺常寄興，丹扆每題箴。歷歷延雲物，超超鏡古今。觀文開睿賞，味道契宏襟。
爽氣霏堯蓂，南薰入舜琴。羲圖光琬琰，奎藻麗球琳。宵旰宸衷肅，端居帝德欽。有懷調露手，
莫罄向葵心。樸學書慚校，非才筆濫簪。荷恩依日月，仰報切微忱。

## 西苑賜泛龍舟　　曹鑑倫

太液象滄溟，烟光兩岸青。新蒲藏曲水，遥渚出孤亭。龍舸宸游具，蘭橈禁苑經。何人曾問渡，
得旨此揚舲。波浪平如掌，樓臺列似星。馭風祥鳳下，鼓楫巨魚聽。瑞氣通宵漢，榮光散杳冥。
往來皆奉詔，容易歷沙汀。

## 甘霖恭紀　　李孚青

聖朝敦國本，農政每勤修。箕畢縈丹扆，郊原匝綵斿。茅檐情有待，楓陛慮先周。帝德涵亭育，

天誠格顯幽。山川禋禮幣，風雨激靈湫。乍驗河豨浴，俄占水蜧浮。濃雲連大野，甘澍灑神州。遠近應同潤，高卑豈擇流。彤墀清却暑，玉殿迴疑秋。急溜鳴宮樹，奔泉瀉御溝。西郊青出岫，南陌緑盈疇。黍稷公私溥，倉箱萬億收。四溟瞻瑞靄，八極荷泉庥。獻頌慚簪筆，聊追擊壤謳。

## 長至日上躬祀南郊恭紀　高士奇

泰畤嚴禋重，黄鐘應律長。日隨龍駕轉，風動鳳旂揚。爟燎瑶壇設，笙鏞玉殿張。齋容何穆穆，典禮更蹌蹌。羽籥諧韶頀，璉瑚列夏商。百靈欽受紀，九奏儼分行。虎旅勾陳肅，鴛班布武翔。馨香昭至治，祝贊介無疆。克配崇先德，推誠格彼蒼。升中方自遠，致福詎能量。歲事回三極，天心啓一陽。璇璣初轉馭，薄海奉休光。

## 陪祀孝陵恭紀　高士奇

峻極開神域，潛靈結奥區。絪緼群象集，起伏衆山趨。秀嶺看千叠，平陽面一隅。豐碑何巀嵲，複道盛規模。葱鬱長松古，潺湲曲澗紆。春林花燦爛，曉嶂樹扶蘇。翹首瞻陵闕，攀髯憶鼎湖。肇基宏帝業，闡運握乾符。雨露寰瀛洽，烽烟率土無。萬年綿玉歷，廿載閟珠襦。柏殿丹雲護，苔階石馬趹。遺衣同禹服，廟器列商瑚。穆穆皇情遠，森森羽衛驅。輕風生邃谷，薄霧隱崇途。拜謁微班忝，齋誠大禮輸。龍門回望處，佳氣積蒼梧。

## 恢復岳州宣捷恭紀　高士奇

帝德綏南服，軍威下岳州。革心歸版籍，角首望戈矛。地控巴陵險，江連漢水流。王師原不戰，廟勝實多謀。雷氣春先震，虹祲日盡收。勢將成破竹，魄已奪吞舟。樓櫓開雄鎮，旌旗擁上游。奏來宵旰喜，蠲去户庭憂。捲陣龍蛇動，長驅鬼魅愁。會須清蟻穴，坐見廓神邱。忭舞盈丹掖，深耕遍緑疇。羽干歌大定，萬里固金甌。

## 賜觀御製詩集恭紀　高士奇

謨誥光二古，文明被八埏。宸襟欣有托，帝業迥無偏。硯拂琉璃净，窗開翡翠鮮。題詩探寶翰，即景寓瑶箋。圭璧行間潤，珠璣字裏圓。朗懷彌宇宙，奎藻動山川。咏物觀乾始，摛詞秉化權。夔夔敦色養，翼翼繼心傳。柔遠絲綸句，憂民水旱篇。義含風雅正，吟得性情先。湛露真同體，卿雲足比肩。叨趨香案側，賜讀繡楹前。戛玉琳瑯重，鏗金津吕宣。勛華斯盛矣，曲則更昭然。肅穆清飈發，虚靈皎月懸。萬年瞻制作，法象麗中天。

夏日駕幸景山時臣英臣士奇扈從敬和御製詩一章秋七月蒙恩書賜恭紀　高士奇

鳳蓋臨層巘，龍軒覽近畿。山川千疊映，城闕萬家圍。苑樹含時雨，林花弄晚暉。地宜宸賞洽，詩發睿情微。句響驚巖谷，顔開耀扆扉。高居新節報，秘殿早凉歸。蘭蕙滋天藻，雲霄沛德輝。寵光依筆札，文彩睹璇璣。

恩賜御筆仿趙孟頫秋興賦一卷草書唐詩二軸恭紀　高士奇

紫殿垂衣暇，深宮論道頻。典謨時進德，宵旰實勤民。羲畫心同契，殷盤日更新。文明昭黼黻，藻翰藴丰神。玉砌薰風度，牙籤永晝陳。琉璃開硯匣，翡翠拂香塵。揮灑行行秀，臨摹字字真。毫端奔萬象，腕力等千鈞。勢拔騰蛟健，規添翥鳳馴。自能超百代，不獨耀三辰。賜出雲霞燦，擎來雨露均。縹囊光照灼，螭璽篆嶙峋。皎素龍箋潔，淋漓寶墨勻。拜恩偏浩瀚，捧硯益逡巡。稠疊情彌忝，涓埃感未伸。補戈思秘監，作賦愧安仁。有喜天顔近，無涯帝澤臻。鍾王誠陋迹，魏晋莫前人。什襲新題錦，流傳奕祀珍。茅齋生瑞色，歡躍動比鄰。

## 賜觀御製詩集恭紀

勵杜訥

禮樂崇昭代，文明啓聖皇。垂衣來萬國，掞藻麗三光。金薤盈瓊帙，瑶編集寶床。群臣依日表，五色捧奎章。字裹雲霞燦，行間珠玉香。黄鐘聲廣大，白雪韻琳瑯。藴藉侔風雅，鑪錘邁晋唐。勵精幾務暇，寄托咏歌長。圖史披中夜，經營寄八荒。青山欣對育，緑野憫農桑。游泳天懷適，憂勤睿慮彰。舜弦應髣髴，武誥並輝煌。得句輕豐沛，謀篇陋柏梁。元音皆浩浩，謨訓自洋洋。秘笈垂千古，弘謨範百王。螭頭隨虎拜，蠡管愧賡颺。

## 瀛臺侍宴應制

勵杜訥

聖世薰風溥，熙朝化日長。康衢咸鼓腹，黼座正垂裳。澤洽群生遂，時和百卉芳。宸游仙苑啓，睿賞御筵張。箸賜夔龍席，觴飛鵷鷺行。班聯看濟濟，樂舞聽蹡蹡。瑞靄龍樓度，卿雲鸑首颺。朱英浮玉沼，碧葉覆銀塘。并蒂迎朝旭，兼花散異香。亭亭分湛露，皎皎濯滄浪。青骨疑冰壑，修柯綴緑房。無枝純德著，不染素心彰。覽盛情難極，承衔樂未央。群工蒙燕及，四海際平康。在鎬榮三接，成詩愧七襄。恩深何以報，拜手頌無疆。

## 省耕詩　朱彝尊

長樂虬鐘啓，端門羽仗排。良辰元巳近，暄景暮春佳。帝念勤民切，群情望幸皆。蘋風吹近遠，
蘭澤洗塵霾。銜尾中流鷁，拳毛内厩騧。農輿沾雨露，俞騎束鞾鞾。沙柳津亭岸，山松驛路牌。
西疇一以望，東作此時偕。于耜分原上，提筐饁水涯。杏花殷似火，菖葉小於釵。巷静餳簫市，
烟低土銼柴。倉庚飛習習，布穀語喈喈。樂事紓乾顧，豐年協睿懷。歌時成夏諺，行處即堯階。
帳殿開黄屋，人家繞翠崖。定知先稼穡，力爲減徭差。吉日宣王禱，空同軒后齋。星躔齊北拱，
聲教已南諧。曲渚宜浮洛，芳樽迴勝淮。宸游多悦豫，振振入天街。

## 賜藕恭紀　陳維崧

霽旭升黄屋，風潭敞碧城。君王臨水殿，曉色冷蓬瀛。鳳舸遵遥瀨，龍堂擢秀莖。低褰波碎濺，
小摘蔓斜縈。堆去銀灣滿，携來玉臂輕。早凉侵素柰，内熱笑朱櫻。爽便寒鉎削，鮮宜雪椀擎。
迴鑾纔北渚，懷果徧西清。是日歡尤劇，移時感倍盈。多年遭汩没，一勺荷生成。詎料淤泥質，
終承采掇榮。孤芳長襲襲，晚節信硜硜。夙世蓮臺種，他年華頂行。皇都瞻杏酪，澤國想蓴羹。
折罷絲還在，抛殘葯又生。歌魚欣藻密，向日效葵傾。節值今秋閏，宵憐晦日晴。恩光渾不夜，
萬里總瑶京。

## 省耕詩　潘耒

帝力存于耜，皇心切勸農。紺轅臨御耤，蒼璧禮天宗。布穀初催鳥，靈星早見龍。土膏蒸活活，
泉脉暖溶溶。蔗蓑紆阡陌，桑田軫九重。時巡多暇豫，法駕每從容。帳殿斜縈柳，旌門迥駐松。
山橋花掩冉，水郭草丰茸。饁餉天衣把，扶犁翠輦逢。神臯元陸海，沃野總提封。力藉人千耦，
收堪畝一鍾。火耕隨地足，雪澤及春濃。夏諺遥騰壠，豳歌晚和舂。屢豐占萬國，高廩佇三冬。
嶺表方傳箭，湘西已撤烽。廟謨寬杼軸，國賦緩租庸。水利修畿輔，邊屯拓華雍。代田功録趙，
買犢賞先龔。綈革師文儉，胼胝法禹恭。昇平看有象，父老望喁喁。

## 經筵恭紀　潘耒

帝德周三極，皇仁被八埏。功成歸馬日，化洽止戈年。聲教風靡草，光華日麗天。宸衷還翼翼，
聖學更乾乾。念切頻咨訪，窮神積討研。懋修勤講幄，殷禮肇經筵。濟濟鵷鴻列，鏘鏘劍佩連。
西清鋪玉几，東觀啓瑶編。藻火明丹扆，爐烟裊細旃。甘盤原舊學，蕭傅本名賢。磊落英詞吐，
春容奥義宣。圖書陳要妙，謨訓闡心傳。道貫天人表，思深爻畫前。凝旒存默契，搢笏總陶甄。
主職彌綸大，臣心啓沃專。涓埃仍補助，海岳轉崇淵。禮樂規模闊，文明氣象先。馬圖占物瑞，
奎聚卜星躔。景運微生忝，殊榮朽質偏。近光當此日，延首咏平平。

## 上巳修禊應制　潘　耒

芳林遲日麗，元巳禊堂開。鳳輦排雲出，鸞旂拂霧來。昆明浮瀲灎，太液静瀠洄。草樹天光發，亭臺淑氣催。皇情多悦豫，法從盛趨陪。帳殿依巖曲，旌門敞澗隈。逍遥登閬苑，取次泛蓬萊。仙掌三霄露，堯厨百醖醅。金人看捧劍，玉女試流杯。攬秀皆瑶草，探奇必鳳臺。銘功萃燕許，賦事集鄒枚。鎬飲還非樂，汾歌未是才。恩魚迎棹轉，靈鳥扈舡回。聖澤苞三極，皇靈暢八垓。乘春聊燕喜，弭節且徘徊。潤入天街柳，光生輦路苔。多慚樗散質，深愧豫章材。清切依丹地，森嚴接上台。褰裳歌復旦，延首咏康哉。願作春工綫，山龍待翦裁。

## 孟夏時享恭紀　尤　侗

祖德開基遠，宗功創業宏。顯承三后配，享祀四時成。禴祭宜昭告，齋居致潔誠。諏辰逢令日，辨色訝新晴。肅肅鑾輿轉，駸駸羽騎行。千官趨劍佩，百辟拜簪纓。仙仗排空静，爐香入座清。尊彝陳酒醴，俎豆薦粢盛。舞按咸池節，歌諧仲吕聲。皇哉通陟降，允矣格幽明。肸蠁純禧集，居歆景福并。嵩呼稱萬歲，四海樂昇平。

## 告封長白山恭紀

邱象隨

長白天爲作，飛龍自有真。靈鍾千里固，瑞啓萬年新。秩祀隆昭代，登封命老臣。出關烟漠漠，銜詔馬駪駪。空谷鳴仙籟，神皋顯玉津。五丁開宿莽，六月布新綸。霄漢王言接，山祇帝命遵。卿雲齊絢縵，秋霧立消泯。方岳分羅列，中原入拊循。混同浮地肺，鴨緑表江濱。綿亘横腰遠，嵚崎到頂匀。三光通紫極，一氣拱丹宸。絶巘瀛壺出，群峰貝闕親。瑶葩幽燦爛，珠樹鬱嶙峋。冰雪明陰磴，笙簧起亂筠。霞翔金翡翠，苔卧玉麒麟。華渚相標勝，丹陵迥去塵。獨熊迎使節，七鹿獻山珍。漢祖終懷沛，姬公每頌豳。開天曾有錫，興國久無巡。世德追長發，豐功起肇禋。祠嘗崇典制，蠲饎肅方堙。誠恪何須廟，光昭直是神。燕昌垂統得，永眷樂熙春。

## 首春懋勤殿應制

邱象隨

萬國山河拱，中天氣象新。迎郊看上日，祈穀見元辰。鸞輅開青陸，龍章正紫宸。令和長保泰，兵止共歸仁。敷德文原盛，重華協自真。溥天賡復旦，薄海頌同春。典學還無斁，颺謨更有鄰。伊周皆世佐，房杜本儒臣。啓沃勤虚受，風愆縱博陳。惜陰猶恐昃，問夜每疑晨。懋績時幾敕，昌期道業淳。小臣依黼座，永此戴鴻鈞。

## 鑾輿巡視南河洪澤安瀾恭紀聖德　張鴻烈

軒臨一望中。仰寬宵旰念，悦豫暢皇衷。河疏沙並滌，水疾道全通。安穩舟人屋，悠揚估客篷。氣蒸無復潰，波撼豈能攻。羲馭重來日，隴畝喜沖瀜。保障惟需堰，堤防本畏風。運籌資聖略，集事勵群工。列壩如連棧，長陂似偃虹。卑隰淮南地，川流盡赴東。試觀洪澤闊，不異洞庭雄。泛濫何年事，經營此日功。蛟龍多窟宅，

## 乙丑正月二十五日御試翰詹諸臣于保和殿越二日上親擢十一人再試于乾清宮臣升元完卷後蒙召對移時抵暮命侍衛執燈伴至閤門恭紀　蔡升元

甲子初元運，動華復旦時。治隆參化育，道大統君師。聲教敷寰宇，甄陶勵庶司。特開天禄閣，齊賦柏梁詩。應詔陪鴛侶，含毫集鳳池。春風三殿轉，御札十行披。經術儒林重，昌言史職宜。懋勤調節候，宵旰廑疇咨。欲探苞符秘，旁搜筆削遺。篇章雖小技，拜獻實先資。通籍經三載，銜恩借一枝。便便慚腹笥，碌碌謝囊錐。空擁青綾被，誰工黄絹辭。丹鉛標甲乙，冰鑑别妍媸。濫厠前茅選，旋膺後命馳。五題親再試，群彦許相隨。鈴索風初定，舳棱影漸移。筆床頒翡翠，硯匣啓琉璃。雪乳車渠碗，瓊漿鸚鵡巵。傳餐容促坐，握管笑支頤。學並雕蟲陋，才無吐鳳奇。

里歌邀帝賞，宮樹少人知。入夜千門静，中天萬象垂。分明瞻紫極，咫尺傍青規。温語偏親切，深宵尚委蛇。御爐香篆細，仙掌露華滋。歸院金燈晚，還家玉漏遲。遭逢多異數，揚扢會昌期。造就曾無外，栽培豈有私。同文今四訖，鼓吹樂雍熙。

## 初直起居注館紀恩　　彭寧求

秘籞圖書重，西清典領專。來游皆碩彦，參選必名賢。曳珮螭坳上，抽毫鳳扆前。瞻依知日近，出入被恩偏。每啓琉璃匣，頻題琬琰編。曉趨聽玉漏，晝直視花磚。地分誠清切，天威倍恪虔。顧慚收陋質，獨許綴微員。蓬省居應忝，葵心矢自堅。退朝惟散帙，入署即懷鉛。龍尾初聯步，鴛班喜並肩。大鈞施冶鑄，薄植荷雕鐫。叨沐良深矣，職司尚慎旃。承明多暇晷，還頌慶雲篇。

## 經筵恭紀　　尤　珍

紫氣浮金闕，青陽麗玉京。中天開景運，大化洽文明。道統歸昭代，心傳啓聖情。經筵諏日吉，典禮順時成。鳳蓋宮花繞，鸞旂禁柳迎。千官趨劍佩，九列肅簪纓。玉案瑶編啓，珠囊寶笈呈。微言初闡繹，奥義更研精。風籟依簾静，爐香入座清。近看祥旭轉，遥見瑞烟生。典學皇心切，虚懷帝德宏。光華垂四表，萬載慶昇平。

## 閏五月四日召試詞臣於西苑豐澤園恭紀

陳元龍

上苑侵晨啓，臨波翠幄張。迎凉開藝圃，選勝作詞場。羽蓋來三殿，華紳夾兩坊。良晨逢閏夏，令節又端陽。登麥風初暖，頒冰日正長。蓬山霞漾彩，瀛海練凝光。鷺序排沙岸，鴛行列錦塘。俄瞻停鳳輦，並許上仙航。荷芰香侵袂，菰蒲色映裳。柳陰環碧宇，樹影蔽瑶房。舒雁班齊肅，呼嵩喜欲狂。花磚容列坐，玉砌得迴翔。賜饌傳中使，珍羞出上方。蘭肴同六膳，芳醑勝三漿。飯覺青精美，羹和石髓香。温綸宣咫尺，異數度尋常。授簡趨丹陛，探幽轉曲廊。乍看耕緑野，不是賦長楊。阡陌鋪雲稼，溝塍覆女桑。桔槔傳響遠，耒耜及時忙。民事宸衷切，田功睿慮詳。欲生濠濮想，真到水雲鄉。禹室卑堪範，堯階儉不忘。更無丹飾棟，但見緑連墻。隨意分湘簟，從人倚石床。風篁森萬个，夏木映千章。几案緣溪净，烟霞拂座凉。澄懷消溽暑，澡德濯滄浪。主聖明真僞，臣愚忝拜颺。捧題彌悚惕，握管自彷徨。燥渴寧憂吻，膏流可滌腸。盤堆縹蒂果，奩簇絳紗囊。竹裏烹龍餅，林間酌羽觴。洪慈誠浩浩，湛露益瀼瀼。散處臨斜日，歸途帶晚芳。承恩同海岳，礪石愧珪璋。重本皇綱遠，崇文聖道昌。小臣無以報，億載祝無疆。

## 瀛洲亭秋霽

陳元龍

高雲浮玉署，靈鵲報新晴。地擬蓬壺静，波分太液清。槐陰含雨氣，桐葉引秋聲。風定圖書净，塵消衣袂輕。八窗迎爽灝，四照愛虛明。永晝聯長句，凉宵就短檠。蜩鳴驚節换，雁過動詩情。
翹首榆關外，商飈拂翠旌。

## 秦中賑濟詩

劉　涵

聖治千秋鑒，王風七月篇。于疆安樂土，比户戴高天。每以生民重，無如粒食先。省耕心愷悌，
祈穀禮精虔。力轉洪鈞氣，功參造化權。雨暘時自若，寒燠序無愆。獨有崤函内，由來富庶偏。
陂渠連沃野，原隰盡良田。黍稷連涇渭，桑麻接澗瀍。時和輕委積，福薄遘迍邅。往者天行沴，
因之生計捐。仰瞻雲漢迥，俯視土膏堅。塵釜微蕭索，農人稍播遷。那知屯蹇日，即是泰亨年。
遠地宸聰及，中宵睿慮牽。綸言纔布告，里社已喧傳。到處春風扇，崇朝淑氣還。宿逋全賜復，
正賦亦除蠲。籌畫從廊廟，經營逮市廛。既分天庾米，又給水衡錢。失喜唯狂舞，銜恩却涕漣。
室家忘疾苦，溝壑起顛連。峻德三峰峙，榮光八水纏。歸鄉争引領，夾路盡隨肩。復念鴻初集，
猶愁罄倒懸。輓輸經洛下，蓄積滿秦川。黔首誠寧止，皇心尚歉然。效靈資岳鎮，昭祀秩牲牷。
特發明堂册，遥臨太華巔。紫壇香繞細，碧落燎焚圓。雲起仙人掌，霖飛玉女泉。野耕鳩語鬧，
林賽鼓聲闐。頓覺枯還潤，真看病已痊。若非蒙怙冒，誰復望生全。自此修廬舍，相將履陌阡。
倉箱新社米，聚落舊炊烟。擊壤歌豳俗，聞風識舜弦。兒童歡隴畔，父老話尊前。覆載身難報，
高深骨自鐫。惟知千萬載，聖壽祝綿綿。

# 本朝館閣詩卷十三

## 五言排律二

### 臚傳第一蒙賜宮花袍帽等恭紀　沈廷文

聖藻超千古，同文被八埏。升書崇選造，連茹集英賢。授簡金坡側，掄才黼座前。百僚承朌肅，萬騎擁階虔。苑柳春舒麗，宮槐日吐鮮。鸞歌丹陛裏，鷄唱紫宸邊。香動螭頭霧，祥開雉尾烟。蒼龍行歲德，玉虎應星躔。猥以衡茅陋，欣霑雨露偏。拔尤真十五，對策愧三千。散櫟宜居後，揚粃敢在先。何當蒙睿鑒，親擢冠臚傳。御蓋張行幄，天厨出禁筵。迎賓京兆尹，歸從曲江仙。內幣沾榮遍，宮衣沐寵專。異香纏錦繡，珍采耀蛛蠙。被服懷滋悳，捐糜念獨堅。抒葵寧計日，食藿矢窮年。探賾蓬山迴，搜奇秘殿連。一經思幼學，爲報紀恩篇。

### 元日早朝　沈廷文

履端崇正始，敦典肅三朝。氣轉陽和動，風微宿霧消。虹旌疑接漢，天樂似聞韶。金殿晴逾麗，爐烟煖更飄。百僚鳴佩集，萬國貢珍遥。率土時逢泰，垂裳聖是堯。蓂開初見莢，斗建乍回杓。
鳳詔新恩渥，蓬池舊侶招。祥光凝紫極，彩筆倚丹霄。應愧椒花頌，還同擊壤謡。

## 瑞雪

張豫章

氣候融和甚，經冬少雪飄。明星猶昨夜，積素自今朝。農事關豐歲，天心慰聖朝。竹歌嗤穆滿，
鶴語記唐堯。亘野光摇曳，漫天氣泬漻。樓臺迷辨色，林木合封條。有水皆銀海，無山不素綃。
開簾渾漠漠，撲面總瀌瀌。何處觀爲壯，名園景故饒。登臺資送目，涉澗未平腰。徐疾隨風碎，
輕盈到地嬌。枝間揉作態，墻角畫難描。稠叠聲微細，空明影動摇。何人誇咏絮，有客此停鑣。
竟許披帷入，寧煩折柬招。瑶瑜紛入座，亭館静無囂。賦憶梁賓客，衣思秦復陶。安禪松室座，
訪舊剡溪橈。葱嶺春常滿，峨嵋夏不消。瑶池爲藥擣，孫幌當燈挑。天與琪英麗，人言郢曲超。
由來供賞歎，况此足逍遥。恍見銀成闕，真疑玉作橋。盤將鹿尾劈，酒用馬潼燒。坐久温生席，
杯深愁易澆。升沉憑奕局，排遣托詩瓢。自信貧非病，還期久可要。酣歌希達節，僵卧亦孤標。
雉兔應同盡，松筠見後凋。願將精白意，和雪答層霄。

## 仲秋釋奠

湯右曾

海甸同文日，橋門釋奠時。牲牢遵舊典，肸蠁肅神儀。道統三才合，儒宗百世師。器猶存俎豆，

祀已重壇壝。律應清宮管，齋先上戊期。侵階開紫陛，列仗擁黃麾。韻欲流金石，尊看潔象犧。璆懸存簴業，瑶篚薦堂基。素壁留香久，靈風捲幔遲。偃如函丈接，炳若日星垂。醴酌思遺版，車攻有舊碑。槐陰當殿合，松蓋拂雲攲。仙草依幽砌，文芹漾碧漪。清時修禮樂，上相主盤匜。調燮動方大，精虔意不疲。丹楹浮翡翠，碧瓦護虬螭。瑞氣澄清靄，祥光接曙曦。淵源繼顔閔，名德重皋夔。璧水群賢在，蘭臺百籍披。宗風傳絳帳，家法守皋比。吾道今安仰，斯文總在兹。青衿諸弟子，聯袂獻聲詩。

## 栽　竹　　湯右曾

碧筱生孤徑，幽姿抱一叢。春移膏旋動，晴種雪初融。低小苑檐稱，葱青蘚砌同。枝疏常得月，葉密暗生風。羅户森相束，窺窗影欲籠。静摇金瑣碎，微戛玉玲瓏。引蔓朝縈翠，攲花晚亞紅。每疑烟羃羃，時見雨濛濛。底用論千畝，惟須拓半弓。不凋思古節，特立愛虚中。宫徵徐流韻，檀欒漸拂空。解苞攢石隙，抽笋短墻東。粉洗娟娟静，香流細細通。瑯玕雲肆植，箘簬貢包充。長養資元化，栽培仰歲功。龍吟裁嶰谷，鳳實下樊桐。

## 咏　葵　　湯右曾

少室初分種，西川舊得名。疏曾傳草木，植每傍階楹。霜後龍珠實，春前鴨脚萌。四時皆備氣，五色競敷榮。膩欲調金粉，繁看點絳英。匀施朱的的，文映玉晶晶。蜀錦俄裁出，吴綾細織成。檀心能百結，翠萼解雙擎。密謝多岐葉，疏緣獨立莖。露承深淺盞，月映短長檠。本自齊姚魏，從教擬杜蘅。乍添梅雨潤，微颭葛風輕。比艾迎門緑，如榴照眼明。含薰酬淑序，蓄味茗香羹。顧此邱園質，惟應筐筥盛。所懷丹一寸，只向太陽傾。

## 喜　雨　　顔光斆

一氣天人際，三時宵旰中。精誠原不隔，呼吸自相通。雲暗宫城樹，塵清輦道風。恩流雙闕近，澤被四郊同。甘液傾盆速，陰膏潤物融。黍苗光薿薿，麥穗勢芃芃。動植多含態，高低各占叢。是誰司造化，真見發群蒙。浩蕩沾敷土，蒼茫仰太空。可能忘帝力，端合慰皇衷。良耜歌周室，靈星紀漢宫。歡聲畿輔外，瑞景日華東。國計時方泰，農書歲屢豐。村邨歸餉婦，户户走樵童。共享盈寧樂，難窺發育功。小臣慚獻頌，拜舞效呼嵩。

## 乾清門侍直恭紀　　劉　灝

殿敞龍樓曉，班分雉尾聯。含香過玉砌，委珮步花磚。朱箔晨霞映，丹墀細草連。露高清禁籞，風暖入爐烟。閶闔青雲裏，旌旗碧落邊。祥光凝列戟，曙色静鳴鞭。獻納黄門啓，都俞紫詔宣。官方明黜陟，物類計生全。帝鑒周千里，皇心及萬年。遠將綸綍被，高共典謨傳。秘地深嚴極，微臣侍從偏。初依檐柱下，旋立御床前。向北瞻天近，朝東得日先。欣欣簪珖筆，凛凛捧瑶編。
册以金爲鏡，函持繡作篇。無能歌聖德，咫尺寸心懸。

## 元日早朝　張　復

元氣調鍾律，鴻鈞轉斗魁。中天逢泰運，大地得春回。庭草初生莢，林芳欲吐梅。旌旗千隊集，
閶闔九門開。玉勒沙堤簇，銅壺漏箭催。露還凝苑柳，旭未映宮槐。委珮隨晨仗，聯班近上台。
鏗鏘仙樂奏，侍從列卿陪。燎火煇將旦，嵩呼沸早雷。雪消鳷鵲觀，雲擁鳳凰臺。盛德臨初木，
休徵叶大來。皇仁周動植，品物盡栽培。瑞靄迎三殿，祥光燭九垓。兆民歌樂只，庶事咏康哉。
北闕書思笏，南山介壽杯。微臣叨盛遇，何以答涓埃。

## 渾天儀器　黄叔琳

帝德能通昊，皇圖在統天。頒時開鳳紀，測晷準龍編。宣夜分形渺，周髀候氣偏。玉儀參上下，
銅渾定規圜。六合歸穹蓋，三辰悟轉旋。歷稽長短至，不異去來年。瑞琯裝華玉，明璣飾美璿。
星球丸影動，銀箭漏聲懸。論記張衡辨，模從守敬傳。雲臺尊法器，璧府動星躔。虞帝持衡整，
周家卜歷綿。金鰲奠紫極，億載永乘乾。

## 賦得春色滿皇州　　黄叔琳

紫陌和風轉，丹霄麗日遲。山川凝淑氣，草木競芳曦。嫩緑遥疑黛，嫣紅錯認脂。披香凌鳳閣，濯錦漾龍池。燕拂金門柳，鶯啼禁苑枝。雨酥珠轂膩，塵細玉驄馳。祇覺韶光媚，誰將彩色施。自天工點染，隨地换新奇。佳麗稱三月，繁華占四時。千郊欣有象，百物荷無私。游泳尋花屐，歌呼擊壤辭。萬方春浩蕩，長此樂雍熙。

## 賦得瓊島春雲　　黄叔琳

閬苑韶光麗，蓬山瑞靄濃。曳波輕落沼，觸石細穿松。玉葉紛仍聚，金枝爛且重。慶常涵五色，奇亦幻千峰。捧日天邊影，籠霞島外踪。望中偏窈窕，幽處自春容。潤簇林花蕊，纖依碉草茸。氤氲能起鳳，繚繞幸從龍。未羡匡廬勝，還嗤岱岳封。青方徵道泰，黄乃紀時雍。糺縵歌旋唱，光華旦已逢。微臣欣拜手，遍宇慰三農。

## 賦得流風入座飄歌扇　　黄叔琳

玉署開清晝，飄飖入座來。流鶯頻宛轉，舞蝶競徘徊。桂殿迎凉候，蘭宫製賦才。微從花外轉，徐向柳邊迴。香氣涵蟾影，清聲引鳳臺。齊紈懷舊笥，吴紵試新裁。積翠摇青瑣，輕陰散緑苔。

南薫揮舜軫，願上萬年杯。

## 賦得緑樹陰濃夏日長　黄叔琳

節届恢台候，時逢長養天。千章群木秀，萬叠茂陰連。曉鎖朱樓黛，晴拖碧榭烟。鶯梭隨處織，榴火幾星燃。御柳分行暗，宫槐落影圓。翠帷遮别徑，罨畫指前川。林寂惟聞鳥，風悠但嘒蟬。不知炎向午，祇覺日如年。曖曖迴斜照，沉沉愜静便。銀床依井汲，冰簟就窗眠。晝永停羲馭，時和韻舜絃。盡忘煩鬱苦，清蔭滿桑田。

## 賦得雪盡馬蹄輕　黄叔琳

狩獵從軍樂，邊城列騎驍。待誇珠勒峻，畏犯玉塵飄。地净圍場闊，天清羽纛標。五花方欲騁，六出已全消。小隊經秦囿，前驅渡渭橋。决雲除没踠，掣電快揚鑣。得意思千里，騰雄在一朝。沙乾馳駉駉，野霽聽蕭蕭。壯士狂追鹿，將軍號射鵰。金羈穩在控，白羽正垂腰。冰雪高衢斂，驪黄上厩調。會隨天馬馭，拔迹到青霄。

## 聖駕游五臺山恭紀　錢肇修

佳氣遲宫漏，春游洽帝衷。言從雙闕下，將幸五臺中。萬騎紛如綺，千官列似虹。前驅周太保，除道漢司空。婦女瞻天表，兒童矚聖躬。旂連坡草緑，仗映野花紅。旭日三春麗，祥雲萬彩籠。
山形多變幻，地道入青葱。襟帶河汾接，空濛泰岱通。恒山爲北障，淮水望南雄。靈境疑仙降，
神威比岳崇。石開留巨迹，天半若呼嵩。回首星辰近，搜奇谷岫窮。臣鄰紛導引，父老亦來同。
嵐氣侵衣濕，風光散野融。宸襟豁泉石，睿藻動蒼穹。屬和驚天樂，推敲奪化工。詞林多繡虎，
褻御亦雕蟲。游倦鶯還囀，詩成興未終。山川添潤色，宇宙啓鴻濛。罷宴笙歌合，回鑾鼓角洪。
政還兼補助，澤欲起疲癃。野叟沾恩洽，村農慶賜豐。刑牲遵舊典，勒石記成功。豈侈秦封禪，
聊同古采風。陳詩徵太史，布德命群公。事必追三代，明原達四聰。願將千載遇，直沛大江東。

經筵應制　　　高　珩

珠璧三辰正，共球萬國康。雲低環紫禁，風叶應青陽。帝德天涵育，宸修日就將。威儀宗伯註，
講幄吉辰張。稽古齊堯舜，陳謨越宋唐。啓爐香晻靄，委珮玉琳瑯。訪洛聞周頌，談經邁漢皇。
垂衣臻至理，千載賀時昌。

冬雪應制　　　陳　璋

北陸含元氣，黄鐘協化工。霏霏知霰集，霙霙望雲同。鷺羽鳴沙際，瓊絲梟鏡中。迷茫隨曉霧，
飄灑趁斜風。舞態思梁燕，游情逐塞鴻。侵階花綽約，綴樹玉玲瓏。萬井添新月，千山失遠楓。

江寒連岸白，窗净射燈紅。林壑修容出，池臺縱目通。鴽毛飛院落，柳絮散遥空。瑶佩神工琢，晶盤暖日烘。陽春歌一曲，大地慶年豐。

## 上辛祈穀恭紀

姜宸英

序叶蒼龍正，辰當青鳥司。泉流疏地脉，暖氣轉天時。東作宸衷務，西成保介咨。鑾鳴歡九陌，佩響肅重壝。一德誠初感，三秋報在斯。唯皇均雨露，乘日動鎡錤。久佇金根輅，旋回翠羽旗。仍聞清道令，御耦待三推。

## 駕御瀛臺觀荷大宴群臣應制

姜宸英

宸居欣暇日，覽勝矚蓬瀛。幄殿薰風轉，旌門紫氣盈。千官鏘玉佩，九夏合韶英。素渚鵷鸞集，銀塘菡萏生。恩波長似帶，艷質本疑瓊。葉捲堯尊緑，絲牽甫衮明。真人攬纈坐，神女踏波迎。魚戲田田樂，鳧飛泛泛輕。瑞徵枝實並，歡兆泰交并。水似乘槎上，舡疑入鏡行。頳陽流碧沼，湛露挹金莖。不醉無歸去，同心有拜賡。今朝九陌上，喜氣滿皇城。

## 賦得河色欲驚秋

姜宸英

已覺凉風至，時當大火流。蟬吟低抱樹，螢度遠侵樓。雲影中宵淡，天光析木浮。垂檐明巧綫，帶月映簾鈎。似霧還凝曙，驚人只爲秋。生衣輕欲换，團扇薄將收。搗素聞鄰杵，飄紅出御溝。誰家終夕望，莫起故鄉愁。

## 玉泉山大閲應制

查嗣瑮

黼帳臨青甸，璇宫倚碧天。由來神武績，不忘太平年。七萃威方震，三驅令已宣。風雲看合散，天地辨方員。金鐵聲逾肅，關山勢盡連。雪晴狐兔伏，風定虎狼懸。憶昨親犁塞，争看自待邊。五花分八陣，萬乘在中權。事與蒐苗異，功同干羽傳。侍臣慚頗牧，空紀大成篇。

## 恭賦千林葉正肥

勵廷儀

夏木千章合，葳蕤滿禁林。光翻犀甲厚，濃罩翠烟深。不畏三庚日，能藏百囀禽。静疑聽夜雨，高始出遥岑。葉展蒲葵扇，條抽碧玉簪。望中常鬱鬱，行處自陰陰。萬畝垂嘉蔭，長林帶遠音。滋培含帝澤，時有向榮心。

## 恩賜筆墨恭紀

張廷玉

職忝文林貴，身依黼座親。懷鉛春復夏，吮墨暮還晨。盡睹瑯嬛秘，還分御案珍。彩毫光燦爛，烏玉色玢璘。栗尾雙枝重，松烟萬杵匀。濯宜秋水潔，製按歙川真。毛穎爲秦令，陳玄本絳人。

夢花開五色，問價值千緡。錦繡函先啓，珊瑚架早陳。遠勝鶏距健，常覺麝香新。簪去趨華省，
磨時選結鄰。照形如可鑑，運腕若通神。青鏤何堪數，元霜未足倫。紀恩書鳳簡，稽古愧龍賓。
敢説臨池好，無勞畫荻頻。願隨惇史後，歲歲侍楓宸。

## 重修翰林院落成聖駕臨幸錫宴以唐張説東壁圖書府五律字爲韻御製東字音字敕諸臣各分一字臣廷玉得圖字

張廷玉

卿雲籠玉署，黼座起蘿圖。甎影移天步，金聲仰聖謨。龍文成五采，虎觀拜諸儒。襄贊臣何有，
賡颺帝曰俞。宴歌魚在藻，詩叶鳳鳴梧。兩世桓榮席，捫心感愧俱。

## 賦得菊殘猶有傲霜枝

王式丹

園圃初冬日，欂櫨滿眼看。入檐霜氣重，匝野木聲乾。獨有黄花好，無妨緑葉殘。孤心非附熱，
勁節豈驚寒。畠畠方鋪砌，英英自覆欄。迴飈摇玉佩，待雪濯金槃。節候分巖桂，風標應谷蘭。
留香三徑晚，得氣一枝單。警鶴應相亞，游蜂不敢干。滿頭還亂插，傍夕好供餐。天意遲清景，
吾生愛古歡。和陶新得句，泛酒莫闌珊。

## 敕修萬壽寺告成恭紀

蔣廷錫

净土長生境，天神護衛成。俯臨春澗闊，遥接御街平。殿閣重霄出，旗旛绿樹迎。寺傳天萬壽，鐘鑄佛千名。細雨紅塵迥，春陽碧瓦晴。獅猊裝寶座，龍鳳畫丹楹。拜處飄香氣，齋時有磬聲。柳堤看繫馬，竹院坐聞鶯。游賞皆真趣，登臨遠俗情。深廊朝日映，古木暮烟横。西去通山徑，東來拱帝京。億年燈火盛，長向佛前明。

## 上親射金錢豹恭紀

蔣廷錫

朔塞雲深候，南山霧隱年。韜文藏白草，煥采發寒烟。爪利騰張猛，身輕跳躍便。志貪全鹿飽，路值六龍旋。木葉千林矗，塵飛一騎先。出房金鏃疾，彎月寶弓圓。鷙性思拏肉，天威易縛綿。奔逃已股慄，僵仆見腢穿。置負明駝背，携歸行殿前。驚看人聚堵，環立衆摩肩。鬚勁垂霜潔，毫斑帶血鮮。舊曾聞艾葉，今始識金錢。雪點胸間色，風腥口上涎。真堪雄并虎，寧止倍於豜。孔武羔裘句，長楊射獵篇。幸隨豹尾後，窺管頌秋田。

## 賜觀御書大學經傳恭紀

查慎行

昭代文明啓，吾皇政化隆。熟精洙泗理，大闡聖賢功。胞與周民物，幾康謐始終。一經神默契，十傳語全融。堯典推明德，湯盤視祓躬。孝慈爲世則，好惡與人同。異説歸淵鑒，群儒仰折衷。欲令聲振鐸，端賴筆抒虹。心法由誠正，書源本貫通。學難窮秘笈，勤不輟行宫。滌硯龍窺沼，揮毫鳳舞空。淋漓雲氣外，披拂柳陰中。星斗天垂象，山泉帝發蒙。教傳先胄子，寵示逮臣工。偏黨消皇極，維持長士風。須應遍黌序，澤自被西東。睿藻光何焕，王言義必充。卷末有御製跋語。道宏該創守，力厚闢鴻濛。羲畫傳同遠，箕疇演並崇。煌煌治平業，萬古照蒼穹。

## 賜西苑入直諸臣御書扇臣慎行得聖製泊惠山詩恭紀

查慎行

珍重傳宫扇，煇煌遍直廬。賜當清景下，頒及午風餘。應候知開闔，無塵待掃除。未秋涼已襲，纔夏暑先驅。駐蹕留佳咏，分行灑御書。怳疑泉到耳，真覺翠浮裾。墨氣生濃淡，烟光動卷舒。終身懷袖裏，長似拜恩初。

## 恩賜御書敬業堂扁額恭紀

查慎行

清暑時多暇，行宫日正長。君王親翰墨，侍從沐恩光。是璧皆盈尺，如椽總倍常。因心成變化，運肘示端方。山海峰濤壯，龍鸞爪翅張。堯文開盛世，羲畫掩前王。帝賚優無比，臣衷懼莫當。身雖依廣厦，家本住窮鄉。憶在兒童日，親隨子弟行。長貧惟立壁，短晷或然糠。風雨留先築，柴荆指舊莊。業傳慚肯構，敬止念維桑。幸獲支門户，終難荷棟梁。數椽天一角，萬歲字中央。

鄰叟來扶杖，姻親賀滿堂。承家期世守，祝國永無疆。

## 西苑賜觀秧田恭紀　查慎行

帝耤非千畝，農祥視一畦。初聞朱果熟，旋見緑針齊。料節栽花地，閑釃灌稻溪。自天知稼穡，率土動耰犂。檻外雲生岫，簾前雨作泥。膏腴隨廣狹，脈絡就高低。剡剡浮金溆，葱葱夾玉堤。好風垂柳下，斜日畫橋西。多稌占豐稔，維魚兆罩圭。甸師行不到，勾盾典曾稽。入侶金鸂鶒，歸尋木駃騠。自慚輪布穀，猶解勸耕蹄。

## 無逸齋看新竹恭紀　查慎行

地闢琅玕塢，天通箭栝門。烟霄連別苑，雷雨過前軒。簌簌風開籜，洄洄水注根。移栽初尚淺，培護久能繁。惜笋寧充饌，抽梢盡出藩。幾年成翠幙，一徑轉蒼垠。潤滴莓苔砌，高扶薜荔垣。涼陰清有氣，新粉净無痕。直節人皆見，虚心道亦存。律堪調鳳吹，名豈愧龍孫。好報平安信，休孤長養恩。親從天上看，不羨白沙村。

## 恩賜櫻桃恭紀　查慎行

燦燦華林種，離離朱實香。熟常先夏果，貢不待炎方。磊砢初垂樹，匀圓正滿筐。珊瑚駢火齊，沉瀣和瓊漿。露帶枝頭潤，盤登葉底凉。鳥鵮珠愛赤，蜂釀蜜羞黃。櫻桃一名櫻珠，一名崖蜜。昨憶西湖獻，今來上苑嘗。賜珍蒙見及，飽食感非常。配笋厨空敕，探花宴屢張。分甘誰得似，長侍聖人旁。

恩賜翰林院講讀編檢諸臣松花江綠石硯中使宣旨查慎行吳廷楨廖賡謨宋至吳士玉五人向在武英殿纂修著揀式樣佳者給與臣慎行得夔龍大硯一方恭紀

查慎行

砥石青山麓，松花碧水濱。天文聯析木，地産富琳珉。蘊作巖間璞，來爲席上珍。自蒙官采擇，頓發玉精神。有用逢時出，無瑕抱質純。性剛偏漱潤，膚膩不留塵。露氣鮮流葉，波光綠漾蘋。銘辭周雅古，背有御書，銘其辭曰：『以静爲用，是以永年。』形製帝鴻新。規矩方圓合，廉隅節角匀。雕龍由哲匠，篋鳳賁儒臣。賜硯有泥金漆匣。憶昨隨班入，曾經拜賜頻。前在内廷兩蒙頒賜。隃麋兼月給，棐几亦時陳。延閣披香夕，山莊珥筆晨。詩多呈乙覽，賦每達楓宸。自罷文昌直，仍叨竊禄因。微勞蒙記憶，末路慰沉淪。優旨宣中使，殊榮逮五人。枯魚咸仰澤，病樹稍知春。臣分增慚恧，君恩視笑嚬。捧歸憐手顫，增重爲絲綸。

## 恩賜砥石山緑硯恭紀　查慎行

扁石登廊廟，良工費網羅。出應逢盛際，名始著巖阿。養璞埋雲霧，呈材仰琢磨。潤流花上露，青刷雨中荷。眉子殊難匹，陶泓詎足多。祇宜供玉案，敢望賜鑾坡。染翰恩長被，含毫分已過。拜嘉誠異數，榮捧並詞科。彩筆濡雙管，隃糜試一螺。便思焚舊硯，涓滴浥餘波。

## 上親射金錢豹恭紀　查慎行

朔漠回鑾候，君王罷獵時。忽聞山下豹，正逐草間麋。詎縱顔行抗，還將餘勇施。三驅争效命，七校復揚旗。金鏃霜花淬，飛龍電影追。應弦疑樹鵠，拔箭已連骴。直作摧窮寇，真如殪伏雌。右髃充上殺，全質少微疵。貍首斑斑血，猫睛瞯瞯眵。鬚雄粗縮蝟，爪利善藏錐。自匿荆榛窟，初含霧雨姿。氣曾吞虎兕，力肯讓熊羆。緩死俄無路，偷生詎有期。但令供獮狩，猶得壯威儀。鎗杆風摇尾，鞍橋錦冒皮。呈文留炳蔚，取用及捐糜。師武當關險，兵韜示象奇。小臣慚獻頌，何異管中窺。

## 上入山行圍射獲白鹿一頭恭紀　查慎行

白鹿非凡種，仙山歲月長。出當時有道，瑞叶壽無疆。洞口眠時月，原頭望處霜。明明開射的，皎皎入圍場。碧砮千鈞鏃，瑶星一道芒。最宜豜並獻，肯與豹深藏。至潔斑同雪，如膏色勝蒼。
皮能留素質，草不療金創。雕俎充庖味，銀毫耀眼光。謬慚陪羽獵，作頌比麟祥。

冬　雪　　查慎行

朔候連三白，同雲匝萬家。縱横迷地軸，灝汗極天涯。樓閣高逾見，簾櫳薄易遮。漸從疏處密，
忽向整時斜。老柳飛揚絮，枯梅頃刻花。氣沉千里雁，寒噤幾村鴉。暗掃遺蝗種，潛滋宿麥芽。
逢年先應瑞，是玉必無瑕。積厚光摇海，平鋪勢展沙。歲功資醖釀，春事踵繁華。灞上吟情遠，
山陰客棹賒。意中餘好景，留作畫圖誇。

瀛臺賜宴用唐李嶠甘露殿應制韻分賦得丹字　　陳世倌

嘉讌承先典，蓬瀛集鳳鸞。九秋開令序，百辟奉宸歡。島嶼雲中出，樓臺鏡裏看。晚英芬玉砌，
瑞露浥金盤。歲稔歌吟協，恩深負荷難。微臣無以報，惟矢寸心丹。

萬壽聖節恭賦　　萬　經

寶歷綿佳運，時和庶彙康。日輪瞻聖表，雲漢焕宸章。瑞靄凝三殿，仁風育萬方。湛恩同海闊，
上壽並天長。春晝罘罳暖，花晴彩仗香。願將芹曝意，歲歲獻君王。

## 恭賦御製遥亭先得月　　宋　至

日暮亭疑曙，光從片月生。遥遥非近水，皎皎獨含清。暈射雕梁冷，波衝碧瓦輕。鶴林何久待，兔藥已先迎。池沼紓徐受，樓臺次第明。輪升當甲夜，庭滿未深更。地勝三光聚，天題五字成。璇宫留素魄，瞻望有餘情。

## 賦得水月寒潭静　　貫國維

水月呈秋色，相看興不禁。素輪翻碧漢，流影動遥潯。波氣澄天宇，蟾光燭地陰。霜池明鷺羽，龍沼燦珠林。萬籟聲俱寂，微雲翳不侵。洞霄疑濯雪，净渌欲浮金。但覺塵氛澈，尤增夜氣森。身同冰鏡朗，人在玉壺深。俯仰窺靈境，虚明見道心。萬川皆一印，千派可同尋。皎潔開真覺，澄泓寫素襟。静中推物理，聊以發高吟。

## 賦得川明發素光　　貫兆鳳

山意秋逾瘦，川容晚更娟。紅輪纔駐轡，素月已流天。栖鶻疑難定，潜虬駭不眠。色欺冰鏡朗，皎奪夜珠圓。豈是犀燃渚，還宜雪放舡。鷗鷺沙浦瑩，鷺訝縞衣鮮。溪冷僧敲户，波明客扣舷。塔光雲外直，帆影望中懸。夢鶴黄州侶，吹簫赤壁仙。會須乘顧兔，長嘯衆峰巔。

## 賦得薰風起舜歌　楊開沅

帝治賡歌起，南薰解慍風。惟修三事叙，從欲萬方同。晝永欣平秩，時雍奏屢豐。卿雲籠廣殿，化日麗深宫。瑶瑟開天籟，朱弦應聖衷。律諧浮泗磬，調發向陽桐。抗墜珠編貫，鏗鏘玉珮葱。高山傳既旅，流水寫成功。長養資披拂，吹嘘及困蒙。草夭聲習習，獸舞氣熊熊。擊壤盈寧遍，謡衢頌祝通。小臣知有喜，儀鳳在庭中。

## 賦得四月清和雨乍晴　楊開沅

首夏甘霖沛，郊原霽色新。停雲歸洞壑，宿霧散城闉。夜滿三農望，朝清九陌塵。輕寒侵曉氣，晴旭靄芳辰。山色遥添翠，泉流近轉輪。南薰披茂樹，西爽入修筠。麥秀浮青浪，花香上錦茵。露霑蟬翼重，苔涴燕泥匀。散綺霞成彩，騰輝月似銀。萬方同誌喜，時若感如神。

## 賦得陰陰夏木囀黄鸝　楊開沅

喬木千章合，金鶯百囀流。翩翩欣擇木，嚦嚦聽輕謳。出谷聲初滑，穿林韻漸幽。柳絲編曲譜，梅雨潤歌喉。密意愁如訴，新知唱欲酬。瀾翻喧葉底，宛轉動枝頭。隔水瑶笙奏，迴風玉板收。清和疑唳鶴，睍睆若鳴鳩。翠幄深深見，青雲冉冉留。神鸞調碧海，儀鳳噦丹邱。上苑飛同健，瓊林響更遒。芳辰多勝侶，鵷鷺好相求。

## 夏冰　楊開沅

西陸凌陰出，南薰溽暑蒸。吹虀思冷飲，揮汗薦層冰。本以衝寒結，翻教觸熱登。晶盤鹽象虎，玉鑑塵驅蠅。褦襶知難附，簪裾可自矜。撑持資瑩潔，調燮在崚嶒。入座金風起，開簾爽氣升。梅羹雖有待，紈扇詎能勝。熨腹清如雪，藏壺澈似澠。山形殊朗朗，心片自稜稜。不畏春温解，寧憂秋肅陵。炎歊方未已，快爾得良朋。

## 賦得薰風起舜歌　喬崇烈

閱候方臨午，維皇正建中。赤龍乘始御，黃鶴起初雄。豹尾飄遥扆，蝦鬚響近櫳。翠翻長日莢，丹舞萬年楓。細籟檐花蹙，微凉殿角通。衣裳垂肅穆，景物樂和豐。海水平于砥，雲英繡若緵。五弦調翥鳳，一曲送翔鴻。愠以春温解，財應夏結充。天聲鳴玉磬，仙樂奏絲桐。悦豫寧歌竹，飛揚豈興風。八埏同草偃，謳頌溢臣工。

## 萬壽聖節恭賦二首　壽致潤

仰睹三階泰，欣逢庶物康。山河朝帝極，雲漢爛天章。至治超千古，洪慈育萬方。時和風正美，春暖日初長。柳拂龍池碧，花含鳳沼香。年年當此際，眉壽祝君王。
宮殿連長樂，風光自太和。花間金闕迥，林下羽觴多。草色霑衣袂，鶯聲雜珮珂。重華占日景，
復旦紀雲歌。谷轉霓旌出，山迴翠輦過。御溝流不盡，處處是恩波。

玉泉山大閱應制　　繆　沅

簡閱當冬序，君王肅寢興。雪晴山翠露，風攬塞河冰。虎衛天閑壯，龍驤禁旅騰。燕弧彎月影，
吴劍割霜棱。布陣魚麗合，連營雁翼登。三驅熊豹變，七萃鸛鵝升。驍騎諸陵盛，材官六郡稱。
虬鬚鳴鏑早，猿臂射雕能。閫外傳綸綍，師中各戰兢。車徒勞選擇，步伐戒驕矜。超距威誰敵，
穿楊力孰勝。元戎歸節制，法從擁岡陵。細柳皆方召，長楊盡股肱。合圍沙似雨，飲至酒如澠。
鮮割鞲鷹怒，香清挏乳凝。歡呼山欲動，拜舞路相仍。干羽虞廷尚，車攻洛水興。一人揚聖武，
文軌萬方承。

賦得烟輕柳未絲　　繆　沅

宛宛長堤柳，含情早占春。望中青眼嫩，低處翠眉顰。羃歷烟初捲，迷離色可親。柔荑如見指，
細葉暗生鱗。水汉輕揚影，樓頭轉側身。停梭絲未理，開鏡黛將匀。碧玉眠纔起，鵝黄舞乍新。

攀條思往事，橫笛感芳辰。鴉髻山如墨，裙腰草似茵。縱能縈畫舫，未解贈行人。春淺濛濛雨，車迴滾滾塵。王孫欲歸去，攀折莫教頻。

## 康熙五十年十月朝鮮國王表請頒賜時憲歷奉旨准給恩宴使臣於禮部恭紀

吕謙恒

聖德超千古，皇綱總八埏。遐荒遵正朔，平壤遣陪臣。渡海求章舊，登階請命新。頒來黄帕覆，擎出紺題勾。晷刻推無爽，風雲護有神。丹宸恩禮渥，湛露几筵陳。宗伯方循典，行厨遂授賓。屏營承寵切，蹈舞覲光頻。近挹瀛臺氣，遥生海國春。冠裳存古制，職貢本王人。帝力占行健，天時合建寅。懸知歸異域，孤島望星辰。

## 賜藕恭紀

吕謙恒

天厨供夏物，雪藕出雕盤。頒處冰猶濕，擎來齒欲寒。芳鮮當六月，服食到千官。莆蓮凉同爽，瓊瑶色共看。捧盈偕椀碧，肅拜激葵丹。聖澤汪無極，臣心凛素餐。

## 玉河冰泮

吕謙恒

和氣方吹律，寒流已泮冰。遥從清禁涌，近繞玉堂澄。鑒影疑開練，聞聲似振繒。魚游寧憚負，鷗泳正堪憑。凍向條風解，春從黍谷生。凌晨仍映日，入夜尚輝燈。鴛瓦明偏注，虹橋暖乍蒸。
烟空蟬翼斂，波轉縠紋興。聖澤汪無限，陽和信有徵。粼粼時結響，涣涣勢方增。夾岸能滋草，
通郊欲潤塍。清光融未減，還并玉壺稱。

## 盧溝曉月　　吕謙恒

縹緲近皇州，烟空曉月浮。輕風來碣石，清影漾盧溝。鼓角聲逾壯，雲霞淡似秋。委波金在冶，
掛漢玉爲鈎。地迴樓臺峻，天迴象緯幽。輝輝分鳥色，晢晢掩星流。霽向虹橋斂，霜因桂魄留。
光連春水漲，陰借柳枝柔。遠樹開青嶂，平沙浄碧洲。鵲飛驚曙早，人語入關稠。雲物登臨勝，
邦畿控制周。聖人方省歲，耕作喜宸游。

## 春　柳　　吕謙恒

大造無私覆，條風到柳絲。毿毿堤畔影，濯濯月中姿。細葉渾疑剪，輕陰乍欲披。染袍思緑重，
舒眼覺青宜。根自金城植，歌憐玉笛吹。靈和春殿敞，彷佛想丰儀。

## 自鳴鐘應制　　吕謙恒

璿玉齊虞政，銅壺紀夏時。何如鐘自擊，能使刻無差。機轉環樞應，宫分晷景移。指南車遜巧，

記里鼓輪奇。全具周天度，何殊授歷儀。制同虬箭密，法擬算章施。信爾能司董，無勞更命夔。周環通晝夜，方法辨毫釐。察數寧睽黍，循聲較列眉。錚鋐流韻遠，浩蕩入雲遲。上國符三正，西溟總八維。靈臺方獻瑞，恭己象無爲。

## 咏新竹　　吕謙恒

瀟灑畦添潤，檀欒響乍敲。干雲驚迸籜，拂水漸藏坳。孕紫筠初瑩，含清粉尚包。微凉生户牖，瘦影綴衡茅。似覺風吹磴，旋看露滴梢。怒穿能度石，密比待如苞。嫩葉疑藏蝶，纖枝或罥蛸。池清荷氣引，泉響夜聲殽。松蓋高還偃，花欄近欲交。疏枝寧礙徑，小鳥詎堪巢。春雨滋梁苑，晨烟鎖渭郊。此君時晤對，應解俗人嘲。

## 賦得潤物細無聲　　徐用錫

好雨乘春令，紛紛向夜陰。已能宣木德，不用借雷音。影落明釭小，清分遠漏沉。新塘舒柳綫，舊隴認秧針。帝力催三祀，田家抵萬金。陽光雲外照，隱識化工心。

## 從事夕月壇恭紀　　張大受

千官趨北極，萬乘出西郊。虎衛瑶壇肅，龍翔碧宇高。夜明升廣殿，夕照下泓坳。就位歌金奏，分行舞玉梢。典儀呈璧帛，法器合笙匏。紫霧凝香案，銀雲拂翠旓。雍雍和氣洽，穆穆至誠交。捧瓚微臣職，榮光及草茅。

## 恭賦御製吹律考中聲　李紱

羲昜微陽理，天心辨有無。地潛雷未出，剥盡復應蘇。半夜時維子，中冬月在辜。欲陳殷薦樂，已協泰階符。現象因時動，聞聲與道俱。雌雄聽嶰谷，參伍應河圖。土鼓先求響，葭灰或取莩。宫音圖可共，冲氣管猶孤。晋制規銅尺，豳吹審蕢桴。奇零房律變，含少吕文殊。始訝編鐘誤，還疑累黍迂。九重神解意，赤水得元珠。

## 賦得日華承露掌　陸紹琦

旭日曈曈麗，晴烟冉冉開。清華繞禁闕，佳氣滿蓬萊。玉露新秋樹，金莖明月臺。含滋潤紅葉，餘綺散蒼苔。色映千官綬，香分萬壽杯。光從天上落，恩向日邊來。霄漢心常捧，雲霞首重回。承明欣橐筆，愧乏柏梁才。

## 賦得風動萬年枝　陸紹琦

淑氣舒丹陛，微風散玉堂。上林多雨露，嘉樹自芬芳。葉向朝霞潤，花含宿露香。吹來枝蕩漾，聽去韻悠揚。拂蓋低昂舞，鳴珂斷續將。薰疑彈寶瑟，清擬泛瑤觴。秘閣融春暖，高居蔭午涼。
太和盈宇宙，披對頌無疆。

## 聖駕視河南巡駐蹕蘇州恭逢萬壽聖節敬獻一千字

顧嗣立

鳳歷登千紀，龍圖握萬年。謳歌神禹力，耕鑿帝堯天。燕翼規模遠，鴻猷制度全。勸懲懸象魏，
黜陟列衡銓。閶闔冠裳麗，樓臺金碧纏。神光浮海岱，佳氣擁幽燕。省斂車常駕，蠲租詔屢宣。
三征安率土，一怒靖窮邊。地闢河湟外，銘鐫雞鹿巔。天山雲設色，瀚海浪生烟。馬蹋千年雪，
軍穿百道泉。手扶唐日月，目盡漢山川。甘露微霑草，薰風欲上弦。彤庭頒玉笋，粉署撤金蓮。
旰食忘甘旨，宵衣費浣湔。嘗憂淮水横，不惜帑金捐。特命賢良至，親承綸綍還。波臣方拜舞，
水伯漸拘攣。猶以東南重，從來財賦先。太常差吉日，儀衛戒戎旃。輯瑞重巡岱，觀河自導汧。
青陽生海甸，紫氣映星躔。曉靄籠黄繖，清飈拂錦韉。宫花依輦重，御柳指旗偏。駝影疑山兀，
車聲訝鼓鼘。津門初瀲灩，水驛正連延。緑皺灣灣濕，紅飛個個鮮。中流歌法曲，隔水拜行舡。
棹舉龍鱗動，篙撑鳳尾卷。水寛波浩蕩，天近日盤旋。絨繂牽烏榜，牙檣矗畫舷。中官朱馬鬣，
内侍紫貂蟬。犀甲敲宵柝，鷄人報日磚。厨供麟作脯，槳送酒如泉。弓響將軍箭，箋飛學士篇。
水程過夾馬，關戍近清淵。里井安熙皞，蒸黎樂蕩平。稻畦新雨潤，桑徑早鶯穿。耆艾同扶杖，
閭閻争獻豜。土橋初月偃，窑敞薄烟燃。至德思尼父，高情想魯連。酒樓真曠絶，劍草亦天然。

闢束荆門壯，濤翻南旺煎。河山垂帶礪，齊魯扼喉咽。水面分南北，波心乍斷聯。魚龍聚吟嘯，螺蚌美珠蠙。碧映長流遠，黄排巨浪堅。吴山浮澤國，淮地化河壖。瓠子新封決，宣房故道湮。省方深軫念，咨岳發真詮。紺蓋來崇祀，金繩應告虔。璧投蒼玉珮，馬送錦連錢。楗竹民擔土，搴茭卒奮拳。上中隨損益，疏濬酌經權。水府榮光耀，金堤休氣駢。陽侯拔宅避，陰罥抱珠眠。户户香秔稻，家家食鮪鱣。三吴歌樂利，兩浙慶漁畋。富庶天顔喜，艱難聖意憐。巡方開視聽，問俗察風愆。烟暖朱旂静，濤喧畫鼓填。金山動窈窕，邗水盡洄沿。青篋裝蘭楫，紅窗劈蕙櫋。六龍扶日至，萬馬渡江前。水手輕如燕，黄頭猛似鸇。弄潮翻組練，劈浪轉璣璿。鎧甲明幽壑，戈矛耀碧漣。礮轟光閃閃，纛舞勢騫騫。遠樹霞成綺，平蕪草綴鈿。惠泉縈帽絮，吴苑糁花氈。鵷鷺行聯翼，熊羆隊並肩。金閶紛組綬，虎阜颺紘綖。海屋翔鸞鳳，雲衢招偓佺。卿雲纔應兆，瑞葉又爭妍。地獻三春景，天開萬壽筵。酒濃和蟻泛，棗熟似瓜圓。野簌行鞭笋，池鮮縮頸鯿。山呼齊磬折，仗退各蹁躚。忭舞騰城郭，烟熅接市廛。寶幢牽絡索，翠幔繡蜿蜒。古刹朝修梵，琳宫夜築埏。經傳兜率國，符降大羅仙。百谷聲相應，千巖色更娟。瓦波浮璀璀，湖沫響濺濺。按蹕看耕耨，凝笳度陌阡。杏花沾細雨，乳燕落春田。主壽同天矣，皇恩並海焉。無疆詞進祝，聖德頌新編。遠近瞻天表，愚蒙識帝軿。群生含覆載，一氣入陶甄。景運三爻兑，清時九五乾。光華開宇宙，神武闢迍邅。龍虎包畿甸，梯航接澗瀍。本支磐石固，累業瓞瓜綿。藩翰當朝傑，鹽梅命世賢。琳瑯天府燦，弓矢羽林專。麗日連游騎，和風送大艑。河清瑞氣見，江暖碧流涓。

草莽濡汪濊，儒生賴静便。細書一千字，再拜上瑶箋。

賦得首夏猶清和　顧嗣立

緑嫩枝枝滿，紅芳樹樹同。時分凉燠半，人在雨晴中。小扇飔初透，单衫氣欲融。橋平紅瀲灔，野潤碧葱蘢。蠶食千筐雨，蛙喧一逕風。村村飛燕子，隊隊浴鳬翁。時雨占春熟，農歌驗歲豐。相看知帝力，何處頌天工。寒谷方回暖，窮檐亦發蒙。南薫滋長養，造物不言功。

萬壽聖節恭賦　孫宗緒

天宇和風静，春陽淑景開。鶯花迎黼座，宫闕儼蓬萊。聖德三才貫，皇仁九有該。群倫歸覆載，庶品荷栽培。瑞展雲千葉，祥鳴鳳幾回。純禧綿寶歷，厚澤播遐垓。仁壽金呈鏡，瓊珪玉作杯。星從南極拱，霞自上清來。苑樹濃於畫，春山緑似苔。班聯分鷺序，歌頌滿麟臺。海屋初添算，庭蓂更茁荄。小臣欣捧日，拜舞逐鄒枚。

萬壽聖節恭賦　舒大成

玉燭輝皇極，璿樞拱紫宸。九重天闕迥，六宇歲華新。開泰文明啓，膺圖眷佑頻。奎光臨綺陌，旭日藹芳辰。鐘鼓層霄上，衣冠率土濱。試看仁壽鏡，萬象已同春。

重修翰林院落成聖駕臨幸錫宴以唐張説東壁圖書府五律字爲韻

御製東字音字敕諸臣各分一字臣蘭枝得園字　任蘭枝

蓬觀輝文棟，儒臣振禮園。輦臨承寵渥，宴錫拜恩蕃。領署榮朝宰，斯文仰至尊。翰林華蓋近，仙榜紫雯騫。地有儲材重，庭霑緯露繁。侍宸曾舊忝，燕賀喜同論。

聖治颺言　吴襄

一人稱有道，萬國頌無疆。盛德符堯舜，神功邁禹湯。剛柔函兩大，健順建中央。兆瑞圖呈緑，延齡籙衍蒼。斗方迴紫氣，河已羃榮光。赤縣龍堆外，神州雁塞旁。群生咸就日，王者正當陽。主敬功無息，行乾體自强。懷周情孔思，看入室升堂。萬有争包孕，三才允發皇。聖躬勤好學，天漢倬爲章。垂拱衣裳會，春容翰墨場。升歌調律吕，吁咈叶宫商。德厚辭斯達，膏流焰必長。六書龍馬迹，八法鼎彝光。開卷宵兼旰，陳編就且將。經文文德盛，緯武武功揚。綏寇雄關啓，籌邊玉帳張。如神勞廟算，孔武肅軍裝。苞已除餘蘖，烽看净氏羌。蛟宫霾雨霽，蠻洞異花香。百戰陳干羽，千秋息斧戕。有苗今向化，無土不來王。天子憂仍廑，元臣事克襄。九河雖既道，三策尚非良。瓠子宫誰築，桃花漲孰防。九重乘橇出，兩岸夾龍翔。玉帛諸方路，篚筐萬里檣。涯能窺地喙，險可扼天吭。績實空前古，民真救一方。淮流雖曰濁，河水不全黄。星聚沿堤屋，烟浮繞陌桑。此中多雨露，隨處即梯航。睿慮周無外，宸游眷未遑。青旂勤五狩，緑畝祝千箱。
日麗薰花氣，風和扇麥芒。乘黄循舊道，垂白擁康莊。共擊歌衢杖，還持獻壽觴。瀾曾安澤國，
膏又沛江鄉。瑶海波沾潤，奎垣色正昌。丹書騰玉圃，寶歷衍珠囊。慶象懸閶闔，文明兆鳳凰。
人材寧竹箭，多士尚宫墻。况佩冰霜訓，長儲上下庠。筆思簪五柞，賦漫奏長楊。帳殿延晨旭，
花箋授夕郎。聽山呼震地，瞻虎拜成行。蕙版鏤銀蒜，蘭宫紀雒常。卿雲分糾縵，化日荷徜徉。
四海昇平頌，芻蕘一拜颺。

## 詔減蘇松浮糧四十五萬兩恭頌

徐陶璋

睿慮周寰宇，宸衷繫井疆。雲霄施雨露，屏扆繪農桑。德化乾坤協，恩波江海量。巽風披九有，
泰運啓三陽。宵旰勤無逸，東南眷不忘。蘇松均赤子，財賦甲殊方。比户徵符迫，前朝作法凉。
權衡裁舊額，剛斷焕新章。地税休全貢，丁租更減糧。歡騰三泖畔，喜動五湖旁。豳籥吹風雅，
箕疇應雨暘。逢年閑襏襫，隨處溢倉箱。綺陌晴霞絢，烟村粳飯香。聖心宏愷悌，吏治簡賢良。
盛世雲龍合，高岡梧鳳翔。催科寛箠撻，鼓舞捷輸將。兩郡安郊土，群情拱廟堂。去奢敦節儉，
息訟化譸張。熙皞追懷葛，盈寧邁漢唐。屢豐綿玉歷，願進萬年觴。

## 賦得郊原麥氣浮　吴應棻

預識禾同穎，先占麥有秋。芃芃乘夏令，鬱鬱滿田疇。風起青成浪，雲鋪翠欲浮。喧呼黄雀啄，映帶緑桑柔。繡野千畦錯，高原一望收。雨餘連岫色，香處帶泉流。餅餌村家樂，豚蹄父老求。豈知緣帝力，方得慶來牟。

## 入直南書房恭紀　張廷璐

秘閣深嚴地，文窗接御墀。侍臣趨直後，中使下簾時。釦砌朝烟散，金莖曉露滋。熏鑪珍鵲尾，棐几净烏皮。緗帙光浮動，瑶函錦陸離。閬瀛仙侣集，宛委異書窺。珠箔香雲繞，銅壺漏點遲。調蘭分法膳，膾鯉出蓬池。細果金盤飣，香秔玉粒吹。魚依靈沼荇，鳥借上林枝。自顧駑駘質，深慚山澤姿。一門恩愈渥，兩世遇尤奇。守拙承先訓，懷迂荷主知。簪毫慚視草，向日願傾葵。鉛槧當清晝，編摩矢寸私。叨陪鵷鷺後，拜首頌皇慈。

## 丙午九日召諸臣於乾清宫賦詩效柏梁體復於御前賜宴恭紀　張廷璐

三秋當令節，九日慶重陽。佳氣連長樂，晴雲遶未央。皇情隆繼述，恩詔集班行。櫜筆趨楓陛，裁詩效柏梁。帝歌函覆載，宸藻冠琳瑯。硯漬松烟潤，毫揮繭紙香。群工同抃舞，千載繼賡颺。

列坐鄰丹扆，重茵近御床。聖心多豫悦，天眷邁尋常。錫宴傳温語，陳筵出尚方。金盤沾玉饌，瑶斝挹瓊漿。仙樂鈞天奏，琪花萬壽觴。共欣魚藻咏，正賦鹿苹章。是日京兆放榜。自昔傳游幸，登高遠眺望。但聞頌菊蕊，惟紀賜萸囊。何似聯珠韻，還看湛露瀼。百生逢喜起，一德慶明良。盛事叨榮渥，微臣戴澤長。簪裾陪宴賞，翰墨奉恩光。願續卷阿句，雍喈集鳳凰。

恭賦御製人烟有慶色　張廷璐

玉輅時巡日，郊原大有年。倉箱情共慰，錢鎛意争先。夜穫千村月，朝炊萬井烟。堆雲稱禹甸，擊壤戴堯天。賽社人聯袂，娱賓叟並肩。桑麻皆沃若，雞犬亦欣然。夏諺歌如昔，豳風俗可傳。聖心同樂處，寫景入宸篇。

恭賦御製春添玉案書　張廷璐

天行原不息，聖學自相因。律轉青陽節，風和紫禁春。晴烟籠鳳閣，淑氣藹楓宸。銘日功無間，乘乾德比純。横經修寸晷，披卷愛芳晨。柳映牙籤碧，花飛墨沼新。金爐縈寶篆，玉几净纖塵。玳檢千函列，瑶編萬軸陳。羲軒通晤對，孔孟接精神。奥義憑搜討，微文自引伸。心源知印月，道統見傳薪。天縱兼時敏，千秋仰一人。

## 恭賦御製淑氣來春甸　張廷璐

陽和回玉琯，淑氣應青圭。平野烟光動，晴郊草色齊。和風初扇物，小雨不成泥。波暖魚方躍，林喧鳥乍啼。氤氲楊柳陌，澹蕩杏花蹊。淺渚過牛迹，芳塵送馬蹄。西疇勤潑襫，東作事耕犂。萬象冲融意，春臺喜共躋。

## 恭賦御製農事遍東皋　張廷璐

節候方朱夏，郊原正麥秋。花村縈繡壤，烟舍接平疇。草色青如染，桑陰翠欲流。香風聞煮繭，晨露聽驅牛。處處催耕鳥，村村喚雨鳩。廟堂宵旰慮，編户稻粱謀。緑野迎雕輦，青帘拂綵旒。堯階皆樂土，擊壤遍歌謳。

## 賦得薰風自南來　張廷璐

炎炎當夏日，習習愛薰風。披拂南窗近，縈迴北牖通。微凉生几席，爽氣入簾櫳。細縠魚梁静，新泥燕壘融。柳摇金絡索，竹響玉玲瓏。桐葉低檐碧，榴花墜砌紅。光翻荷芰渚，香泛蕙蘭叢。頓減蒸歊勢，還成長養功。揮弦知化理，散物賴天工。解愠堯封遍，豐財禹甸同。舒徐看偃草，澹蕩異飄蓬。寧獨披襟者，悠然一室中。

## 耕耤恭紀

查　祥

聖皇開寶曆，雍正二年春。睿慮周農政，綸音下禮臣。躬耕詳制度，親耤廣諮詢。太史蠲初吉，
司徒命再申。協風先五日，備物早經旬。瑞靄臚芳甸，祥光麗景辰。彤廷方問夜，絳幘正司晨。
仗入龍樓啓，班齊鳳輦陳。彩輝星有耀，香郁路無塵。百爾群昭肅，諸曹夙戒寅。贊升鳴廣樂，
導拜奠明神。飲酢當三獻，承庥兆始禋。鏗鏘交玉佩，金碧焕垂紳。翠蓋停耕位，青箱護草茵。
解韜旋出耒，載耜已隨身。尚樸材從質，乘時色取純。仰瞻黄屋御，平展緑疇勻。一墢王躬啓，
三推御手親。自先勤帝力，以次及臣鄰。法從登臺侍，公卿舉趾循。分班虔所事，終畝肅斯民。
已訝隨犁潤，兼誇服軛馴。隴分張鶴翅，塊轉簇魚鱗。景物詩難寫，溝塍畫欲皴。歌豐兼慶壤，
擊鼓共吹豳。預卜倉箱滿，遥占雨露均。兩岐充石廩，駢穗入星囷。享祀供凝福，粢盛貯薦新。
爲饎欣妥侑，載酤喜清淳。錫吉今伊始，綏多歲自頻。含生霑厚澤，率土被深仁。海宇嘉休洽，
唐虞至治臻。歡呼盈道路，祝頌遶城闉。曠代洪圖遠，熙朝鉅典遵。積誠嚴夙駕，餘敬儼迴輪。
載筆登青簡，吾君大聖人。

## 賦得宫殿百花中

鄧鍾岳

瓦翠流朝旭，垣丹襯晚霞。錦城雲漢幛，香國帝王家。金碧飛章采，璚瑶燦異葩。風柯螭出没，

露蕊鳳橫斜。銷夏垂濃蔭，爭春茁素芽。巢安連殿鵲，枝弱起宮鴉。拂砌苞仍蔕，迎鑾草亦花。
賡颺趨綺閣，共拜泛仙槎。

## 恭和御製趙北口水圍元韻　沈起元

燕趙分如礪，群流翕受之。水圍聞在昔，輦道復經茲。風動波生後，冰融綠漲時。柳蒲微有態，
烟靄杳無涯。不睹魚龍陣，寧知舟楫奇。鷺鷗驚棹鼓，鱣鮪駭罛施。鷁艇行聯舞，鳶旟影倒垂。
已看魚仞躍，佇見鳳來儀。士氣餘吞夢，皇情詎水嬉。省方兼飭武，謨烈在豐碑。

## 試博學宏儒科不成自紀　黃之雋

繼述逢明聖，初元設制科。大廷勤汲引，廣宇極蒐羅。翽翽來岡鳳，菁菁集沚莪。都人千軌沓，
國士九霄摩。鉅典光繩武，新儀燦保和。五題涵學海，兩試匯文河。奧賾胸吞籀，纖毫指旋螺。
群英咸賈馬，佳句必陰何。烹鍊金融冶，雕鎪玉切磋。日華紅灩灩，天影碧瑳瑳。軍校森而肅，
王公藹不苛。茶傳中使椀，饌出大官鍋。地迥精神眩，秋深晷刻蹉。雄姿方蹀躞，朽質已婆娑。
昔夢醒何在，頹齡出則那。溯懷良用緬，縷悉不勝覼。少壯書成癖，浮沉命作魔。偶圖燕市駿，
乃鼓辟雍鼉。擢第衰遲及，流光瞬息俄。兩朝栖玉署，七載玷鑾坡。磚影曾追李，亭陰尚憶柯。
凌雲邀特眷，染翰寡纖訛。日講絲綸接，坊僚組綬拖。衡文閩嶠去，陪祭景陵過。史局闕三館，

朝班厠五紽。淵冰慚齷齪，澡雪戒嫽嫛。拙宦頑如梗，飛章巧中䜺。含沙多疻痏，碎璧罕摩挲。
削籍歸尋菊，爲農學藝禾。鳧鷗盟雨瀨，麋鹿伴烟蘿。廢將荒調馬，衰姬罷掃蛾。鴻冥奚篡弋，
雉耿未罹罛。帶只紉蘭蕙，衣唯製芰荷。峰環貧士堵，谷繞碩人薖。以日如增綫，而年似擲梭。
餌無徐市藥，揮乏魯陽戈。剩有丹心炯，徒添白髮皤。重華新日月，肥遯舊巖阿。草莽聞皆起，
塗泥分久蹉。忽膺東海薦，猶恐北山訶。文豈成翻水，書難作擘窠。痂乾偏嗜好，灰冷欲噓呵。
良友紛攀柳，清時勸發軻。檄因如火急，冠遂與纓峨。遠舉身同鳥，長征力仗羸。據鞍猶馬援，
遺矢未廉頗。願接雍喈迹，來賡糾縵歌。龍飛真浩蕩，蚊負忘么麽。隨例趨丹戺，連名謁玉珂。
尚乘朝氣鋭，何減壯顔酡。粉滑牋雙摺，油濃墨一渦。羽陵書穴蠹，孔壁字盤蝌。芹曝傾心獻，
松雲逐韻哦。賦成斯足矣，詩就不遑他。薄暮當窗牖，輕寒到帢靴。風高常扇蠟，月暗未升娥。
便恐眸生瞖，還疑體抱疴。江花才欲盡，祖雪意無多。詎望金蓮撤，徒勞鐵硯磨。戴星辭陛枑，
橐筆走陂陀。息影寒山子，驚心春夢婆。且淹霜後柏，待長路旁莎。裘趁蒙戎煖，裝仍款段馱。
好歸江上棹，重理牧時蓑。貰酒從焦革，栽花問郭駝。隴頭聽擊壤，水面看飛堶。鏡對衰容笑，
書逢老眼搓。餘年隨磨蟻，幻景任籠鵝。穩坐耆英社，高吟安樂窩。太平堯舜日，耕鑿飫恩波。

# 本朝館閣詩卷十四

## 五言排律三

### 聖駕東巡盛京恭謁祖陵大禮慶成詩　胡寶瑔

展謁心繩祖，精禋孝格天。殷祥從啓後，周祚溯開先。賓命三才合，瓊源一氣連。辨方符出震，
配極協基乾。式廓由仁累，維新在德延。流虹將毓聖，長白預徵仙。武履吞朱果，星臨貫紫躔。
篤生風表異，乘運日華懸。丕構初桓撥，群雄盡伏跧。十三推勁甲，百萬却飛鋋。拓土聲威壯，
瞻原本實堅。舟瑶勤相度，襟帶勢洄沿。再卜今遼瀋，千秋古澗瀍。亶聰能纘緒，列聖念稽田。
大統兼函夏，神都乃定燕。經營光宙合，撫御跨嵩滇。久道甌長固，重熙戟改煎。我皇懷肇迹，
繼志重仔肩。松柏瞻依切，羹墻對越專。先期詢帝典，諏日應虞璿。清廟申虔告，隆儀考實詮。
爰移雉尾扇，遠颺魚鬚旃。奉侍慈寧慶，馳行福履駢。靄雲隨羽葆，香靄護珠軿。雨霽塵氛净，
風和景物妍。潔齊心翼翼，定省意轉轉。北口千盤拱，南天一綫緣。嚴關通虎氣，高塞靖狼烟。
行殿依層障，離宫仰舊椽。憑軒先澤迴，染翰睿情牽。不爲巡游至，非因逸興遄。覲揚時惕若，

陟降每兢然。大獮徵徒盛，修戎振旅闐。雙鞬攢鞅軩，萬騎接連錢。陣整花團槊，場寬柳拂韉。

秦成争執戟，許少逞銜弦。絡野馳偏挺，罘山逐更翾。將藏仍觸蹶，欲縱又聯猭。扼猛僵生兕，

追奔挫巨狿。青骹騰白鵠，素練攫蒼鸇。自覺皆闟輻，何曾待步鋗。疊雙穿繡羽，群友散腥涎。

月滿乘飛接，星流帶走搴。共驚天智勇，齊慶日充填。甫草詩徒侈，長楊賦苦研。何如勤講武，

不比樂游畋。祖制宜常守，遺風莫暫捐。諸番群引領，候駕幾佪儃。永念懷柔德，均歸統馭權。

壺漿看簇簇，芻糗效惓惓。厥角還舒馬，雕題亦獻豜。晨車循水曲，夜帳結山巔。咸戴天家澤，

俱稱衆部賢。名王邀眷遇，國戚重姻聯。鰜鰈同胞與，梯航總幅員。昔無私覆載，今豈薄虛孱。

盡在生成内，寧令雨露偏。凡兹皆世德，長以固雄邊。聲教訖如此，恩威詎偶焉。御題標勝地，

睿藻賁懸泉。雷若山陽殷，蚪疑水窟眠。巖腰梳霴䨴，石齒濾潺湲。喜氣勻寒燠，時光賴節宣。

草青秋露潤，林絢晚霞褰。輦路依原隰，沙程讓陌阡。天和騈玉穗，歲稔穫霜秈。處處吹豳樂，

家家鼓腹便。昇平思締造，恬養本鈞甄。到此皆疆理，行來異毳氈。塞門隨擊轂，遼水復牽船。

櫛沐聞堯腊，風塵記禹胼。遥睎形駛騋，顒企氣蜿蜒。景彼松楸茂，從兹瓜瓞綿。千峰朝啓運，

四祖慶光前。肸蠁陳登豆，翻襟潔几筵。先河尊自出，卜洛溯營遷。峻業垂無極，鴻基永不騫。

矗如雲鬱蓊，亘若霓連蜷。既仰龍東護，還欽鳳北翩。金銀隆地軸，星宿耀河壖。文祖方昭格，

神宗復吉蠲。柏城藏劍舄，琳殿奉杯棬。書謂材宜頀，詩聞桷有梴。瑶光騰釦砌，瑞色擁珠櫋。

鰲戴三山柱，螭盤四寶磚。祠官嚴辨省，宗伯戒愉綖。執事鴛鸞肅，陳牲繭栗卷。觀孚咸有秩，

萃假洵無愆。履位昭中正，凝神表滌湔。洪歆誠已達，介福德加虔。優愾通心結，形聲冥意筌。
炳膋蕭燿燿，灌鬱邑涓涓。禮畢華芝動，風行翠罕旋。餘香烟羃䍥，夾道樹葱芊。雉堞分樓櫓，
蜂房富市廛。莊馗平似砥，列隧密於緶。象闕規模舊，皋門體制全。即看霞繚繞，並映日炎燀。
圭地黄輿正，儀天紫蓋圓。一尊聯海甸，萬類統垓埏。舜簋惟和土，堯題喜不枅。衣裳猶什襲，
圖訓尚連編。示儉捐紈綺，垂型却玉瑱。依依欽手澤，聖聖共心傳。閶闔迎晨啓，旌旗拂曙鮮。
早朝銀箭仗，待漏赤墀鞭。忭舞聞宣詔，嵩呼敬上箋。維城鏘劍珮，列陛肅貂蟬。錫類霑千庾，
流恩注百川。絹頒仁共煦，竿植過容悛。枌社洵霑被，雲臺最縶攣。厥初争附鳳，應運翊鳴鳶。
銘鼎推同體，援旍念控咽。三勳親奠斝，諸佐使加籩。鎮岳横青壁，靈源匯碧漣。惟神將璧帛，
承命薦牲牷。洒令熊羆會，旋觀組練挻。軍容齊郅偈，武節集鮮扁。後距成山立，前茅擬水漩。
電馳戈閃閃，雷動鼓鼘鼘。莫訝軥能挾，兼誇札盡穿。鸛鵝風欲卷，荼火錦初纏。慶勞鐃聲奏，
呼騰凱唱還。於焉開大酺，是用宴華顛。豐沛興歌日，邠岐望幸年。駢羅肴盡蕙，照耀燭皆蓮。
眷顧容酬酢，言情任笑嗎。後人猶食舊，先志並垂憐。所遇咸欣躍，無誰更結悁。餐和春以嫗，
交讓性寧顓。耕鑿安淳樸，漸摩異巧儇。培深徵皞皞，化洽近蹎蹎。但覺心恒習，都緣目久擩。
深叢繁果實，沃壤秀禾秊。蘇子靈槎接，松花寶石濺。三椏珍玉茁，萬顆瑓珠蠙。是水成甘醴，
其材悉杞楩。射熊馳躡影，釀鹿護長鬈。肪截摛冠雉，銀翻宿項鯿。土饒嘉産錯，人厚古風扇。
自昔能時保，奚煩慮月朘。無名誠蕩蕩，有道信平平。遜聽常翹首，騰歡幾曲拳。文濤涵渤澥，

筆露漬蘭荃。賦就瞻羲畫，歌成叶舜絃。惟馨光典策，至治握樞鍵。用述前謨大，兼窺聖德淵。
盤杅期日儆，金鑑願心鐫。紹衣符三五，綿長紀萬千。回鑾咸有慶，敬獻上陵篇。

賦得禁林聞曉鶯　　陳惪華

長虹駕早晴，時鳥匝歡聲。未許雙柑聽，先從五柞鳴。借枝巢正穩，調舌語還輕。忽溜來紅樹，
旋聽出錦城。流香憑露潤，潄玉逐風清。睍睆遲金縷，綿蠻逷彩楹。觀光春乍霽，待漏夜頻驚。
屬筆從容客，歌應次第賡。

賦得新晴錦繡文　　王安國

燕石翔微雨，虹梁架早晴。日曦天有色，風静地無聲。蒼翠山千叠，漣漪水一泓。芳塵行處潔，
爽氣坐來清。細草侵階暗，柔花拂檻明。吐葩驚絶艷，競秀發奇英。鵲起毛應滿，魚潛尾不頳。
太平誠可繪，下里亦能賡。

重修翰林院落成聖駕臨幸錫宴以唐張説東壁圖書府五律字爲韻御製
東字音字敕諸臣各分一字臣由敦得林字　　汪由敦

瀛沼文章囿，蓬山道德林。論思寅亮重，著作職司欽。秘署新雲構，鑾輿賁日臨。仙毫揮禹篆，

聖藻協虞琴。列座沾需澤，分箋屬雅吟。榮因稽古力，賡拜奉徽箴。

## 賦得疏雨滴梧桐　汪由敦

行處消殘暑，晚涼趁碧梧。蕭蕭風戛玉，點點雨流珠。淅瀝聲高下，廉纖響有無。深宵清枕簟，密葉奏笙竽。秘閣輕塵涴，孫枝新翠敷。音從爨尾應，韻向嶧陽孤。百尺高岡立，九霄厚澤濡。鳳鸞栖處穩，霽月滿庭鋪。

## 賦得折檻旌直臣　周長發

漢廷槐里令，直節總難淆。肝膽傾堂陛，風規藴草茅。攖鱗原不懼，立仗恐生嘲。攀檻真能撼，憑欄未忍抛。霜嚴雕鶚氣，桐老鳳凰巢。獨抱丹心苦，能邀大度包。談經曾折角，旌善復懸旓。聖世求賢意，明良善泰交。

## 賦得用汝作霖雨　趙大鯨

庶徵先曰雨，三日即爲霖。膚寸雲初合，迷漫霧漸深。每乘梅熟候，遍潤麥苗心。散作千村福，添成萬木陰。濟時思碩輔，事主勵丹忱。有若祁祁降，如聞颯颯音。明良興夢卜，坎兑合敦臨。始信人調玉，全勝天雨金。

## 聖駕南苑大閱恭紀

李重華

大閱勤于邁，時乘順彼蒼。寒原餘宿潤，晴雪麗初陽。拂霧霓旌轉，迎霞翠蓋翔。聯鑣嫻法從，
委珮習軍裝。鵷鷺森隨序，熊羆燦列行。一番鳴角應，五色畫侯張。神武頻穿札，天威首擅場。
期門胥整肅，佽騎各騰驤。七校雄全部，三驅握大綱。壯猷争烈烈，陳力倍堂堂。龍虎饒飛動，
風雲合混茫。殷雷衝地軸，閃電接天閶。效命尊宸極，抒誠翼聖皇。升臺觀闔闢，指掌見圓方。
教戰非游豫，除戎豈樂康。威弧同舞羽，擐甲等垂裳。網解仁周洽，戈韜澤濊汪。民和敦禮樂，
士飽仗耕桑。備豫歸容畜，功成切覲揚。八紘咸鎖鑰，六幕鎮金湯。南苑歸遺略，圓靈事肅將。
帝心昭日鑒，祖德仰雲章。繼唱聲何大，同符道永光。傾葵瞻赫濯，有賦愧長楊。

## 賦得山意衝寒欲放梅

李重華

靈山開霽色，花意動寒林。蕊奪冰霜氣，香含天地心。鈿珠藏邃壑，綴玉露遥岑。照野情何限，
凌雲思不禁。緣村邀酒客，隔路引仙禽。春信空中遞，年華物外侵。游探將弄笛，望對擬援琴。
庾嶺休增憶，浮峰莫浪尋。餐風魂窅渺，度雪興清深。是日何郎閣，瓊杯稱朗吟。

## 賦得因風想玉珂　彭啟豐

畫省依清禁，深宵動遠風。鳴珂應早集，待漏此時同。披拂龍旂外，飄揚鳳闕中。響疑搖蹀躞，聲似戛玲瓏。渺渺銀河白，熒熒燭燎紅。垂紳人語肅，擎蓋曙光融。側聽渾無寐，凝思凜在公。總因趨直近，款曲寫微衷。

## 賦得春秋多佳日　莊柱

四序循環運，春秋景倍明。震雷方豫順，兌澤更豐盈。東畝千畦合，西疇萬寶成。杏林三月麗，桂苑幾枝榮。勢羨凌霄鶚，聲聽出谷鶯。青陽欣物阜，玉宇喜時清。布德行仁政，宣威肅義聲。八千綿瑞歷，歲歲頌昇平。

## 聖駕南苑大閱恭紀二首　張鵬翀

天衢龍在御，靈囿鳳高翔。園合乾坤大，兵銷日月光。順時循獮狩，命駕控驪黃。雪映金支麗，花迎玉輅香。明禋申肅穆，曉景逗清涼。貔虎森周旅，鼉鼉靜禹梁。三驅非尚武，九譯自來王。類禡依風雅，畋虞法聖皇。網開施澤遠，獵卜得賢昌。藉以綏黎赤，因茲答昊蒼。綢繆真有具，險阻願無忘。乾豆承千祀，威弧靖八荒。黃圖增赫奕，翠氣滿悠颺。備預人蒙福，時和帝降祥。

珠囊昭順則，玉燭兆靈長。燕坐鷹臺上，軍聲樂愷康。

威鳳岐陽集，神鷹夢澤翔。中冬行狩獵，南苑歘輝光。海子凝澄碧，都人候赭黃。弓刀方欲奮，翰墨早流香。纊挾如回暖，冰纏未覺凉。平沙連翠幕，積水度紅梁。七萃雄多士，三田邁古王。隊分旗繹絡，環合陣堂皇。效獲天顔喜，求寧帝業昌。垂精思漠漠，降鑒色蒼蒼。磐石安彌永，苞桑備弗忘。膺期鍾下武，控馭極遐荒。弭節旌杠卷，迎鑾鐃吹颺。元符端獻瑞，雲物復呈祥。燕賜恩胥洽，賡歌韻更長。聖心宵旰切，申命敕幾康。

恭和御製駐蹕聖祖避暑山莊元韻　　張鵬翀

圖畫識仙園，巡游俯舊原。今時繩祖武，當日抱文孫。慈竹題金管，喬松駐玉轅。軒開千嶂合，樹杪百泉奔。久悵音容邈，迴思雨露繁。祗承遺訓切，登眺遠懷存。撫物人如見，賡詩世可論。重華光奕葉，小草總銜恩。

上御勤政殿聽政臣以講官侍班奉聖旨特授少詹事感激天恩恭賦御試

秋日懸清光得江字十二韻進呈睿鑒　　張鵬翀

炎景餘三伏，清暘麗萬邦。昭融原不息，晶潔更無雙。乍射黃金榜，旋曛赤羽幢。兑秋臨鳳扆，離照仰鴻龐。耀采騰三殿，揚華洞八窗。傾葵蒙眷注，捫籥愧愚蠢。旰昃勤靡暇，舒長政不龐。授衣懷杼柚，省斂念耕稷。柳蔭閑眠犢，花陰静吠尨。容光消爝火，耀德偃戈鏦。有象長懸鑒，無私比濯江。餘輝成五色，炤爛筆如杠。

## 賦得春蠶作繭　張鵬翀

蠶月乘時令，辛勤比載芟。鳴鳩徐拂掠，乳燕正呢喃。屢起眠非懶，頻添食尚饞。緒抽疑裹縛，繭密類封緘。一箔從頭絡，三盆試手摻。新絲寬早賣，餘葉待重饞。玉杼鮫宮織，金梭鳳咮銜。即看纅染就，黻冕聽雲咸。

## 賦得更闢四門聰　余　棟

聖性邁堯聰，皇心亮舜工。嘉言雖罔伏，衆論必旁通。啓沃巖廊上，歌謡道路中。喜聞誠獨至，樂取意彌冲。本自無偏黨，何妨有異同。聽卑天浩蕩，懸象日曈曨。吁咈清時事，賡颺盛代風。竊慚芹曝陋，猶擬達璇宫。

重修翰林院落成聖駕臨幸錫宴以唐張説東壁圖書府五律字爲韻御製東字音字敕諸臣各分一字臣詩正得聞字　梁詩正

秘苑新苞茂，清時洽軌文。領才資碩輔，優禮荷明君。燕酒周王藻，鸞旂魯泮芹。題瞻重璧合，韻許列仙分。帝曜輝丹地，奎躔麗錦雯。湘縢增故事，盛典越前聞。

瀛臺賜宴用唐李嶠甘露殿應制韻分賦得斜字　嵇璜

秋風來桂苑，僊吹引蘭槎。嘉宴逢年慶，新詩領物華。水雲相旖旎，巖壑各谽谺。上壽瞻天近，留歡到日斜。恩濃同酒醴，興遠即蒹葭。從識三山勝，寧誇太乙家。

越裳入貢　曹一士

滄海無波日，青雲干呂時。炎方重譯至，卉服望風馳。粤自成周世，重逢清宴期。三千餘歲月，萬里外藩籬。馴雉登金砌，文犀燦寶羈。朝天衣錯落，頌聖語侏㒧。目眩祥光繞，神驚彩鳳儀。人原同血氣，天不限華夷。拜賜心誠悦，歸帆路渺瀰。再來携侍子，永世荷恩施。

## 賦得所樂在人和　曹一士

玉燭三階正，金甌四海春。明良方作合，師濟總成隣。政比鹽梅理，時逢樂利均。熙熙游泰宇，皞皞作平民。孝弟盈家慶，賢才萃國賓。拾金途共讓，遺秉户同仁。贊化歸皇極，調元仰聖人。九重多悦豫，不是爲奇珍。

## 賦得知仁山水德　曹一士

大君天錫智，元后性生仁。河岳胸襟闊，高卑境界親。陰陽歸太極，流峙現全身。浩浩源頭合，巖巖氣象真。波心千頃月，山色萬重春。照處呈明鏡，凝時净點塵。呼嵩群嶂集，朝海百川臻。樂壽知無量，乾坤仰聖人。

## 賦得文治日光輝　曹一士

聖德離明照，皇朝泰運昌。文思銀漢上，治象玉霄旁。聲教欽朝旭，心傳捧太陽。六經看復旦，四子慶重光。糺縵卿雲現，迴環列宿藏。昭回長不夜，麗正恰中央。昕鼓庠簻設，雞林鳳羽翔。遥聞敷被處，沐浴到扶桑。

## 賦得野含時雨潤　曹一士

首夏薰風候，三農望雨時。齋宮虔致禱，兑澤沛如期。一念慈雲滿，諸天甘露滋。祁祁良有感，亹亹信無私。麥隴添新色，秧田洗舊姿。泥融便布種，野潤欲扶犁。餉婦携筐出，衢民擊壤嬉。歆和蒙帝力，歌舞遍茅茨。

## 聖主躬耕耤田恭紀　孫灝

堯朔當平秩，周郊俯載陽。春深資木德，星正協農祥。帝耤開畿甸，親耕莅廣場。元辰先事擇，吉亥上儀祥。知稼陳無逸，求衣問未央。嵯峨丹闕曉，縹緲瑞烟翔。暖聽虬鐘啓，勻排羽仗長。芳原華輦駐，沙路錦帷張。衮冕山龍燦，旌旂日月光。齋壇臨穆穆，雅奏韻鏘鏘。修祀蕭茅潔，歌豐灌獻莊。陌阡紆黛耜，穜稑叠青箱。一墢咨成式，三推過昔王。公卿緣序遍，亞旅沐榮襄。遠目崇臺迴，休徵庶彙昌。重巒蒸霡霂，甘澍灑蒼茫。點散農人粒，絲飄饁婦筐。乍驚榆莢雨，徐看稻苗香。潤喜沾犁足，濃逾挹露瀼。至誠昭默感，上歲卜神倉。致孝粢盛告，登新黍麥嘗。翠畦珠作穗，沃壤繡連疆。力本邦基厚，勤民聖澤彰。嵩呼交四野，虔拜肅千行。慶洽邀清蹕，恩覃考舊章。綸言宣勞酒，黼座仰垂裳。玉食膺諸福，金甌鞏萬方。儉惟思大禹，仁已頌陶唐。蕆事隆文備，班朝鉅典臧。小臣慚珥筆，紀盛附賡飏。

恭和御製雨元韻　阮學浩

四野陰初合，千村雨既零。乍縈平畝緑，未了遠山青。柳岸濃如染，花塍潤發馨。桔槔聲並歇，
溪壑瀑初聽。雲氣涵空闊，田歌入杳冥。漲纔添曲渚，凉漸到虛欞。最憶萍浮沼，誰澆藥滿町。
三農沾沃澤，應禱協皇靈。

賦得所樂在人和　阮學浩

錫福由皇極，咸和致治新。帝光敷化宇，物意遂昌辰。氣藹層霄上，歡流率土濱。農桑知俗美，
仁讓喜風淳。舜陛颺言地，堯衢鼓腹人。太平真有象，熙皞別成春。此日儀須鳳，從來德比麟。
葵忱欣樂愷，珥筆近丹宸。

賦得一院有花春晝永　阮學浩

聯佩趨丹禁，分行下玉除。爐烟携未散，宮漏聽還徐。視草鈴聲静，看花旭景舒。榮滋朝露後，
香動午風餘。淑靄侵瑶席，晴光落綺疏。極知春爛漫，長借氣吹嘘。事簡時多暇，恩深興豈疏。
清暉娱永晝，欣得傍宸居。

## 賦得因風想玉珂　阮學浩

秘省連中禁，輕颸入夜頻。乍從宵直處，遥憶早朝人。列騎隨銀燭，鳴珂傍玉宸。柳催螭陛曉，花度鳳池春。斷續時聞漏，鏗鏘不動塵。和鸞青瑣近，委珮赤墀親。衮職知無闕，書思會有因。風聲潛拂曙，鴛序接簪紳。

## 賦得夏雲多奇峰　阮學浩

景物宜朱夏，層雲入望皆。乍疑峰起伏，不比霧沉埋。舒卷遥岑出，高低列岫排。經風吹不散，過雨沐如揩。靉靆巒千叠，空濛石一崖。垂陰含竹樹，滴翠到庭階。淡抹光還異，濃堆色更佳。從龍應有象，瞻仰愜初懷。

## 賦得秋澄萬景清　阮學浩

太液波澄後，秋光潑眼明。氣涵丹闕迥，凉入碧天輕。湛露凝仙掌，金風轉玉衡。乍欣迎爽籟，先與報西成。遠岫難爲畫，平林漸作聲。澹雲開净宇，疏雨度高城。霄漢心長捧，烟霞迹本清。微吟塵壒外，是境總蓬瀛。

賦得梅雨灑芳田　許希孔

時節近黄梅，廉纖雨又來。芳田膏自渥，麥浪錦成堆。戴勝從桑降，鳴鳩拂羽催。花溪添碧水，柳陌净輕埃。緑野微雲護，黄圖沃壤開。芃芃資茂育，叠叠荷栽培。霢霂沾三輔，豐盈遍九垓。物情同普暢，長養順恢台。

重修翰林院落成聖駕臨幸錫宴以唐張説東壁圖書府五律字爲韻御製東字音字敕諸臣各分一字臣楠得知字　宋楠

玉戺傳綸綍，金門盛羽儀。自天飛翠蓋，就日捧瑶巵。論道敦耆舊，敷言廣訓詞。風清鵷鵲觀，人在鳳凰池。恩湛三霄露，文慚五色絲。聖顔瞻有喜，應許侍臣知。

賦得迎歲早梅新　陳兆崙

陽德調温律，韶光靄禁城。宸衷欣茂對，節物早舒英。愛日心知暖，融風萼解迎。不嫌春漏洩，正值月嘉平。香自華林遠，姿含太液清。向南偏爛漫，傍嶺最分明。柳色争生意，椒花鬥艶情。履端方仰聖，萬卉樂光榮。

瀛臺賜宴用唐李嶠甘露殿應制韻分賦得連字　雷鋐

杪指森丹闕，清秋秩錦筵。卷阿音有繼，蕭露澤無邊。曲岸涼波溢，西山霽色連。天香飄殿陛，仙樂奏宮懸。酒醴臣心渥，珠璣聖藻傳。稍紓宵旰意，交泰屢豐年。

重修翰林院落成聖駕臨幸錫宴以唐張説東壁圖書府五律字爲韻御製東字音字敕諸臣各分一字臣若靄得虁字　張若靄

華省葺初成，鸞臺聽輅聲。九天瞻黼繡，六琯奏韶莖。露向毫端湛，春從句裏生。詩分燕國字，禮重傅巖虁。曠典光圖牒，群才萃盛明。小臣慚接武，兩代沐恩榮。

恭和御製冰嬉元韻　董邦達

元冥移律候，上苑鬥奇觀。欲試憑河勇，先陳宿衛官。晶瑩臨雪竇，蹀躞到滄灘。迅若星流曜，紛如浪激湍。形緣輕倍捷，力與巧俱殫。豈塵前車鑒，還同弭節安。弄丸能詎數，超距技非難。涉險猶占利，臨深未怯寒。珠宮真睒睒，玉宇更珊珊。極目疑飛鶻，翔身類聳鸞。縱横鵝鸛陣，馳驟雨風壇。臣愧語冰者，徒從壁上看。

## 聖主躬耕耤田恭紀　張湄

蒼龍勤夙駕，元鳥協春聲。土潤蒲芽淺，香霏杏樹晴。枝燈融絳蠟，貝闕吼華鯨。下界祥光動，
東方曉氣清。風雷争啓蟄，日月會飛旍。岳岳青壇立，畇畇綺陌横。民依先本計，帝力率深耕。
仗外耰鋤集，星前劍佩迎。落花侵輦道，新柳拂帷城。禮自三推始，躬爲百辟程。子來終御畝，
寅亮法天行。葱犗遵途熟，朱紘映旭明。扇和風翕習，含澤水晶瑩。穮蓘看旁達，禾歌取載賡。
咨諏紆睿顧，望幸愜輿情。千耦田功發，雙岐地秀呈。豈惟馨黍稷，迄用美坻京。化洽群侯仰，
膏流品物亨。隴烟翔雉羽，村曖悦鶊鳴。伐鼓遥村社，吹簫小市餳。佳辰過冷節，比户賜香秔。
洋溢呼嵩韻，殷勤獻曝誠。夏畿猶有諺，堯德不容名。瑞表金穰異，鑾迴玉步鏗。葩雲追蓋遠，
翠闕傍輪平。禁苑行觀刈，郊宫幾奉盛。靈山傳甕現，好雨雜珠傾。快慰豚蹄祝，潛消箕舌征。
菑畬由寶訓，庚廩寄蒼生。共坐春臺上，欣隨木向榮。

## 賦得荷净納凉時　張湄

輕凉生水殿，麗景展風荷。色共川光瑩，香含雨氣多。緑雲先却暑，紅粉擅凌波。竹外開襟賞，
鷗邊蕩槳歌。亭亭標净植，瑟瑟動微羅。虹散霞千尺，龜游翠一渦。傾盤珠共瀉，照檻鏡新磨。
想見淋池上，頻霑帝澤和。

## 恭和御製雨元韻　阮學濬

淑氣調元化，春膏遍野零。霏來三界碧，迷却四山青。柳嫩争新緑，花穠吐異馨。迎風知漸被，入夜待潜聽。霢霢滋原隰，絲絲徹杳冥。點波縈叠甃，拂檻逗疏櫺。負鍤臨芳甸，披蓑到曲町。裁詩同誌喜，聖澤協三靈。

## 賦得春蠶作繭　阮學濬

春日條桑候，豳風叶大咸。三眠初簇箔，五色漸盈函。吐納千絲運，迴環一縷銜。成丹經幾轉，如甕藉重緘。蟬蛻輕無迹，鴛機巧不凡。懿筐曾汲汲，纖手又摻摻。會奪天孫錦，還嗤博士衫。聖朝勤獻繭，貢篚萬方諴。

## 賦得秋日懸清光　阮學濬

旭日清光運，三秋麗萬邦。曈曨升鳳闕，晃曜映珠幢。抱珥臨宸極，重輪射午窗。霞紛澄碧漢，雲净濯清江。若木凝輝迥，土圭測影雙。離明調玉燭，爝火陋銀釭。負曝情何極，傾葵氣欲降。擬裁五色賦，彩筆振新腔。

## 賦得蕩胸生層雲　阮學濬

岱宗雲出岫，望久散還凝。飄渺疑生腋，氤氳乍拂膺。披襟衣叠叠，惹袖絮層層。吐愛開懷納，停憐繞坐增。白從虚室起，光與性靈澄。捧日丹心切，從龍浩氣騰。卷舒寧有定，芥蒂復何曾。聖德昭雲漢，瞻顔倍凛兢。

## 賦得千潭一月印　阮學濬

皓月中天麗，光華薄海覃。照臨懸碧宇，掩映遍澄潭。寶鑑重重徹，璿珠顆顆含。無雲微點綴，有水總渟涵。瑶彩紛虚白，金波瀉蔚藍。心源符太極，宗旨證瞿曇。只以空明悟，寧從色相探。大千昭法象，一理可微參。

## 賦得金翠共含霜　阮學濬

瑞應璇樞散，凌霜橘實諳。標名從漢苑，移植本江南。翠葉重重護，金丸個個含。赤瑛相掩映，珠顆並淵涵。錫貢元知貴，潛懷不厭貪。味宜方錦荔，品自壓黄柑。觸手香初噀，迴腸氣尚醃。餐霞差擬似，啖蔗比何堪。表裏芬芳徹，匀圓的皪探。那容供大嚼，雅合佐清談。薄醉偏醒酒，奇方或療痰。洞庭三百顆，飽食有餘甘。

## 賦得得雨溪聲壯　阮學濬

驟雨初過後，溪頭水不撞。翻盆添急溜，瀺穴涌驚瀧。鼓浪珠翻浦，揚濤雪滿江。連宵蕉葉鬧，
隔嶺玉聲摐。激越傳空谷，喧闐送小艭。淙琤從到耳，琴筑不成腔。合派聲加怒，分流韻叠雙。
舊痕迷遠渡，坐聽小篷窗。

## 賦得詩書至道該　張映辰

聖籍淵微藴，經筵至教開。一中傳秘奥，四始肇胚胎。探道源流合，微文鉅細該。性情陶以咏，
政事化而裁。妙體經綸出，深從醖釀來。謨猷須爲國，葩藻詎稱才。六藝宏無外，千編富可推。
賡歌逢盛世，拜手頌明哉。

## 聖駕南苑大閲恭紀　雙慶

地接神皋重，時逢歲務閑。有年豐已兆，冬狩令初頒。舊制遵文囿，前驅肅禁闤。霓旌飄析羽，
鸞輅振游環。雲集森嚴簿，星聯扈從班。晴郊開禹甸，别苑渺瀛寰。徑轉臨丹阜，橋横跨碧灣。
出林臺崪峛，遶郭水洄澴。帝則崇無逸，宸游念克艱。陳師營栻柘，講武闢榛菅。虎拜來都闠，
龍驤列上閑。戈鋋明若雪，壁壘峻如山。畫鼓霆轟激，琱弓月抱彎。合圍皆擐甲，角技悉翹關。

霜潔雕翎影，塵清豹尾班。千廬巡衛密，七校止齊嫻。翕赫昭軍實，從容悅聖顔。詰戎咸震疊，耀德孰追攀。命賞嵩呼會，承恩歌吹間。太平惟載筆，恭紀頌聲還。

## 賦得笙磬同音　肇敏

吹笙諧擊磬，宛轉出堂廉。商角明中辨，生成暗裏占。異形分竹石，從律叶洪纖。彷彿壎篪奏，依稀琴瑟兼。均如調麴蘖，和似劑梅鹽。但有同聲應，原無不類嫌。節依干羽舞，祥召雨風恬。帝治休明日，東西文教漸。

## 賦得月到天心處　朱績晫

碧海生明月，清規映百川。影涵金鏡滿，輪抱玉波娟。午夜群音静，中天一色鮮。澄輝通上下，瀉耀徹中邊。俯仰觀孚若，高深意豁然。珠輝凝皎露，璧彩净繁烟。哲士吟風日，先儒味道年。宸襟披對處，元象契真詮。

## 賦得千潭一月印　時鈞轍

皇衷通太極，至道契觀泉。渾灝川流地，光輝月在天。片輪明徹底，千澗象俱圓。有本盈方漸，無私照不偏。華開波瀲瀲，瀾起影娟娟。皓潔龍潭麗，瀠洄桂樹鮮。萬殊涵大化，一理貫當前。

聖學由天授，隨時印合全。

## 召試授職紀恩　夏之蓉

繼述重光日，文明復旦辰。大科宏祖烈，曠典賁王綸。躔極騰奎壁，天衢集鳳麟。于于膺辟召，濟濟列冠紳。稷下英髦萃，東都俎豆莘。兼金頒内府，湛露逮嘉賓。歲月歸涵泳，文章重雅馴。寵殊梁授簡，盛際漢歌豳。朔雪縈長樂，春暄到紫宸。傳餐中使切，命膳大官頻。宫錦裁題麗，籐箋制策新。詔從丹陛出，書借紫泥勻。有璞皆思獻，無才不共掄。藻思連碧海，綵筆動秋旻。風雅鄒枚贍，賢良賈董醇。拔茅占彙吉，漸陸待鴻振。斷是宸衷獨，材由上相甄。九重懸玉尺，多士仰冰輪。晝漏依稀静，堂廉咫尺親。鴛班齊近日，天語靄生春。職以詞曹重，恩憑巽命申。西崑資講討，東觀備諮詢。睿藻雲霞燦，鴻裁典誥純。特頒昭寵渥，廣牖遍臣鄰。弱植同蒲柳，疏才詎席珍。談經遜管輅，博物謝崔駰。昔奉先皇詔，曾爲一命臣。皋比環座冷，苜蓿滿盤辛。偕計來金闕，觀光入帝闉。叨沾綾餅宴，慚負玉堂人。雁塔空題字，龍門尚偃鱗。三冬憑雪案，五載滯風塵。快睹金臺築，欣逢鐵網陳。蒐羅宜楚璧，拂拭愧燕珉。報國心原摯，傳家澤未湮。銅池聯棣萼，粉署接花茵。視草香侵席，燃黎燭似銀。蓬山瞻靉靆，璧府望嶙峋。永沐需雲寵，同勤晋晝身。涓埃何以報，長此荷陶鈞。

## 賦得迎歲早梅新　金德瑛

晴光通禁籞，佳氣遶蓬萊。葉轉堯階莢，花舒漢苑梅。暗香猶蘊蓄，疏影自徘徊。將應東郊候，先看芳樹回。天心憑發現，陽德荷滋培。鳳紀韶華啓，鸞坡淑景催。乘時敷聖澤，攬秀冠群材。共有欣榮象，迎春獨早開。

## 賦得千章夏木清　黃孫懋

喬木森然列，炎天倍覺凉。緑陰圍處密，清籟過時香。葉暗黃鸝語，枝深彩鳳藏。似帷遮曲徑，如蓋蔭方塘。勢欲凌霄起，柯仍拔地長。鄧林投杖化，上苑得材良。生意全槎枿，成時盡棟梁。樹人存至計，鬱鬱盛千章。

## 賦得荷氣上薰風　蔡新

盛夏薰風起，蓬瀛暑氣和。未飄千畝竹，先拂一池荷。翠蓋浮香遠，修莖擢秀多。暖光騰玉蕊，清影漾銀波。似向方塘上，遥從曲檻過。西池同馥郁，太華共嵯峨。凌雜青盤動，繽紛白練拖。聖朝民愠解，雅韻入虞歌。

## 賦得野含時雨潤　　蔡新

清和呈景淑，甘雨正逢時。物自凝膏入，風還逐潤吹。青郊浮翠色，碧沼漾漣漪。靄靄連雲合，霏霏帶露滋。水田看浴鷺，烟樹聽鳴鸝。種麥傳興慶，觀禾憶寶岐。豐年應有兆，霈澤自無私。行遍康衢上，頻聞擊壤詩。

## 瀛臺賜宴用唐李嶠甘露殿應制韻分賦得天字　　彭樹葵

復旦虞弦奏，卷阿周雅傳。鑾輿凌曉駐，珠露照秋妍。香靄瀛洲上，筵開玉水邊。簪毫同拜手，翔步擬登仙。藻灑飛雲麗，榮分賜錦鮮。湛恩涵鳳掖，嘉會慶中天。

## 賦得錐處囊　　甄鏻

伏處慚囊底，神錐孰與偕。及鋒人欲試，脱穎爾偏佳。似復憐投暗，何當笑卷懷。劍疑同斂鍔，箭或類藏鞘。見末奇終顯，含芒遇豈乖。鈍鎚寧足儷，韞玉庶堪諧。獻技羞穿鑿，逢時異等儕。未須誇利器，橐筆侍堯階。

## 賦得野含時雨潤

聞棠

歲序清和候，芳郊夙雨含。遥岑烟籠翠，遠浦水拖藍。茂對皇心愜，滋培帝澤甘。輕匀能養麥，
温潤最宜蠶。緑樹柯交蔭，紅欄蕚正酣。湛恩敷自滿，生意淡相涵。短笠趨長陌，青犁映碧潭。
田歌歌既渥，聖德與天參。

## 賦得魚戲新荷動

邵鐸

荷香迷岸曲，魚戲躍塘坳。潑刺波旋激，偏反影互交。紅垂欹鳳沼，翠折瀉龜巢。鼓沫青錢散，
穿花玉尺抛。葉開萍忽破，尾擊燕同捎。摇曳疑風舞，噞喁驗水泡。惠施應解樂，茂叔未須嘲。
動植覘咸若，仁恩荷並包。

## 聖主臨雍禮成恭紀

劉藻

聖世文明啓，敷天教澤宣。虞廷垂舊典，闕里溯薪傳。觀化人文盛，當陽雨露便。三雍欽矩矱，
萬國荷陶甄。仰止心彌切，崇儒道必先。丹青新結構，金碧映堂筵。殿廡罘罳麗，宫墻棟宇連。
赤螭分糾結，青鳳鬱聯翩。瓦燦黄雲色，池流翠藻鮮。松筠含古澤，絲竹發真詮。仰見乾衷惕，
頻聞巽命專。先期嚴飭備，届日事明蠲。旭景浮金闕，晴光起玉泉。爐香仙仗外，扇影禁城邊。

上巳良辰近，三春淑氣妍。穠花輕著雨，細柳淡籠烟。燕翦當風掠，鶯梭拂露穿。戒塗森羽衛，在廟列宮懸。執鬯皇情肅，凝旒睿志虔。馨香流碧荇，疏越發朱弦。分奠公卿逮，趨陪鴛鷺聯。觀光州十二，習禮衆三千。祭酒横經地，論鐘造士年。朱衣開絳帳，紫幄對青編。顧問龍顏喜，颺言虎拜拳。欽明稽古帝，性道紹前賢。大義昭如日，神機啓自天。恩波方浩爾，治象益巍然。一德明良會，三階福履駢。聞風思鼓舞，名藝就雕鐫。典制垂千載，車書被八埏。小臣叨侍從，擬上辟雍篇。

送沈歸愚少宗伯予告還里恭和御製元韻　齊召南

鑑水歸狂客，都門祖仲翁。人間誇晝錦，天上款春風。著作神猶旺，登臨興未窮。名曾鐫琬琰，恩自冠鵷鴻。虞典書賡載，桓生歎啓蒙。帆開湖草碧，窗對曙霞紅。隨地堪行樂，延年在抱冲。他時仙笈上，端可繼韓終。

丁丑三月三日駕幸敷文書院臣率諸生敬和御製元韻恭進二首　齊召南

巡方依舜典，振德焕堯文。喜值隨時雨，是日微雨初霽。重瞻至聖君。來游觀藹吉，無斁荷恩勤。鳳嶺新添采，松岡舊紀聞。辛未駕幸書院，聖製詩勒石堂中。英才資教育，實學却煩紛。

講席微臣忝，菁莪咏樂群。聖德同天德，光垂日月文。再臨三浙水，欣頌萬年君。稽古崇儒切，登堂訓士勤。詩篇容拜和，傳諭諸生，能詩者和進。學業在知聞。但識高山仰，寧憂俗徑紛。從兹吴越地，大雅蔚成群。

聖主臨雍禮成恭紀　王會汾

接統千齡合，雍宫萬化先。神扶文思運，德邁永平年。乙夜探瑶牒，鴻都燦玉編。會應興禮讓，更用表陶甄。雲擁金根麗，天迴璧水圓。翠陰槐市近，茜綬鶴紋聯。俎豆森成列，鐘匏儼在懸。儒臣同拜手，髦彦亦隨肩。振振靈鼉響，愔愔玉琯傳。告虔行釋菜，命講即開筵。章甫人三代，淹中士八千。材官都挾策，侍子解紬箋。景曜高辰動，洪源百谷連。霑濡遍榛楛，鼓舞及魚鳶。舊憲留惇史，精心啓道詮。永惟鄒魯業，直纂姒姚篇。絶學今方懋，從風物自遷。弦歌聲匝地，杞梓蔭垂天。曉日橋門路，非烟紫蓋邊。於論争獻頌，周雅並昭宣。

賦得披沙揀金　王會汾

夙昔雙南貴，名高三品金。幾年沉玉竇，兹日儼瑶琛。望氣應難掩，披沙自可尋。斕斑星彩見，照灼日華臨。欲向洪爐鑄，先防瓦礫侵。滿籯知有待，躍冶本無心。淘汰功方就，精良世所欽。莫教同翠羽，旖旎飾華簪。

賦得折檻旌直臣　王會汾

炎靈方御宇，紫殿儼垂旒。鹿角猶堪折，龍鱗孰敢捎。劇憐孤賤士，乃叶地天爻。勁節森千載，危言動四郊。酬恩徒請劍，占象類焚巢。道在神明助，誠通黼座交。一時容骨鯁，終古謝詼嘲。丹檻無勞葺，澄源賴寸膠。

賦得追琢其章　廖鴻章

大美還追琢，含章本不凡。沙披齊麗水，璞剖憶荆巖。受範仍疏鏤，無瑕得巧鑱。形模憑刻劃，肉好妙空嵌。寶氣干霄上，虹光入夜銜。貢金輸大冶，輯瑞啓華緘。貴直侔鐘鼎，珍寧論玏瑊。器成方待用，望闕凜深嚴。

重修翰林院落成聖駕臨幸錫宴以唐張説東壁圖書府五律字爲韻御製東字音字敕諸臣各分一字臣逢震得春字　涂逢震

西山開秘苑，甲觀敞重闉。五緯奎文聚，三階慶澤新。上公同授簡，庶寀共垂紳。牋爲題詩擘，恩沾醉酒均。天香分玉案，綺席錯花茵。獻壽隨簪笏，同賡億萬春。

## 賦得荷浄納凉時　秦勇均

上苑南薰至，銀塘透碧荷。紅衣輕試粉，翠蓋薄垂蘿。愛潔沾塵少，含香浥露多。芳姿常映水，凉氣浄凌波。倚檻臨風立，携舟向晚過。隔堤遮緑柳，夾岸長青莎。滿袖皆延爽，披襟欲放歌。相逢君子德，當暑亦清和。

## 瀛臺賜宴用唐李嶠甘露殿應制韻分賦得橋字　沈德潛

行殿聳岧嶢，筵開坐九霄。君臣同樂豈，聲振合簫韶。天酒三漿泛，官厨五味調。恩魚跳玉鏡，仙柳拂虹橋。飲鎬歡周讌，賡歌協舜朝。散餘寛禮數，許蕩木蘭橈。

## 賦得春蠶作繭　沈德潛

蠶月條桑後，蠶家閉户嚴。纏綿絲漸吐，宛轉縷俱銜。巧性形能肖，藏身裹似緘。圓時疑比甕，掛處想栖巖。理緒覘多蘊，文心悟不凡。已看筐滿滿，旋摘手摻摻。黼黻憑繅藉，荆揚足貢函。冰弦成五色，清廟奏韶咸。

## 賦得折檻旌直臣　沈德潛

漢室容强諫，賢奸豈混淆。剛方難自屈，柔佞那能包。欲褫無良魄，寧爲没口匏。誅心霜共凛，
攀檻虎同虓。呼籲聲偏激，旌揚忠可教。殿廷留迹象，史册勵衡茅。聖代懸鞀鐸，群材恥斗筲。
孝成何足慕，占叶地天爻。

## 瀛臺賜宴用唐李嶠甘露殿應制韻分賦得承字　裘曰修

豐年忻已屢，盛事復相仍。瀛海無雙地，蓬萊最上層。碧雲依窈窕，紅日耀觚棱。詩訝飛毫捷，
人教納陛升。股肱賢命説，宗姓禮先滕。共詫千秋遇，何因得仰承。

## 賦得因風想玉珂　陶鏞

清省原無寐，高天獨聽風。可知心戀闕，早覺夜鳴璁。斷續遲蓮漏，丁當繞玉驄。散階方宛轉，
合殿更玲瓏。氣待鸞和肅，神先鵠立通。憑虚誰可御，卓馬定披雄。正爾慚温潤，相將矢藎忠。
明朝聆舜瑟，八節應歌功。

## 秋穫　程景伊

白雁賓秋日，黄花報穫時。黍稌高下熟，重穋後先宜。舊圃霜前築，新場雨後治。腰鐮朝霧濕，荷擔夕陽遲。濟濟篝車滿，行行秉穗遺。殘英鳩婦啄，嫩緑稻孫滋。萬頃雲連屋，千村雪滿匙。月明喧碓杵，人静歇鋤犁。飲蠟操豚會，迎神擊鼓祠。歌謡忘帝力，圖畫入豳詩。玉粒方州賦，香杭御耤粢。自今占歲有，長慰一人思。

## 賦得秋澄萬景清　程景伊

三五秋光滿，澄泓萬景清。天高炎暑静，雲淡泬漻晴。玉露千珠滴，銀河一綫横。螺青山翠聳，鴨渌水波瑩。宫闕疑瑶宇，樓臺儼玉京。池塘梧影静，庭幕桂香盈。已快乘風便，還忻得月明。高寒良可念，長願接蓬瀛。

## 賦得御河新柳　周人麒

帝里韶光早，沿河御柳新。輕黄飄上苑，淺緑映天津。雨細千行潤，風柔萬縷春。沙堤才吐秀，芳絮未沾塵。鶯囀烟籠羽，魚游影照鱗。嫩條依玉輦，薄蔭帶雕輪。張緒臨清渚，王恭近紫宸。翠眉初照水，青眼乍逢人。下直迎軒蓋，趨朝覆縉紳。枝邊堪繫馬，橋畔欲垂綸。灞岸别離數，長亭采折頻。何如瓊島下，歲歲沐皇仁。

## 賦得因風想玉珂

蔣麟昌

銅壺清漏静，何處度林風。藹藹浮蘋末，微微扇蕙叢。徐聽颸淡蕩，遥想玉玲瓏。暗拂垂楊過，輕摇委佩通。疑趨雙闕裏，似入五雲中。逸韻隨心轉，和音觸景同。御香披紫綬，旭日麗青驄。會待鳴珂入，臣心敬在公。

# 本朝館閣詩卷十五

## 五言排律四

### 賦得日華川上動　鄭虎文

麗景晨熹合，平川夜氣降。曙光浮瀲灩，曉色動琤淙。霧散明沙岸，烟開净石矼。似鋪霞作綺，欲認錦爲江。暖漲波千尺，晴眠鷺一雙。印潭輕桂魄，吹焰笑魚釭。深碧摇書舫，清暉映水窗。聖恩同浩蕩，化日仰鴻厖。

### 賦得密林含餘清　鄭虎文

長日清于洗，千章緑正酣。雨深濃欲滴，露重晚初含。接葉低圍幄，交花密覆龕。啼殘鶯兩兩，涼入逕三三。窗啓陰留北，風吹韻自南。檐聲摇瑟瑟，簾影落毵毵。蔭坐消煩暍，攀條愛蔚藍。栽培恩獨茂，葱鬱氣常涵。

## 賦得蘭池清夏氣

鄭虎文

長夏蘭池静，宜人水一涯。淺深清共徹，日夕氣偏佳。草色青垂岸，沙痕緑浸階。霞拖光灧灧，雲度影湝湝。最喜風微皺，還疑鏡乍揩。雨餘聞吠蛤，月度聽鳴蛙。坐覺澄波静，凉生熱客懷。塵襟如可滌，鳳沼許相偕。

## 賦得春色滿皇州

鄭虎文

暖律回韶景，皇州占早春。九重晴色麗，萬户物華新。苑樹花如繡，龍池草似茵。雲開三殿日，風静六街塵。淑氣乾坤轉，陽和雨露匀。桑麻堪入畫，鶯燕亦宜人。帝耤先東作，王畿拱北辰。近光依舜陛，擊壤託堯民。

## 賦得玉水記方流

鄭虎文

方流波瀲灧，玉水記淙淙。川媚應堪比，山輝信是雙。摸棱依曲岸，開鑑擬平矼。圭角藏文藻，廉隅礪楚茳。涵星明的皪，帶雨聽琤瑽。韞匵求蛟室，騰虹映釣釭。定聞珊入網，肯逐練沉江。磨洗登螭陛，浮筠達萬邦。

## 賦得玉繩低建章

鄭虎文

辨色趨金闕，披星驗玉繩。建章清漏永，長樂曙烟騰。榆影涵風動，珠光帶露凝。乍低隨皓魄，斜掛拂觚棱。台宿同輝煥，辰居儼式憑。雲移仙掌合，香裊御爐升。曉仗班鴛鷺，宵衣戒寢興。鳳池欣早步，天語幸親承。

## 賦得買夏欲論園

鄭虎文

揀樹春纔過，論園夏忽交。買來寧壓擔，摘去已垂梢。清暑惟仙荔，宜人便樂郊。栽殊修竹逕，居勝海棠巢。遠舍垂圓顆，登盤擘紫苞。嫩防鶯共啄，香引蝶頻捎。取亦何嫌盡，貪應未怕嘲。會須占食指，海嶠托衡茅。

## 賦得池塘生春草

鄭虎文

謝客池塘古，雲開一鑑清。懷人春入夢，傍水草初生。釣石芳茵軟，魚磯碧毯平。燒痕和岸没，秀色映波明。曲澗青羅繞，長堤翠帶横。柳垂金縷暗，鷺點雪衣輕。小坐宜敷席，臨流合聽鶯。咸和徵聖化，雨露荷生成。

## 賦得農乃登黍　鄭虎文

仲夏方登黍，農歡競笑呶。榴霞烘繡甸，梅雨滴青郊。新月鐮初試，輕珠汗共拋。束來疑似楚，拔處慶如茅。比櫛連蓬徑，崇墉倚柳梢。積勞償秠秬，夙願慰方苞。鄰谷春真遍，堯民壤互敲。乍看蒲葦扇，薌合薦君肴。

## 賦得松柏有本性　鄭虎文

鬱鬱岡頭柏，丸丸磵底松。後凋存本性，凡艷薄時容。香葉曾栖鳳，虬枝欲化龍。自應栽漢殿，未合受秦封。殷地濤聲捲，參天黛色重。夜烏休見托，老鶴許相從。勁節經霜鍊，清陰帶露濃。移根來禁苑，睿鑒幸初逢。

## 賦得清露點荷珠　鄭虎文

鳳沼新荷緑，田田水一涯。乍看清露點，錯認曉珠排。貫處纍纍是，圓來顆顆皆。未須傾蓋得，自覺走盤佳。柳拂疑穿綫，松横欲綴釵。肯教魚目混，直與夜光諧。帶月寧投暗，因風忽瀉懷。緣知涵帝澤，霑灑萬方偕。

## 賦得鶯聲細雨中　鄭虎文

春靄重陰合，鶯歌是處同。乍傳花影外，恰在雨聲中。斷續迷清響，悠揚度遠空。喚晴啼不住，愁濕曲逾工。潤處圓吭滑，飄來絮語通。投梭絲染碧，捎蝶粉流紅。合有遷喬慶，還欣濟物功。堯天膏澤溥，沾灑遍幽叢。

## 賦得夏雲多奇峰　鄭虎文

入夏雲衣變，奇峰爍若環。翠屏張碧落，青嶂叠銀灣。絮擘烟中島，鴉堆霧裏鬟。似洲來海上，如岫列窗間。雨漏疑穿石，風移孰負山。晚横霞彩斷，晴帶日雯殷。有路空寧鑿，無心出未還。天衢飛鳥道，絶頂會須攀。

## 賦得指佞草　鄭虎文

指佞如先覺，祥徵草不凡。屈伸隨所向，邪正默相監。宛示三緘戒，寧殊十指嚴。無言能辨慝，垂象若憂讒。低似風斜偃，傾疑日半銜。堯蓂應共植，漢柳肯同芟。葑菲懷臣節，芻蕘達諫函。敷榮覘聖瑞，大化洽和諴。

## 賦得沙留鳥篆斜　　鄭虎文

鳥迹開蒼頡，平沙篆刻多。印泥裁翰牘，畫荻傍烟蘿。斜作臨池勢，輕疑踏雪過。未容慚野鶩，
端合換籠鵝。飛白環江練，烏絲界緑莎。書空寧似雁，破體或如蝌。帖擬來禽號，碑從斷岸摩。
同文昭聖治，四海頌猗那。

## 賦得輕風生浪遲　　鄭虎文

細浪生平渚，微風度翠巖。小舟容晚放，斜日正低銜。皺處將成縠，吹來未飽帆。但看波宕漾，
不作勢嶄巖。白鷺沙堤静，青松石壁巉。練横投月帶，鏡凈豁冰函。高興迴蘭棹，新凉到葛衫。
緣知涵聖澤，相與滌塵凡。

## 賦得垂楊蔭御溝　　鄭虎文

春水初生候，晴波漲御溝。垂楊依遠岸，密葉蔭清流。倒影清如滴，涵空緑似揉。銜排應礙馬，
枝亞欲侵舟。鏡與眉痕展，絲將荇帶浮。麯塵迷鷺羽，金縷罥魚鈎。細雨眠難定，斜陽澹欲收。
托根欣得地，輦路侍宸游。

## 賦得密雨如散絲

鄭虎文

密雨天街潤，絲絲散玉除。浮空渾織若，作態轉紛如。抽繭煩龍伯，繅盆走電車。蕭騷聲軋軋，斷續勢徐徐。風亂綯疑索，檐垂帶有餘。金梭鶯織懶，玉翦燕裁虛。紅女慚投杼，農夫慶兆魚。太和蒸帝澤，沾灑遍方輿。

## 賦得竹箭有筠

鄭虎文

竹美章身具，亭亭瘦影排。已含筠卸籜，肯學箭藏鞁。蒼翠竿竿好，圓勻個個皆。清陰濃入户，寒碧碎摇階。雨色苔疑借，烟痕柳未諧。底須因主重，自覺此君佳。勁節留松伴，虛心任雪埋。聖朝崇禮教，感物每興懷。

## 賦得桂林一枝

鄭虎文

一枝傳郄桂，聲價重松杉。待月花初放，經霜葉未芟。移栽來兔窟，招隱傍雲巖。露蕊黄浮額，風條樂奏咸。濃香紛短砌，殘粟點輕衫。豈合薪供爨，寧甘蠹飽饞。小山應莫戀，秋燕未須銜。崑玉同邀眷，塵根幸脱凡。

## 賦得蜻蜓立釣絲　鄭虎文

野性憑漁釣，蜻蜓意自閑。適來何遽集，因倦若知還。香餌寧相戀，游絲宛欲攀。似嫌雙翼重，
未覺一枝艱。小立成幽趣，依人爲好顔。底須飛款款，應亦愛潺潺。上竹憐魚拙，穿花笑蝶頑。
化同馴雉洽，聖德遍瀛寰。

## 賦得濁水求珠　鄭虎文

夜珠潛岸曲，濁水亂驚瀧。養晦光難掩，同污氣未降。求沽如韞櫝，懷寶異迷邦。美處何須兩，
清來豈必雙。渾流明的的，圓折漫淙淙。自可龍探頷，寧煩練比江。魚銜休混目，犀照若燒釭。
特達應儕玉，塵埋笑礎矼。

## 賦得風梭織水紋　鄭虎文

鱗鱗紋乍起，拂水曉風和。投處非關杼，拋來不是梭。騰疑龍未化，銜若鳳纔過。體作迴文勢，
功成少女多。横江初似練，叠雪宛如羅。蛟室聞虚織，并刀欲翦波。皺真披霧縠，濯豈待銀河。
聖澤涵濡遠，薰弦入舜歌。

賦得斫雕爲樸　鄭虎文

去雕功待斫，返樸念彌嚴。渾噩猶堪式，繁華已就芟。良工辭切琢，人力謝鐫劖。從革金如冶，完貞玉在函。群心歸沕穆，世路削巉巖。茂俗同遐邇，淳風洽聖凡。未須矜物巧，應亦畏民嵒。共仰敦龐化，皇仁感至誠。

賦得白受采　鄭虎文

白賁旋加飾，天章式具瞻。斐然文乍焕，宛爾采頻添。莫以淄爲累，休將絢是嫌。山龍紛作繪，雲日爛相兼。守潔原防玷，趨華未損廉。變寧同墨染，投豈藉膠黏。素質非終棄，初衣肯久淹。輝煌丹陛近，睿藻被摩漸。

賦得春草碧色　鄭虎文

惠風摇暖律，瑞日散晴光。浮動春難象，芊綿草正芳。問誰參色相，是處見文章。袍色青何限，裙腰緑正長。燒餘含露氣，腐後鬱星芒。變滅藏空際，迷離少定方。無私含雨化，有夢到池塘。即景徵王澤，翔和百卉昌。

## 賦得空水共澄鮮　　鄭虎文

水光浮净靄，空影落寒潭。鮮色濃于染，澄波淡欲含。景緣虚處聚，妙向静中涵。不斷交晴翠，無邊共蔚藍。風拖霞瀲灧，雨洗日清酣。深碧依斜岸，遥青滴曉嵐。此時心自遠，是境與誰參。但覺天光合，從知聖澤覃。

## 賦得飲酎用禮樂　　鄭虎文

酎飲歡交泰，賡揚慶樂康。禮明儀肅静，樂備韻鏗鏘。秩序嚴班爵，笙鏞迭侑觴。恩流冠履洽，醲入管弦香。式序成三獻，含和聽八瑯。叔孫應未識，韶濩庶同光。中吕初諧律，南郊已致祥。彤廷歌喜起，陶淑更無疆。

## 賦得寒夜聞霜鐘　　鄭虎文

寒籟沉殘夜，嚴鐘應早霜。是何聲戛擊，乃爾韻悠揚。帶雁還低度，因風更遠將。磬同催月落，鈴共語更長。不作三生聽，初驚一枕凉。氣原深感召，理自足參詳。紀漏隨金狄，嗚珂候景陽。莛撞慚就日，簴設仰垂裳。

賦得風簾入雙燕　鄭虎文

晝永閑庭悄，輕風拂檻多。乍披簾半啓，忽送燕雙過。低掠銀鈎動，斜飛玉翦摩。喃喃音下上，故故影婆娑。似接花間翅，渾投柳外梭。盧家新伴侶，謝巷舊巢窩。入幕窺朱户，銜泥帶碧莎。托身依禁近，振翼共鳴和。

賦得三讓月成魄　鄭虎文

法天垂禮教，鄉飲事初諳。美德人稱讓，虛明月共參。盈虧光未一，晦朔魄成三。曉見依辰北，宵移傍斗南。避陰陽不奪，敬客主無慚。漸作鈎臨浦，旋飛鏡滿潭。撝謙還化競，示闕若懲貪。親遜歸皇極，仁風頌遠覃。

賦得圓靈水鏡　鄭虎文

圓靈疑不夜，皓月泛霜除。似水波同偃，無臺鏡本虛。浮疑湖是鑑，凍合石爲渠。鼓鑄來元造，摩挲出太初。群形昭洞達，萬象入含茹。啓匣煩青女，迴輪肅望舒。雲開天鑒遠，川印帝心如。微熠慚藜照，清輝滿禁廬。

## 賦得蟻穿九曲珠　　鄭虎文

珠名傳九曲，珍品重璵璠。塗綫脂堪引，穿空蟻可援。一彎探月窟，百折溯河源。窺隙行還止，
尋端吐復吞。潛踪通窈窱，暗度謝紛煩。豈類蠅穿紙，寧同虱處褌。淵藏明獨照，器使道猶存。
未敢辭盤屈，程材效至尊。

## 賦得金柅　　鄭虎文

易垂金柅象，躁進乃無嗟。推轂功殊異，迴輪義可嘉。持堅能域物，制動戒隨邪。中道憂非畫，
迷途悟未賒。稍安防覆轍，輕駛惜奔車。守静依王屋，含貞傍翠華。和鸞寧共聽，乘石豈同誇。
月窟爻堪玩，微陰杜蘖芽。

## 賦得反舌無聲　　鄭虎文

反舌因時異，無聲契化微。當春欣得氣，入夏類忘機。躁吉寧知辨，深沉豈畏譏。語憐新燕巧，
歌悟曉鶯非。百囀何煩爾，三緘或庶幾。獨先群鳥静，自覺太音希。肯去隨蟬噪，能來逐鳳飛。
守雌還守默，苑樹萬年依。

賦得卧聽村村打麥聲　鄭虎文

打麥歡晴晝，餘音送四郊。卧酣驚乍醒，聲近聽偏淆。似覺連村合，渾疑帶枕敲。兩岐齊落實，二米共垂梢。撲豈堪同棗，于真不類茅。高低傳絡繹，笑語雜喧呶。入耳煩頻送，關心未忍拋。從知伴厨蓮，應候獻君肴。

賦得雨息雲猶濆　鄭虎文

雨聲聽乍息，雲葉暗青郊。積潤光猶濆，微晴氣尚淆。似鱗鋪岸曲，如帶度山坳。淰淰渾流濕，丁丁已罷敲。頹峰披絮影，歸岫壓丹梢。薄霽霄彌凈，餘霞綺互交。篝車應有祝，蓑笠且容拋。景慶歌同獻，皇仁洽並包。

賦得鯤化爲鵬

溟漲鯤初化，鵬飛隘八區。三千從北徙，九萬奮南圖。横海騰身過，垂天展翼殊。摩霄辭澤國，跋浪接雲衢。不作魚依藻，寧同鷃搶榆。一抔羞井處，六月破墟拘。毛羽真相假，風雷會與俱。龍門閶闔近，振翮趣于于。

## 賦得琥珀拾芥　鄭虎文

千年脂化珀，拾芥古曾聞。宛作忘形契，寧教異類分。針磁迎自合，葑菲采何勤。吸草如沾絮，
銜珠等獻芹。未須憂鑿枘，豈似別藸薰。棄腐知徒負，投膠意轉殷。形成慚附鳳，泥伏笑瞻雲。
拂拭蒙恩遇，芻蕘感聖君。

## 賦得風過簫　鄭虎文

風過鳴天籟，簫迎韻乍高。含和終莫秘，流響適相遭。不作知音聽，寧煩按指勞。度空渾闃寂，
入律轉嗽嘈。嶰竹頻吹鳳，雲和忽奏璈。霜鐘機共感，葭管理同操。靜會元音合，中藏萬竅號。
南薰傳舜樂，披拂遍神皋。

## 賦得風動萬年枝　竇光鼐

不争群卉艷，獨以萬年名。日暖冬枝秀，風吹夏景清。參差翻夕照，搖曳趁朝晴。動處條微拂，
過時鳥不驚。根莖隨地固，花葉信天榮。小草叨噓植，持將答聖明。

## 賦得雲在意俱遲　顧汝修

檻外遲留意，閑看嶺上雲。欲行猶似住，乍合又旋分。坐愛垂天勢，頻覘捧日文。凝眸思靉靆，息慮對繽紛。逸興凌山巘，遥心送鳥群。瀛洲相賞處，徙倚到斜曛。

## 賦得無逸圖　鍾鳳翔

聖主念黎元，觀書究治原。繪圖明迪德，無逸戒居尊。穡事艱難隱，康功保惠恩。殷宗恭紹祖，周道穀貽孫。七月篇如在，千秋鏡具存。瑶章陳黼座，玉軸挂彤軒。寅畏師先哲，游田凜格言。誠和勤日昃，利賴遍郊村。

## 賦得五色筆　鍾鳳翔

鴻筆潤熙朝，熒煌五色饒。摛文疑豹變，舒藻訝龍雕。校典輝緗帙，臨池映緑蕉。書裁天詔焕，賦就日華昭。墨白頻嗤點，丹青任細描。題碑宜煉石，倚馬稱花鑣。寫出卿雲爛，揮成彩鳳翹。太平多盛事，染翰紀層霄。

## 賦得天驥呈材　　鍾鳳翔

渥洼逞逸態，騕褭壯奇觀。出應房星瑞，時逢邊塞安。龍媒千里逞，鳳臆五花團。照夜霜毛白，超塵血汗丹。削筒雙耳鋭，夾鏡兩瞳寒。自愛長途奮，何愁險道難。權奇晴閃閃，卓立骨珊珊。選駿施金勒，遴才被玉鞍。天衢飛電過，雲路逐風摶。服養陪仙仗，調良引御鑾。特蒙天子簡，長奉聖人歡。神物殊方貢，争從霄漢看。

## 賦得螢光照字　　鍾鳳翔

志士連宵讀，螢光徹夜懸。殘暉斜欲暝，鑿壁照嫌偏。愛此囊中物，堪同字結緣。腐餘翻有耀，暗處轉增妍。的皪芸窗内，熒煌几案前。行間皆玉潤，句裏訝星聯。雅稱雕蟲巧，清依垂露鮮。方秋疑雪映，在閣儷藜燃。非燭常生焰，同燈不起烟。輝分三豕上，影碎六身邊。皎皎冰壺徹，團團桂魄圓。如珠還墨沼，似火耨書田。不羨焚膏客，爲功未曙天。頗能分白黑，恒賴助磨鐫。寸晷頻思繼，分陰詎敢捐。崇文遭聖主，努力著先鞭。

## 賦得山川出雲　　鍾鳳翔

山川承帝澤，雲氣透巖阿。一片生瑶島，千重起白波。爲鱗依碧澗，觸石護青螺。蓋影排空上，峰形入夏多。濃陰環罩處，甘雨一番過。羃䍥騰天半，氤氳盎太和。熙朝滋棫樸，皇化被菁莪。多士從龍日，颺言賡帝歌。

## 賦得以德爲車　鍾鳳翔

厚載昭皇德，居中任挽推。體天輪并轉，法地軸同迴。作所心無逸，安身道自該。路平無險阻，聲赫協霆雷。軒輊規難定，方員制自裁。載驅防覂駕，爾輔選殊材。日馭行千里，風馳遍八垓。敬輿欽睿聖，鞭策愧駑駘。

## 賦得以樂爲御　鍾鳳翔

合樂皇功播，諧聲聖化流。行原無轍迹，象類御驊騮。發邇遐俱應，蟠天地盡周。歌詩防朽索，昭德戒盤游。律是馳驅範，和爲人馬謀。疾徐分綴兆，駕馭劑剛柔。易俗非鞭策，移風速置郵。總干昭倒載，舞羽格荒陬。

## 賦得焦桐入聽　鍾鳳翔

龍門高百尺，美幹托蒼巖。待價常孤挺，供炊已載芟。懷奇渾未辨，發響覺非凡。聰聽推求細，知音識別嚴。良材殊散木，焦尾異枯杉。得火分堅脆，爲琴任削劖。萋萋經鳳集，繩墨付工監。

玉殿薰風度，調弦奏大咸。

## 賦得含桃薦寢廟

鍾鳳翔

盥薦宸衷切，明禋帝念勞。嘗新當首夏，入廟薦含桃。實自青陽結，林依紫禁高。金丸紛點綴，火齊更周遭。磊砢朱明熟，勻圓造化陶。瓠甜防鳥啄，紅綻慮風撓。不假方州貢，何煩驛騎騷。采常先夏果，薦可比溪毛。摘下香浮籠，擎來色映袍。傾盤空瑪瑙，劈核異葡萄。將享兼陳黍，虔供繼獻羔。因時思嗜好，睹物感君蒿。典禮稽宗伯，趨蹌集髻髦。清芬和寶篆，朱顆耀蘭膏。梅雨沾華蓋，薰風宿彩旄。入門松籟静，出户柳絲繅。薦食誠如在，分甘惠遍叨。銀盤頒侍從，玉液飫賢豪。聖孝超三古，皇仁錫六曹。小臣瞻盛典，拜舞染仙毫。

## 賦得山川出雲

朱佩蓮

封濬承恩渥，祥雲布太和。無心徐吐岫，有態淺籠波。蒸氣凌秋薄，浮嵐變夏多。孤飛穿白練，軒舉罩青螺。隱見屏端合，悠陽鏡裏過。川陰輕度嶺，山帶遠環河。非霧魚鱗疊，如烟樹杪拖。應占王佐兆，澍雨遍嘉禾。

## 賦得簑笠聚東菑

王太岳

舉族勤民事，耕耘課獨嚴。東菑群荷鍤，南畝共携鑱。麥浪收青隴，梅風漾碧衫。笠聲朝雨過，簑影夕陽銜。植杖人維耦，揮鋤草載芟。暮村歸得得，晴陌話諵諵。大有書應紀，明昭賜不凡。堯天歡擊壤，歌頌叶韶咸。

## 賦得新蒲含紫茸

王太岳

新蒲初應節，梅雨潤潛含。短短臨斜岸，茸茸映碧潭。似蘆才作筍，如劍乍離函。辨色名非五，逢時伏未三。榴開應奪紫，帶展欲拖藍。白傅難輕擬，安期許獨探。佩宜邪可辟，嘗覺味尤甘。小草占咸若，皇風頌遠覃。

## 賦得消冰水鏡開

周孔從

條風初應律，池水正含春。乍覺堅冰解，如披寶鏡新。澄空光漾碧，委照色流銀。一片清波合，千條白練匀。開時驚宿鳥，躍處見游鱗。皎素疑留雪，虚明不染塵。自惟淵鑒共，還憶玉壺陳。聖代恩波闊，餘輝溢錦津。

## 賦得消冰水鏡開　陳桂洲

斗抱蒼龍轉，風迴禁籞春。冰池纔傍曙，水鏡已開新。碧動菱花魄，光融白玉塵。一泓梳緑柳，萬頃濯青蘋。宿鷺難遮影，游魚好數鱗。雪殘留冷艷，月朗漾漪淪。天際滄波徹，雲邊日色勻。陽和光逗漏，龍沼更璘璘。

## 賦得荷净納凉時　蔣元益

太液含膏澤，亭亭發瑞荷。清芬浮座入，爽氣拂花過。湛露承金掌，輕風散玉柯。净知塵不染，凉覺暑無多。緑映雲霞色，香留瀲灧波。雨餘珠蕩漾，魚戲影婆娑。捲幔迎暉采，披襟聽棹歌。睿情欣茂對，物類樂天和。

## 賦得平秩南訛　李因培

調和資聖化，長養命炎官。物以均平盛，思緣秩叙殫。薰風流玉軫，靈雨過雕闌。碧水鷗飛白，畊雲日漾丹。纔知稱夏假，即此見貞觀。鑽杏新分火，登蠶早織丸。桐生真靡詘，蕤繼諒無難。欲識南訛力，堯階宇宙寬。

賦得玉韞山含輝　積　善

太璞殊難識，瑶岡信可探。韞奇山象顯，表異玉輝含。毓秀矜崑産，藏珍藉石函。榮光林際現，
間氣嶺頭諳。谷草沾膏潤，巖花映日酣。祥氛低列岫，寶焰隱重嵐。火出瓊英燦，泉流聖水甘。
木芳琪作樹，峰翠碧爲篸。蒼赤文猶閟，青葱影自涵。亘垂虹吐白，方折澗拖藍。瑞輯庭中五，
暉連海上三。聖朝羅琬琰，所貴在無貪。

賦得燈緣起草挑　達麟圖

綸扉清切地，待詔稱良宵。草向黄麻起，燈從紫禁挑。紗籠光爛熳，彩筆影飄摇。未減燃藜夜，
常連染翰朝。院鈴風裏動，宮漏月中遥。鳳諾頻相檢，蘭膏幾度銷。即今裁五色，憶昔限三條。
幸沐君恩重，瑶函奉碧霄。

賦得風動萬年枝　汪廷璵

芳樹垂春蔭，祥飈扇午晴。枝高深翠影，籟細静柯聲。振葉催新緑，迴雲護舊莖。自南懷長養，
吹萬暢由庚。瑞應春秋紀，香生左右縈。御園清樾滿，不數閬風名。

## 賦得木從繩

李中簡

良弼承休命，旁徵矢好音。試將梁棟義，微獻準繩箴。攻短防回曲，從長引丈尋。輪囷雖具體，裁度始堪任。天植栽培篤，人工斧藻深。始知舟待楫，亦似礪硎金。啓沃原非偶，盤盂尚可欽。聖朝宏翕受，應有對揚心。

## 賦得野含時雨潤

楊方立

地户和風轉，天街瑞雨酣。一年春好處，四野潤新含。乍濕燒畬火，遥蒸出岫嵐。草痕低映緑，水色遠浮藍。澗溜村村長，烟光處處探。遷林鶯下上，舉鍤畝東南。慶自農祥洽，榮敷澍澤覃。萬方歌浩蕩，齊仰聖恩涵。

## 賦得林表山石碎

楊方立

緑水芳園邃，熏風曲苑閑。千章排夏木，一髮隱青山。碧净桐新長，陰多竹未删。蓰蘢迷佛髻，窈窕隔仙鬟。黛色烟中遠，嵐光雨後斑。神峰虧楚岫，仙掌缺秦關。鳥度依稀外，雲歸縹緲間。林泉清賞在，平眺愜天顔。

## 賦得白雲無心　楊方立

閶闔呈佳氣，空山吐白雲。無心浮地軸，有采耀天文。影散金柯麗，光垂玉葉紛。卷舒憑大化，寥廓寄蒼垠。勢自從龍合，輝當觸石分。成霖敷瑞澤，捧日焕新雯。絶迹行難定，孤飛邈不群。還須占五色，早應聖明君。

## 賦得至人心鏡　楊方立

至道符軒位，元風叶舜襟。圓明金作鏡，精一道爲心。色湛銀華滿，光開玉匣深。素輝方寸蓄，静照萬邦臨。肝膽澄能燭，塵埃遠不侵。霜華晨奕奕，冰質夏森森。四照花常焕，千秋寶自琛。欽明齊有頌，天鑒徹幽沉。

## 賦得飲馬投錢　楊方立

炎漢傳高士，臨財義獨嚴。盟心淵表净，飲馬水徵廉。杖解龜文麗，囊探荇葉纖。三錢投不惜，一介取常嫌。蚨没波徐動，榆沉浪細添。璿源隨玉折，鮫寶逐珠潛。履潔思長静，懷清意永恬。風流遥可溯，芳躅百年瞻。

## 賦得南山曉翠若浮來　鍾蘭枝

山藹滿皇州，巍峨天際頭。嵐光春似染，嶺色曉彌幽。絶頂晨霞映，中腰宿霧收。千螺青散點，一髻翠空浮。朝爽清堪挹，新晴碧欲流。林排烟半濕，雲出影恒留。叠嶂明于畫，疏眉秀入樓。無疆持獻祝，聖德遍懷柔。

## 賦得稼穡惟寶　鍾蘭枝

率育承天命，皇心重養禾。三推方秉耒，萬寶盡分科。種似藍田得，花飛玉屑過。璚雲鋪繡隴，金粟碓清波。倉廩連城集，篝車照乘多。明粢藏御廩，上瑞慶時和。琮璧祈年薦，京坻報賽歌。心臧惟土物，聖化遍漸摩。

## 賦得微雲淡河漢　雷曰履

深秋凉雨霽，雲影送清輝。永夜晴光滿，遥空薄靄霏。何嫌輕點綴，乍可見依稀。净練明如洗，非烟望轉微。悠悠觀物象，渺渺得天機。幸托青霄近，銀河露點衣。

## 賦得知白守黑

雷曰履

白涵真宇徹，黑葆性光明。守覺元門静，知從虚室生。冥冥神匿采，渾渾内藏精。肯炫含章美，還深養晦情。素辭爲絢地，涅謝不淄名。珠有投淵象，衣同尚絅行。微言堪作式，至理豈求嬴。聖德觀昭曠，元風遍八瀛。

## 賦得如石投水

陳長鎮

獻替如投石，澄懷水似恬。肯同沙礫棄，直作細流兼。迎距渾無迹，浮沉更不嫌。銜波紛藻影，擊浪起龍潛。風躍珠千點，萍開玉一奩。補天心獨愧，觀海志空淹。堅質虚偏受，淵衷象可占。芻蕘看集益，聖德著撝謙。

## 賦得柳橋晴有絮

荆如棠

芳堤垂柳暗，沙岸小橋横。翠浪初飄絮，鳴鳩正唤晴。波微烟漠漠，旭霽日晶晶。吹到朱闌積，鋪來石齒平。薄浮花港活，密糁釣篷輕。玉蝀香痕暖，銀塘緑蔭清。氣和紛作態，風緩舞多情。飛入華林苑，宫花萬樹生。

賦得鶯出谷　荆如棠

春融幽谷暖，鶯出欲遷喬。得氣辭寒澗，求聲渡野橋。好音流韻遠，翠羽逐花飄。下上穿桃陌，翩翾動柳條。出山情不減，擇地智偏饒。野性耽晴樹，遥心向碧霄。差同鳩拂羽，敢擬鳳呈翹。上苑春花滿，將翔路匪遥。

賦得玉壺冰　曹學詩

寶氣虚生白，凝寒貯未銷。晶瑩同朗映，表裏共光昭。色奪銀瓶皎，神逾雪椀遥。九霄餐沆瀣，三伏滌塵囂。入市懸瓊露，當罏飲碧瑶。空明真徹骨，冷冽可通宵。一德原無間，雙清類自招。臣心還似此，紫府佐雲韶。

賦得書帶草　饒學曙

草色侵書幌，佳名自昔傳。象形觀妙喻，見物仰儒先。豈解琅函用，常依錦砌偏。藥籬朝日上，蘭逕晚風前。倒薤臨池似，垂紳委地鮮。好同堯瑞莢，披拂傍經筵。

賦得餘霞散成綺　羅　典

氣霽金光爛，分飄彩艷餘。章應天漢共，錦擬帝孫舒。風翦裁能就，雲繒美不如。攢紅當照晚，霏紫著烟疏。作帔奇光簇，爲裳俗染除。色憐將落候，皎勝欲升初。被麗通仙室，彰施滿太虛。宜同江練影，俯仰獨躊躇。

賦得秋日懸清光　羅　典

西陸清商動，南交畏景降。輕霞飛地表，曒日麗中邦。晃漾融珠露，晶明肅練江。早暄披殿瓦，微暖上旌杠。象冠浮雲闕，輝分列岫窗。高旻添爽闊，平野絕紛厖。與月波相共，于天璧得雙。晚葵希朗照，傾注溢軀腔。

賦得春日遲遲　葉觀國

上林清晝永，淡蕩正三春。暖氣微烘樹，和風解倦人。晴絲空際裊，浮黛遠中皴。邐迤雕欄影，悠揚綺陌塵。屢聽啼鳥喚，不覺檢書頻。試驗蓮花漏，銅籤激幾巡。

賦得遶屋樹扶疏　　戈　濤

晋代有高士，耕桑卧近郊。里居猶號栗，屋宇定編茅。嘉樹隨時植，清陰入夏交。枝低通鹿町，葉密隱烏巢。好雨微侵逕，輕雲半挂梢。簾窺新月下，門聽故人敲。會合幽栖意，應占肥遯交。倘令生聖世，可許樂懸匏。

賦得新鶯隱葉囀　　戈　濤

曉樹溟濛合，流鶯睍睆新。應時難閟響，出谷尚潛身。風日暄妍地，韶華淡蕩辰。如簧調漸滑，接葉密相親。好語緣求友，輕音若畏人。幾聲清夢破，一望翠烟勻。巢幕羞凡侶，儀廷羨德鄰。願將喬木意，爲報上林春。

賦得露溥庭緑　　王　紱

凉氣生叢薄，寒烟羃曉庭。夜華凝淡白，秋葉變深青。映日偏如泫，因風半欲零。蒹葭思别渚，蘭杜咏遥汀。薄植依丹砌，清光近紫廷。承恩渥湛露，晚節抱微馨。

賦得指佞草　蔣雍植

堯階傳屈軼，靈草亦昭忠。勁葉知誰敵，疏莖迴出叢。想應心就日，似有氣如虹。乍許沾清露，何曾畏疾風。聖讒符帝德，養善贊元功。不待神羊觸，能教害馬空。萐蒲焉足擬，蓂莢未須同。盛世無偏黨，宜生幽谷中。

賦得指佞草　徐鼎亨

有草生雲牖，曾傳斥佞功。托根常近日，挺幹不隨風。獨立原何懼，無知却至公。萐莆應遜直，蓂莢亦輸忠。拂砌疑攀檻，當階欲避驄。臣良忘指摘，主聖益明聰。槐蔭全無借，葵心自許同。盛朝多藹吉，瑞色映萋桐。

賦得香羅疊雪輕　秦大士

朱夏炎蒸候，丹墀捧白羅。封題欣忽啓，長短雅宜拖。冉冉餘香罨，娑娑似雪俄。乍疑擣玉杵，還憶渡銀河。霧縠應難並，冰綃未足多。摩挲逾鶴氅，光潤出龍梭。疏影方塘上，清芬曲檻過。披吟荷竹静，暑月倍清和。

## 賦得樵夫笑士　盧文弨

聖代盛薪槱，昌言贊大猷。翻令緘默輩，取笑采樵流。枝葉元無用，菁華獨未收。藝林空掇拾，學圃漫優游。詎識栽培意，寧堪磊砢求。章縫雖見列，山澤若爲羞。王道齊堯舜，儒風遍魯鄒。芻蕘猶欲獻，况乃士人儔。

## 賦得晨光動翠華　盧文弨

虬漏聞清禁，鑾輿出紫宸。明星低羽騎，濃露浥勾陳。隱約龍樓曉，霏微鳳輦春。霓旌才辨色，日馭正凌晨。宿鳥銜仙仗，晴雲護錦茵。烟消開廣陌，氣霽静游塵。五夜心何切，分陰意倍珍。光華歌復旦，望幸慰臣民。

## 賦得日向壺中特地長　錢載

晷刻深銅漏，居游占畫圖。昌辰當化日，樂境即蓬壺。巒雨凉纔午，溪烟淡未晡。簾香遲碧藕，亭蔭卓丹梧。静許楸枰换，慵休筭簟俱。挈量年大小，摹繪世唐虞。歲月諸天有，神仙一事無。聖皇勤訪道，磚影直文儒。

## 賦得披沙揀金　謝墉

沙際精金在，披尋始出塵。恒河寧可數，麗水不教淪。敢謂光難掩，緣知少更珍。推求心以慎，棄取術斯神。賈合雙南重，榮逾九牧陳。陸離辭土壤，灼爍耀星辰。莫訝塗泥賤，能邀天鑒真。從兹欣地寶，三品荷洪鈞。

## 賦得苔石疑文字　邵嗣宗

細雨清陰外，蒼苔點石紋。延緣隨罅轉，覶縷上階分。未便成新紙，從教辨古文。隱轔鐫篆籀，鬱律掃烟雲。曉霧行生潤，斑崖體更紛。林空餘鳥迹，履到想鵝群。子建添詩思，盈川憶舊文。窗前多緑字，流目送斜曛。

## 賦得螢光照字　邵嗣宗

高館迎凉後，開函几獨凭。暗中俄影度，著處有光騰。拂架明緗帙，霑書映越藤。毫芒分亥豕，點畫露鋒棱。熠熠疑難定，悠悠似不勝。多情依緑字，含焰佐青燈。閣外藜方遠，樓頭月未乘。囊來棐几畔，直待曙光昇。

## 賦得緑竹助秋聲　甘立功

一片琅玕影，蕭蕭戛素秋。響隨涼月動，韻逐晚颸幽。金井梧飄盡，銀塘楓落稠。清音來樹裏，寒籟滿梢頭。湘浦波微涌，淇園露欲流。平安欣有信，勁直迥無儔。瑣細初搖砌，玲瓏漸入樓。騷人增逸思，爲爾發商謳。

## 賦得十月滌場　吴以鎮

樂歲秋成早，初冬已滌場。耙枷紛繞砌，碌碡卧依墻。過雨千村净，連雲一逕黄。杵聲來比屋，籬影散斜陽。穲穗遺寧惜，塵埃静不揚。未容抛銍艾，共慶滿倉箱。禹甸追前服，周原啓舊疆。逢年良有願，遵路日相將。

## 賦得豐城寶劍　吴以鎮

古城湮寶鍔，午夜射寒芒。望氣當吴分，占星在斗傍。倚天精直上，出冶性難藏。鬱久騰虹彩，埋深閃電光。搜奇資博識，掘地得雄鋩。煜煜黿龍甲，棱棱琬琰裝。開函疑吐月，拭土訝飛霜。潛德俱增價，旁求仰聖皇。

## 賦得藏珠於淵　吴以鎮

聖德珠藏采，淵然静急瀧。豈真迷濁水，相與媚晴江。浪破星同落，波涵月共雙。夜光浮瀲灧，
圓折寫琤淙。銜處煩孤鶩，穿來藉緑茳。鮫人渾色動，瀧吏合心降。弄影紛魚目，流輝上釣釭。
濬源含徑寸，皇化式敦龐。

## 賦得清露點荷珠　吴以鎮

鳳池清露滴，荷纖緑雲敷。沾處差同雨，排來略似珠。走盤明不定，傾蓋見應疏。的皪光原燦，
圓匀質不殊。驚風離更合，映月有還無。柳綫穿何用，松釵綴豈須。未宜量斛買，幸許叠錢沽。
照乘歸宸鑑，含光貯玉壺。

## 賦得山水有清音　吴以鎮

巖岫青無極，晴波緑自沉。陶情多野趣，入耳足清音。空谷傳幽籟，鳴泉寄遠心。潺潺鏗碧溜，
謖謖響蒼林。眺聽情何極，登臨興不禁。摩崖看瀲灧，擊汰對崎嶔。幾欲舒長嘯，差堪和短吟。
宸衷欣茂育，操動五弦琴。

## 賦得蜂重抱香歸　金維岱

辛苦尋花徑，含情鎮日忙。來猶隨蝶舞，歸不逐風狂。緘口緣噙艷，弓腰爲竊香。幾番增體重，一往覓途長。款款經塵陌，深深過粉墻。游絲空裊娜，落絮自飄揚。旨蓄勞寧恤，和甘味盡嘗。待將成蜜後，舉世沐餘芳。

## 賦得紅藥當階翻　金維岱

晝錦攢紅藥，繁華點染佳。含香飄翠幙，散影上瑶階。婉婉迎風舞，依依帶露排。春歸欣有殿，蘭佩與爲偕。淑氣晴移日，交枝玉折釵。霞拖烘苑柳，芳遠藉宫槐。種擅維揚勝，詩清謝眺懷。還宜傍仙鼎，凡卉許誰儕。

## 賦得飛鴻響遠音　金維岱

凉風吹迥野，天外落鴻音。順候辭寒塞，飄空度碧岑。凄清初入耳，嘹唳忽驚心。細雨蘆花岸，深秋月夜砧。依稀如有和，斷續杳難尋。韻拂微雲斂，聲隨遠角沉。應同鸞翽羽，好與鶴鳴陰。静裏饒餘思，憑窗理素琴。

## 賦得十月滌場　金維岱

孟冬農事竣，禾稼遍登場。已慰篝車望，還餘畚鍤忙。清塵披夜月，擁篲趁朝霜。野曠墟烟直，畦平樹影蒼。猶歌穫濟濟，載咏土芒芒。獵騎馳千里，征鴻下幾行。兒童嬉廣陌，父老策康莊。擊壤歡無極，熙熙介壽觴。

## 賦得輕燕受風斜　金維岱

澹蕩晴風際，差池舞燕輕。凌空搏羽翮，度影下簾旌。迴薄飛難定，盤旋意轉驚。聯翩猶款款，逐隊更盈盈。遠趁烟絲捲，低隨柳綫縈。翠飄疑翦側，芳掠訝釵橫。稍藉扶摇力，從看次第迎。及時能決起，前路記蓬瀛。

## 賦得草色入簾青　金維岱

晴熏移細草，秀色入疏簾。潤浥方垂檻，青浮欲刺檐。含馨摇玉箔，度影入牙籖。塵遠清于洗，窗虚翠若霑。映袍猶冉冉，照眼更纖纖。銀蒜光頻泛，湘紋浪細添。濃芳疑可摘，淡靄已難拈。一桁兼生意，斜風引興恬。

## 賦得玉壺冰　金維岱

冰心何皎潔，消息玉壺探。本以虚相受，端惟淡是含。中邊寧有隔，堅白信無慚。止水懸真鑑，雕瓊奉寶函。凌晨霜氣重，侵夜月光涵。净體堪醫俗，清修欲化貪。雅宜供棐几，定合伴書龕。欣與幽人晤，忘形友得三。

## 賦得新緑　金維岱

照眼晴光滿，平添緑正新。乍翻風外影，稍帶雨中春。蓊蔚雲連岫，參差水漾蘋。濃熏猶未足，淡抹亦難真。濯露初含潤，縈烟静遠塵。畫工輸點染，生氣妙均匀。翠叠紛迎客，芳迴欲藉茵。欣欣無限好，長養謝鴻鈞。

## 賦得夏雲多奇峰　莊培因

蔚藍開勝境，巧作夏雲容。觸石從何處，凌空得數峰。海中浮閬嶠，天際落芙蓉。硉矹紅徐斂，玲瓏翠且重。日臨多異彩，風拂有餘踪。應許輝虞陛，非關起漢封。樹光疑歷歷，泉韻想淙淙。聖澤崇朝遍，霑濡到野農。

## 賦得夏雲多奇峰　王鳴盛

令節朱明届，層雲蕩臆胸。朝天疑萬笏，出岫忽千峰。靉靆旋舒卷，峥嶸異態容。芙蓉青削出，
玉女笑相逢。朵朵玲瓏碧，垂垂扉寶封。飛來巖勢互，堆就磴形重。返照餘霞綺，凌虚卓劍鋒。
丹梯瞻紫氣，五色駕雲龍。

## 賦得夏雲多奇峰　錢大昕

朱夏雲初合，青冥結遠峰。垂天纔一縷，拔地已千重。彷彿懸崖動，依稀出岫容。卷舒排玉笋，
突兀簇芙蓉。卓立全開面，光明欲蕩胸。凌虚飛似鷲，觸石宛如龍。萬壑空中落，三山海上逢。
御園晴眺處，歷歷翠微濃。

## 賦得指佞草　錢大昕

屈軼何年草，庭前發一叢。孤根常傍砌，勁節不因風。憸佞頻煩指，清剛本至公。枝撐階戺下，
影射棘槐中。賦性殊蕭艾，遭時異梗蓬。自甘扶直幹，還足勵臣忠。瑞應中天遠，清明聖化隆。
不須重致此，庶尹已和衷。

賦得金在鎔　沈業富

良金傳國器，功力在陶鎔。百鍊剛斯見，雙南品獨鍾。投爐疑點雪，躍冶願成龍。火色騰還上，星墟望欲衝。鑄來同夏鼎，消去若秦鋒。繞指柔難化，披沙寶乍逢。滿籝寧足羡，受礪却相從。萬物爲銅日，神功荷九重。

賦得披沙揀金　王又曾

莫數恒河大，都含百鍊真。披時先去礫，揀處已離塵。瀛海無淹美，扶輿不愛珍。披羅關出處，陶洗見精神。月岸光仍碎，蘭坡利自均。嗣音寒比玉，識氣夜同銀。敢詡文章價，偏邀鼓鑄新。雙南承帝澤，願就在鎔純。

賦得金受礪　曹學閔

剛德承乾運，良金產自南。摩挲光未耀，砥礪力相參。鍊處功成百，分來品列三。琢還求似玉，磨豈肯同簪。霜鍔投鋒穎，星芒吐蘊含。漢釵嗤嗽鳥，荆幣貢浮淦。用汝恩難副，逢時利敢談。陶鎔歸大造，躍冶更懷慚。

賦得窗中列遠岫　吴玉鎔

列岫羅平野，虚窗納遠空。方將歛鏡啓，如展畫圖工。秀叠千重翠，疏通萬壑風。浮嵐飛几席，返照撲簾櫳。拔地真堪數，連雲不覺崇。晴霑朝露潤，雨得晚烟籠。躡蹻疑無路，尋途竟可通。丹梯如接引，身與列仙同。

賦得鴻漸于陸　王昶

素有隨陽願，欣逢就日時。置身臨斗極，流影照江湄。飲啄何曾計，扶摇有所思。一行書宛轉，數點陣參差。鶴共鳴皋遠，鶯慚出谷遲。風山占卦象，霄漢仰光儀。聖世栖鸞日，熙朝紀鳳期。圖南知可遂，振羽上天逵。

賦得紅藥當階翻　趙翼

省垣膏露渥，紅藥燦前除。色映朱明節，名參素問書。翩翻依砌近，旖旎殿春餘。送影移雕檻，流光漾綺疏。將離仍似返，非謔亦相於。握訝丹將染，泥嫌紫不如。醉痕風力後，豔彩日華初。恰比階蓂瑞，霏香傍帝居。

賦得循名責實　蔡以臺

品望從名定，聲華待實傳。循環無自始，責備有由先。每愧虛車意，常懷尚絅篇。探珠窮赤浦，采玉認藍田。但使神冲爾，何妨道闇然。真機參表裏，妙緒徹中邊。白賁宜終吉，黄離匪外緣。聖朝崇朴學，明鑑仰高懸。

賦得循名責實　方汝謙

盛代崇真學，浮名務盡捐。才華多士競，朴茂幾人傳。學建因升秀，堂開爲集賢。闢門書二典，韋佩易三編。姱節憑孤照，潛修接正詮。揚芬傳蕙圃，采實問芝田。至道原從簡，幽芳只自妍。敬持轅飾戒，抱璞待陶甄。

賦得循名責實　嚴思濬

九德掄才日，群英奏賦年。百僚歸翕受，多士荷陶甄。周雅歌栖鳳，羲爻協見田。無私觀大造，有本鑒原泉。徵實嘗聞矣，虛名尚慎旃。珠光應照乘，玉彩定潛淵。未覺虛聲重，須教雅望傳。澄涵心若鏡，哲后正乘乾。

## 賦得循名責實

張鍾琬

嘉名誰肇錫，課實定皇然。漫謂聲增倍，將無責愈偏。文身非衣繡，應響自安絃。可是原泉出，
應知太璞全。聖朝懸古鑑，大道托真詮。根柢期盤鬱，浮華務棄捐。是非千載定，得失寸心權。
寄語逢年者，殷勤在力田。

## 賦得循名責實

蔣士銓

儒服宜相稱，虛聲未許專。懷珍羞鼎贗，藏器戒觚圓。實至群流式，名高百行全。人材方棫樸，
玉德見山川。守業同居肆，横經等力田。魚珠原不貴，燕石豈能堅。穀稗期成熟，脂韋賤飾緣。
誠求何以副，毋愧四民先。

## 賦得動復歸有静二首

蔣士銓

倚伏天心見，乘除妙緒隨。物情原有變，名理可相推。過雨凝嵐紫，摇風净緑漪。無波智井似，
守寂木鷄爲。日入覘群息，陽回見歲移。空潭春自瀉，古鏡照焉疲。太始含通復，元功叠矩規。
端倪俱泯處，神化孰能窺。

至道基寧謐，神功善轉移。端窮還見委，本實更榮枝。嘉樹成材日，仙禽息羽時。喬林聲稍定，平旦氣當滋。萬籟潛收響，群芳競斂姿。返虚原闃寂，藏密驗葳蕤。源活清如許，山空淡若斯。深宮觀化理，慎獨即修爲。

賦得循名責實　潘　祁

名實期相副，持衡意倍堅。心源探至味，理窟得真詮。道本文章後，人須器識先。甄陶宜鄭重，披揀在精研。映物冰壺徹，掄才玉鑑懸。無波知古井，有歲屬良田。品出璠璵上，名依日月邊。盛朝崇懋學，典禮重興賢。

賦得循名責實　李敬躋

名實原相倚，推尋必兩全。磨礲除賁飾，綜核契真詮。表正形斯直，中含外自宣。主賓從迹辨，聞譽在身傳。木茂春秋幹，科盈晝夜泉。驪珠明碧海，美玉出藍田。每溯聲施處，因徵托始前。宸衷敦本務，至道仰無偏。

賦得循名責實　衷以勳

聖代方懸鑑，天衢許著鞭。文章歸性地，禮義闢情田。詭得徒爲爾，潛修願勉旃。發硎思利器，紉佩擬芳荃。幸際星雲日，無需月露篇。棟椽隨大小，珪璧稱方圓。放海應知本，爲山必造巔。春華秋有實，萬彙入陶甄。

## 賦得循名責實

薛宁廷

大道嚴名實，徵文著簡編。信成君子質，情是聖王田。既見孚盈缶，仍教近著鞭。孔昭魚在沼，難掩鶴鳴天。本者皆如是，觚哉豈不然。冰壺常皎皎，爾室自乾乾。六代風雲掃，三綱日月懸。洗心欽睿訓，從此識真詮。

## 賦得循名責實

簡昌璘

興朝崇實學，泰運啓群賢。選造情彌切，徵求意不偏。人從金鏡别，品以玉衡傳。美質名珠貴，良材太璞全。文章歸藝圃，學術在心田。浴德珍圭璧，呈能列杞楩。作人超漢代，取士邁周年。文治輝千古，儒林慶彙連。

## 賦得循名責實

南齊禮

聖朝崇正學，秋實茂書田。欲洗鉛華净，寧容陋習沿。虚聲徒附和，薄技漫争傳。按迹求神駿，聞音辨古絃。人心歸渾樸，儒術愛精專。手詔維風始，膚詞戒俗緣。黜浮宗大雅，考業媲前賢。

從此憑經術，儒林共勉旃。

### 賦得循名責實　楊鳳騰

品以群分異，名從實勝賢。無私垂察覈，有象别媸妍。務掃聲華竊，還宜底藴堅。芳菲榮衆卉，穎栗萃良田。本撥枝何附，源深坎自穿。過情須惜恥，敦行忍留愆。朗鑒清時澈，淳風古道旋。可能懷白賁，應待選青錢。

### 賦得循名責實　周嘉猷

處士騰聲日，醇儒養素年。身名應不忝，綜覈最宜先。樹蕙蕭生晦，披沙玉在田。易將真贋混，莫使鑑衡偏。孤賞風塵外，公評月旦前。空群收逸俊，負俗拔遺賢。不爽瑩於鏡，無私直似弦。聖心垂尺度，庶品仰陶甄。

### 賦得循名責實　錢大經

力學蘄崇實，嘉言古所傳。聲名非弋獲，綜覈豈求全。敢以文爲藝，還思道是筌。虚舟徒杳渺，修綆雅纏綿。學海思登岸，心源企及泉。窮經時矻矻，省德日乾乾。松柏龍爲幹，芝蘭玉作田。聖朝宏造士，敢自負陶甄。

賦得循名責實　彭元瑞

昌時勤籲俊，名實必相權。朗識方懸鏡，姱修擬佩荃。返求宜允矣，内顧益皇然。晚實行堪采，春華詎足妍。無瑕差比玉，有畔亦如田。劍氣藏于匣，珠光孕在淵。儒修思砥行，聖治重興賢。願荷鈞陶德，神明矢潔蠲。

賦得循名責實　劉成駒

盛世躬行重，浮華曷足傳。器須觀璞玉，學必殖書田。欲副名聲美，還求實行全。川原窺學海，井脉引言泉。衹尚圭璋品，寧知月露篇。披沙知質貴，遇璧識形圓。驥足來中野，鴻音達遠天。聖朝隆籲俊，簡拔得真賢。

賦得循名責實　劉　芬

盛世儒珍重，掄才玉尺懸。作人爲國用，求實在名先。璞借山光發，珠將水氣圓。蘭茝新可愛，杞梓質逾堅。厚望將何副，虚聲恐未捐。法能窮表裏，物已見媸妍。取士留真鑑，移風有大權。願將耕耨意，力學等稽田。

## 賦得循名責實

李 林

鐵網盤絲密，驪珠脱頷圓。浮名嚴訓士，雅意切徵賢。璞悞翻成鼠，桐焦或上絃。攻駒分赤汗，茅香詎化荃。相鶴辨青田。素業期何許，虛聲願舍旃。鬻柑嗤敗絮，集雨愧原泉。鑑炯知如水，每懷崇實意，循省倍皇然。

## 賦得循名責實

曹錫寶

名實寧虛假，常思責望專。持衡知有準，卓鑑貴無偏。表裏詳終始，源流別後先。勉旃勤爾業，毋曰舍其田。玉韞山多彩，珠潜水自圓。誠形原不爽，體用妙相宣。觀物咸如此，程材豈偶然。敦崇欽聖治，雅意仰精研。

## 賦得循名責實

邱廷瀾

莫信游揚口，修途好著鞭。空山弦誦日，爾室鼓歌年。妙譽慚流俗，清標慕昔賢。集虛應鑒水，有得敢忘筌。實豈浮沉取，名緣刻勵傳。灌輸勤藝圃，耕耨樂書田。特達廷評重，雷同世尚捐。聖朝崇本學，臨照戴堯天。

賦得循名責實　陳　柱

稱名揚令譽，核實重真賢。品自循求定，心緣責望專。休教迷好醜，細與別媸妍。道聽吾何敢，虛聲彼或然。方流窺玉潤，大冶試金堅。漫詡游揚美，須知器識先。程材衷若谷，照物鑒同淵。聖代崇真行，潛修志力田。

賦得循名責實　朱芫會

藝苑標名貴，儒林課實先。蜚聲歌鳳羽，育德筮山泉。爲寶嚴真贋，從流戒襲沿。學非嗤白腹，選定入青錢。雅製臨風錦，經畬合穎田。遭逢材欲試，僥倖志應捐。魚目珠寧混，龍媒骨自騫。菁莪沾聖化，多士荷陶甄。

賦得循名責實　阮芝生

令名榮可寶，實行美斯傳。未惜循求遍，休辭責備全。虛聲寧許盜，錮習總宜捐。察覈非徒爾，蒐羅尚慎旃。探珠窮象罔，琢玉采龍淵。有吉占盈缶，徒勞鑒甫田。均平衡不爽，朗徹鏡方懸。幸沐鈞陶澤，銘心矢潔蠲。

## 賦得鴻漸于陸　曹仁虎

萬里隨陽至，蒼旻奮羽時。輝含晴日麗，勢趁曉風吹。作陣穿雲過，分行度漢遲。高騫凌縹緲，遠舉去參差。自抱三霄志，常存四海思。鵬摶同得路，鳳舞共呈儀。肅肅空中影，冥冥物外姿。來賓逢盛世，浩蕩上天逵。

## 賦得鴻漸于陸　曹文埴

飛鴻欣得路，軒舉正逢時。振翮心何壯，摶風勢更奇。三春回暖律，萬里寄遥思。戢翼江湖闊，梳翎飲啄遲。稻粱非夙願，霄漢是前期。鳴鶴如相和，翔鸞合並隨。早看辭別浦，好與憩華池。漸近依雲表，明廷著羽儀。

## 賦得鴻漸于陸　袁鑑

高鴻垂易象，漸陸影成雙。本具凌霄志，還依有道邦。向南風肅肅，拱北樹幢幢。振翅騰金節，和聲響玉瑽。翺翔遵廣野，宛轉溯流瀧。弋者曾何慕，虞人未敢降。爲儀登絳闕，列字映雲窗。欲藉飛鳴勢，銜蘆渡九江。

## 賦得風約半池萍

戴第元

一鑑池塘水，沄沄泛白萍。因風吹暮紫，隨雨斂朝青。似璧遮全影，如珪露半形。畫欄摇細草，碧浪浸虚亭。藻密潛魚躍，波開宿鷺停。迎秋喧晚蛤，消夏點流螢。浮梗雖無定，空花不教零。濱南如可采，嘘拂有餘馨。

# 本朝館閣詩卷十六

## 七言排律一

### 聖駕侍奉兩宮幸遵化温泉恭紀

施閏章

兩宮聖善重禧日，五位晨昏視膳年。鸞輅和鳴游勝地，龍旂侍從幸靈泉。才人列騎威儀肅，仙仗千官擁衛全。湯谷倒輪蒸日月，素山回令暖雲烟。飛來姑射從天上，涌出瑶池在日邊。密邇神皋猶禁苑，久晴霜候當春天。一泓觱沸如潮溢，半畝冲融似火燃。沿浦曲房佳氣滿，臨流帳殿起居便。湘妃出舞迎環珮，海若趨承捧翠鈿。丹鳳沼中憑盥漱，赤龍川畔恣盤旋。波恬早覺輕寒散，濯久潛驅宿疾蠲。歡動慈顔留汗漫，坐沾香霧弄潺湲。寢門數問勤天語，珍饌頻移接御筵。預敕行厨賚玉粒，肯煩屬邑費金錢。洗頭華岳盆何在，取石銀河興渺然。珠獻鮫人紛上下，旌麾玉女暗聯翩。祓除有喜坤維奠，奉養無方孝治傳。不數驪山污粉澤，羞稱汝水漫流連。朱砂礬石誰能辨，暖液温濤信可憐。稍待九霄回輦後，掖庭還奏祝禧篇〔一〕。

〔一〕「禧」，施閏章《學餘堂集》詩集卷四十六作「釐」。

## 侍游瀛臺迎薰亭恭紀

陳廷敬

右掖南薰水殿涼，宸游此日命瑤觴。宜春小苑通平樂，太液神池接建章。金瑣北連馳道合，
銀河西遶禁垣長。依稀晝漏傳鳷鵲，宛轉霓旌下鳳凰。映曉紅蕖難辨影，迴風碧落只聞香。
已同葵葉傾朝日，不與春華競艷芳。山雜夏雲峰四起，林含時雨樹千行。仙查迴拂滄浪外，
錦石曾支日月傍。雁沼芙蓉開別館，龍樓花萼集諸王。公卿渥澤來丹陛，侍從殊榮值玉堂。
宵旰至今勞聖主，拜颺從此見明良。移將綵仗趨長樂，不待簫韶出上陽。翠渚張筵雲幕濕，
雕盤列俎繡綃黃。天杯泛露承仙掌，寶鼎調蘭飫尚方。深重皇情同海岳，逍遥睿賞在林塘。
蓬萊歲月春何限，魚水君臣興未央。會見賜酺歡父老，已看燕樂遍巖廊。詩成宴鎬如周后，
曲奏横汾陋漢皇。御藻昭回騰紫極，詞曹翰墨侍明光。清時不獻長楊賦，此日謳歌國步康。

## 瀛臺賜宴恭紀

彭孫遹

瀛臺仙衛展皇儀，瑞靄氤氲曙色披。方切怔營瞻紫極，忽聞宣唤出彤墀。濫竽執簡慚官守，
錫宴承筐荷主慈。是日山河殊爽塏，神州景物正恬熙。飛葭玉琯仙飈應，聽竹金門素律移。
殘暑回涼晞湛露，薄雲籠曉漏朝曦。共欣下濟光明會，並命來游陟覽時。西極嵯峨銀作榜，
北溟漭沆璧爲池。麗城迴接朱霞表，複道斜縈渌水湄。太液中開波浩蕩，繚垣遥属路逶迤。

芳茎橈傍圓沙駐，彩鷁舟從曲岸檥。欻爾乘槎疑近斗，偶然泛海欲排碕。雙丸吐納陰陽剖，
萬象溟濛宇宙彌。似有河源千里注，更無地軸九垠垂。稍窮津涘舒孤眺，漸近川原辨四維。
輕棹隨流沿復溯，清暉入抱憺相怡。白蘋嫋嫋瀟湘渚，翠荇叢叢雁鶩陂。百尺修緡搴瑇瑁，
一奩明鏡拂琉璃。練江不動纖羅影，珠浦長涵片月姿。鼓枻重教緣茭葑，疏渠別爲貯瀾漪。
頗饒菰蔣紛漂泳，最好芙蕖靜旖旎。嫮質雅堪香霧耀，靚妝微向午風欹。瑶翰競弄浮沉態，
瓊翮留栖婀娜枝。戲葉喁喁騰錦鬣，巢莖往往躍蒼龜。舊傳閬苑應非幻，親到鈞天却自疑。
便擬凌霄聽廣樂，妄希刷羽漸高逵。丹梯黛壁環相映，紺宇紅亭恍在斯。鈎盾田塍原綺錯，
建章宫觀恰星摛。樓迎灝氣融銅掌，殿倚晴空敞繡楣。緹幔徐搴翔鳳咮，畫樓平偃宛虹蠵。
槐陰結蓋苕苕立，蘭氣生襟細細吹。佳卉芊綿青羃䍥，層嵐縹緲碧厜㕒。景移栝柏娱澄旭，
籟發松篁韻遠颸。是處祥烟浮藻井，數行緑樹隱罘罳。當軒始爇煎螺篆，遺仗初收拂霓旗。
文囿何妨來雉兔，堯階仍未翦茅茨。因無闕政封章少，爲有元音刻漏遲。倚佩尚思求共理，
揮弦猶復致疇咨。聖朝不隔堂廉義，天語猶申慰勉詞。鎔埴由來歸大冶，恪恭咸此賴洪施。
合樽旋召華裾集，束帛驚看寵賚隨。八繭新繅三就采，七襄舊紝五總絲。比聞王化追覃葛，
盡斥穠裝曳薄絁。況遇至尊凝黈纊，僅教致美在宗彝。弋綈自御班朝服，織貝偏充好用資。
彌覺皇仁被體重，敢渝臣節上衡持。蓆衣遂得蒙安燠，旅食還當示等衰。坐接孤卿交履舄，
人偕伯仲和壎篪。蕙纕暫解何容裔，艾綬爭懸倍陸離。小藉柔茵羅席几，半拈弱錫就盤匜。

宰夫飭具羞鉶豆，
羹芼尊葅草木滋。
自是烹人調水火，
并將恭儉訓官師。
分甘乍喜身多幸，
特遣親臣勸媵卮。
欲對酒鎗成蜾蠃，
低徊又見薄崦嵫。
析醒藷蔗徒虛語，
凛冽冰霜直沁脾。
説餅曾聞思粮餌，
加籩竊恐分非宜。
德逾軒昊猶謙抑，
貳體元良有穀詒。
巡幸只緣親稼穡，
時懸豹箑采箴規。

酒正程材薦醴酏。
糝入茱萸名上醬，
非關肉吏別澠淄。
赤心先餉重針棗，
佐飲真令樂不支。
執法詎須憂豸史，
劇憐茗椀瑩蛟螭。
侵尋執燭防情溢，
消食檳榔亦漫辭。
豈意枯腸嘗禁臠，
獻鮮空詫想腴鰭。
祇慚菅蒯孤生賤，
澤覆垓埏益滲漓。
夙夜常存惟道岸，
蒐苗端爲肆熊羆。
商霖每應桑林禱，

炊出雕胡光可鑑，
齊成芍藥作凝脂。
再逢列籞供蕡實，
雅操誰當飣座梨。
蒲阪桑醪攢琥珀，
屬車寧必羡鴟夷。
龍團乳暖春盈握，
傴僂循墻塵職思。
荷本貞萎芬未沫，
他年飢吻厭園葵。
賓筵幸睹壬林盛，
猥受珪璋特達知。
勒岱銘嵩升懿烈，
暄寒不輟是經帷。
象鞮早已輸琛賮，
淇竹奚煩瓠子祠。

溲來粔籹滑于飴。
洩宣辛烈需椒桂，
適值司罍授縹瓷。
的皪珍苞歕秀液，
酃湖芝醖潑酴醾。
滌煩頓釋相如渴，
雀舌香濃雪滿匙。
卜晝禮成皆醉飽，
薏尤清苦涅難緇。
樵蘇不爨應休璉，
俊味還探丙穴奇。
歸院幾經花底度，
覲文揚武際昌期。
躬修渾器符乾曜，
邛筰俄看下杖箠。
蠲賦恩稠仍賑廩，

饌行鵝炙薌薰品，
雕鏤廉深視鼎鼒。
會見繁昌徵物産，
繽紛碩果浥寒澌。
漫勞膳士酬加觶，
沉陸堪忘曼倩飢。
酣洽可無吟蟋蟀，
自公辭退又將貽。
咀餐菱藕能蘇肺，
鮭菜長貧庾杲之。
折俎也知恩獨厚，
戴天私作管中窺。
兩宫尊養無疆慶，
手纂輿圖奠地祇。
歲植雞竿疏訟獄，
賜酺詔下更行糜。

勤民喜見豐年屢，招隱忻將好爵縻。上相謀謨咸緝亮，庶司携僕各委蛇。璇穹恍惚來儲祉，
宣室從容坐受釐。景况昭回神合契，宸居肅穆治無爲。太平時節多閑暇，交泰君臣有燕私。
靈沼笙鏞同樂豈，卷阿車馬盡閑馳。惠沾翔泳初何限，潤及區萌詎有涯。絶勝壺觴修洛契，
陋他簫鼓祀汾脽。嘉魚賦叶崇邱咏，鳴鹿重賡小雅詩。願被六英颺盛事，長歌七德鞏洪基。

## 南苑大閲恭紀

張　英

翠輦乘時駐翠微，六軍講武近南畿。禮嫺蒐狩遵王制，夢叶熊羆合御圍。七校騰驤誇虎旅，
三驅指顧視龍旂。弓彎明月垂金勒，人度春風動鐵衣。鎧甲光疑林雪滿，驊騮色鬥嶺雲飛。
普天雷動鉦聲出，捲地風鳴獵騎歸。翡翠旌麾翻曉日，珊瑚鞭影入斜暉。玉盤晚進黄羊熟，
金彈新開白兔肥。盛代豐岐皆宿將，清時頗牧在彤闈。選徒自昔聞蒐乘，治外當今賦采薇。
常藉羽干昭聖德，還將戈楯耀天威。儒臣載筆慚謳頌，緯武經文歷代稀。

## 瀛臺賜宴賞荷恭紀應制

張　英

西苑良辰當盛夏，烟波太液曉蒼蒼。雲開翠巘連長樂，水漲明湖接建章。飛閣千尋凌古木，
畫樓一半出疏楊。芳洲掩映黄金幄，碧澗縈洄白玉堂。幾處軒窗波上下，萬重烟樹水中央。
湖邊曲磴通瑶島，天際長虹卧石梁。觀稼亭幽藏浦溆，迎薰殿敞俯滄浪。花濃水榭春光晚，

柳拂漁磯午夢凉。鳳舸隔林聲欸乃，鸞旂拂樹影悠揚。芙蕖發處龍池麗，菡萏花時鳳沼香。
翠蓋翻風擎夜雨，紅衣浥露艷朝陽。常垂並蒂迎芳輦，時有微芬逐彩航。太華由來開玉井，
西園自昔種銀塘。争如此地涵波澤，得奉餘歡入景光。不向越溪迎畫棹，豈同楚客泛羅裳。
靈池廣集魚龍戲，酺宴分沾鴛鷺行。群卉獨標君子號，千官留賞聖人傍。太平盛事鏤銀甕，
游讌新詩愧錦囊。此日隨車過輦路，頻年珥筆侍巖廊。小臣拜獻甘泉賦，願逐梟鷖捧御觴。

## 玉皇閣　張　英

高閣平臨北極開，仙居璀璨似蓬萊。晴光遠映琉璃瓦，紫氣遥連白玉臺。寶鼎浮空芳樹裏，
紅墻落影碧雲隈。殿名元極諸神護，座比圜邱五帝陪。金翠摇光迎日月，簾櫳拂地隱風雷。
山河圖畫深宫賜，纓絡幡幢内府裁。雲滿雕梁疑乍落，龍蟠繡柱欲飛來。玉釭燈火輝長晝，
古鼎爐烟接上台。秘殿萬靈真肅穆，豐碑雙影更崔嵬。映階緑樹齋宫滿，夾路秋花道院栽。
地近上林多氣色，居鄰三島絶塵埃。閑人未敢窺青鳥，幽徑常看長碧苔。望氣由來知壯麗，
承恩今始得徘徊。蓬壺勝事欣游賞，愧乏靈光作賦才。

## 恭頌萬壽詩　宋　犖

萬年天子太平春，大衍欣逢協洽辰。表裏山河真孔固，升恒日月自常新。虹流華渚先徵兆，

電繞樞星早降神。有命自天皇建極，無爲而治俗還淳。從來十有歌君子，自古三多祝聖人。
虞夏商周開壽域，東西南朔轉洪鈞。赤符握後雍熙奏，青簡書來美善陳。歷服無疆能纘祖，
孝思不匱在尊親。寢門綵舞龍樓夕，閬苑萱舒鳳輦晨。慈聖詒謨傳永永，元良垂裕慶振振。
桂宮言動聞詩禮，鶴禁温恭慎笑嚬。丕顯丕承師不遠，重輝重潤瑞相因。克昌厥後金枝衍，
則百斯男寶訓諄。親睦平章光上下，疇咨吁咈敬臣鄰。春秋絃誦敦庠序，郊廟馨香潔祀禋。
刑省三千執法簡，條頒十六教民淳。官方考績徵龔遂，輿論優賢借寇恂。無黨無偏遵路直，
有馮有翼弼謨訦。緬思三蘖干天紀，遂發千騶動地塵。迅轉秦車馳暢轂，大鳴越鼓扣金錞。
王師聲罪清淵藪，大將臨戎掃棘榛。靺鞈未曾瞻至洛，黍苗先已慰來郇。星旗耀日全吞蜀，
霜戟凌風直到閩。箭射六麋飛電刷，軍摧九虎疾雷震。西開僰道綏蠻徼，南闢梨關奠海濵。
銅柱珠崖齊向化，龍湖象郡悉來賓。鐵橋已立韋皋壘，玉斧還通莊蹻津。紫蓋黃旗降已晚，
青絲白馬悔何悛。走林盡竄昆陽象，營窟全除東郭㕙。況附臺灣收島嶼，也隨職貢達江岷。
敷天共服皇猷壯，群帥能欽廟略遵。何意狼烟明絕塞，又煩鸞輅出重闉。桃花露拂朱旗染，
楊柳風牽翠葆紉。三駕陰山奔駿虎，一臨瀚海伏窮鱗。詎哀荆旅淹三載，祗格苗頑逮七旬。
西矚南琛紛蹻蹻，梯山航海互踆踆。象胥誰敢不來享，龍德方知自有真。天不階升高莫並，
地非尺度遠無垠。堂廉雖肅猶三接，衽席能安及八夤。有此武功何赫赫，矢其文德更彬彬。
日新學問居無逸，天縱聰明聖莫倫。火照青藜宵不夜，珠探赤水旦方寅。左繩右矩提躬密，

玉振金聲履道純。六藝精微尊曲阜，五經同異析成均。每嘉文學如游夏，更飭儒修判孟荀。
孝秀書升羅俊髦，圭璋特達黜囂嚚。乾乾終日宵衣屢，矻矻窮年旰食頻。赤縣有儲常裕積，
蒼生無告輒周詢。省方哀對臨吳越，輯瑞懷柔莅晉秦。賜復普天恩蕩蕩，蠲租率土室溱溱。
眚寬棘木春鷹化，仁沛桑田野雉馴。已貯常平供大賚，復留轉漕勸吹豳。連年淮泗衝波亟，
五載淮揚賑廩匀。南畝百千群貸粟，西江十萬遠輸囷。澤飛鴻雁人安堵，吏牧牛羊農樂畇。
寅畏治民齊太戊，普施利物媲高辛。關譏末作通平準，稅恤商車不算緡。采菲受言因止輦，
懸鞀聞善即書紳。萬幾多暇奎章煥，二酉餘閑睿製伸。雲漢昭回文濯錦，蛟龍飛舞筆鈎銀。
詩如雅頌饒温厚，書使鍾王失寶珍。更切隨刊乘橇樺，常勤咨警涣絲綸。桑乾嚙岸狂瀾横，
瓠子衝堤故道堙。鐵鎮支祈齊下竹，璧沉河伯捷楗薪。渠成燕趙神爲助，水匯淮黄績不泯。
草木知春先望幸，梅花如雪又時巡。汾陰寶鼎輕沙礫，成紀黄龍比蛭螾。豈若皇心安海宇，
轉忘帝力奠河濱。去年全免江東賦，今歲除征皖右民。應見虞廷儀鸑鷟，會覘文囿舞麒麟。
南山翠色長蟠岳，北極瑶光自照旻。四十二年恩愈渥，千三百載美誰臻。俯慚門冑叨餘廕，
竊附青雲早致身。鼎定乾坤歸一統，任參調燮寵先臣。螭頭交戟鵷班侍，豹尾隨車虬漏逡。
報國愚忠蒙鑒拔，居官曲謹仰陶甄。濫竽旄節躋榮膴，攬轡封疆事拊循。未及鄭莊能薦士，
僅如庾亮不私姻。深慚懷抱褒清朗，實愧誠民奬惠仁。已際時雍收棫樸，尚圖歲晚勵松筠。
都忘柳質因霜悴，惟矢葵心向日申。駑鈍豈追千里馬，品題空負九方歅。幸逢春日歌魚藻，

敢托秋風想繪尊。但以鄉行堪授杖，或邀國典許懸輪。天高地厚銘丹悃，海晏河清頌紫宸。三萬二千成一歲，微臣長願戴靈椿。

## 乾清門奏事恭紀

蔡升元

七年趨走閣門東，恭睹皇猷造化同。問夜披衣聽玉漏，凌晨趣駕御璇宫。朝儀肅穆瞻天表，庶績憂勞仰聖躬。宵旰寧緣寒暑輟，絲綸直並典謨崇。盡將民隱歸離照，纔出王言便巽風。縱極遐陬猶密邇，偶逢儉歲亦和豐。封章細檢盈千牘，分職親除及半通。總爲兆人勤日馭，不教百爾曠天工。曰明曰旦誠求莫，無黨無偏允執中。一念静觀周物理，萬幾獨斷在宸衷。垂裳自協陶唐治，補衮無煩山甫功。謭陋如臣尤忝竊，管窺何以測蒼穹。

## 恩賜上駟院馬一匹恭紀

查慎行

萬里平沙屬慶豐，更申冏命牧騶駥。如荼如火千峰上，爲錦爲雲一望中。有駜幸隨觀坰野，上襄敢冀賜行宫。房星燭地光先見，電影流天澤下通。玉勒金羈新改控，琱鞍黄帕舊曾蒙。丹青妙合將軍畫，聲價高逾都護驄。緩轡追隨雙仗近，著鞭先後八人同。南書房侍直八人同日拜賜。細看六印猶鈐髀，乍拂三花待翦鬉。不分牽來游果下，且教行處遍芳叢。疾徐本具馴良性，安穩寧資調習功。筋力將衰蒙聖鑒，嘶鳴欲效托微衷。院中例借知應免，衆裏齊驅學漸工。蹀躞身輕辭社燕，飛揚隊逐入關鴻。食貧慚愧薪芻儉，種貴夸張皂櫪空。照夜俄看歸路白，經春旋試軟塵紅。翔麟苑與飛龍廐，蕃錫恩深念匪躬。

## 聖武遠揚平定青海詩　徐葆光

皇威遠播八荒遥，青海微塵已盡銷。舉族就擒惟一戰，飛章奏捷只崇朝。睿謨制勝成功速，英武安邊振古超。式纘皇圖臨萬國，丕承祖烈被三苗。煌煌遠略恢西藏，赫赫雄師截外徼。葱嶺懸車行冒雪，鹽池飛渡索爲橋。保全善類收餘燼，净掃游氛絶細么。御碣鴻文長鎮國，安床佛子乍垂髫。邊開遞頓連星海，火報平安上泬漻。蕞爾蟻封猶内屬，蠢兹蔓尾乃輕摇。恩加先世非常渥，爵授新封越次邀。月賜朱提增廩秩，歲加章服累金貂。韝邊飽後鷹先掣，轅下鞭稀鶩亦驕。隱慝屢彰容洗濯，微勞不棄録芻蕘。竟忘聖德如天覆，忽騁窮邊作犬猋。醜類鴟張徒取戮，流言簧鼓遽成訞。八家狐黨原同惡，餘部株連却被要。何物蜣螂偏弄雹，無端羊角驟揚颷。盜兵寸壤橫藏險，蠶食鄰封幾見剽。石峽一門通屬國，金城五郡領嫖姚。湟中早練防秋卒，塞外尤嚴擊夜刁。士養三年皆宿飽，騎團萬隊盡成驍。前鋒技勇能擒豹，都尉頭銜總落鵰。八陣整來停似岳，六花變處涌成潮。明駝嗅地知泉脉，牧馬歸營識夜標。耕作連屯均讓畔，薪芻栖畝共分樵。枕戈待釁心咸奮，超距争先氣更趫。推轂元戎親按部，誓師新令更頒條。遠巡斥堠排亭鄣，近固邊陲壯麗譙。堅壁制人常重閉，嬴形示敵不輕佻。

狡焉思逞惟争利，倏爾來侵若就梟。鎮海堡邊池鴨警，青唐城外寇塵囂。天兵欲合旌旗閃，神礮將轟砂礫飄。金鼓一鳴齊耀甲，鈎環萬馬互連鑣。懼誅抱首憐窮鼠，吞刃號空慘沸蜩。既在圍中徒决驟，已游釜底尚驚跳。蜂屯只與三驅盡，莽伏咸憑一炬燒。黑水岸旁雲漠漠，白龍堆下草蕭蕭。六師聲討惟誅宛，一箭飛書便下聊。面縛軍門形蹙蹜，膽寒衅鼓語啁噍。指天悔過心難剖，刑馬重盟福再儌。都護尚須留鄭吉，援兵誓不借張喬。迫從黨與心皆革，敗北渠魁罪更昭。有惡務須除類盡，不疑何待卜龜燋。軍中羆虎推韓范，閫内韜鈐運賈晁。寇穴須尋虛處搗，敵形貴向勝前料。宸謨素秉先幾斷，將略常稱馭衆調。遂選鋭師專用勦，徑伸天討不須招。一朝遍慰雲霓望，萬帳將成風雨漂。虎迹可尋巢易即，冰城欲壞水難澆。積薪舁卧將然火，危卵嬉安未折苕。鐵騎星馳旍半捲，潛軍晦合月全朓。闇中摇足投機阱，夢裹驚雷觸電熛。讋伏受擒收一一，窮奔走險逐儦儦。雲中矯翼皆遭網，木末飛猱亦見撩。俘及二毛梟有母，誅無噍類孽方齠。比肩戢戢將膏斧，纓項纍纍盡曳彯。元惡自知終授首，逋誅敢望尚全腰。普天逃罪原無地，白日羞形且遁宵。自此四兇投昊北，竟成一脚走夔魈。焚巢窮鳥歸無所，乞食游魂鬼亦枵。殘齒飢烏來啄啄，荒庭叫雁去嘹嘹。風除餘落皆安枕，彗掃長空永絶妖。耕遍草青時澤澤，風行日入處迢迢。天開神井膏常溢，地過王師木不凋。磧上收軍同浩瀚，山邊卸甲並嶕嶢。矢無遺鏃班師樂，鐃有新聲載路遥。旗外白翎驚鼓吹，軍中朱鷺叶笳簫。專車檻載魑兼魅，歸騎鞍捎鵰與鴞。絶幕輕賚還累累，浹旬振旅尚麃麃。

畜量谷後分千足，酒涌泉中酌萬瓢。柳塞馬歸青乍放，天山弓掛雪初消。山陵方謁聞三捷，
露布遥傳示百僚。吉語恰逢宣祝版，馨聞正值奠蘭椒。蕩平朔漠揚前烈，昭告西藩復舊徭。
謙德難名同覆載，功成歸美獻宗祧。勞還有禮恩斯遍，慶澤無私賞更饒。廿萬帑金開内藏，
上公爵命走輕軺。榮親厚錫頒天錦，賜答温綸滿御綃。咨汝莫辭優寵異，知卿能保令名劭。
功從采芑詩中叙，畫待凌烟閣上描。警戒無虞惟稷契，修和有夏在顛夭。止戈大武除三蘖，
伐罪餘威振八遼。伊里黠酋雖遠伏，玉關款使已來朝。側窺雲日顏先汗，駭看魚龍舌盡撟。
九陌香衢迷錦樹，三層阿閣眴疏寮。井蛙到海方知大，螳臂當車敢再憍。定向條支求甕卵，
佇從弱水貢文鰩。七旬干羽同虞舜，四表光華協帝堯。志廣職方編澤藪，圖成王會列僬僥。
虎賁帶下龍泉脱，神臂弢中玉靶弨。誕告武成追版涿，久宣文德象咸韶。官箴並飭工無曠，
聖訓重宣民不恌。在野白茅連茹拔，中田維莠帶根穮。賓興大典弘開榜，耕耤三推親把銚。
龍窟雲油隨鹵簿，竹宫神火應燔燎。孔門溯本先尊聖，魯頌懷音已集鴞。果見獻囚歸泮璧，
旋聞燕捷踰昆瑶。八方環拱瞻辰極，萬古衡平正斗杓。此日禮成齊拜舞，天顏有喜仰重霄。

## 賦得良玉比君子　張　漢

昆侖縣圃積崔嵬，抱璞人看出草萊。比玉原知君子貴，執圭喜覲帝廷來。精神共指山川見，
追琢還需匠石裁。要使光輝常照耀，能消瑕玷未嫌猜。不貪有道歸吾寶，欲賈無端恥自媒。

信與琮璜徵瑞應，潔同冰雪凈塵埃。價高本是豐年物，品重旋登聖世才。赤檢封泥供璽印，黃流煮鬯注觴杯。德成温潤兼能栗，質許堅貞定不回。青瑣佩摇蒼水動，白虹影貫碧天開。衡齊星象資璿飾，樂止金聲作磬材。席上有珍常待聘，賜環感荷遂趨陪。

## 聖主躬耕耤田恭紀

覺羅恩壽

帝德同天覆八埏，遍噓和氣繞山川。祈年已見三陽復，教養還爲百辟先。稼穡艱難縈聖慮，粢盛豐潔重皇虔。因行夏正三春令，如對邠風七月篇。申命太常稽典禮，旋聞土訓掃郊廛。翠旂拂露盈長陌，玉輦凝烟向甫田。淡蕩祥風飄大地，融和旭日麗中天。千官影静垂楊裏，萬騎聲喧細草邊。沃野疏渠藏曲折，平藏分壠極芊綿。司農拜手恭扶耒，京尹摳衣敬執鞭。葱犗試塗循右轉，紺轅臨路向東偏。帝心尚覺三推少，王制惟將一墢傳。百職就班容有肅，庶人終畝禮無愆。卿雲繚繞臨清甸，瑞靄繽紛近廣阡。萬古憲章今赫奕，一時士女競歡妍。勤民志接炎皇世，播穀恩符大舜年。東作既興人力合，西成可卜歲功全。閭閻盈阜崇庠序，黍稷馨香實豆籩。歌頌徽音流海宇，簫韶雅奏播宮懸。敬天報本皆純孝，萬歲千秋帝道全。

## 聖駕南苑大閱恭紀

于振

聖主膺圖憲百王，時巡郊甸法陶唐。訏謨久已昭文德，睿略還應繼耿光。律轉金門鴻北嚮，陽回黍谷鳥南翔。龍旌縹緲來平樂，鑾輅雍容出建章。霜意乍酣清蹕路，雪花微綴兆農祥。
雲依御鎧千官列，日麗天弧萬幕張。笳鼓競時鵝鸛合，戈矛森處虎貔揚。五兵用舉蒐苗禮，
九伐爰甄器甲良。殷地雷聲咸震疊，嘶風駿足盡騰驤。唐弓引滿舒猿臂，垂矢争抽飲石梁。
貍首騶虞原有節，輪攻墨守總無方。鳴鳶不載香塵細，紫燕徐迴錦陌長。共識宸游宣紀律，
猶聞天語敕幾康。周官懸象頒朝典，月令祈年謹蓋藏。酆水皀鷖思往牒，塗山圭璧踵前芳。
禮闈書圃皇心豫，芝檢銀泥帝業彰。堯棟松生徵在宥，舜廷弦撫慶垂裳。青圻便欲蕃麟趾，
丹穴行看集鳳凰。稔歲並占延喜玉，太平常卧緑沉槍。小臣簪筆趨仙禁，拜手惟賡泰運昌。

## 賦得山雞舞鏡　于　振

明眸翠羽出荆山，影入菱花借好顔。似逐驚鴻來復去，却疑翔燕往仍還。娉婷迴雪誠多態，
綽約凌雲本夙嫻。璧月正圓增皎潔，錦衣乍展更斑斕。光分漢殿如垂手，照比秦庭欲擁鬟。
黄鳥隔林徒晛睆，青禽拂樹自緡蠻。能言鸚鵡容爲伴，息翼鶬鶊未許攀。倘爲酬恩聊顧印，
若因報德願銜環。微軀敢側鵷凰隊，陋質羞隨鸞鳳班。不愛稻粱謀既拙，止依枳棘分寧慳。
心懷故里思空切，擬沐新容意亦閑。聖世露濃沾庶類，來儀猶得覲天關。

## 甘霖普降特召大學士内廷翰林圓明園泛舟恭賦

汪由敦

甘霖優渥遍西疇，御苑迎凉宿露收。曲澗新添波渺渺，連塍早見黍油油。撫時最愛時方永，
望歲先占歲有秋。特詔頒來石渠閣，殊恩許泛木蘭舟。滄池細浪凌空遠，瑶島深林積翠浮。
萬頃波澄涵帝澤，一帆風正愜宸游。芰荷香裏移丹鷁，楊柳陰中起白鷗。倒影樓臺依碧漢，
親人魚鳥宛中流。烟霞地迴忘三伏，圖畫天開儼十洲。到眼風光原浩蕩，移情水木足清幽。
欣瞻灑翰天章麗，更識勤農睿慮周。何幸賡颺叨異數，濟川良遇愧難酬。

## 賦得薰風自南來

趙大鯨

日月光華泰運開，南訛應律協恢台。正逢永晝瑶階肅，恰喜薰風玉殿來。爽氣乍從珠網度，
微凉潛拂綺疏迴。飛飛静覺銅烏轉，隱隱遥隨蓮漏催。長養自能滋庶彙，暄和應得達芳荄。
清音向午傳丹籞，嘉蔭凌空散緑槐。花影入簾浮淑靄，墨香凝几絶纖埃。虞琴雅奏期從欲，
帝治時雍叶阜財。暗起青蘋敷偃草，還呼澍雨殷輕雷。離明煦嫗飄三島，巽位流行被八垓。
五日聖時調玉燭，九重佳氣繞蓬萊。微臣竊幸依光近，樂育均叨聖澤培。

## 賦得講易見天心 李重華

日馭舒遲到履長，經筵端拱溯羲皇。但言易象含三極，早覺天心在一陽。萬類有胎皆孕毓，千花無蕊不包藏。微從奇耦參來往，直向乾坤闢混茫。碩果已看初甲坼，潛爻從此極飛翔。淋漓元氣深于海，浩蕩春和際彼蒼。詎假登堂瞻孔聖，不須調軫見文王。宸衷疊疊時乾惕，帝道生生日熾昌。自拂韋編談奥旨，勝吹葭律動韶光。小臣喜預升重席，待叩精微實望洋。

## 賦得山雞舞鏡 李重華

繡羽何年下碧山，偶逢清鏡鬥斕斑。都緣照影爲儔匹，故作迴風遞往還。喜極自添靈翼健，興來不放彩衣閑。初疑翩鳳形相對，乍覺蟠龍勢可攀。求友正同鶯出谷，報恩殊勝雀銜環。劇憐三匝飛涼月，未許雙栖戲暖灣。丸劍有情須動色，巾裙無緒祇羞顔。總憑軒鑑舒毛質，肯爲秦臺掠鬢鬟。冀與華蟲充袞服，得隨雉扇引朝班。婹娟半徹空明裏，藻耀平分掩映間。從此登場追節鼓，異時驚曉闢天關。翺翔但傍芙蓉檻，纏項紅羅次第頒。

## 聖駕南苑大閲恭紀 周長發

太平遠略仰承乾，講武南畿鳳詔傳。霽雪乍融輝豹尾，曉暾初起映龍旂。星旄珠罕開千帳，畫戟瑚弓出九天。校獵長楊超漢武，選徒甫草邁周宣。時當農隙登稌黍，禮備冬烝實豆籩。
群吏執鼙先戒衆，虞人立表早萊田。建旂列鐲車徒肅，進鼓鳴鐃壁壘堅。衛簡羽林森十二，
人雄虎旅萃三千。霜花淬劍仍分舞，楊葉彎弧定可穿。霞纈光生紅韎韐，風鬃勢驟鐵連錢。
五兵七校皆依旐，八陣三單盡拂鞭。魚復軍容規坐作，豹韜師律象方員。正奇悉欲遵成法，
神武真能統大權。風點銅鉦聲自震，霜清銀鎧色逾鮮。和門左右旌猶樹，寶幄周環旆復懸。
萬騎踏雲騰騕褭，六軍迎日耀戈鋋。未妨軼獸仍開網，還見珍禽即應弦。赤雁白麟游瑞圃，
黃羊元鹿滿甘泉。熙朝頗牧韜弓矢，聖世夔龍叶管絃。天保采薇安内外，鴻圖鞏固萬斯年。

恭和聖製謁陵禮畢車駕入盛京元韻　　張鵬翀

長白崔嵬鎮海東，薊門烟樹接青葱。興朝王氣千年在，聖主歡心萬國同。下武配京追祖烈，
上陵展祀肅皇躬。貔貅夜繞星廬外，旌旆朝飛輦路中。帶水迴旋來遠嶂，崇墉巀嵲俯層空。
長懷茅土臨階城，詎侈琉璃作瓦瓏。卜溯澗瀍前代業，酹酬褒鄂舊時功。麾旄西土咨盟會，
載毫鳴條緬造攻。玄菟城連千里郡，鳳凰樓映萬年宮。謳歌父老填衢巷，抃舞兒童習沛豐。
禮樂修文明帝典，蒐苗纘武切皇衷。休徵早識呰黃下，戩穀常昭肸蠁融。日月光華凝顯爍，
雲雷草昧感靈通。五陵佳氣符元運，萬乘鸞旂耀日紅。

## 恭和聖製十六日賜宴聯句韻

張鵬翀

珂雪光華璧月圓，金吾弛禁放燈天。三元慶溢金尊合，五日春饒綵勝偏。四海謳歌逢聖世，
九重燕賞兆豐年。遥聞禁苑笙簫叶，直上叢霄黻佩聯。玉輦降臨凝紫氣，瑶墀趨列奉清妍。
分行寶炬花如綺，首倡奎章筆似椽。咏繼卷阿娱日永，福占既醉得天全。恭惟南面垂衣主，
願進東厢上壽篇。火樹龍銜光煜煜，紅雲鵠立影翩翩。酒杯琥珀粘雲暖，詩句芙蓉出水鮮。
此夜九天承寵渥，明朝萬口定喧傳。酣餘饌玉千夫膳，掃遍泥金百福箋。已向堯厨沾寶甕，
還聆舜瑟動朱弦。上辛齋袚先祈穀，太乙靈祠早獻鮮。神貺自宜徵肅若，賓筵詎俟戒蹁躚。
方乘鸞輅行春豫，繡被屢欣堆麥隴。金堤正喜奠河壖。長隨地脉流膏澤，
更賁天葩况潔蠲。拂袖輕烟縈馥郁，緣楹密霰妙嬋娟。冷香欲奏梅花曲，濃翠還參柏子禪。
上日共依金殿裏，小臣常侍玉皇前。珠囊瑞協三辰正，鼎鉉調融百福駢。寶盒乍開人似玉，
琪花不夜火生蓮。珠璣灑落驚才捷，黼繡鋪張愧腹便。不借紫姑期富壽，寧勞青鳥報神仙。
周京燕譽非徒爾，虞帝賡歌庶有然。自昔誦書常踴躍，于今授簡倍騰騫。醉歸珂馬瑶池弄，
游趁香車翠陌闐。燕許幾家推巨筆，金張累葉耀華蟬。臨軒咨訪殷韶鐸，側席旁求細品甄。
卿月分輝依紫極，王春肇始紀青編。大烹用享情胥洽，小毖勤修志益虔。禮樂百年垂啓翼，
河山萬祀鞏連綿。戴鼇忭舞今龍伯，羹雉斟膏昔老籛。共愛雍熙諧擊壤，盡移澆俗絶懷磚。

南風暢咏詩三百，北斗斟量酒十千。夜静踏歌人皞皞，月明燈市鼓淵淵。太平時節身榮遇，
報國文章氣㖷宣。睿藻繽紛映鸞鶴，天機翔泳洽魚鳶。萬方玉帛圖王會，七政璿衡運化權。
長願團圞人與月，儘教游衍陌連阡。鹿鳴歡合交成泰，龍御時行象在乾。

賦得薰風自南來　張鵬翀

炎薰半度朱明麗，清籟遥隨玉殿開。閔雨乍欣時雨至，觀風恰值好風來。昨朝鑄鏡呈金鑑，
此日揮弦對露臺。雲拂螭坳輕縹緲，烟浮龍闕淡縈迴。漸吹未覺晨旗動，静聽纔和晝漏催。
正喜榮光瞻黼扆，忽生凉思滿蓬萊。天高善解千人愠，地净原無一點埃。暢溥屢邀恩浩蕩，
清吟還逐思徘徊。晏陰定後觀三極，慶惠流餘遍八垓。拱北景暉臨檻樹，自南長養及根荄。
卷阿幸際賡歌盛，侍從慚非足句才。湛露更沾明主賜，颺言聯佩咏康哉。

聖駕南苑大閲恭紀　梁詩正

秉德聖朝文化洽，止戈帝世武功修。覲揚不忘欽前烈，繼述常思纘令猷。鳳紵曉頒傳大閲，
鑾輿夙駕戾崇邱。霞烘鵁鶄初陽麗，塞拱巑岏遠翠浮。寶仗日邊排簇簇，珠旟風外颺悠悠。
雪消南苑摇金䦆，塵净西山映畫斿。承旨前期威令肅，犒師行在聖恩優。飽騰士馬先歡舞，
羅列車徒備噢咻。方召莅師綜禁旅，熊羆分隊耀兜鍪。九旗爛熳雲屯谷，三校森嚴氣食牛。

天子戎衣親歷陣，虎臣弁服自持籌。鼓行旋見龍蛇動，甲擐齊將弓矢抽。圍合風雲彌九地，弦鳴霹靂控三侯。連宮哮嘯山疑震，飛礮訇訇火迅流。棋布六軍新壁壘，鯨奔千騎敵貔貅。中權岳峙牢難撼，後勁飈馳疾不留。七變星門猶擁鐸，五成牙帳再傳桴。指揮在在符機略，進止人人協將謀。緹轂申驅神獨王，佽飛賈勇力常遒。喜看插羽兵容飭，忽聽鳴鐃纛影收。營衛散時烟鳥下，干戈櫜後囿麟游。一人有喜祥和致，四伐無愆賞賚稠。牽去驊騮皆上駟，載來金帛滿文輈。赳桓遍德戎行樂，侍從陳詩主眷酬。謨烈自今長煥爍，聲靈從此永懷柔。勾陳啓處三階泰，歌頌昇平荷帝庥。

## 聖駕南苑大閱恭紀　阮學浩

六師簡閱宜農隙，翠葆悠揚法駕行。共睹舞干饒氣象，還勤蒐乘及昇平。西山作障含餘雪，南苑陳軍散曉晴。四野寒輕新建纛，一陽律換正臨營。歡隨疊鼓凝笳發，勇向琱弓畫戟生。豹尾星羅貔虎衛，龍旂電繞鳳凰城。威宣寶幄凌霄動，令下層臺捲地迎。步伐乍齊先結陣，韜鈐密授不聞聲。何須擊刺材稱捷，若較超騰技更精。指顧鷹揚嫻九進，分張雁翅演三征。帳中霜淬金戈轉，柳外風馳玉勒鳴。七校有嚴環羽衛，五雲無際護霓旌。驊騮得路塵沙净，組練迴光日月明。挾纊恩深人競奮，選徒政肅禮初成。清時武備紆宸算，往訓禽荒廑聖情。睿藻敷來真雅頌，鐃歌譜去定咸英。和寧福本皇天眷，休養功同列祖宏。振旅喧闐趨將士，颺言次第到公卿。車邊甫草傳周鼓，賦裏長楊陋漢京。從此萬年文德洽，堯衢耕鑿喜消兵。

## 賦得薰風自南來　阮學浩

盛朝解愠功孚巽，六宇迎薰淑氣開。北極平臨如有象，南訛長養盡成材。乍從麥浪霏微度，更與蘭叢次第催。樂意相關彌蕩漾，晴飈不動暗栽培。光疑紫闕丹霄見，韻自金徽玉軫來。花嶼暖宜紅蘊藉，柳堤疏引緑徘徊。華林景泛彤雲外，太液波縈碧殿隈。鼓物無形同宿雨，捲塵何處雜輕雷。皇心淡泊高三古，睿藻宏深貫九垓。虞后作歌應合德，唐宗聯咏漫矜才。摛毫就日趨中禁，摇珮凌風拱上台。叨被殊恩優侍從，爐烟吹送滿蓬萊。

## 賦得山雞舞鏡　阮學浩

珍禽耀日雞群異，彩翮凌雲舞意嫺。玉鑑開時齊下上，金波展處並斕斑。徘徊燕翦鶯梭外，髣髴鸞停鳳翥間。野性尚憐辭故侶，修翎那許墮塵寰。春風嬝嬝全輪態，秋水盈盈恰照顏。有意含章增愛惜，無心學語鬥綿蠻。絳冠互聳翔仍集，繡尾雙披往復還。鶴唳九皋應解和，鵬摶萬里可能攀。一奩細瀫花千片，兩道明霞月半彎。疑唱曉籌催鷺序，乍分宫扇整鴛班。未知飲啄恩何報，翻對清輝影莫閑。盛世羽儀騰庶類，光華寶鏡映丹山。

## 賦得良玉比君子　阮學浩

比德極知良玉貴，如圭如璧煥雲雷。祇應山岳鍾藏得，合向巖廊拜獻來。周析六符同鄭重，虞班五瑞最昭回。鏞鏞並列殊凡品，金錫齊登鑒異材。天與精神增物色，人從温潤絶疑猜。炳英會有浮筠質，寶國原推庇蔭才。無意懷珍偏什襲，幾經待聘更徘徊。連城未許勞求價，抱璞曾經戒自媒。滿握光華晛藴藉，一聲清越想丰裁。硟砆競混深防贋，砂礫争投莫見摧。澤麗磨礲勤佩服，恩銜拂拭愧涓埃。難將珉賤希君子，明訓冰競凛曲臺。

## 聖主躬耕耤田恭紀　陳兆崙

時清九陌韶光好，澤潤千塍寶穡開。天賜有年綏萬國，聖勤無逸肇三推。披圖宣室宵鐘動，列仗端門曙色催。豹尾襹褷隨鳳輦，虎賁蹀躞走龍媒。濛濛香霧爐烟合，冉冉流雲扇影迴。净掃瑶壇增肅穆，森瞻華蓋迴崔嵬。霏微雨解偕神降，宛轉風知應律來。黛耜色分堤上柳，紺轅聲殷澤中雷。周遭繡野延宸賞，取次靈苗荷帝培。秧馬似飛排遠陣，土膏如釀發新醅。南東畝合區先後，五九班應遞往回。匝地歡呼環父老，迎眸生意露根荄。十千自是聯維耦，穎栗方將勝有邰。行漏漸移亭午影，前旌還駐望春臺。逡巡仙蹕傳歸騎，跌蕩天閶絶點埃。邇禁平林呈晻曖，承恩細路長莓苔。已知優渥周三輔，須識生成遍九垓。被隴何時無霡霂，依山是處有臺萊。萬年疆畎今咸理，百族情田此悉該。玉食猶然躬率作，小臣尸素愧非才。

玉甕應制　　陳兆崙

千秋圖史列熙朝，萬象烟熅薄慶霄。聞道苔花梳舊碣，直令銀甕讓清標。天遺罨畫兼濃淡，地產壺樽謝琢琱。曾傍春臺開白獸，幾從温室宴文貂。亭前芳樹知華盛，雨外秋春送泬漻。閱世從教經灞洛，承恩端合覲軒堯。運逢昇泰榮觀集，歲值豐盈酺樂饒。豈有神奸遺梗概，况餘仙液泯淳澆。含精本與甌同固，流潤初偕燭共調。睿藻冲融函夏範，元音要眇叶虞韶。𪾢淪江海深無涘，曼衍魚龍静不驕。珥筆小臣慚體物，幸陪衢飲聽風謡。

# 本朝館閣詩卷十七

## 七言排律二

### 聖駕南苑大閲恭紀

鄂容安

宅中馭外謀須豫，緯武經文國有常。大閲禮行蒐狩後，仲冬占協日時良。紫宸朝啓鑾輿駕，
赤甸平臨翠葆揚。九伐素頒司馬法，六師齊會羽林郎。營穿細柳申軍政，陣展長蛇試廣場。
四塞山河過洛邑，九天鐘鼓邁岐陽。鸛鵝作隊連三駟，龍虎爲符出兩廂。百萬貔貅明早旭，
十千組練壓清霜。旌幢盡挾風雲氣，刁斗全依日月光。天子有嚴親韎韐，大官無事裹餱糧。
黄斿至止班聲肅，赤羽擎來遠勢張。特啓和門趨大帥，獨當馳道引親王。五花並驟金騠駃，
八纛俱從繡裲襠。宣令直教山岳動，騰呼真擬海波長。縱横遥亘飛虹影，會合同瞻戴斗匡。
風后握奇傳上古，軒轅振武仰吾皇。神皋形勝推南苑，勁旅精嚴萃朔方。薄海共應師紀律，
遥天本自掃欃槍。威行以德幾常敕，安不忘危道永昌。忠信在躬爲甲冑，農桑遍野是金湯。
叨隨仙仗瞻雄武，得傍行麾愧贊襄。自是龍城停草檄，偏宜豹尾控絲韁。國恩莫報惟簪筆，

世業難忘學挽强。長喜九邊鉦鼓静，日陳干羽慶垂裳。

## 賦得薰風自南來

張映辰

炎精應候方司令，無限祥飈紫禁開。位列祝融居火宅，星標鶉首自南來。微傳林杪紛披至，細逐爐烟次第催。著物如薰真煦嫗，時風曰聖好栽培。嗚條共覺千家静，從律應教五日回。高轉金莖何縹緲，虚飄玉砌尚低徊。遥從天上分清籟，吹落人寰絶點埃。最喜雲生當户牖，有時雨過長莓苔。歌賡帝世徵交泰，化洽虞弦樂阜財。鈴索宵懸聞閬苑，觚棱曉起拂銅臺。由來瀹蕩恩如許，未必吹嘘棄不才。侍從竊叨長自愧，敢言流韻繼鄒枚。

## 聖駕南苑大閲恭紀

董邦達

聖主乘時簡六師，翠華南苑駐行麾。平林雪霽千旂繞，廣甸風清萬騎馳。靄靄朝光浮綵仗，熊熊晴旭麗金支。代當全盛烽烟息，候是元冬閲狩宜。頗牧近歸天策將，貔貅雄列羽林兒。聲傳鼓角軍都静，令肅風雷政不私。七萃連營排雁翼，八門分陳合魚麗。大侯既樹形成豹，列隊横開勇若羆。親挽雕弓昭睿武，群瞻玉帳凜皇儀。暖回纊挾春疑早，寒解冰纏景欲移。校罷歡聲騰虎旅，軫旋佳氣滿鸞旗。已安磐石天維眷，猶念苞桑帝曰咨。舊典無忘追列祖，先期有事展崇祠。禽荒戒豫抒宸藻，獵卜徵賢動主知。憶昨六龍臨太學，于今四海頌文思。

昌時喜睹麟游藪，瑞應從看鳳在岐。禮示三驅垂法則，舞隆七德播聲詩。車攻底用詩周鼓，鐃吹真堪陋漢詞。雅化久敷環渤澥，武功不試静邊陲。小臣載筆慚韜略，獻賦逡巡拜玉墀。

## 恭和御製豐澤園嘉穀既穫命大學士九卿觀之兼成近體八韻

元韻　董邦達

禁籞千塍入望中，勤民至意列朝同。祈年已舉三推禮，納稼旋陳七月風。好是如雲欣濟濟，也曾量雨慶芃芃。早禾合穎青疇茂，晚穀雙岐繡壤充。上苑京坻占上瑞，神倉挃栗屬神工。豈惟優渥邀天貺，還以憂勞廑睿衷。圖易思艱臻郅治，山村澤國兆時豐。自今以始歲其有，迄用康年頌不窮。

## 賦得爲有源頭活水來

董邦達

井洌寒泉清更幽，池開活水静還流。無邊雲影徘徊合，不盡天光日夜浮。爲問出山何處所，也知印月幾經秋。涵空瀲灔紋千縠，徹底晶瑩玉一甌。莫聽潺潺鳴澗口，祇緣混混在源頭。游魚依藻情相得，狎鳥凌波意自悠。浩蕩心原川上合，深沉學海目前求。皇衷有本如淵濬，萬里昭融一鑑收。

## 聖駕南苑大閱恭紀　　張　湄

雪盡平原催獵騎，風高别苑擁鑾輿。農登萬寶田功畢，士樂三驅武力餘。步伐共循魚復陣，指揮全出豹韜書。蚩尤夾轂青霓卷，列缺施鞭赤電舒。千鏡光熒森組甲，衆星環拱護儲胥。天狼月兔空中墮，野水寒林物外疏。競發火矰飛羽翼，齊抽霜鍔燦芙蕖。霑恩豈獨簞醪賜，耀德偏宜裘帶紓。未數漢家歌汗馬，還看籀史記攻車。日暉朗逐金戈轉，雲彩閑隨翠蓋徐。講藝風存儒將舊，舞干治接邃皇初。韻流鼓吹清郊迥，影絶欃槍碧落虚。四海龍彲歸宿衛，十洲麟鳳在周廬。嵩呼雷殷南山麓，宸翰奎明北斗居。大禮順時彰軌物，盛朝先事戒衣袽。從禽載筆微臣願，賦擬長楊愧不如。

## 賦得薰風自南來　　張　湄

陽氣絪緼資長養，和風淡蕩應恢台。已知品彙無藏寶，更助君王奏阜財。琴上清音留太古，松間幽吹絶塵埃。低翻簾影文波動，細裊爐烟碧縷迴。夏木千章交蔭美，水軒四面嚮明開。披襟洒散還辭扇，着物淳和不假醅。殿角日遲鈴自語，花陰人静漏徐催。芙蕖拂沼紅成錦，穲稏連畦翠作堆。大塊有情長煦嫗，炎官乘令亦栽培。露盈仙掌迎涼瀉，雲矗奇峰入仗來。共慶堯厨紛萐脯，敢誇楚客集蘭臺。穆如句好真堪繼，作頌慚非吉甫才。

## 聖駕幸翰林院恭紀　阮學濬

詔新芸署五雲端，咫尺鑾坡仰大觀。東閣兼銜紆睿眷，北扉駐輦協群歡。竭來靈鵲聲頻報，喜得遷鶯勢欲盤。七寶座榮依紫極，八磚旭麗護紅蘭。銀花四映璇霄見，金薤雙懸碧落看。遂有豐筵崇鼎鼐，還忻曲讌到鴛鸞。詩凌風雅音多古，治媲勳華頌亦難。探簡帙分天錫富，賡歌韻叶聖恩寬。共驚湛露霑身渥，那覺條冰徹骨寒。燕許文章傳秘苑，鄒牧詞賦壓騷壇。摩挲玉笈輝藜照，侍從瑶墀愧素餐。十載簪毫香案畔，傾葵惟罄寸心丹。

## 賦得御柳條長水面齊　阮學濬

鴨緑粼粼玉蝀遥，麴塵裊裊柳烟饒。一篙春漲連堤碧，十里濃姿蘸水嬌。冰鏡初開方照眼，晴瀾徐颭欲齊腰。風梭織縠和絲捲，雪浪飛花帶絮飄。色暗有時迷釣渚，舞酣何處認魚標。掠波燕子穿金縷，踏水鳬雛拂翠條。畫舫千艘新緑岸，鶯歌一路夕陽橋。上林雲樹韶光好，常沐恩波傍九霄。

## 賦得薰風自南來　陳大受

晝景舒長仁宇廣，薰風披拂日邊來。垂衣南面開清韻，解愠中天仰睿裁。但覺冲融彌大地，最宜煦嫗被群材。悠揚玉殿聲初起，蕩漾冰簾影乍開。倏度青蘋看綺縠，俄經緑蕙繞芳荄。爐烟細細飄羅幙，宮樹陰陰颭緑苔。共向離明資發育，頻申巽命荷滋培。銅烏漫轉龍墀静，羽幬紛從鳳扇迴。指上絲桐歸長養，望中雲漢共昭回。詎關箕伯能宣滯，自是重華爲阜財。暖氣襲人期五日，麻徵應律協三台。太和宇宙今親見，願扇祥風遍九垓。

## 聖主躬耕耤田恭紀　梁文山

熙朝繼述美重光，浩蕩恩波被八荒。聖德已知同覆載，宸衷尤自重耕桑。九重無逸巡千畝，一墢惟勤率萬方。考古田功興后稷，勸農歲序順勾芒。烟郊雨浥芳塵静，野甸風清湛露瀼。臺畔公卿爲主伯，壇邊父老待君王。俄傳鳳闕華鐘發，共仰龍輿翠蓋張。夾道驊騮争蹴踏，屬車鵷鷺盡迴翔。濃陰夜覆春城重，密霧朝籠御路長。北極近瞻佳氣滿，東廛遥指彩雲颺。種分穜稑宮中獻，色麗旌旗陌上揚。祈穀告虔通陟降，捧璋致敬肅趨蹌。精誠直達犧尊外，率作旋來翠幕旁。京兆授鞭呈縹軛，司農布種執青箱。花迎仙仗明于錦，鳥和農歌巧若簧。金耦頻移耕澤澤，紺轅微動佩鏘鏘。爲祈九土函斯活，爰效三推禮更詳。在昔吹豳陳穡事，于今舉趾望農祥。勞先兆姓勤芟柞，瑞應昌時若雨暘。但願黍稌歌大有，更思蠲潔薦烝嘗。愛民重祀兼仁孝，法古遵先凛憲章。此日榮光依黼座，一時喜氣溢穹蒼。泥塗尚覺沾衣履，樂利行看遍井疆。大有頻書盈百室，屢豐載咏慶千倉。恭逢鉅典欣無似，可許巴音誌不忘。

睿慮方殷俾率育，颺言更欲誦幾康。

## 賦得山雞舞鏡

夏之蓉

靈禽振采出名山，異質爭傳五色斑。已向清風頻弄翮，更從明鏡一窺顏。梳翎自愛丰標迥，
顧影還疑飲啄間。色擬流黃同煜爚，文垂藹綬共斕斑。花冠昳麗紛攢簇，繡翼襹褷類轉圜。
掩映雙看冰鑑合，空明對拂錦毛殷。欲揚還抑聯翩裏，似往仍迴轉側間。艷逼畫屏金孔雀，
光分青瑣玉連環。逐波鸂鶒浮沉見，偎岸芙蓉上下扳。斜展翠翹臨夕照，遥連翬扇動清班。
宮櫻新啄流鶯度，禁柳深藏綵燕還。爭似山雞隨鏡舞，常依鴛序覲天關。

## 賦得爲有源頭活水來

蔡新

遥尋派衍自縈洄，流向銀塘半畝隈。活潑迴非方外得，涵虚須認鑑中來。風過石上千絲皺，
月到波心一鏡開。動境每堪摇細浪，静時何處惹輕埃。晶明識取潛魚躍，滉漾如添急雨催。
只爲淵泉憑浥注，好將心地重栽培。盈科漸覺千條貫，止善還探萬象該。最是皇衷涵太極，
無邊因應在靈臺。

## 賦得夏雲多奇峰　蔡新

含陽觸石浮天半，離火蒸雲結瑞容。本自山間騰練影，依然象外見青峰。莽蒼膚寸堆衡岳，蓊鬱千尋聳岱宗。蜷曲依稀巖谷邃，層霄隱映翠巒重。根浮地軸朝烟鎖，影到天河夕照溶。幾度嶙峋迷鳥道，好憑垠堮認仙踪。蓬萊宮闕天中見，姑射樓臺月下逢。靄作翠微標玉笋，丹凝嵐影削芙蓉。巨靈擘破因風起，太乙陰連爲雨封。可是廬山真面目，應知雲海蕩心胸。鵬程素練當宵静，霞嶼金柯薄午濃。太史登臺書裔象，時縈玉牖繞堯松。

## 賦得三白呈祥　李兆鈺

艱難稼穡帝衷諳，潤滿郊原樂且湛。民慶豐年歌已屢，冬書上瑞見曾三。殘花未落新花發，朝靄還同宿靄涵。頻望烟迷峰遠近，長疑玉種畝東南。絪縕淑氣平原鼓，浩蕩生機造化參。閬苑遥開看積素，嵰山每獻喜分甘。五風十雨天心眷，萬紫千紅雪意含。叨侍瑶階瞻睿賞，臘前春信此中探。

## 賦得荷氣上薰風　李兆鈺

荷泛池塘摇作蓋，風來殿閣著如薰。修莖披拂看縈繞，瑞靄吹嘘正郁紛。清籟響傳蘋末動，輕陰葉颭岸邊分。徐翻紈扇香飄袖，緩棹蘭舟露濺裙。净緑田田仙掌秀，虛明點點玉盤芬。
乍隨波處篩浮影，纔度聲時掃翳氛。舒卷態宜初日見，淡濃芳好静宵聞。遮空翠羽塵埃遠，
擢浪朱華意致欣。繡户凉生烟細裊，珠簾晝永氣微醺。扶疏鳳沼騰朝霧，偏反銀塘曳夕曛。
唐鼓不催花漾鏡，虞弦方振水成紋。恩迎太液邀宸賞，未染淤泥許占群。

## 賦得爲有源頭活水來

徐　鐸

瀲灩澄潭藻鑑開，淵源此際問靈臺。空明自覺纖塵遠，朗潔都從一脈來。動處精神原暢達，
静中機趣本全該。晶瑩月印偏澄澈，淡宕風吹足溯洄。沙白渚清餘物色，天光雲影净氛埃。
珠藏圓折含仍吐，玉帶方流去復迴。太極有根通萬象，化工無迹運三才。宸衷肅穆涵精藴，
浩蕩恩波遍九垓。

## 聖駕南苑大閲恭紀

曹秀先

喜睹修文樂太平，仍傳講武近神京。中冬大閲稽周禮，吉日時巡練府兵。太史正書三白現，
聖人親駕六龍行。軒轅臺上垂衣拱，虞舜階前舞羽呈。初試唐弓名九合，新抽夏箭號三成。
龍媒馴習騰天駟，豹仗飛揚拂柳營。三萬公徒環帳殿，六千君子重干城。摐金伐鼓儀容肅，
逐隊分鑣紀律明。如見孫吴嫻陣勢，即同頗牧立勳名。鐵衣晃處凝寒雪，寶劍開時掣海鯨。

衛霍少年才不忝，幽燕老將氣尤横。桓桓已遂瞻雲願，濟濟争聞動地聲。北向皆山呼萬歲，
高懸惟斗接長庚。傳宣中使徽綸下，廣挹三危玉露盈。雲上于天開宴樂，地中有水象師貞。
投醪挾纊今猶昔，按轡登壇静不驚。神武風高來外域，天顔日照共新晴。從來軍政關爲國，
不待王師更有征。蒐乘簡徒懷往訓，覲光揚烈見皇情。宸衷無逸超千載，睿藻如春布八紘。
還許和吟偕侍從，早傳温語及公卿。長楊羽獵卑前漢，貍首騶虞協雅笙。歲紀恰輪葭管出，
游歌試聽鳳凰鳴。回鑾南苑歡聲洽，願上豳風介壽觥。

## 賦得山雞舞鏡

劉　綸

山禽自是饒珍致，舞入銀華意更閑。乍啓雕籠驚的爍，旋開寶匣訝璘斑。空明彷彿寒潭上，
來往依稀夕照間。顧影未須憐刷羽，窺奩何計憶栖山。風翻錦翼纔飄袂，日映花冠却整鬟。
赴節婆娑矜獨立，回身綽約喜雙攀。空花蹴處檐枝亞，虚翠交時砌蘚斑。似擬投林齊戢戢，
可能對語便關關。雲迴雉尾還呈態，月轉螭頭尚照顔。如許攬輝依鳳闕，定教接翅起鵷班。
山梁縱説栖遲好，畫檻寧辭飲啄慳。冰鑑倘容長耀采，微翎雖倦豈知還。

## 賦得山雞舞鏡

齊召南

虞羅遠致珍禽集，羈客難窺舞態嫻。明鏡巧懸光照灼，麗容驚睹錦斑斕。似臨曲澗澄空翠，

却忘雕籠認故山。文耀彩鸞歡並翥，冷嫌獨鶴興偏慳。凝眸顧步軒仍輊，妒貌舒衿往復還。
節應桑林呈變合，工同榆曲度悠閑。銅臺曉日翔觚爵，洛浦凌波響珮環。嘯侶命儔猜孰是，
分軀共景繪應艱。閨人袨服休垂于，座客華裾笑解顏。共訝迴風生羽翮，早傳奇采動江關。
形圖月殿清虛界，影入銀河碧落間。好趁賓鴻來聖代，高攀儀鳳出塵寰。

## 賦得洞庭張樂

齊召南

聞道軒轅張廣樂，洞庭深處鼓雲和。人從鄂渚聽清韻，舞見咸池應碧波。久識律箾諧瑞鳳，
要看鐃吹應靈鼉。魚龍雜沓誰能數，風雨周旋不啻過。楚澤雲邊虛縹緲，君山烟外遞嵯峨。
我皇解阜揮虞瑟，環海歡聲叶九歌。

## 賦得山雞舞鏡

杭世駿

誰將翠羽出花關，朗對清銅意態閑。寶匣舊含輝皎潔，雕籠新照翅迴環。錦衣未必輸文綬，
金爪何勞罥玉鐶。閬苑不栖春晏樹，蒼苔猶印雨餘斑。乍窺宛轉霓裳拂，作對蹁躚紫燕翾。
翹尾影疑宫扇合，舉頭光訝翠裘彎。晴舒繡臆空中見，風刷疏翎望裏還。啼處祇憐交頸好，
看場誰惜折腰艱。劇知意愜關生動，直愛身輕似轉圜。飲啄久甘依麥隴，飛翔何幸近蓬山。
已歸朗曜初呈技，豈假清溪始照顏。紫禁若容聆雅奏，九苞隨仗願躋攀。

## 賦得山雞舞鏡　　汪士鍠

焜煌文羽澤深山，照映高堂明鏡間。五色翠光摇碧檻，雙飛綵翅出仙寰。菱花開處霞章麗，
鸞架張來繡紱環。溪上誰爲圖錦綺，臺前自愛好容顔。揚翹赴節高隨下，舒翼周規往復還。
日映盤龍依絳幘，風迴舞鳳妥青綸。形分一水盈盈隔，隊憶層岡渺渺灣。整暇原同鵷鷺序，
翱翔不共鶴鷗閑。雲移宫扇臨丹地，華繪天衣射紫關。振迅芳崖曾照耀，葳蕤雕砌更斑斕。
空中藻並登場艷，象外文騰滿目斑。物色總歸宸鑒遠，九苞搴采願追攀。

## 賦得山雞舞鏡　　沈廷芳

文禽振羽出名山，喜對菱花妙舞嫻。皓魄乍開光熠耀，綺霞初映色斑斕。標奇蓬集兼雲繞，
動影風來復雨還。火齊承冠分角睞，錦帷張翼鬥花鬘。姱姿長焕文明會，逸態横生意象間。
五采彰施呈瑞質，雙翹璪耀啓朱顔。妍超靈鵲乘圓月，捷異馴鷗傍碧灣。漫憶林泉矜耿介，
自知毛羽最鮮殷。鸞臺漸近休迴步，鷺序非遥欲就班。得接清輝明炯炯，詎偕凡鳥囀關關。
越裳翡翠應相並，衮服山龍擬共攀。見説彤廷時飲啄，更看儀鳳遍瀛寰。

## 聖主臨雍禮成恭紀

觀保

景運維新燦八埏，尊師曠典辟雍傳。峨峨松桷丹墻近，片片琉璃翼瓦連。燕賀雕檐籠淑氣，
翬飛峻宇聳晴烟。重臨聖闕從丹闕，纔御經筵又講筵。紫詔從容頒鳳彩，素王統緒接蟬聯。
右文直闢詩書囿，論道重開禮義田。掌舍肅儀清甸路，春官秩禮奏鴻篇。三霄滴漏聞銀箭，
九陛騰聲拂玉鞭。蓬島彩移仙仗近，公卿衣點露華妍。菁莪共率三千士，縫掖咸瞻尺五天。
鈞樂六莖陳管磬，鐘鏞兩序扣筳篿。文章光被唐虞際，位育功歸性教先。薄海誦絃風永播，
諸生鼓篋業逾專。爐烟馥郁芸香細，睿藻輝煌墨彩鮮。聖學巍峨尊泰岱，湛恩深厚沐源淵。
作人已自明經術，祝哽猶兼重養年。有赫威儀真穆穆，無疆壽考更綿綿。豐京豈獨歌靈沼，
彤史于今喜并傳。

## 聖駕南苑大閲恭紀

周玉章

翠華夙駕載旌旃，講武南畿甲仗鮮。十二羽林銀作鎧，六千君子錦爲韉。躬擐韎韐輝金碧，
樂奏鐃笳異管弦。司馬恪居陪位列，親王禮率總戎先。扈隨鵷鷺環黃幄，號令貔貅指玉鞭。
攢戟和門光爍爍，振鼙中壘響鞺鞺。彩斿高展摩天影，火器争開捲地烟。成列雕弓彎滿月，
突圍鋏騎控連錢。一聲雷動山疑撼，萬點星流札盡穿。荼火分軍齊步伐，龍蛇結陣變方員。

韜鈐莫測宸衷密，坐作胥從古法傳。更喜禁廷多頗牧，由來宿將盛幽燕。典隆獮狩方差馬，
技試畋漁又獻豜。七德何煩觀舞綴，三驅原不爲游田。常修組練昭神武，永靖欃槍樂幹年。
習戰昆明逾漢帝，選徒甫草邁周宣。止戈自爾威中外，遵道于今仰蕩平。盛事敷陳慚珥筆，
願賡天保九如篇。

賦得山川出雲　張若需

二儀協氣自相宣，山澤鍾靈應必先。雨爲乘時頻醞釀，雲緣觸石漸延綿。峰巔縷縷痕初直，
水際依依影乍圓。靉靆隨風飄列岫，氤氲近日蔭晴川。翠嵐欲斂巖花潤，綺縠微平岸草鮮。
表瑞何須呈慶裔，從龍争喜助蜿蜒。夙聞膚寸生名岳，會見崇朝沛大田。聖代人材徵間出，
爲霖長此遍堯天。

賦得清機發妙理　路斯道

至理淵涵妙論歸，名言觸處暢天機。無窮奥藴超元箸，不盡清裁啓秘扉。乍扣靈扃還漠漠，
徐聆瓊屑轉霏霏。味如元酒嘗初淡，韻若朱弦聽漸希。何處雄談驚四座，轉須才辨解重圍。
堂堂愈覺詞源濬，娓娓真探理窟微。秋水寒潭同浩淼，朝陽湛露自依稀。大鳴戛擊留真是，
細響鏦錚覺似非。旋轉成文皆錦繡，圓明一字亦珠璣。頓教吾道開端緒，未必忘筌乃發揮。

皇極敷陳欣浩蕩，絲綸涣汗更崔巍。包羅萬有推天語，爝火全銷曉日暉。

## 賦得清風吹我襟　路斯道

檐鈴空外語鏦錚，静夜披衣對月明。簾隙不妨風乍入，襟懷翻覺夏偏清。振衣塵凈宜新浴，剪燭烟籠護短檠。天籟如聞嘘萬竅，太音須識正希聲。光浮玉砌芳叢薄，珮響瑶階細韻生。賦就蘭臺成絶唱，辭成汾水自多情。但能動葉稱休應，偶一鳴條總太平。此際南薰堪奏曲，均調竊欲效颺賡。

## 賦得詩書至道該　路斯道

大道流行自古初，名言至理在詩書。江河亘地千秋迴，日月中天萬象舒。精一傳心先帝典，修齊起化首關雎。功高删定除荒略，業著弦歌正魯魚。持世常教輝宇宙，匡時共道等璠璵。典謨如揭饒稽古，風雅常存屬起予。忠厚温醇消亢戾，疏通知遠免拘墟。祇須淹貫窺三篋，不待蒐羅富五車。檃括精微藏理窟，發揮事業本經畬。董生閉户園誰涉，茂叔當階草未除。但覺嚢墻留痦寐，敢忘雨雪費居諸。欣逢盛世明良會，拜手颺言向石渠。

## 賦得智仁山水德　　路斯道

陰陽動静若循環，聖德高深著兩間。大知通明真似水，敦仁安吉信如山。乘乾不息流常健，得一能貞性自閑。何必登臨知磊落，無煩游泳亦潺湲。清空月印波心徹，碧落雲飛岫影間。睿哲官人懸藻鑒，體元育物切痌瘝。望洋浩淼安能測，仰止崔嵬未許攀。俯仰惟思歌樂壽，巍巍蕩蕩出塵寰。

## 賦得良玉比君子　　萬松齡

聖代欣逢人瑞出，遠方仍貢物華來。崑岡靈質千年藴，瀚海榮光萬里開。炯炯冰心偏皎潔，熊熊虹氣更昭回。懷中璞已經雕琢，席上珍方待鑒裁。自信珪璋宜特達，争傳瑚璉是良材。晶熒瑜采潛生暖，的皪瓊姿迥辟埃。清廟聲堪諧磬管，齋房食可佐鹽梅。秦風比德思君子，陸圃儲文屬俊才。憶釣周璜從渭水，寧藏燕石在梧臺。帝廷琮璧朝群后，王會共球輯九垓。地涌璇源通太液，天滋琪樹繞蓬萊。鏘鳴鳳闕冠裳集，百道祥光護上台。

## 御試紀恩詩　　沈德潛

御試詞曹集鳳麟，班聯賜坐席重裀。大官掌膳烹調和，中使宣恩賚予頻。初夏律長將應姤，試日爲四月晦日。自鳴鐘動恰當宸。天顔有喜逢甘雨，帝語如春及小臣。蠶食葉聲齊走筆，頻添紋縐各傳神。廷前折檻懷炎漢，潭底藏珠媚水濱。試題。聖藻品題爲座主，翰林甲乙是門人。拜颺又值明良代，感激遥聞到隱淪。

## 恭賦御製五風十雨杏花村　沈德潛

太和元氣靄無垠，一抹輕霞護蓽門。柳外青帘堪問酒，水邊紅樹自成村。嫩寒藏處香疑斂，早霧開餘氣欲温。長養風過寧着迹，霏微雨潤不留痕。綿延阡陌兼濃淡，調適陰晴計曉昏。佇待迎新賜烟火，漸逢作社賽雞豚。繪圖豳俗還三古，傳寫苑檐在九閽。無象太平今有象，田家遍荷聖人恩。

## 賦得珮聲歸向鳳池頭　沈德潛

千官濟濟出彤墀，又值分曹向午時。花影覆邊行緩緩，玉聲和處步遲遲。清鏘遥聽鵷鸞合，宮徵徐傳左右宜。接迹班聯餘整肅，散朝音節詎參差。爐香惹袖來鰲極，槐蔭垂雲向鳳池。鈴索不聞歸院落，詔書裁罷布綸絲。盛時龍衮無煩補，學士圭璋願獻規。猶想餘音諧律吕，羔羊退食自委蛇。

## 賦得玉壺冰　沈德潜

虹影寒光起坐隅，空明映徹異懸珠。獻羔開後仍凝水，剖璞攻來略並盂。雙美無瑕應作偶，
纖塵不滓恰相符。外周温潤藏晶魄，中滿清泠藉瑾瑜。朗潔兩重虚可受，玲瓏一片用當需。
暫停白羽何須拂，遠避青蠅那許污。君子秉心惟共矢，直臣勵節每同趨。熙朝正貴含章質，
抱玉懷冰敢自渝。

## 春郊時雨　程景伊

東郊布穀催耕急，恰喜知時好雨頻。數點溟濛零社日，幾番優渥洒芳辰。土膏更得天膏潤，
潑火還隨賜火新。密比散絲飄迥野，微如委露浥輕塵。涵濡繡壤高低遍，點綴芳畦景物春。
螺子遠峰青叠叠，鴨頭新漲緑鱗鱗。烏犍村落榆烟濕，白石溪橋柳浪匀。十里青霑沽酒旆，
一肩紅滴賣花人。聽鳩父老欣占卜，荷笠丁男赴隰畛。共幸靈期符十日，佇看瑞麥秀千畇。
漫言沛澤由青帝，須信休徵屬紫宸。從此階平無破塊，康衢作息仰洪鈞。

## 賦得麥隴青青三月時　王居正

郊外青疇取次探，畝間新麥滿東南。暖風披拂生機動，清露沾濡早潤含。近接輕烟和嫩草，

遠延濃黛映晴嵐。令當祀户陽生五，節届湔裙日正三。田際暖餘應化鼠，農家忙候恰眠蠶。
破空欲走將成浪，得味能和待作甘。此日町畦秋漸至，往時霜雪活斯函。盛朝爲補豳人句，
《豳風》無『三月及麥』。風景深宮久已諳。

## 新　麥　　王居正

帝錫來牟遍土宜，平疇喜見發華滋。三冬布種芽方坼，二月敷榮葉乍披。活意尚含殘雪潤，
生機新受暖風吹。染同沙草平鋪地，抽以秧針散滿陂。布穀聲中烟黯淡，杏花邨裏影葳蕤。
畝邱寂寂春猶淺，徑術油油物自私。遠映清波摇渌净，未成輕浪走參差。佇看犁動勤千耦，
待聽歌傳頌兩岐。田鼠化鴽將出隴，雉媒藏雊欲乘時。擢莖自足中和氣，得雨還占婦子嬉。
蔀屋望秋期果腹，深宮祈實念調飢。甸人他日群來獻，此味先應天子知。

## 賦得水上桃花紅欲然　　王居正

幽尋欲盡小溪通，溪畔嫣然見幾叢。苔影縈洄春水緑，霞光蕩漾亞枝紅。露纔晞處林疑染，
日正明餘色似烘。火齊儼逢芳樹裏，珊瑚渾卧碧流中。閑將柳葉同欹案，略比榴花欲燒空。
未襯馬蹄飄亂雨，似逢人面受和風。凌波烟外看佳景，濯錦江頭想化工。底用仙源問津去，
鳳城麗景正冲融。

## 賦得秋露如珠

周人麒

暑退凉生大火流，金天零露海山秋。匀圓入夜清輝滿，的皪如珠素影稠。魚目比時難作侶，
蚌胎方去自相侔。三霄散采從容降，萬顆無聲次第投。澗草含膏川色媚，巖花映月夜光浮。
濃沾桂葉寒偏聚，競走荷盤曉不收。點滴未堪擎掌上，晶明渾似墮釵頭。騰文沆瀣呈嘉瑞，
湛湛長歌帝澤周。

## 賦得依舊青山緑樹多

周人麒

朝來風物竟如何，藹藹溶溶氣象多。嵐影仍逢聳空翠，林光重見漾清波。平江浪息還鋪練，
一抹烟開復染螺。點點遥青隨艇送，邨村濃緑拂帆過。境當雨後疑添沐，人值晴初欲掛簑。
川逝雲停饒浩蕩，鳶飛魚躍總恬和。推篷頓覺天機露，觀化如將心鏡磨。更看源頭來活水，
中流自在發高歌。

## 賦得詩書悦性情

王錦

石室文開玉檢呈，萬幾餘暇仰皇情。天機涣發群言萃，聖學高涵六義清。自有笙簧吹典誥，
若爲鐘鼓聽和平。一編遥契無邪旨，四代同歸大道行。彌性功深游泮奂，文思光被永欽明。

詩書至味堪怡悦，睿藻昭垂示八紘。

賦得日方升　　傅隆阿

九天曉氣正蒼凉，朗朗晴暉啓震方。乍涌曈曨升若木，旋舒明曜上扶桑。赤盤迴向重霄麗，
翠霧環呈五色光。緩緩羲輪移碧海，遲遲寶籥燦金閶。旌旂分應韶華動，爐靄遥和曙景香。
玉座開時三殿暖，丹扆照處九龍翔。宫花盡倚晨曦發，仙漏還隨晝影長。一片光芒籠曲沼，
千層和靄布迴廊。階前緑草含朝旭，花裏修筠帶早陽。已睹群生資煦育，行看百穀樂蕃昌。
八紘共仰重離德，六合同瞻抱珥祥。願獻君王天保頌，億年普照慶無疆。

賦得鶯啼四月繞芳洲　　傅隆阿

溶溶緑水漾玻璃，兩岸黄鶯樹裏啼。送去餘春花事盡，迎來首夏日光低。笙簧幽韻縈青嶂，
斷續清音繞翠堤。臨沼方隨波灧灧，出山似憶草萋萋。數聲相近槐陰密，百囀頻催麥穗齊。
沙際閑鷗眠未穩，蒲叢飛蝶舞先迷。雙柑正合携芳徑，斗酒還應酌小溪。遥想上林歌宛轉，
金梭織遍柳橋西。

賦得珮聲歸向鳳池頭　傅隆阿

朝回緩步向仙楹，黄閣遥聞碧玉鳴。映水依依衫綬影，穿花杳杳珮環聲。雲垂五色籠金馬，日涌重輪捧玉京。欲擬絲綸傳涣汗，先來縹緲到蓬瀛。風前猶帶韶音細，竹裏還疑漏滴清。曲沼悠揚垂弱柳，上林宛轉和流鶯。韻幽堪想宣麻地，響切應知補衮情。總是君恩優假厚，文章聊以答生成。

賦得洞庭張樂　鄭虎文

軒帝垂裳成廣樂，洞庭鉅野奏雲和。半空響籟傳蒼嶼，一片清音起渌波。縹緲宫商振林木，鏗鏘金石散烟蘿。游魚瀺灂應思泳，好鳥翩翾定解歌。岸草至今香掩苒，湖雲終古碧嵯峨。試從楚甸尋遺迹，數叠青山擁翠螺。

賦得密雨如散絲　鄭虎文

濃雲匝合幕垂垂，雨脚千條景更奇。霢霂初疑張霧縠，飄騷旋似掛銀絲。風吹乍急交文亂，雷破頻傾密緒披。摇颺當空看未見，參差隔樹望偏知。依稀機上纔經罷，仿佛溪邊欲浣時。漠漠輕飛縈户網，紛紛斜裊罥罘罳。匀憂燕剪裁將斷，濕恐鶯梭織較遲。欲染定沾紅蕊綻，誰牽徑渡粉墻欹。纔來應自煩神女，抽出須憑喚雨師。併作懸崖瀑布闊，散成漫野緑桑滋。
秧針迸水穿齊透，柳綫拖烟重不支。待卷空濛歸碧落，還成霞綺映川湄。

## 擬耕耤應制　鍾鳳翔

天衢品物慶咸亨，載耒元辰典禮宏。聖孝尊親崇簠簋，皇仁務本重稌秔。中和節届天垂象，
稼穡功艱聖作程。粤自農祥侵曉正，群瞻斗柄向東傾。三陽初轉時開泰，四序均調歲始正。
木德司春勾甍出，土膏動脉甲齊萌。甘飛社雨溪烟濕，暖扇條風柳綫縈。紅蠟粘枝瞻杏發，
緑油剪葉望蒲生。四郊于耜分畦急，五夜披衣勸稼誠。擇吉親虔三日戒，先期豫敕百僚行。
野廬掃路丹垣静，保介清畿御道平。器撰司農陳畚鍤，禮稽太史視牷牲。鋪來沃壤疆千畝，
引到長堤水一泓。蔚蔚青壇如岳立，沉沉翠幕似雲横。雨師泛洒天街潤，風伯驅塵帝座清。
璣上春星沉玉軸，樓前湛露滴金莖。千官鵠立聽雞唱，萬乘龍飛出鳳城。點點飛鴻依雉堞，
雙雙乳燕拂霓旌。花迎仙仗常含笑，鳥傍鑾輿自贊名。五輅旂常瓊鈒耀，六宫穜稑寶函盛。
鮮原綺簇彤帷暖，緑野濃薰錦幄晴。爰止齋宫凝睿慮，乃祠后稷竭天情。瑞陳蒼璧香烟繞，
燎取青榆爟火明。三獻隆儀嚴陟降，屢豐歌曲叶韶韺。百神受職寒暄若，兆姓騰歡襁褓迎。
觀稼臺邊陳穀實，祀農壇畔試春耕。蒼龍駐處三辰朗，葱犗移時一墢輕。紫氣氤氲輝藻綷，
紅雲靉靆照朱紘。紺轅黛耜農官進，縹軛洪縻京兆呈。九扈齊飛環父老，三推成禮逮公卿。

受鼇宣室承神貺，弭軫甘泉聽壤聲。勞酒頻頒歌醉飽，衢尊廣賜荷生成。庶人終畝千邨鼓，
六御回鑾一路鶯。寶篆餘香留豹尾，嵩呼夾道望繁纓。杏花村裏炊香粥，楊柳橋頭喚賣餳。
東作肇開深雨露，西成預卜慶坻京。玉禾獻瑞神倉貯，金粟呈祥御廩盈。明德惟馨修盥薦，
吉蠲爲糦萃華精。栽培國本豳風繪，滋植民天周雅賡。景福無疆書大有，蒼生熙皥樂由庚。

## 擬省斂應制

鍾鳳翔

勤民天子是農師，玉趾親臨載穫時。一道紅霞來北闕，九霄華蓋向東菑。維魚叶夢窮檐樂，
椈鼓無聲宿衛移。粤自三春勤襏襫，佇看九穀美京坻。千條綠毯蟬鳴日，萬疊黄雲駟見期。
白藏司晨穿竇窖，金行秉令檢鎡基。雨餘場圃高低築，霜降黍秔先後宜。的皪龍睛齊睒睒，
參差燕尾盡垂垂。芒輪紅蟹金莖颺，稈綴青虫玉穟欹。多稼漫誇田畯喜，豐年先報聖人知。
深宫久悉艱難意，夙駕重勞疾苦咨。閶闔晴開除警蹕，溝塍曉歷戒驅馳。玲瓏橘柚黄連喔，
摇曳蒹葭翠映旗。媒雉頳摑依錦扇，賓鴻嘹嚦傍金羈。迎輿爽氣澄蘭沼，繞座清香出菊籬。
蓮漏乍沉聞碓杵，爐烟不斷間晨炊。喧傳鳳輦臨清畎，争睹龍旃駐遠陂。爰進耆頤詢土俗，
不教雞犬避鑾儀。農夫望歲逢時泰，帝詔如春切己飢。壠外羽林分仗立，道傍田叟執鞭隨。
此疆爾界承天步，暑雨祁寒繫睿思。傳語但稽貧户歉，登場許在御前治。腰鐮歷落過風疾，
抒臼紛紜似雨吹。上瑞邨村呈合穎，殊祥處處獻雙岐。鴨欄南北茨梁積，雞栅東西穲秉遺。

拾穗兒童騎竹馬，停鋤野笛掛耕犁。閑聽雅籥歌兼鼓，譜入豳風畫亦詩。玉屑盈鍾留御覽，珠光滿斛慰皇慈。三時作苦舒民困，萬寶齊登憫力疲。粟帛頻頒沾寵渥，飲餔特賜拜恩私。嵩呼群效三多祝，蛾伏恭稱萬壽巵。百室獻芹民氣洽，六龍回蹕夕陽遲。野虞廣播觀農德，蔀屋安排卒歲資。稄秸輸將嘗用犬，賓朋會食滑流匙。先農先穡操豚賽，迎虎迎貓擊鼓祠。餅餌蒸來歡稚齒，醇醪釀就介龐眉。愛惟土物家餘慶，念切民依帝降釐。閭左盡欣三百取，神倉何止十年支。畢箕從好均三壤，寒燠和調遍八維。太史年年書大有，衢尊人醉樂雍熙。

## 賦得幔亭峰影醮晴川　鍾鳳翔

蓬島迴環秀氣鍾，山光水色蕩心胸。小亭卷幔延朝爽，峻嶺含波點净容。碧浪空濛濺玉笋，縠紋瀲灔浴芙蓉。藍拖長帶山腰束，黛拂疏眉鏡面濃。倒插螺尖青叠叠，虛懸屏嶂翠重重。垂崖瀑布疑鋪練，出岫雲鱗訝起龍。苹際檜杉排有徑，岸邊磴碣躡無踪。山樓隱映連殘蜃，石竇玲瓏漱急淙。鳥道欲迷洲上鷺，濤聲似出翠微松。光摇繡幕烟初霽，影弄簾鈎日下春。波底層巒天上動，浪中列岫几前供。浮沉自是無常態，静對晴瀾數散峰。

## 賦得秀質方含翠　王太岳

翠含秀質影瓏玲，半拂河橋半繞汀。百折腰支初作態，一彎眉黛正舒青。籠烟低映堤邊草，帶月斜拖水面萍。細雨揉藍橫斷岸，曉風吹緑到離亭。王恭寫入陶家傳，隋渚描來漢殿形。
好待鶯歌啼宛轉，未容燕剪試娉婷。壓殘金縷春偏重，唱出黄驄日未暝。恰喜移根栽上苑，
清陰常得翠華經。

## 賦得朝鶯雪裏新

周孔從

東風漸卷長安雪，暖氣新回上苑鶯。出谷乍驚天一色，穿林渾訝月雙清。欣逢曉日調音巧，
又逐繁花拂羽輕。却擬香魂迷舞蝶，恍疑玉粒啄餘鸚。便娟幕外粘飛絮，宛轉枝頭踏碎瓊。
積素光凝雲漠漠，朝暉影弄囀嚶嚶。嘯歌可憶陽春曲，鼓吹能忘睍睆聲。青帝重開花有信，
韶華先報鳥含情。間關韻叶千般語，皎潔心涵六出英。瑞滿皇州春正藹，梧岡還聽鳳凰鳴。

## 聖駕南巡恭紀

張馨

聖主仁施宇内霑，睿謨洋溢邁羲炎。特申懋典時巡舉，爲答輿情望幸僉。敬奉慈寧宣悦豫，
遍敷甘澤賁閭閻。春旂載處陽和盎，芝蓋飛時綺旭暹。蹕啓轂壇芬玉罍，程開燈夕朗銀蟾。
清塵最喜蘭風轉，灑道剛逢杏雨纖。齊魯蒼茫青未了，江湖浩淼緑新添。十尋樓閣波心涌，
兩點金焦水面黏。鐵甕崇墉千雉壯，錫山名境九峰尖。鑾停虎阜卿雲護，飄送垂虹錦浪恬。
梅發銅坑又銅井，香縈西磧更西崦。錢塘曉色呈圖障，明聖晴漪展鏡奩。蘭渚風光臨上巳，

耶溪形勝繞千巖。烟巒白下朝迎旆，水榭秦淮晝捲簾。游賞都因隆孝養，登臨總爲福黎黔。
明流秀嶂隨軒繞，緑筍朱櫻入饌兼。佳麗東南來翠輦，太平郵落遍青帘。賜租賜復烝民幸，
觀鹺觀耕大有占。行殿但師堯樸遫，離宮不學漢飛廉。貧民廣賴錢刀布，野老榮邀粟帛縑。
罣職鴐鸞交砥礪，減辜犴狴少髡鉗。鈐韜亦荷朱提錫，胥靡都教玉粒餍。額廣泮林收棫樸，
詩成黼座選梗柟。雲帆粳稻漕留濟，邱壑閑員禄再沾。鳳詔輝煌霄漢下，龍箋揮灑彩毫拈。
宸章燦若星辰麗，聖訓詳爲土俗砭。至化南諧兼北暨，鴻猷西被復東漸。無邊聲教宣鞀鐸，
從此嘉祥致鰈鶼。繩武顯謨三代並，承歡養志四方瞻。小臣朵殿承恩澤，歌咏皇仁愧握槧。

# 本朝館閣詩卷十八

## 五言絶句

荷蘭刀劍　王士禛

憶戰金門島，王師大合圍。寒芒生海外，真見著胸飛。

荷蘭四馬　王士禛

龍種來西極，蘭筋怒不群。鼓車應待汝，不用籋浮雲。

御道　李天馥

禁柳青無際，鶯聲歷歷真。春濃花氣暖，微雨静香塵。

西山　李天馥

石磴最高處，凭闌客思清。遠山看不盡，初月嶺頭生。

恭和御製複道口占　　張　英

晚涼游上苑，扶輦見園官。爲報榴花艷，紅侵碧玉闌。

恭和御製郊外即事　　張　英

風過涼生樹，雲來雨濯枝。三農耕稼苦，常藉豫游知。

山莊四時應制四首　　徐元夢

回蹕無多日，山莊春已深。依依芳草色，似望翠華臨。

翠華一臨幸，觸處得清涼。雨過千山碧，風迴百草香。

風雨欣時若，端居倏復秋。聖心閑適處，麋鹿總優游。

霽色遍遥峰，凝寒又逼冬。九重心目近，不忘後凋松。

恭和御製複道口占　　高士奇

輦路傳清蹕，槐街列從官。共看仙仗肅，花影上雕闌。

恭和御製郊外即事　　高士奇

麥氣浮平野，林光動曉枝。雨餘農事足，帝力有誰知。

恭和御製複道口占　　勵杜訥

靄雲籠複道，喜慰動中宫。恰值萬幾暇，名花正未闌。

恭和御製郊外即事　　勵杜訥

羽儀雖薄弱，願遶萬年枝。化育無遺澤，飛潛盡有知。

夏日瀛臺侍直恭紀四首　　朱彝尊

暗水三橋出，明星萬户開。玉堂鈴索動，宣喚入瀛臺。

宿葦多于薺，凉沙白似冰。朧朧深樹裏，忽露九枝燈。

麗草雲根闊，風花舄下香。蓬萊今始到，真在水中央。

太液新蓮菂，金盤曲宴初。君恩念觿渴，先賜馬相如。

## 北征大捷鐃歌八首　狄　億

開天文武績，首出是軒皇。弧矢兼書契，垂爲萬載光。

海波流太液，滇水注昆池。只剩燕然石，君王更勒碑。

朔漠寒難釋，欣鋪緑草茵。詎因吹律轉，皇世本如春。

江河流兩戒，直北少源泉。指顧飛甘醴，坤輿亦轉旋。

屢頒天廄馬，頻賜御厨餐。宸渥何由報，惟將寶劍看。

刁斗三更夜，征笳萬障秋。聖人親按壘，雪點紫貂裘。

負固荒沙外，崎嶇萬里程。雕戈霄漢落，始信是天兵。

南望回杓斗，春風度玉門。至尊停輦處，時有瑞雲屯。

恭和御製盆中松竹梅三首　陳　璋

知是千尋幹，胎禽預卜巢。貞心如不改，何慮雪霜交。
寒玉可人意，青青曲檻旁。竿頭才尺許，落月影偏長。
亦有横斜態，無言倚夕曛。遥知庾嶺雪，同此白紛紛。

恭和聖製咏雁元韻　查慎行

不戀江湖闊，仍爲北嚮鴻。羽毛知自愛，一一待春風。

雪後下直口占　查慎行

徐踏禁中雪，遠看城上山。宫鴉巧相背，晨出暮飛還。

萬壽詩十首　朱啟昆

瑞日行黄道，祥雲捧紫微。千周花甲始，南極永呈輝。

四海同華祝，心心獻壽觴。衢游千載接，歲德協昭陽。
瑞秬盈芳甸，靈泉涌玉池。天心垂景貺，並侑萬年卮。
御氣雲棚敞，含風日榜高。萬方齊獻壽，瑞露溢金桃。
文昌依壽宿，甲乙啓祥科。萬壽年年度，菁莪育幾多。
崇文搜秘簡，闡道續瑶箋。萬玉山爲檢，長河帶作編。
精一傳心妙，文明撫運全。統承堯舜後，壽邁昊軒前。
虞苗今革面，沐浴大清春。鑾曲諧銅鼓，聲聲祝聖人。
歲斸租萬萬，秉穗積山邱。願以倉箱實，添皇海屋籌。
乾苞開一畫，妙道契宸衷。聖算天長久，生生不息同。

# 七言絶句

## 迎鑾紀事四首　汪　琬

遥望龍顔漸儼然，鷁頭綵繖繚祥烟。不愁日與長安遠，此際重瞻尺五天。

咫尺天威大道旁，最慚衰病失趨蹌。誰知分外承恩顧，不忘先朝執戟郎。

雲漢宸章迴不同，小臣拜賜草堂中。山南父老驚相語，夜有榮光上燭空。

竹屋茅檐寄此身，門依村曲對嶙峋。白雲深處青山下，僥倖君恩作散人。

『白雲深處』云云，即御書中首句也。

## 滇南凱旋歌六首　王士禛

鈞天樂動五城樓，玉輅前行十二斿。親見萬方頻送喜，翠華三度幸盧溝。

湖南、福建、雲南大軍振旅，皆駐蹕盧溝郊勞。

將軍收取舊山河，飲馬蘭滄萬里波。珍味天厨人不識，禁中特遣一封駝。

升中大禮視圜邱，黄幄天清宿露收。朝罷將軍先受賞，尚方催進紫貂裘。

都人夾道看旌旄，萬里歸來血洗刀。鞲上奇鷹皆帶角，仗前天馬盡拳毛。

原廟衣冠二十春，太平今見上陵辰。象犀玳瑁新供祭，巧使安南備九賓。

上將謁孝陵，適安南國請封表至京。

清時王會遍諸方，絶調昇平嗣柏梁。從此漢家新樂府，白狼添咏又三章。

今年上元賜朝臣宴於乾清宫，效柏梁體賦昇平嘉宴詩，御書頒賜。

## 秦中凱歌八首　　王士禛

上相乘春西出師，至尊推轂建旌旗。兩宫絡繹黄封下，天厩飛龍賜與騎。

新看麟閣賞元功，頗牧重看出禁中。此去西人須破膽，將軍昨日伐遼東。

軍中歌舞喜投醪，令下如山戒驛騷。扶杖已聞秦父老，王師有詔肅秋毫。

康熙十四年，圖公以副將軍平察兒罕，獻俘闕下。

天上黄河萬里來，巨靈高掌抱雲臺。遥看丞相行營過，日射潼關四扇開。

涇原西北駐王師，尺一無煩介馬馳。共道皇恩天浩蕩，不教京觀築鯨鯢。

三軍解甲隗囂宫，百丈磨崖待勒功。欲紀元和天子聖，更携參佐上崆峒。

丹青圖畫上麒麟，五等俄驚寵命新。未許熊羆歸禁籞，且懸堂印鎮三秦。

三月軍鋒次渭橋，旋看飲至紫宸朝。空言韓范威名大，五路何曾制曩霄。

## 瀛臺賜宴恭紀六首

王士禛

朝來敕賜宴淋池，桂楫蘭舟待水嬉。渡盡雲沙回首望，緑楊風外颭黄旗。

越羅吴錦尚方來，黄紙書名繡作堆。次第鴛行齊拜賜，凉蟬聲裏謝恩迴。

御舟往往艤沙汀，瓊島中流日幾經。不是華林樂魚鳥，慈顔近在五龍亭。

中旨平傳内大臣，龍眠學士命重申。捧觴跪起華裀上，蘋末風來散酒鱗。

唐詩：『玉船風動酒鱗紅。』

崇蘭風汎共徘徊，九畹揚揚取次開。鄭重天香携滿袖，移從弘德殿中來。

太液池中百子蓮，花開十丈藕如船。酒闌宣賜歸鞍重，錯認滄洲太乙仙。

## 蒙恩頒賜御書恭紀四首　　王士禛

承恩秘殿許從容，宸藻驚傳啓御封。天上墨池春晝永，親從九五見飛龍。

元武門邊侍直餘，淋漓飛白紀恩初。從今不羡鍾王迹，曾向雲霄捧御書。

謨誥文章雅頌詩，鸞停鵠峙幾人知。毫端已見宸心正，不待誠懸筆諫時。

蟠螭小璽印珊瑚，錯落銀鈎筆陣圖。寄語紫薇花下客，休誇三十四驪珠。

蘇軾《邇英賜御書》詩云：『袖有驪珠三十四。』

## 賜貢茶二首　　王士禛

朝來八餅賜頭綱，魚眼徐翻晝漏長。青箬紅籤休比並，黄羅猶帶御前香。

兩府當年拜賜迴，龍團金縷詫奇哉。聖朝事事寬民力，騎火無勞驛使來。

賜西域葡萄二株恭紀二首　王士禛

御恩特賜草龍珠，手向東園劚緑蕪。未擬芳香輸橘柚，即看甘液勝醍醐。

天馬蒲桃隔月氏，貢來新自玉關陲。蓬萊殿上初宣賜，何用崎嶇遣貳師。

賜櫻桃漿恭紀　王士禛

色映琉璃得未曾，涼風長日拂觚稜。人間不識嵰山雪，天上新逢玉井冰。

御苑人參應制　王士禛

秀色青葱别舊蹊，移來雙闕翠痕低。不因身到甘泉館，幾見仙苗五葉齊。

講筵紀事四首　陳廷敬

縹帶紅籤鈿軸齊，御書房在殿廊西。五經同異諸儒别，一一重瞳自品題。

玉几丹霄晝漏長，講章纔罷即封章。芙蓉别殿秋將晚，新補歌風奏柏梁。

閤門鑰入進書來，紅蠟光中對御開。知是至尊勤夜讀，三更燕寢月徘徊。
第二螭頭點筆時，起居親切近臣知。年來神藻光青簡，日曆長編御製詩。

## 賜折枝牡丹恭紀二首　陳廷敬

八方風雨長靈芽，朵朵紅雲散綵霞。天意未曾私一物，上陽花勝洛陽花。
樂天三度見花開，曾惜花開老暗催。卅載芸香香案吏，白頭驚捧賜花回。

## 賜櫻桃恭紀　陳廷敬

清曉朱櫻進內園，每從丹禁飫頻繁。雲霞百子池頭色，風露三霄殿上恩。

## 賜觀人參植本應制　陳廷敬

三椏玉蕊三株樹，五葉銅池五色雲。不是乍從天上見，多應空向世間聞。

## 曉行河上　陳廷敬

玉甃金波映曉明，柳條搖漾蘸花輕。御溝春水清如此，何必滄浪可濯纓。

## 上元夜南苑觀燈四首

李天馥

綺埒繚垣擁翠華，魚龍曼衍競紛拏。一時燦爛烟光裏，開遍瑶林四季花。

苑外燈高御幄紅，金枝火樹漾微風。當前依約紅橋起，宛坐織阿第一宫。

電掣星流列炬焚，飛烟無際起氤氲。都緣瑞氣充寰宇，結作昇平五色雲。

列坐沙堤共唱酬，錦衣行炙拜恩優。堯尊陌上傾頻醉，疑在華胥國裏游。

## 聖駕親征朔漠鐃歌六首

張玉書

鐃吹聲高朔氣融，凱歌人仰廟謨功。宵衣決策深宫裏，萬里軍情指顧中。

春風曾不度龍沙，罽帳常霑六出花。却喜雪融催草緑，馬嘶聲壯隱邊笳。

鷹揚環擁御營傍，刻漏聲嚴夜未央。北斗當頭天似水，亂山迎面月如霜。

萬里真同咫尺看，嘽嘽鐵騎耐霜寒。沙場競唱從軍樂，瀚海何憂行路難。

去日枯條未放春，歸來榆柳緑初匀。平沙草爂行圍蚤，獵得黄羊賜從臣。

近邊六月曉風和，紅蘗金英匝路多。應爲關門春蚤謝，穠華留待屬車過。

## 武功告成鐃歌五首　　張玉書

銀麟古鎮閲沙陀，千里軍容静鸛鵝。無定河邊孤戍冷，受降城外屬藩多。

漢唐渠水繞青畦，烟火千家板屋齊。統萬城頭天一顧，永銷兵革事耕犁。

鐵驷明駝列廐陳，輕舠擊楫大河濱。官家纖悉皆儲偫，閭左何煩算一緡。

萬里邊情等察眉，九重宸斷折群疑。早從玉杖籌兵日，預决樓蘭授首期。

河經幾曲鏡波平，御座中流水自清。到處魚鱗銜尾集，總隨龍影負舟行。

## 纂修孝經衍義告成御製序文冠於卷首鏤板行世恭賦二首　　張英

少小垂髫繞膝前，慈親課讀手兹篇。編摩又捧綸言切，一卷芸香二十年。

琬琰新鎸布國門，深知錫類九重恩。欲令海甸同風化，不獨周廬教虎賁。

## 恭和御製静夜讀書　　張　英

御床繚繞一簾香，午夜觀書燭影長。聖度此時天際滿，遥同明月照要荒。

## 雪中直南書房二首　　張　英

凝輝積素影蹁躚，宸藻新題五色箋。今日聖情偏悦豫，普天來歲是豐年。

爐烟煖散墨池冰，滿苑瑶華夜色澄。秘閣小臣霑聖澤，梅花香裏讀書燈。

## 夏日直豐澤園二首　　張　英

槐陰新滿柳初成，白髮頻年侍從情。書卷早趨西苑路，桑田蠶舍接華清。

家住湖天柳萬絲，曾隨蓑笠餉東菑。于今倏見閑鷗鷺，憶煞春陰布穀時。

## 暑中直知稼軒紀事四首　　張　英

稻畦瓜壠翠芃芃，移入城西御苑中。静聽桔槔深柳外，不須丹藻繪豳風。

板橋直北柳烟霏，古栝新宫接翠微。密葦疏荷俱入畫，水雲亭畔釣魚磯。
臺從樹杪俯鮫宫，曲曲迴廊水殿通。一片波光浮綺疏，攤書菡萏萬花中。
緑樹紅墻碧澗斜，高高下下落蒹葭。誰知澒洞車塵裏，别有澄溪泛落花。

蒙恩許於禁中乘馬恭賦二首　張　英

詔許垂鞭入禁林，天街蹀躞紫雲深。書生自愧駑駘力，難報孫陽感遇心。
珥筆承恩禁掖西，曉聽宫漏夜烏啼。從兹芳草長楸道，青瑣沉沉送馬蹄。

奉恩泛舟西苑觀取魚並蒙頒賜恭紀四首　張　英

興慶池蓮照水紅，恩分青雀御微風。幾人曾到甘泉館，來往波光瀲灎中。
參差樓殿俯滄浪，北渚南湖接渺茫。隔岸水花秋更好，覆堤官柳午偏凉。
秋早凉從水殿生，魚罾收處柳風輕。縱横藻荇流船滑，時聽鮮鱗潑剌聲。
空明雙槳擊澄潭，烟水菰蒲性所耽。怪底夜來凉雨後，魚莊蟹舍夢江南。

賜新貢龍井天池珍茗二瓶恭紀　張　英

披雲和露出層巒，雀舌名芽欲購難。家住江南曾未識，得分珍味在長安。

賜五臺山新貢香菌恭賦二首　張　英

包貢西來入九重，石英遥自碧雲封。君恩分得名山味，身到清凉第一峰。

香菌離奇細石紋，紫芝瑶草鬥清芬。衹因野性甘藜藿，最愛山蔬帶水雲。

懋勤殿古梅又值花時恭賦二首　張　英

秘閣寒香舊賦詩，春風又見上林枝。年華愈覺君恩重，常藉梅花紀歲時。

交讓連枝盡不如，孤根雙萼自扶疏。影留東壁三更月，香覆西清一卷書。

平滇凱歌四首　孫在豐

十月王師靖遠邊，將軍馬上奏平滇。九天日照三危地，萬里風清六詔烟。

帶甲鑾天十萬師，洗兵雲海羽林兒。盤龍江外關山曲，楊柳歌殘雨雪時。

雲津橋度碧雞關，鐵馬金戈卷甲還。玉案山頭塵一掃，圖披王會點蒼山。

白帝雲連玉壘浮，雪山烽照錦江流。直教蜀道平如地，踏破蠶叢劍外收。

暢春園書堂春日即事二首　徐元夢

春光浩蕩是天家，五色迷離處處花。探討自應忘歲月，雲窗卷帙足生涯。

花光柳色蔭晴川，諷咏何期此地偏。黃鳥也知人意樂，朝朝啼向艷陽天。

上于讀卷日語諸臣云會榜所遺名士幾人憐才之意

古今罕匹敬賦　徐倬

黃茅白葦蕊珠宮，零落芝蘭九畹中。徑尺珊瑚誰愛惜，微聞長歎有重瞳。

恭擬聖駕南巡視河吴越臣民迎鑾之曲十首　徐倬

太平時節盛鶯花，碧水丹山共物華。遥識天顔還有喜，江南無地不桑麻。

菖蒲新緑杏花紅，雞犬桑麻輦路中。陌上吴歌傳夏諺，民間細事繪豳風。
杏雨霏微楊柳風，太平樂事正無窮。田家土鼓漁家笛，總在堯天舜日中。
翠旄金支出禁林，黄童白叟望南臨。家家掃地焚香拜，難答春暉寸草心。
緑柳紅桃黄幄開，香烟繚繞結樓臺。田間個個瞻天喜，白髮青裙負襁來。
時逢交泰月清和，侍從諸臣周召多。春鳥春花皆聖瑞，佳山佳水即卷阿。
簪纓舞蹈遍河干，拜獻詩文頌治安。卷軸如山篇似海，重瞳一目十行看。
雲霓立望不回頭，日日扶犁候御舟。但得天從百姓願，君王一歲一來游。
鼎沸歡聲萬象春，山川草木一時新。就中感激恩尤甚，頭白衫青老侍臣。
皇恩浩蕩在滄浪，渺渺烟波春晝長。不道緑蓑青箬笠，今年重惹御爐香。

恭送回鑾途中紀事八首　　徐倬

宸游回旆尚觀河，綵鷁仙梟泛緑波。一路太平真有象，花能含笑鳥能歌。

水色拖藍柳色柔，黄衣撥棹不驚鷗。前驅指點傳相告，白舫青簾是御舟。

櫻笋江鄉供物華，家聞弦管户桑麻。六龍過處留春色，花氣蒸爲五綵霞。

鴨頭新漲水粼粼，鶯脰湖邊聚士民。共羨依檣雙燕子，飛來飛去傍龍鱗。

龍帆徐颺彩雲飄，拜送霓旌望斗杓。白髮雖甘青嶂老，丹心尚戀紫宸朝。

免園册子奉宸觀，玉几重瞳次第看。蠹朽螢乾逾十載，天王尚比舊甘盤。

旨云『汝是老學』，臣愧不敢當。

磻石臨江坐釣魚，玉璜何處覓丹書。六韜虎豹曾天授，不用綸竿戴後車。

身近雲霄當致身，曉風殘月莫停輪。相望南北三千里，兩地燒香祝聖人。

## 恭紀聖恩詩八首　徐倬

龍飛四十二年春，就日瞻雲萬萬人。誰獨感恩情最切，青衫白髮老儒臣。

仙凡迴隔是蓬瀛，身到三山近太清。長憶通明香案下，玉皇親自點微名。

龍墀親試白雲篇，殿角凉生近午天。黼座論文持玉尺，特收焦尾壓群賢。

萬國觀瞻屬四門，圜橋禮樂有淵源。三千弟子横經侍，再擁皋比是特恩。

傳家慚愧鳳池毛，兩世深恩歷史曹。身在江湖心在闕，夢魂飛入五雲高。

十年身隔凰皇池，一夜銜恩介酒巵。誰道八旬眉案下，重添半百老萊兒。

臣子侍講學士元正恩准隨鑾歸省。

驛路三千道里深，驊騮未度意沉吟。乘船騎馬尋常事，也費天王俯恤心。

圍爐如晝燭如銀，兒捧辛盤獻老親。绛縣漫誇堯甲子，今宵恩抵八千春。

## 瀛洲亭補種新槐紀事四首

顧祖榮

天上分明應列星，陰陰密葉接柯亭。也知不比閑桃李，曾見三株緑滿廳。

緑痕先上最高枝，得地才知雨露宜。已卜他年鑽火候，好分餘影當青藜。

托根何幸傍瑶京，好護枝條待長成。想到濃陰凉似水，晚風吹過讀書聲。

長養多歸尺五天，春城無際是晴烟。扶疏亦抱凌雲意，擬向文昌殿裏傳。

## 瀛洲亭讀書即事三首

沈三曾

宮柳光摇麗日開，雲流五色近蓬萊。西清晝永爐芬繞，追琢昇平雅頌來。

紫霄樓閣自晶瑩，奕奕青藜太乙明。二十五聲宮點静，蓬山風景畫難成。

清切從來是石渠，碧簾紅幕列仙居。人間風日何曾到，長傍雲霄讀異書。

## 扈從出塞恩賜新笋數枝名雁來笋恭紀二首

張廷瓚

春林雁笋露華滋，驛使封題貢御時。自昔京華曾未識，分頒塞北遇尤奇。

解籜香生緑玉痕，得嘗珍味荷君恩。宵來清夢留人處，家在江南水竹村。

## 南巡扈從恭紀四首

張廷瓚

春流如縠片帆開，晚浦明霞錦作堆。錯落紅鐙浮水面，直疑龍獻夜珠來。

赭黄華蓋軟風吹，童叟争看鷁首移。羽衛不教傳警蹕，天顔豈獨近臣知。

棐几珊瑚架筆床，吴舠清晝擁書囊。芸牋五色頻揮灑，春浪長流翰墨香。

桑麻四野散和風，父老謳歌擊壤同。天詔獨言民力竭，如傷只在聖心中。

恭和御製郊外偶作　　高士奇

水緑乍添新雨色，山青遥帶曉烟深。嬉游野老柴門外，盡沐端居化育心。

特旨命臣英臣士奇于禁中乘馬恭紀四首　　高士奇

天街攬轡許承恩，草野何由覲至尊。從此曉烟宫漏下，直容款段到金門。

幾載珂聲傍紫宸，馬蹄日踏鳳城塵。瀛洲館閣高如許，得沐恩光有幾人。

禁籞森嚴羽衛森，揮鞭一任騎駸駸。雖無千里騰驤力，不負天家豢養心。

長嘶久困鹽車路，聖主偏憐伏櫪情。敢憶長林豐草畔，願因驅策盡平生。

夏日新旨夜禁甚嚴上以臣侍直歸遲命守夜諸臣護送歸寓掖門亦俟臣出後下鑰實異數也恭紀二首　高士奇

鼓角宵嚴箭漏聞，銅街宿衛隊初分。千門寂寂烟光裏，尚有儒臣侍五雲。

斗挂城邊夜氣森，九閽人静月沉沉。臣歸纔下葳蕤鎖，一路輕蹄伴羽林。

豐澤園禾稼甚盛上命觀之恭紀　高士奇

翻風吐穗似江鄉，稼穡周知帝念長。誰識丹墀如緑野，玉闌干外稻花香。

豐澤園樹桑養蠶即于嘉穎軒浴繭繅絲上時臨觀覽欲知民事也恭紀　高士奇

箔頭蠶老盡成絲，早夜民間作苦時。别苑公桑常寄覽，東南杼柚繫宸思。

西苑泛舟命采水中蓮實携歸恭紀五首　高士奇

芙蓉池水湛天淵，蘋末風輕破浪圓。碧島丹崖方丈裏，有誰來泛采蓮船。

曲渚蒹葭翠作圍，新凉殘暑淡斜暉。輕翻兩槳移舟入，驚起沙邊白鷺飛。
風窗霧檻接層居，水氣澄鮮浸太虛。自是君恩深瀲灩，特教天上看芙蕖。
垂虹百尺壓鰲頭，錦石疏花帶淺流。遥見西峰開罨畫，暮蟬聲裏變新秋。
綺岸銀塘倚棹過，雞頭菱角漾清波。臣今不作西湖憶，烟水菰蘆興已多。

恩賜御用凉帽一頂緞靴一雙緞襪一雙紵羅表裏四端恭紀四首　高士奇

臣本棕鞋布襪人，登朝初卸縠皮巾。尚方服御頻沾賜，尺寸難消草莽身。
華冠灼灼燦朱纓，摩頂終難戴聖情。下直晚過槐市曲，路人争羡魯諸生。
錦緤層層千里裝，烏皮六合稱銀潢。穿來玉礎丹楹下，舉足應生滿路光。
内局新成鳳尾羅，寶花繡葉綻金梭。纔交首夏春衣换，早沐恩波出絳河。

## 恩賜杭州貢至新茗二器恭紀四首　高士奇

驚雷采就雨前芽，蘭氣輕浮碧澗霞。宮錦重封包貢遠，初從驛使到天家。

龍團雀乳乍經春，消渴文園雨露新。佳製漫稱金蠟面，品題慚比玉堂人。

珍重疑同沆瀣漿，風來隱隱豆花香。故山滋味新沾賜，未奉高堂不敢嘗。

憶別鄉園十四年，重看露蕊泛甌圓。承恩太液池頭住，水遞何勞第二泉。

## 南巡御舟侍直恭紀四首　高士奇

疊鼓淵淵發水程，身依柔櫓泛蓬瀛。誰知沙渚銜蘆雁，親侍天邊鷁首行。

射陽湖畔土沮洳，四望平疇盡草廬。睿慮周咨勤蓄洩，教臣讀史看河渠。

邗溝夾岸俯平川，鳳舸中流勢接天。垂問當年烟月地，貢金輸粟總堪憐。

鶴市前頭錦纜牽，一溪香水浸樓船。臣心擬奏吴溪曲，早睹雲霞出睿篇。

恭和御製静夜讀書　　勵杜訥

紺幄牙籤拂御香，朝暾入座晝方長。誰知幾换金蓮燭，猶對縹緗念八荒。

韻松軒即事次桐城張大宗伯韻二首　　勵杜訥

一過紅墻便有亭，勝于蓬島隔滄溟。當階十畝翻紅藥，入望千峰擁翠屏。

文鱗從壑任逍遥，鶴唳清音徹絳霄。俯仰濠梁聊自適，荷風微度遠香飄。

瀛臺賜宴恭紀八首　　尤侗

君王消夏蕊珠宫，垂柳垂楊面面風。緑水青山遶殿閣，千官影立畫圖中。

新秋零露乍濃濃，曉啓天門照燭龍。十里香風吹不散，遥知蘭澤采芙蓉。

並泛蘭橈度玉墀，分明閬苑接瑶池。大官預辦鈞天宴，内殿先頒金屈巵。

夢到瑶京弄紫鸞，紅樓十二碧闌干。多因挾纊君恩厚，一夜西風不覺寒。

休沐初聞罷早朝，長楊五柞暫逍遥。外人若問吹笙曲，先是彤弓後蓼蕭。

水殿風微翠幄涼，叢蘭九畹颺芬芳。離騷紉作幽人佩，今日方稱王者香。
豈樂曾聞宴鎬京，群工獨飽雉頭羹。小臣願借金莖露，還獻吾皇萬壽觥。
河漢宸章彩鳳銜，盈廷歌咢勝韶咸。短才本乏凌雲賦，欲報慚無五色函。

## 苑西雜咏六首　　蔡升元

白塔東偏圓殿西，紅墻迤邐緑楊堤。六街洗後清于水，不放輕塵上馬蹄。
禁苑春風次第來，香車轣轆走春雷。賣花聲過墻東去，知是豐臺芍藥開。
蓬池十里芰荷香，金碧琉璃水殿涼。載得恩波天上住，鏡湖不羨賀知章。
門前一帶水拖藍，望裏樓臺接翠嵐。柳色鶯聲慣相識，更于何處憶江南。
昇平景物集千門，列肆平逵接御園。歸騎正看明月上，滿街燈火市聲喧。
丹甍翠網碧欄杆，玉蝀橋頭立馬看。望到直廬最深處，始知身在五雲端。

太液池玩月　　蔡升元

雲涌天邊白玉盤，珠光倒映水晶寒。分明咫尺乘槎路，萬里星河直上看。

千叟宴詩應制　　張伯行

寸心自矢托愚忠，感遇承恩賴聖聰。此日瓊筵忻拜舞，捧觴獻壽五雲中。

恭紀聖恩詩二首　　湯右曾

盛朝文治際中天，日月光華氣象宣。珍重螭頭鱗角筆，千秋金鏡與高懸。

太液池邊玉蝀西，柳灣沙路接高低。鳳巢特賜趨朝出，夜聽宮鴉曉聽雞。

聖駕南巡恭紀二首　　湯右曾

雨浥輕埃輦路清，香盆十萬馬頭迎。道邊洶若春潮響，不辨歡聲萬歲聲。

璽書一道侍臣宣，積歲逋租百萬蠲。扶杖老翁携婦孺，爇爐明燭拜堯天。

## 賜游避暑行宫紀事八首　　湯右曾

無暑清凉

碧樹周阿夏景清，三才萬物廑皇情。每尋解愠歌薰句，已覺凉飔殿角生。

萬樹園

遥青不斷緑雲鋪，萬木蒼然總畫圖。對面千林有瑶島，蓬萊高處望方壺。

石磯觀魚

穿蒲戲藻自游行，集網垂鈎了不驚。自是至仁周萬物，一鱗一鬣總生成。

瀑　布

曾從廬阜尋巖瀑，憶到黄華問水簾。今日銀河天半落，恍疑兩地一時兼。

石　壁

迴崖沓嶂翠浮空，峭壁巉巉插水中。直是五丁開不得，天然叠出錦屏風。

雙湖夾鏡

夾鏡澄明倒碧虚，四山晴翠繞周廬。分明圖畫西湖景，此景西湖較不如。

西嶺晨霞

軒窗面面納虹霓，左是丹臺右玉梯。每惜寸陰勤乙覽，晨霞紅映數峰西。

芝逕雲堤

殊形特似産芝房，行盡雲根别有莊。横截一堤銀漢繞，大羅天在水中央。

### 闈闈示同考諸君子四首　　許志進

書升論秀以言揚，科目人才軼漢唐。曾是棘闈三試客，可知報國有文章。

天日明神有鑒臨，論文未敢負初心。諸君一洗箏琶耳，聽取朱弦太古音。

知人得士古稱難，滄海遺珠世所歎。一片冰心酬鉅典，敬將清白答孤寒。

海岳鍾靈命世才，聖明虚伫網羅開。他年建樹千秋節，記我親操玉尺來。

### 侍直懋勤殿恭紀二首　　法海

天階玉燭有光輝，五夜披星到紫微。自是侍臣趨直早，不知深殿已宵衣。

每有微風到玉墀，九重廣達四聰時。閭閻莫謂君門隔，民隱深宮盡得知。

## 賜扇恭紀

鄂爾泰

一握蒲葵雅自珍，五明題賜墨痕新。南薰不是風風力，到手深慚把柄人。

## 賜鮮魚恭紀二首

張廷玉

弱歲相依鳳闕居，邀恩常得食嘉魚。何期今日親承賜，手捧銀鱗下玉除。

叨隨鵷鷺侍甘泉，初割蓬池第一鮮。昨夜多魚曾入夢，定知寰海兆豐年。

## 甘霖普降特召大學士内廷翰林圓明園泛舟恭賦四首

張廷玉

帝念民依禱祀虔，應時甘雨潤桑田。天心默與宸心合，伫慶三農大有年。

烟波渺渺泛輕航，蘋末風生六月凉。此景祇從圖畫見，十洲三島水中央。

秋禾廣種夏苗滋，正是歡騰蔀屋時。聖主與民同樂意，詩成先許近臣知。

蘭橈徐轉濕雲開，天上恩波任泝洄。拜誦龍章增怵惕，作舟深愧濟川才。

駕幸釣臺釣魚賜饌恭紀四首　　蔣廷錫

曉山迎日燦銅青，夾道香蒿湛露零。豹尾光中朝氣緑，半峰高築釣魚亭。

嫩雉鮮魚賜上方，金盤飽啖大官羊。日來異味多嘗遍，碧海紅蓮第一香。

天然平石坐清淪，才下長竿出錦鱗。仁義爲鈎恩作餌，游魚鼓躍入絲綸。

一縷烟雲起翠微，凉風披拂釣魚磯。詞臣奉詔先歸去，不使催詩雨濕衣。

南書房敬觀宸翰恭紀五首　　查慎行

玉檢初開五色烟，淋漓元氣滿中天。宵衣旰食無多暇，更灑雲藍十萬箋。

咫尺丹霄映玉清，觚棱日上入窗明。忽聞風雨來天半，知是君王落筆聲。

一畫真成萬世師，捧來千幅更神奇。銀河直與宸居接，無數蛟龍起墨池。

書訣端從主敬來，數行御札日星開。可知筆正由心正，入直多承聖訓回。

鳳翥鸞翔勢莫攀，皇恩次第及千官。九重日月無私照，有目皆容仰面看。

## 立秋後一日召游行宫後苑賜宴恭紀八首　查慎行

銀河西繞翠微岡，紫界東連宛轉墻。一片樓臺先入望，蓬瀛遥在水中央。

天然圖畫儼躋攀，盡出宸衷指點間。巖壑不須多架構，下因流水上因山。

陂陀幾曲接灣頭，漸入仙源境漸幽。忽漫孤雲生兩角，小欄低檻盡如樓。

帶峰傍石布芳筵，夾岸鏗鏘奏管絃。山水清音消不得，况從天上聽鈞天。

插架排籤滿禁林，御床左右列森森。行宫仍是圖書府，清暑時時惜寸陰。

水精簾幕緑莎茵，行過星橋别有津。除却澆花無汛掃，就中何處著纖塵。

叠砌平階茁露芽，近看如錦遠如霞。塞垣小草生何幸，開作長春苑裏花。

華貂環座盡公侯，特許詞臣與宴游。滿引金尊歌既醉，謝恩齊上木蘭舟。

## 避暑山莊雜咏五首　　查慎行

朝凉夕爽絶氛霾，畫裏山莊處處佳。聖德如堯惟尚儉，采椽不斫土爲階。

阡陌縱横蒔藝區，豳風七月繪成圖。瓜瓤豆莢田家味，帶露朝朝進御厨。

烟光濃淡寫晴空，多少旌旓掩映中。大抵無峰無好樹，一峰不與一峰同。

嶺複岡重不記名，石矼隨處瀉琮琤。濛濛薄霧霑衣潤，雲縷多從水面生。

小雨初過月未升，浮浮空翠暖如蒸。不知濕氣消何處，萬竈炊烟萬帳燈。

## 玉蝀橋觀荷花和張研齋前輩　　查慎行

水風凉透鷺鶿肩，一鏡争窺萬柄蓮。不是玉樓金殿影，直疑身到過湖船。

## 清明前三日重直暢春園觀桃花二首　　查慎行

暖烟晴靄互交加，散作高低遠近霞。行盡人間冰雪路，又來天上看穠華。

已逢蛺蝶未聞鶯，閏歲春遲倍有情。畢竟鳳城花信準，早桃開候近清明。

仰荷聖恩欽賜爲壬午科舉人恭紀四首　汪　灝

太平聖治邁陶唐，重士崇文沐寵光。一樣桂花香萬國，獨頒金粟兩枝黄。

臘月寒枝剩幾叢，破除冰凍是東風。瑶階一夕生春草，都在皇仁雨露中。

持將定鏡辨媸妍，何幸高天碧月懸。一自聖人親策士，人間玉尺總無權。

塞上烟雲捲地平，已抃百里宰邊城。誰知飄泊秋風後，雪裏梅花一夜生。

千叟宴詩應制　何　焯

蕊榜邀榮寵錫稀，編摩秘殿奉恩輝。厠名千叟尤深幸，接迹期頤侍紫微。

千叟宴詩應制　秦道然

既忝詞臣又諫臣，昇平無事奏楓宸。生年尚在龍飛後，已並耆年祝聖人。

聖武遠揚平定青海詩八首　鄂爾奇

捷書三月奏甘泉，上將專征破虜還。萬里玉關明月好，漢家勳業紀燕然。

雨雪曾傳賦采薇，年年征伐憶金微。何如楊柳春風裏，早報元戎獻捷歸。

羌女羝奴次第擒，更看葉護繫征輪。戎王投甲齊歸日，青海從今無叛人。

烟斂牙旌晝正晴，天風吹送凱歌聲。須知盛世酬功重，緑綬新頒大將營。

幾日恩綸下建章，萬年天子正垂裳。鸞書會見來中省，玉劍無煩請上方。

降虜中宵感再生，共傳天語羡承平。宸心覆載原同量，京觀應除紀武名。

宵旰經年切治安，聖朝家法接殷盤。丹宸日日陳無逸，創守身兼自古難。

麗日卿雲覆玉階，萬方送喜進蓬萊。侍臣早擬編皇雅，慚愧元和司馬才。

## 千叟宴詩應制

吴　襄

六旬今列千官宴，兩榜原登萬壽科。才薄何緣恩獨厚，九重雨露一身多。

## 青海平定凱歌四首

吴　襄

聖主當陽六幕清，西陲萬里震天聲。奇功一戰收全部，露布星馳奏玉京。

霜花十月照刀鐶，三捷軍聲七月間。白草黄沙誰牧馬，天兵不放隻蹄還。

鐵騎乘機復踐蹂，犖嶅就縛黨全收。降旗獵獵春風捲，百萬羌番翻馬頭。

講學談經干羽陳，格苗不用到三旬。洗兵自有天河水，更灑本甘霖到八垠。

## 湟中暮春詞

德　齡

破裘農父趁春晴，白髮垂肩驅犢行。山頂雪融田似玉，一犂道上亂雲耕。

## 曉過玉蝀橋

張廷璐

百尺長虹卧碧波，菰蒲兩岸曉烟多。水風吹緑不知暑，日日藕花香裏過。

## 聖武遠揚平定青海詩六首

查　祥

君王神武自天生，絶域風烟一戰平。萬里龍沙回雁戍，九霄鳳噦溢春城。

皇朝柔遠最恩深，畜養邊陲直至今。屬在含生思報國，獨干天討是何心。

片雲飛渡疾風馳，倒海排山漸不支。三入賊巢三戰捷，始知無敵是王師。

軍前頓顙乞餘生，湯火魂飛夢亦驚。共懾天威心膽破，西人不敢再稱兵。

官進三階賞一軍，爵從五等錫元勳。酬庸即就行間拜，露表兼令海内聞。

洗盡邊城唱凱還，歡呼聲徹九重天。儒臣並草西征頌，來賀昇平萬萬年。

九日乾清宫賜宴恭紀四首　徐　本

賡颺喜起值簪萸，詔許鵷班渥大酺。鵠立螭頭分左右，佩聲徐引上金鋪。

爽氣横秋遍九垓，門開閶闔映朝回。百寮次第看分韻，丞相身親授簡來。

宸章欣賞九秋佳，頒示群臣樂孔皆。一氣洪鈞調四序，天心原與帝心諧。

纔看蕊榜出天門，又侍彤闈詔語温。漸愧儒生叨珥筆，螭頭立近最承恩。

聖主躬耕耤田恭紀十二首　尹繼善

正歲祈年閲上辛，農祥有兆自元辰。青鸞銜出躬耕詔，玉琯融風滿帝闉。

來牟率育頌思文，薦醴升香秩祀殷。一片精誠昭格處，霓旌平接四山雲。

黍稷馨惟明德馨，知時好雨驗從星。清塵細灑千門迴，夾道榆楊盡放青。
深樹鳴鳩勸荷鋤，金根繹繹飭農車。天田曙色分方罫，正是豳風入畫初。
紺轅千畝駐輕烟，已聽司農贊進鞭。父老渾忘蓑笠賤，扶犁恭導聖人前。
御耦加推數更優，春陰敷緑滿平疇。民間作苦親嘗遍，犁犢還驅未肯收。
布穀聲中復間歌，詞臣三十六嘉禾。陽回寸草皆生意，不獨豐年黍稌多。
觀耕臺畔列千官，邇陌遥塍互鬱盤。次第青箱分獻種，至尊一一霽顔看。
郊原風景足清嘉，雁齒班成静不譁。秩秩銀潢齊載耜，明農知己遍天家。
畇畇終畝及農夫，主伯歡趨亞旅呼。共識皇心珍土物，不誇玉粟與珠糯。
細草回看輦路明，香塵不動午風輕。田家景物歸仙仗，采入農書分外清。
萬家生命屬時幾，望雨祈晴念不違。莫謂深宫無耒耜，痌瘝切切是民依。

## 聖主臨雍禮成恭紀八首

尹繼善

章天雲漢燦奎光，門啓欞星俎豆香。夾道松陰新鬱翠，重檐鴛瓦焕離黄。

纔見明禋格上丁，更諏吉旦薦維馨。禮修釋奠虔三獻，教在親師闡六經。

噦噦鏘鳴建羽儀，翠旌迎處見恬熙。欣傳聖道昌明日，正是光華格被時。

宸章絢爛麗銀鈎，贊化功能洵莫儔。不是心源相契合，焉知天地與同流。

無言盥獻達精誠，玉豆雕籩設兩楹。大樂從知臻善美，始終條理太和聲。

數仞宫墻入望中，教垂萬世仰崇巄。欲觀美富門難得，特許儒臣助祭同。

黼座親翻玉笈開，一時雲物睹昭回。睿思包盡圖書秘，不藉空峒訪道來。

駿奔執豆荷恩榮，濟濟雲礽取次行。錫賚有加踰往制，歡聲傳遍魯諸生。

## 耕耤午門候駕喜雨恭紀四首

張鵬翀

曉披烟靄上天閶，静候鸞旂出建章。雲景四垂芳甸遠，萬家春樹接蒼茫。

邠風圖繪譜歌詩，力穡艱難祖訓垂。此日一犂香雨潤，緑蓑青笠總相宜。
春凝芳甸碧叢叢，御耒耕餘翠靄中。畫鼓更催紅杏雨，繡旂還颭緑楊風。
青郊返旆日遲遲，紫陌風光入睿思。三十六禾詞譜外，定添靈雨勸農詩。

進奏經史蒙恩召對温語移時賜御書三部文綺一聯口占紀恩詩六首次日以臣畫春林澹靄進呈即題其上　張鵬翀

清露初流細柳垂，半彎殘月似修眉。朝天珂馬燈光淡，掩映春林欲曉時。
昨夜顛風動鬢毛，喜看雲净曉天高。御園漸覺清明近，簇簇新開露井桃。
金殿觚棱麗曉雲，玉池風影涣成文。懸知聖學深於海，萬派原從一水分。
温語親教玉陛承，龍鱗照爛日初升。九重恩重如山岳，抃舞鰲簪愧不勝。
天機雲錦織初成，賚予詞臣分外榮。憶自彤廷分帛後，衣香重拂玉堂清。
珍秘琅函特許求，他年擬結賜書樓。天公定遣雲霞護，長有龍光在上頭。

宫門進詩畫候旨蒙聖恩賜題即用原韻曲加獎借兼命大學士張廷玉傳諭乘興偶成非誇多門靡蹈玩物喪志之戒敬識六首仍用前韻　　張鵬翀

宸章雲爛九天垂，林壑分標似列眉。聖主倚吟非玩物，小臣多幸獨逢時。

染翰寧容詡鳳毛，天文輝麗五雲高。詩成望雨勤民切，濃緑和烟醉小桃。

昨朝丹陛喜瞻雲，清切論詩細品文。落筆更驚天藻發，七襄神巧許誰分。

鴻業絪縕聖學承，高天寧冀有階升。須臾忽涌珠璣滿，拜舞春風喜不勝。

御題有『螭頭奏對春風藹』之句。

品畫題詩一瞬成，頓教螢爝被光榮。春林澹靄增華采，墨海微波點太清。

龍光鄭重許誰求，盛事新傳五鳳樓。拜舞那能重步武，微吟朗咏只低頭。

暑月曉過玉蝀橋二首　　阮學浩

樓臺金碧水淪漣，池面清風柳際烟。行到緑陰深處坐，底須蓬島著神仙。

荷香直欲上鬚眉，葉亂波迴露重時。鎮日紅塵雙插足，此心端與白鷗期。

史局月給餐錢例也奉頒之日口占一絶 阮學浩

芸閣香涵石室編，翻書日費水衡錢。清曹得沐恩如許，慚誦河干第一篇。

聖駕東巡盛京恭謁祖陵大禮慶成詩十六首 宋楠

一統河山正百年，開基遥溯鎬豐前。龍旂十乘親承禧，載咏思文后稷篇。

艱難王業起關中，展祀欣看大駕東。十日爲霖天忽霽，共知聖孝格元穹。

愛日依依翠幰開，秋原玉露净飛埃。松花江水明于鏡，照見紅鸞扇影來。

海上三山戴巨鰲，橋陵劍舃彩雲高。薌蕭焫處天光合，五色曈曨映柘袍。

真庭肅肅下靈旗。縹緲雲旂奏假時。干羽兩階昭世德，鳳樓重見鳳來儀。

玉府丹書百世存，河山帶礪儼新恩。鑾輿親酹功臣墓，又見高皇六葉孫。

名山望祀百靈趨，積翠中天翊聖圖。應似白雲封内起，山祇萬歲效嵩呼。

宫殿龍眉迹已陳，秋山木落自嶙峋。從官一騎頒香幣，異代猶蒙錫類仁。

行殿遥聞晝漏清，龍賓十二燦芝英。彩毫珠玉三千字，親灑雲箋賦盛京。

講武還登將將壇，黄旂開處五龍蟠。君王神武真天授，列陣先應懾可汗。

平沙毳帳儼分行，稽首齊稱萬壽觴。一自華山歸馬後，百年甌脱盡耕桑。

需雲藹藹宴枌榆，遼瀋今年並賜租。鳳詔九重天上至，一時歌舞遍康衢。

一行貢使自朝鮮，詔許承恩侍廣筵。歸向東瀛誇盛事，堯尊親沃聖人前。

八年勤政攬宵衣，肯爲時巡廢萬幾。依舊緑章躬省覽，朝朝批答下綸扉。

元冥應候玉花攢，鈴索無聲漏向闌。遥憶塞垣當此夕，六龍天近倍高寒。

堯階蓂葉四回開，日下欣聞玉輅迴。最憶千官隨豹尾，紅雲遥捧日車來。

恭誦聖製題庶子張鵬翀所進春林澹靄即用其韻六章依韻同賡以誌盛事　阮學濬

御苑春濃蔭四垂，遥峰點點露蛾眉。望中好景詩中畫，總在詞臣潑墨時。

阿閣翩翩振羽毛，花磚移影日輪高。泛查自覺仙源近，兼笑東方竊玉桃。用韓渥詩語。

爐烟裊裊麗卿雲，奎壁光迴列宿文。香案賡吟真異數，聲名官職合平分。

駢蕃拜賜玉墀承，碧落丹霄拾級升。翻覺米顛顛太甚，捧來一硯已難勝。

畫品何須問李成，還從稽古重桓榮。宫端又見頭銜换，依舊冰壺徹骨清。

琅函秘笈稱心求，珍重他時萬卷樓。却憶去年承詔日，後塵聯步傍螭頭。同日奉命補充講官。

## 恭誦聖製題庶子張鵬翀所進春林澹靄即用其韻六首依韻同賡以誌盛事　齊召南

浩蕩晴天幕四垂，瞻雲濃處展堯眉。萬條烟柳晨光淡，庶子題詩進畫時。

早看丹鷟有奇毛，今日風中六翮高。應取舊時詩句續，瑶池親見熟蟠桃。

庶子年前有『花開合待三千歲』之句。

賜出瑶箋擘彩雲，光芒萬丈耀奎文。擎來歸院當初日，不數金蓮照夜分。

分明天語許親承，説易何煩酒一升。李白百篇臣百首，但論豪飲未能勝。

松花佳製尚方成，拜賜真叨稽古榮。開匣試看紋似水，可知四海總澄清。

聖藻輝煌不待求，好詩頻進望春樓。廣文可笑誇三絶，數字籤題在軸頭。

## 恭紀聖恩詩八首　沈德潛

罘罳流影耀珠櫨，奏對班聯俯禁廷。望見紅雲最深處，勾陳擁衛紫微星。

日上螭坳正未晡，内官承旨爲傳呼。小臣親沐官家問，知是江南老腐儒。
捧出天章焕彩毫，驪珠光遠燭神皋。金和玉節超今古，山到嵩高莫並高。
上方珍果給詞臣，拜罷君恩覓句新。蠕動肖翹經茂對，那能寫貌更傳神。
西抹東塗憶往年，偶然羸馬亦騰騫。十章和就君王咏，細聽南風奏舜絃。
越葛龍紗織乍成，旋逢君賜出延英。擎歸兒女争傳看，被服能教暑氣清。
御園遥望似蓬萊，水殿雲房相向開。珥筆從臣輕輦過，荷花香裏謝恩來。
誰道鮎魚上竹竿，老年恩遇海天寬。藝林此日傳佳話，便作卷阿歌咏看。

## 恭和御製三河縣道中作元韻二首

沈德潛

傳聞畿輔漲河流，天意回餘望有秋。憂樂帝心方得半，封章莫報十分收。
平田白水朱明日，栖畝黄雲凉露時。道上不枵耕者腹，宫中方展聖人眉。

恭和御製燕昭王故城元韻　　沈德潛

睥睨荒涼不可尋，汶篁移植緬寒林。至今感慨悲歌者，猶識千金市駿心。

恭和御製安肅縣咏菘元韻二首　　沈德潛

秋末挑來蹋地菘，桑邱彷佛遇豳風。大官也進村家饌，知是王心道味充。

町畦一帶繞清渠，種得青菘畫不如。莫怪野人安澹泊，味無味處味偏餘。

恭誦聖製題庶子張鵬翀所進春林澹靄即用其韻六章

依韻同賡以誌盛事　　裘曰修

拂拂仙雲淡欲垂，數峰依約碧于眉。胸中邱壑不凡處，得意晴窗揮灑時。

露華凝紙刺猩毛，派自雲林格最高。進向彤墀春正麗，兩行宮柳間宮桃。

曉氣騰爲五色雲，高臨華蓋結龍文。侍臣展卷天顔喜，黼座旁邊扇影分。

召來丹地語親承，曳履層階取次升。呼作玉皇香案吏，頭銜新署喜難勝。

六首天章和旋成，一時誰更比恩榮。玉堂佳話人争説，直向雲霄眺上清。
聖朝側席屢旁求，豈獨名高五鳳樓。報國寸心還有在，更書無逸殿西頭。

# 本朝館閣詩卷十九（補遺）

## 五言古

恭和御製雲林石室元韻　　汪由敦

雲來林更幽，石簇室逾迴。雲石互吞吐，虚白相與永。時復帷牽蘿，何用梁栽杏。暫到輒摛毫，肯負階前景。

恭和御製載月用爽氣澄蘭沼舊韻五首　　汪由敦

夕霽泛蘭橈，澄瀛送虚爽。塞月夏已秋，碎影幻萬象。清露滴如珠，波光平似掌。邈然芳林游，即事愜俯仰。

清賞詎所耽，淵衷寧有既。偶因暇可乘，還廑夜央未。心寂境斯超，意愜物自貴。披襟足清娱，西池送香氣。

靄靄香氣澄，霏霏皓露凝。中流净無滓，圓靈耀寒冰。微風澹蕩游，憑虚若不勝。試問列仙人，蓬瀛信可登。登瀛倚嘉樹，理棹溯遠灘。餘輝淡華星，迴風泛蕙蘭。豈惟祛鬱燠，因之慰遐觀。含毫得新趣，畢賞偕群歡。群歡協調幕，咸若欣在沼。嵐影漾層空，凉聲起木杪。西崖照已遍，東嶺光未了。從知净明心，萬方仰圓皎。

## 恭和御製進宮見路傍麥苗待澤孔亟秋禾尚未怖種惄焉有憂賦以自咎元韻

梁詩正

五事驗庶徵，王省厥惟歲。禹湯罪己詔，歷歷載前記。詎諉時數偶，藉釋君心累。我皇宏在宥，民命實攸司。三春甘澤愆，五夜焦勞寄。桑林虔請禱，引爲己咎致。雲漢未呈象，恫瘝早廑意。轉漕侍近畿，補救術云備。敢徇婞婳輩，侈談豐稔瑞。鑾輿度郊原，目擊尤心繫。但期三日霖，便可百憂置。胡乃帝屯膏，偏遺風揚翳。聖德終格天，臣愧無容地。仰惟當宁懷，益重在廷戾。清夜一捫心，分憂者何事。空自對宸篇，賡吟彊詮次。

## 恭和御製秋夜泛湖賦唐文皇爽氣澄蘭沼之句得詩五首依韻爲次

元韻　梁詩正

新涼静埃氛，夕渚飛颯爽。至人心無繫，元珠探罔象。水月相澄輝，倒貯蓮華掌。即事契南華，天襟愜俯仰。

瑟瑟弄始波，碧潭潦方既。郁郁飛餘霞，紅荷褪尚未。宵永逾幽佳，物色冲而貴。仁智妙領取，涵兹虚白氣。

投篙劃渟澄，蟾魄碎復凝。四顧逸興發，曠若含清冰。置身瓊瑶宇，衣袂寒不勝。上清無殊界，何必誇飛登。

溯游指前浦，沙礫明淺灘。彷彿沅湘畔，芬郁芷與蘭。鑑空納萬象，地迥同一觀。如此良夜何，鷗鷺陪清歡。

賦景追往躅，吟情寄芳沼。含毫邈秋旻，漏刻移分秒。徹彼三印義，湛湛釋元了。迴棹艤柳根，餘光尚皛皎。

## 恭遇皇上駕幸翰苑錫宴賦詩旋蹕便道閲貢院登觀星臺盛典光昭儒紳慶洽恭紀

梁詩正

今皇御區宇，堯舜道同揆。睿學孕天人，昭哉文治啓。闢門籲賢俊，勷相登吉士。峨峨秘書省，
清要重前史。時平五緯調，璧府光輝煒。詔下承明廬，丹堊飭匠氏。鳩工成不日，苞茂新瞻視。
景運慶方中，寶額榮雙峙。星官敬諏吉，龍馭一戾止。素王道恢崇，芹藻薦芬旨。黄扉有二老，
股肱夙所倚。特籍領群才，遠與燕公擬。至尊送就職，御宴酌芳醴。蹌蹌蘭臺彦，餘澤均霑被。
猗歟一德風，燕衎徵喜起。遂授唐宗什，分韻裂華綺。柏梁重賡吟，次第叶宫徵。大君鏗咸韶，
聲振包衆美。詩成燦珠璧，照耀玉河水。翰林故事多，盛典無逾此。迴鑾顧清班，發軔有緣始。
設科收良材，鎖院萃楩梓。敕遵周俊坊，紆駕龍門裏。棘垣信深嚴，矮屋排雁齒。讀書念寒畯，
辛苦此燒尾。璇章揭金榜，儷語霞斐亹。旁求廑深衷，知人勖百爾。千秋欽聖德，藝苑紀隆軌。
天文麗層霄，仰見日戴珥。司儀拜手言，靈臺距尺咫。和風吹袞衣，拾級升玉趾。古器紛璣衡，
觀玩通奥理。煌煌燭奎壁，瑞叶文物紀。永見泰階平，得人綿國祀。卓午鸞旂旋，衿紱充衢里。
承恩感優渥，作歌媚天子。

## 恭和御製題獨樂園圖用東坡詩韻元韻

梁詩正

温公宋偉人，仰企拜風下。緬維樂園樂，略似野人野。何幸披是圖，心襟暢浮斝。山色澹横秋，苔痕濃點夏。千畦雜花竹，一室延文雅。欲認南陽龍，那羡洛中社。髯蘇五字詩，格調誰繼者。雙美喜具并，風流千載寡。我皇精鑒賞，有同金合冶。飛豪追險韻，晴窗净野馬。句裏揭高抱，支詞盡所捨。倘起坡老觀，或教面發赭。元音叶宫商，懸鐘無一啞。

## 恭和御製游東甘澗古中盤諸勝即景三十韻元韻時詩正未經扈從，駕旋，命圖諸勝景於屏幅，仍敕補和書之屏間。

梁詩正

三盤鎮朐河，層疊快延眺。追摹入御屏，試展羅衆妙。紺園聯迤邐，净域超福報。疑聞僧梵喧，瞥見石棱峭。蟠迴凡幾折，一綫通鳥道。中谷仍隱庵，旁林更出廟。虬松排勁幹，各凛霜雪貌。微颸振濤聲，次第穿洞竅。平橋曲復坦，樵客迹可到。危樓掩復明，孤聳俯群嶠。重巖扃屢闢，邃岫瞰何奥。其下激流湍，因勢瀉潭隩。遥思宸游日，山徑凍雲冒。行宫理政餘，名迹躬訪造。高低磴互轉，遠近路莫較。時看新景增，事繼前朝敩。御製首句：『前朝登絶頂，已暢千里眺。』琤瑽東澗水，宫徵含古調。窈窕中盤峰，瑶玗蔚晴耀。千巒供指點，萬籟佐談笑。即事抒長篇，仁智從所樂。昔年扈屬車，秀黛飫芳醥。每逢異境開，驚喜出意料。愧無濟勝具，縋險探窈窱。譬諸窺宮墻，入室未歷窔。兹辰瞻粉繪，重爲發深好。曈曨寒日温，猶映羔裘膏。微吟弄弱翰，謇陋定貽誚。敢述嶆崪容，對此金碧照。畿東纔咫尺，翠色宛堪召。依約田疇居，數幅領其要。

## 恭和御製甘露寺和蘇東坡韻　梁詩正

東風扇晴色，肯令芳歲闌。翠華指吴會，花鳥奉宸歡。香塵布四野，騰驤多騎官。探幽入古寺，黛色扶吟鞍。曲折循繡陌，烟中見紅欄。舊名載山經，精廬十笏寬。於兹得游憩，往迹未蕪漫。回首浮玉山，歷歷多帆竿。層城儼列岫，怪石貌奔豲。慨焉重懷古，風景供研鑽。當時石上語，豈惟縛老瞞。惜哉紛割據，壯圖不足觀。風雨過小刦，初地留蒲團。尚餘古鐵鑊，薛暈生微瀾。甲子誰所記，彷佛歌銅盤。化人與師子，二者非堅完。夢中千蛺蝶，寸寸裂冰紈。緬惟創始意，邀福語何謾。至今精進林，游屐恣蹩躠。迢迢千載下，何人追虬鸞。兹事闕史傳，但有苔碣刊。庭際鴨脚陰，白晝生悽寒。危梯凌絶頂，星斗垂闌干。如登阿育塔，神化出泥蟠。青蓮花已萎，何處尋瓦棺。昔人不可作，徒令來者歎。山川故長在，不隨金石刓。大蘇磊落人，泉石非所安。即事動遥慨，詩筆誰能搏。臣學愧東里，效矉良獨難。仰誦天章富，一洗儒生酸。琅然太古意，願譜朱絲彈。

恭和御製再依皇祖示江南大小吏韻　梁詩正

聖祖昔南幸，聲教肅巡掫。垂訓何精詳，萬物符甲剖。元氣培兩間，於今歷紀久。我皇善繩武，東南仰矯首。爲民慎求牧，召父兼杜母。秀導譚詩書，野驅力隴畝。百慮方謀初，萬全乃善後。救灾如救焚，良箴敬佩守。維皇勖官司，一體聯僚友。下恤民瘼艱，上資國脉壽。勞勞宵旰心，群工幸毋負。

恭和御製復降旨加賑江南被灾州縣詩示總督尹繼善及地方大小諸吏元韻　梁詩正

宸慮切痌瘝，温詔屢下暨。四方親民官，大都勤考第。所嗟江南灾，暴流輒衝擊叶。安得盡窮民，爲立錐頭地。轉粟愍餘敝，一再善頓置。誰歟體天心，勖哉司牧輩。求治在休和，立法去文致。更推養給恩，奔走金吾騎。江國亦何幸，又見六飛至。偶際否之階，逢泰荷眷逮。聖澤浩無窮，共拜更生賜。即今誦宸篇，惠懷形五字。拯恤有同心，知爾守邦吏。

恭和御製閱淮安石堤詩以紀事元韻　梁詩正

祖績肇平成，排淪匯諸海。順時庀工徒，版築功億倍。符瑞事不言，玉馬議争改。我皇鏡前徽，遐想積綿載。太歲紀重光，河上禹乘橇。舊制一變通，都水專任委。踰時石防成，滉柱衛亦每。錢氏治江，築石堤衛以大木，謂之滉柱，見《水利通考》。障澤展良圖，並垂萬世楷。想當黃灌時，郡野朽株殆。長算運無窮，外徭悉從罷。坤德感靈長，民生歌壽愷。堯水縱偶逢，人情鎮不駭。

## 恭和御製車邏壩元韻　梁詩正

奠川仰宸謀，修利恩涵海。溯厥堰埭成，日月幾遷改。一自黃奪淮，閭閻或瀕殆。秋來遇霪霖，湍嚙憂逾倍。我皇哀窮黎，鍾洩功常在。不惜營造艱，征賦盡斥罷。利害斟酌之，何至遲有悔。緣河見諸州，民樂已衍愷。乃猶勤繕修，而飭守者懈。執畚厚錢傭，長茲免橫潰。餘田大可耕，月任逢三亥。吳諺：『正月逢三亥，湖田變成海。』天晷既仰澄，協風亦傍駭。羨溢俾無憂，造物孰主宰。試看漲春波，安流自浼浼。雍氏掌禁嚴，九重亟相待。疏導果以時，茂績應嘉乃。

## 恭和御製游攝山棲霞寺用尹繼善沈德潛倡和韻六首　梁詩正

建業多名山，攝山乃其冠。是中產仙藥，來往半安羨。斫削類蓮華，嵯峨切星漢。橫峰與側嶺，如弁亦如丱。高人此棲隱，捨宅事可按。只今梵宇清，一洗塵心戀。揭來隨步輦，茗飲供竹院。大乘釋禪縛，小憩得內觀。方謀面壁緣，前裝已嚴辦。

延緣過山房，松深不辨徑。回峰勢若騫，濫泉出以正。翛然十八公，列道儼修敬。吾皇攬群材，眷此巖壑性。自昔大夫封，未足儷兹慶。萬本翠無垠，一庵居最勝。蒼髯而長身，如對古賢聖。

金陵本都會，興衰付一凭。須臾梵唄出，風濤颯清聽。

西方著象教，髹漆雜金石。誰來古巖下，諸天琢窠窖。化身隨真幻，一指可尋尺。鎸鑱山骨露，莊嚴靈境坼。雲松爲偃蓋，烟筱作帷帟。居然千佛幢，涌現萬仞壁。宸游憺無慮，預戒免供億。剏兹空山中，問法盡禪客。參詩煮名泉，亦足以燕息。過去與現在，瓣香同一脈。

左泉曰白乳，右泉曰白鹿。泉清清似酒，無煩以巾漉。其源甚微細，詰屈隱巖谷。一爲疏濬之，澄泓互洄洑。只今成巨浸，下注等飛瀑。置筧供齋厨，水遞笑僕僕。倘入陸羽經，未是山僧福。

雨過鳴琤潺，空山有琴筑。

昔年采藥徑，微茫不可上。攀羅登其巔，曠然得奇賞。大江日夜流，東望轉滉漭。天風生海門，平楚吹浩蕩。緬惟赤壁游，斯人已長往。欸笑山谷間，時時遺逸響。至人超常倫，皇心鑄萬象。

攬轡最高峰，蒼生結遐想。

盛王以時巡，山川咸有事。勝區本天作，豈人所位置。依山開行殿，儉德慎塗墍。緊惟蒼赤慮，疾苦煩驛騎。山鄉富橡栗，澤國足菱芰。美哉江南春，銜恩浩無際。敬誦訓吏詩，迥與游畋異。

虞夏垂隆軌，方今真足儷。惟帝庸作歌，千秋仰鉅麗。

## 恭題御筆折技梅花　梁詩正

暖律迴日至，一氣無畦畛。生意盎淵抱，坐挹江南春。清新出筆端，邈然傳其神。横斜落尺素，濸沲離纖塵。詎向畫求妍，領取寒梅真。觚棱月墮夕，綈几風清辰。笑彼灞橋上，辛苦尋詩人。

## 恭題御製仿倪元鎮平江别墅圖　梁詩正

平江何縈紆，一葦富幽討。村舍占湖漘，潑眼鏡光皎。昨經御舫過，春水生尤早。眷言風物佳，不羡蓬瀛島。攬結暢遐搜，默貯烟波稿。舊圖溯倪迂，皴法濸彌老。泉林愜真賞，載展發天造。爾乃運仙毫，陳迹一以掃。别墅開軒豁，漁莊互迴繞。迎窗列遠岫，傍屋抽疏筱。石橋半堤横，粼粼沙礫皛。碧虚浸長空，颯沓出林杪。點綴含化機，趣溢溪藤表。長歌寄逸興，戛響薄晴昊。轉憶隔歲游，一一印襟抱。前凌清閟格，永冠石渠寶。

## 奉敕題錢選秋江待渡圖　梁詩正

濸濸蓼花風，疏疏楓葉雨。野艇横中流，寒潮相吞吐。吳山一髮青，依約江南樹。長吟招隱詩，客心正懷古。

奉敕題董邦達寫返照入江翻石壁歸雲擁樹失山郵詩意　梁詩正

楚宮迴暮雨，巫峽隱晴色。倒影射江深，素浪捲青壁。歸雲去遲遲，顧待飲川霓。橫抹長林梢，遠混炊烟白。趁墟知已暝，泛渚猶未夕。晦明各異態，清景窮摹刻。冥搜覷天巧，妙領登臨客。瞥眼愜卧游，詩境畫中得。粉本倩誰傳，還從杜陵覓。

奉敕題畫　梁詩正

秋雲散長空，秋水環荒渚。芙蓉倚江遠，葭菼帶烟暮。落日增微波，平蕪隱晴樹。遥望天際明，數行點白鷺。滄洲夙所期，欲即心已屢。倘許十日泛，舴艋載漁具。采采芷與蘭，領此横塘趣。伊人如可求，因之一泂溯。

# 七言古

恭和御製咏漢玉屏風叠舊作韻　汪由敦

赤帝子年逾尺琛，流采璘玢黼座右。岌如商顏四老翁，高冠龐眉作賓友。二千餘載閲荆凡，瓌寶僅存夫豈偶。天家懸圃積球琳，瑑飾多傳國工手。圭璧銘搜蟲鳥迹，苕華文錯蛟螭走。從知庀穀慶有年，詎止供餐稱益壽。西京遺迹今幾何，仙侶摩挲歲時久。未央甘泉閟景光，杯刻不遭方士醜。素質由來謝雕琢，正色何曾雜緇黝。静陳棐几奉清燕，鄭重東壁嚴典守。飛毫庸作倬雲漢，叠韻載賡燦星斗。鐫以昆刀承紫檀，珍比藉繅懸組綬。似列躬桓輯五瑞，不同角散泛三酒。穆然渾朴平且直，披拂熏風對松牖。辟寒清署與時宜，侑坐垂旒等虚受。汲古端因作遠鑒，惜陰時復垂善誘。宸章致戒玩物娱，契深筆諫唐臣柳。

恭和御製荷露烹茶元韻　汪由敦

露珠光滿琳池荷，千葉萬葉擎來多。玉椀盛將試茗飲，色香味絶那可過。中泠惠泉號難得，總是人間烟火食。滴滴都從天上來，啜此方知聖水德。蟹眼魚眼大小珠，清風明月分鮮腴。端明貢御浪著書，烹茶但説盞與鑪，瓊漿仙瀣曾知乎。

恭和御製魚石屏歌元韻　汪由敦

少見多怪紛然疑，偉哉造物能爾爲。由融而結誰指揮，異石片片羅鯤鮞。頑礦乃復藏神奇，宛見淥波游泳姿。出聽豈緊聞絃徽，銜鈎那待投竿絲。乍疑妙繪網箋遺，唼花影弄垂柳枝。或乃匠巧神工施，刻畫鬐鬣分刌移。想當秋水無津涯，鱗鱗潑潑時紛其。曝腮跋浪凌空虚叶，此樂未許惠子知，滄桑何代倏若斯。帶還爲礪匪夷思，炎飈皜日暵沬滋。大鈞飛焰陶青泥，一氣所到理異宜。石凝水態層層披，魚爲石質息不吹。麻源螺蚌有先期，製屏不藉丹青緇。重以天章琬琰垂，酉陽博物驗在兹。

## 恭和御製采珠行元韻

汪由敦

長源星漢波沄淪，天寶所萃多潛珍。虞衡著籍采珠户，千家散處江邊郇。年年泅采貢天府，甲乙品第公評論。珠户歲以冬杪貢珠内務府，大臣暨工部會定等差。翠華東巡歷江滸，臨淵一試知其真。是時秋宇正寥泬，纖雲無翳江光新。旗丁袒入鮫人室，出没深灦沿沙脣。足探得蚌俯而拾，剖出一一堆白銀。夜光明月雖罕見，匀圓頮采無瑕皴。迴旋迅澓沁肌骨，縋舟繫石多苦辛。觀餘行賞灑宸藻，蠙璣萬斛真通神。

## 恭和御製玉甕歌元韻

梁詩正

金元勝迹銷沉訖，日下搘搘半殘闕。瀆山玉海巋然存，疑是撝呵煩神物。只孫高宴憶傳觴，乞汝神漿憑换骨。壺公縮地元圃開，萬斛源通酒龍窟。即看星宿捲波濤，似並崑崙行嫛茀。冰夷海童驅百怪，入與賁偕出與汨。巨鱗長鬣逞飛騰，渫雨歊雲驚屑没。洪纖環繞燦星羅，拱衛衢尊嚴屹屹。鍾沉鼎出幾遷貿，顯晦總隨元氣歘。蓬萊清淺詫揚塵，繁華瞥眼旋飄欻。

寶器同淪逐化龍，舊録閑披嚼空蚏。曾聞白黑間成章，巧手隨宜作窐突。恰借綿雲隱翠螭，還留墨點成斑鱖。一一狀態入牢籠，太極週圓精所鬱。自從方外困蠻鹽，無復陛前光衮黻。廣寒尚想構嵯峨，瓊島空看浪淵渤。乃知至寶失所託，流落人間愁隉杌。我皇稽古勤蒐討，糾縵光華文治蔚。偶向仙壇覓曩踪，塵涴千秋重拭拂。依然秘殿位置宜，合浦珠還氣忽勃。苔花剔盡虹彩飛，頓起泥塗更繡韍。仿佛西京鐘簴移，剩却金人猶仡仡。崑岡刼後幾多年，不灰僅有爐中柮。好從銀甕緬遺模，何待荒榛尋斷碣。摩挲三匝轉增吁，得路真堪補黔刖。天歌浩唱涌江海，韓蘇石鼓慚錭劂。要識遭遇合有時，聖情豈爲玩好扣。瑜瑾潛光終必發，寶物尚爾賢寧不。千金市骨致神駿，長此幽遐無阻艴。

## 恭和御製咏雪擬蘇軾聚星堂體兼用其韻元韻

梁詩正

澄海樓前舟似葉，驚濤萬頃堆寒雪。陪吟曾睹灑仙毫，禁令森傳愁窘絶。乾隆八年，臣詩正扈駕發盛京，歸途經山海關，登澄海樓觀海。御製首倡，命臣張照、臣詩正聯句，禁用水部字，甚嚴，一時殊苦艱澀。今朝即景會賡詩，承命先教氣再折。霜旻低黯日熹微，歷亂天葩互生滅。羊山雞寨浩無垠，長空影落飢鷹掣。連延宿隴壓遺蝗，野老歡情騰醉纈。侍臣迤邐奉屬車，清塵天假靈雲屑。眼眩疑摇瀛海光，風花來去真如瞥。歐蘇千古稱詩豪，白戰從來矜創説。重拈背觸慚鈍根，陶鑄希同大冶鐵。

## 奉敕恭題御製豳風圖　梁詩正

周家王業豩田官，豳風七月陳艱難。點染成圖配無逸，藝苑流傳趙松雪。我皇監古念民依，長爲兆民愁寒饑。農桑大計軫宵旰，貌瘦祇蘄天下肥。田家風景時在目，毫端萬象烟雲簇。精神意態總如生，寫竹胸中有成竹。日星旋轉占枯榮，春鶊秋蟀聞鳴聲。草笠軒軒風影動，機絲軋軋蟾光清。連村力作無游惰，想見當年勤勸課。歲終朋酒躋公堂，宸衷應喜歌時康。故知寶繪原心畫，不假臣工申鑒誡。題辭便可録周詩，設色何須仿元派。耕織先朝續事施，此圖更是太平基。即看三百全摹出，領要常將八幅披。

## 恭和御製用蘇軾韻題烟江叠嶂圖無韻　梁詩正

王郎好寫著色山，山中老木生秋烟。東坡《書王晋卿著色山》詩：『山中亦何有，木老土石頑。』烟江叠嶂更佳勝，林光一片蒼雲然。墨踪淋漓筆力迴，奇思横發如奔泉。平沙斷渚見遠勢，欹湖仿佛通輞川。東坡題句意蕭散，清夢忽落臨臯前。玉堂清近雪堂遠，翹首相望殊江天。大書濃墨留卷後，環肥豈遜燕瘦妍。塵劫流轉幾百載，變滅未肯隨桑田。弇州評跋稍置議，屈指已歷金元年。我皇嗜古具真賞，愛此修蛾積翠春連娟。鄭虔三絶得合併，同時定壓河陽海岳兼龍眠。宸居清暇和長句，舊韻仍次東坡仙。山野之圖上作秘笈寶，始知世間萬事無一非因緣。定國元本日久應有合，他年更當補以東坡第二烟江篇。《烟江叠嶂圖》，軾又有次韻詩。

## 恭和御製登嵩山華蓋峰歌元韻　梁詩正

自昔封禪矜史談，靈區鴻寶傳淮南。時祀臺觀鬱相參，升中天半揚龍驂。紛呈符瑞黔黎飲，泥金瘞玉名山探。豐碑篆刻標層嵒，豫州形勢控關函。嵩高作鎮氣象添，維帝戾止披晴嵐。登封故事匪所耽，山呼應響貽譏慚。巖腰徐轉馬力恬，峰峰變態圖寫堪。縹緲華蓋聳碧巉，三臺二室俱等凡。于喁清籟叶英咸，疑有名宿諷華嚴。捫攀簡子與䴥男，霜飇獵獵鞭輕拈。白雲堆絮餘青尖，磅礴鬱積元氣含。天門四望開神襟叶，交輝日月投虛谽。高掌遠蹠分巀嵃，太古科斗崖凹嵌。衒之記始垂迦藍，玉漿石髓紛毿毿。中畿俯壓雄奇兼，八荒遐矚窮幽覃。足音空谷鳴都曇，馳上下坂化艱險叶。百靈遥集排陰潛，賦海奚爲必道鹽。摭古未足窮天巖，迴凌清顥吟興酣。天筆藻耀葩羽毵，臣也愧荷錫𩦎驂。豹尾不獲從魚驔，浮邱上接崆峒嵁。翠微歷歷徒翹瞻，巍乎帝略乾符覘，虛無不羡神山三。

## 恭和御製齊河道中元韻　梁詩正

憶昔扈侍東巡日，境内情形頗周悉。軫念先爲發倉廩，善後長謀立家室。今春千里百里寒雲同，不須籌歉還籌豐。及茲時和土膏潤，村村舉趾勤農工。臣聞治疾治人本同意，善治疾者疾不諱。餘一之蓄待三年，善艾之求須隔歲。欲將此意喻齊民，惸獨何曾等富人。但願自今以始大有書，頻頻五風十雨四海均。

恭和御製游金山寺用蘇東坡韻兼效其體元韻　　梁詩正

山水之奇半東南，圖經所載有山海。未若此景更崛奇，大江突兀一峰在。停橈試望玉坡陀，東風吹動琉璃波。層宮崒嵂供遠目，吴雲楚樹何其多。玉蕭金管木蘭楫，來自蕪城當落日。黿鼉下卧雪浪寒，鳧鷖亂點江烟赤。徙倚闌干待圓魄，天影欲落遥林黑。誰令髯蘇雙眼明，題詩半夜魚龍驚。六百年來荷君識，稠叠宸篇寫風物。小儒苦吟肩聳山，險語往往愁舌頑。塵襟欲滌慚未已，乞與江心一斛水。

恭和御製試中冷泉元韻　　梁詩正

岷山之下江浮天，驚濤快瀉成百川。滙爲一水東赴海，結土融石如神山。山下蛟宫深不測，厥名乃藉圖經傳。玉花噴薄濺銀闕，丹源冷冽通瑶泉。前人品題有輕重，風爐滿注松枝然。曾聞水遞置騎吏，未若日汲供茶仙。緑塵不飛，連珠乍起。不逢桑苧翁，疑招玉川子。聖心何湛然，瑩澈誰與比。笑彼君謨著茶録，銀瓶修綆不及此。第一第七何區分，試拈妙諦酹此功德水。

## 恭和御製自金山放舟至焦山用蘇東坡韻

梁詩正

一邱一壑下士眈，誰能奇景窮吴南。時巡恰應仲春律，登臨應聽嵩呼三。金山樓閣眩金碧，
對面一峰如伏鼉。扁舟徑渡不逾瞬，默禱正恐江神慚。路如修蛇盤曲磴，身入明鏡窺烟潭。
山花乍坼沙草動，天公著意催春酣。焦先隱處塵土隔，陳迹留與山僧談。參差松竹護石棧，
高下闌檻圍蘿龕。辟如野鶴自清瘦，飲啄不羡食肉甘。東坡游屐亦偶爾，探奇新語尤所貪。
何如天藻耀巖際，山靈拜賜夫何堪。磨崕爲紀宸游處，神光夜夜明禪庵。

## 恭和御製鄧尉香雪海歌疊舊作韻

梁詩正

碧山山靈不負吾，芳春景麗初地初。居民托業在種樹，梅花世界良非誣。千堆萬堆雪皓皓，
十里五里香舒舒。郢中客歌道不到，木元虚賦難形模。冰懸霰集水回互，珠離玉綴山環紆。
幽偏一徑通禪窟，栴檀薝蔔寧分途。南枝自昔傳庾嶺，未若照爛盈吴趨。宿露朝滋色不染，
凍雨晚濕香有餘。臣鄉孤嶼處士廬，山妻借作泉石娱。花光晶晶臨平湖，兩山遥映無差殊。
一任平章未肯輸，騷人往往詩料需。此間風物率腥膩，沃以冰雪清疏疏。鄧尉在焉呼或出，
逋仙結友可不孤。我皇問俗一游覽，前題重續留勾吴。前題重續留勾吴，風雅傳説栖山夫。

## 恭和御製觀江潮作歌元韻　　梁詩正

靈濤怒涌胥山傍，蛟龍雷電驚奔忙。偉哉造物爲此弄，恤然足駭夫誰當。往來蹋浪者舟子，蒼茫沙觜偏儴徉。平生游歷頗記憶，今來扈蹕臨春江。春潮不比秋潮漲。無聲暗長平陂唐。大江湯湯失壯勢，譬如山剖空青腔。梅堯臣詩：『列山剖璞空青腔。』人言馮夷罷擊鼓，中流不復鳴鏜鏜。不知海若正效順，詎敢騰觸聲砰硠。陽和景色江上駐，煦煦都爲仁風揚。端倪極目遠無象，但連一碧天蒼蒼。神機不測妙鼓運，隱教水德增靈長。我皇恩澤廓春海，頫首已令波臣降。射潮故事説前代，而今免挽彊弓彊。錦衣玉帶祠宇肅，願永神貺私維桑。

## 恭和御製登最高峰望江放歌元韻　　梁詩正

神峰積沓峻百重，江左群山空撑閂。最奇入望浩浩江水流，已驅騂馬水犀都在囿。不辭登陟勞，乍接天界高。憑將呼吸氣，爲拆陰陽苞。狀洪量以無極兮，并楚雨而吞吴潮。初驚碧漢矗千仞，旋訝長川窅萬里。古今世路半嶮巇，何似恬波貼貼無廢圯。玻璃萬頃作天地，譬如西房蓑羨煞蘆人漁子矣。維時空宇來和風，宸游一寫琳瑯胸。高言妙句絡繹斡元化，譬如西房蓑鼓撾聲鼕。即看摹勒向蒼壁，雲霄隱隱浮螭龍。果然光景絶麗天之中。願憑上界噓元氣，直躋一世同羲農。

## 五言律

### 恭和御製夜雨元韻　汪由敦

宸游沛膏澤，密雨徹宵零。布穀春當令，興雲岳效靈。漏聲隨斷續，遠火漸迷冥。問夜心時切，帷宮愜静聽。

### 恭和御製曉行元韻　汪由敦

曙色開初霽，興言馬首東。川原千里闊，烟火萬家同。扇合朝霞紫，旗翻海日紅。歡迎民氣暢，爲喜比年豐。

### 恭和御製清明二首元韻　汪由敦

馬上清明度，韶華到眼明。錫簫隨令序，陌柳款歸程。節帶禁烟冷，風吹宿雨晴。芃芃愛新緑，莫慢惜飛英。

千畦霑宿潤，百草暖成薰。績出深春景，拈來大塊文。數時何歷歷，遇物總欣欣。來往瞻清蹕，謳歌滿路紛。

恭和御製無逸齋元韻二首無逸齋在暢春園中，上請皇太后安每於此小憩。　梁詩正

作所猶先志，齋居凛式憑。每緣躬舜孝，常擬嗣堯登。肯構真無忝，持盈若弗勝。翛然松棟静，雲影澹相承。

侍輦延清賞，芳蹊花解言。水香浮月榭，山翠映星軒。乍見晴絲裊，頻聽好鳥喧。孝思原祖德，色養記春温。

恭和御製萬松寺三首元韻　梁詩正

舞劍孤峰古，盤虬萬景殊。偏從仄徑入，轉得勝情娱。清籟寒泉答，仙輿曉翠扶。山僧閑入定，煨芋熟曾無。

精藍倚翠嶒，取次躡雲登。鐘磬誰爲伴，烟霞自結朋。疏林嵐影合，瘦石蘚文凝。千歲靈根在，丹經信足徵。

晴旭豁天容，高空點黛濃。詩情歸半偈，畫意入長松。樹古蹊交迹，山深鹿養茸。探元宸慮愜，

底事問禪宗。

## 恭和御製九日題菊元韻　梁詩正

百卉方摇落，秋容正可人。烟霜寒不減，臭味淡偏親。名並芳蘭秀，根沾湛露匀。年年邀睿賞，寧必伴幽淪。

## 恭和御製進張家口元韻五音　梁詩正

法駕經沙磧，歸程度嶺烟。魚關吭獨扼，雉堞齒相連。人語香花裏，村閑碌碡邊。群來瞻日角。拜舞倍歡然。

迴看龍塞路，天半隱梯階。番部修行餞，官軍罷摘差。賜租隨處遍。省斂與時皆。蕎麥花開晚，如銀糝翠崖。

塵清臨上路，雪意釀初寒。不見三秋菊，猶餘八月萑。披雲衣拂翠，行字手研丹。風景殊今昨，詩成許共看。

霜磴點苔蒼，高田接沓茫。有秋差可樂，祈歲轉難償。林罅烟墟白，坡凹土屋黄。平皋肥苜蓿，牧馬水泉陽。

中外奉春秋，邊氓俗黜浮。市喧諸賈集，岳鎮百神柔。戍壘輕移蹕，軍書久息郵。勤思勞旰食，愧未借前籌。

恭和御製秋日恭奉皇太后巡行塞外曉發圓明園即景成什元韻

四首　梁詩正

時邁諏辰吉，西風豁曉晴。雲霞千騎合，組練一川明。慈輦忻扶侍，秋山解候迎。怡顔螺翠好，荆董畫難成。

馬首指烟巒，郊塍取次看。禾香輕度礬，蓼穗半欹灘。時協牛無喘，風高鳥振翰。瞻豐天一笑，憂釋百千盤。

風景村村勝，心閑目亦舒。泉清凫浴渚，户静泉眠廬。柳影移仙蹕，花光映野閭。知艱勤問俗，頻駐聖人車。

邐迤破秋烟，吟情寄一鞭。豳風今宛爾，夏諺古聞焉。野彴斜還整，山城斷更連。重經鑾馭度，夾道並歡傳。

## 恭和御製杏二首元韻　梁詩正

點綴青膡景，花時莫問鄰。却分仙島種，早借聖壇春。水店初飛燕，青帘欲唤人。柔姿摧折易，誰爲護風塵。

繁花低亞路，老幹欲欹鄰。菖葉同占候，桃花不妒春。誰家聽雨客，何處賣餳人。物色邀天藻，芳妍謝宿塵。

## 恭和御製歷下亭元韻三首　梁詩正

最古亭猶在，烟波縹緲間。即令名士杳，衹合野鷗閑。遠艇星千點，迴塘月一彎。乘春游歷下，棹引浪花還。

樹暗遥浮黛，風輕細蹙波。緣磯苔髮古，出水荻芽多。人入空明鏡，山拖淺淡螺。中流迎御舫，魚鳥幾群過。

虹影環雙帶，天光净一泓。洲前花霧色，浦外棹謳聲。到此塵都遠，相看眼倍明。留題爲名迹，攬結不勝情。

恭和御製新月元韻　　梁詩正

空宇一痕碧，秋高生暮寒。遠烟林際合，初魄閣前看。影傍銀簾净，光分玉露團。遥知三五滿，霜曉引清鑾。

恭和御製趙北口行宫作元韻二首　　梁詩正

別館臨春浦，冰容也自妍。眠鷗横檻外，歸鳥半窗前。雪糝寒花結，林開朗鏡懸。牙籤娱燕暇，恍坐米家船。

清蹕重經此，韶光兩度明。昨年春，上閲視河堤，曾於此駐蹕。溪村歸畫意，魚鳥入詩評。花事寒猶勒，春風悄不驚。昨宵佳節會，燈火尚餘情。

恭和御製氊廬元韻　　梁詩正

度地揞持穩，隨程舒卷如。延青窗半敞，生白室中虚。乙夜明然燭，重簾護展書。莫論寬與窄，天地一蘧廬。

## 恭和御製雪三首元韻　梁詩正

拂曙出氈車，烟郊寒倍加。陰雲興泱漭，風雪舞迴斜。泉白驚銀磧，灘明漲玉沙。最關宸慮處，麥隴未舒芽。

亘野多揮霍，連空極渺漫。素華凝別館，春冷逼中單。遠稱松棲鶴，高疑漢舞鸞。范寬留粉本，不厭盡情看。

温液沛無際，窮檐被已多。雨花天作瑞，雲葉氣生和。一夜添新水，連塍長舊科。至人勤恤意，游目快如何。

## 恭和御製賜詩元韻四首　梁詩正

頻年懷陟岵，恩重敢投簪。許國人臣分，原情聖主心。奇遭過賀監，優待愧蘇林。吉語從天降，哀親拜賜深。臣詩正於召見時，蒙垂問，有『汝父，再過二十年便一百一歲』之語，詩正感不自勝，叩頭謝恩。

錫類光榮備，皤然雪滿簪。平安雖得問，遲暮每驚心。歸棹尋芳渚，寒梅憶舊林。燕吴雲樹隔，辭陛涕痕深。

闔門膺異數，廿載列華簪。豈昧公私義，難爲去住心。夢迴縈禁籞，迹遠寄家林。計日重迎輅，邗江烟柳深。

回首觚棱側，朝朝侍筆簪。從容還予舍，錫予渥宸心。仙藻傳文陛，恩華艷武林。仰瞻同咫尺，長矢答高深。

恭和御製過靈隱至韜光元韻　梁詩正

寺外靈峰叠，松間怪石盤。一聲啼翡翠，萬個秀明玕。梵宇層層接，雲心處處安。江湖如几案，樹杪見帆竿。

恭和御製消夏十咏元韻　許集

荷

太液蓮初放，齊開水殿窗。風香浮閬苑，霞綺漾清江。葉瀉珠千億，花藏鳥一雙。睿情吟賞静，逸韻應金摐。

蟬

豈學語如簧，吟來韻獨長。林間添境静，陌上助農忙。性澹餐朝露，聲高送夕陽。托身上苑樹，不畏遇螳螂。

扇

團團紈素潔，香氣挹蘭叢。携出天心月，翔來殿角風。微涼清永晝，小暑淡晴空。喜共皇仁扇，休和萬國同。

蛙

一自清和後，蛙聲四野齊。泥塗同尺蠖，風雨亂鳴雞。細草青縈陌，垂楊緑繞堤。山莊多鼓吹，遥接水田低。

螢

玉砌宵來静，銀河天際澄。星星千點火，熠熠九枝燈。不羡山頭放，偏宜案上增。還憐腐草質，自照未爲能。

冰

午涼當盛夏，廣厦置層冰。玉盎千堆滿，晶盤一色凝。矢心塵不染，作鑑照堪憑。自入宸題後，清光得未曾。

月

消暑宜邀月，無煩秉燭游。竹梧明歷歷，星漢澹悠悠。玉殿清輝滿，晶簾素影流。娟娟纖露下，疑是廣寒秋。

雨

溽暑方占雨，滂沱遍遠村。應時歌渥澤，大化普無言。太液晴波溢，華林翠色繁。四郊含宿潤，烟樹又黃昏。

瓜

獻得青門種，清甘帶綠香。貯盤紅切玉，熨齒冷含霜。不數冰桃美，難誇雪藕良。君恩時逮下，瓊蕊並分嘗。

蛩

暑退蟬將咽，秋來雁欲歸。羽從階下振，聲出草中微。静夜風傳漏，新凉月照幃。乘時觀物化，睿鑒炳先幾。

平定伊犁恭紀八首　　許　集

帝德恢函育，天威奏蕩平。流沙西被澤，拱斗北銷兵。師以乘時吉，功因不戰成。出車無曠日，旋聽凱歌聲。

偉業超千古，宸猷决衆疑。覆幬安有外，繼述在於兹。周室興師日，虞廷舞羽時。仁聲兼義問，絶域壯旌麾。
濟濟投誠衆，桓桓翊壯圖。推心銘厚德，用命效前驅。軍似從天降，人同望雨蘇。不勞三箭定，簞食日争趨。
破竹真成勢，攻心詎有堅。陰山揚漢幟，毳幕戴堯天。一月連三捷，千軍出萬全。如神欽廟略，鼓舞拜裘旃。
雞塞烽烟熄，龍荒一舉開。九重佳氣滿，萬里捷音來。弓挂天山月，鐃鳴朔漠雷。千官齊忭慶，良候值恢台。
闖外嵩呼盛，朝端寵命遥。豈徒錫馬庶，不數受弓弨。列爵分茅土，承恩勝珥貂。還看振旅日，高宴拜雲霄。
鉅典協人神，膚公答慶禋。兩朝施撻伐，千載靖氛塵。纘服功歸舊，磨崖碣又新。中天逢景運，翹首日重輪。
讓善鳴謙德，承恩禮益隆。慈闈尊顯號，純嘏錫蒼穹。詔下霈雲布，膏流解澤同。普天欣底定，萬世紀龐鴻。

# 七言律

## 初入院即事　顧圖河

蓬山深處静無譁，蕭朗槐聽掃落花。日影風聲皆典故，井闌亭角也清華。柯亭劉井，前朝院中故實。上句用花磚鈴索事也。官供載筆無餘事，吏報頒書當坐衙。莫信外人嫌冷淡，老夫鉛槧舊生涯。

## 恩授講官乾清門立班日侍天顔親承顧問恭紀二首　顧圖河

宫壺纔聽絶更籌，金碧觚棱曉色浮。雉尾齊分龍尾道，紅雲長護翠雲裘。年年仁壽懸青鏡，旦旦光華上采斿。玉裕珠庭驚在望，却容身到右螭頭。

初穿豹尾直金鋪，漸識龍香近御爐。柱下依班長鵠立，座前轉對每風趨。神光照處增威重，口敕宣時即典謨。新見動華紆顧問，愧無才術報唐虞。

## 賦得心清聞妙香　顧圖河

一庭虚白映疏櫺，坐覺澄懷入杳冥。不辨香名惟愛玩，未生烟處已芳馨。蕊珠花動仙衣潤，薝蔔林幽佛火青。斟酌個中消息好，頓令塵土夢初醒。

賦得蜻蜓立釣絲　顧圖河

緡細身輕兩不勝，便娟情態記誰曾。緑毛倒挂名幺鳳，紅袖秋千托彩繩。舞燕捎來驚不定，游魚牽動恐難憑。白蘋風起菰蔣岸，兩兩猩紅點碧澄。

己酉赴貴陽公幹住貢院五閲月又七月二十一日將返滇屈指闈期僅旬餘日矣用書長句于壁留似使黔兩君子　鄂爾泰

深沉鎖院駐遥旌，衡鑑高頭認署名。祈有文章資政術，幾曾迂拙定儒生。色絲孝女碑從辨，賓主禪宗派舊成。莫信朱衣輕月旦，人天樞柄是虚明。

畫塞外花卉七十種蒙恩題御製咏山藍翠雀花五言絶句於卷首恭紀二首　蔣廷錫

三年扈蹕攬芳華，五色圖成百種花。聚散非烟亦非霧，縱横如錦復如霞。幸同草木居恩地，敢望徐黄是作家。共慶疆隅通異域，南方新狀謾争誇。晋稽含有《南方草木狀》。

鵝溪喜拜賜雲章，映日驪珠拂袖光。展卷已驚槐影動，開籤先覺墨花香。一篇斷句堪驅杜，三折藏鋒不數黄。從此山藍與翠雀，自天題品冠群芳。

恭和御製題翠雲山房元韻　　汪由敦

翠微深處嶺雲横，坐攬烟霞几席清。村落人家分歷歷，川原車馬重行行。窗前石有凌風勢，天半松來戛玉聲。最是鬱葱佳氣近，橋山東望不勝情。

恭和御製半天樓元韻　　汪由敦

傑閣高憑萬仞巔，鬱蕭臺是大羅天。丹梯直上重雲表，翠幌平臨衆皺前。吹袂寒生風浩蕩，入簾静對月嬋娟。何須謝朓驚人句，四壁奎章早共傳。

恭和御製金蓮花元韻　　汪由敦

灼爍争看爛綺霞，傳來佳種自龍沙。御袍拂處風初定，玉砌開時日未斜。浄植寧慚君子德，清芬故在法王家。承恩徹炬休相比，不是尋常設色花。

## 恭和御製七月五日東巡自避暑山莊啓蹕元韻二首

汪由敦

仙館鳴鑾正早秋，碧峰高處引前斿。鐻鍝遠奉周官譯，甌脱同歌夏諺休。沙路按程圖可數，雲山即景句新留。試看跋馬群情喜，快值朝來宿雨收。

停蹕俄經兩月餘，行旌初展尾舒舒。亂流逆溯奔濤壯，過嶺迴看曲磴紆。列部淳風安舊俗，陪京佳氣護宸居。紀行奎藻從頭起，繪就豳風慰跂予。

## 恭和御製駐蹕吉林將軍署復得詩三首元韻

汪由敦

萬家山郭霽烟輕，朝爽涼颸習習生。地以鍾靈開勝境，天因留蹕快時晴。迎鑾近效歡呼意，與宅遐思眷顧情。天作高山應望秩，清齋先日致虔誠。

澄江如練帶清流，載毫當年第一州。節帥戟轅開畫裏，水虞漁艇聚沙頭。千門燈火通深夜，街市居人門外，懸燈率至竟夜。萬樹丹黄絢素秋。衢術自來皆藉板，愛聽屧響似登樓。

神堯過沛駐新衙，八十年來更可誇。繁息閭閻樂休養，流遺風俗異浮奢。銀鱗出網均分賜，寶硯鐫銘舊拜嘉。松花石硯材最佳，曾蒙恩賜。信是物華多異産，豐貂珠蚌草三椏。

恭和御製新正二日召集群臣於乾清宫賦柏梁體詩朕既首倡又成七言一章元韻　梁詩正

九天湛露浹官聯，璀璨宸章映日鮮。盛典三朝超漢制，薫風一曲叶虞絃。分箋彩煥琉璃匣，賜醴香濃玳瑁筵。既醉群賡魚藻咏，履端嘉瑞紀琅編。

恭和御製孟秋時饗進宫齋戒見夾路禾黍油然喜而有作元韻　梁詩正

彌望郊畿慰帝衷，如雲景象蔚秋穹。青疇細雨墟烟外，紅稻香風輦路中。五夜憂勞頻省歲，千村報賽合歌豐。吟成字字傳無逸，稼穡先知聖主同。

恭和御製細雨元韻　梁詩正

天意生憐翠穎長，溥將膏沐助妍芳。白飛遠樹連雲氣，緑遍平疇剡麥光。花底乍添蛛網重，竹梢疑帶露華香。九重省歲勤占候，載咏新畬喜降康。

恭和御製夏日御園閑咏元韻八首　梁詩正

風臺臨眺寫堯襟，薄暑銷殘賦晚霖。遶砌斑斑苔蘚滑，隔花隱隱漏鐘沉。静觀遠浦空明影，閑識浮雲去住心。一雨定占三日喜，天漿取次待時斟。
颯爽真成五月秋，匡床珍簟水紋流。銅溝淺漲潛通壑，碧樹濃陰半倚樓。乳燕多情依畫檻，
浴凫隨意占芳洲。天呈圖繪娱幾暇，想像蓬瀛遜幾籌。
風條颭影映紗帷，仄徑逶迤引步遲。水荇牽絲繁似織，山桃落子散如棋。鵓鳩巢穩頻呼婦，
蜾蠃泥乾自祝兒。試看烟林新沐後，清陰絶勝早春時。
槐庭轉午綺窗明，茗椀香爐事事清。古法再傳兼草聖，舊題重和踐詩盟。巖泉漱玉詞源壯，
芳樹駢珠意蕊榮。別有勝情留睿藻，秋原先爲咏畬耕。
晴波幾曲繞溪南，倒影紛看秀嶺含。乍入仙源浮短棹，每過静境勝精藍。風迴縐縠新文渙，
月印澄波夙悟耽。聖性迴超元箸外，碧虚萬象自中涵。
閑調緑綺韻風松，静對西峰翠靄濃。荷瀉露香珠點點，樹團雲影蓋重重。已欣土脈留餘潤，
却望炊烟計宿舂。向晚涼飔引秋意，拂檐清響玉丁冬。
生衣初試紫蕉紗，半嶺晴光散綺霞。遣興乍看調舞鶴，避喧何必呪鳴蛙。穿沙節短攢蒲笋，
刺水針齊長稻芽。早卜西成歌解愠，清風應滿玉皇家。

霽景園林又一新，偶然吟賞藉花茵。宸游自愜隨時興，天顧常懷望歲人。灑翰未妨消永晝，登臺咸與慶熙春。雕章竊附卷阿咏，草木均霑雨露仁。

恭和御製冬日瀛臺即事元韻二首　梁詩正

貝闕光寒積素凝，蚤紆宸駕愜吟登。晴開叠巘看浮玉，風戛疏枝聽韻冰。匝地琉璃含净影，連雲金碧倚高層。東南極目神心遠，直向清虚上界憑。

翠蓋凌風颭羽華，禁垣西是玉清家。珠韉徐歷三山境，銀漢閑停一葉艖。雪意暗催梅蕊綻，日輪浮耀鏡光斜。憑將睿藻迴元律，萬里春先黍谷葭。

恭和御製正月初十日立春元韻　梁詩正

葉葉鸞旂次第開，雲翹按節舞低徊。律回鳳紀經旬早，風解龍津一夕纔。戊夜傳籤瞻斗極，辛盤縈縷侑天杯。春暉景麗青郊永，叠巘遥迎翠輦來。

恭和御製上元前一日雪元韻　梁詩正

霏微雪點玉階宜，上瑞先占天意知。却映春燈浮彩暈，乍凝曉樹帶冰絲。寒侵梅格逾清艷，雲漏蟾光半合離。喜氣新添傳七字，恩膏恰稱賜柑時。

恭和御製御門日雨元韻二首　梁詩正

乍聞清響滴高桐，漠漠雲陰滿碧穹。聖澤已昭三日應，天心早鑒萬幾躬。清浮麥氣占秋隴，爽入冰懷笑夏蟲。志喜待賡宸藻麗，不辭霑濕鷺鵷同。

鑰魚初動儼霞臨，宵旰長勤匪自今。每到薰絃調舜律，倍從黄屋軫堯心。纖埃乍息南箕扇，膏露頻看北斗斟。嵩岱崇朝甘雨遍，尚煩雲漢廑懷深。時山東、河南二省未報得雨。

恭和御製咏楓元韻　梁詩正

空山點綴一枝枝，正合停車坐愛時。幾度西風仍颭影，乍經寒露便多姿。吴江遠去吟難續，塞嶺重來看更奇。匀抹微頳渾似醉，天漿也復一中之。

恭知御製秋蒐雜紀元韻五首　梁詩正

五花雲騎驟平蕪，霧曳龍梢半有無。山色入秋看露骨，草痕侵曉訝霜鬚。雅詩曾紀從群醜，諫牘無勞慮朽株。天縱吾皇神武略，太平行狩羡彎弧。

玉鞭影外抹空青，颯沓天風響振鈴。千部連營隨列衛，六龍飛轡走群靈。雷轟巨礮狼褫魄，星疾驚絃雉帶翎。最喜神皋暘雨若，空山獸迹絶軨軨。軨軨，獸名，大水則見，見《山海經》。

親侍金根陟磊嵬，停鑣遐眺翠雲洄。風旗列幕標千樣，烟火周廬簇萬堆。山白豐京供賦料，楓丹塞嶺作詩媒。行行漸近松楸色，原廟規橅想實枚。

秋雲秋樹影婆娑，吹徹旌門殷海螺。人望烟林趨略彴，獸驚野燒匿陵阿。荒村趯趯傳逃兔，行帳狺狺隔吠猧。夾道名王齊效順，滿斟馬湩獻金鵝。

霜點關河正好秋，更番前導出驊騮。大綏抗罷弓韜韔，上殺裝來馬汗韝。恩賚六軍温似纊，詩傳千首巧於鏤。遠慚秘監空陪馭，款段猶懷銜蹶憂。

## 恭和御製落花詩疊舊作落葉詩韻元韻六首

梁詩正

惆悵辭枝豈自由，催歸杜宇竟難留。樊川心事驚春晚，金谷繁華付水流。緑蔭轉深宜結夏，紅情乍減憶先秋。天涯芳草相逢處，不待言愁始欲愁。

誰辨深紅與淺紅，狂華客慧本來空。蘇詩：『不比狂華生客慧。』即看點點隨飛絮，何異飄飄逐轉蓬。芳事易經三月雨，多情難護一闌風。要知錦繡根荄在，開落都歸長養中。

歡場未息去來心，祇覺飄零感慨深。泫露有時餘粉澤，倚風何日弄晴陰。流鶯曾記丁寧語，
芳蝶重來宛轉尋。對景居然小摇落，春絃誰與叩商音。
暈碧裁紅態自殊，一春飄瞥竟何須。儘教色相空真有，應識顛狂老漸無。簾外乍看迴乳燕，
枝頭寧待聽啼烏。人行紅雨休吟惜，勝對寒皋隕蘀株。
樹裏聞歌喚奈何，當筵空惜折枝多。妝成半面猶窺鏡，舞罷迴風竟撇波。見説漁榔迷洞口，
悔將羯鼓促庭柯。牽情尚有青青柳，萬縷低垂蘸玉河。
烟景濃春似晚秋，憑闌容易觸吟愁。鴻飛已悟曾留爪，劍墮何煩更鍥舟。興盡一時同訪戴，
客來前度合思劉。仙豪叠示拈花義，香海憑看起滅漚。

## 恭題御筆梅花小幅　梁詩正

風神冰雪繪應難，想像孤山水石間。乍拂仙毫隨意落，頓教凡艷盡情删。垂枝墻角相看瘦，
倒影溪灣獨對閑。待入晴軒招益友，清標逸格定誰攀。大内有三友軒貯前人所畫松竹梅名迹。

## 恭和御製山雨元韻二首　梁詩正

凉雨飛從樹杪看，重嵐乍掩一林丹。濺來幔屋疑霏霧，流注蹄涔欲作瀾。坡上馬嘶侵薄晚，

天邊雁叫警輕寒。三軍莫漫愁霑濕，秋麥新滋愜聖歡。

神軍獵罷掉頭看，峰外旌旄捲翠丹。應是山靈貪浣沐，却教天筆助波瀾。一番秋意驅浮壒，

七字吟情帶峭寒。入夜半規西嶺吐，清光合動旅人歡。

恭和御製鷺立蘆花秋水明元韻敬題御筆蘆洲雙鷺横幅二首　梁詩正

烟波一抹墨痕斜，點染江鄉秋意賒。白鷺乍來争拍水，青蘆將老欲飛花。微茫遠嶼翻輕雪，

澹沱前汀送落霞。知有南華真趣在，那容眼底著塵沙。

荻港鷗波小艇斜，西湖風景夢猶賒。六橋寒浸潭潭月，十里秋深浦浦花。邈矣伊人疑在水，

佳哉公子勝標霞。一從妙繪重披識，依約飛鴻印淺沙。

恭和御製恭依皇祖登岱詩元韻二首　梁詩正

巉歷層梯臨岱麓，更從絶頂到天頭。半空時挾仙風至，大地都隨雲海浮。見説三門凌帝闕，

豈徒九點數齊州。題詩不是誇穹覽，記取當年聖迹留。

秦皇曾此依松蓋，宋主相傳勒馬頭。紀勝名山吁事往，告功遺碣笑辭浮。豈如我后繩堯烈，

要向方輿覽舜州。萬象入眸塵霧豁，山靈有意一攀留。

恭和御製光武帝祠元韻　梁詩正

真人讖起詎須論，迹紀千秋再造恩。帝即正於鄗縣千秋亭，今祠即其地也。霆震昆陽新室廢，星流帝座故人存。炎精自此開中葉，白水于今溯始源。迴首滹沱河溜淺，麥亭岑寂走雞豚。

恭和御製菊元韻　梁詩正

老圃寒花放每遲，乍從別館見枝枝。金盤浥露憑占節，磁盎迎霜正及時。逸客燈前標瘦影，澹香几上愜清思。應知畫障重題句，不用閑尋更繞籬。

恭和御製過淮安城元韻　梁詩正

省方淮浦重勤民，鑾輅江南第一巡。早慶安瀾河底績，更欣久道俗還淳。韓祠枚里相傳古，楚尾吴頭見説真。初上麴塵楊柳色，時從風外拂舟頻。

恭和御製渡江駐蹕金山元韻　梁詩正

峰頭寶鐸語丁寧，小泊龍舟此乍經。四面雲嵐環合沓，九天翊衛擁祥靈。江通少海迴瀾紫，山繞南徐隔岸青。朗朗中宵行漏静，祝釐仙梵正堪聽。

恭和御製初登金山得句二首元韻　梁詩正

浮空涌出一螺青，獨立江心鎮地形。梵唄中流開佛國，風濤三島護真靈。寺名尚記龍游在，山影如迎鳳艦停。極目妙高臺上望，人烟兩岸接蒼冥。

根盤水府前臨海，影插雲霄遠際天。清景空懸看似畫，聖情高咏句如仙。盡收形勢歸初地，雄跨東南鞏億年。世上蓬萊真個是，欲從烟外挈成連。

恭和御製登金山塔頂元韻　梁詩正

莓梯百級上峰尖，俯瞰樓臺金碧兼。吴楚周環千里迴，岷峨直下一波恬。憑虚欲挾飛仙去，倒景難將畫本添。回首六朝何限思，不堪往事試重拈。

恭和御製即事元韻　梁詩正

幾樹丹黄解助歡，商飈未戒授衣寒。山高月照穹廬近，草合烟浮大漠寬。景歷朔方秋半老，心周東浙日千盤。是年浙東諸郡大旱，上每日焦勞籌畫，時見於詩句。題詩每作明湖想，豈爲春游愜勝觀。

恭和御製漢玉韘元韻　梁詩正

鈎弦象飾昔人爲，美製端惟美璞資。完我無瑕方趙璧，羡他既欨述周詩。制侔環玦猶存舊，節中騶虞合自兹。肆武中還昭佩德，古今何必定相師。

恭和御製再咏玉韘元韻　梁詩正

工歌貍首佩侯男，金鏤失韋製各諳。勁挽烏號鈎叠二，穩彄白矢揩留三。質殊骨裹標逾潤，指約環中妙莫談。出手珪璋真比德，方流新琢冷光涵。

恭和御製正月十日召大學士等及内廷諸臣集重華宫小宴即席得詩二首元韻　梁詩正

重叨文宴勝登仙，驚捧宸章藻耀鮮。盈尺雪酣真沃若，試燈風好早泠然。翻新樂譜因酬節，太古梅香不計年。人入春熙同豈樂，晝遲蓮漏未云遄。

接席聯吟浹令辰，日符歲紀恰逢申。是日亦壬申。毫牋許給梁園侶，風雅猶參洛社人。謂沈德潛。味沃三清標韻事，三清，御題茶名。圖成四友發韶春。御繪梅花、蠟梅、水仙、山茶各頁，題曰『清風四友』。詩歌燕譽書咨儆，咫尺風傳聖意頻。

恭和御製草色元韻　　梁詩正

陳根初見緑痕添，一道裙腰上錦幨。影亂無行和月細，烟摇不散任風尖。畫橋遠去連漁市，村墅周遭映酒帘。到處軟茵供小坐，天情遐寄試吟恬。

恭和御製聽松庵竹爐煎茶疊舊作韻　　梁詩正

山僧導引識名泉，借得筠罏活火煎。滴瀝乳流新雨後，颼飀聲雜古松前。茶經小試消春渴，禪榻閑開任客眠。供奉宸游添韻事，一甌香沁快天全。來試人間第二泉，蘇軾句。髯蘇曾此滌煩煎。風流往事留詩案，品藻芳春入御前。花宇香霏松五粒，石床緑蔭柳三眠。此間佳趣洵佳絶，道味吟情得兩全。

恭和御製賜詩元韻六首　　梁詩正

陳情六載謝銓曹，肯向菰蘆賦以遨。返哺烏私憐日永，回頭鳳闕睇雲高。感鐫聖主恩施渥，慚遜群公意氣豪。謂内廷諸臣。山水西湖縱佳絶，任他游冶競陶陶。

莫教行樂示兒曹，消暇春堤一再遨。乍見冶花承露媚，轉愁弱柳怯秋高。三年望幸朝天切，千里迎鑾鼓棹豪。所在康衢傳擊壤，依然風景似軒陶。

時邁江鄉扈列曹，省方豈爲事游遨，人沾雨露春三浹，天入東南尺五高。慶洽即看群辟集，詩成那羡百篇豪。如臣也獲叨榮賜，雒誦翻添思鬱陶。賜詩有『成汝孝名娱愛日』句，讀之不覺感激涕零。

多年忝竊備卿曹，帝許循陔侍杖遨。豈意詔宣頒糈厚，真教榮比授餐高。白華潔養無虞缺，素食增羞敢自豪。仰識聖朝存舊意，銜恩飽勝飲醇陶。

里門零落失朋曹，誰與尋春作伴遨。小草有心迎旭吐，大椿無恙閱年高。半生傫直誠難忘，一室清吟亦足豪。自分孤根欣有託，生成總是仗洪陶。

賡韻螭頭等鄶曹，昔年曾侍上林遨。自違丹禁江才減，側想青霄郢曲高。迴斡夙欽天筆健，磨礱早盡少年豪。紀恩竊效寒蛩響，敢詡能詩自寫陶。

## 恭和御製夏日御園閑咏元韻八首　蔣　溥

方春少雨惕宸襟，入夏欣逢三日霖。披奏殿南朝氣爽，偶吟苑北漏聲沉。每瞻雲漢關農務，已協星箕慰聖心。治道正如醇醴厚，飲和誰不醉芳斟。

太史行看奏有秋，恩波早已被群流。薰風正滿披香殿，好雨纔過得月樓。樹帶雲光摇翠壁，鳥銜烟影度芳洲。今朝幸睹天顔喜，迴憶憂勤費聖籌。

通明鶻立侍綈帷，曉漏穿花到耳遲。宿霧半褰拖淡墨，疏星幾點列殘棋。池添新水肥菱母，簾掛輕鈎放燕兒。景物盡看承惠澤，宸衷差慰望霖時。

曈曈曉日入窗明，雲棟松楹景倍清。憂樂後先符素願，智仁山水證心盟。當前茂育三時正，滿眼昭蘇萬彙榮。正是郊原農事好，聖心猶憶省春耕。

一曲薰風奏雅南，細探物理静中含。花摇水面浮新粉，雲過山頭露淺藍。魚鳥忘機隨樂境，詩書有味足幽耽。阜財解愠尋常事，愷澤均霑滄海涵。

謖謖風濤起古松，幾番雨過晚雲濃。纔分嵐翠成千疊，更幻奇峰矗一重。蜨翅細翻花影碎，魚鱗層簇浪紋春。瑶階又送清芬遠，石下青藤秀忍冬。

青瑣幽窗隱綺紗，遥嵐一抹剪晴霞。舞風喜見雙飛燕，臨水時聞兩部蛙。緑葉密遮山杏子，碧紗淺漾水芹芽。西清晝永鈴聲静，四海車書正一家。

蟬噪高枝霽景新，桃笙凈滑壓文茵。映階一簇花名鳳，傍岸三眠柳號人。上苑風光承湛露，天家日月慶長春。矢音敢繼卷阿咏，敬誦皇言仰至仁。

## 乾隆辛未聖駕南巡恭紀十二首　許　集

南邦望幸溢歡聲，聖主乘時發鳳城。吉日鳴鑾儀備舉，新年祈穀禮方成。輕寒曉共霓旌捲，淑氣春隨綵仗生。白叟黄童欣就日，江山此際亦增榮。

卿雲復旦際中天，省歲勤民祖武先。薄海重承新雨露，行旌還按舊山川。百年父老瞻雲久，半壁東南沐澤偏。時邁不須遥溯古，煌煌成憲在瑶編。

承懽慈輦奉清塵，嵩祝聲齊億兆人。孝展九重天下養，慶逢萬壽歲華新。星明南極迎芝蓋，花發東皇映彩輪。佳氣葱蘢浮海甸，真看天地一家春。

川融山靄象昭回，扈從群靈動九垓。舟負黄龍移迴岸，騎飛紫燕凈纖埃。縈旂新柳含風緑，迎輦芳梅帶雪開。萬物向榮承睿賞，草茅幸識聖人來。

眷顧東南濬大河，勢吞淮海俯江沱。平成待奏金堤固，經畫因勞玉趾過。春泛桃花無恙水，秋來瓠子不興歌。即看徐渡龍舟處，夾岸榮光似鏡波。

地襟江海古揚州，烟樹蒼蒼閭井稠。瓜步曉風飛畫鷁，蘇臺芳草襯華旂。山巖駐蹕盤龍虎，雲物冲霄燭斗牛。仰見天顔有喜處，杏花春雨繞青疇。

水秀山明迓翠華，鸞旂晴映六橋花。謳吟地接吴江近，巖壑雲連禹迹賒。仙仗朝迎滄海日，行營晚護赤城霞。共瞻聖德懷柔遠，雪浪銀濤静不譁。

民力維艱宵旰心，一人崇儉四方欽。車徒不擾田間賦，供億胥頒内帑金。桑畝瓜疇怡野色，湘簾棐几愜宸襟。省方欲化繁華俗，盡奏康衢擊壤音。

十行詔下澤旁敷，滌舊蠲新遍賜租。嘉乃輸將殷兩浙，憫兹財賦重三吴。風生花縣吹温律，月照茅檐息吏呼。無俟入疆先有慶，藹同春至物昭蘇。

海隅日出荷帡幪，吴越全歸睿鑒中。欲使南邦登稔歲，早乘東作勸農功。情關疾苦咨三老，治尚循良達四聰。無逸由來縈黼座，親看下土繪幽風。

揆文奮武沛恩重，遭遇風雲近六龍。化洽菁莪烝俊士，營開細柳壯軍容。承平豈懈干城備，秀傑還如竹箭供。侍從不勝紀盛典，普天翹首盡喁喁。

從容豹尾荷游觀，夾道瞻天警蹕寬。朱檻橋邊黄帽槳，緑楊影裏繡衣鞍。繽紛睿藻成珠玉，糾縵奎文舞鳳鸞。常望時巡同夏諺，人傾葵藿寸心丹。

## 平定伊犁聖駕恭謁闕里祭告山陵禮成恭紀六首　許　集

殊域宣威奏蕩平，聖謨遠届武功成。風和葱嶺春銷甲，雨灑流沙夜洗兵。納款早來看宛馬，受俘又見獲長鯨。從兹西北浮雲外，萬里提封接塞城。

聖孝如天孺慕真，上陵歲歲撰良辰。捷音恰值來沙漠，大禮先傳舉慶禋。易水旌旗迎瑞靄，橋山松柏鬱芳春。膚公本是承先志，昭告纏綿感從臣。

薊門東望翠微間，祖澤流長紫氣環。紹述鴻圖增式廓，馨香至治本思艱。觚棱月映衣冠廟，雉堞山雄虎豹關。申錫太平綿億載，五雲遥拂六龍還。

高山仰止見羹墻，講道臨雍典禮詳。法祖更思瞻闕里，崇儒適際靖遐方。心探洙泗淵源合，樂奏金絲俎豆光。奚止獻功歌在泮，鸞旂直繞杏壇傍。

鑾輿順動日初遲，魯甸燕郊雨露施。萬國歡心真自合，千秋文教盛於兹。花明綺陌縈芝蓋，柳綻芳津映羽旗。非是宸游娱景物，一人展孝更尊師。

豐功偉績古希聞，玉趾親勞達苾芬。帳殿崔巍移曙色，羽林羅列映星文。省農是處犁耕雨，平土沿渠鍤荷雲。事舉聖朝超史册，不徒封岱禪云云。

## 恭和御製過淮安城元韻　阮學濬

六飛按轡緩騰驤，萬乘經過百雉强。正喜安流縈楚澤，况當好景入春陽。淳熙化洽天恩渥，耕鑿情恬帝力忘。次第江南齊望幸，吴山越水兆人慶。

## 乾隆丁丑聖駕重幸江浙恭紀十二首　阮學濬

欣傳鳳詔整龍驂，七載重逢聖澤覃。紫禁光風纔斗北，緑波春水又江南。花縈翠罕千重錦，柳拂牙檣一抹藍。夾路龐眉齊額手，如雲如日夙曾諳。

當年六度頌仁皇，五十年來萬姓康。匝地歡聲風太古，周天景運日重光。衢尊並效三多祝，繡陌惟焚一炷香。奕葉勳華傳郅治，前猷輝映儼羹墻。

聖主恭承聖母歡，琱輿扶下五雲端。輪將玉食含飴奉，指顧金甌帶笑看。芝秀九莖呈瑞彩，萱榮百葉護輕寒。昇平時節春暉永，總入慈懷兆乂安。

黄流萬里直趨東，千古河渠事不同。三策陳言徒聚訟，九重獨斷廑宸衷。堤盤竹箭奔濤外，春暖桃花淺漲中。玉趾再臨親指畫，安瀾底定荷成功。
崇堰如虹四望新，長淮浩淼接天津。迢迢遠岸迷洪澤，葉葉輕帆下泗濱。黄鵠有歌陂自復，
支祈無擾溜逾馴。匯河注海宸謨遠，萬派湖流入大鈞。
澤國環邪水拍天，石堤改築亘河壖。欲防蟻穴崇朝潰，要奠安盂百雉堅。地接三城雄楚障，
春濃萬井護桑田。淮瀆獨荷皇仁渥，好在枚皋舊宅邊。
肆覲梟趨拜冕旒，東南裒對萬諸侯。祇將宵旰勤民隱，豈謂優游賦爾休。轉漕留儲紆睿慮，
正供特豁鞠人謀。春風春雨天膏渥，計日豐穰報麥秋。
江山平遠路縈紆，早徹先聲巽命敷。叱犢農閑看羽衛，飛龍馬緩踏康衢。扶鳩父老瞻雲近，
騎竹兒童向日趨。争道天顔真有喜，雍容弭節聽吴歈。
豐碑璇額碧雲齊，又見鸞書濕紫泥。兩點金焦懸寶翰，九宵奎壁焕天題。典謨炳耀何高也，
糾縵光華復旦兮。顒望宸游頻眺賞，三吴一概浙東西。
天然圖畫入丹青，御舫輕移桂棹停。柳媚花明紛掩映，水清石瘦宛瓏玲。層嵐不斷縈詩思，
紺宇交輝勒佛銘。天竺三峰尤秀異，慈雲萬疊蔭慈寧。

詔恩歸養及投閑，宥過還容綴末班。自昔聯翩趨鳳闕，於今接武覲龍顏。重依瑞日祥雲裏，恍到丹霄碧落間。拜手吾皇千萬壽，齊歌天保頌南山。

乍從巖壑聽綸音，感愧交縈淚不禁。五夜省躬修慝晚，九天引領戴恩深。野葵尚結傾陽願，駑馬長懷戀主心。高厚生成何以報，竊依衢壤效謳吟。

## 戊午黔闈次相國西林公留題韻四首

阮學濬

使星萬里擁行旌，丹詔飛來忝注名。敢謂文章堪報稱，却慚温飽負平生。鑑衡魁柄歸公道，山斗儀型奉老成。上相憐才垂訓切，碧紗籠處望中明。

兩行樺燭透簾旌，憶昔南宮倖厠名。一瓣香前依座主，三千士裏號門生。追維陸氏情如昨，多愧顏回鑄未成。我是宣公門下士，荒莊已事記分明。濬癸丑禮闈受知于大司農公。

賓興隆禮媲千旌，選俊升賢此策名。自是經綸推碩彦，莫將章句鄙儒生。寸心慘淡微吟苦，尺幅淋漓落筆成。漫說煎茶傳故事，試瞻奎宿五星明。

秉鑑何殊進善旌，無端遇合是科名。但教辛苦初心在，不遺冬烘物議生。駿骨定緣千里貴，爨桐須要七絃成。聖朝文教孚寰宇，玉尺樓頭署字明。試使所居，前輩沈恪庭先生顏曰『玉尺』。

賦得爐烟細細駐游絲　宋　弼

閶闔晨開簇羽旗，遥看香氣起彤墀。微升寶鼎分行細，直接晴雲散縷遲。旭日融時紋似篆，
曉風定處靄成絲。芬蒕想像浮龍衮，花外千官望自知。

賦得柳色黄金嫩　宋　弼

御溝夾岸曉氤氲，柳染金黄半未匀。魚佩遥明雙闕路，鶯梭交映一林春。烟籠疑護葳蕤鎖，
雨浥全消細麴塵。嫩色千條歸大冶，年年送目愛鮮新。

賦得三月春陰正養花　宋　弼

澹雲微雨鳳城南，深護花房氣自酣。已斷雪寒過九九，更分風信剩三三。流塵細浥容偏好，
漏日輕籠蕊半含。恰是尋芳臨禊節，園林漠漠好停驂。

賦得垂楊拂淥水　温　敏

極目芳郊映碧天，綺波如鏡柳如烟。曲堤遠帶晴嵐外，翠靄輕浮緑樹邊。濃蔭新姿初濯濯，
微含舞態故躚躚。依俙二月西湖上，一幅春光畫里傳。

## 賦得微雲澹河漢　温　敏

金風玉露晚凉多，靉靉輕雲障薄羅。已叠奇峰浮遠翠，又從碧落挂明河。無邊點綴涵瑶彩，不盡昭回漾素波。會得襄陽高韻在，秋澄萬景望中過。

## 平定伊犁聖駕恭謁闕里祭告山陵禮成恭紀六首　温　敏

聖朝威德布遐方，奕葉聲靈撻伐張。楛矢包茅周職貢，流沙黑水漢封疆。近聞朔騎侵鄰急，爰整王師出塞長。共道吾皇增式廓，文謨武烈喜重揚。

帝念要荒覆載同，恭行天討寇兵窮。翁孫奏後諸羌定，博望封時絶域通。龍勒浮雲連幕起，烏蘇殘雪入春融。方知第一安邊略，蚤在宸衷獨斷中。

廟謨未易贊高深，主聖臣良一德欽。聚米山川覘敵境，運籌帷幄本王心。蒲梢天馬方通使，象齒元龜已獻琛。聞道有苗來格遠，南薰解愠鼓虞琴。

柳枝遥映玉門春，專閫宣威詔重臣。挾纊投醪伸士氣，倒戈開網荷皇仁。鼓鼙已壯軍中樂，衽席胥登塞外民。藿肉紛綸漿酒滿，家家儲具洗征塵。

瑶函寶册上徽稱，讓善歸親不自矜。萬里風聲今曁訖，百年禮樂更休蒸。蒧因繼獻思游泮，
秬鬯分頒敬祀陵。還有恩綸稠疊下，普天臣庶自歡騰。
文德覃敷罷遠征，西陲新築受降城。拓開葱嶺銷烽燧，倒挽銀河洗甲兵。王會冠裳争拜舞，
苞符河岳效昇平。小臣磨盾慚無力，聽徹鐃歌第幾聲。

# 本朝館閣詩卷二十（補遺）

## 五言排律

### 恭和御製賦得手植檜疊舊作韻　汪由敦

古幹中唐矗，森寒可插天。後凋知澤永，不朽以人傳。得地斯栽者，凌空獨巋焉。骨堅同石瘦，筋紐比龍纏。檀杏霑時雨，宮槐接瑞烟。宸章題至再，迴軼大椿千。

### 恭和御製詩禮堂元韻　汪由敦

清軒敞四垂，展謁復來兹。天秩時庸禮，無邪足蔽詩。傳心家學闡，數典祖風垂。杏雨朝烟散，槐陰春日遲。趨庭追往昔，進講憶年時。千載淵源接，留題廑睿思。

### 恭和御製出古北口咏古元韻　汪由敦

北門雄鎖鑰，設險有嚴關。一綫通戎索，千重矗塞山。雉樓空曲上，鳥道翠微間。往者藩籬重，防秋士馬艱。時清邊備遠，民晏古風還。聖治真無外，雲峰相對閑。

恭和御製南苑大閱謁元靈宫元韻宫爲世祖章皇帝所建，聖祖仁皇帝有詩。　梁詩正

中冬傳大閱，萬騎與雲翔。仗肅風霜氣，旂分日月光。天邊殘雪白，野外軟沙黄。未駐帷宫蹕，先升紺宇香。儇然欽陟降，顒若禮清凉。寒翠紛飛桷，晴虹欲繞梁。清都嚴法界，列衛扈君王。遠溯懷堂構，虔瞻儼穆皇。詩垂五字古，運歷萬年昌。廟貌凌宵焕，碑文漬蘚蒼。鴻模猶似昨，祖德敢云忘。大典勤蒐獮，前規戒怠荒。烟凝林莽合，風入旆旌颺。笳管方催發，星杓正啓祥。草痕馳處淺，圭影測來長。詰武揚先烈，時平未敢康。

恭和御製賦得望雲思雪意元韻　梁詩正

朔雪將呈瑞，寒雲正羃空。乍欣披絮白，側想點衣紅。乘氣觀清化，凝陰待晚融。烟霄迴薄處，冰霰有無中。隔歲占豐稔，先時散鬱隆。堯心勤露禱，祗恤蔀檐躬。

恭和御製對雨元韻　梁詩正

雲幕罨遥空，凉生露井桐。土膏迴溽潤，天澤洗炎隆。落砌泉喧築，分畦溜引筒。綿延三日喜，醞釀九秋功。賞憶茅檐共，聽隨玉漏窮。熏絃方緩節，摛藻寄淵衷。

恭和御製八年秋謁陵便道駐蹕避暑山莊不勝今昔之感元韻　梁詩正

大孝謁陵園，西風度阪原。橋山瞻列祖，巖館感文孫。避暑曾開築，當秋一息轅。迴思携抱樂，彌訝景光奔。清澗長流淼，重林美蔭繁。龍文題額炫，鶴步印莎存。事往頻增憶，腸迴默自論。更殷堂構念，貽厥永銜恩。

恭和御製過廣寧望醫巫閭山恭依聖祖仁皇帝韻元韻　梁詩正

高標臨溟渤，秀色蔚芙蓉。列鎮聲靈壯，陪京拱抱重。三番紆聖蹕，五字紀仙峰。近引天邊仗，遥看雪裏松。翠雲屏尚展，白玉磴新封。鉅典崇禋祀，神區識仰宗。賡吟遲錦騎，題額耀驪龍。曩迹增追慕，寧徒豁遠胸。

恭和御製山海關恭依聖祖仁皇帝元韻　梁詩正

舊里遲移蹕，雄關屹鎮邊。螺紋山翠叠，蜃氣海雲連。設險前朝制，承平祖德傳。詎誇天作塹，早睹鼎占年。重罨通番舶，千屯罷戍烟。化聯中外域，治協重輕權。聖藻瞻題壁，神功憶奠川。丸泥伊古慨，賡咏思悠然。

恭和御製秋日奉皇太后游玉泉山周覽西海近郊穫事即景賦詩十四韻元韻　梁詩正

省斂行西墅，承顔戒令辰。笑扶文母駕，指點野人囷。萬寶成方告，三時苦備詢。豫游應諺夏，報賽合歠豳。烟舍參差接，雲堤迤邐循。澗流清可漱，嵐翠近堪親。際此秋光好，從教宿意申。緑蘿纏石壁，丹葉舞溪濱。鷗狎知迎棹，人和勝飲醇。村村鳴碌碡，朵朵俯嶙峋。慰矣大慈願，悠哉後樂身。景添農事慶，藻發聖情真。雁陣催寒早，萸觴獻壽新。屢豐從此卜，海宇共熙春。

恭和御製正月二日小宴廷臣元韻　梁詩正

元正趨北闕，高宴繼東堂。嘉旨羅千品，恩華動百昌。仙韶徐按拍，御座屢傳觴。飫德資乾施，占交叶泰陽。潛魚方近渚，候雁早辭湘。錦錫雲霞麗，奩傳楮墨香。飛霙知歲稔，酌醴慶時康。睿藻先春發，蒸成和氣祥。

瀛臺賜宴用唐李嶠甘露殿應制韻分賦得窗字　梁詩正

嘉會前光迪，疏筵啓八窗。洲分仙境十，秋慶瑞岐雙。按節金鏗應，揮毫玉潤摐。花明争賜錦，波動促飛缸。殿仰需雲榜，詩慚郢雪腔。游龍舟名。迴棹緩，山翠落輕篗。

## 恭和御製恭謁泰陵禮畢奉皇太后便道詣五臺瞻禮曼殊易州道中得詩二十八韻元韻

梁詩正

燕代勢馮陵，鸞旂度碉塍。地當三口會，序恰九秋乘。夙戒仙軿駕，親扶聖母昇。展陵儀既備，巡塞禮維應。参井星躔朗，滹沱浪色澄。豫游符夏諺，祇遹惕春冰。祖武光無極，臺懷景孰勝。榜題標舊迹，輿志足明徵。紫府凌蒼昊，香林倚翠嶒。栖真大士現，結宇曼殊憑。衆聖曾來集，三山合並稱。志載五臺、峨眉、普陀爲三靈山。花斑羅錦繡，根净絶嗔憎。此日行旌指，方冬盛事增。范城馳馬迹，徐水殷車輘。范陽城、徐水皆在易州境内。吏候紛如蟻，佽飛健似鷹。矧逢年稔告，遍聽俗歡騰。刈罷場横銍，漁閑岸挂罾。烟畦看歷歷，霧磴踏層層。化域程非杳，春臺户早登。帡幪叨帝力，歌咏竟誰能。懷古資吟喟，升高矢慫兢。巖扃從可接，陟降若爲凭。秀罨娑羅樹，輝懸多寶燈。神鼇頻致祝，慈豫每先承。要識清凉境，非皈乾竺僧。辰居還北拱，雲蓋自西興。迎輅峰千朵，隨鞭月一棱。山靈重志幸，駐蹕兩朝曾。

## 恭和御製賦得手植檜元韻

梁詩正

嘉植長貽聖，靈鍾信自天。龍鱗圖象肖，鳥篆紐紋傳。手植還留在，孫枝更茂焉。不隨神物化，合有古藤纏。盤錯垂清蔭，蘢葱冪翠烟。天題深雨露，重歷歲三千。

恭和御製十月某日雪元韻　梁詩正

小春迴閬苑，大地散瑤華。承睍非矜瑞，祈年早拜嘉。松釵寒壓重，柳絮畫檐斜。漉滲膏流渥，晶熒點絶瑕。蓬婆思遠嶺，薝蔔悟空花。屐齒高低印，山皴歷亂遮。緑方封隴麥，紅待映山茶。告稔娱吟賞，頻教額手加。

恭和御製賦得山氣日夕佳元韻　梁詩正

山氣罨將夕，清輝望轉佳。蒼茫傳畫本，丹翠入詩牌。霞彩峰峰别，烟光樹樹皆。澮添雲迹迴，静與古心諧。佇月來蕭寺，彈琴坐暝齋。悠然無盡意，俯仰愜秋懷。

恭和御製荷珠六韻元韻　梁詩正

雨浥新荷净，珠霏翠葉圓。倚風隨意落，滴露象秋懸。鮫室方盈淚，湘妃欲綴鈿。掌中擎不定，盤裏走誠便。魚戲疑吹沫，龍銜合媚川。水亭邀吟賞，五字共星連。

恭和御製賦得涉江采芙蓉得江字　梁詩正

絳華舒碧水，采采傍平矼。宛在投湘浦，疑從濯錦江。露珠圓散點，波影倒涵雙。净妙三乘筏，莊嚴千佛幢。爲裳依楚澤，度曲聽吳艭。夕擥同芳茝，朝搴比緑茳。供宜牕窈窕，吟對響琤淙。
景色金塘麗，春葩意早降。

## 恭和御製知時草元韻　蔣溥

萬寓皇仁浹，仙莖進海西。候如模轉易，周文王模木之葉變易其色。眠比柳高低。綴朵圓金燦，敷
陰嫩緑萋。移根融地性，按晷合天倪。手撫隨風偃，枝翻應漏齊。嘉名增爾雅，幸荷聖人題。

## 賦得千潭一月印　雷鋐

太極無邊際，凝思覺浩然。一輪澄皓月，千鏡印寒泉。皎皎蟾光滿，深深桂影圓。静時停止水，
動處貫流川。是萬還爲一，于淵即在天。何人情獨契，至理妙難宣。體用原來合，空明象已傳。
願言參密諦，庶得會精詮。

## 馬蘭峪瞻仰祖陵恭紀　許集

翠巘爲屏繞，丹崖作几憑。地雄連朔漠，山峙匹嵩恒。重鎮關城鎖，神淵玉水澄。衣冠奉原廟，
風雨護橋陵。聖德穹碑勒，貞符瑞靄騰。慶長流奕葉，禮肅展雲仍。作述千秋美，勳華繼世興。
敬瞻松柏路，旭日燦觚棱。

## 皇太后萬壽自海淀進宮奉旨各官於西華門恭迎聖駕恭紀　許集

慈輦離宮發，祥光接鳳樓。一人隆孝養，萬壽正凝休。雉尾排仙仗，雞人報曉籌。鳴鑾迎曙景，行殿視晨饈。王會陳諸土，神京儼十洲。琪花千樹燦，綺閣五雲浮。山峙蓬萊島，波分太液流。香烟騰寶篆，燈綵綴華旒。律應陽和轉，風含淑靄周。九衢紛鼓吹，萬國彙共球。聖主親前導，期門緩從騶。轡閑金勒馬，彩煥翠雲裘。天語承歡樂，春暉藹豫游。臣工肅序鷺，父老拜扶鳩。寶籙休嘉集，蘭宮福禄遒。昌時瞻盛典，嵩祝繞螭頭。

## 敷文書院循例以七月七日酌獻魁星戲學試帖體口占三十韻索諸子和　齊召南

高閣天垂象，中阿地炳靈。鄉風傳巧夕，會祀拜文星。元氣先呈瑞，奎光遞勒銘。卿雲隨鶴駕，相月見龍形。秀本湖山萃，神緣牛女停。海内凡魁星誕辰皆以仲春四日，獨此云七夕。樓居瞻北斗，岳立俯東溟。閣拱北闕，神向東南，可以觀江潮。九曜斜連軫，三台正列屏。石銜烏鵲尾，松展鳳皇翎。奇石自鳳山來，繹絡數里，至萬松西岡閣後。采筆輝霄漢，瑶編曝户庭。虹橋填近渚，霞綺濯遥汀。誕日殊庸俗，諸生守典型。引凉颸拂拂，流火燦熒熒。長物抒心敬，千秋著德馨。芳芹湘净潔，雜果砌瓏玲。釣得魚依藻，呼來鹿帶鈴。鼇頭輝象設，蛛網拭窗櫺。樂奏清商曲，筵看渌水亭。整衣淩沆瀣，嗚鼓奮雷霆。酒映明河白，燈然太乙青。報章成錦字，分野迓仙軿。智慧何煩乞，和平好共聽。絃歌喧洞府，竹素理巖扃。設教從先代，趨蹌備使令。獸真登虎榜，花已滿槐廳。點額曾觀鯉，攤書且照螢。學宜貧不厭，功在性常寧。既飲酬神酢，須噴醉夢醒。諧聲思武律，齊政想虞廷。辰極原終古，樞機是聖經。科名容易得，忠孝始延齡。

賦得野含時雨潤　　吴綬詔

一昔神膏溥，千村宿潤多。晴光濃帶濕，烟靄澹相和。緑沃遥明樹，青流乍染螺。檐泥融燕壘，池漲膩鷗波。滑入東郊耒，甘滋北里禾。睿情欣即目，駐輦聽農歌。

賦得蠶月條桑　　吴綬詔

架箔將分繭，揞簾早飼蠶。桐花新影合，桑陌舊時諳。小摘同携侶，柔枝積滿籃。青絲懸巷北，油壁駐橋南。仰藉珊鈎取，平臨玉臂探。暗驚雋拍拍，斜映柳毵毵。褱織終成七，盆繅欲待三。椒宫陰教肅，衣被萬方覃。

賦得初雷起蟄　　吴綬詔

木德宣生氣，春陰動遠雷。剛逢五戊届，乍應四陽回。振蟄群咸起，聞聲户盡開。龍蛇辭舊穴，螻蟻奮浮埃。滯早通三尺，幽能達八垓。如膏還雨潤，似剪更風催。長養勾萌競，平分節候推。
震宮敷帝澤，申禁逮蟲孩。

賦得清明日賜新火　吴綬詔

乍届開冰節，旋當禁火晨。漢宮循故事，周令舉徂春。帝里燃薪炬，天街走馬塵。榆錢沾雨細，
柳綫帶烟新。賜出從閶闔，輝分遍搢紳。始徵鑽燧改，似訝惹爐頻。牧笛前村巷，餳簫曲水濱。
風光臨百五，傳蠟記兹辰。

賦得海人獻冰蠶　吴綬詔

龍精原著異，鱗角更殊凡。食葉奚煩飼，垂簾漫置監。環邱傳降種，雲石記栖巖。冷沃腸先净，
陰凝色正嚴。抽絲真雪繭，表素稱冰銜。織合鮫人室，寒生暑月衫。三眠休紀候，五彩已騰緘。
獻得彤廷上，光輝焕貢函。

賦得荷氣上薰風　吴綬詔

荷香原自遠，况復扇南薰。上苑穿林度，西池隔岸聞。芳菲衣暗襲，馣馤氣徐熏。静引銀塘遍，
輕籠翠蓋紛。泛蘭應不減，偃草詎堪群。烟篆飄時合，簾旌颭處分。披襟思試爽，撲鼻藉傳芬。

睿賞絲桐外，炎歊散晚曛。

## 賦得夏雲多奇峰　　吴綬詔

夏假昭離德，雲奇幻艮容。一拳初觸石，九仞忽成峰。突兀堆衡岳，崚嶒聳岱宗。蛾眉分片影，鶴眼認孤踪。南陸浮光燦，朱霞倒影溶。凌空青靄合，拔地翠巒重。縹緲因風聚，氤氳帶雨濃。上林呈喬象，葱鬱近堯松。

## 賦得蟻穿九曲珠　　吴綬詔

豈應河精出，曾徵物巧殊。探來從赤水，貫去藉元駒。惝恍牽絲細，微茫引綫紆。暗尋圓隙入，深覺寶光俱。掌上羊腸轉，胎中桂魄孤。慕羶貪可使，穴漏智相須。玉竇斜穿似，金針解度無。如神歸睿照，方寸擅驪珠。

## 賦得笙磬同音　　吴綬詔

堂下聞笙磬，工升應瑟琴。宫商齊入律，純繹有同音。采記曾城側，浮當泗水潯。清聲調細細，逸響奏愔愔。辨會倫無奪，洪纖韻互尋。鏗鏘空外浹，和合曲中深。率舞從夔拊，來儀叶鳳吟。九重聆雅樂，韶濩正當今。

賦得水彰五色　吴綬詔

潤澤千川共，彰施五采兼。形形功不顯，色色妙於潛。龍衮垂雲見，鸞旂向日瞻。錦文繁似蜀，花筆夢生淹。蘸每調清泚，勻將上素縑。鮮明含性浄，濃艷化痕黏。繪就光全露，書成迹不霑。聖朝敦夙學，元化正摩漸。

賦得燕睇　吴綬詔

旖旎春如錦，參差羽未齊。來銜新社雨，睇向故巢泥。桂棟遥應似，蝦簾隔尚迷。回翔藻井北，小語繡櫳西。斜影從微睨，輕陰礙遠睼。將雛窺細細，傍户覷低低。擇地懷微尚，多情認舊蹊。園池紅杏暖，庭院緑楊稊。葉裏元雲袂，花間紫綺袿。並飛疑比目，三匝豈無棲。江左名流巷，盧家少婦閨。何如上林苑，眄盼近璇題。

賦得六事廉爲本　秦大士

周官傳弊吏，六事盡旌廉。勤慎從清始，猷爲賴守兼。草茅先砥礪，廊廟更鍼砭。冰鑑應方潔，瓜田敢涉嫌。四知深夜凛，一介古人嚴。補過心精白，焚香意静恬。長懷酬帝簡，顧畏繫民巖。聖代欣澄叙，貞風遍里閻。

## 賦得鼓琴得其人　　秦大士

獨抱宗周志，援琴振五絲。壇邊花落處，川上水流時。曲數經旬得，音容静夜知。渾忘魚出聽，
應有鳳來儀。深信斯文在，全憑古道窺。指揮同物化，神動覺天隨。響籟餘鏗爾，行庭恍見其。
師襄傳妙藴，曠代憶心期。

## 賦得暖風抽宿麥　　秦大士

麥隴含烟靄，風和碧四周。未拖金穗重，先吐玉芽柔。繡陌匀如織，芳塍緑暗抽。漸看翻叠浪，
計日報成秋。隔歲曾經雪，當春似潑油。土疏莖自茁，雨潤葉添稠。高下將雛燕，殷勤唤婦鳩。
共知欣率育，占瑞咏來麰。

## 賦得臨淵羡魚　　秦大士

水暖看魚戲，澄泓静可臨。一溪縈緑藻，兩岸映青岑。作隊吹花片，忘機趁柳陰。泳游多樂趣，
潑剌聽清音。細雨飄時出，微風動處沈。不知憑檻久，乍喜引鈎深。海上誇神技，濠梁有會心。
恩波寬太液，縱壑任追尋。

## 賦得五色比象　秦大士

五色符乾象，居中馭四郊。參差形各肖，效法義兼包。章采昭宸極，鮮華被草茆。成文通舜樂，
辨位出羲爻。自有儀堪象，何虞間可淆。車旂紛作繪，堂陛儼垂旓。爛漫彰風教，清明想泰交。
聖皇巍焕治，遠邁古軒巢。

## 賦得桐葉知閏　秦大士

六六新桐葉，添來閏歲青。知秋原自異，協律更稱靈。逆數非成耦，駢生覺有零。一珪形最小，
五載候重經。象扐同蓍草，占辰比莢蓂。盈虚隨節序，蒼翠滿空冥。漸羃銀床影，深藏彩鳳翎。
薰弦方在御，濃蔭上虞廷。

## 賦得腐草爲螢　秦大士

閑庭當夏夜，草際出流螢。乍見辭幽砌，旋看過畫屏。坐衣猶暈碧，照字尚含青。斂晦盈盈月，
分輝落落星。飛時紛歷亂，聚處更晶熒。河畔無陳迹，風前露偃形。不欺光自鑒，應候意偏惺。
神化真難測，微生亦孕靈。

賦得河鯉登龍門　　秦大士

聞説魚龍化，群争上禹門。烟深凡骨换，濤涌錦鱗翻。日月開天麗，風雷殷地喧。自兹辭澗壑，長是近崑崙。眼底雲泥判，胸中波浪吞。爲霖誠有願，點額敢同論。漫倚飛騰力，還知造化恩。時乘瞻六御，天子正朝元。

賦得海日照三神山　　秦大士

朝暾騰大海，旭景照神山。炯晃開金闕，晶明列翠鬟。風雲隨地起，波浪接天潺。曾説遥難即，兹看近可攀。樹依丹嶂古，鶴自碧霄還。五色榮光繞，三峰瑞靄閑。仙居疑縹緲，瑶草見斑斕。早識趨朝處，曈曨肅禁班。

賦得松柏有心　　秦大士

亭亭推木長，拔地倚孤踪。黛染千年柏，髯飛五粒松。貞心天鑒在，勁節歲寒逢。香葉曾栖鳳，蒼鱗欲化龍。冰霜常自厲，桃李漫爲容。夕照巖前落，流雲澗底封。幽懷惟抱石，本性不知冬。聖代深培護，傾忱向九重。

## 賦得壁中聞絲竹 秦大士

恭王營宅處，雅奏動風雲。驟覺宮商合，徐聆絲竹分。鏗鏘傳静籟，呵護出遺文。蝌蚪書原古，
蟫魚簡尚芬。笙簧依典籍，鼓吹叶邱墳。木鐸當年信，金聲此日聞。宫墻空躑躅，壇杏自繽紛。
千載如盈耳，崇儒仰聖君。

## 賦得指佞草 秦大士

屈軼生知佞，攄誠帝座通。貞姿依白簡，勁節對蒼穹。所向真無失，如神孰敢蒙。尚方森劍影，
烏府厲霜風。葵藿情堪比，鷹鸇志略同。根蟠應似石，氣吐欲成虹。金鏡澄輝處，丹墀烈日中。
鋒稜看小草，敢不效孤忠。

## 賦得龍池柳色雨中深 秦大士

雨浥龍池柳，葱蘢入望深。千株臨水面，幾縷蘸波心。濃態縈朝靄，餘寒閟暮陰。微翻姿濯濯，
乍起意沉沉。羃䍥遮瑶碣，溟濛失翠禽。汁看添曲澗，黛欲染遥岑。檻外風微動，橋邊思不禁。
銅樓垂賞處，掩映對堯襟。

## 賦得黄目尊　秦大士

斝彝周制度，黄目舊名尊。通理昭誠愨，清明象著存。椒馨升冥漠，桂酭貯絪縕。色與金罍並，光同玉瓚論。鑒觀知不爽，對越自無言。散彩當壇壝，清輝動寢門。奉時勤洞屬，薦處佐蘋蘩。祭器隆昭代，詩賡介祉繁。

## 賦得笙磬同音　秦大士

堂下陳笙磬，聲和躁氣降。銀簧吹激越，玉版扣琤瑽。響應宮懸四，音傳雅調雙。象鸞看引吭，浮泗帶鳴淙。合舞容同貫，升歌曲不庬。抑揚飄黼座，次第度雲幢。應許通神聽，還知驗俗龐。聖朝崇典樂，清韻滿松窗。

## 賦得風軟游絲重　秦大士

繡陌風光軟，悠揚見一絲。依依來碧漢，裊裊過清池。無力飛難定，含情去故遲。行踪眠柳伴，心事落花知。游騎停鞭處，深林縱目時。斜牽明夕照，微動媚輕颸。不逐長空盡，相看細影移。帝城春樹滿，徐上萬年枝。

賦得洗乘石　秦大士

乘石森儀衛，先期洗濯催。沾濡流雨液，拂拭剔莓苔。月魄輝重户，霜華絶點埃。端凝同柱礎，滑凈擬琴臺。屹立山容肅，雙排玉壘開。影移圍翠扇，花落倚宫槐。石自懷清待，乘看履潔來。九重傳警蹕，虎旅擁追陪。

賦得擲地金聲　秦大士

麗藻興公賦，鏘然重藝林。隨風能散玉，擲地欲鏗金。九牧文光耀，雙南墨妙欽。高吟驚響逸，雒誦聽聲沈。清脆傳山水，噌吰異瑟琴。行間憑領取，空外試追尋。鍊句歸洪冶，鎔裁出寸心。祗今千載下，詞苑有知音。

賦得閏月定四時　秦大士

羲和初置閏，兩至溯真源。氣朔皆成法，行生自不言。歸奇依掛扐，積數驗寒暄。瑞莢條重茁，靈蓍葉再繁。陰凝探月窟，陽動見天根。四序如環轉，分岐指斗痕。占辰憑玉琯，推步有銅渾。聖世欽時若，千秋協化元。

賦得郊原浮麥氣　秦大士

芳塍翻瑞靄，麥氣滿晴郊。滃鬱如雲動，葱蘢似綺交。成秋初報粒，叠浪欲侵梢。一片光含穗，千莖實吐苞。秀蔞方應節，布穀正營巢。翠影蒸山曲，青痕入澗坳。繪圖陳黼座，刈穫廑衡茅。櫻筍同時熟，馨香佐御庖。

賦得王屋非堯心　秦大士

伊耆勤治理，勢位薄崇高。躬自承華轂，心非樂繡旄。前車千載鑒，朽馭寸心操。平蕩遵軒昊，馳驅藉禹皋。會歸原合轍，執極豈旁撓。彌凛危微戒，時虞爵位叨。土階仍渾樸，蔀屋廑憂勞。哲后符明德，巡游遍雨膏。

賦得王瓜生　秦大士

朱明時應節，菜圃見王瓜。翠結離離實，黄浮豔豔花。薦新來市口，甘味重山家。隴秀初登麥，村香正焙茶。及期紛蔕落，小摘認藤遮。漫憶青門種，欣看緑玉芽。豆棚垂蔭密，草露隱光賒。茂對關宸慮，原田驗物華。

## 賦得修竹不受暑　秦大士

北窗忘夏永，修竹滿虚庭。湘箬千枝秀，霜筠萬個青。寒光摇瑣碎，細韻戛瓏玲。溽暑渾無力，清秋似已經。梢雲飛屋角，疑雨拂檐欞。影逼桃笙潤，凉生羽扇停。陰濃多膩碧，風過有餘馨。虞殿薰弦奏，蕭疏展翠屏。

## 賦得細葛含風軟　袁鑑

温飈吹習習，徐入葛衣含。令節欣當午，薰風正自南。輕絲飄蕩漾，細縠透清酣。色帶旄邱碧，光生中谷嵐。珍宜齊火鼠，凉欲擬冰蠶。著處炎歊失，披來爽氣涵。草茅身恰稱，君子德能堪。拜賜彤廷下，群歌聖澤覃。

## 賦得汲古得修綆　袁鑑

念典功宜邃，長繩象討搜。文河堪抱甕，學海任探鈎。挹注原難量，泉源自可求。真機承一綫，墜緒接千秋。涓滴淄澠辨，波瀾斗石收。精思無斷續，力索戒沉浮。會得資深趣，應嗤智短流。蓬山勤覽古，淵鑒仰宸修。

## 賦得指佞草　　凌應曾

屈軼開軒鏡，堯階挺碧叢。嘉名傳指佞，細草劇懷忠。翠裛牽裾色，丹流折檻風。瑞烟凝靄靄，曉日映曈曈。仗馬真堪哂，神羊訝許同。聖朝多吉士，願比鳳栖桐。

## 賦得循名責實　　王裕增

聖世崇儒望，甄陶品類全。虛聲寧敢襲，舊習恥相沿。志在千秋業，風希三代賢。春華開藝圃，夕秀茁書田。律己惟嚴矣，匡時詎偶然。名山期不負，王路況無偏。網麗珊瑚艷，班推玉笋聯。願將淳茂意，賡拜頌堯天。

## 賦得鴻漸于陸　　張熙純

上九占鴻漸，凌霄著羽儀。一鳴游化宇，雙舉赴神逵。欻逐霞升處，遥乘雲起時。氣因風力健，影共日輪移。廣運逾千仞，高搴隘四垂。于磐徵素履，遵渚渺前期。附鳳翱翔遠，攀龍上下隨。虞弦方送目，還繞萬年枝。

# 七言排律

## 恭和御製御行營六韻元韻

汪由敦

制同三殿接金坡，方幄圓城內外羅。風颭旌竿千帳拱，星臨壁壘百神呵。隨時掖輦承歡近，計日安程受福那。野曠沙平山蘊藉，凉生暑退氣融和。神周海宇裁章速，景納雲嵐得句多。長向旌門聽刻漏，勉從行幕效賡歌。

## 恭和御製謁陵禮畢車駕入盛京得七言排律十四韻元韻

梁詩正

親扶慈輦駕徂東，長白遥分勢鬱葱。列爵孫礽紛扈從，諸藩酋長競來同。祇懷展謁崇原廟，不惜馳驅瘁聖躬。一縷誠將蕭艾外，千秋靈妥苾芬中。風嘶石馬寒生隧，霧隱松虬翠蔚空。王氣龍蟠峰邐迤，穹碑山立柱玲瓏。升歆莫報重光烈，返蹕還思肇造功。清時已久息衝攻。沛中父老歡留蹕，白水真人舊拓宫。符瑞邈兮嗤禪岱，規橅皇矣識遷豐。御朝漢殿星環極，卜世周家帝誘衷。桑梓恩敷膏露湛，川原春到曉霜融。神畿賦就方誇固，御製《盛京賦》。盛禮文垂欲陋通。西指燕京餘眷戀，千山猶繞朵雲紅。

恭和御製恭奉皇太后南巡啓蹕近體言志元韻　梁詩正

祥正風和慶納辛，青郊陪祀肅朝倫。時正月十三日上辛祈穀禮成，即由郊南啓駕。方調鳳律占盈止，恰奉鸞車備扈巡。姒幄承暉知日永，堯圖載福自天申。頌賡般賚勤思祖，兆啓臨觀惠及民。芝蓋扶雲高太乙，柳旗垂露拂勾陳。百年聲教皇塗罊，萬井桑麻澤國春。觸復東南群溢喜，游歌草木豫懷新。欣逢孝治兼文治，珥筆何慚祝願頻。

恭和御製恭奉皇太后南巡啓蹕京師叠辛未舊作韻　梁詩正

省方于邁肯辭辛，五載虞書恰比倫。南服舊看仙蹕駐，東皇又護玉鑾巡。邀天一顧情真切，惟帝曰俞命有申。練吉帳移三輔地，乘時恩愜五衢民。怡顔再奉安輿度，恤隱還容累牘陳。淡宕柳風初協律，蘢葱花氣欲酣春。此行到處山川熟，考績而今將吏新。仰識皇心多悅豫，行盧幾暇賦詩頻。

賦得山雞舞鏡　張映辰

文明羽族離巖穴，不逐雞群鬥市闤。乍啓菱花光倏炫，忽驚斑尾態逾嫺。由來麗色偏生妒，爲有高文合破慳。俯仰詎曾窺綴兆，婆娑深欲競斕斑。翩翻妙舞真同幻，歷亂飛翬往復還。

仿佛踆烏翔炳耀，分明比翼卧潺湲。圓靈朗鑑青鸞影，長袖迴風赤鳳鬟。萬疊雲霞當檻外，
一奩藻采落人寰。直教繪出華蟲外，恍似移從鳳扇間。振翮亦知隨鷺序，側身長願侍鵷班。
欣游聖世慚華國，得近清光望霽顔。從此羽儀輝上苑，未應長戀舊家山。

## 聖駕東巡盛京恭謁祖陵大禮慶成恭紀

許　集

析木津臨遼水東，當年靈瑞啓洪濛。地濱大海朝宗盛，天作高山拱峙雄。肇迹豳岐稽祖德，
發祥景亳仰宗功。神皋自昔膺圖籙，王氣於今望鬱葱。月出迴依原廟樹，雲深常閟鼎湖弓。
桓桓禁旅環丹蹕，肅肅山靈護碧空。虔詣明禋昭聖孝，再勤時邁展宸衷。式瞻大禮良辰舉，
正合歡心率土同。受吏要荒歸怙冒，投誠葵藿就曈曨。時準噶爾部落萬衆來降。越裳拱北方重
譯，前歲西洋入貢。宛馬從西更嚮風。聲教遥看逾禹貢，旆旌爰發邁車攻。和鑾恭奉慈闈豫，
曉仗徐開霽宇穹。秋稼如雲迎玉輅，霜林欲染映花驄。留都自識天顔喜，園寢重瞻御路通。
松柏丸丸成翠幄，澗泉瀌瀌落銀虹。清齋肅穆嚴更静，肹蠁氤氲合樂終。相望三陵風雨外，
駿奔百辟慶禋中。蕃釐誕受開宣室，肆覲來王坐法宫。式宴歌同周在鎬，捐租恩軼漢過豐。
兵揚七校騰龍虎，圍合三驅殪豹熊。震疊遐方鄰出日，懷柔群望儼呼嵩。宸章焕處星文動，
輦路回時朔氣融。祖武繩繩思締造，皇猷蕩蕩荷帡幪。萬年盛美登三五，珥筆瑶編紀不窮。

## 賦得日長如小年　　吴綬詔

恢台節屆景何如，略比年長意共舒。南陸行躔羲馭始，北窗欹枕夢回初。侵階緑蔭遲遲直，落几濃陰漸漸紓。玉漏傳音聽去緩，花甎移影踏來徐。迴殊短晷清多暇，漫歎流光逝不居。蓮水静浮寅戌箭，牙籤閑探丙丁書。婦功豈止頻添綫，農事應知快荷鋤。夏扈一聲悠樹杪，斜暉半塢戀村墟。寸陰禹惜勤無倦，近午香熏孤篆永，撫辰琴奏五弦疏。風生爽氣披芳甸，雲涌奇峰住碧虚。茂對聖心欣晝接，世登熙皞樂華胥。

# 五言絶句

## 春帖子詞四首　　梁詩正

天紀璇杓運，春暉麗景含。拱辰瞻自北，獻壽咏維南。

寳字新題帖，霞觴喜頌椒。九重春最永，尊養備東朝。

吹律陽迴臘，宜人日在寅。元功符橐籥，聖德每先春。

歲紀三元正，春先一日回。含章瓊砌暖，喜見早梅開。

恭和御製紅葉元韻　　梁詩正

殘緑猶依墅，殷紅已映矼。霜寒占有信，南去雁雙雙。

# 七言絶句

平定青海凱歌六首　　李文鋭

六軍西出靖烽烟，赫濯皇威萬里宣。河隴忽傳雙羽檄，神謨廣運更籌邊。

星羅畫戟簇雕戈，玁玁風旗卷雪多。天討遠臨赤水道，頓教青海不揚波。

撾鼓傳餐會詰朝，黄間白羽正懸腰。一鞭横掃龍堆雪，萬匹嘶風戰馬調。

連旌疊鼓競追奔，百萬貔貅沙磧屯。仰體天心開一面，千群自縛獻營門。

戰鼓初停鐃吹鳴，一輪邊月送歸旌。共看飲馬河湟水，好挽清波爲洗兵。

春風解盡鐵衣寒，丹詔遥傳八極歡。指日獻俘金闕下，五雲深處御樓看。

## 春帖子詞四道　　梁詩正

瑶光東指歲華新，魚鑰初傳肅九賓。宣喚閤門傳綵仗，早從長樂頌宜春。

鳳紀重周協履端，三朝奉璧擁千官。春回天上經旬久，不覺清都近廣寒。

萬國朝正傍闕趨，川珍岳貢耀天衢。君王側席求賢寶，祥報文昌氣似珠。

龍池涵碧繞宸居，映日初浮在藻魚。天上恩波深幾許，溥分餘潤到新畬。

## 恭和御製三月初四日癸亥耕耤禮成有作元韻八首　　梁詩正

令乘木德卜青祥，保介親咨耤典詳。爲勸三農勤力穡，御間耒耜載方箱。

緑野齊蒸淑氣時，天田星現日方遲。鑾輿夙駕臨芳甸，新柳拖烟上翠旗。

禮報從來重始農，青壇静聽奏笙鏞。吾皇精意潛通處，恰共升香一縷濃。

棚開繡障輝霞彩，樂奏禾詞競玉摐。待得君王親御耦，老農喜氣溢眉龎。

旋推旋反歷三三，萬乘扶犁近郭南。漢代開耕傳故事，比量今日或增慚。

鱗次從耕西復東，登臺一覽畫圖中。紅犁似織飛塵静，天際徐吹長養風。

恩敷萬彙樂春臺，隴色青青入望來。終畝更傳頒勞酒，荷蓑人醉緑塍隈。

郊原烟暖杏花天，更禱桑林達疏箋。早晚知時甘澍遍，九重秉耒合通乾。

恭和御製萬柳堤元韻三首　　梁詩正

一帶長虹偃野堤，柔條春入早抽稊。詩情畫意紆仙轡，翠影和烟上月題。

風罥千絲看旖旎，水環夾鏡聽潺湲。當年開築知誰氏，合在風流蘇白間。

多年客鬢已飛埃，款叚長堤此幾迴。引得鄉思花柳畔，六橋波影漾樓臺。

恭和御製鄭州中元韻二首　　梁詩正

蒼茫雲樹畫圖間，蟹舍漁莊曲抱環。一曲吴興平遠景，不嫌村外更無山。

水墟烟市帶春城，風景燕南最擅名。自分江鄉舊鷗侶，菰蒲相識倍關情。

## 恭和御製柳三首元韻　　梁詩正

漠漠濛濛古堠邊，綻黄摇緑總含烟。靈和標格依然好，又駐君王軟玉鞭。

柔絲旖旎覆江程，滿吸天邊沆瀣精。最喜芳心未成絮，入時眉樣向人横。

吴苑隋堤路已蕪，江山佳麗此仙都。啼鶯便學歌喉囀，恰稱春風舞態殊。

# 本朝館閣詩附録

## 五言排律

### 賦得垂拱問彝倫　　山陽　曹師聖

秩叙天經重，綱常萬古新。民彝歸物則，倫紀共遵循。欲奏時雍治，從知巽命申。惇修先黼扆，
戒董荷陶甄。七教司徒凜，三升樂正頻。人人安孝悌，户户戴尊親。紫殿疇咨日，茅檐齒讓辰。
垂衣登上理，問俗總還淳。

### 賦得既雨晴亦佳　　曹師聖

清時呈淑景，澍雨灑天街。晴旭含餘潤，風光轉益佳。春膏經信宿，霽色暢襟懷。乍喜塵氛净，
還聞鳥弄喈。輕烟浮蕙圃，生意滿苔階。萬樹紅猶濕，千疇緑似揩。豐年知有兆，濊澤頌無涯。
聖代歌時若，熙熙樂事偕。

## 賦得中得天地心　山陽　王溥

聖學符皇極，乾坤蘊蓄全。休徵通帝載，明德溯薪傳。奇偶非殊旨，陰陽總自然。互根含槖籥，
斂福遍垓埏。道契陳疇日，神参錫洛年。苞符該秘奥，體用協方圓。掛一三才備，居中五位懸。
精微從此得，合撰在當前。

## 賦得讀書秋樹根　王溥

爽氣迎秋至，澄懷好讀書。遺經堪玩索，老樹正蕭疏。桂蕚霏香細，松風入韻徐。低枝縈素帙，
落葉拂輕裾。依蔭情何極，開涵與有餘。高吟微雨後，眈思晩凉初。草没子雲宅，蒿深仲蔚廬。
一編欣自得，相較意何如。

## 賦得原隰荑緑柳　山陽　劉希向

大地韶光遍，参差柳覆堤。臨風垂弱綫，映日長柔荑。冷眼舒將醒，新眉畫未齊。拂衣青染綬，
舞袖緑縈綈。疏影藏鴉淺，輕烟掠燕低。殘梅還點點，芳草共萋萋。贈遠愁難折，懷人望欲迷。
應知春色早，游賞逐行蹄。

賦得紅藥當階翻　劉希向

氣暖朱明律，翻階藥正舒。倚闌雲影漬，拂砌露華滑。帶雨吟紅瘦，籠烟罩碧虛。有情窺綺牖，
作態拂雕疏。風定枝猶颭，霞烘錦不如。差同眠殿柳，略似出波蕖。艷舞飄金帶，濃香散玉除。
何人傳綵筆，花葉夢中書。

賦得密雨如散絲　山陽　黄泰交

縈空絲宕漾，密雨洒空𡸣。斷續終成緒，經綸乍啓緘。織嫌機軋軋，繅謝手摻摻。散處渾難駐，
紛來豈易芟。巧梭鶯亂擲，低剪燕頻銜。烟重迷輕縷，風斜繞碧衫。形疑抽雪繭，聲愛點蒲帆。
聖樂諧清響，如聞奏大咸。

賦得魚登龍門　黄泰交

德水龍門鎖，魚登變化初。破空方得路，躍浪欲騰虛。頭角驚凡眼，風雲起故墟。暴腮情更迫，
點額憤全舒。掉舞新恩重，呴濡舊計疏。雲衢原自若，水族漫相於。已幸天池近，寧同涸轍如。
爲霖揚聖澤，萬類遍吹噓。

## 賦得雲中辨江樹

歙縣 曹文埴

水色浮江白，流雲入望同。遥連天澹蕩，隱帶樹朦朧。一抹環前浦，千重叠遠空。陰垂含宿雨，聲起度輕風。樵逕孤峰合，漁邨曲澗通。蒼茫看未足，依約畫難工。斷岸縈回外，歸舟指點中。賞心於此遇，詩境正無窮。

## 賦得鶯暖初歸樹

曹文埴

平原環緑樹，春到好鶯歸。翻翰辭幽谷，迎風遇野扉。遷喬情自切，求友意無違。曉色宜烟暖，晴光向日暉。欲棲牽柳帶，輕拂染苔衣。近逐游蜂鬧，時隨戲蝶飛。一枝臨水遠，百囀隔花微。弱羽承恩渥，咸知愛德輝。

## 賦得魚戲水知春

曹文埴

溪頭春有意，作隊集游魚。近日浮涯暖，銜花映水虚。悠悠穿碧沼，故故泛清渠。躍向冰消後，聲驚月上初。閑情隨煦沫，生意自輕徐。翠鬣依桃顯，紅鱗漾柳疏。浪吹明錦簇，波動好風舒。孳息天恩渥，咸沾雨露餘。

賦得卓犖觀群書　曹文埴

萬卷羅千載，游心縱大觀。清言芳可漱，别體偽都刊。探簡雲霞焕，開編錦繡攢。引杯原自壯，
映雪不知寒。箋笑蟲魚陋，神通性命難。鴻文追典誥，鉅筆證蘇韓。莫以愚成癖，須教憤廢餐。
太冲高咏在，卓識冠詞壇。

賦得折檻旌直臣　曹文埴

漢殿傳旌直，名臣出草茅。尚方曾欲借，手版蚤從拋。攀檻心何苦，批鱗念不淆。只緣情諤諤，
那顧口嘵嘵。大節敦忠愛，憸人任笑嘲。安昌慚鷺序，慶忌叩螭坳。鑒古稱如矢，登朝陋繫匏。
聖時無闕政，上下志同交。

賦得秋露如珠　曹文埴

清秋浮顥氣，靈液灑天衢。晻靄瀼瀼露，晶瑩顆顆珠。金莖争掩映，玉蕊漸紛敷。照乘明同徹，
承盤象與俱。三花縈碧漢，五色麗蓬壺。耀彩侵仙掌，凝精到翠梧。渾忘沾沆瀣，恍似落珊瑚。
遥望丹霄裏，榮光自有無。

## 賦得窗中列遠岫　　曹文埴

好山臨几席，列岫儼排幢。霧斂開崖嶂，波迴帶石矼。凭闌峰岌嶪，傍户勢崆峣。恍入金庭洞，如窺玉女窗。烟螺青點點，翠黛影雙雙。屏障奇觀展，倪黄畫筆降。卧游瞻岱岳，曠覽溯岷江。雒誦宣城句，含毫自合腔。

## 賦得下筆春蠶食葉聲　　曹文埴

棘闈才思敏，筆陣縱横探。宛類奔泉驥，還疑食葉蠶。經綸原藴蓄，吐屬幾研覃。信手書偏疾，高吟興倍酣。抽毫聲戢戢，落紙意耽耽。秋蚓形難肖，春蛇比未堪。檐風聽漏五，燭燼看燒三。莫笑雕蟲技，文光射斗南。

## 賦得風不鳴條　　山陽　阮葵生

聖世仁風扇，祥和協巽爻。經林濃霧散，拂樹淡烟交。微暖潛開甲，無聲暗拆苞。松摇濤罷響，竹亞玉停敲。蝶舞翻花片，鶯鳴度柳梢。悠揚籬插槿，寂静屋編茅。淑氣飄三殿，芳埃凈四郊。薰弦調萬類，解阜傍螭坳。

## 賦得春雨如膏　阮葵生

元功敷渥澤，靈雨浹芳春。潤物如膏膩，因風入夜頻。霏微滋蕙畮，霂霢灑花茵。杏蕊紅猶濕，
苔痕緑正新。密疑絲乍散，吹似浪微皴。慶溢扶犁侶，歌傳擊壤人。碧溪添遠漲，紫陌净芳塵。
擬獻豐年頌，長叨布濩均。

## 賦得紅藥當階翻　阮葵生

禁園開藥圃，紅艷拂階除。烟蕊苞初綻，風枝態有餘。翩躚扶麗影，摇曳動霞裾。色借朱闌映，
根從玉砌儲。露濃支不定，風緩舞偏徐。擘葉分花榭，飛香透綺疏。殿春姿未減，婪尾咏相於。
諷到元暉句，思裁鳳紙書。

## 賦得月映清淮流　阮葵生

皎月明遥浦，清光入望佳。五雲開皓魄，萬頃際丹崖。珪影呈蒼昊，金波蕩碧淮。層霄驚顧兔，
中夜静鳴蛙。灔灔奩初展，盈盈鏡乍揩。洲前魚唱遍，沙畔雁行偕。演漾三洲渺，晶瑩一色皆。
好裁希逸賦，澄澈寫天懷。

## 賦得桐葉知閏　阮葵生

積餘逢歲閏，感物撫新桐。協律材原異，敷華數不同。駢枝齊擢秀，布葉自成叢。近日鵷鸖集，干霄鳳羽通。盈虚徵有象，消息悟無終。巧不煩臺史，靈能奪化工。開時殊殿柳，植處傍宸楓。瀸澤涵濡渥，群芳獻歲功。

## 賦得秋澄萬景清　阮葵生

秋宵涵萬景，凉夜氣初澄。碧落三千界，丹霄十二層。聽來蓮漏永，望去桂輪升。皎潔連銀漢，清輝耿玉繩。凉飔潛欲度，爽籟静偏增。漸覺微雲淡，全無宿靄蒸。氣滋金掌露，人對玉壺冰。點筆㦧垂露，含毫賦未能。

## 賦得飛鴻響遠音　阮葵生

紫塞秋方暮，鴻飛度遠林。雲中横素羽，天際落清音。霜染丹楓嶺，波凝碧水潯。凌風鳴塞磧，帶月和村砧。引吭凉烟迥，呼群夕靄沉。匪同鶯出谷，應比鶴鳴陰。漸陸情何慕，隨陽迹可尋。自憐毛羽貴，豈有稻粱心。

賦得瑾瑜匿瑕　阮葵生

瑾瑜方在握，珍襲並琅玕。未惜微瑕掩，須知太璞完。白虹光有耀，素質點應難。詎覺聲華减，
何妨別白看。寒芒猶皎皎，清韻正珊珊。鴻寶呈非偶，良工鑒自寬。錯攻知有待，珉賤豈同觀。
房序騰輝處，璘斑列敦槃。

賦得太常聽雅樂　阮芝生

典樂傳宗伯，歌風出太常。引聲方肄業，側聽等觀光。雅奏俱調譜，宮懸儼列行。朱弦諧抗墜，
玉琯節陰陽。戛擊音何遠，鏗訇韻自長。廷中曾舞獸，雲外合儀凰。自覺淫哇洗，從知協氣翔。
聆音窺政理，盛世本平康。

賦得雨中春樹萬人家　山陽　阮芝生

艷陽佳氣永，好雨應芳辰。繡野千家隱，花光萬樹新。淡濃全入畫，遠近總含春。霧重紅猶濕，
風斜緑似皴。拂來沽酒市，遮到倚樓人。望裏朝烟迴，霏時暮靄匀。鳳城浮瑞氣，綺陌净輕塵。
正值宸游日，甘膏匝地均。

## 賦得東壁圖書府　阮芝生

運啓文明盛，雙星燦在東。圖書環秘府，巍焕應遥空。自遠還能耀，居高更有融。揚休依紫極，
流彩照璇宫。瓊笈探何處，琅函測未窮。光曾干氣象，功自辟鴻濛。奎宿騰輝並，卿雲表瑞同。
熙朝文治洽，暉麗日方中。

## 賦得細葛含風軟　阮芝生

賜衣傳令節，細葛啓瓊函。羲御方行北，薰風正扇南。嫩莖千縷軟，爽氣一身含。服美期無斁，
芳敷憶始覃。乍披輕似葉，不畏暑如惔。著體何嫌膩，迎凉信亦堪。授時逢夏五，却熱想秋三。
欲獻宵衣頌，常叨聖澤涵。

## 賦得書帶草　阮芝生

經神娱藝圃，異草秀庭除。冉冉芳無盡，垂垂帶有餘。偏疑緗帙散，動訝錦函舒。緣砌看初上，
當階豈畏鋤。化螢宜映讀，辟蠹共依書。勸學編蒲似，臨文倒薤如。青葱依棐几，摇曳傍瑚疏。
緬想康成宅，應殊仲蔚廬。

賦得鴻雁來賓　阮芝生

九秋觀物候，千仞數飛鴻。引隊音先遠，隨陽路自通。後先辭北漠，迎送任西風。涼露初凝白，寒林欲染紅。銜蘆看旅至，遵渚儼來同。故侶求還切，他鄉望未窮。回翔原肅肅，信宿豈匆匆。得意成行列，揮毫寫碧空。

賦得九月授衣　阮芝生

歲序逢秋晏，豳風令不違。正逢零露候，早授禦寒衣。風冷初傳訊，霜嚴漸作威。獻裘時已屆，挾纊願寧非。試啓西人服，曾勞織女機。涼隨披褐減，暖想負暄微。卒歲歡鄉井，思寒感禁闈。春臺群樂煦，聖主自知依。

賦得秋稼如雲　阮芝生

西風初薦爽，南畝歲云秋。多稼方連陌，如雲正滿疇。紛紜香穗積，散漫紫芒抽。密鄰垂天勢，鋪疑觸石稠。曉含朝霧濕，暝帶夕陽流。霽宇千村映，遥空一色浮。倉箱應叶慶，墉櫛詎能儔。共荷明昭賜，從知帝澤周。

賦得二月黄鸝飛上林　山陽　陳根實

中和開淑景，時鳥集華林。乍試遷喬翼，因知集木心。翩翾從下上，睍睆遞追尋。織柳穿金綫，銜花度玉岑。飛來欣晝永，聽去識春深。茂樹翻輕影，條風送好音。建章催曉騎，青瑣引朝簪。未許携柑賞，端應翠輦臨。

賦得泗濱浮磬　陳根實

元音鍾泗上，戛擊備良材。應有方流記，寧須碣石開。晶瑩涵璧彩，温潤毓珠胎。帝子凌波獻，馮夷職貢來。歌鐘疑蠡口，浮玉認蓬萊。應節諧伶竹，同音叶琯灰。雲韶九奏合，條理一聲該。待譜明堂曲，薰風遍八垓。

賦得春雨如膏　吴江　王曾翼

化工調令序，好雨灑平皋。著樹濃疑露，縈疇潤作膏。脂凝黏土脉，液聚勝春醪。汁滴紅千朵，油添緑半篙。霏微初濺沫，霢霂不驚濤。最喜滋牟麥，何煩舉桔橰。嵐光明翠髻，草色染青袍。十日占嘉瑞，重霄聖澤叨。

## 賦得金在鎔　　王曾翼

鼓鑄憑良冶，兼金正在鎔。始看投焰焰，旋已瀉溶溶。釋似冰初泮，凝問鏡不封。騰精浮熤爚，流采散横縱。百鍊纖疵净，三緘寶氣濃。肖形須就範，象物妙殊容。已幸披沙揀，還欣共玉攻。和聲宣聖教，東序作鐘鏞。

## 賦得霜葉紅於二月花　　王曾翼

灼灼霜餘翠，如花迥不同。鮮華寧藉雨，摇落未愁風。乍點千巖素，俄驚萬樹紅。芳心妍敗葉，冷意奪春工。比杏榮知茂，看桃色更融。峰晴饒絢爛，霞綺映曈曨。渾似流丹染，還從晚燒烘。秋林吟眺處，端勝艷陽中。

## 賦得因風想玉珂　　上海　凌應曾

華省渾無寐，遥聽上苑風。微微來紫禁，隱隱拂青璁。響急催銀箭，聲遲繞玉驄。鏗鏘雙闕裏，淅瀝五雲中。暗起螭頭北，輕飄虎觀東。明星猶熠熠，初日未曈曈。似並鯨鐘動，疑先鳳蹕通。來朝整佩入，緩步建章宫。

## 賦得良田無晚歲　凌應曾

秋入平皋早，黄雲覆隴連。龍鱗紛割壤，魚夢自逢年。地脉膏腴擅，農功刈獲先。商飈初颯沓，社鼓忽喧闐。不藉篝車祝，渾疑雨露偏。寄言負耒子，抱器豈徒然。

## 賦得律中黄鐘　凌應曾

令節逢長至，初陽應候生。一元新景物，四氣兆和平。圭臬偏難測，緹灰却暗驚。截篁規寸管，倚鳳得希聲。色啓中央正，音調六律成。雲門連綴兆，大吕協鏘鳴。似晦方迎朔，如荄乍發萌。鴻鈞揚大化，萬彙樂咸亨。

## 賦得温風始至　凌應曾

朱夏炎飈扇，陶陶遍廣原。自南徵氣燠，日永助朝暄。竹院枝初亞，蓮塘葉漸翻。乍驚蟬響沸，復送雨聲喧。火傘摇雲影，瑶岑減溜痕。却疑紈扇薄，徐拂石床温。欹枕思消夏，披襟想滌煩。虞弦歌解愠，應助黍苗繁。

賦得天驥呈材　山陽　劉崇謹

良驥來何處，呈材御苑邊。名超千里駿，顧重九方歅。太乙騰青海，房星應碧天。蹄曾輕遠道，腹豈困長鞭。逐日飛珠勒，嘶風耀錦韉。龍文原自異，虎脊定無前。功在馳驅際，恩深駕馭先。金臺遺意在，聖代寶惟賢。

賦得天街小雨潤如酥　劉崇謹

輕陰連淑靄，小雨似凝酥。潤物洪施溥，乘春協氣符。無心成大化，有象映皇都。雙闕霏微遍，千疇霢霂敷。不知沾沆瀣，疑是渥醍醐。潛引和風至，濃零湛露俱。宮花紅欲綻，苑柳緑纔蘇。遥望五雲裏，烟霄入畫圖。

賦得魚戲新荷動　吴江　王堡

鯈魚游泳處，貼水漾新荷。發發衝晴浪，田田動碧波。乍看鱗出没，旋見影婆娑。微觸翻金尺，輕摇度玉梭。清香堪作餌，圓蓋恰成窩。活潑機相忘，輕盈態若何。跳珠疑雨打，舞翠訝風過。動植徵咸若，池塘溢太和。

## 賦得萍始生　王　堡

春光方獻媚，春水亦敷榮。柳絮紛紛落，池萍點點生。漣漪滋嫩葉，瀲灧漾新莖。翠映波光緑，
圓浮水面平。風過看聚散，雨滴自輕盈。乍覆游魚戲，還隨浴鷺傾。依蒲姿共媚，在藻影同清。
極目恩波裏，涵濡碧采明。

## 賦得夏雲多奇峰　王　堡

朱夏層雲布，呈奇簇遠峰。垂天丹嶂合，觸石碧巖重。硉兀空中見，嵯峨象外逢。隨風排玉筍，
擁日削芙蓉。側想疑衡岳，凝眸宛岱宗。無心還列岫，有勢欲從龍。舒卷咸呈態，氤氳忽改容。
紛紛多瑞氣，靄作翠微濃。

## 賦得疏雨滴梧桐　王　堡

暑退高秋爽，微雲布太空。疏疏零夜雨，滴滴灑梧桐。響徹高柯外，清傳翠幄中。依稀林颯沓，
彷佛玉玲瓏。莫辨孫枝異，還疑爨尾同。垂梢渾似露，落葉不關風。遠韻連鴛瓦，餘音接桂叢。
深宵聽斷續，澤沛嶧陽豐。

賦得腐草爲螢　王　堡

生機參物化，腐質倏成螢。夏夜看流火，春風記染青。微姿誠草草，照眼恰星星。乍熠還依砌，斜飛不礙庭。常時傷朽棄，此際表真靈。七夕閑銀漢，三更静畫屏。原頭休更憶，河畔好重經。若使鄰書帶，開囊證舊形。

賦得迎歲早梅新　王　堡

節序嘉平候，凌晨見早梅。光風隨臘轉，暖氣領春來。東閣裁詩未，南枝破蕊纔。蕭蕭疏影瘦，馥馥暗香催。韻入椒花頌，芬流柏葉杯。瓊姿真蘊藉，淑靄與徘徊。擬待和羹用，先應向日開。瑶階饒瑞氣，上苑荷滋培。

賦得鴻雁來賓　吴江　沈　彤

聖皇調四序，元鳥應三辰。肅肅高秋至，雍雍候雁賓。呼群原有序，相宅詎無因。遵渚逢迎慣，銜蘆信宿親。每懷霄漢志，不戀稻粱身。漸陸占咸吉，隨陽候是春。舞須鸞作伴，儀合鳳爲鄰。倘備明廷贄，還看五色均。

## 賦得蟻穿九曲珠

長洲　吴泰來

妙緒緣蛾術，迴圜度寶珠。慕羶深可入，懸絙險能逾。細穴繚而曲，單繩負以趨。宛疑穿鳥道，炯若在冰壺。乍見孤光引，俄經九折紆。識途良似馬，乞巧詎因蛛。貫虱奇堪並，解環智各殊。便看承綵縷，作珮間瓊瑜。

## 賦得荷陰斜合翠

吴泰來

銀浦芳蕖發，亭亭翠蓋斜。柳邊常掩冉，蘋末自交加。弄影如雲散，揺光似扇遮。魚茵沉淺渚，鷺幄障圓沙。黛色連溪暗，螺痕入望賒。波心鋪碧玉，水面起青霞。千柄還聯藕，雙頭每倚華。何當新雨後，采采泛輕艖。

## 賦得霜中能作花

吴泰來

古幹芳葩坼，先春淑氣蒸。數枝疏影動，一蕚暗香凝。傲雪憑誰賞，凌霜獨汝能。素姿如綴玉，冷艷似雕冰。静愛清暉映，幽宜皎月澄。翠松堪比質，烏柏詎同稱。向暖情偏澹，衝寒力自勝。曉來吟興劇，策蹇訪高稜。

## 賦得魚陟負冰　吴泰來

北陸騰暉後，繁霜陰始凝。文鱗潛細水，芳沼湛清冰。淅瀝聞吹沫，空明欲上騰。依蒲經幾度，
穿柳更何曾。鼉曝承荷蓋，鰲掀觸石棱。望中銀鑑澈，泳處玉壺澄。沙户初停檝，漁庵已挂罾。
條風看凍解，薦鮪典重徵。

## 賦得日色冷青松　上海　張熙純

落日招提路，松林望杳冥。浮嵐連積翠，寒色入空青。玉澗暉初滿，金烏晷乍停。童童留蓋影，
隱隱閃龍形。霞氣千山合，濤聲萬壑聽。丹楓同颯颯，黛柏比亭亭。薄霽寒將斂，孤烟澹欲暝。
空潭小院閟，誰與覓仙苓。

## 賦得江遠欲浮天　張熙純

振策鍾山頂，岷江萬里流。水天横一氣，吴楚豁雙眸。樹暗西津渡，雲開北固樓。魚龍時隱現，
日月共沉浮。出没千帆遠，凄凉六代愁。混茫連島嶼，空闊失汀洲。形勢尊前合，波濤望裏收。
登臨懷玉局，千載共悠悠。

## 賦得老樹經霜飽

張熙純

青女嚴威肅，小園霜信經。槎枒撐古樹，憔悴蔭空庭。冉冉金風襲，娟娟玉露熒。疏林留月影，老幹繞龍形。到骨寒初透，封條氣尚青。千山紅葉晚，一夜緑蔭零。凍雀依枝宿，驚鴻隔浦聽。春陽迴律後，生意遍郊坰。

## 賦得盧橘夏熟

張熙純

春樹傳佳種，箕山風味諳。涉冬香未散，經夏美初含。色訝包青箬，光疑冒翠嵐。較形非赤實，比質異黄甘。雕飾從時易，芬芳入貢堪。漫矜南國頌，試向上林探。名許枇杷共，珍同橙柚參。充盤靈液湛，風日正清酣。

## 賦得日華承露掌

張熙純

丹甑重光燦，金盤一掌承。仙莖天半擢，靈液曉來澄。滉漾朱曦射，氤氳紫氣升。盈盈甘醴泛，炯炯夜珠凝。赤羽凌高頂，黄人最上層。霞標晴影動，華蓋曙輝增。三素祥雲繞，五明異端徵。翹瞻雙闕表，霽色映觚棱。

## 賦得魚戲水知春　張熙純

二月銀塘渌，晴波漾麴塵。輕鰷何發發，淺渚自粼粼。磯畔时浮鬣，槎頭每躍鱗。悠然濠上樂，宛爾鏡中春。乍蹴靴紋細，徐翻縠影勻。似梭穿翠藻，如錦映青蘋。游泳天機活，妍和物候新。何當乘畫舸，幽賞在烟津。

## 賦得絲蒓　張熙純

蘋末西風起，吴蒓思不勝。種移長谷遠，色映上湖澄。引蔓龍髯細，生香釵股凝。晶簾縈翠荇，冰縷雜烏菱。却愛紅鹽下，何當碧椀登。方洲秋漸晚，短艇興堪乘。佐豉芳莖脆，炊菰俊味增。更宜偕玉膾，隔浦喚魚鷹。

## 賦得野含時雨潤　張熙純

細雨廉纖集，郊原淑氣含。亂雲如擘絮，新水正拖藍。温潤偏宜麥，輕勻最養蠶。桔槔閑午夜，蓑笠荷丁男。遠浦迷芳草，遥山鎖暮嵐。怒蛙喧鼓吹，歸燕語呢喃。黛耜歌聲起，青疇瀲澤涵。一畦烟渺渺，兩岸柳毿毿。密樹濃于畫，新秧細似簪。太平占十日，風景憶江南。

## 賦得紅藥當階翻　　閩縣　許　憲

薰弦初應律，淑氣麗晴空。花浥扶頭露，香凝婪尾風。玉除含笑靨，金帶絢芳叢。爛漫雕欄外，繽紛錦砌中。向陽枝冉冉，經雨色融融。低亞情無限，回翔態不窮。待調軒鼎實，早傍蕊珠宫。清切絲綸地，穠華照眼紅。

## 賦得卓犖觀群書　　許　憲

聖世崇儒術，宏才萃石渠。西清窺秘簡，東觀睹群書。稽古微言啓，探奇奥義攄。紛綸羅藝圃，根柢得經畬。不輟丹鉛力，從知歲月紓。精心穿溟涬，博物注蟲魚。鄴架三千卷，星文第七車。遍觀圖史富，彩筆映簪裾。

## 賦得月到天心處　　許　憲

清夜吟情永，當空皓月懸。光華彌大地，皎潔正中天。高出瓊霄麗，遥從碧落旋。微雲無點綴，秋水並澄鮮。玉宇層層現，金波面面圓。他鄉千里共，此夕十分妍。入室輝逾澈，披襟玩不眠。静觀真自得，妙悟證前賢。

## 賦得露葉散林光　許　憲

銀漢橫天末，芳叢爽氣侵。澄輝浮夜色，墜露浥秋林。湛湛明疏影，英英結澹陰。似籠雲采薄，疑泛月華深。乍濕光難定，微零響易沈。映池常晃漾，拂徑最蕭森。宿鳥時驚起，幽人每獨尋。石床閑徙倚，餘潤入清襟。

## 賦得窗中列遠岫　長洲　黃世德

郡郭臨蒼莽，城樓倚碧空。檐虛光自迴，山亘勢何雄。繡闥分嵐翠，疏簾捲壑風。崢嶸平野外，隱約曲欄中。雪積朝銜白，霞飛晚帶紅。每疑蓬島近，未許畫圖工。雙屐無勞展，千巖若可通。宣城高咏在，仙吏賞心同。

## 賦得秋風生桂林　黃世德

嘉樹鬱蕭森，商飈晚更侵。颼飀疑密雨，馥郁散疏林。露重垂金粟，香飄澹翠陰。小山凝眺迥，鷲嶺寄情深。漸覺楓江冷，空傳梧井音。一枝誰早折，芳氣襲衣襟。

賦得御溝柳色　長洲　陸　暄

繞闕清流迴，披雲碧柳新。烟籠千樹曉，影散一渠春。弱縷風梳軟，低枝浪颭頻。媚藏調舌鳥，嬌映隔花人。楚女腰傳態，吴姬黛遜顰。但飛天上絮，不染陌頭塵。霸岸攀徒遠，隋堤緑未勻。何如宫禁裏，雨露及芳辰。

賦得月帶新霜色　長洲　徐秉珪

月朗天逾净，霜飛夜欲闌。澄輝浮玉屑，薄彩透冰紈。乍訝金波冷，還疑碧露團。重陰偏皎潔，一色共高寒。青女籠紗現，恒娥傅粉看。鐘聲蕭寺冷，菊影短籬殘。積素凝平野，横空映遠巒。瓊霄真咫尺，清氣薄雲端。

賦得閏月定四時　元和　顧宗泰

羲氏紆龍轡，餘分置閏期。五年天道備，六氣歲功宜。斗叶珠囊轉，灰飛玉琯遲。積陽仍應度，數扐自歸奇。鳳尾添翎日，桐枝長葉時。群工知不忒，天下奉無私。禮重居門語，官閑紀鳥司。撫辰占瑞感，庶績慶咸熙。

## 賦得正月柳稊　顧宗泰

玉律陽回早，韶光遍柳堤。帶烟添嫩葉，和雪長柔荑。似被春風剪，將舒碧縷齊。未堪藏紫燕，時欲露黄鸝。晝入妝樓細，晕窺舞榭低。杏花應作伴，紅雨半溪西。

## 賦得好鳥鳴春　顧宗泰

春晴二三月，樹底鳥争鳴。日暖音逾滑，風和韻更清。呢喃傳紫乙，滴溜囀倉庚。度柳疑歌轉，穿花似調更。濃香熏巧舌，繁蔭掩幽情。池館詩催酒，園林鳳引笙。旅愁驅欲盡，鄉夢聽還驚。更有居山者，殷勤自唤名。

## 賦得温風始至　顧宗泰

林鐘調玉琯，小暑扇温風。拂野聲旋遠，侵條氣益融。暗隨曦日起，遥逐火雲空。蘋動花逾白，荷翻影亂紅。蟬吟高樹外，人卧北窗中。最得披襟快，還成養物功。應過九重裏，還喜萬方同。在御薰弦奏，寧誇楚殿雄。

## 賦得華平　顧宗泰

帝德翔天地，嘉葩應候生。名垂千古瑞，開見萬方平。秀氣滋春圃，祥光靄上京。臨風依玉樹，裛露拂金莖。朱草争誇盛，仙蓂並向榮。羞同偏及態，解驗會歸情。静植因時育，芳枝卜化成。靈和欣得地，何事訪蓬瀛。

## 賦得正是橙黄橘緑時　顧宗泰

冬來幽景足，雅與薄寒宜。籬落橙初實，林間橘正垂。鶯黄含嫩色，黛緑隱繁姿。新雨重移晚，輕霜試摘遲。懸金凝曉暈，横翠壓高枝。蟹舍清燈裏，魚村熟酒時。江南誰苦憶，秋老倍相思。好結烟蘿伴，探香過别陂。

## 賦得清如玉壺冰　山陽　楊其禄

玉壺呈瑞色，清比素懷澄。乍覺圓輝滿，偏宜止水凝。珠光愁欲奪，璧彩定難勝。虚受知無隱，空明得未曾。置應依繅席，薦豈待雲繒。寒影霜晨重，清標月夜增。瑾瑜堪並握，琬琰試同登。取况臣心潔，熙時志飲冰。

賦得讀書秋樹根　楊其禄

老樹空庭茂，高秋可讀書。何人同嘯咏，此景最蕭疏。翠柏圍三徑，丹楓隱一廬。未妨終日坐，
恰稱閉門居。影共林陰轉，聲和落葉徐。會時心不遠，掩後味猶餘。物化觀榮落，胸懷自卷舒。
即看燈火續，清景入窗虚。

賦得含薰待清風　山陽　金　培

最愛蘭盈砌，高懷得共將。素心含欲吐，碧蕊淡彌香。合貯幽人室，如登大雅堂。成叢清夏氣，
紉佩帶秋光。藹藹凝朝露，亭亭動晚凉。吹嘘原有待，臭味願無忘。幸免當門忌，真從出谷芳。
臨風邀見賞，采掇意何長。

賦得静夜致清凉　金　培

獨坐休群動，閑庭夜氣凉。輕颸飄蕙圃，冷露點花房。深院疑經雨，疏林似著霜。松篁時發韻，
草樹暗生香。雲净天如洗，河斜漏正長。素琴調緑綺，玉笛奏清商。境寂機全息，心空象亦忘。
抛書餘味在，一枕到羲皇。

## 賦得嶧陽孤桐　　山陽　劉　鼐

鄒山尊海岱，層岫聳高梧。盤屈枝枝勁，萋萋葉葉疏。幾經翔鳳翼，會見集鵷雛。雅合裁成瑟，寧須刻作符。龍門徒百尺，宮井陋雙株。協律求非易，知音賞不孤。調弦歌糾縵，流響叶笙竽。玉殿薰風度，群欽睿鑒殊。

## 賦得泗濱浮磬　　劉　鼐

靈源傳蘊秀，浮磬自粼粼。錫貢從淮汭，探奇得泗濱。玉紋牽碧澡，雲氣媚青蘋。流水增清韻，淘沙得異珍。似珠來浦溆，如璞出埃塵。纖縞應同薦，蠙魚可並陳。價寧齊瓦缶，響定協韶鈞。戛擊諧歌咏，鏘鏘近紫宸。

## 賦得白雲抱幽石　　山陽　邱禹績

遥見非烟起，英英豁遠眸。千重環黛濕，一縷抱巖幽。觸石根何著，凌空影欲浮。無心天際裊，不盡望中收。出岫舒仍斂，隨風去復留。樹光封歷歷，潭影漾悠悠。天净容逾澹，嵐深晚更稠。登臨情不厭，心與白雲游。

賦得飛鴻響遠音　山陽　王　紘

霜氣澄空宇，鴻飛出遠林。欹斜排短翮，嘹嚦有遺音。喚起征人夢，牽傷逐客心。低隨黄葉落，
高度白雲深。避繳銜蘆去，離群接翅尋。響和緱嶺鶴，韻雜橘村砧。傾耳情何極，搔頭思不禁。
丹霄足萬里，輸爾縱長吟。

賦得清風似雨餘　山陽　常　循

雲净高秋迥，風清萬象舒。每因凉起後，翻憶雨收初。繞徑和烟散，依枝帶影疏。簾開蘭氣入，
庭敞竹聲虚。習習生蘋沼，飄飄襲翠裾。情忘揮扇候，興似折巾餘。炎暑驅方盡，商飇拂尚徐。
願言君子德，微植待吹噓。

賦得桑林應禱擬應制　常　循

雲漢昭回日，敷天望雨深。炎蒸憂禹甸，滂沛憶桑林。六事方陳禱，千郊已積陰。景山沾澍澤，
亳衆洽歡心。湯德空傳昔，堯仁喜在今。壇開風伯待，駕近雨師臨。未紀七年旱，早書三日霖。
應知商濩後，盛世譜元音。

## 賦得桃李無言　山陽　常　御

佳時呈景淑，桃李散芳園。灼灼霞光絢，溶溶雪浪翻。迎蹊疑解笑，成蔭本無言。芳意傳空谷，
幽情寄遠郵。淡濃分冶態，深淺帶春痕。鳥語應嫌碎，鶯聲任爾喧。有時紛旖旎，無意競豐繁。
化雨敷榮處，栽培盡在門。

## 賦得涉江采芙蓉　常　御

言涉秋江上，芙蓉映水湄。望中情宛轉，采去路逶迤。零露何曾計，臨風有所思。碧搖秋水外，
紅艷夕陽時。遠道愁千里，深情水一涯。烟波迴矚處，長路暮雲垂。

## 賦得水木湛清華　山陽　李慶曾

即看風日好，水木洗塵函。曲苑清光迴，華池麗景酣。樹浮青似黛，波漾碧疑藍。鳥影窺池兩，
蘿陰覆徑三。翠迷松子路，香泛藕花潭。澹宕詩思愜，森疏畫意含。凉生驅積暑，彩絢映晴嵐。
延眺情何極，風來正自南。

賦得魚戲新荷動　李慶曾

碧沼觀魚躍，微瀾動早荷。噞喁銜紫蒻，潑剌拂青蘿。乍觸輕紋亂，時穿翠帶過。葉圓争倚蓋，萍破訝投梭。吞吐珠光碎，浮沉浪蕊多。濠梁情宛在，縱壑意如何。待化龍門翼，先分太華波。皇風同在藻，咸若睹休和。

賦得春服滿汀洲　山陽　楊惟增

禊游乘上巳，連袂曲江人。風日嘌池館，衣衫耀水濱。薄紈初稱體，單袷最宜春。蕙草侵袍蒨，桃花點綬新。褰裳臨淺水，走馬踏輕塵。柳暗疑爲桁，苔匀合作茵。曳裾身自適，紉佩采宜親。逸興尤飛越，歌聲達遠津。

賦得滿城風雨近重陽　楊惟增

節近重陽日，登高得縱觀。山川原滿目，風雨忽憑欄。渺渺尋無際，濛濛畫亦難。烟迷黄葉路，水落白蘋灘。雁陣穿雲遠，砧聲帶月寒。季鷹初命駕，彭澤欲辭官。此景身宜健，相逢興詎闌。秋容遲老圃，晚節耐人看。

## 賦得含薰待清風　　山陽　王如椿

幽蘭何所待，含意日相望。風起青蘋末，薰滋畹露香。吹噓頻有藉，轉汎可能忘。不與蕕同器，寧隨艾變芳。菲菲迎淑氣，習習駐迴光。蕙帶添朝爽，荷裳共晚凉。深情懷岫谷，遠夢寄沅湘。此日從披豁，叨陪君子堂。

## 賦得飛鴻響遠音　　王如椿

飛鴻過遠渚，逵路漸駸駸。試展凌風翮，遥傳警露音。碧雲秋色迴，黄葉暮情深。去日翔青海，來時托上林。蘆吹天外管，沙落月邊琴。湘浦人延佇，蕭關夢杳尋。稻粱謀異昔，鵷鷺序從今。何處題名塔，長空萬里心。

## 賦得文異水而涌泉　　王如椿

灝乎泉始達，標異與論文。古井千絲汲，詞源萬斛分。韓蘇才間出，潘陸代希聞。腕底頻傾峽，胸中幾蕩雲。成章觀漸進，習坎象無垠。屬思涓涓細，含毫脈脈紛。珠璣同灑落，花雨共氤氳。有本應如是，高流迴出群。

## 賦得春服滿汀州　王如椿

上巳傳佳節，清游日幾巡。來經修禊地，賞趁試衣人。岸側芳菲遠。洲邊繡畫勻。歡逢桃李月，
艷説綺羅春。草色侵袍緑，花光映綬新。自宜蘭作佩，不待葛爲巾。拾翠容添侶，登瀛信及辰。
好將風浴意，迤邐問前津。

## 賦得首夏猶清和　王如椿

良辰維首夏，景色報清酣。暑意侵猶早，春情淡未芟。鶯雛争聒滑，燕乳試呢喃。見説農登麥，
傳聞户足蠶。陌頭還舞雪，樹底尚携柑。暮雨寒微淺，朝烟暖半含。窗虚應近北，風習恰披南。
好把蒲葵扇，開襟對遠嵐。

## 賦得秋日懸清光　王如椿

清輝懸處好，佳日最宜秋。露氣澄如洗，雲情淡欲流。玉壺同皎潔，金鏡共沉浮。碧落千層迴，
遥空萬里收。照高天北極，朗徹海西頭。野馬寒光動，靈烏素影投。臨波常皓皓，過隙自悠悠。
極目長安近，斜陽莫倚樓。

## 賦得其人如玉　　安東　程固安

顒印敦士行，如玉表丰儀。圭角磨礱去，英華浸潤滋。含輝光自耀，抱璞質原奇。豈有瑕須匿，寧虞涅或緇。在中欽瑟彼，著外想温其。左右諧宫羽，周旋中矩規。席珍曾自昔，待價正於斯。廊廟真無忝，應邀特達知。

## 賦得白雲抱幽石　　程固安

想落青蒼外，盈眸景更幽。巉巖空翠積，叆叇白雲留。一縷彌無際，千盤澹不流。牽縈渾冉冉，去住任悠悠。似與雲根約，真從石骨抽。無心原出岫，何意只依邱。定有高人在，還爲静者謀。會當凌碧巘，携杖恣雕鎪。

## 賦得細葛含風軟　　程固安

天中逢令節，被服錫瑶函。細葛知身稱，薰風遍體含。開襟當水檻，吹袂到花潭。蟬翼輕難敵，絞綃比未堪。真看經緯巧，倍覺性情甘。疊處銖纔五，披時伏恰三。北窗忘暑酷，東閣喜凉酣。佩德歌無斁，緇衣澤永涵。

## 賦得書帶草　程固安

碩儒稽古地，瑞草秀庭除。門敞原通德，叢生亦傍書。嘉名宜肇錫，素質合相於。散去幽蘭細，披來倒薤舒。牙籤紛啓後，玉軸乍翻初。掩映情無極，飄摇致有餘。底須藜火照，恰稱帶經鋤。千載流芬遠，長懷高士居。

## 賦得兩水夾明鏡　山陽　邱　渼

江城秋水闊，兩澗漾空明。皎映雲衣潔，光凝鏡面平。重規遥上下，一碧湛輕盈。玉沼方圓合，虹橋左右横。瀠洄環曲渚，旋折媚渟泓。千頃波紋碧，雙溪霽色呈。臨風真澹蕩，照月更晶瑩。太白留題處，高吟愜遠情。

## 賦得腐草爲螢　邱　渼

小草繁庭際，乘除似有靈。叢芳曾染黛，根腐忽流螢。熠燿看新影，葱茸憶舊形。化時滋宿雨，飛處映疏星。院宇全消緑，池塘訝繞青。光浮階下葉，幻比水中萍。芳意知無盡，生機豈暫停。聚囊資照讀，有客掩書櫺。

## 賦得農乃登穀　山陽　胡喈鳳

盛世調元化，時和歲自豐。三農勤本業，百穀報成功。南畝茨粱遍，西疇饁餉通。鋤禾當夏日，納稼愛秋風。帶月歸鎌鎛，連雲積稑穜。築場欣有穫，遺秉利無窮。稷秸公私足，謳歌婦子同。還看息蠟後，稱兕祝皇躬。

## 賦得秋菊有佳色　胡喈鳳

老圃留嘉植，東籬菊影稠。寒香生滿徑，佳色耐三秋。冷艷花方吐，孤高稟獨優。風光多爛漫，標格最清幽。晚節經霜勁，疏姿帶月浮。絶殊桃李笑，好與竹松侔。傲骨遲還在，韶華去復留。莫愁知己少，陶令自風流。

## 賦得冬日可愛　胡喈鳳

寒威方栗烈，旭日麗嚴冬。大冶鎔鑪炭，扶桑馭燭龍。朝暾烘廣野，夕照靄高春。動律乘陽氣，舒梅破臘容。凝暉風欲静，見晛雪全融。煦嫗天心厚，冲和帝德濃。群黎争獻曝，庶老愛支笻。終歲恩光遍，茅檐透幾重。

## 賦得飛鴻響遠音　山陽　劉志艮

秋風思萬里，天際得鴻音。嘹唳通邊信，凄清壓砌吟。數行青海陣，一片碧雲心。繫帛彰霞彩，書空界月陰。羽儀高百仞，聲響振千尋。南浦樓頭笛，平沙指上琴。健兒遥聽角，思婦緩鳴砧。試望歸何處，翩翩入上林。

## 賦得六事廉爲本　劉志艮

報功崇六事，弊吏首稱廉。欲寡心源瀹，誠求治道恬。終朝三褫戒，静夜四知嚴。絲素昭身潔，壺清滌俗纖。益州琴有一，韓子佩難兼。須守冰霜操，何妨薏苡嫌。早知裨國計，尤自畏民碞。上考行將署，殊恩念賜縑。

## 賦得白受采　山陽　劉希寬

五采何由受，情殷粉本間。占時傳白賁，繪後羡朱殷。昭質原無愧，成功詎等閑。素心期得地，生面獨開顔。燦列雲霞色，紛呈錦繡斑。彰施良自具，藻繢豈容删。漫説增華易，須知踵事艱。明廷輝黼黻，光耀遍人寰。

## 賦得渭北春天樹　山陽　劉希摯

令節乘春永，翹然寄遠懷。謫仙從惜別，勝境孰爲偕。碧樹真千里，清波又一涯。鬱葱滋悵望，
迢遞歎睽乖。灞岸攀新柳，秦山對古槐。尚傳供奉筆，好憩讀書齋。憶昔情何極，耽吟興自佳。
低徊上林樹，栖托傍瑶階。

## 賦得八節應條風　劉希摯

敷政觀元化，功同四序調。乾行當歲首，風信應春朝。節届陽和轉，時偕發育昭。十旬方入律，
一氣不驚條。乍送梅香至，徐縈蕙葉飄。勾芒占帝力，敷暢被熙朝。汾水歌輕漢，薰琴曲叶姚。
吹嘘欣茂對，寒沍早全消。

## 賦得春從天上來　山陽　劉體義

春色來何處，遥知自九天。靄雲垂靉靆，紫氣鬱駢聯。見説陽和轉，頻欣節序遷。鶯花看不盡，
風月坐無邊。大塊文章麗，皇州景物妍。玉樓連十二，香陌度三千。有脚留應駐，無心往復還。
探將消息未，及此占應先。

## 賦得良田無晚歳　劉體義

西郊凉氣浹，稌黍已添黄。繡壤鍾靈厚，金風催穫忙。乍看勤播種，旋見慶盈箱。不任人工早，欣占地利良。春畦烟半繞，秋隴露初瀼。莫慮逢年晚，天心自降康。

## 賦得疏雨滴梧桐　山陽　毛晋登

梧桐深院裏，殘暑氣全除。乍聽風聲起，旋看雨勢徐。淒淒容黯淡，點點韻蕭疏。含潤孤標外，生凉落葉初。滴時侵户冷，響處度窗虚。淅瀝時方永，空濛象欲舒。碧還依古井，澄似濯清渠。不待倪迂洗，纖塵已盡祛。

## 賦得微雲淡河漢　山陽　毛晋謙

坐久凉生夜，閑觀雲氣微。疏星光隱顯，天漢影依稀。清淺情俱静，飄摇淡不飛。銀潢拖半抹，碧落散全希。漸覺魚鱗皺，還疑縠浪霏。輕風吹亦定，素魄籠如晞。但感羅衣薄，無煩玉麈揮。塵襟真灑滌，相對欲忘機。

賦得春雨如膏　山陽　毛晉明

和氣蒸春雨，濛濛布太虛。釀成三日後，灑徹五更初。滲漉情俱洽，涵濡意自舒。且欣耕澤澤，預兆黍與與。沆瀣霑疑似，醍醐渥不如。劇憐紅晻藹，還見緑扶疏。喜誌名亭日，歡騰稅駕餘。行看南畝畔，負耒樂新畬。

賦得迎歲早梅新　桐鄉　鄭邦柱

除歲餘殘臘，梅英報令辰。群芳都寂寞，老幹早鮮新。東閣無雙品，南枝第一春。揭來冰骨骼，露出玉精神。一瓣香誰伴，三更月作鄰。和羹殊有待，獻歲更誰倫。藹共青旂拂，花先綵仗陳。瑶階供點綴，暖律入洪鈞。

賦得朝發富春渚　鄭邦柱

水驛朝來發，雙旌自富春。乍開江上棹，遥拍釣臺濱。嚴瀨高蹤杳，桐廬候吏親。清流疑鏡澈，叠嶂入雲皴。遠渚烟中景，輕舟畫裏人。彦升文筆著，詩句亦標新。

## 賦得時雨應天行

吴江　王宗導

元化麻徵協，天膏匝地施。乘春調令節，應候沛洪慈。十日期無爽，三農喜可知。花光紅掩冉，柳意緑參差。霢霂平疇潤，廉纖廣陌滋。但聞霖雨駕，奚事望雲思。景湛清和候，人游浩蕩時。巡方沾聖澤，擊壤咏豳詩。

## 賦得新晴錦繡文

王宗導

瀟瀟陰雨後，霽色喜新晴。石燕翔初定，虹梁架已成。蒼天開正色，旭日耀陽精。頓覺祥光迥，平添爽氣清。遠峰青叠叠，新漲緑盈盈。出谷鶯吭滑，穿簾蝶翅輕。花光争吐艷，草色競敷榮。好景誰能繪，天然錦繡明。

## 賦得圓靈水鏡

吴江　王　培

一片空明色，光華徹紫庭。素輪方漾彩，圓蓋迥含靈。未覺蟾生白，偏宜幕展青。金波長穆穆，玉宇更泠泠。誰識懸冰鑑，何緣注水經。山河同寫照，風露總流形。地滿菱花影，天滋桂樹馨。澄鮮良可玩，不盡碧雲停。

## 賦得含桃薦寢廟　王　培

節序初臨夏，含桃歷落紅。舒芳榮上苑，擷實傍丹楓。孝展明禋外，情深備物中。首應陳玉豆，
未許貯筠籠。思嗜誠如在，居歆敬自通。赤瑛交掩映，珠顆綴玲瓏。液滿金莖露，香縈碧殿風。
薦新先百果，時食切宸衷。

## 賦得白日升扶桑　王　培

陽德乘朝旭，騰輝遍太虛。滄波涵隱現，震木影扶疏。復旦靈臺紀，重輪太史書。著明纔若此，
懸象更何如。乍覺晨曦近，還看麗景舒。堯天光被候，舜日照臨初。晃耀縈金闕，曈曨到玉除。
聖謨應並遠，瞻就滿方輿。

## 賦得荷净納凉時　王　培

净植真堪愛，亭亭異衆芳。出塵凌碧沼，舒艷耀銀塘。照眼花如拭，迎眸暑可忘。紅幢延爽氣，
翠扇遞清香。帶雨翻添潔，因風倍送凉。游魚摇蓋影，浴鷺動波光。衣製芬堪襲，詩成興正長。
西湖三十里，圖畫宛中央。

賦得東風已緑瀛洲草　震澤　費奎勳

見説光風轉，龍池草色新。東皇催令序，南陌協芳辰。不盡吹噓意，無邊澹蕩春。晴熏三島遠，烟靄十洲勻。淺碧迎金勒，輕藍繞畫輪。探來花有信，踏去路無塵。拾翠多仙侶，登瀛並玉人。杏林沉醉後，枕籍愛文茵。

賦得清風似雨餘　震澤　費宏勳

萬籟高天發，清商叶候初。渾疑沾雨沐，劇喜被風梳。爽氣添無既，幽情愜有餘。香應生翰墨，潤或在琴書。净掃窗間竹，微翻水面蕖。晚烟凝漠漠，凉月上徐徐。散步誰能遣，披襟頗自如。不須誇作賦，似此足吹噓。

賦得時和俗勤業　吴縣　郭一臨

聖代風清美，民人樂業多。勤修無玩愒，時懋敢蹉跎。月旦宜初吉，章程肇始和。燕猶忙試剪，鶯亦巧投梭。楊柳池邊笠，桃花陌上蓑。巧從調護得，日莫等閑過。景色佳如許，經綸奮若何。太平昭有象，長此警頹波。

## 賦得得失寸心知　　元和　汪際昌

靈臺垂朗照，得失個中分。本以虛生慧，從知拙補勤。高懷懸鑑藻，細意別蕕薰。漫説才無敵，寧誇思不群。絲棼應自理，茅塞倩誰耘。詎乏觀摩益，時嫌擬議紛。捫餘情脈脈，悟後念殷殷。健筆如堪試，憑扛百斛文。

## 賦得鞠有黃華　　吴江　周世清

白帝司辰後，寒花發晚香。敷榮當素節，表瑞壓群芳。本以金精秀，還因土德良。餐英人共濬，落葉色輪黃。九日開時暮，三秋納氣凉。清癯高士品，隱逸道家裝。比桂長含露，如葵亦向陽。上林風日好，莫令歷嚴霜。

## 賦得山水有清音　　吴江　金學詩

岫色開新爽，泉聲間遠林。淙潺傳逸籟，噴薄激微音。秋思依寒澗，清流澮碧潯。涌湍聲漱玉，吐溜韻鏘金。寂静高人聽，幽遐空谷心。響兼黃葉度，意與白雲深。樂水耽微尚，臨流愜素襟。名山期小隱，勝侶共招尋。

## 賦得天際識歸舟　金學詩

江上扁舟度，天涯有客歸。鄉心隨去雁，旅思倦馳騑。柔櫓乘潮下，孤篷帶雨飛。蒹葭人宛在，
鱸鱠願無違。兩槳西風遠，一篙秋水肥。榜歌聲斷續，帆影望依稀。去路新林浦，生涯舊釣磯。
高樓吟眺處，道阻悵元暉。

## 賦得竹外一枝斜更好　昭文　黄叔燦

竹塢梅初白，遥看玉一枝。横斜依密筱，掩映隔疏籬。村路幽尋處，山窗獨立時。清風扶瘦影，
寒韻動芳姿。樹帶蒼烟静，柯凝白雪欹。無言籠翠袖，似笑解冰肌。林下孤標見，墻陰半面窺。
此君相對好，不負歲寒期。

## 賦得紅藥當階翻　吴江　潘廷壎

鳳沼薰風轉，薇垣晝漏長。仙苞開火焰，玉砌映霞光。絢爛郎官筆，婀娜侍史妝。兩三叢正茂，
十二葉相當。艷影分瓊佩，濃薰繞玉堂。芹泥輪託迹，霄漢側身望。

賦得江遠欲浮天　潘廷壎

萬里峨岷水，龍蟠抱石頭。趨形坤脈斷，横野碧虚浮。練净茫無界，雲鋪杳不收。星辰光倒浸，
日月影雙投。高處迷飛鶩，空中認去舟。思憑謝朓逸，賦費景純搜。漫説天如蓋，翻疑地失毬。
銀槎如可借，直擬泛高秋。

賦得衢尊　潘廷壎

帝澤滂無外，皇仁擴大公。周行何蕩蕩，醲化正融融。一德胚元醴，千官效麴蘗。堯鍾隨地溢，
舜榼遍區同。果腹誰爲量，淪肌但撫躬。熙熙歌既醉，湑湑溉無窮，擊壤超前代，銘匜表法宫。
湛恩移溟渤，點滴仰鴻濛。

賦得紅葉　上海　趙文哲

素女迎寒候，秋林望欲窮。清霜酣晚翠，殘葉發春紅。爛漫層崖繞，蕭疏曲澗通。西風看躡屐，
南浦憶游驄。不數三花樹，偏宜一畝宫。鄭虔能種柿，張繼愛吟楓。點染留真色，繽紛仰化工。
何須調玉琯，黍谷已融融。

## 賦得絲蓴　趙文哲

一夕秋風起，扁舟興又乘。上湖停采荇，别浦罷牽菱。雉紉經寒結，龜髯出水澄。花瓷紅欲滴，
粉箸翠偏凝。荻港收殘雨，蓬窗促夜燈。恰逢鱸似雪，况挹酒如澠。鄉味今無恙，天涯思不勝。
何當二三月，采采逐魚鷹。

## 賦得飛泉漱鳴玉　上海　陸錫熊

翠壁銀華瀉，遥傳戛玉聲。望中摇匹練，天半下飛瓊。朗若摧秦璧，鏘疑佩楚珩。霞心神瀵涌，
雪竇谷音生。巖迴穿雲落，山空觸石鳴。因風飄颯沓，沿月韻琮琤。松和千濤沸，琴傳三疊清。
泠泠幽澗曲，傾聽久移情。

## 賦得夏載歷山川　陸錫熊

龍馭扶舟後，鴻荒障澤先。平成思禹德，疏鑿記堯年。四望升名岳，三驅涉大川。石猶誇啓母，
簡豈錫金仙。江漢千年迴，辛壬舊日傳。支祁沈黑鎖，羽水薦丹籩。異代心猶見，同符迹可延。
從今追夏治，作貢紀瑶編。

## 賦得秋風生桂枝

吴縣 汪 縉

叢桂發秋英，商飈樹杪生。小山流韻遠，玉殿拂塵輕。揺曳鸞還集，颼飀蠹欲驚。露垂金粟冷，烟散翠條横。香氣疏林散，凉飃滿院清。郄枝誰折取，歲晚獨含情。

## 賦得雲積似重樓

吴縣 汪 縩

浮雲西北起，忽聳畫樓重。渺渺連瑶闕，亭亭異碧峰。氤氲翔五鳳，回合拱雙龍。日映丹梯迴，烟含繡闥封。靈奇疑吐蜃，縹緲孰栖踪。聞道仙人好，凌風想赤松。

## 賦得荷風驚浴鳥

汪 縩

薰風浮菡萏，浴鳥若關情。浪颭身偏捷，枝摇影易驚。流香憐粉墜，翻葉駭珠傾。亂蹙花還動，争飛水不平。迴塘喧日晚，隔浦掠烟輕。露下幽禽散，清芬滿月明。

# 本朝館閣詩續附録

## 五言排律

賦得斗爲帝車　　歙縣　曹學詩

彩焕瑶樞宿，光環太乙廬。魁杓雙鳳遠，軫蓋六龍徐。七曜方南指，三垣自北徂。紫宫星宿駕，黄道德爲車。柄轉周躔次，輪旋逐望舒。招摇金輅動，巡莅玉繩虚。分野瞻同軌，鈞天賀得輿。欣逢泰階正，執簡願頻書。

賦得律吕相生　　曹學詩

嶰谷初吹日，伶倫截竹清。旋宫方轉换，變徵自分明。次第雌雄出，循環子母生。音諧六管正，韻協八風平。累黍黄鐘定，焦桐緑綺横。微茫牛鐸響，斷續鳳簫鳴。金石隨時應，陰陽隔位更。聖朝調玉燭，天籟悟無聲。

## 賦得五聲聽政　曹學詩

帝世垂旒纊，忠謨治忽明。虚聰能順受，布化自公平。鼉鼓聞王道，鯨鐘叩義聲。憂思從磬告，刑獄考鞞清。懸鐸留餘響，牽裾著直名。從容金石奏，次第紀綱成。廣闢昌言路，旁招衆籟鳴。皇衷師禹德，流韻慶蒼生。

## 賦得得魚忘筌　曹學詩

丙穴求嘉味，披蓑渡石艭。臨流方罩罩，舉網已雙雙。釜溉鮫人室，綸收海客窗。素鱗猶活潑，流水自琤瑽。理悟言都棄，神超象已降。微波迷遠渚，落照滿清江。濠濮心無迹，滄浪韻入腔。宸衷飛躍意，道妙可經邦。

## 賦得餘霞散成綺　曹學詩

氣吐赤城岫，光涵白練波。裁殊三素影，織借七襄梭。片片霏銀漢，紛紛映絳河。九華垂妙鬘，五色曳兜羅。碧帶魚鱗遠，紅分雁背多。高低斜照徹，焕爛晚風和。麗想天台賦，明同復旦歌。昭回瞻聖德，瑞彩耀卷阿。

## 賦得黄鐘養九德

曹學詩

律吕尋根本，旋宫起混茫。乾元開大始，土德主中央。善政歌功叙，諧聲冠徵商。圖應居坎北，色獨配坤黄。物象生孳乳，君音統紀綱。吹葭先氣候，累黍得衡量。復見天心會，陽從地脉藏。聖朝調玉琯，保合自無疆。

## 賦得海不揚波

吴江　管　嵩

聖世占休應，滄波静不揚。驚濤恬水國，駭浪息重洋。詎假神鼇奠，無憂紫鳳翔。雲蒸浮嶼白，日涌映波黄。地異因風順，潮安應月常。百川歸瀣渤，萬里轉帆檣。望氣占新運，來庭逮遠方。帝光宣海外，聲教邁周王。

## 賦得秋月如珪

泰州　程嗣裴

盈盈三五夜，皓魄迥淩虚。凉露零珠闕，輕風襲翠裾。秋光看正好，珪影恰相如。拱璧凝華浄，迴環入望舒。滿規升玉宇，四照射瑶除。輯瑞輝天府，重輪拱帝居。誰操鏤月斧，無俟破雲鋤。此際圓光溥，高懸萬里餘。

### 賦得飛鴻響遠音

休寧 汪紳

肅肅三秋候，飛飛萬里鴻。聲傳霜野静，響入暮天空。葭葦栖難定，關山路不窮。悠揚冲漢起，嘹唳隔雲通。遵渚含幽思，隨陽表素衷。清音流極浦，朗韻度高風。叫破湘烟碧，呼殘槲葉紅。平沙賡古調，願譜舜絃中。

### 賦得輕扇動凉颸

錢塘 金嘉琰

隆暑方蒸鬱，炎光正赫羲。纖纖揮素扇，嫋嫋動清颸。自喜披襟候，相將出袖時。拂蠅冰簟冷，飄押畫簾垂。羅薄秋先得，紈輕夏最宜。渡江懷謝傳，障面避元規。但解仁風播，寧虞中道遺。南薰生殿閣，茂對聖情怡。

### 賦得良苗亦懷新

淳安 方卓然

解澤乘時應，良苗樂意皆。芃芃呈秀色，剡剡動新懷。南陌烟光合，西塍翠色排。雨酣浮碧嫩，風遠散青佳。錯繡紛無際，如雲願不乖。花村閑彼婦，蓬户坐吾儕。粒食分堯甸，薰弦轉舜階。自天勤稼穡，豳頌八方諧。

賦得涉江采芙蓉　錢塘　金嘉玉

江上芙蓉麗，相看寄所思。漫愁秋水隔，只益晚風吹。薄采非無意，臨流欲致辭。攝衣浮遠渚，判袂想當時。雨裛花偏艷，雲横客故遲。聞香翻繾綣，挹秀莫差池。的皪情何極，芬芳遺阿誰。逝波心自轉，對此却懷疑。

賦得叔孫通定朝儀　錢塘　金楷

漢祖垂旒日，秦皇棄禮時。儒流資草創，野外象丹墀。秩叙今新定，班聯古不移。句臚傳肅穆，綿蕝整參差。咫尺瞻華衮，趨蹌儼職司。肇基開泰運，臨下握乾規。干羽千秋鑑，共球四海維。方知天子貴，復睹漢官儀。

賦得閏月定四時　山陽　吴玉搢

申命羲和職，深窮造化微。歸餘時不易，置閏理無違。氣至窺天度，潮來測海圻。梧枝添葉茂，藕節帶根肥。鳳羽修仍長，蟾光隱復輝。三年回玉律，四序轉璿璣。占象參奇扐，臨朝闔左扉。聖皇熙庶績，幽贊協神幾。

賦得握金鏡　山陽　吴玉抱

四表瞻光被，群倫仰智臨。靈臺澄朗照，寶鑑握宸心。自葆虚明質，寧從迹象尋。纖塵無處著，微翳豈能侵。勝佩軒皇鏡，何須夏后金。冰壺同皎潔，止水共淵深。懸象通幽隱，含光燭古今。繼離欣作睹，聖哲萬方欽。

賦得冬日可愛　山陽　于兆熊

青陽迴北陸，晴旭照三冬。藹藹迎和氣，温温散霽容。朝暾融霧冷，夕照映霞彤。寒碧階摇竹，深青嶺秀松。曝檐暄負背，挾纊暖盈胸。旭旦歌彬士，恩暉逮野農。徵祥瞻珥麗，紀瑞頌輪重。廣厦從堪庇，清時慶所逢。

賦得爐烟添柳重　元和　張書勳

上苑垂新柳，金爐裊篆烟。紫霞凌一氣，翠黛壓三眠。馥郁枝逾暗，葳蕤晝欲然。游絲縈麝火，叠浪繞龍涎。似帶春城雨，疑遮碧落天。晴熏仙仗外，絮暖禁林前。縹緲濃陰合，氛氲暮靄連。餘香衣可染，綵袖自翩翩。

賦得文垂雅頌音　張書勳

元化符昭代，宸章炳大文。頌歌揚盛德，雅吹播華芬。逸韻歸温厚，淵詞譜治勳。八風聲自正，六義體從分。句並卷阿美，章陳清廟聞。和平諧磬管，追琢麗星雲。載道行宜遠，鎔經思不群。慚無吉甫頌，仰答聖明君。

賦得山色有無中　張書勳

欲識山容好，蒼茫入望中。乍看峰窈窕，却訝翠朦朧。似雨迷青岫，疑烟籠碧叢。芙蓉纔削出，縹緲忽乘空。秀隱千重樹，陰生萬壑風。懸崖疏欲斷，遠勢畫難工。莫辨人行處，遥思鳥道通。丹梯如可接，憑眺興何窮。

賦得盧橘夏熟　吴縣　錢　襄

嘉果璇星化，炎方水德涵。問名猶是橘，辨色却殊柑。不待凌霜得，偏從入暑探。鎮心瓜並貴，解熱蔗同甘。梅雨湘江合，薰風粤嶺覃。朱庭香綴雪，秦樹蔚爲藍。差免稱奴辱，何須聽叟談。上林有珍味，獨許侍臣諳。

賦得黄知橘柚來　　錢　襄

緣江橘柚熟，黄影上青衫。直似殘霞襯，還疑落照銜。遥憐千樹色，引入一風帆。定屬星精布，
翻教水鏡函。參差垂畔岸，隱現雜松杉。不覺添吟興，何須饜老饞。南交包作貢，西蜀種非凡。
更愛峰巒近，移舟傍翠巘。

賦得人情以爲田　　吴縣　潘元振

聖治人情重，栽培等力田。芳疇宜播種，庶類貴陶甄。灌溉周方寸，裁成在性天。𨷖私稂莠去，
沃本穎苕全。盛澤涵濡切，深仁樹藝專。禮耕常矻矻，學耨自乾乾。豐歉皆登穫，靈頑詎有偏。
熙朝淳化浹，矢志願逢年。

賦得風聲動密竹　　潘元振

蕭蕭涼吹至，密竹動芳莖。暗自青蘋起，徐從幽篠生。枝摇無定影，葉戰有餘聲。淅瀝流音細，
檀欒涌翠輕。松濤渾擬似，鶴夢恐相驚。驟響疑泉急，頻喧訝雨傾。悠揚聞爽籟，蕭颯感幽情。
如作伶倫律，薰弦恍再賡。

## 賦得山雜夏雲多

潘元振

雲出時維夏，山巒雜處多。乍飄形錯落，漸布影嵯峨。淡每穿峰見，濃看度嶺過。千層垂素練，萬縷羃烟蘿。觸石原膚寸，游空忽蕩摩。溶溶迷翠岫，裊裊護青螺。高下金翹綴，紛披玉葉拖。應占時雨瑞，沾溉徧嘉禾。

## 賦得荷净納凉時

潘元振

水檻清風好，荷花正滿池。不知香遠至，恰愛暑收時。晚露紅衣濕，微波緑柄攲。深沉看柳蔭，吟嘯任襟披。舉袂芳堪挹，當軒坐屢移。晴嘌空雨脚，朗潤沁詩脾。紈扇投都愜，閑鷗狎更宜。陂塘三十六，引興泛漣漪。

## 賦得輕露栖叢菊

潘元振

籬菊經秋茂，瀼瀼曉露清。一叢黄欲徧，數點著猶輕。玉氣凝寒薄，金翹帶濕榮。蕊含蜂蜜滑，葉泫蚌珠傾。的皪迎風動，霏微映日明。和甘宜泛酒，一掬摘來盈。

## 賦得下筆春蠶食葉聲　長洲　徐秉珪

雲路思同奮，風檐戰欲酣。行文揮彩筆，飼葉聽冰蠶。鋒鋭流音韻，英華耐咀含。幻形腕底集，妙緒繭中探。脉望殊非類，蠅鳴孰與參。成章疑貢八，敷藻似繅三。不讓抽黄巧，寧貽曳白慚。絲綸他日掌，聲價重雙南。

## 賦得千潭一月印　徐秉珪

秋入千潭净，宵來皓月明。空波浮瀲灔，素魄映渟泓。璧落淵中白，珠沉澗底清。靈機通萬變，圓影正三更。風静光常定，萍開障不生。百川涵有象，一鏡洗無聲。雲盡天心見，源深道脉宏。臨流頻賞玩，太極契真精。

## 賦得卷幔天河入　吴縣　汪　縉

閣迴青冥合，窗虚碧漢懸。中宵收綺幔，一水瀉凉天。宿海光摇棟，銀潢勢倒筵。乍疑龍尾接，還訝鵲橋連。清淺殊堪挹，迢遥未可緣。靈槎如許借，擬欲問張騫。

## 賦得雁度池塘月　長洲　黄世德

皓魄冷銀塘，寥天雁正翔。嗷嗷驚鶴夢，點點帶蟾光。霜重搏雙翮，星疏綴一行。迹隨斜漢遠，影入素波凉。月滿弓何駭，池空網孰張。傳書飛度處，烟樹轉蒼蒼。

## 賦得冷露無聲濕桂花　吴縣　王廷魁

銀河入夜澹，沆瀣下無聲。正值雲巖冷，能滋丹桂榮。濃濃花似洗，馥馥露含英。樹静蟬思飲，宵深鶴不驚。聽從香裏寂，光照月中清。珠蕚叢叢潤，芳葩的的明。空庭息天籟，古幹浥金莖。風物淮南好，登攀仙客情。

## 賦得月涌大江流　無錫　華振宗

萬頃正茫然，金精散復圓。長空浮素練，遠水捲蒼烟。浪逐輪移速，波翻鏡倒懸。蒹葭明極浦，星斗蕩摇天。光逼潛蛟窟，凉侵估客船。潮聲殘夜寂，神女弄珠旋。

## 賦得掬水月在手　無錫　鄒乾樞

蟾魄映芳洲，褰裳玩碧流。偶將清瀨挹，宛扣廣寒游。丹桂溪邊折，金波掌上浮。披雲輪皎潔，捧日遜深幽。風漾磨冰鏡，萍開挽玉鈎。晶瑩欣滿握，光冷射雙眸。

賦得窗中列遠岫　山陽　陳　樹

參差看遠岫，仿佛列窗中。秀嶺層層現，虚櫺面面通。數峰青欲送，一室白應空。似幀懸當牖，如屏背倚風。嵐光浮硯席，黛色撲房櫳。豈作飛來勢，將無返照同。捲簾神自爽，隱几興何窮。上苑饒佳勝，吟慚謝朓工。

賦得白受采　平陸　荆如楷

白賁懷堅質，丹青染素顔。含章原皎潔，抒采益斕斑。應識緇難污，從知絢匪艱。山龍工繡畫，黼黻蔚璘斑。色映函關紫，光同北斗殷。掞華才自麗，作繪理應嫻。那更悲絲染，寧虞夢筆還。焕乎文治盛，素業藴名山。

賦得堯階瑞莢　錢塘　吴　琠

帝世苞符啓，明廷瑞應佳。靈葩占寶策，瑞氣長芳荄。榮落因時異，虧盈與月偕。履端芽始茁，經閏葉猶排。綽約輝雲日，葳蕤映棘槐。紫芝寧許儷，朱草或堪儕。自覺龍池麗，無憂鳳歷乖。太和翔洽久，嘉祉獻堯階。

## 賦得冰雪浄聰明　歙縣　汪錫魁

徑寸含虚鑑，聰明得未曾。照人清似雪，觀物皎如冰。心共元珠澈，神隨水鏡凝。玉壺光在抱，瓊室影方增。潔豈輪寒月，明還映慧燈。星芒争睒睒，風骨自棱棱。朗耀孤懷遠，淵深萬象澄。定知纖翳浄，爽氣向雲凌。

## 賦得秋蘭被長坂　歙縣　汪錫疇

靈根凝沆瀣，幾箭晚蘭抽。長坂香初拂，層巖色乍浮。夢縈風雨室，影映荻蘆洲。空谷姿偏淡，當門意自幽。林間清似玉，庭際冷宜秋。叢桂差堪友，仙芝或許儔。三霄濃露湛，九畹碧陰稠。相賞同君子，悠然氣味投。

## 賦得八月其穫　歙縣　吴文琇

西疇初熟日，朔雁早來時。多稼雲同簇，磨鐮月半規。農人争痔乃，旨否共嘗其。錢鎛依塍發，篝車傍隴馳。香秔珠錯落，玉粒雪參差。已睹京坻集，還教秉穗遺。九阡無晚歲，百室有新炊。聖澤深靡極，村郉婦子熙。

賦得桂林一枝　　確山　曹　坦

叢桂浮清靄，凉飈正入林。一枝横竹澗，密葉映烟潯。露綴玲瓏玉，花含的皪金。影從雲外聳，香在月中尋。梧井交新翠，銀河澹晚陰。曾懷招隱意，自動小山吟。丹萼携盈袖，奇芬襲滿襟。同邀崑玉眷，聲價起遥岑。

賦得水月寒潭静　　歙縣　曹　城

秋氣澄天宇，凉蟾映碧潭。素輪疑濯雪，清影正浮嵐。聲寂風初定，波平露半含。玉壺遥可照，龍頷許誰探。道性虚中見，靈源静後参。百川纖翳净，一鑑遠光涵。岸斷沉漁火，宵沉冷佛龕。此中觀物理，萬象寸心諳。

賦得披沙揀金　　歙縣　曹　墅

至寶原難掩，沙中自躍金。五材從鑒別，三品藉披尋。迴出川巖秘，寧容瓦礫侵。榮光凝麗水，赤氣焕瑶岑。藴似淵中蚌，珍逾爨後琴。融融辭土壤，爍爍映球琳。搜剔功何細，陶鎔意更深。雙南聲價重，大冶仰皇心。

## 賦得鳳鳴朝陽

歙縣　曹　鎏

曙色曈曨起，噰噰鳳噦遥。清音和早漏，芳靄麗晴朝。璀璨依堯日，宫商叶舜韶。一鳴昭六德，
兩珥焕重霄。群仰雲儀貴，如聆玉律調。文披千仞彩，風奏九成簫。展翼同葵向，和聲陋肖翹。
金烏相掩映，瑞獻聖明朝。

## 賦得月涌大江流

歙縣　汪利賓

萬里横晴碧，冰輪涌大江。碎金光不定，浮玉影頻摐。星斗微茫合，魚龍雜沓降。山青沉點點，
鷗白閃雙雙。空闊迷烟樹，奔騰没石矼。水天摩一色，吴楚納群邦。匹練浮孤渚，寒芒射怒瀧。
布飄飛十丈，載月羡輕艭。

## 賦得老樹空庭得

汪利賓

庭虚烟景闊，古木蔭隆穹。黛色團青蓋，苔痕護緑叢。百年滋雨露，一室藉帡幪。篩月繁枝亞，
拏雲曲幹通。輪囷紋左紐，虯結勢盤空。愛此高千尺，偏宜拓半弓。知非荒圃植，未許散材同。
倚樹時開卷，清吟興不窮。

## 賦得露泫秋樹高　汪利賓

碧虛繁露下，淅瀝灑清秋。濃或侵花濕，高常近葉流。零風朝湛湛，瀉月夜悠悠。鶴警千林急，蟬鳴獨樹幽。垂珠光不定，綻玉冷難收。沆瀣滋仙液，金莖五色浮。

## 賦得鞠有黄華　汪利賓

百花開已遍，獨立向重陽。澹與三芝秀，英兼九畹芳。當風紛間緑，照日笑分黄。正則餐猶未，泉明辨已忘。白衣籬下酒，青女夜來霜。千載能相識，嘉名是治蘠。

## 賦得月涌大江流　歙縣　汪　昶

明月臨江渚，江波帶月流。濤翻千匹練，光泛一輪秋。皎皎團青鏡，溶溶點白漚。銀蟾時隱現，雪浪自沉浮。倒影窺星斗，奔潮散鷺鷗。不知孤嶼迴，忽見片帆收。旅夜多清景，吟懷費苦搜。文章推老杜，望古思悠悠。

## 賦得魚戲新荷動　汪　昶

魚戲排蓮葉，喁喁織水梭。東西紅嫩蕊，南北緑沉波。圓蓋周遮静，纖鱗唼喋多。刺莖驚澹蕩，交影舞婆娑。濡沫舒赬尾，淪漣漾碧荷。不知風折柄，却似月摇波。鼓浪先秋水，迎春動棹歌。
欣瞻咸若象，聖澤遍休和。

### 賦得天際識歸舟　汪　昶

極目新林浦，孤情寄遠天。舟飛歸鳥外，人在白雲邊。兩岸秋山雨，千林碧樹烟。蒼茫詩趣永，
平遠畫圖傳。乍喜輕帆健，寧愁旅思牽。囂塵從此隔，心賞獨悠然。

### 賦得清露點荷珠　汪　昶

荷氣當秋馥，瀼瀼露正濡。光浮千瓣粉，碧瀉一盤珠。滴葉迎仙掌，沾花映玉壺。明璣如欲墮，
翠蓋不禁扶。的的盈烟渚，珊珊偏錦湖。緣知披拂處，醲化自紛敷。

### 賦得冬嶺秀孤松　無錫　袁　泓

木落山如削，亭亭秀澗松。驚濤翻半嶺，偃蓋鬱三冬。拔地枝何勁，參天黛更濃。乍疑蒼雪涌，
常訝碧雲封。晚翠凝空谷，寒陰散遠峰。千尋標勝概，五鬣異纖穠。耐冷惟同柏，凌霄欲化龍。
青葱當歲暮，獨立倚芙蓉。

## 賦得月涌大江流　桐鄉　鄭邦柱

皓月層霄起，中天麗萬邦。高懸凌碧漢，倒影入清江。兩戒渾如鏡，三秋半没矼。蒼茫迷渚曲，晃耀射船窗。但覺金波瀉，能令石骨降。驚濤翻汩汩，挂席遠幢幢。浩淼連平野，空明下急瀧。清輝相掩映，合璧儼成雙。

## 賦得雨去花光濕　鄭邦柱

花好初經雨，光從雨後添。艷朱膏乍抹，膩粉汗猶沾。帶潤迎朝旭，含滋向晚蟾。三春憐晼晚，一氣徹穠纖。獺髓凝眉黛，猩紅透指尖。非關啼濺淚，似怕浴窺匳。出峽姿難並，凌波態詎兼。綃巾憑莫近，嬌蕊不勝黏。

## 賦得遶屋樹扶疏　鄭邦柱

衡門嘉樹密，高士賦爰居。濃蔭全侵徑，芳叢半遶閭。林香吹不斷，松籟聽相於。影暗雲遮處，陰移月上初。枝低通鹿柴，葉密隱蝸廬。佳境羊求似，幽懷箕潁如。披襟欣雨過，當暑愛風疏。肥遯諧幽尚，忘機自荷鋤。

## 賦得輕燕受風斜　鄭邦柱

習習和風度，翩翩海燕迎。流音方下上，送影忽欹傾。乍訝紅襟側，旋驚翠剪横。傍花疑挂蝶，擲柳異遷鶯。仙履空中曳，宫釵化後輕。帶烟低抹雨，映日緩翻晴。似欲尋朱户，渾將向玉京。新巢行可定，雲路喜遄征。

## 賦得秋日懸清光　吴江　楊兆麟

氣肅天逾迥，秋陽散積霾。揚輝臨下土，焕彩度中街。朗揭群陰伏，空騰萬象諧。曈曨懸碧落，皎潔耀丹崖。玉宇新如洗，銅盤乍似揩。朝華升若木，返景轉疏槐。北闕祥光麗，東瀛瑞靄佳。太平呈五色，昭被正無涯。

## 賦得竹外一枝斜更好　楊兆麟

嫩寒江上曉，疏蕊竹邊欹。高節標千尺，孤芳見一枝。樹頭春雪後，林下晚風時。翠袖臨流倚，清陰帶月篩。横斜容借態，掙冉更相宜。古幹香浮細，修竿影到遲。無言增嫵媚，薄映露丰姿。好在幽篁外，仍含雨露姿。

## 賦得風花高下飛

楊兆麟

寒食東風裏，婆娑颭落花。高飛仍欲墜，低舞忽看斜。日暖飄紅雨，枝空散彩霞。隨蜂穿別院，趁蝶過鄰家。亂點翻羅袖，輕揚襲絳紗。吹來晴雪滿，颺起酒帘遮。艷拂青絲騎，香迎紫陌車。上林春色好，猶自鬥芳華。

## 賦得飛鴻響遠音

楊兆麟

萬里兼秋發，隨陽度碧岑。迎風聲若斷，叫月響疑沉。影落衡陽遠，書迴湘浦深。箏調排促柱，燈暗間疏碪。避弋遙相引，呼群杳莫尋。長鳴臨玉宇，流韻入瑤琴。欲振冲霄翮，常懸就日心。白雲迷不見，江上有餘音。

## 賦得楊柳月中疏

震澤　費宏勳

涼月當空滿，長條入照疏。三更斜挂處，一樹遠垂初。眼帶金波冷，眉臨玉鏡舒。烟消清欲瘦，露滴澹含虛。翠幄微翻浪，青絲合倩梳。榆陰生歷歷，桂影度徐徐。小立人方静，相思態有餘。夜光眠不得，張緒態何如。

## 賦得疏簾巧入坐人衣　費宏勳

疏螢林際墮，静夜入簾飛。似火初移草，如星忽點衣。水晶非礙影，珠箔乍流輝。翠袖粘來細，輕裾拂處微。迎風愁不定，帶月照仍稀。散彩縈涼簟，餘光映薄幃。滄江誰結伴，丹鳥卻忘機。有客含情坐，相栖久未歸。

## 賦得秋日懸清光　費宏勳

白帝臨羲馭，天高赤羽排。曜靈虚有象，離照渺無涯。駒過含暉澹，烏升散彩佳。乍疑開宿霧，頓覺掃陰霾。一水青磨鏡，千峰翠洗崖。農夫曾曝背，游子正娱懷。抱珥層層合，流珠處處皆。泬寥相對好，葵草滿庭階。

## 賦得竹外一枝斜更好　費宏勳

何處風光好，言尋竹外枝。窗前疑忽到，林下解相思。闇淡春無限，蕭疏晚更宜。香浮鸞舞際，韻繞鳳鳴時。不礙琅玕影，仍餘冰雪姿。露摇和翠滴，雨浥帶青欹。古幹人先見，芳情蝶未窺。湘娥能借態，應許月明知。

## 賦得天香雲外飄　　震澤　費奎勳

秋月揚輝夜，平分景色饒。碧雲縈碧落，丹桂聳丹霄。影入明河澮，香從上界飄。芬葍通鼻觀，馥郁奪申椒。鷲嶺清堪挹，蟾宫望未遥。玉輪凝淑靄，金粟散凉颸。注籍推仙品，蜚聲奪錦標。一枝如可折，天際看扶摇。

## 賦得良苗亦懷新　　費奎勳

試望平疇外，村郵瑞景皆。西原新緑遍，南畝秀苗佳。垂穎含風嫩，抽莖帶雨揩。晴光縈岸柳，翠色映扉紫。繡錯千塍迴，雲鋪萬頃排。乍看生意滿，早識歲功諧。蒲杏瞻原切，篝車願豈乖。從知農事亟，觀稼愜宸懷。

## 賦得一覽衆山小　　費奎勳

泰岳巍然峙，登臨渺衆山。振衣千仞上，縱目萬峰間。天下猶疑小，群巒詎足攀。覽時形點點，望處影斑斑。但覺同坵垤，何知聳髻鬟。蓬壺浮海曲，皐嶧帶沙灣。白鳥時明滅，青雲自往還。不因躋岱頂，那得豁心顔。

賦得風入四蹄輕　費奎勳

夙負嘶風志，欣看展足時。一麾開道路，萬里奮驅馳。電閃三花動，雷奔六印移。騰驤何蹻蹻，

俶儻豈遲遲。汗滴飄紅雨，鬃浮颺錦絲。倘邀塵外賞，蹴踏向天逵。

賦得紅藥當階翻　震澤　費翊勳

帝令朱旗展，春藏紫禁中。名花呈異彩，曉露坼深紅。的皪承堯日，偏翻倚舜風，幾圍金帶絢，

四照玉盤融。色借霞烘麗，苞緣雨浥豐。乍憐香馥郁，旋訝影玲瓏。品貴恩應渥，姿濃態更工。

自邀佳句賞，名播省西東。

賦得荷净納涼時　費翊勳

名園忘暑溽，深院覺涼多。逕繞蕭蕭竹，塘開艷豔荷。風亭披净氣，水檻浥澄波。花葉香俱遠，

襟懷趣自和。輕飈殊澹若，微雨復如何。静對看雲起，相於載酒過。更宜乘月舫，偏許著烟蓑。

逸興羲皇上，悠然足嘯歌。

## 賦得心游萬仞

費翊勳

八極騰精遠，還思作者心。微文參衆理，方寸透千尋。雅韻行間露，真機物外沉。環中窮太始，象外拓靈襟。翰鳥冲霄疾，明珠燭漢深。由來思戛玉，從此欲敲金。得意青山迴，抒懷素月侵。聖朝勤樂育，管見愧清吟。

## 賦得疏雨滴梧桐

費翊勳

暝色鬱修桐，清音聽灑空。跳珠差欲比，滴露宛相同。韻叶蕉窗外，凉生竹院中。颼飀驚墜葉，淅瀝助吟蟲。乍歇時還續，將殘尚未終。湘簾凝睇處，深翠入溟濛。

## 賦得穆如清風

吴縣　郭一臨

大雅垂嘉什，清風拂玉除。淵衷真穆穆，古藻自魚魚。高咏天機洽，披襟爽籟舒。静疑蘋未起，和似早春餘。澹蕩情悠爾，冲融意曠如。故人堪慰藉，君子鎮相於。頓覺煩襟滌，還教俗慮祛。永懷吉甫誦，温厚得經畬。

## 賦得夏雲多奇峰　郭一臨

炎雲工幻化，天外聳芙蓉。勝勢真凌漢，奇觀足蕩胸。蒼茫山一角，舒卷嶂千重。忽集疑靈鷲，
難鞭笑祖龍。霞開丹壑燦，靄結翠微濃。渺渺浮蓬島，綿綿亘岱宗。層巒何縹緲，片石亦春容。
願副爲霖望，恩膏沛九農。

## 賦得荷浄納凉時　郭一臨

荷浦初經雨，新凉密葉銜。絺衣差可納，塵慮已都芟。澹月浮前渚，輕風動遠巖。露翻珠乍瀉，
雲隱鏡方緘。影欲侵羅袖，香疑襲翠衫。照人花爛漫，遣興燕呢喃。紈扇真堪却，蘭襟自不凡。
悠然君子意，相賞共松杉。

## 賦得風不鳴條　郭一臨

盛世調元化，祥風應太清。吹噓微有象，披拂静無聲。柳浪浮烟細，松濤涌翠輕。悠揚飄紫陌，
澹蕩度春城。樹密鶯頻囀，花繁蝶不驚。南薰流雅韻，留待玉琴鳴。

## 賦得緑筱媚清漣

震澤　王逸虬

緑筱姿何媚，叢生欲鬥妍。葳蕤依淺渚，掩映藉清漣。似洗竿竿碧，如揩个个鮮。凌波情窈窕，拂浪態娉娟。斜帶臨池柳，低縈出水蓮。篠簩青欲滴，藻荇翠相牽。勝地留淇澳，嘉名紀渭川。何如始寧墅，秀句至今傳。

## 賦得明月照高樓

烏程　夏耀曾

皎皎長空月，峨峨百尺樓。重檐涵桂魄，飛閣下銀鈎。鏡晃聲仍寂，珠懸色欲浮。參差鴛瓦碎，冷落燕梁秋。粉壁凌虚迥，金波倒影流。似昇雲裏宅，宛泛雪中舟。斜暈隨簾捲，餘輝逐幔收。深閨無限意，時寄大刀頭。

## 賦得冰雪净聰明

夏耀曾

睿照靈臺净，聰明獨擅能。哲謀原有主，擬議若無憑。皎潔疑融雪，晶瑩欲鏤冰。慧珠虚以運，朗鑑静而凝。表裏渾如一，淵微透幾層。精神真炯炯，丰骨自棱棱。豈有纖塵翳，還符止水澄。蔚爲天廟器，琬琰定同登。

## 賦得飛泉漱鳴玉　夏耀曾

何處聞鳴玉，泉聲瀉石磯。挹來清可漱，噴處迅於飛。仙珮摇空谷，天紳耀曙暉。千尋懸縞練，萬斛濺珠璣。韻逸傳青磵，風高落翠微。瑽琤聽斷續，戛擊想依稀。林籟遥相和，琴聲静自揮。幽人尋至樂，槃澗已忘機。

## 賦得秋露如珠　夏耀曾

暑退秋宵朗，膏濃露氣濡。騰文初下地，委照似流珠。萬顆勻圓湛，三霄沆瀣敷。色同明月耀，彩散夜光符。瑟瑟盤荷芰，珊珊綴竹梧。蟻穿渾欲誤，蟬飲却相須。玓瓅金莖滿，晶瑩玉砌鋪。藹斯歌帝澤，輝映仰璇樞。

## 賦得穆如清風　桐鄉　沈啓震

作誦含毫遠，如風取象精。元音何渾穆，妙旨最輕清。款款微能達，泠泠御欲行。宛同凉氣襲，但覺躁心平。得句宜秋曉，披襟稱月明。永懷君子德，深入故人情。賦擬蘭臺作，詩推謝女評。吹噓依聖世，雅頌愧歌賡。

## 賦得三月桃花浪　　沈啓震

三月水波平，桃花照眼明。亂紅吹不斷，細浪蹙還生。潭影含空碧，溪流繞落英。半篙新雨足，一色晚霞晴。小渡人初唤，仙源路自行。烟光開麗景，風信驗潮聲。乍引春旗緑，偏宜畫舫輕。涵濡懷帝澤，草木正敷榮。

## 賦得明月入綺窗　　沈啓震

月色明如晝，溶溶入綺窗。穿櫺方欲碎，窺鏡忽成雙。凉氣侵簾牖，清光拂幔幢。霏微烟乍散，的皪露初降。虚白生寒壁，殘膏掩夜釭。一樓新柳影，數叠小梅腔。烏鵲驚還繞，疏鐘遠更摐。坐來何處似，秋水泛輕艭。

## 賦得密雨如散絲　　長洲　劉　潢

凉意生虚幌，霏微暮雨時。灑空凝薄霧，穿户舞柔絲。歷亂因風剪，悠颺觸手披。雲飛飄斷續，烟重裊參差。折藕縈波弱，垂楊落絮遲。梢頭籠細縷，簾外卷斜飀。砌草纔添碧，巖花欲褪脂。應知流霢霂，晚穗遍含滋。

賦得書帶草　劉　潢

翰苑傳靈草，祥徵通德廬。根移九畹秀，芳浥百家餘。冉冉縈瑶笈，依依拂玉除。蒲編疑乍解，薤葉似全舒。倚柱開緘後，臨風展卷初。色侵緗帙艷，影入講帷疏。名向葩經補，材應藝圃儲。右文逢聖代，嘉瑞啓圖書。

賦得秋日懸清光　吴縣　褚　璚

極目秋容好，晴空卷宿霾。朱明移大地，白道轉中街。爽觸煩襟散，高宜顥氣偕。薄炎無畏景，餘烈入澄懷。月落清輝永，霜前霽色佳。飛鴻明遠浦，野馬浄陰崖。照合晶嵰動，暉分玉案排。榮光騰百道，異采浴長淮。

賦得鶴立雞群　褚　璚

鶴有衝霄志，何因逐衆雞。微翹丹頂上，全壓翠冠低。立已超長距，鳴猶伴曉啼。階除曾共啄，塒桀豈同栖。高樹閑驚夢，寥天遠待携。養雛猶俯仰，鎩翮亦雲泥。雌伏知難匹，雄飛孰與齊。座中雞紹在，若個望端倪。

## 賦得紅杏枝頭春意鬧　　仁和　李如蘭

莫認東風面，須知春意融。幾重烟冒緑，十里錦翻紅。似占無雙品，疑開第一叢。馬歸金榜後，
人醉玉樓中。樹樹婀娜發，枝枝點綴工。濕衣沾雨潤，照水麗晴空。蝶戲高低舞，蜂狂曲折通。
上林韶景麗，爛漫自相同。

## 賦得我愛夏日長　　李如蘭

夙戴堯天永，欣逢舜日長。南薰調一曲，東旭耀千章。似可紓羲轡，真宜納夏凉。遲逾春晝裏，
閑趁午陰旁。不用焚膏繼，寧辭拂羽忙。雨餘荷愈净，風過藕彌香。對水留花影，梯雲戀夕陽。
乘時耽展卷，欹枕傲羲皇。

## 賦得冷露無聲濕桂花　　李如蘭

露濡凉夜静，叢桂小山榮。但覺高秋冷，寧聞落葉聲。香飄雲半嶺，寒透月三更。金粟隨風散，
蟾宫映水清。枝枝疑雨潤，處處滴花明。只有圓珠墜，曾無白鶴驚。中元今夕賞，天籟幾時鳴。
試向層霄望，悠然攀折情。

賦得金在鎔　開化　徐元基

化人當似冶，從上恰如金。貞固參天地，陶鎔合古今。融融光自噴，爍爍氣難沉。乍耀洪爐内，常隨哲匠心。滿籯皆可造，成器自堪欽。價合雙南重，功逾百鍊深。豈須沙際揀，何待壁中尋。就範登天廟，聲諧振玉音。

賦得蟬鳴高樹間　徐元基

緑樹陰濃日，元蟬高樹鳴。影隨斜日度，響逐晚颼清。斷續繁音亂，參差聒耳盈。雲間輕重色，月夜短長聲。但覺藏身遠，幾忘奮翼輕。花低差脱蜕，竹藹漫垂纓。小院晴光滿，柴門暮色横。秋高心逾凈，嘒嘒寄遥情。

賦得倪寬帶經鋤　海寧　查茂蔭

西漢推儒者，名卿舊荷鋤。無資貧博士，有用治尚書。賃作耕而讀，精研魯與魚。但知勤講誦，何異佩衿裾。善屬三回奏，能開六輔渠。愛民由内史，勸課急牛車。習禮從封禪，觀文定太初。一篇天動聽，經訓是菑畬。

## 賦得燕寢凝清香　慈谿　顧　棡

政治神無擾，公餘静趣增。鴨爐清篆裊，鈴閣衆香凝。澹若雲文聚，紛疑花霧蒸。罷琴芳未歇，散帙興須乘。豈與塵氛雜，還同灝氣澄。麈毛慵自拂，棐几倦閑憑。俗喜仁風扇，居看馨德徵。左司清浄理，千載遠相承。

## 賦得冰雪浄聰明　顧　棡

一身酬百動，豈不貴聰明。斟酌人間事，陶鎔物外情。風塵無變化，冰雪類生成。萬象重重照，孤光點點清。心思浮翳屏，耳目衆緣輕。手定披雲霧，胸堪數甲兵。智囊還自啓，靈府若爲瑩。節操因之出，天機何所攖。

## 賦得挂席拾海月　顧　棡

探奇凌渤澥，出水耀珍腴。白與冰輪漾，圓同璧彩敷。雲飛明瑇瑁，霞落照珊瑚。詎假鮫人獻，真成海錯輸。帆張看漸轉，風正快如趨。影射三山遠，光摇萬頃俱。倚舷窺貝闕，停棹探驪珠。更羡乘槎去，還通碧漢區。

賦得風不鳴條　顧　棡

聖世祥風協，休徵五日調。潜吹纔偃草，暗襲不鳴條。林静禽欣語，花濃蝶緩飄。微聽松謖謖，
未覺竹蕭蕭。鼓物神功運，薰人善氣饒。揮絃歌解阜，天籟叶鈞韶。

賦得天香雲外飄　蘭溪　李　品

丹桂滋仙闕，清芬夜倍饒。月中香漠漠，雲外影迢迢。不逐凉飔散，偏縈淑靄飄。有人沾異馥，
何處覓靈苗。和露枝堪折，凌霜樹不凋。銀蟾飛萬斛，金粟布層霄。㲲毿天葩落，芳菲玉宇標。
廣寒如可到，花霧滿冰綃。

賦得鳳鳴朝陽　李　品

靈鳥乘時至，和聲感聖皇。龍門標異産，鳳羽振高岡。應運欣鳴盛，仰曦恰向陽。栖桐調律吕，
如管叶宫商。五色文明象，九苞瑞彩光。神區傳逸響，旭景引圓吭。復旦歌相和，卷阿韻並揚。
德輝今共覽，舜日聽鏘鏘。

## 賦得八月其穫　　吴江　李　豊

爽氣浮秋隴，如雲穎栗資。篝車無異畝，銍艾有先期。翠滴楸桐老，黄催穲稏垂。雙岐嘉種綻，九穗瑞禾披。玉碎隨風簸，珠圓帶月篩。村郖春欲動，秷秷秉多遺。擊鼓迎寒日，嘗麻薦寢時。西成傳節序，多稼慶如坻。

## 賦得花塢夕陽遲　　李　豊

晼晚清暉度，繁花錦繡披。濃陰春欲鎖，曲塢暮偏遲。一抹山銜紫，千叢影漸移。迴光籠綺樹，散彩護芳蕤。返照依烟柳，殘陽掛露葵。鄧林垂蔭遠，羲馭帶香馳。荏苒桑榆景，蒼茫夕靄時。群葩欣就日，聖澤慶重熙。

## 賦得風簾入雙燕　　山陽　李汝麟

何處雙飛燕，因風到畫簾。振衣方欲入，比翼更無嫌。交剪湘紋碎，斜穿日影纖。巧從珠箔底，偷過玉鈎尖。午夢驚初破，花香訝正甜。似來尋舊壘，相喚度晴檐。掠几芹泥濕，當窗絮語添。有時栖上苑，雨露喜同霑。

## 賦得春服既成

李汝麟

杏壇春正永，單袷服初成。啓笥逢佳候，開襟暢逸情。著應同五兩，飾豈待三英。始覺披裘重，
真看竟體清。映宜芳草嫩，吹任暖風輕。緇素寧愁化，寒温恰喜平。賜衣傳魏闕，披褐適柴荆。
風浴經行處，烟光四望生。

## 賦得草色入簾青

歙縣　曹　堂

砌草春方長，晴窗晝不扃。風來含細潤，簾動納微馨。色亂湘紋碧，光連玉案青。樹隱低接影，
藜火曉分形。霾靡烟初合，芊綿雨乍經。翠帷時掩映，緑綺共晶熒。賦別縈江管，翻書繞鄭庭。
宫袍如可染，拔拂向彤庭。

## 賦得驊騮開道路

曹　堂

天駟麒麟種，雲衢廣術開。五花方表異，千里獨呈才。蹋石留行迹，追風絶點埃。騰驤辭冀野，
蹀躞過燕臺。舊歷西戎遠，新從虞坂迴。識塗嗤老馬，附尾任駑駘。血汗流山澤，霜蹄蹴草萊。
長驅邀一顧，好步後塵來。

賦得八月剥棗　　歙縣　洪近民

西疇農事暇，剥棗自家家。婦子提筐筥，兒童共笑嘩。密林敲落月，碩果滿平沙。色豔淮南橘，香疑桂苑花。斧斯争遠取，雲葉漫交遮。最愛甘如蔗，寧須大似瓜。映顔思阿母，介壽佐流霞。不假安期種，柴門纂纂斜。

賦得倪寬帶經鋤　　歙縣　程尚逑

誰道士農別，窮經亦可鋤。微吟依十畝，易耨輔三餘。東野成空幌，西疇即敝廬。勞形神獨遠，塗體韻偏舒。乍理治生業，寧忘宿好書。春風和綺陌，秋水潤新畬。漢道方興日，人文競起初。窺園殊董子，學殖總無如。

賦得薰風自南來　　山陽　楊　禾

巽位初申命，離方共效勳。恰符五日度，來應萬年君。長養時宜夏，温和物自薰。當陽宣聖化，拱北協天文。乍爽纔亭午，微凉欲拂雲。槐陰依殿静，荷氣上階芬。蓮漏傳清韻，爐烟裊篆紋。揮絃逢盛代，足句陋前聞。

賦得暮雨遠來舟　楊　禾

薄暮西山暝，江頭雨不休。故人來遠岸，極目認孤舟。帆重渾如定，橈停自在流。正當烟樹夕，遥載水雲秋。隨雁穿寒浦，依花向小洲。歸遲驚晚見，别久悵來游。古渡紛紅蓼，迴汀散白鷗。瀟瀟如晦夜，好與溯前修。

賦得竹外一枝斜更好　江都　張四教

竹净森寒翠，梅開間素姿。垂垂交瘦影，漠漠見横枝。冷艷原無染，孤標更出奇。地偏芳獨擅，態逸勢全欹。野店春生後，平橋雪霽時。悠然遥送目，是處可尋詩。林密香初透，烟封蝶未知。爲憐幽寂甚，先遣好風吹。

賦得春風扇微和　張四教

晼晚春光媚，悠揚風力微。暖嘘和氣至，晴送暮雲歸。淡若揮紈扇，輕宜逗袷衣。游絲當路裊，乘時鼓化機。香篆隔簾霏。瀲灩波紋碎，芊綿草色肥。柳摇鶯細語，花顫蝶潛飛。吹息含生意，幸從蘭室坐，披拂藹芳菲。

賦得野含時雨潤　　山陽　汪　桂

芳甸清和日，甘霖氾灑時。自天敷沃澤，遍野發華滋。羃䍥迎晨氣，溟濛雜晚颸。莓莓如列繡，澤澤似凝脂。土脈蘇三壤，雲光罨四垂。遥青迷舊壠，平緑湛新菑。霑足歡聲動，涵濡淑景移。更欣開霽後，秀色映晴曦。

賦得秋露如珠　　汪　桂

皛皛珠光合，瀼瀼露氣浮。晶圓初入夜，點滴已成秋。向月寒方結，因風聚更流。漫催青女信，不上素娥頭。柳綫穿來密，松釵綴處稠。翻荷輕欲卸，濕桂曉難收。遠浦疑懷媚，清宵恰暗投。自天膏澤渥，至寶滿林邱。

賦得劍花爲龍　　汪　桂

寶劍豐城出，精靈自昔鍾。渡津猶在匣，躍水便成龍。銀甲生霜鍔，金鱗耀雪鋒。不勞紅焰鑄，已有白雲從。蜿蜒寒鋩爍，飛騰濁浪衝。延平驚化去，千載杳難逢。

## 賦得涉江采芙蓉　汪　桂

采芳乘曉霽，遠道涉清漣。碧水澄如練，紅蕖艷更妍。蒸霞紛爛漫，映日自新鮮。澗草巖花外，
湘蘭澧芷邊。盈盈浮澤畔，脉脉倚風前。折取將誰贈，褰裳思渺然。

## 賦得穆如清風　山陽　高　焯

大雅元音振，清微思不窮。無聲能動地，有韻欲臨風。烟霧全消净，囂塵一掃空。群材融意匠，
造化補神工。隱約虛機入，迴旋妙悟通。縠紋縈水面，錦艷綴花叢。自得游行趣，寧誇氣象雄。
悠然真肆好，披拂藹冲融。

## 賦得夏雲多奇峰　高　焯

大火層雲合，璇霄結岫重。吐時迷白石，布處掩青松。矗矗嵐光迴，蒼蒼翠色濃。谷幽不見鳥，
巖遠每藏龍。似華天邊削，如衡陣勢衝。浮空移海嶠，拔地起危峰。麗壯朱明色，炎蒸赤日容。
光華昭盛世，卿靄瑞常逢。

## 賦得秋風生桂枝

山陽　高　煒

高嶺生丹桂，迎秋度好風。引香飄素袖，摇露落芳叢。密葉紛難定，低枝颺忽空。花飛雲澹處，影颭月明中。欲就姮娥折，還憑少女功。小山歸未得，片玉獻應同。爽氣添庭宇，清聲雜井桐。因思上林苑，披拂正無窮。

## 賦得高臺紀彩雲

高　煒

短日逢南至，崇臺望彩芬。樹圭方測景，載筆遂書雲。玉燭祥光焕，璇霄瑞靄紛。保章推物象，太史誌天文。漠漠籠寒晷，輝輝映夕曛。凌虚瞻縹緲，應候見氛氲。乍識魚鱗集，旋驚鳳翼分。憑高占驗後，道泰荷明君。

## 賦得盧橘夏熟

長洲　蔣業鼎

佳果推盧橘，先秋已試甘。液濃滋沆瀣，香遠散馣馩。磊磊丸同綴，垂垂酢並含。但看朱旭映，寧待素霜酣。碧顆連枝偃，玄苞帶葉參。嘗應堆玉案，摘更疊筠籃。種向箕山出，根從粤嶺探。上林詩物産，不獨數黄柑。

賦得香羅叠雪輕　蔣業鼎

紫禁聞宣召，宫衣乍賜羅。開襟晴雪耀，襲袖暗香和。吐處冰爲繭，成時玉作梭。形殊三褚厚，
質比六銖多。細褶疑籠霧，輕紋欲縐波。工深頻拂拭，價重幾摩挲。楚楚光侵佩，翩翩色映珂。
紆餘心似水，拜舞向鸞坡。

賦得積雪爲小山　歙縣　江　蘭

灑空雲影亂，封徑月光寒。剪水聊成戲，爲山亦可觀。喜逢三尺積，詎待五丁攢。馬耳原雙峻，
羊腸復九盤。玉憐行處朗，冰笑倚來難。澗瀑分檐霤，巖芳孕砌蘭。清心應比美，秀色總堪餐。
彷彿閬風路，瑶華下彩鸞。

開秋兆凉氣　江　蘭

嫩凉生别館，殘暑滌層臺。涷雨排岩過，明雲覆水開。訪秋人獨往，消夏客還來。簾静辭歸燕，
門深灑落槐。閑中心更遠，塵外景先催。曉籟抛紈扇，斜陽上碧苔。韻流城上笛，清送竹間杯。
莫漫吟商調，書林至樂該。

本書爲國家社科基金重大項目『全清詩歌總集文獻整理與研究』、
廣西特聘專家團隊課題『清詩總集文獻整理與研究』階段性成果

# 本朝館閣詩

〔清〕阮學浩 〔清〕阮學濬 編
張明晶 任婕 點校

上

廣西師範大學出版社
GUANGXI NORMAL UNIVERSITY PRESS
·桂林·

本朝館閣詩
BENCHAO GUANGESHI

出版統籌：湯文輝
出 品 人：喬祥飛
責任編輯：張　佳
助理編輯：周衛平
　　　　　楊　磊
責任校對：劉艷艷
責任技編：王增元
書籍設計：冀帥吉

**圖書在版編目（CIP）數據**

本朝館閣詩 ：上、下 / （清）阮學浩，（清）阮學濬編 ；張明晶，任婕點校. --桂林 ：廣西師範大學出版社，2021.8

ISBN 978-7-5598-4213-8

Ⅰ. ①本… Ⅱ. ①阮… ②阮… ③張… ④任… Ⅲ. ①古典詩歌－詩集－中國－清代②古典散文－散文集－中國－清代 Ⅳ. ①I214.91

中國版本圖書館 CIP 數據核字（2021）第 173755 號

廣西師範大學出版社發行
（廣西桂林市五里店路 9 號　郵政編碼：541004
網址：http://www.bbtpress.com）
出版人：黄軒莊
全國新華書店經銷
三河弘翰印務有限公司印刷
（河北省三河市黄土莊鎮二百户村北　郵政編碼：065200）
開本：880 mm × 1 240 mm　1/32
印張：29　　　字數：620 千
2021 年 8 月第 1 版　　2021 年 8 月第 1 次印刷
定價：188.00 元（上、下）

# 前言

## 一

《本朝館閣詩》阮學浩、阮學濬所編。

阮學浩，字裴園，號緩堂，晚號又次，山陽（今屬江蘇）人。其出生時，父夢折桂一枝，姿貌丰秀，出語歧異。康熙五十七年（一七一八），年十七，受知於學使謝公，補山陽學弟子員。父喪，杜門息影，服闋，授徒里中，與同學聯文社，每一篇出，輒傾曹偶，『淮南二阮』之稱，自諸生時已聞江南北。雍正七年（一七二九）舉鄉試，次年成進士，改庶吉士，官翰林院檢討。雍正十三年（一七三五），充順天鄉試同考試官。乾隆元年（一七三六），授徵仕郎；七月，典試陜西。乾隆元年以來，屢奉簡命，持文衡，所得皆一時知名之士。充撰文之役，凡館閣有大著作，多出其手。乾隆十一年（一七四六），重修《大清會典》，學浩充纂修官，與總裁官王安國商榷更定體制，援據精核。乾隆十六年（一七五一），陳請終養歸，次年，許終養。歸鄉，主淮陰書院席。乾隆二十二年（一七五七）第二次南巡，學浩、學濬恭迎鑾於紅花埠，進詩册，御覽入選，賞大緞一匹。乾隆二十七年（一七六二），三幸江浙，學浩再恭迎，賞緞如前。次年九月初六日，卒，年六十二。所著有《綏堂詩鈔》十五卷、《裴園文鈔》一卷。生平見阮葵生《顯考綏堂府君行述》（《七録齋文鈔》卷六）。阮學濬，字澂園，山陽人，學浩之弟。雍正十一年（一七三三）進士，官翰林編修，以事謫居吴中。其學宗安溪李光地，問業者極一時之盛。

《本朝館閣詩》今存兩種版本，一爲二十卷附録一卷本，哈佛大學圖書館、北京大學圖書館等藏，左右雙邊，黑口，雙魚尾，半葉十行，行二十一字，小字雙行同；一爲二十卷附録一卷續附録一卷，日本内閣文庫，中國國家圖書館、北京大學圖書館等藏，版式與哈佛等藏本相同。經比勘，二者基本爲同板，哈佛等藏本更早，内閣文庫等藏本爲後修本。

其不同之處，一是哈佛等藏本卷首無内封，内閣文庫等藏本有内封，上題『乾隆戊寅秋新鎸』，框内題『長洲沈大宗伯、天台齊少宗伯鑒定　本朝館閣詩　山陽阮裴園、澂園編次　困學書屋藏版』。内封處各本亦有不同。北大、香港中文大學等藏本内封中上及左右下部各鈐有朱印『蓬瀛清秘』『翻刻必究』『鏤版未竟，江寧坊賈竊翻，譌舛脱落，遺誤藝林，重加蒐補校勘，庶爲完□，識者鑒之』。北大另有一部内封處無左下朱印。内閣文庫、武漢大學圖書館等藏本均無此朱印。

二是内容上，内閣文庫藏本較哈佛藏本爲多。據卷首目録，哈佛藏本卷十九七言律詩爲一百一十八首，内閣文庫藏本則爲一百二十六首；實際正文較哈佛藏本多秦百里《平定伊犁》六首。内閣文庫藏本又多續附録一卷。

又有《本朝館閣詩賦》，日本國會圖書館藏，三十二册（合裝爲十二册）。第一至十六册爲《本朝館閣詩》，第十七至三十二册爲《本朝館閣賦》。《本朝館閣詩》與内閣文庫藏本爲同板，亦有附録一卷續附録一卷。《本朝館閣賦》内封題『乾隆甲申冬新鐫』，爲乾隆二十九年（一七六四）刊本。又附《稻香樓試帖》二卷，内封上題『乾隆戊子新鐫』，爲乾隆三十三年（一七六八）刊本。《本朝館閣詩賦》，中國人民大學圖書館、華東師範大學圖書館亦有藏本。

二

《本朝館閣詩》卷首有阮學浩自序，末署『乾隆二十二年歲次丁丑嘉平月既望』，嘉平月爲十二月，則此集之編在接駕乾隆第二次南巡後。其編選之意在於弘聖朝人文之盛，『俾草茅佔畢之士讀之，咸知生際昌時，聖天子奎壁之光，下飾萬物，涵濡教澤，邁漢唐而遠媲虞周』；同時也是對此年科舉『省論表判語，改用唐律八韻』改革的響應，以示之準則。《本朝館閣詩》卷首齊召南序，云集『迺依《文穎》例，蒐益廣，擇益精，語必性情，詞皆典則』〔一〕，阮學濬序云其與阮學浩『特奉《皇清文穎》所選諸體詩爲宗，復有增益，薈萃成書』（序四，葉二A），又《凡例》云：『《文

〔一〕阮學浩、阮學濬編：《本朝館閣詩》卷首序二，葉二A，日本内閣文庫藏清乾隆二十三年（一七五八）刻本。本文所引《本朝館閣詩》，如非特別注出，均出自日本内閣文庫所藏，以下僅隨文標注卷次、葉面。

穎》卷帙浩繁，詩文並纂，窮鄉下士，購求爲艱。兹集謹加銓擇，間搜續出文集鈔本益之。」（凡例，葉一B）均指出《本朝館閣詩》與《皇清文穎》的關係。阮學浩、阮學濬又均爲《皇清文穎》提調校閲官，因此，《本朝館閣詩》在編選時，主要參考了《皇清文穎》。

《皇清文穎》的編輯經康、雍、乾三朝始成。康熙四十八年（一七〇九），命陳廷敬、王鴻緒等人纂輯《皇清文穎》，康熙五十一年（一七一二）告成，共一百四十卷，然因擇取不精，未能刊行。雍正十二年（一七三四），命大學士鄂爾泰、張廷玉，工部尚書徐本爲總裁官，亦未能完成。乾隆九年（一七四四），以張廷玉、梁詩正、汪由敦爲總裁，重新編纂《皇清文穎》，十二年（一七四七）告成，共一百二十四卷，其中御製詩文二十四卷，臣工賦頌及諸體詩文共一百卷。

除去卷首御製詩文，《皇清文穎》自卷五十一爲詩歌，凡樂府、四言古詩、五言古詩、七言古詩、九言詩、五言律詩、七言律詩、六言律詩、五言排律、七言排律、五言絶句、七言絶句等十二種詩體。《本朝館閣詩》，選録清初至乾隆朝名公巨卿館閣體詩三千餘首，卷一至卷十八，按五言古詩、七言古詩、五言律詩、七言律詩、五言排律、七言排律、五言絶句、七言絶句等八種詩體編排；卷十九、卷二十補遺，亦依此八體編排；附録一卷續附録一卷，均爲五言排律。除未收樂府、四言古詩、九言詩、六言律詩這四種詩體外，《本朝館閣詩》其餘詩體基本依照《皇清文穎》的次序編排。

《皇清文穎》首二十四卷，卷首一至六爲康熙，卷首七至十爲雍正，卷首十一至二十四爲乾隆，均先文後詩。《本朝館閣詩》未收御製詩，其原因，如《凡例》云：『睿藻高深，如日月昭回，未便與繁星並列，故所載止館閣詩。』不僅御製詩，其他親王、貝子之詩亦皆不收，所選基本爲翰林院官員及六部尚書、侍郎等之詩，在詩人身份上構成館閣文人群體。

《本朝館閣詩·凡例》云其在《皇清文穎》基礎上有所增益選擇，内閣文庫本《本朝館閣詩》共收詩人三百五十六人，詩三千一百三十二首，人均八九首。與《皇清文穎》相對照，《本朝館閣詩》收詩數量最多的是梁詩正，共一百九十二首；而其在《皇清文穎》中僅收二十四首，少於張英等人。其原因，或與作者的職務及任職時間有關係。梁詩正乾隆十五年（一七五〇）調吏部尚書，至此書編成時，仍爲吏部尚書。又如汪由敦，《本朝館閣詩》收詩五十四首，《皇清文穎》收詩十七首，而汪於乾隆二十二年（一七五七）實授吏部尚書。這樣的情況，在沈德潛的選詩上體現得更清楚。沈德潛，字確士，號歸愚，乾隆四年（一七三九）進士，乾隆二十二年加禮部尚書銜。《皇清文穎》中，沈德潛僅收詩十首，而《本朝館閣詩》共收七十一首，在世館閣詩人中僅次於梁詩正。另一方面，阮氏兄弟請沈德潛爲本書撰序，序中沈德潛將館閣詩與山林詩作了比較，提出自己所認爲的館閣詩典範。這在某種程度上體現出阮氏兄弟編選本書時要形塑當時館閣詩典範的意圖。此外，編選者的社會關係網絡也起到重要的作用。《皇清文穎》未收阮學濬之詩，《本朝館閣詩》選録五十一首；阮學浩則由八首增至四十四首。又如鄭虎文，乾隆七年（一七四二）進士，

《皇清文穎》未收，《本朝館閣詩》則選録五十一首。其原因，大概與其爲阮學浩門生有關：『壬戌二月，充會試同考官，得王公太嶽、鄭公虎文、鍾公鳳翔、袁公德達等十七人。』〔一〕

《本朝館閣詩》與《皇清文穎》均用分體選詩、每體下依人編次的方式，其所選之人與編排次序頗能反映出編者的思想。歷來詩歌選本，其編排次序大致有兩種，一是以所選詩人年輩排，體現了史的脉絡；一是以身份排，體現的是品階地位。《皇清文穎》大致是以所選之人的身份排序，康熙、雍正、乾隆三帝單獨編次；卷五十一以下所選諸臣工之詩，除樂府、四言古詩外，其餘各體基本以親王、貝子置前，如卷五十九、卷六十爲五言古詩，首理密親王允礽、恒温親王允祺、果毅親王允禮、慎郡王允禧、貝子弘普、輔國將軍博爾都。其餘各卷大致是依品階爲序，藉由詩選所體現的乃是政治倫理意識。帝王及親王、貝子等人之詩，《本朝館閣詩》均未收，其他各人則以登科入仕時間爲序，《凡例》云：『序次則以登科之先後、服官之歲月，其或歷仕已久，復預詞科，如湯睢州、施宣城諸公，仍從前列，餘悉準此。』（凡例，葉二B）在突出詩人的館閣身份的同時，也强調和突出了詩歌的文學性。

其選録編次的具體情況，可以五言古詩、七言律詩爲例作一考察。

〔一〕 阮葵生：《顯考緩堂府君行述》，《七録齋文鈔》卷六，清刻本。

五言古詩，是一種偏於個人情志抒發的詩體，如許學夷認爲：『漢魏五言，本乎情興，故其體委婉而語悠圓，有天成之妙。五言古，惟是爲正。』〔一〕在歷代臺閣詩人的作品中，五言古詩數量均不多〔二〕，故《皇清文穎》《本朝館閣詩》所選亦較少。五言古詩，《皇清文穎》共選二十九人、九十六首，《本朝館閣詩》五言古詩共選三十五人、一百零六首，總量大體相似。二書所收重合者，計張玉書、張英、徐乾學、徐秉義、熊賜履、汪灝、孫在豐、孫勷、沈涵、喬萊、吕耀曾、勵廷儀、蔣廷錫、黄叔琳、鄂爾泰、德齡、儲在文等十七人，則《本朝館閣詩》有超過一半詩人爲編者所別選。從選詩情況看，《本朝館閣詩》大致是以《皇清文穎》所選詩爲基礎加以删補，如張玉書、熊賜履、徐秉義、喬萊、孫勷、汪灝、沈涵、黄叔琳、蔣廷錫、鄂爾泰、儲在文、吕耀曾、德齡等十三人所選詩與《皇清文穎》完全相同。加以删削的，如《皇清文穎》選孫在豐《出山海關》三首、《長城》，《本朝館閣詩》删去《長城》。增補的，如《皇清文穎》選張英《扈從南巡詩》八首，《本朝館閣詩》則補爲十二首；又如徐乾學，《皇清文穎》選《瀛臺恩宴詩》四首，《本朝館閣詩》又增補了《聖駕南巡詩》十首。

〔一〕許學夷：《詩源辯體》卷三，陳廣宏、侯榮川編校：《明人詩話要籍彙編》，復旦大學出版社二〇一七年版，第八册，第三六九二頁。

〔二〕詳參簡錦松：《明代文學批評研究》，臺灣學生書局一九八九年版，第一九二至一九四頁。七言律詩與臺閣體的關係亦見此。

七言律詩是臺閣作者使用最多的詩體，其源頭可追溯至歐陽修、蘇軾。影響所及，後來的歷代官方或文人唱和，七言律均是最常用的詩歌體裁。《皇清文穎》和《本朝館閣詩》所選七言律詩均爲諸體之最。《皇清文穎》卷首六收康熙十七首，卷首十收雍正三十三首，卷首二十二、卷首二十三收乾隆合計一百五十六首；又卷七十一、卷七十二收理密親王允礽、恒温親王允祺等十四人，詩一百一十九首。以上三帝及親王、貝子等，《本朝館閣詩》均未收。《皇清文穎》自卷七十三至卷九十一，共收張玉書、張英、陳廷敬等一百五十九人，七言律詩一千一百八十八首；《本朝館閣詩》自卷六至卷十一，共選李霨、魏象樞、施閏章等一百五十二人，七言律詩一千一百八十首；卷十九補遺收顧圖河、鄂爾泰、蔣廷錫、汪由敦等十人，七言律詩一百一十八首。其中二書同收的有張英、張玉書、張廷玉等九十六人，《皇清文穎》中陳邦、德保、勵杜訥、彭定求、徐元正、張映辰等六十三人《本朝館閣詩》未收，《本朝館閣詩》另選入沈德潛、王士禛、徐乾學、姜宸英、宋犖、阮學濬、顧嗣立、彭孫遹、宋弼、張大受等七十九人。

從五言古和七言律的選録情況看，《皇清文穎》《本朝館閣詩》均體現出明顯的臺閣詩特徵，更偏重於典重雅正的群體性表達，努力歌咏盛朝氣象。相對而言，《本朝館閣詩》雖是在《皇清文穎》基礎上編選，但其在狹窄的空間内通過弃取删補的細微操作，還是凸顯了其所理解的臺閣或館閣文學的特徵和藝術價值。

## 三

《本朝館閣詩》雖然是阮氏兄弟居淮安山陽家中所編選，但本書與《皇清文穎》的淵源關係、選者及所選詩人的館閣身份，還是帶有相當濃厚的官方特徵，這對我們瞭解和認識清代中期詩學思想的變化、詩歌創作的技術性發展都有著重要的價值。

首先是本書對館閣詩特徵及典範的確認。館閣，又稱臺閣，一般與山林相對。如宋代吴處厚《青箱雜記》對比了臺閣與山林的不同：『余嘗究之，文章雖皆出於心術，而實有兩等：有山林草野之文，有朝廷臺閣之文。山林草野之文，則其氣枯槁憔悴，乃道不得行，著書立言者之所尚也。朝廷臺閣之文，則其氣温潤豐縟，乃得位於時，演綸視草者之所尚也。』主要是從詩歌風格上區分二者。李東陽《懷麓堂詩話》則從詩歌品格上辨析臺閣與山林：『作山林詩易，作臺閣詩難。山林詩或失之野，臺閣詩或失之俗，野可犯，俗不可犯也。』不論吴處厚還是李東陽，都從價值序列上將館閣詩置於山林詩之上。然而明代前期以『三楊』爲代表的臺閣體，『至宏正之間而極弊，冗闒膚廓，幾於萬喙一音』（《四庫全書總目》卷一百七十），不斷受到學者的批評，其中除了文學表達的思考，也與國家政治走向有著密切的關係。至乾隆時，隨著社會的穩定發展，歌功頌德的『鳴盛』思想重新占據了主流文壇，但在詩歌的體性及表達上已經借鑒明代臺閣體的教訓，有了新的思考和認識。

《本朝館閣詩》以『館閣』爲名，其意自然是要構建編者所期許的此類詩歌典範，扭轉一直以來對於館閣詩的輕視，從而達到鳴國家之盛的文學功能。本書卷首序一爲沈德潛所撰，云：『自後世謂臺閣之詩主堂皇，山林之詩主蕭疏。臺閣體非性靈之所屬，詩家弗尚，於是作詩者遂相率而爲寒瘦。』在指出館閣、山林詩的各自特點及彼此消長之勢後，沈德潛更提出館閣詩的典範乃是格律和性靈兼具：『館閣之詩，貴氣局嚴整，屬對雅切。然必具有性靈而後開闔變化，泯其俳儷之迹。』又云：『風格各殊，體裁異制，而情必本于忠愛，聲必極于和平，法律備而性靈存焉。』法律、格律是近體詩必備的要素，山林詩也並非不講格律，只是其更多的屬於個人化書寫，有著較大的自由度；而館閣詩則更多地應用在較爲嚴肅的場合，在内容和風格上受到更多的束縛，從而影響性靈的抒發。因此，對於館閣詩作者來説最爲重要的是在這兩者之間尋找到一種平衡。

其次，《本朝館閣詩》對乾隆中後期的詩歌選本有著重要的影響。館閣或臺閣詩的選本，歷來就少。《宋史》卷二百〇九《藝文志》著録：『《館閣詞章》一卷《館閣詩》八卷，並中興館閣諸臣所撰。』又明人羅玘《圭峰集》卷一有《館閣壽詩序》，乃是黄舜臣之父黄寬夫六十壽辰，請館閣諸人以詩爲壽。《本朝館閣詩》是今存最早的以館閣大臣爲對象的詩歌選本，受其影響，又出現了幾種館閣詩選。如《庚辰集》五卷，紀昀編，乾隆二十七年（一七六二）序刊本。是書選康熙庚辰科至乾隆庚辰科六十年館閣詩，其《凡例》云：『館閣諸公，有登科館選録可考。其試卷行卷，散見諸編，作者難以悉核。今隨見隨編，共爲一卷，不復排比後先。』〔一〕又如《本朝館閣詩花樣集》六卷，楊昌光編，嘉慶二十一年（一八一六）樹本堂刻本。卷首《略例十則》，云：『是集所抄，皆近科館閣詩及試卷、行卷，而窗下佳構亦間録之。』〔二〕是書乃以詩韻分類編次。

唐代科舉考試，進士科以詩賦爲主。宋初，沿襲唐制，亦以詩賦爲主。熙寧年間，王安石爲相，以『科法敗壞人才』，於是『罷詩賦、帖經、墨義，士各占治《易》、《詩》、《書》、《周禮》、《禮記》一經，兼《論語》、《孟子》。每試四場，初大經，次兼經，大義凡十道（後改《論語》、《孟子》義各三道），次論一首，次策三道，禮部試即增二道』。元祐初，『尚書省請復詩賦，與經義兼行』〔三〕。至明代則取消詩賦，僅考經義，清初科舉大致沿用明制。康熙十八年（一六七九），爲籠絡士人，穩定政權，開設博學鴻詞科，其考試已經是以詩賦爲主；晚年更想改革科舉，在後場『減判增詩』。乾隆二十二年（一七五七）正月，發布上諭，自此年丁丑科會試起考試五言排律。據《清史稿·選舉三》載：『二十二年，詔剔舊習、求實效，移經文於二場，罷論、表、判，增五言八韻律詩。明年，首場復增《性理》論，御史楊方立疏請鄉、會試增《周禮》、《儀禮》二經命題。帝以二《禮》義蘊已具於《戴記》，不從。四十七年，移置律詩於首場試藝後，《性理》論於二場經

〔一〕紀昀《庚辰集·凡例》，孫致中等校點：《紀曉嵐文集》第三册，河北教育出版社一九九五年版，第六三頁。
〔二〕楊昌光：《本朝館閣詩花樣集》，嘉慶二十一年（一八一六）樹本堂刻本，卷首《略例十則》葉一A。
〔三〕何忠禮：《宋史選舉志補正》，中華書局二〇一三年版，第四七、五三頁。

文後。』〔一〕

此外，《本朝館閣詩》編選於乾隆二十二年十二月，其直接的目的，就是服務於科舉應試的變化。阮學濬序云：『特詔春官秋賦兼以詩取士，又俞臺臣請學臣歲科試亦參用唐律八韻。』（序四，葉一B）這一科舉應試指導的目的，在其附録一卷中體現得最爲清楚。

内閣文庫等藏本附録卷端下署『山陽阮學浩裴園、學濬澂園編次，歙縣曹文埴近薇參閲』，收五言排律一百四十三首；續附録卷端下署『山陽阮芝生紫坪、阮葵生寶誠編次，歙縣曹文埴近薇』，收五言排律一百二十四首。此附録一卷續附録一卷，並非館閣之作，乃是阮芝生、阮葵生及其好友曹文埴編輯友朋習學試律之作。

阮芝生，字秀儲，一字謝階，號紫坪，阮學浩次子。乾隆二十二年進士，歷官内閣中書、德清知縣、永定河北岸同知。著有《咏素齋集》《聽潮集》《退朝堂筆記》等。阮葵生，字寶誠，號吾山，阮學浩長子，乾隆二十六年（一七六一）恩科正榜，授内閣中書、軍機司員處行走，補刑部主事，累官刑部侍郎。著有《七録齋詩鈔》《七録齋文鈔》。曹文埴（一七三五—一七九八），字近薇，號竹虚，歙縣（今屬安徽）人。乾隆二十五年（一七六〇）二甲頭名進士，改庶吉士，授編修，直懋勤殿，累官户部尚書，卒謚文敏。其子曹振鏞，歷官翰林院編修、體仁閣大學士兼工部尚書、首

〔一〕 趙爾巽等：《清史稿》卷一百〇八《選舉三》，中華書局一九七七年版，第三一五一頁。

席軍機大臣、武英殿大學士，以平定喀什噶爾功績晋太子太師，旋晋太傅，賜畫像入紫光閣，卒謚文正。

阮芝生爲阮葵生之弟，依常理，其署名當在葵生之後，然芝生成進士在前，故署在前。曹文埴與阮葵生均爲乾隆十七年（一七五二）恩科鄉試舉人，二人爲知交好友。阮葵生《七録齋詩鈔》有《與曹近薇夜話》（卷七）、《同王孟樓裘超然宋小巖過曹近薇寓齋次孟樓韻》（卷七）、《雨夜宿近薇寓齋即題其詩册次卷中韻》（卷八）等詩。曹文埴《石鼓硯齋詩鈔》亦有《題阮大吾山泗上歌風集後》（卷三，葉七A）、《阮大吾山於所居種竹，偕董東亭用韓昌黎秋雨聯句韻作詩紀興，余時亦適種竹寓齋，若有同心，爰依韻和之》（卷四，葉十二A）等。曹文埴與阮芝生亦相識，有《題阮二紫坪寒溪訪友圖》，云：『吴山曾過訪，五夜共聽潮。』下注：『紫坪昔讀書武林之吴山，著有《聽潮集》。予於己卯夏日過訪，曾一讀之。』

附録、續附録的刊刻時間或在乾隆二十二年至二十五年間。附録一卷共收曹文埴詩八首，在其《石鼓硯齋試帖》中均有收録，然文字有較大差異。如《賦得雲中辨江樹》（按括號内爲《石鼓硯齋試帖》文字）：

水色浮江（天）白，流（晴）雲入望同。遥連天澹蕩（江浩淼），隱帶樹朦朧。一抹環前浦，千重疊遠空。陰垂含宿雨，聲起度輕風。樵徑孤峰合，漁邨曲澗通。蒼茫看未足（賞心吟易暢），依約（好手）畫難工。斷岸縈回外（上苑），歸舟指點中。賞心於此遇（何如依上苑），詩境正無窮

（嘉蔭睹葱蘢）。

《石鼓硯齋試帖》卷首有錢載序，末署『乾隆五十有二年丁未三月之望，秀水錢載』，序云：『癸卯，余蒙恩歸老於家，公今亦乞歸養母。道過禾中，出《試帖》一編示余。』癸卯爲乾隆四十八年（一七八三），則《試帖》爲曹文埴晚年所定。《本朝館閣詩》附録一卷所收當爲其早年文本，極有可能是其與阮氏兄弟及其他友朋練筆之作，將之編入《本朝館閣詩》，不僅是本編爲舉子應試提供典範意旨的具體體現，而且以阮氏兄弟的地位，也能因此爲館閣諸臣所稱賞，獲得類似行卷的效果。

在此之前，已有相當多的律詩應試選本，如康熙五十四年（一七一五）即有吴學濂《唐人應試六韻詩》、臧嶽《唐詩類釋》、黄六鴻《唐詩筌蹄集》、牟欽元《唐詩排律》、花豫樓主人《唐五言六韻詩豫》等[一]。然而這些選本基本都是以唐詩作爲習學的範本，選本朝詩作爲應試之用的較爲少見。沈玉亮、吴陳琰《鳳池集》編成於康熙四十四年（一七〇五），所選亦是館閣應制之作，其意在於迎鑾獻册之用，並非爲科舉應試而選。而且沈玉亮爲諸生，吴陳琰爲茌平知縣，康熙四十二年（一七〇三）召試一等，授南書房纂修，《四庫全書總目》對《鳳池集》評價甚低：『是編刻於康熙乙酉，裒國朝應制之詩，分體編輯，無所詮擇，末附雜劇一折，則自古所無之創例也。』其影響自

[一] 詳參劉和文：《清人選清詩研究》，蘇州大學出版社二〇一七年版，第一〇頁。

然不能和《本朝館閣詩》相比。

《本朝館閣詩》以其敏感的時間和編選者、作序者館閣重臣的身份，刊成後對清詩選本産生了重要的影響，出現了相當數量的以選擇本朝詩作爲科舉應試之用的詩歌選本。如杜定基《國朝試帖鳴盛》六卷，編於乾隆二十三年（一七五八）；法式善等輯《同館試律彙鈔》二十四卷《續鈔》三卷《補鈔》一卷，刊於乾隆五十二年（一七八七）至乾隆五十四年（一七八九）；馬大亨編《國朝試帖典林》四卷續編二卷，刊於乾隆六十年（一七九五）；王芑孫輯《國朝館閣九家詩鑒》十二卷，刊於乾隆六十年（一七九五）。這些詩歌選本在供給舉子應試學習之外，無疑也爲形塑清朝自身的詩歌典範起到了重要的作用。

## 四

本次整理，以日本内閣文庫藏乾隆二十三年（一七五八）刊《本朝館閣詩》二十卷附録一卷續附録一卷本爲底本，參校哈佛大學圖書館、日本國立國會圖書館藏本。

整理中凡異體字、俗體字等均徑改爲通行規範字，不出校；通假字、古字，則依文意需要，儘可能予以保留。訛誤字，人名、地名之訛及明顯的刊刻之誤，徑改，不出校；其他訛誤，則據他本校改，出校記。避諱字，一般不改；但人名避諱，如『王士正』當爲『王士禛』，則徑改本字。

此次整理，由張明晶負責全書體例的編排及最後文字的審定，並負責卷一至卷十的點校；卷十一至卷二十及附録部分的點校由温州大學古典文獻學研究生任婕負責。限於學力識見，其中如有未當之處，還請方家指正。

# 目録

## 本朝館閣詩卷三……六七

## 本朝館閣詩卷四……九四

### 五言律一……九四

# 本朝館閣詩卷五……一三二

## 本朝館閣詩卷六

## 本朝館閣詩卷七

## 本朝館閣詩卷八

## 本朝館閣詩卷九……二八九

### 七言律四……二八九

## 本朝館閣詩卷十一……三六三

## 本朝館閣詩卷十二……四〇四

### 五言排律一……四〇四

## 本朝館閣詩卷十三

# 本朝館閣詩卷十四……四七〇

## 本朝館閣詩卷十五

## 本朝館閣詩卷十七……五七四

## 本朝館閣詩卷十八



### 五言絶句

## 七言絶句……六〇七

五言律……六七〇

## 七言律……六八一

## 本朝館閣詩卷二十（補遺）……七〇七

## 本朝館閣詩續附録

# 序

館閣之詩，貴氣局嚴整，屬對雅切。然必具有性靈而後開闔變化，泯其俳儷之迹。王、楊、盧、駱、陳、杜、沈、宋、燕、許、曲江，應制、贈送諸篇，所以弁冕三唐，輝映百代，胥是道也。自後世謂臺閣之詩主堂皇，山林之詩主蕭疏，臺閣體非性靈之所屬，詩家弗尚，於是作詩者遂相率而爲寒瘦。譬之于味，知藜藿而不知鳳麟之膏；譬之于服，知布帛而不知黼黻之佩；譬之于樂，知笙琶而不知黄鐘大吕之音。東野、長江，倘令其作爲雅頌以咏歌一代功德，恐未許爲擅長矣。聖天子崇重風雅，詔鄉會試改用五言八韻詩，欲俾多士咸殫心於聲律，他日颺言矢音，繼虞廷、成周之盛，誠曠典也。然無以示之準則，徒事裁花鬥葉、妃白取青，語句雖工，而於揚扢之義，寧有當乎？前輩阮裴園先生偕難弟澂園先生，取國初迄今名公鉅卿鼓吹休明之什以及禮闈試帖，擷其精藻，删其繁蕪，彙爲一十八卷。風格各殊，體裁異制，而情必本于忠愛，聲必極於和平，法律備而性靈存焉。披華啓秀，凡其可以追踪王、楊、盧、駱、陳、杜、沈、宋、燕、許、曲江者，始采入集，洵館閣詩之圭臬也。是編出而多士識所指歸，乃知藜藿之外别有鳳麟，布帛之外别有黼黻，笙琶之外别有黄鍾大吕。研窮誦習，一師法乎前賢，既以中程式決科名，迨至槖筆殿陛，拜獻賡歌，取懷裕如，無待入政後學而彬彬蔚蔚，風雅之振興，度越有唐遠矣。裴園先生歸田以來，會集淮上能文之士，日有課，月有考，手訂敬義齋制義，文章日進。而上今又以詩引翼學者，海内英流咸得窺石渠、天禄之藏，以沐浴於熙朝温柔敦厚之教，先生之功偉哉。

乾隆戊寅夏月，館後進長洲沈德潛題。

淮上二阮太史前輩選《本朝館閣詩》成，以子進士芝生來從游，即屬爲序。召南自惟弇陋，又病久廢書，深愧無以報命。適雨霽風清，坐石亭翻閲，竟，作而歎曰：『盛哉乎斯世！伊古立教，取言志者治人性情，感發興起，義歸無邪，功與禮樂相終始。而篇章所録，雅有正變，風有貞淫，不能不轉移於時地。求夫會值郅隆，化成久道，環海兵銷刑厝，率土俗易風移，洋溢頌聲，衢歌壤擊，天幬地載，盛德攸同，野無遺賢，朝羅群雅，雖古稱極盛如唐虞周室，絜功較績，尚未能及我大清之聖聖相承，重熙累洽，民安物阜，符瑞畢臻。直總埏垓以大鈞陶，厚人倫而美教化也。况漢魏至元明，時世治亂靡常，氣運盛衰迭見者，豈可同日語哉！詩有總集，昉自六朝，伏滔、袁豹、謝靈運、顔延之即有晋宋宴會各編，專紀當時侍從應詔所作。唐以詩著，選者稍多，若崔融集學士張孝嵩集。《朝英》書已失傳，其傳若殷璠之《河岳英靈》、高仲武之《中興間氣》、元結之《篋中》數種，或詩取雜篇，或人收遺佚，並無關於時政，其於古人立教微意，概乎未之有聞也。太史碩學雄才，所著詩歌甚夥，花萼聯珠，館閣咸宗仰焉。曩者敕編《文穎》，群視太史爲準繩。今因功令，鄉會取士兼用唐律八韻，太史患初學者不得其門，無以道之先路，且古今各體見聞未備，亦不足以擴心思而循軌範也。迺依《文穎》例，蒐益廣，擇益精，語必性情，詞皆典則。《周官》太師教六詩，德本中和，祗庸孝友，卜子序《詩》言「治世之音安以樂」，《經解》言「温柔敦厚而不愚」，是書采録可謂兼之。』即書是語復二太史，未知二太史謂可與言詩否也？

乾隆戊寅天中節，天台後學齊召南書於浙之敷文書院。

詩教之興，昉於后夔典樂，厥後上沿爲治，下習爲俗，自朝廷以及閭巷，自國學以及家塾，莫不有取於詩。逮山林、臺閣之説起，遂謂窮而後工，似聲韵一途爲騷人羈客之所專長，而非士君子之急務，匪篤論也。夫作詩者，憂愉舒慘，變態萬殊，各視其運會之污隆、遭逢之通塞，而性情、才分之優絀不與焉。明良載歌，而後若周文公之《七月》，召康公之《卷阿》，類皆颺言矢音，黼黻治具。漢柏梁臺之建，則丞相、大將軍、御史大夫之屬賡續成篇。唐初詩體大備，則有應制暨奉和聖製之作。其間張道濟、蘇廷碩輩鏗鋐炳耀，照映千秋，未聞其以異於窈眇寒瘦者而轉爲貶抑也。且夫學者宗仰杜詩，目以大成尚已。少陵之獻《三大禮賦》也，自稱『漱吮甘液，游泳和氣』，即其詩云『前輩飛騰入，餘波綺麗爲』，則指歸概可識矣。令當日從容密勿，襄贊絲綸，以效太平之潤色，何遽不如燕、許諸公？而卒之幽愁沉鬱，以少陵之詩傳，則亦其所值之時爲之。謂少陵能工於天寶、至德之年，而不能工於貞觀、景雲之代，豈理也哉！益信窮而後工乃詩人有激之談，而未可爲鼓吹休明者道也。恭惟國家列聖相承，重熙累洽，我皇上亶聰明睿智之姿，天縱多能，轢轢雅頌，邇者春官録士，詔省論表判語改用唐律八韻，著爲令，猗歟盛哉！胥一世而措之禮樂陶淑之中，崇實黜浮，未有如今日者也。學浩於詩學鮮所窺尋，顧曩者承乏纂局，職在搜討，竊見本朝百餘年人文璘玢，擅美篇什，册府所收，凡館課進呈、廷試與夫恭紀、恭和、公餘、于役等詩，珠淵玉海，景合雲蒸，允堪程式，藝林争先快睹。爰偕弟學濬檢手鈔舊帙，增以禮闈試帖，得十八卷，爲館閣詩，梓而行之。體裁風格不名一家，要必本忠愛之心，抒和平之奏，温柔敦厚而不雜以粗厲猛起之音者，始登斯集。至如堂廉寵遇，簪紱殊榮，或時見於臣僚之所撰述，尤必聯翩備載，揚厲恩暉，俾草茅佔畢之士讀之，咸知生際昌時，聖天子奎壁之光，下飾萬物，涵濡教澤，邁漢唐而遠媲虞周。因之蹈德咏仁，益以篤其拜獻媚兹之誼，非徒曰肄業及之也。壬戌、乙丑後采摭較稀，則緣謁告以還，耳目狹陋。方今承明，著作日新富有，嗣有名公鉅製流播田間者，曝背餘閑，不辭重綴輯焉。

乾隆二十二年歲次丁丑嘉平月既望，翰林院檢討充《皇清文穎》館纂修官加二級山陽阮學浩謹序。

學者束髮受書，即學爲應舉之文，迄於槁項黄馘，不能作一韻語。見有耽心吟咏者，則群駴且笑，以爲有妨舉業，是所謂東嚮而望，不見西墻者也。唐制：調露中，進士科試帖經，經通試雜文，雜文謂詩賦也。其後先試雜文，次論策、帖經，雜文放者始得以次試，而帖經被落，仍許詩贖，詩之重如是，故其詩傳。方今聖天子以文治化成天下，萬幾餘暇，天藻葩流，日星雲漢，照耀垓埏，皇哉唐哉，炳焉與三代同風。特詔春官秋賦兼以詩取士，又俞臺臣請學臣歲科試亦參用唐律八韻，蓋即古昔崇四術以造士之意。寰海文學之彦，涵濡教澤當如何？揚芳摛藻，歌咏太平，潤色鴻業以稱上旨哉！涣汗所被，景合風靡，藝林鏤刻，人自爲書，要皆不免於簡略寒儉，芸閣、蓬山秘帙罕覯。夫鈞天廣樂，必有偉麗之觀；帝室皇居，必蓄非常之寶。山澤之臞而欲作金華殿中語，殊虞其不類耳。家兄里居多暇，與濬商榷，特奉《皇清文穎》所選諸體詩爲宗，復有增益，薈萃成書，併就正於長洲、天台兩宗伯，爰付之梓，以公同志。濬謭陋無似，何敢言詩！朱子有云：『詩者，志之所之，亦觀其志之高下何如耳。志出於高明純一之地，詩固不待學而能。』又謂：『洗滌盡腸胃中夙生葷血脂膏，方有所措。』平日誦述，折衷前賢，是選大指亦不越此。四始彪炳，六義環深，學者誠由是編涵泳津潄，斐然成家，和其聲以鳴國家之盛，毋徒藉爲應舉之津筏，弋獲科名而已，是則區區之願也夫。

乾隆戊寅六月上旬，山陽阮學濬書於吴門寓舍。

# 凡例

一、國家文治光昌，聖作物睹，臣工著述，具見於《皇清文穎》。《文穎》卷首恭録聖祖仁皇帝、世宗憲皇帝文集暨我皇上御製詩文。蓋奉敕編定之書，版藏内府。兹集則取其便於誦習，睿藻高深，如日月昭回，未便與繁星并列，故所載止館閣詩，爲初學攻試帖者式焉。

一、《文穎》卷帙浩繁，詩文並纂，窮鄉下士，購求爲難。兹集謹加銓擇，間搜續出文集、鈔本益之。要之，鴻辭傑構及大典禮所關，約略備矣。匪第薈萃菁華，抑亦導揚庥美。

一、館閣詩所以衹效對揚，義歸雅正。蓬萊鳷鵲，非山亭水榭之觀；《大濩》《雲門》，豈趙瑟秦筝之曲。兹集遴選矜慎，苟鋪張極盛而未協體裁，馳騁有餘而偶乖音律者，皆不敢泛爲登載。

一、右文之典，至我朝而極盛。聖祖仁皇帝延接儒臣，南書房應制之篇騰輝簡册。皇上錫宴詞曹，親臨棘院，隆恩異數，叠被聲詩。至於舊學耆英，邀蒙殊眷，君歌臣答，再睹中天，凡皆前史之所未聞，生人之所僅見，網羅特富，用以昭示來兹。

一、邇日《和聲集》《玉堂名翰》諸刻，所選止翰苑詩。兹集稍廣其例，凡中外鉅公名流之作皆録焉。序次則以登科之先後，服官之歲月。其或歷仕已久，復預詞科，如湯睢州、施宣城諸公，仍從前列。餘悉準此。

一、園花向日，具有性情；野老歌衢，知工頌禱。矧夫觀國用賓者乎？秘省鈔書之士，成均肄業之英，以逮叩閽攄忱，迎鑾奏曲，苟有當於揚扢，咸在所不遺焉。

# 本朝館閣詩卷一

## 五言古

### 早入瀛臺作　　王士禛

鐘殘入西苑，稍稍霞侵曙。水風泛叢蒲，山月隱高樹。藻密聞魚跳，沙明見鳧聚。詎識華林園，適叶滄洲趣。

### 初拜國子祭酒釋菜太學作　　王士禛

雍雍禮樂地，肅肅堂廡深。皚皚素雪零，鬱鬱青松陰。堂上鐘簴懸，壁中絲竹音。末學愧承師，撫躬實難任。文學盛鄒魯，流風感至今。早入矍相圃，夙侍緇帷林。未能習禮器，遂以玷華簪。聖朝敷文德，憬彼胥獻琛。岧嶢白虎觀，諸儒粲璆琳。議郎悉承制，更老多横襟。低徊宫墻下，如聽師襄琴。

## 駕幸闕里恭紀

熊賜履

尼山秉教鐸，千秋斯道彰。懸象揭中天，微言復克昌。表章賴哲辟，載籍紀前芳。漢高修牢享，唐宗薦衮裳。褒崇並祠祀，宋制備膠庠。豈無右文主，沾沾循舊章。至理鮮孚契，儀節徒鋪張。我皇天縱聖，淵默接羲黄。宸衷太極涵，舒卷叶陰陽。以兹隆代理，一一邁前王。甲子貞元會，薄海慶平康。肇舉東巡典，禮秩崇珪璋。帝心尤重道，法駕賁宫墻。虔修釋菜禮，鈞奏何洋洋。儒生講席開，尊俎倍輝煌。萬世仰師表，親題御筆香。天章揮藻翰，貞碣亦琳瑯。爰逮四氏裔，恩澤施無疆。隆禮兼異數，宣示布周行。六宇盡歡呼，斯文日月光。愚臣慚謭陋，叨隨太液旁。值兹鉅典成，拜手事賡颺。

## 賜游湯泉應制四首

張玉書

神皋結靈異，温谷瀉飛泉。百派繞山麓，纍纍珠光旋。甃石匯爲沼，玉鑑凌空懸。積藹蕩青碧，蒸液浮暖烟。俯瞰丹砂沸，仰矚銀漢連。日月遞吞吐，倒景環其間。勝境表殊狀，幽響争奇妍。渟泓杳難測，帝澤涵深淵。

離離灌木岡，芊芊芳草址。别館引暄瀾，茅茨覆階戺。松雲自生牖，寧假雕釦侈。眷言奉重闈，敦樸愜慈旨。星軒一以御，淑氣紛蘭芷。四序鱗次周，春波常如綺。濯龍侵曉闢，鑾鈴時至止。
篤孝叶神符，千秋綏福履。

遥岑帶長薄，曲渚連西疇。融風萬彙滋，瑞澤孰與侔。迢遞石門峽，淼漾灃水流。兹泉互回伏，
涌秀成奧邱。鬱鬱望孝陵，嶺接烟嵐稠。翠華虔展謁，肅此駐宸斿。齋祓心神瑩，遐覽物象收。
扶輿浩旁礴，王氣蟠神州。

奇迹絶躋攀，矯首天際隔。温綸忽下逮，神山欣咫尺。盥滌煩疴蠲，飲吸疵癘釋。三巳良未遠，
追禊許共適。宸心軫荒遐，流潤及蟻蝈。爰弘慈孝理，遍濡膏雨澤。載溥仁儉恩，盡起溝壑瘠。
四海登春臺，庥聲永金石。

## 瀛臺賜宴恭紀

李　鎧

皇極正三辰，天心寧萬國。龍飛二十載，鴻猷抒允塞。舞羽在廟堂，歌鐃自滇僰。虎賁靖武容，
鳳儀感文德。薄海樂雍時，内廷豐暇日。庶職愧贊采，睿懷體休恤。在宗禮必成，禁苑情逾密。
駕言御瀛臺，森然駐星蹕。翠華拂晴光，黄屋凝霞色。旭日籠扇圓，纖雲倚爐直。錫宴出如綸，
時維孟秋吉。玉露濯爽辰，金飈應商律。鸞珂鳴更静，鷺序齊以秩。傳呼亦有名，微分鶩殊溢。
聯步陟重階，璚林狀非一。輦道恐逶迤，樓船命扶掖。縈繞碧藻深，遵渚蒼葭隔。魚泳激淪漪，

鷗翻漾汩澥。澄湛匯通流，參差隱璇室。仿佛泛星槎，蓬壺安可測。登岸猶惝恍，華髮稍憩息。
煌煌天語傳，濟濟軒墀入。望宸咸虎拜，分行儼鵠立。筀篔未載宣，筐篚先什襲。紛似七襄錦，
燦若鮫人織。一體被輝光，三階差爵級。吴蠶夏作綾，蜀繭春成纈。金梭萬里貢，章服微躬竊。
不稱畏貽譏，撫懷但惴慄。須臾張綺筵，馥郁羅香飶。翠罽擬雲鋪，瑣闈連霧集。絲絡御厨來，
水陸大官給。充盤鱠銀鱗，流匙翻玉粒。莖露滌煩襟，冰漿消内熱。詔許恣游觀，午餘正清澈。
玲瓏叠石奇，宛委飛梁折。花根引泉細，蘭蕊含暉茁。緑陰柳尚濃，紅芳蓮可擷。恩波浩無私，
物景滋妍悦。鼓腹暫徘徊，拜手更就列。禹膳既已飫，堯樽欣復設。醥浮琥珀明，肴錯鮮腴潔。
三爵記油油，群工慎抑抑。宸藻歡未央，侍臣屢宣敕。不醉慎無歸，觴行且日昃。繁縟禮數闕，
燕衎中情得。寵遇良獨優，珍賜方未畢。溶溶太液波，嘉果齊結實。瓊絲綴碧藕，露房破湘葯。
青角帶紅裳，引蔓紛采摘。竭來束歸鞍，榮光薦芬苾。庶幾勵苦心，永以貞素節。臣本草茅士，
污泥慚弱質。一朝謁承明，出入隨珥筆。補衮何所能，素飧如有失。顧際喜起朝，敢忘賡歌職。
夏諺美王風，康衢忘帝力。八表賀昇平，一人運恭默。朝揮虞舜琴，夕緼伏羲瑟。暇豫幸陪游，
謭詞難具述。

## 乙卯闈中即事呈韓慕廬王儼齋兩太史暨諸同人

劉謙吉

河漢亦已高，秋色生衣笥。攬鏡二毛顛，忽忽居諸逝。白露未賓鴻，參差影月地。聖主愛菁莪，

旁求無不至。鎖闈紛盍簪，井甃探深秘。燕飲各從容，低徊疇昔事。十年曠伊吾，空疏良有愧。
趨蹌苟勿愆，永言辛苦意。

## 南巡扈從詩十二首　　張　英

扈從至畿輔道上民獻嘉禾數岐以示從臣

春風轉韶律，時巡歷郊原。王道廣周諮，冀以康黎元。衢路撤警蹕，羽衛袪殷繁。萬姓趨馬首，
填塞窺井垣。皆言年穀好，比歲豐雞豚。麥穗三兩岐，敢以陳至尊。聖心益嘉悦，慈顔彌霽温。
民天在粒食，農事古所敦。稼穡允爲寶，珠玉安足論。再拜紀惇史，大哉真王言。

扈從觀趵突珍珠二泉

濟水性沈勁，隱見多伏流。趵突歷城隅，噴薄聲颼颼。澄波涵曲沼，玉峰對層樓。雪濤涌銀甕，
朱檻翔白鷗。或類鮫人窟，百琲珠光浮。參差文藻漾，瀺灂纖鱗游。清寒沁心骨，四時常若秋。
昔已邀天步，今復駐彩斿。宸章炳星日，光茫射潛虬。先後兩輝映，特爲名泉留。

扈從登虎邱

虎邱一片石，乃在闤闠間。王珣舊時宅，清沚相迴環。游人無古今，石室常自閑。劍池如削玉，
繡澀苔痕斑。中涵清淺流，花底猶潺湲。層邱莽迴互，數步勞躋扳。長廊臨大壑，紫翠何其殷。

村落愛平遠，極目入烟鬟。上有萬歲亭，卓立當兹山。吴人歌樂胥，嘉惠頻年頒。

扈從登金山

滄江浩無際，乃自岷山來。浮玉一拳石，底柱何崔嵬。北迎瓜步口，南接潤城隈。迴波忽涌立，激薄聲如雷。皎若鷗鷺群，燦疑冰雪堆。海氣駕奔濤，閣影勢欲摧。有時風日麗，潮落江烟開。波光類澄鏡，燈火明香臺。仙蹕駐上頭，勝地欣追陪。峰頂大字石，雲漢同昭回。

扈從登鄧尉山

泛舟入吴會，越嶺趨香林。村居接花嶼，長橋跨碧潯。溪憐木瀆好，山愛銅坑深。一徑入桂巖，千樹對梅岑。吹香滿高閣，積雪照湖陰。長松翳古寺，惟聞鐘磬音。數點漁洋山，便娟當波心。帆影時出没，湖光瀰綠沉。鄧尉隱此山，流傳空至今。欣從仙仗來，感激生長吟。

扈從登靈巖山

振策石城路，維舟木瀆旁。紅亭倚山畔，蘭蕙松風香。春草没宫井，野花迷屧廊。裂眦入烟際，湖山鬱蒼蒼。鏡奩俯震澤，浮槎看漁洋。琴臺岡勢直，箭莖河流長。復有消夏灣，密樹涵溪光。遺踪半仿佛，究詰增荒唐。石洞本确犖，履迹尤微茫。千古好事人，附會多忖量。

扈從登吴山

吴山俯城闉，石徑登嵯峨。翹首雲物麗，極目河山多。層巒滴幽翠，晴光捲白波。一片明湖影，掩映隔喬柯。春湖如雪片，朝夕滿江沱。萬井若鱗次，葱鬱知時和。丹梯聳飛閣，蒼磴接崇阿。
至尊移步輦，雨霽此經過。雲霄晝圖句，古調永不磨。微臣草蟲吟，敢繼大風歌。

扈從渡錢塘經過雲栖虎跑泉飛來峰

東風動漣漪，鼓枻渡錢塘。沿緣歷沙渚，山徑多微茫。林壑轉幽邃，十里青篔簹。映水緑娟娟，
戛玉聲琅琅。紫蘭被山谷，日暖吹微香。西度虎泉側，因過鷲嶺傍。奇峰削雲根，凌空如飛翔。
澄溪迴數折，灌木羅千章。鐘聲渡白雲，閣影摩清蒼。萬乘一迴顧，巖壑生清光。

詔蠲江南累年逋賦

東南財賦區，逋租昔所苦。官長若傳舍，民亦罹罪罟。休哉浩蕩仁，明詔傳風雨。盡蠲歷年賦，
絲粟無所取。率土供惟正，累代有恒矩。聖心崇簡質，權衡内外府。澣衣過孝文，菲食師神禹。
十載侍禁廷，微臣目所睹。約己以裕人，惠澤斯能溥。鳳紙下層霄，慈藹軼千古。

詔增取士額録功宥過寬釋罪辜並恤商賈徒役

萬里垂天雲，霖雨沛大澤。王言流春膏，煌煌儷典册。菁莪培士氣，紘誦廣縫掖。車服旌功庸，
章程寬過謫。湯網恢八紘，堯歌軼九陌。惠政恤商旅，餘波及徒役。涣汗若風行，星軺馳數驛。
譬彼陽春景，彌綸無轍迹。萬物皆沾濡，一夫靡不獲。上配星漢文，千祀永無斁。

閲武並賞宴駐防將士

秣陵帶京口，控馭稱要地。海邦屆吴越，星羅連指臂。各列水犀營，清時飭武備。特簡豐沛英，
衛霍領驃騎。六龍御東南，神武麾七萃。霜雪耀戈甲，荼火望旌幟。射侯必飲羽，鷹隼逐猛鷙。
聖澤靡不周，師從憫勞勩。爰歌采薇篇，飲食亦古義。遍錫上方金，共沐投醪賜。

詔民間無得結綵建碑

上古君民情，淳風今再遇。欣逢至尊出，馬首讙童孺。千里賫糧來，所至輒成聚。燈火若繁星，
香風靄烟霧。慰問厖眉人，翠輦時爲駐。碑鏤萬歲字，炳耀照衢路。敷天歡忭聲，淵雲不能賦。
愛戴出微忱，聖衷彌簡素。所期家室盈，禮讓起豐裕。至哉如天仁，擊壤聽温諭。

御書篤素堂扁額特賜恭紀　　張　英

寒山樗櫟才，昌時忝遭遇。丹地蟠孤根，碧霄濯清露。撫躬彌悚惕，承恩益驚顧。齒髮日就衰，
迂拙天所賦。粗知歷世難，惟識守身固。生平有微尚，靡敢踰尺度。集木復臨淵，凛凛結情愫。
錫以草堂名，天語曰篤素。龍鸞字徑尺，瑶光懸寶璐。願言貽子孫，千齡永無斁。

## 喜雨　張英

入夏愆雨澤，廟堂軫煩憂。群公咸走望，靈祇靡不周。崩雷響中夜，急雨過南樓。萬彙起膏沃，
桔槔安能侔。眺望郊原内，禾黍方油油。枝葉覆長壠，葱鬱交平疇。樹色燦如沐，峰翠殷欲流。
聖德符元化，兹事豈人謀。千村穲稏香，端可期有秋。

## 太祖高皇帝實録告成恭紀　喬萊

維皇御八極，化理還淳熙。履兹休隆運，緬懷謨烈貽。長白鬱嵯峨，鴨緑水漫瀰。三靈相環護，
篤生上聖姿。太祖起海北，浴日乘黄離。赤手闢宇宙，歷試多艱危。甲士十三人，復讎更勿疑。
所向無衆寡，决勝如其期。有時忽深入，不遣匹馬隨。横刀屹然立，萬騎安能追。大勇人莫敵，
大智人莫窺。誅鋤遍九國，地盡東北陲。堅冰結秋仲，紅雲隨征麾。觀此百祥集，休命良在兹。
時維萬曆季，謀國如累棋。但恃幅員廣，詎料天心移。興兵分四路，間道中宵馳。我師往來擊，
一鏃無所遺。乃于五日内，殄彼十萬師。乘勝隳名城，守者安可支。遼陽瀋陽地，奚啻豳與岐。
城堡各歸附，父老壺漿持。大義順天人，豈曰殺伐爲。祁祁建都邑，濟濟盈熊羆。下詔集哀鴻，
痌瘝問瘡痍。顧兹疆圉廓，實肇混一基。當其締造日，匪徒恃鞭箠。武功赫聲靈，文治肅綱維。
國書手所製，神解侔庖羲。庶事任五臣，軍制張八旗。强者習戰鬥，弱者安耕菑。法嚴崇禮讓，

俗美戒澆漓。政令若偃草，愛戴如傾葵。遠邇衆百萬，自古難博施。寧知聖人心，不忍一夫饑。
詔禄兼授産，厚薄各有差。鑑古窮百代，垂訓法兩儀。規模何宏遠，創守無不宜。凡此神聖功，
一一宜爲辭。微臣濫史局，纂述職所司。妄測溟海寬，乃欲勺一蠡。焚膏竣編摹，爰值歲晏時。
諸司各休沐，至尊獨疇咨。緗帙日進御，披閱良孜孜。遺編見祖武，不匱敦孝思。聖學實淵深，
巨細勞指撝。筆削入微妙，臣愚安所知。況復睹寶翰，燦爛蟠蛟螭。遂令金石藏，永與天壤垂。
盛美絶形容，聊復播聲詩。

出山海關三首　孫在豐

少年重游俠，投筆論三邊。居常不思越，行亦不戀燕。長歌出塞行，而廢郊坰篇。於兹奉清蹕，
駕言從甘泉。城窟飲馬來，千里出燕然。豁焉蕩胸臆，浩浩平沙天。
天地一翕闢，乾坤開混茫。草昧起休運，經綸度大荒。皇哉東京邑，奕奕豐沛鄉。坐擁北沙漠，
俯臨南溟滄。枌榆高社日，楊柳生春光。沃野千萬里，可以事農桑。廣莫麗神州，樂土以無疆。
雲霞海色曙，翠華正臨關。羲和執轡來，光彩依龍顏。海若爲屏息，三呼響萬山。悠悠卷旌旆，
飛揚青海灣。小儒慎馳驟，騣騣豹尾間。

## 聖駕南巡詩十首

徐乾學

皇帝總六合，醲化流無垠。二十有八年，勤思在蒸民。聲教四海洽，景曜中天陳。猶慮寰宇間，謡俗儻未醇。水土失安宅，嘉種鬱不申。爰稽時巡典，臨軒召統均。農父及圻父，暨兹都水臣。鑾輿將南邁，施澤當陽春。巽風行地上，屬車無停輪。宿春預儲偫，行扈却奇珍。莫遣市離肆，寧令農輟芸。王度式金玉，王言如絲綸。昭回一以焕，萬國彌尊親。

則壤自禹甸，稷秸輸萬方。馨香奉郊廟，京坻峙神倉。聖皇憫農作，三時犯炎霜。疾耕供惟正，遺秉鮮蓋藏。沛澤時傍流，軫恤逮窮鄉。蠲租無虚歲，策府重芬芳。孟春參旂中，龍猏啓青陽。輕鑣過樂原，駐蹕農圃場。天語溢春温，垂詢及蠶桑。從容諭父老，無出明年糧。稽首呼萬歲，揚聲薄穹蒼。眷兹大小東，淑氣迴勾芒。杼軸無復歎，珮璲盈筐筐。

揚越號輕心，鮮裝競馳逐。飯稻而羹魚，斗儲無餘蓄。借竊更來居，無藝供朘剥。沿流三百載，舊章靡由復。徵賦甲天下，民生得無蹙。逋緡累億萬，徒勞事捶撲。長吏拙催科，報罷如轉轂。仁皇憫其然，温吹噓寒谷。久近悉宏貸，一旦空案牘。下户慶更生，笑語捧饘粥。更求宋氏籍，誰爲妄盈縮。什一仿前規，均平追禹服。殊恩行度外，含氣蒙字育。曠然樂更始，咸與登淳朴。侍臣稱萬壽，保極斂五福。

蜺旌飄江雲，龍舸弭震澤。鮮雲垂芝蓋，五采籠朝日。皇衷淡容與，乾行自無息。春燈芙蓉水，曉霧凝罕罼。行行抵吳門，引領西嶺驛。居人睹翠華，羅拜擁金策。願挽汾陽駕，一駐寒香窟。許爲信宿留，勞撫同嬰赤。緬彼夏禹陵，歸焉稽山側。平成奏鴻烈，千載殊軌迹。涉江一瞻拜，所在止警蹕。介珪導誠愫，肸蠁通咫尺。

季札勾吴彥，言偃文學科。後賢踵厥武，比屋誦讀多。塗山啓玉帛，赤社爰承家。濟濟越妙士，藻思蒸雲霞。宏羅歲歲施，徵求遍幽遐。蘊采猶潛淵，貞蕤尚韜華。昌期重譽髦，顧此心孔嘉。廣收東南美，竹箭及丹砂。飛翔就皇路，班班連大車。

勤哉荷戈士，遠戍江海垂。本是羽林兒，采薇歌出師。八荒既蕩定，四海偃戎旗。腹心寄干城，爪牙職莫違。秣陵稱重鎮，諸越號禦兒。雄要自古然，桓桓耀國威。鳴鑾方順動，負羽夾道馳。雷鼓警宵衛，霜仗迎晨暉。勤勞荷帝眷，温諭下所司。杓柄有浥注，文武互張施。天下已治安，儆戒不忘危。濊澤既以宏，共慶昇平時。歡聲騰挾纊，再見東山詩。

結髮行事君，詔祿荷君惠。論官服一命，受此民社寄。夙興治簿書，燃燭督井税。章程小愆違，鐫責應手至。聖皇體群臣，見鉅不遺細。矧茲勤省方，乃忘負弩吏。治道按郵籤，望塵還擁篲。趨步亦孔勞，敬慎懷悚悸。鑒觀燭幽隱，亦令得霑賜。任職予一階，不任宏貸貫。赤紱争自勸，報塞愧無地。庶效古廉平，蒼生普蒙利。

蒼生帝所念，吴越重征輪。酌損以益下，亦既蠲其租。鑾輅鏘鏘來，八神警前驅。鹵簿曠不設，扈從皆撤除。群生得瞻仰，老稚欣相扶。至尊霽温顔，止輦問所須。瀕河見挽卒，長緯直泥塗。何以恤其勞，長吏哺用餔。因念岸獄中，幽夜獨向隅。弘以泣罪仁，釋之令改圖。嚴飭吏受賕，斷獄無偏拘。錐刀争既息，卧覺咸睢盱。服賈牽車牛，貿遷通有無。輸榷詣關吏，往往滯津塗。嗣今速省遣，四海皆康衢。皇仁溥六合，群品共沾濡。大廓九州外，小不遺一夫。一夫無不獲，皇心庶其愉。

黄河徙而南，其來亦云久。嚙桑移漢代，六塔旋爲藪。今兹合長淮，悍勢競東走。地道有變流，盈虧互翕受。節宣貴以時，潤下疇居首。海陵饒積粟，自古稱殷厚。一自洪泛餘，栖苴散林阜。疏瀹廑皇衷，念此南東畝。時巡肅駕迴，登眺望海口。坎德祇既平，裁成倚我后。咨爾江鄉民，兹事信非偶。會見千斯倉，康衢歌大有。

聖主代天工，睿圖協洪運。風詩采列邦，下民逮清問。首春爰啓行，東后群肆覲。二月戒回鑾，龍斿辭浙境。春潮有魴鱮，雕俎不暇進。春谷有蘭茝，華珮不暇紉。景物非所觀，所觀在民隱。萬里煦春温，千里裛河潤。下民戴高厚，刻石頌明聖。皇命趣止之，何乃煩百姓。詞官職珥筆，記此質神聽。

## 瀛臺賜宴恭紀四首　徐乾學

嘉會屬休運，泰階景昌期。文軌南北尉，候尉東西垂。昆明適違命，丹浦暫興師。五材民並用，
廟算百不遺。止戈聞自昔，脱劍方及兹。兩岐既書瑞，六穗盈華滋。皇矣降豐年，膏澤無偏私。
聖情始悦豫，宴鎬戒有司。

滄池多菡萏，菱蔓漾清流。崇臺臨水榭，爽氣當新秋。聖人坐迎薰，卷阿欣來游。太液波泱漭，
容與棹蘭舟。嘉樹蔭文石，碧澗通潛虬。長筵一何綺，尚方多珍羞。雪藕纔出水，錦鱗始上鈎。
紫苞及緑芳，纍纍錯觥籌。静言聖澤厚，涓埃孰可酬。

筐篚有勸侑，具僚愧嘉賓。拜賜欲就席，有命自天申。古也無算爵，宰夫爲主人。兹會尚煩縟，
藹藹羅朝紳。但使無不醉，毋爲辜良辰。油油三爵餘，歡言共飲醇。既醉無虚歸，分携席上珍。
顧瞻九陌上，日暮紛車塵。

觀頤自養賢，徐乃遍里閭。庶物既衆多，聖人方那居。紫極偶幾暇，旨酒及嘉魚。今日樂相樂，
何當更大酺。弛力且給復，薄税仍蠲租。萬井皆晏眠，無聞吏追呼。兩階舞干羽，庭鳳儀有虞。

蓮蒲知送凉，蔚然生御厨。滄溟爲九醞，大尊置堯衢。慚無雅頌筆，聊用陳區區。

## 聖武功成詩六首

徐秉義

皇帝受天命，蕩蕩威德恢。玉衡齊七政，金鏡懸九垓。觀文焕奎壁，出震施風雷。南池滄海宴，北牖青邱開。甄陶轉一氣，萬物皆成材。飛走奮翼觡，草木羅根荄。奈何彼凶醜，阻嶮作禍胎。鴞鶹聚鳴嘯，貙猰群喧豗。造化至廣大，洗滌乃招來。豈彼狙獷心，不拜軒轅臺。

帝怒爲安民，聲罪奮撻伐。路鼓振雷霆，太常建日月。五校勇可賈，七萃氣俱發。揮鋒鐵山碎，踔馬瀚海越。天地合我謀，鬼神助我罰。網野制駭竄，罟山遏癡突。兩甄魚麗綴，中權斗杓揭。重圍日逐殞，連弩閼氏蹶。睿算掃妖氛，神威震窮髮。邊氓頌來蘇，霖雨救旱暍。

天網難屢寬，神武誰敢抗？奈何彼凶醜，迷惑失所向。鴞逆不革音，鷹饑反遠颺。殄滅在此時，機捩不容放。睿智天所啓，臨邊坐武帳。兵形在目中，賊勢規掌上。義勇激多士，圍塹敕諸將。鯨鯢暴涸澤，狐兔困空壙。雄略既長駕，仁風亦旁暢。襁負争來歸，謳歌滿亭障。

維春二月吉，大駕發神京。缺列扈後乘，屏翳抗前旌。雙龍翼飛蓋，八驥揚丹衡。清蹕莅五凉，誓師召六卿。雲蛇陣百里，貔虎屯千營。鼓震黄流却，士叱雄風生。遂登狼居胥，北斗東南傾。

龍庭一炬燎，戎帳萬里平。鑾鞮獻圖至，贊普頓顙迎。表此姑衍山，千古騰天聲。
兵鋒轢五山，皇心綏四國。渠魁既尸竄，脅從皆面革。贊寶湔瑕垢，截髮表胸臆。設阱獲小獥，
囚檻獻短蜮。凶醜勢窮蹙，作虐還自賊。毒豀長鰐斃，絶壑封狼踣。千軔來野夫，萬啄聚鳥翼。
明則受天討，幽則伏神殛。遺種悉投弓，稽顙仰威德。闢門夜不扃，烽燧從兹息。
撻伐張聖武，憂勤本皇仁。鑾輿乃三駕，絶漠凌霜晨。勞此堯禹躬，惠彼隴畝民。斫鯨斬檮杌，
息鼓休金錞。劍戟鑄農器，牛馬放海濱。班朔跨狼望，納賮來鮫人。銀獐夜入貢，紫玉朝旅陳。
功高殷武伐，德邁漢庭賓。神絲藪澤遍，瑞穀溝塍勻。願斫巉巖石，垂曜億萬春。

## 賦得崇文聊駐輦應制

沈　涵

大君撫洪運，文教肆丕顯。時乘萬幾暇，游心契墳典。石渠羅群英，金殿莅華輦。日永火方中，
漏盡風初轉。列坐排瓊几，仙厨給芳膳。臨池覘素藴，擘韻抒新撰。皇情既優渥，天語復諄勉，
努力崇令名，榮遇庶能踐。

## 賦得崇文聊駐輦應制

張榕端

瑶池快遠游，崆峒歷絶巘。何如傍紫霄，闢館貯墳典。綺窗窈窕連，珠户玲瓏鍵。縹囊富五車，

緗帙盈萬卷。風和颺采斿，地逈稅雕輦。書莊盡探搜，藝圃恣游衍。諮詢往鑑昭，抽繹宿學闡。
奎章燦琳瑯，廣厦擁瑚璉。鴨香裊裊浮，虬漏徐徐轉。千古文在兹，道契情斯緬。

## 賦得崇文聊駐輦應制　沈三曾

御天乘六龍，清旦宸游展。秘殿接文儒，睿賞搜墳典。無爲自垂裳，有益頻開卷。源流四部陳，
同異五經辨。恢廓等海茹，謙沖若圜轉。嘉謨資入告，昌言樂聞善。皇心彌抑抑，臣躬期蹇蹇。
彤墀聯珮趨，橐筆侍雕輦。

## 賜游盤山紀勝　高士奇

昔讀寰中記，兹山勞夢想。十年思一游，塵事日鞅掌。扈蹕過薊門，承恩恣觀賞。驅馬踰崔嵬，
趨途漸深廣。縈迴石經紆，盤旋下復上。山勢兀嶙峋，奔崖盡骯髒。緩策登危峰，煩襟爲一爽。
嚶嚶野鳥鳴，汩汩山溪響。暮春天氣佳，小憩在林莽。松泉臣所須，性志本疏朗。茫茫屬車塵，
時曳春藤杖。從來箕潁心，對此聊俯仰。

## 過九狐嶺　高士奇

六龍乘曉發，萬騎陟崇岡。灌木翳青天，亂石縈羊腸。縱横澗水流，隱約山花香。山花非一狀，

紅紫含芬芳。更有青楓樹，嘉蔭凝衣裳。仰面觀奇峰，怪石紛低昂。時當四月初，猶覺山氣凉。
曠然心眼豁，不似披遐荒。兼旬實壯游，塵慮爲之忘。

將出達希喀布齊爾口道中作　高士奇

衆山向背殊，峰峰自回互。石上漾清泉，山根叢茂樹。咫尺誤行踪，往來遵細路。灣環數十轉，
潺湲八九渡。林花雜春夏，風景變朝暮。勝覽意不忘，塞行有深趣。

扈從聖駕駐沙城恭賦　高士奇

平旦發懷來，風沙撲馬首。凌兢不得行，氣咽寒龜手。向午天稍暄，下馬荒城右。館人具旅餐，
豆飯貯瓦缶。小市無雞豚，荒園賣葱韭。生計問鄉民，家家燒黍酒。緣此衣食充，東西通擔負。
天戈伐梗頑，遠道此焉取。號令肅秋毫，大野安畎畝。曾記殘臘歸，小憩市廛口。重來能幾時，
春光蕩邊柳。

望賀蘭山　高士奇

賀蘭山勢雄，天險橫嵽嵲。盤踞綿六州，蓊匌水千折。草色類駁馬，青白難辨別。夏多未解冰，
冬有隔年雪。路遠茜帽通，山背氈墻列。黄峽與麥垛，中原皆斗絶。拓拔初分藩，元昊久據竊。

避暑存遺基，頹垣積瓦屑。廟算包漢唐，親行屢勇決。擴地罄青海，撻伐掃蟻穴。朝朝行殿前，旃裘習綿蕝。我行欣偃戈，征途凉又熱。軍旆看飛揚，邊笳聽幽咽。夜火何須吟，防秋臺可輟。乘暇議耕屯，萬里開畛畷。

恭和御製再經淮南諸處見居民景象較前來稍豐　高士奇

淮南苦瀕河，居民似漂寓。鑾輿昔經過，痌瘝軫宸慮。疏濬出帑金，下令寬征賦。哀鴻少安集，瘠土漸生聚。倉庚啼杏花，戴勝鳴桑樹。牛羊芳草春，雞犬斜陽暮。玆觀田野間，殊覺閭閻裕。彈琴奏南風，皇情自欣豫。

雨中扈從登靈巖山　高士奇

靈巖勢峻峭，傳是館娃宮。松柏夾道植，宛轉升蔥蘢。玆晨降微雨，登陟勞聖躬。花池尚窈窕，琴石何玲瓏。遥遥望具區，烟霧空濛濛。環列萬峰秀，延瞰香涇通。古井半青苔，響屧迷荒叢。庭前梅蕊發，冷壓枝頭紅。覽物静有會，撫化心無窮。陽澤一以布，遠邇暢春風。

扈從由昭慶寺乘馬至木橋頭泛小舟賜幸西溪山莊　高士奇

華騮駐野橋，芝蓋停山路。漾舟入隈澳，仄徑紆仙步。修竹遞蔭覆，老梅自盤互。嵐光異昏曉，鳥聲變新故。瀏瀏吹面風，泫泫沾衣露。溪上舊柴桑，乃邀天一顧。厥壤饒筍魚，原禽有雉兔。
乍春開總翠，驟暖落繁素。登閣延宸覽，賞逐雲烟暮。感此不世遭，山靈式王度。

## 蒙恩賜玻璃器具恭紀　　蔡升元

玻璃南方貢，聞具五色英。又聞出頗黎，物以國得名。後來彷其意，治鍛術稍更。虛傳冰玉號，
但作珂子形。我皇本天縱，創制準物情。法良民利用，力省功易成。内造不一器，玻璃亦獨精。
皓姿帶月皎，粹質含風輕。纖塵絶點污，秋水一潭泓。從來五常修，祥符見玉瑛。以比聖世瑞，
價應擬連城。殿頭忽宣賜，潑眼光輝生。大者如盆瓮，小亦如鼎鐺。或如尊彝制，或如翠釜青。
斑斑饒古色，燿燿流繁星。捧持到蓬蓽，羅列四座驚。虛室夜氣白，晴窗朝景明。摩挲體滑膩，
戛擊聲琮琤。謾誇車渠碗，豈羡琉璃瓶。珍藏襲綈錦，世守同金瓊。試欲酌春酒，持滿戒器盈。
對茲冰壺潔，願况臣心清。

## 曉望西山　　陳元龍

春城景融融，風日喜朗暢。凌晨試憑眺，使我心目曠。鳳闕高嵯峨，歷歷皇居壯。西山峙其右，
勢若列屏障。天青沆瀣合，氣暖露華釀。草樹鬱葱蒨，巖嵐分背嚮。朝霞淡猶明，初旭靄未上。
或時紫嶙峋，或時青滉漾。或時見山腰，瑩静却塵坱。或時露峰頂，微茫翳雲浪。名勝杳難窮，

變幻不可狀。神工蓄雷雨，巖穴含寶藏。千秋衛帝京，環拱屹相向。卧游致足樂，時來一騁望。

## 讀書二首　孫　勷

韶光媚晴曦，百草已含緑。地静無塵囂，芳菲映書屋。覽古愜素心，澄懷極遐矚。前修渺難攀，撫己良自勖。清時淑氣洽，浩浩遍煦育。記載藉寸觚，導揚思接續。努力事丹鉛，優閑正休沐。

一雨洗輕暑，凉飈颯然生。披襟臨除砌，雜樹摇秋聲。茅齋記夙昔，研北勤菑耕。研神測精奥，中夜心怦怦。鑾坡一躡足，圖史紛縱横。勝賞有餘樂，旁搜無佚情。平生毫楮願，瞻顧徒峥嶸。

## 玉蝀橋望西山爽氣　黄叔琳

西山佳氣來，萬態换日夕。長經郊原望，杳靄彌紫陌。况從禁苑看，崚嶒接宫闕。玉蝀架飛梁，山光互出没。雲浮千峰青，波浸一天碧。是時玉河邊，天宇静無迹。皎若陰霾開，焕若宿霧撥。連延千萬里，蒼翠堆咫尺。傍映黄金臺，斜照白獸闥。如捧水晶簾，錦綺儼羅列。如矗珊瑚枝，晃朗耀曉日。晴嵐迎晚霞，一一難狀述。幸游蓬萊間，縹緲常不隔。散步恣游觀，曠然心目豁。

擬公讌詩　高其倬

倉庚鳴高枝，春日已載陽。滄池鏡新流，珍木擢早芳。高讌懷良辰。飛蓋臨玉堂。清言韻絲竹，醉德匪酒漿。顧惟葑菲姿，厠植蘭桂旁。洪鐘儼在懸，莛叩亦得將。景行惟高山，德音不可忘。鴻鵠志霄漢，雁鶩懷稻粱。願言慎其儀，終近君子光。

三場試畢檢閱從此始矣述懷三百字奉同事諸君子　鄂爾泰

乾隆歲壬戌，二月舉賓薦。再命領春闈，愓息增驚憚。自惟荒落姿，學植無偏擅。況乃衰病牽，心摇目昏眩。聚奎仰高堂，旁求殷秘殿。恃此衡量才，奚翅憂咎譴。所願同事賢，深感皇情眷。巨眼推老劉，汪仲並高選。分校十八人，一一瀛洲彦。學優行尤方，力充才不衒。流派窮淵源，元音審正變。推是足經綸，何有于摩研。念兹復欣然，手足忽欲旋。從來科目場，功過常居半。毦毲飾風標，鹵莽矜月旦。論文貌雌雄，憎命形歡歎。渠伊寸晷長，余吾五色眴。得人良獨難，失者孰稱善。願言體誠求，有祇殫心辨。中不中云何，無然乘懈倦。文章品類殊，穠妙各真贗。拙朴合離奇，穠華並孤幹。或瘦而温腴，或短而精悍。但令氣味存，妍醜皆生面。可畏非人言，人言等諧諺。凡百瑕與疵，吹求自躬先。惟虚明斯生，惟明公斯現。虚明兩或虧，一公詎能判。無心以爲心，見見原非見。勖哉熨帖平，庶以答恩盼。

## 扈從恭紀二首　勵廷儀

北河奭兒渡屢決，致縈宸慮，爰改疏一道以適水性，舳艫利涉，田舍無虞，千秋奕祀，永戴洪庥，恭紀五言古詩一章。

天懷軫飢溺，深居念萬方。謀登之衽席，不獨淮與揚。緊惟通惠河，決口尤難防。疇昔苦泛濫，田畮勢汪洋。流沙不易塞，修築歲以常。乃至勞宸衷，謨畫精且詳。相度經久計，改鑿故渠旁。較視舊水程，翻近千里强。堅堤耐剥蝕，利涉迅帆檣。並岸羅井竈，比户安耕桑。積患快永脱，聖澤流俱長。微臣曩經過，村落已荒凉。扈行聞歌謳，群黎樂而康。戴恩攜婦子，稽首慶無疆。

靜海地處九河故道，動罹水患，仰荷聖恩，蠲賑頻施，萬民嵩呼迎謝，臣從舟繼至，不獲隨諸父老，後敬賦古詩一首，用攄頌悃。

靜邑一彈丸，況乃瀕斥鹵。年穀屢不登，民食艱二鬴。何幸生熙朝，愛育勞聖主。宵旰憫痌瘝，慈仁超邃古。膏澤遍八紘，軫恤先畿輔。十載九賜租，賤直發倉庾。賑飢復煮糜，恩勤難悉數。荒歉雖頻仍，窮檐賴安堵。億兆慶更生，感深鐫肺腑。童叟祝萬年，歡聲動河滸。微臣稽從舟，未及隨編户。作頌慚蕪陋，聊以當拜舞。

## 題賜蓮圖爲同年蔣詹事　勵廷儀

把君賜蓮圖，撫昔感衷抱。憶在歲乙酉，召入蓬萊島。委珮十三人，同時錫鴻寶。宮窑繪龍文，紅裝駕翠葆。倏忽五載餘，朋好如摧槁。五人留館閣，台席僅二老。披圖懷舊恩，兹義良足討。維蓮能虛中，離立色愈好。維藕有清節，處污質愈浩。於以礪臣心，於以規友道。君子風可掬，冰壺德堪澡。眷懷爾我間，百年式相保。

## 出古北口二首　蔣廷錫

詰旦飛雲霓，連峰忽中鑿。蜿蜒一綫開，葱青下縈薄。山城據雄勢，睥睨俯萬壑。真同秦崤函，寧異蜀劍閣。聖人大無外，天險非楗鑰。居民儼廬井，關吏無擊柝。乃知至治世，元化日寥廓。

和風迎面來，遠烟吹漠漠。

石路車聲高，青林深且邃。重山互回抱，淡日照空翠。小橋架潺湲，恍然闢天地。夾衣生微寒，頓覺氣候異。書生處海濱，見聞僅一二。奇觀新耳目，美景豁胸次。同官五六人，談笑竦輕轡。多幸事聖明，恩波廣霑被。

## 雪後與聲山紫滄同直暢春園二首　　查慎行

西山帶雪高，寒光際青天。晨曦照静素，萬木中含烟。手把右丞詩，群峰當我前。幸無塵事擾，兼以忘新年。

宛宛紫界墻，苑門開向東。直廬在小東門外。窅然深山意，近在十步中。林鳥已春聲，細泉生遠風。澄懷適有會，吟嘯何必同。

## 秦中謡四首　　汪灝

### 農夫

瑟瑟金風鳴，鴻雁還故巢。稻粱亦以繁，故土原樂郊。老農葺墻屋，婦子除蓬蒿。舊鄰喜新聚，覼縷慰劬勞。各訴幸生還，他鄉免萍漂。向微金粟頒，羸腹能久枵。縱使天時轉，溝壑骨已焦。相彼田中禾，粒粒皆天膏。夐哉聖主恩，華岳不爲高。

### 織女

土焦禾不生，風嘆桑亦萎。傷彼懿筐女，食不給糠粃。仳離出里門，啜泣何能已。一旦返圭竇，杼柚仍在倚。窗前有明鏡，憔悴容懶理。凉月照薄帷，午夜無停指。豈不知苦辛，竭蹶良有以。

向者不還鄉，遠作人織婢。稍待有新絲，元黃成錦綺。先取朱孔陽，酬恩獻天子。

士

貧士逢凶年，怯夫遇猛虎。眇眇將殘軀，俯仰難自處。負笈遠就食，焉敢定齊楚。中道見冠蓋，帑金插飛羽。嫛婗返關門，春色滿遥浦。得此一囊珠，室家忽相聚。恍疑夢中逢，喜極涕如雨。晚田尚可穫，庶幾免冷釜。剩茅補舊檐，雜蔬種新圃。欲報更生恩，修綆勤汲古。更願心同葵，終身向聖主。

民

八水空明星，九衢盡牂羊。瓶罍皆已空，困篅無餘藏。耗斁多戾氣，道殣慘相望。視息圖苟延，扶携散四方。中途不相顧，時或棄路傍。北闕發祥雲，雷迅開天倉。更賚萬餅金，招呼徠流亡。夜集似沙鳥，朝逐如雁行。遥望關門樹，鳩鴿争翱翔。莫愁耕無牛，濕濕供服箱。莫憂種無穀，栗栗盈橐囊。蠨蛸除我户，耒耜入我場。感此肉骨澤，何以報君王。三秦百萬家，化日春臺長。

聖駕省耕詩　賈國維

春氣動烟郊，郕郭繡成綺。好鳥弄新鶯，和風艷桃李。雲影散天光，川原静瀰瀰。微雨沃桑田，平疇直如砥。鳴鳩拂樹間，蒼犢飲澗底。柔土發春犁，田事從兹始。我后重勤民，宵旰無餘晷。

星言命倌人，乘暇出郊鄙。飛蓋動遠風，珠旂散餘紫。玉輅息長林，介地稱攸止。黛耜竭三推，
觀者集如蟻。顧盻集農官，殷勤烝髦士。溉種欲深耕，粒粒重耘耔。吁嗟一夫家，八口饒食指。
卒歲在有秋，游手徒爲耳。温語重煌煌，田父聞之喜。餉婦饁田間，曖曖來墟里。道逢天子車，
顧而嘗其旨。卓哉聖主心，重農乃如此。宜其獲屢豐，嘉穀無糠粃。郡縣奏雙岐，大有長年紀。
臣本草莽士，生逢堯舜理。備位厠詞臣，食粟終餘齒。豈知稼穡艱，深宫憂婦子。願言書汗簡，
千載芬青史。

## 駕幸暢春園西門外設西洋儀器測地之圖召臣昇臣名世臣灝臣國維侍側敬觀恭紀

賈國維

茫茫俯坤輿，禹甸修且阻。高低互縱横，寥廓安能數。譬彼大海中，曠然無定處。丈尺不勝紀，
方隅多錯迕。吾皇睿算奇，儀象空前古。圓轉密神機，造化握靈府。芳時肅步輦，靄靄臨芝圃。
翠蓋交遠峰，晴山逗眉嫵。玉案面平疇，周原曠以膴。不用長房術，無勞章亥武。器制稍羅列，
分條而析縷。圭臬互窺測，方圓中累黍。阡陌指掌收，了了畫在楮。尺幅盡遠勢，毫釐無齟齬。
乃知天地大，本自就規矩。聖衷妙神契，新裁出機杼。臣本草莽人，見聞陋環堵。往者讀天官，
茅葦塞肺腑。候地與渾天，徒然守訓詁。幸哉睹奇構，峨然列寰宇。陋彼守敬製，璇璣差可伍。
願言勒蕪詞，冀以示來許。

## 都江道中　吕耀曾

星軺發平明，山水轉奇峭。崩濤聲如雷，崱屴看高嶠。古洞封白雲，誰能測深奥。桃杏紅欲然，
梅雪互映照。老榕大數圍，時聞群鳥噪。謖謖松風生，竹溪多窈窕。薄暮遍蒼烟，野村明晚燒。
佳景觀靡窮，異域初難料。因知天地心，大德生爲要。一氣洪鈞中，無殊視邊徼。仰荷朝廷恩，
安全廛廊廟。本務貴力田，况乃設學校。沐浴古詩章，小子當有造。我行萬里餘，重譯以相告。
山谷動歡呼，扶老兼携少。苗人勿喧嘩，來日開丹詔。

## 和韋左司擬古二首　儲在文

秋氣滿郊坰，白日揚清輝。霽極天宇廓，閑雲亦依依。忽念崆峒游，蒼茫不可期。開卷撫冰雪，
願與古人違。

入户風瑟瑟，虚堂理瑶琴。萬籟此中寂，感人非聲音。心定忘百喧，抱膝還微吟。修綆不可汲，
方知海未深。

## 恭祝萬壽詩四首　吴翊

貞符啓睿聖，纂圖廓區宇。祥源濬文明，懿光鑠神武。鳳編周六十，龍飛綿九五。錫祺本道高，
遒福緣仁普。苞涵貫亭育，觀察籠仰俯。四維翕森張，七政歸凝撫。松雲澹契堯，標輴勤追禹。
奠極拜金書，綏邊劃玉斧。精思運樞機，公聽懸鞀鼓。於赫冠百王，遹駿超三古。覽揆始攝提，
長籌詎能數。天子壽萬年，純禧膺永祜。

純禧協五紀，垂衣仰穆清。静諴飭户牖，動運周埏紘。頻行時邁典，屢肅不庭征。樹羽宣文教，
麾戈揚赫聲。宥宏三面網，橐戢六鈐兵。紀雲喬瑞郁，占星泰階平。法宫奏慶善，至樂諧韶韺。
薰風入瑶瑟，華黍播瓊笙。舜觚頒愷飲，湯鼎劑和羹。九逵歡農夫，一心儆恒貞。不登封禪議，
載却鴻嘉名。天子壽萬年，郅治勝蓬瀛。

郅治保太和，誠通自悠久。運開龍鳥先，澤衍睢麟後。含生被煦嘆，踐土銜高厚。麻氣浹巖廊，
薰風播農畝。南山松柏榮，濃暉潤花柳。瓊霄捧紫霞，輿壤齊拜手。巴舞忭孺童，豳歌躋龐叟。
鴻慶更無邊，胥譯拓九有。西旅總浮河，東鯷盡瞻斗。黄支並烏弋，琛貢先奔走。欣誦未央詩，
洪霑長樂酒。天子壽萬年，尊親戴元首。

尊親遍寰宇，沐浴先儒流。天文倬昰象，河漢垂清秋。疇畫闡羲昊，典謨邁殷周。選詞尚體要，
作人訓姱修。飫霑壽考澤，樸樕供薪槱。大科慎品鑑，特試精研蒐。微臣忝論造，重瞳賜甄收。
讀書育藜館，習禮瞻龍樓。彤廷與三祝，仙闕擬十洲。柳衫厠章黻，璪藻依旌斿。弇鄙蘊寸丹，
衢謡贊鴻庥。天子壽萬年，卷阿湛恩優。

## 題松吹讀書圖

德　齡

天籟寂無聲，地籟號衆竅。吹萬有不同，洩盡無聲妙。猗彼雲端松，時和蘇門嘯。風濤乍作止，
聲聞通至道。嗒然隱几仙，心聽領其要。非寂亦非喧，於焉得深造。爰築讀書堂，示人以閫奥。
此堂不遠人，門外誰能到。

## 新葺翰林院落成聖駕臨幸送兩掌院大學士進署賜宴賦詩仿柏梁體聯句恩賚優渥卿士均沾復幸貢院周覽棘闈軫念風檐辛苦又登觀象臺省視儀器是日晴日暄麗陽春藹然天懷嘉暢輿情歡忭恭紀五首

汪由敦

湜湜玉河濱，潭潭翰林署。直北拱帝閶，沙堤亘迴護。言儲棟梁才，文學道先路。恭逢聖治隆，
將作庀丹雘。陽月日維吉，考室賦攸芋。眷兹著作廷，殊異臺省務。領職台衮臣，龍光重恩數。
詰晨戒六飛，盛容乘五輅。蹌蹌列仙儒，千載際嘉遇。

宸翰署芝楣，雙揭黃金榜。稽古學有獲，集賢益斯廣。欽承德意深，砥礪在宏奬。入室禮先聖，志切高山仰。插架羅賜書，石渠明職掌。堂名錫清秘，伴奂契游賞。仰瞻天宇霽，肅聆玉音朗。斯文至道該，誕登心嚮往。瀛洲與昆明，縱美安足倣。舜業日兢兢，堯天巍蕩蕩。託身一何幸，直溯唐虞上。

和鳴鹿食苹，豈樂魚在藻。卿雲登高倡，陽春藹晴昊。葛天萬人和，穆然風肆好。肆筵肴核旅，宮懸鼓鍾考。聽鼓瑟鼓琴，歌既醉既飽。厥包薦芳芬，厥筐陳纖縞。何以答高深，九如頌天保。揚鑾循闉闍，天衢坦如砥。闢門示周行，籲俊萃於此。勖哉公生明，命名有深旨。繩直櫛斯比，翼翼旁舍啓。天步一以臨，天顔顧之喜。美成經百年，藹藹多吉士。麟游鳳來儀，譽髦天子使。中之雲漢章，風動遵聖軌。

伏誦聖製憂旱責躬情辭懇至悚惕靡寧時值大雩侍班恭和元韻　張鵬翀

帝典璣衡正。候律管吹葭，觀外雲舒慶。健行勤日馭，欽若仰神聖。史臣載筆書，莫罄皇猷盛。東望峙靈臺，飛蓋陟重磴。臾蓲秩軒紀，羲和祗堯命。四游規晷漏，九道布月令。天文象緯昭，民生食爲天，俯仰惟望歲。雨暘或失時，春秋必謹記。大君實體元，愆伏斯爲累。今茲久亢陽，悄悄憂職司。吾皇宵旰深，念切生靈寄。赤子獨何辜，祲灾坐誰致。旁皇泣罪仁，懇款責躬意。
水旱古詎無，豐凶先有備。不畏魃鬼虐，寧稱醉人瑞。蘇軾屢奏陳，曾鞏嘗件繫。虚懷求讜言，
庶幾早區置。赤日燔枯柴，終風煽塵翳。五日儻不雨，千里愁赤地。雩禱攄至誠，精禋消沴戾。
豈伊龍見常，却輦凛昭事。雲漢仰中宵，屏營陪掌次。

## 恭和御製過廣寧望醫巫閭山元韻　張鵬翀

醫閭配恒岳，神秀清芙蓉。邈若霄漢外，鬱然巖壑重。石間結千寨，寺裏明雙峰。桃花閟古洞，
仙掌蟠孤松。霓旌肅臨幸，瓊版賁重封。水迎北嶺派，山作東藩宗。明月唳獨鶴，叢雲扈飛龍。
朗吟豁蒙翳，遠望開心胸。

## 禮闈分校奉和相國鄂公韻　阮學浩

春風轉華林，陽和氣始薦。多士跂龍門，騁足鮮疑憚。人懷被褐珍，價許連城擅。條教一以陳，
徑竇戒迷眩。詔下層雲中，捧視承明殿。貢舉倚元衡，頓釋群情讇。在昔龍飛初，公首契宸眷。
玉尺倚奎垣，奏籍殊常選。如陸亦如歐，網羅盡名彦。鐘鏞方鍧鉉，瓦缶孰競衒。距今六七年，
舊習頗蒸變。一二岐趨子，間或逞穿研。魁柄賴重提，瑶光乍迴旋。同事矧鉅儒，鬱鬱霞天半。
坐聯卿月輝，共翊文明旦。掄才若觀瀾，勿使望洋歎。入手多潛搜，到眼絶旁眴。脱韻庸見收，

裂體匪云善。惟誠斯明生，百事足可辦。聖明側席求，忍復承以倦。土蝕劍仍鳴，月朗珠無贗。桃李漫成蹊，雅意培楨幹。奉策怯駑駘，力枯氣不悍。微聞百川東，未睹廬山面。珥筆玷漢廷，明經陋唐諺。銜命忝分闈，愧甚糠粃先。廓清在一朝，祥雲五色現。崇寔而黜浮，較若黑白判。賡周詩思皇，占羲易利見。萬燭拱慶霄，熒煌動流眄。

## 石鼓書院用昌黎合江亭韻

阮學浩

振衣躡層岡，長虹偃城左。烟嵐蕩煩襟，因風散餘唾。雉堞落檐楹，群峰互參佐。高低連廣術，列闠錯居貨。蒸湘此合流，帆檣遞飛過。勝迹肇元和，遺芬今未挫。中祠七先生，昌黎、紫陽、南軒、勉齋、唐李寬、宋李士真，明季增周濂溪。異代若賡和。窗草翠依依，修竹森個個。桑海越千年，拳石免坎坷。豈伊地靈偏，蛟龍護雲卧。大道景常新，儒風藉兹課。講學掃榛蕪，盛衰理無那。曾移泮水宮，仰止起頑懦。休明遘聖時，文教遠流播。士氣敝多端，我憂匪顛餓。捷徑鄙終南，行成庶足賀。成隳判毫釐，精勤與頹惰。霽月澄深宵，微凉拂虚坐。高置百尺身，俗情勘須破。試與凌滄江，一遺塵滓涴。

## 恭和御製乾隆丁丑閲視淮安石堤詩以紀事元韻

阮學浩

龍驂下吴越，濊澤瀰江海。承流首淮壖，歡騰氣欲倍。桑麻景色新，川原形勝改。熙熙陟春臺，肇始辛未載。宣防廑堯咨，相度勤禹橇。指掌握圖疇，重瞳燭原委。漕渠俯城闉，帝念不忘每。易此一縷堤，揵石高於楷。耕漁絃誦區，衽席釋危殆。七歲再迎鑾，擊壤聲未罷。法祖紀成功，綸言温以愷。卿雲護穹碑，仰瞻心目駭。

## 龍書一章呈諸同年

汪師韓

龍書稽木皇，鳥迹溯蒼帝。披圖穗薤垂，瞻穹瓔珞繫。孳乳生篆文，捷約趨楷隸。歷漢百三章，盡削重複字。流傳變若雲，俗書趁姿媚。樊然別形聲，猶未求所自。吾聞造字初，史皇特少稚。體殊左右行，梵長佉盧次。偏纏蓮葉奇，屈略驢唇異。代有大鴻臚，耳根證真諦。軍容録本言，國語傳後魏。號令雜物名，大小遼金例。遼近奚室韋，神册初定制。鐸衮及信寧，贊成功罔替。銘勳兼突厥，是偶礲贔屭。金行葉魯業，御撰成次第。婁室紹谷神，後先推國器。笑彼嵬理書，粗具八分致。有元班彌怛，新字奉敕製。四十一母音，語韻韻關備。仿佛婆羅門，二七貫一切。同時畏兀兒，並用體横施。三朝史紛綸，附解無三四。洎明火翰林，猶命譯書契。皇朝文命敷，糾縵光華被。垂訓肇龍興，太祖高皇帝肇造清書。承基纘聖世。自兩文成來，榜式大海、額爾德宜俱謚文成。詞臣所專肄。經大義微言，史編年紀事。各各窮幹支，往往破疑貳。綜博定清文，瞭如寶鑑對。聖祖仁皇帝《御製清文鑑》凡二十一卷，分三十六部二百八十類。綱領三十餘，毛目二百類。蟻磨運左旋，龍賓呼十二。弩磔昉形模，點圍循位置。四聲該仄平，萬物括開閉。約之宗諧聲，衍之蘊六義。小臣目耕人，計偕掔敝笥。讀莊強舌神，效陸苦思瘁。偏旁元包經，依附虞衡志。平生奇字多，陋矣一小技。粤從步環洲，墳典窺中秘。豈殊高麗童，學語已經歲。争如字學生，五百應廷試。當其發憤爲，有時惑嘷囈。開口忽齟齬，把卷常愕眙。雖漸識之無，亦太性檮昧。還瞻同輩流，幾月通精意。惟業進於勤，不肖仰而企。明昌弘文院，延祐貢物使。何若履帝廷，載筆言動記。上追羲軒風，民察先官治。

史局即事二首　　汪師韓

古稱天子史，周官設官五。内使書而藏，所司紀君舉。周疆志瑰奇，漢禁撰羅謱。令史舍人郎，後來歷可數。聖代盛謨猷，大化一堯禹。臣才不經史，清選謬文府。毋謂佐郎輕，國録尊自古。

國史明失得，取法質不俚。亹亹一代詳，大筆皇太史。秘書領著作，慎選有所以。煒煌五朝業，撰述肇本紀。惟筆到史難，臆説薄文士。立言師專門，失己遷固始。黽勉同局事，其何稱盛旨。

恭和御製免江南積欠二百七十萬及浙江本年正供三十萬兩省在京臣工具摺謝恩詩以賜之元韻　　沈德潛

武王勤時邁，成王謹宥密。我后實兼之，政治敢暇逸。税斂九宇貢，厚薄那能一。江浙天下重，民艱未休息。皇朝百餘年，四聖並撫恤。浮賦既屢減，財力稍稍出。積欠猶纍纍，分別示蠲恤。茲當南巡狩，首春行啓蹕。慈寧周甲辰，斯祜歌有秩。丹詔下十行，寒谷吹暖律。浙江復見年，嘉爾民風質。江南除夙逋，旱澇遘癲疾。概焉煦仁風，蔀屋歸清謐。天澤不受感，皇心行以實。從茲南服民，盈寧庶可必。動能協衆心，上下逢元吉。

恭和御製河間道中示直隸官元韻　沈德潛

巡行河間道，萬民夾路觀。室家幸保聚，城郭俱繕完。農知服先疇，士愧踰短垣。往者災祲降，村落少炊烟。賑救切皇躬，何殊己飢寒。於今饒起色，勉爾臨民官。武健弗可尚，要使民俗敦。聖朝休養餘，噢咻猶匪難。感物務推誠，操己惟潔蠲。仰體九重意，圖易先思艱。行看獻王郡，起化聞雅絃。

恭和御製恭次皇祖示江南大小諸吏詩元韻　沈德潛

聖祖昔南巡，萬國皆干掫。訓示大小臣，開誠爲析剖。元氣留兩間，四紀如未久。今皇幸南服，重茲文教首。安民先知人，勖爾衆人母。秀使敦詩書，樸使依疆畝。一羊戒九牧，祇須策其後。刻深必擾民，成規在遵守。久久官民洽，柔克宜孌友。祖烈勿變更，風俗躋仁壽。皇言昭日月，群工幸無負。

## 恭和御製賜紫陽書院元韻　　沈德潛

地近聖人居，品冀千人俊。肄業恒於斯，禔躬勤以慎。比草遠資菉，擬香佩蘭藺。勿俾異説行，要使前修振。鹿洞緬宗風，明明古人訓。有孚自盈缶，不恒恐貞吝。嚴辨取與介，熟審去就分。耀錦失蘊蓄，炫玉召瑕吝。諸生勿自畫，羽翮期千仞。諸生勿躁忽，萬里貴日進。願言頌天章，游泳文明運。

## 恭和御製過淮安元韻　　沈德潛

舟過八寶田，風利百餘里。淮城臨清流，環環抱城雉。堤岸東郡郭，萬井低於水。水勢倘横决，民命曷依恃。茭楗易以石，籌畫賴有此。從來治河者，苟安失經理。聖心本乾斷，决策臂使指。徙民非人情，惜費豈天意叶。爰命行水臣，欽承發諭旨。浮言勿摇惑，積誠願堅矢。永永固金堤，莫令容穴蟻。

## 恭和御製過宿遷元韻　　沈德潛

聖主切救民，聞灾即降旨。鍾吾屢加賑，凋瘵未能起。河湣菜色者，知是誰家子。鳩鵠失人形，衣裳缺完縷叶。鑾輿出狩回，首夏適過此。觸目動閔憂，命官亟經理。拯恤少後時，哀鴻恐遷徙。大吏吁來前，蘇枯責在爾。守令承顏色，任爾指臂使。爾苟飾虛文，愚民曷賴矣。加賑遍郊甽，勿分遠與邇。皇言同覆冒，官吏無虛美。徒矜供帳華，詎得天心喜。勤民以事君，臣職當如是。方今麥漸熟，可免食蒼耳。戴君如戴天，歡呼道旁跪。更冀黍稷蕃，爲爾歌寧止。

## 賦得各勉日新志　　金　甡

皇紀歲周環，四序儼鱗次。流光劇飛電，瞬息肯停置。暗裏自催人，逝水無還意。此景一蹉跎，浮生遂虛寄。志士鑒其然，勉淬及鋒利。顧影惜分陰，寸心長惴惴。德義足章身，詩書益神智。潤飾龍鸞文，琢成瑚璉器。無復故吾存，但覯今我異。高步繼前修，聲華滿天地。如何不說學，放浪徒自恣。攻錯借他山，逡巡失交臂。良應發深省，旦旦仰而跂。駑馬幸粗材，十駕乃踰驥。人休吾勿休，千里一朝至。用追大雅群，是謂有立志。

# 本朝館閣詩卷二

## 七言古一

### 大西洋貢獅子歌應制

王士禛

古云狻猊，日走五百里，遠隔流沙，生月氏。

康居疏勒曾一獻，丹青顧陸矜神奇。夙聞其名思一見，玉關迢遞天西陲。況復野干日鳴噪，
安得一吼驚嚘咿。聖人有道十七載，景風海外舟車馳。元龜象齒紛置驛，文犀桂蠹羅庭墀。
大秦之西國絶域，懸橦度索來數期。厥有神獸修方物，波濤遠迸蛟龍隨。海人泉客盡避徙，
朱衣絳幘不敢窺。形狀瑰詭氣奮迅，目光睒睗毛髟髟。巨髯毿毿尾如斗，勁毫柔毳相離披。
發聲殷其雷破壁，顧盼已却千熊羆。乳虎犛牛望辟易，何論六駮兼文貍。搏象搏虎具全力，
威在齒尾非毛皮。上林晝開射熊館，詔付象胥有職司。聖朝寶德不寶物，百獸率舞良所宜。
五風十雨兆民足，騶虞在囿麟來嬉。寫入職方舊圖繪，二南萬古傳風詩。

## 洗象行　王士禛

水關蒼蒼柳陰碧，寶馬流蘇紛絡繹。日中傳呼洗象來，玉河波射珊瑚赤。須臾鉦鼓干雲霄，
萬夫聲寂如秋宵。虎毛蠻奴踞象頂，邱山不動何岹嶢。岸邊突兀二十四，直下波濤若崩墜。
縱橫欲蹴黿鼉宅，騰踏還成鵝鸛隊。乍如昆明習鬥戰，萬乘旌旗眼中見。又如列陣昆陽城，
雷雨行天神鬼驚。奴子胡旋氣遒壯，忽没中流狎巨浪。撇波一躍萬人呼，幡然却出層霄上。
今年丞相收夜郎，扶南盤況求王章。遠隨方物貢天闕，屹然立仗金階旁。聖朝自不貴異物，
致此亦足威遐荒。黄門鼓吹暮復動，海立山移浩呼洶。大秦師子多威神，山林豈是天家珍。

## 御府藏翰歌　陳廷敬

聖皇稽古典制作，覃敷文命流荒朔。玉榻引近親儒臣，縹緗羅列探秘閣。書法無過王右軍，
淋漓寶墨今尚存。龍跳虎卧在眼底，置身鳳闕當天門。草聖昔時誰獨步，漢有張芝唐懷素。
長沙自言得三昧，快筆風颷與神遇。平原大節何嶙峋，端人正士儼垂紳。世人學書工側媚，
塗飾形貌無其真。五代以來推趙宋，眉山作勢看飛動。大海紫瀾波濤雄，琅玕碧樹枝柯重。
米家書畫滿載船，字迹逸宕尤争妍。近來董王皆自出，翰墨風流天下傳。考亭樂道亦游藝，
縱横妙得蒼史意。頓挫盤蹙勢更奇，行空天馬群鴻戲。其餘書者紛紛多，承旨秀出誰能過。

東晋遺法宛猶在，戈鋋波磔含沖和。數卷蛟螭盤玉軸，名家毫素藏天祿。寶篋開封近御頫，光華偏入重瞳目。丹霄綈几爐烟浮，宸章五色兼銀鈎。神姿結構世無比，落筆萬象風雲收。至尊宵衣偶揮灑，夐絶天巧非人謀。允惟睿聖超百辟，生知好古而敏求。

## 敬觀御書恭紀

張玉書

淑景春融敞深殿，簾捲朱絲晝清晏。侍臣入對蒙殊榮，拜賜雲章出天半。天門曉色籠御床，諸曹夾陛陳封章。日高奏罷講幄啓，經函史籍紛璆琅。懋勤逶迤接弘德，講退隨聞親翰墨。玉案常栖錦筆新，中官跪展牙籤直。御書神妙誰媲踪，騁態極象非人工。細比秋鷹筋入骨，巨如矯鳳飛凌空。萬軸縹緗騰異藻，榮光上燭青旻杳。片羽欲睹千黄金，宸翰由來宣賜少。學士手捧驪龍珠，徑寸芒照十乘餘。纍纍一百三十五，不敢逼視奎文舒。親題卷尾仿蘇軾，對臨不與鈎摹匹。意匠結撰藏豐稜，蹲鋒撥鐙具神力。噫嘻！軾也摇落辭江城，臨岐一闋離懷傾。誰意中更數百載，忽枉鳳藻飛瓊文。漁簑社飲甘草莽，至尊撫卷動殊獎。自是憐才睿慮殷，豈獨清詞激天賞。如今四海登亨衢，堂廉膠漆昔所無。爲願諸臣努力佐文治，直軼晚近追唐虞。

## 扈從登澄海樓觀海　張玉書

遥尋碣石不可見，振衣直登澄海樓。長城迤邐到海盡，海樓横接城東頭。樓高百仞星漢逼，
海勢欲壓樓堞浮。蒼茫顥氣幾萬里，空碧回互摇雙眸。乾坤震蕩浸一色，日月夾鏡懸中流。
驚瀾捲地掣電急，怒號沸鼎奔雷收。熒光變幻吐飛動，錯采倏忽驂龍虬。巨靈惝恍杳難測，
精魄散豁消煩憂。延頸咋舌歎殊絶，恨無羽翰凌風游。雲根隱隱見覆笠，烟際渺渺疑浮鷗。
緱城貝闕竟誰是，神人巨迹徒冥搜。海風引帆帆忽去，方士語怪術謬悠。節食却病良至理，
丹砂黄金將安求。盛時百川永清晏，飴口飽腹娱春秋。蓬瀛方丈咫尺耳，何事海外窮九州。

## 一片石王師擊敗流寇處。　張玉書

雄關岳岳控海隅，陰風吹沙啼曉烏。片石曾傳舊烽堠，王師躍馬行天誅。群賊歘來等聚蟻，
四海糜爛嗟焚如。黄巾白波騁痡毒，連旗大旆紛支吾。鼉聲紫氣竟干正，烏合狂逞恣長軀。
是時六軍正西指，鐵絲勁箭龍馬駒。紅花野戍轉戰急，青笳落日張螯弧。二十萬衆麕雉竄，
半膏原莽半纍俘。噫嘻中原全盛力，坐同巾幗輸萑蒲。天戈一指賊膽迸，鷦鷯片羽燎洪爐。
傳檄勢比飛鳥疾，耆定大業曾須臾。我非瞽史識天道，師行不殺人徯蘇。百族蠕動潤膏雨，
三章約法除秋荼。乾坤整頓六合一，作京肇宅開天衢。矯首關門重慨歎，古來設險徒區區。

## 松山王師敗明十三萬兵處。

張玉書

古戍春深曉飛霰，馬首雲低擁征傳。松杏山經百戰餘，舊聞歷歷眼中見。坡陀隱伏雉堞頹，
層巒拔地何崔嵬。彎弓帶甲十三萬，曾此空拳委塵埃。紅羅山頭歸路絶，青海嶂邊戰流血。
角聲入雲錦水枯，湘纍迎降氣嗚咽。脱囚釋縛居上筵，豐貂翠幕鵲印懸。南冠稽首紛雨泣，
效死誓日旌門前。開天神武渺衆慮，四海英雄歸駕馭。衮衮將相圖丹青，奕奕驊騮競騫翥。
於今亭堠生蓬蕭，平蕪沙軟狐兔驕。往事浸尋四十載，共驅耕犢來春樵。想像山城仗黄鉞，
虎帳經營幾歲月。萬年形勝收雄關，千里邊雲接溟渤。朝陵兩度輦路平，百靈跂翼隨行旌。
經過鐵馬金戈地，時作瀟瀟風雨聲。

## 薩爾滸王師敗明三路兵處。

張玉書

長河百折徑鬱盤，遥山夾岸飛沙寒。山隈河畔野火出，落落茅舍依林端。舍旁老叟辭樸蔌，
戰場指點猶在目。荒城入夜生青燐，夾路于今埋白鏃。當年敵騎明鉤膺，梯衝雜沓雲氣騰。
四部軍來躒塞草，千尋甲度蹂層冰。左師結陳稱王杜，吉鄰山頭横萬弩。睿謀策勝須攻瑕，
轍亂旗看散如雨。崖邊逐北黄雲愁，戰骨總入渾河流。周麾一呼三路覆，鼓聲再竭孤軍收。
就中上將縊居首，援亡矢絶真束手。耳食猶傳劍槊名，輿屍竟等螻蟈朽。乃知天戈所向同

摧枯，迅掃萬騎風雷驅。自此關門拓土宇，中原指顧歸乾符。廢壘茫茫栖白鶻，沙場脉脉照新月。遥岑木葉春陰高，匝地英風吹未歇。

## 恭睹御書靈瀆安瀾嵩高峻極功存河洛昌明仁義扁額謹頌　李　鎧

元后建極執厥中，上衍一畫開鴻濛。卿雲復旦在法宫，海隅日出皆喁喁。彈琴作歌歌薰風，睿藻焜燿干星虹。御墨翔鳳蟠真龍，結體天授兼人工。清寧奠位歸篤恭，爲社稷主粢盛豐。川岳受職佐紫穹，報祭秩視侯與公。湯湯淮水靈氣鍾，導自桐柏方朝宗。二室列鎮坤維雄，三呼萬歲曾效忠。安瀾峻極頌九重，王言直與馨香通。盛代訪道卑崆峒，明德是褒儒術崇。懷襄之勢難力攻，塗山八載肩乃躬。敷土底績能湮洪，自兹耕鑿披榛叢。戰國百家交相訌，烈於洚水灾南東。不有子輿醒瞶聾，群言塞路將焉窮。平成特表河洛功，昌明仁義堪比隆。聖人覺世鏗鐘鏞，道統文治光昭融。十六大字盤碧空，危微精一傳心同。銀鈎鐵畫元氣充，囊括今古乾坤籠。微臣仰瞻慶遭逢，敢拜稽首賡時雍。車書玉帛萬國從，丕昭景運符羲農。

## 翰林院古槐歌　李　鎧

深嚴之地三廳傍，古槐一株摩青蒼。何人手植歲月久，扶疏上動虚星芒。銀花掩映白日静，粉署窈窕高雲凉。披襟其下落遠韻，鼓柯振葉清且揚。我聞博士舍前列數百，雍容入市陳縹緗。又聞南省深夜響絲竹，往往詔拜中書堂。今之古槐無乃是，承華正德差可方。嗚呼！大造栽培亦偶爾，有材難必登巖廊。君不見路側紛紛蔭行旅，翦伐不避纏風霜。槐乎槐乎好自愛，託根得所須流芳。

## 宸翰篇

張　英

聖主宵旦勞萬幾，未央曉漏觀垂衣。燕閑即入圖書室，瑶函錦軸生光輝。親灑宸翰大如斗，擘窠舊迹皆嶁嶁。遥將標格掩鍾王，近看矩矱卑顔柳。寶墨淋漓書敬天，高署經幃黼座前。小臣侍從來深殿，仰窺素壁生雲烟。嘗思聖學何淵邃，落筆濡毫有深意。直將欽若接勳華，妙義能涵十六字。清和三月正春融，瑶階永日移銅龍。集賢學士承恩渥，手捧天書出九重。偶爾臨摹寫蘇軾，結構縱横具神力。鳳翥龍翔迴異姿，銀鈎鐵畫真雄特。遥想深宫晝漏分，御爐香靄正氤氲。翡翠筆床凝曉露，琉璃硯匣起春雲。東坡寥落黄州句，流傳千載偶遭遇。楚澤孤臣吮筆時，豈知今日龍顔顧。由來御筆重琳琅，飛白當年寫玉堂。唐宗賜札傳三傑，漢主頒書美十行。今日侍臣親拜賜，弘璧天球良不啻。小臣幸在直廬前，芸香盥手頻窺視。天藻繽紛自卷舒，珊瑚色映御圖書。日星流曜垂丹地，奎壁分光照石渠。學士頻年典文翰，拜手紫庭賡復旦。什襲藏之億萬年，天際遥遥配雲漢。

## 天府寶翰篇

張　英

秘閣西頭古錦囊，時時寶鴨薰天香。雕函什襲虬龍抱，玉匣標題翡翠裝。君王清燕常留玩，不寶珠璣寶書翰。往代名箋色常瑩，千秋遺墨光猶燦。學書無過王右軍，天門鳳闕迥無群。蕭疏内景神仙字，娟秀曹江孝女文。昔人謂右軍書《黄庭經》飄逸有神仙之概，《曹娥碑》婉順有孝女之儀，今《内景經》《曹娥碑》真迹皆存内府。懷素上人筆如鐵，漏痕釵脚皆奇絶。藤影盤時鶴欲栖，劍鋩舞處蛟堪截。平原雄勁若有神，内制猶存寶篆新。顔真卿《書朱巨川誥敕》有唐宋璽。晋唐墨迹人間少，由來一字堪千緡。端明學士黄州客，作字還如畫奇石。山谷偏餘瀟灑姿，南宫獨創嶔崎格。骨氣蒼嚴數晦翁，偶然藻翰皆能工。始信真儒自淹貫，臨池原不比雕蟲。子昂雅得蘭亭意，江左宗風猶未墜。近代華亭説劍篇，落筆輕圓饒逸致。周文矩畫《説劍圖》，董其昌書《説劍篇》。閣帖初年搨本奇，玉堂手記拜恩時。宋畢士安爲學士，淳化初年賜此帖，士安自跋於後。澄心舊紙廷珪墨，海内流傳第一碑。古人真迹良難遇，一片精英凝尺素。鴻寶常騰奎壁光，靈物從來鬼神護。聖主典學開承明，旁搜文翰佐昇平。譬彼珍奇貢川岳，沐日浴月光華生。累朝墨妙藏天府，聖情如歷瓊瑶圃。温室臨摹敲硯冰，風亭展對飛檐雨。侍從詞臣許縱看，驚心駭目誇雄觀。泰山俯視皆雲氣，滄海平臨盡紫瀾。先教拂拭青玉案，捧持須用薔薇盥。書家今得見山陰，如溯河源入星漢。再拜稽首恩無疆，晴窗寓目神飛揚。天球河圖世世寶，上與景慶同輝光。

## 蒙賜御筆臨米芾長幅恭紀

張　英

聖主求寧致清晏，坐擁圖書千萬卷。省覽幾政日中昃，典學稽文意靡倦。微臣歲久侍華清，講席經帷燕常見。避暑多在甘泉宫，柳風槐露迎凉院。几畔秋蘭襲袂香，階下新荷映波茜。聖情怡豫對清流，微颸不用移宫扇。日揮鳳紙恒百幅，退筆爲山墨爲澱。遠自篆籀逮晚近，縹囊玉軸羅群彦。漏痕釵脚法益奇，虎卧龍跳勢屢變。御筆腕下集大成，俯仰千秋稱獨擅。臨摹最愛米與蘇，古人重見開生面。襄陽野老舊知名，異代遭逢數稱善。當年承詔入深宫，落筆驚奇響春殿。米顛豪放本不羈，紫袍自裹端溪硯。長箋流傳入内府，側近龍香荷宸眄。字大如碗近數百，淋漓瀟灑吴淞絹。鍾王顔柳各有態，盡入毫端供結撰。勁筆軒翥摩丹霄，奇情夭矯躡飛電。珠璣萬斛神采殊，珊瑚百尺霞光絢。念臣朝夕傍棐几，特與疏恩及愚賤。兹幅拜賜出明光，寶翰煌煌倚深眷。榮光夜燭蓬蒿廬，奕世家珍共欽羡。

## 温泉歌應制

張　英

蒼山層翠東方來，插天萬朶芙蓉開。中有幽巒自盤互，温泉觱沸靈山隈。遥見白雲覆巖谷，波光日暖寒松緑。四時天氣總春融，雙泉數武分凉燠。静如明鏡石池平，瀉入房櫳取次行。

蘭香瀲灩膏千斛，碧色深沉玉一泓。定有丹砂結泉底，仙竈綿綿傾石髓。陽烏浴彩咸池波，
燭龍銜照空潭水。天生靈異豈偶然，近瞻世廟橋山巔。土脉精英恣磅礴，鬱蒸佳氣通源泉。
常聽空山傳警蹕，畿東勝地時巡日。來游彌切望陵思，豈爲臨流賞清泌。慈寧聖人鶴髮垂，
有時鳳輦出龍墀。樂游原上温泉畔，風土清嘉聖體宜。規模簡樸留陳迹，半畝方塘甃文石。
繚垣翠巘蔭長松，行殿土階沿素壁。却笑華清侈費多，連雲宫闕漫嵯峨。何須刻石成鳧雁，
豈待鏤金作芰荷。聖朝舉事皆有則，敬愛爲心儉爲德。寧親常願葆天和，結構恒思惜民力。
今年扈從碧山岑，賜游佳地荷恩深。每懷祓濯塵纓志，時望天波浥注心。

## 試馬歌應制

張　英

天閑萬馬嘶新秋，碧草無際黄雲流。清曉翠華駐南苑，下詔明日觀驊騮。晾陰臺畔平蕪緑，
房星中夜光可燭。金羈玉勒珊瑚鞭，雲錦千群麗朝旭。國家馬政前代稀，芻秣蕃息過秦非。
玉關葱嶺久通道，渥洼異産今來歸。聖人神武六龍御，黄金幄敞頻迴顧。王公將相各呈奇，
赤騮紫燕紛無數。平沙夾道旌旗開，千騎遠自紅門來。經過長楊歷甫草，勢如電急聲如雷。
誠哉天馬稱汗血，紅塵不動影先絶。驪駒蹀躞看流雲，照夜奔騰類飛雪。中有龍種何蹁躚，
神閑先到高臺邊。超群致遠有餘力，五花蹴地真連錢。須臾數馬復奔逸，飛黄騕褭皆奇質。
前岡影動方微茫，轉盻人前鳥同疾。聖人顧此天顔怡，三千騋牝皆權奇。就中四十更雄特，

吳綾蜀錦優賚之。國家典禮有深意，恐有鹽車困騏驥。便是金臺市駿心，伯樂一顧空幽冀。
小臣何幸從馳驅，欲寫神駿增躊躇。試馬由來寄軍政，拜手秋原贊廟謨。

澄海樓　孫在豐

長城壓山山倒海，海樓直倚天山外。飛梁浮柱俯十洲，憑虛凌空小兩大。碟俺壁立結構牢，
天風萬里嘯海濤。吹落人間萬古月，簸清天上一秋毫。十二玉闌足恐失，茫茫愁思海天溢。
須臾千頃琉璃堆，蕩颺無垠蛟龍窟。伊古未鑿混沌初，此水原從無時無。一勺歘焉漫六合，
天輪地軸轉相扶。蓬萊清淺方朝暮，碧桃花開春幾度。只見扶桑析木東，年年不向東流住。
三山宛然我舊游，秦皇昔日常相求。對面蒼蒼烟霧裏，滄波滅没空回舟。銀臺金闕亦何有，
衛叔卿今無恙否。回頭一別三千年，雙挾青龍猶在手。碧城高與海天齊，飛蜃爲樓雲作梯。
虛窗玉女天吳接，浴日吐月生虹霓。誰云九州大，但覺五岳低。我來澄海樓頭望，一點浮
萍東海西。

禁中侍觀宸翰蒙賜御題清芬堂匾額紀恩歌　胡會恩

祥風甘雨青郊遍，天子端居紫宸殿。晝漏舒長淑景融，麥秋佳氣迎芳甸。都城東南岱岳宫，
長養萬物惟神功。落成清廟隆秩祀，璇題繡榜宜加崇。瓊箋叠雪宸章耀，結構如椽風格妙。

千鈞筆力透中鋒，萬點墨花霏四照。賜觀中禁集儒臣，仰矚奎躔頌日新。金薤銀鈎超亘古，
晋唐以下空紛綸。承命濡毫汗流背，敢乞天文豁蒙昧。蓬茅儻得被春暉，點畫常如親帝誨。
宫門俄頃拜恩殊，七臣各獲三驪珠。蚪龍蟠結滄海潤，雲日焕爛光天敷。體法森嚴神肅穆，
彤墀捧展開心目。元氣融和精理充，吾皇萬歲於斯卜。鸞綾研玉映琳琅，芝泥穗篆增輝煌。
此時邸舍天香滿，他日田廬聖澤長。囊參扈從曾霑賜，回首門閶題寶字。清班還得誦清芬，
直爲微臣表家世。矢竭涓埃報稱難，撫躬尸素愧當官。焚香晨夕瞻天近，咫尺榮光奕葉看。

## 敬擬七德九功舞歌效白居易體

翁叔元

七德舞，九功舞，武緯文經耀千古。朝廷干羽在兩階，天下車書盡九土。我皇御極垂衣裳，
四方萬國來享王。自朝乃至日中昃，堯兢舜業不敢康。爲念斯民亦勞止，丹詔夕封馳萬里。
咨爾强藩且載戈，釋甲歸來見天子。苞有三櫱方憑陵，一朝敢弄潢池兵。蕩摇滇黔連楚蜀，
虔劉閩粤驅鯢鯨。驛聞天子赫斯怒，皇言一宣天日午。誓將滅此後朝食，取彼凶殘畀豺虎。
臨軒命將親推轂，中有天潢建牙纛。日射春旗萬馬鳴，雲開曉帳千軍肅。一從荆鄂向三湘，
一自江州下豫章。西指秦川臨劍閣，南經吴越渡錢塘。王師所至如風電，合圍掩群開一面。
狼奔鼠竄皆倒戈，市肆不驚芸不變。王師所至多謡誦，行者願賫居者送。天語殷勤再四宣，
毋令南畝妨春種。一年轉戰雍梁間，二年克敵威荆蠻。三年掃清甌與越，一鼓遂進仙霞關。

四年官軍收閩地，逆臣稽首歸藩位。五年賊渠死岳陽，六年百粤胥置吏。七年一舉入成都，
夾擊東西疾渡瀘。八年蕩掃昆明穴，普天率土歸皇圖。羽騎宵馳傳露布，從此江山復如故。
侍臣拜手賀昇平，武士嗚鐃歌大濩。我皇恭己開明堂，木鳳銜書下八方。嘉與吾民共休息，
欲偕斯世爲陶唐。思齊太任及太姒，翼子貽孫既受祉。恭上徽音萬國歡，再沛恩綸與更始。
昔時民間苦被兵，烏烏聲樂多荒城。今日言旋復邦族，閭里不聞愁歎聲。昔時民間苦征役，
男子輟耕婦休織。今日公家免踐更，鼓腹行歌仍作息。欃槍滅迹三階平，我皇宵旰猶未寧。
手披目覽釐庶績，早朝晏罷勤蒼生。天縱聰明兼聖學，研精書史窮邱索。著述開天冠百王，
四海文明生禮樂。舞七德，舞九功，虞廷之琴歌南風。願令世世陳王業，王業艱難萬古同。

## 聖駕南巡詩

汪　霦

我皇德邁軒與羲，覆載照臨三無私。揆文奮武萬國治，在昔三叛兵弄池。廟謨翦薙若拾遺，
扶桑底定波不靡。羅鳳郡縣非羈縻，惟北有孽雄恣睢。帝車三駕庭三犁，民氣和樂遨以嬉。
六七十翁如小兒，繼今垂拱真無爲。大開明堂坐治之，帝曰咈哉予其咨。一夫不獲若己推，
宣房未築河瀰瀰。淮之左右懸釜炊，大農金錢歲虚糜。矧兹吴會財賦資，民亦勞止愁南箕。
十年望幸安可辭，東風解凍春日遲。乃乘時令揚蒼旗，御舟容與平如移。龍頭豹尾紛葳蕤，
誰其從者丞與疑。柱下之史簪筆隨，進退左右各有司。直沽環衛天東維，滄洲瀛海爲藩籬。

揚舲直下濟與淄，地過徐兖星婁危。黃水衝決楚岸庳，躬自測度沿沙坻。河靈效順來馮夷，
天清地定江漣漪。蛟龍拜舞瞻天麾，吳都三月春和時。迎鑾馥郁蕚在枝，是時正值萬壽期。
老弱拜跪相攜持，三浙父老仰聖慈。夏旱望雲冬待曦，天鑒誠悃臨江湄。乘輿再向鍾山陲，
牙檣北指薰風吹。維夏五月還京師，史臣頌德窮於詞。約略紀載昭來茲，譬窺以管測以蠡。
皇帝至孝戀慈帷，尊親繼志咸無虧。山川周覽皇情怡，皇帝至儉福所禔。饍饈服御行者賫，
勿以供頓勞群黎。皇帝至明繼重離，治行殿最靡弗知。廉者錫服貪夫褫，玉衡金鏡手自提。
皇帝至勤乾健姿，河工閲視忘胼胝。口授方略指以撝，疏瀹決排慎所宜。河臣再拜膺成規，
皇帝至仁雨露滋。空索祝網滌垢疵，大德曰生民用孳。俗吏期會爲繭絲，積逋纍纍民力疲。
悉予寬貸無呼追，淮民煮海謀刀錐。官吏往往營奸欺，減賦停派蘇瘡痍。皇帝文武德並垂，
觀風問俗陳以詩。片善皆得來軒墀，維吳與越多英奇。生徒增置各有差，小子有造佩以觿。
天章雲漢光紛披，結體夭矯盤蛟螭。千秋墨寶時一窺，不二之士維熊羆。干城重寄罝在逵，
一朝饗之樂有儀。簡閲步伐射與馳，汝不供命厥罰施。軍壘變色無敢戲，卓哉至德淪膚肌。
皇心視民猶溺飢，詔下百辟思復思。謂天蓋高聽以卑，太平有道開鴻基。樂只君子福履綏，
天不愛道露如飴。地不愛寶靈出芝，民登春臺樂不支。從今八萬四千歲，普天率土歌雍熙。

## 喜雨詩　　曹鑑倫

孟夏之月日在畢，赤騮朱輅臨天衢。帝念農功急甘雨，麥秋將至思沾濡。紫宸一德契真宰，
精心密禱感應符。興雲泄霧遍岳瀆，萬靈受職争馳驅。造車砰雷出奮迅，投壺笑電紛歡娛。
千山得勢動鱗甲，百泉發響酣笙竽。飛甘灑潤散膏澤，石燕翔舞群龍趨。來牟接畛沐優渥，
溟濛一氣連朝晡。黄雲翠浪浩無際，郊原明秀儼畫圖。緑蓑青笠治田具，野人擊壤傳歌呼。
漁陽兩岐安足喜，姑臧九穗徒區區。胞與在宥澤萬物，頻年有詔勤蠲租。爲民請命抱至意，
勸農祈穀嚴春雩。肅然有請得嘉澍，普天如賜玉與珠。含桃未薦蠶事備，以嘗麥樂且需。
芝房寶鼎不爲瑞，喬雲湛露方昭蘇。小臣珥筆殿陛側，伏聞民事勞訏謨。休徵肅乂備洪範，
仰見皇極天人孚。三十六雨周歲足，屢豐大有多黍稌。薰風長被垂裳治，阜財解愠瞻唐虞。

## 賜宴豐澤園漏下三鼓命中使泛舟送至玉蝀橋歸寓恭紀　　高士奇

暑殿招凉日將夕，玉珂散盡歸紫陌。宣留别殿許迴翔，稻穎桑柯號豐澤。滿眼都作豳風圖，
不事丹青羡奇迹。羽衛無聲虬漏清，列茵賜坐侍瑶席。夜深曲宴霑金螺，參斗横斜月光白。
六街打鼓聲三通，只有微臣醉瓊液。魚鑰不復開葳蕤，兩槳輕翻浪花碧。葱蘢夏木籠長堤，
宿鳥驚枝聲格磔。棹舟非是黄頭郎，烟波疑泛神仙宅。荷香水氣沁心脾，習習清颸侵絺綌。

彷彿身到西泠天，却憶蓬壺在咫尺。

天府寶翰篇　高士奇

承恩日直端明殿，萬軸圖書目常眩。爐烟細注沉水香，朝暾静射紫雲研。親傳天語命賜觀，捧來照耀生波瀾。縹囊絢彩錯綺繡，琅函款識鏤朱丹。初看快雪時晴字，右軍腕下有生致。裁成點畫體勢殊，大令縱横未能嗣。次看唐僧懷素書，龍蛇變化雲卷舒。縑素黯淡微可辨，屈指傳自大歷初。摩利經文巨川敕，紙背猶然透筆力。昂昂正氣顔平原，使人見此增歎息。東坡作楷巨如拳，怒猊抉石勢奔泉。漁樵山水意豪恣，書在黄州再閏年。君謨行草珍南金，山谷筋骨何蕭森。襄陽米老復超越，對之朗朗開胸襟。晦翁揮毫疑卧虎，子昂遒媚邁前古。衣冠古穆畫者誰，華亭跋云周文矩。就中宋錦斑斑紅，淳化祖本鎸摹工。流傳人間稱第一，天球弘璧將無同。香檀秘笈護何帙，蝦鬚小簾纏裹密。仙人楊義和書《内景經》，宋徽宗題爲右軍書，江南韓氏家藏，今歸天府。有蝦鬚草爲小簾裹之，以避濕氣。懷素黄庭内景經，百行小楷姿横逸。葵花紋綾裝潢精，宣和玉璽硃砂明。對之神采獨駘蕩，飄飄如御天風行。此卷向在江南久，結緑懸黎價無偶。千年異迹册府登，肯使終爲塵寰有。我皇幾暇臨墨池，鸞鶩鳳舉天然姿。結構往往字方丈，頡書羲畫安足師。民和時豐事咸理，雲屏左右列圖史。瑶笈藺紙取次看，宸心湛湛顔有喜。小臣執筆遜虞褚，春蚓秋蛇詎堪數。玉笥之藏得盡窺，拜手歸來作書譜。

## 賀蘭國入貢歌　　陳維崧

一人屈紒立且蹲，血色之罽光璘璘。十指裹革不得伸，一人鬅鼻皮肉皴。錦襻兩頭穴若囷，以手藏之手不龜。其餘賤者十餘人，相隨市上行㚟㚟。桃花鬈髮飄魚鱗，寶刀切菜兼切銀。俗愛禮數能謹馴，恭敬掀却頭上巾。觀者雜沓填城闉，問事不省顔色嗔。嚶嘎咿啞微鼓唇，船中貢物錯叠陳。琥珀大者如車輪，珊瑚一丈顔色新。沈檀迦楠高等身，有時拉折摧爲薪。白牛香象尤絶倫，竹批雙耳不動塵。下視凡馬徒狺狺，嗚呼！中朝儉德薄海臣，不寶珠玉惟仁親。史書康熙六年春，賀蘭之國皆來賓。

## 元夕賜觀烟火恭紀　　蔡升元

歲維閼逢紀春王，中天景運歌陶唐。兆民嬉游樂含鼓，聖人恭己垂衣裳。舞干久慶堠火息，揮弦時見仁風揚。仁風吹氣彌宇宙，新年萬彙迎青陽。大地韶華開錦繡，帝城雲物呈禎祥。昇平時節上元夜，金吾弛禁人熙攘。先看春色來禁苑，冰輪樺燭相輝煌。琅玕高架列月地，珊瑚寶樹懸花房。胚胎隱耀含萬象，别有天地壺中藏。撚紙發焰逗機巧，初同旭日升扶桑。豁然破的神變化，幻出大塊奇文章。穿星貫月入窅冥，轟雷掣電披天閶。恍如神龍出雲表，金鱗銀甲争翺翔。又如天花散空際，絳桃紅杏争芬芳。如入千巖萬壑中，應接不暇睒目光。
如游五花八門陣，奇正莫測騰龍驤。城郭俄開兜率天，樓臺忽現神仙鄉。凝眸仰視不可即，
但覺紫氣滿穹蒼。詔許詞臣與勝賞，承恩竊幸陪鴛行。殊形佹制得未有，蕩胸决眦詎尋常。
此夕歡娱遍朝野，吾君宵旰何曾忘。華燈垂燼頻問夜，宫漏迢迢夜未央。

## 蒙恩賜御用嵌玉漆匣松花石硯恭紀

蔡升元

皇媧五色石補天，一片墮落東海邊。孕星吸月亘萬古，渾沌鑿破知何年。流入松花江水碧，
星月時時動靈魄。偶然巨璞出人間，但以礱刀同棄擲。我皇一見非凡材，惜兹美質空沉埋。
命工采取探石窟，割雲劚雪驅風雷。興朝王地神物聚，運際文明光焰吐。昔年剥落掩苔痕，
今日磋磨登御府。琢成緑玉硯玲瓏，龍尾鳳咮將毋同。因方遇圓奪天巧，華腴古色追帝鴻。
聖人窮理物自格，前民利用勞規畫。尋常礪石等碔砆，一經睿製成圭璧。山之骨兮水之精，
涅不緇兮磨不磷。益毫起墨壽最古，煌煌御銘千秋珍。微臣何幸首蒙賜，同列傳看誇盛事。
宣來天語更分明，松膠蘭穗宜常試。髹漆爲匣玻璃光，蟠螭壓紐瑜瑾良。石肌瑩净美可鑒，
松幹倔屈清而蒼。此硯曾經列玉案，烟雲繚繞資揮翰。拂拭猶帶御墨香，縚緘常見榮光爛。
玉堂法物輝璠璵，傳家環寶稱球圖。硯田筆耕本儒業，况從天錫尤魁殊。因思臣質本瓦礫，
椎魯由來未雕飾。甄陶感得造化功，頓教璞石增顔色。願托貞珉勒寸私，難窮墨海紀洪慈。

一生忠義研磨老，記取東坡石硯詩。

## 石鼓歌

吴　苑

辟雍鐘鼓羅俊奇，忝臨六館重臯比。廟楹灑掃釋菜畢，顧視石鼓環廡墀。彭亨菌蠢數盈十，刻畫文字符鼎彝。文百二行字五百，從甲至癸完無遺。始終紀述漁狩事，中載策命諸臣詞。細文淺刻堅且好，閱三千載光娥羲。曾經決嚙受風雨，豈用蟠負承鼇螭。韋韓二蘇染大筆，助流寶氣長赫曦。周宣王時史籀作，車攻吉日堪肩隨。篇章排比類吉甫，體源質古超相斯。誰何小儒恣評駁，不究根本多然疑。先秦西魏駕空説，嗤點欲使成瘢疵。自來神物多隱見，晚出往往千秋垂。周官左氏佑六籍，卯金專門叢詆諆。至今首冠甲乙庫，儒生穮蓘如畬菑。撫兹鼓質最龐厚，琱琢山骨窮厜㕒。雍城城南久托迹，蛟鼉鸞鳳藏瑰姿。辭嚴義密難諷讀，句奇語重誰思維。鴻生鉅學茫不識，任春烟鎖秋風吹。縱敲牧火礪牛角，却免摹搨傷皮肌。譬如深山石犖确，歲月久遠無成虧。文王紐在禹追蝕，其故豈屬聲音爲。自唐迄今始的皪，日星雲漢光天逵。高駝巨艦凡四徙，終然棋置文宣祠。百靈呵護神作合，傳萬萬世遐無期。方今天子闡絶學，玉函金版皆翻披。詎惟瑰辭追雅頌，直使鐵畫侔繇芝。黼帷丹扆多制作，慶雲五色紛葳蕤。黄支烏弋遠受吏，海外來學航於兹。峨峨髦士拂芹茆，軌度肅整趨委蛇。聖謨文治四洋溢，浩蕩匼匝無津涯。講蒐前制載編牒，或按周典揚戈麾。威靈宣暢讋函夏，琱弓彤矢斑陸離。從臣才藝敢誇詡，稽首拜獻成功詩。天球琳瑯刻金石，潤色鴻業攀姚媯。炳麟煌煒照六合，焯然此事有職司。研搜故實更參考，名爲石鼓良乖宜。建康天發石三截，曁禹岣嶁堪旁推。石形似鼓制非鼓，徇迹忘本差毫釐。摩挲彷彿古人意，定作閱武岐陽碑。

## 古柏行 元祭酒許衡手植。

吴　苑

夫子廟柏數十株，託根自與尋常殊。霜實時時垂玉琲，風枝往往鳴笙竽。含貞挺節亭亭竦，儼如冠劍森相拱。小者猶留十數圍，交柯屈鐵烟濤涌。一株參天勢更奇，鬱蟠元氣何淋漓。摩挲歲月猶可識，許公手植非傳疑。蛟龍攫拏雷雨作，黛色翻從半空落。斑鱗點盡秋後霜，百片青銅光灼爍。新甫山頭樵徑封，武侯祠堂碧草叢。西川東魯遠莫致，何由突兀撐晴空。當年元儒推第一，遺經辛苦窮編葺。嘉樹栽培用意深，周模孔楷千秋則。至今偃蓋拂雲端，雍容子弟趨盤桓。豈徒材大資梁棟，直欲香清集鳳鸞。君不見上林崇臺千尺高，青棠赤樺皆淩霄。若論歲寒卓堅骨，坐使萬木慚丰標。雍池管領真遭際，南榮歲歲涵葱翠。蒼幹櫨門映日寒，素華璧水縈波細。攀枝摘葉有所思，六館三舍應爾師。豫章七年人始知，不然丹漆將安施。

## 聖駕南巡恭紀　　許汝霖

聖朝政理恢乾綱，巍巍上參虞與唐。禋宗輯瑞典鉅麗，五歲再舉勤省方。孟陬吉日日維子，
法駕南嚮乘青陽。不聞輿徒傳驚蹕，却指馳路開康莊。清塵戒道慮滋擾，天語嚴飭先煌煌。
尚方玉食行自備，所過不待儲餱糧。此來本意咨疾苦，爲民而出忍使妨。春旂飄飄指畿甸，
官柳未拂宫袍黄。隔年嘉種獻雙穗，地不愛寶呈禎祥。北陸仁風被稌黍，東疇麗澤收豐穰。
齊邦魯邦重望幸，有詔預免來年糧。名泉歷下七十二，併作霖雨膏遐荒。諸川脉絡歷可數，
濟泗沂汶河淮江。先時黄流績未奏，異同衆議紛巖廊。聖明俯徇群下請，親歷勿憚循堤防。
告成果與睿算合，上下疏濬漸周詳。懷柔胥效百神職，東注大海波不揚。爰臨碧渚移畫鷁，
左右整娖羅縹緗。雲烟千頃浮震澤，山水一道趨錢塘。幾家映花起樓閣，隨處截竹調笙簧。
閭閻已享太平樂，帝念軫恤猶如傷。數百萬租同日賜，積逋更貸三吴償。白頭年高加粟帛，
赤子罪薄弛桁楊。恩殊詎數漢文景，刑措直踰周成康。别寬小眚存政體，新播大賚旌官常。
金花綬香綵縈袖，玉斝醴設瓊分漿。文臣武臣腹心視，並侍曲讌聯班行。風霆雨露亦間作，
甄别實用褒循良。餘恩又看文治廣，髦士濟列東西庠。已敷聲教洽漸被，遂溯明德追懷襄。
會稽名郡留禹績，崇山古廟邱陵蒼。欲憑千載通肹蠁，親屈萬乘虔升香。成天平地灑宸翰，
藻采絢爛雲爲章。斯須迴鑾復西渡，老幼扶道争徊徨。攀留肯爲一日住，匍匐少慰群黎望。

日中交易自廛肆，陌上饁餉還耕桑。瓜蓏果蔬雜菽麥，忠愛似可微芹將。向來顆粒本率育，
野味特許田間嘗。霽顔咫尺藹然接，有目盡識重瞳光。去奢崇讓凛面命，土俗立望還敦龐。
金陵再傳修祀典，鐵甕大閲雄巖疆。時平形勝歸一覽，愈覺萬里江天長。黄龍導舟允猶翕，
虹氣上駕鼉鼉梁。六飛遄返光掣電，仰視霄漢鸞鳳翔。時巡三月禮告畢，仙仗行復排天閶。
具僚濟濟各獻賦，天子穆穆仍垂裳。韓碑柳雅不勝頌，夏諺周什誰能颺。小臣未叨扈從列，
珥筆紀述職所當。有生幸託覆載内，蠡管窺測誠難量。瑶階拜稽祝萬壽，惟願歲歲開明堂。

## 恭祝萬壽詩　湯右曾

巍巍至德仰我皇，芭毓天地符陰陽。府修事和百度章，端拱上理登虞唐。九服作息安耕桑，
蠲租賜復厚蓋藏。膏雨時布和風翔，協氣感召歲屢穰。民諴物阜來嘉祥，重譯萬里修貢筐。
遠及烏弋黄支鄉，昇平詎將咨儆忘。宵衣旰食常弗遑，愛民勤政冠百王。高深聖學難測量，
遠紹洙泗淵源長。兩儀萬象窮毫芒，旁眈圖史羅縹緗。百家諸子咸該詳，天葩睿藻日月光。
珠毫寶翰懸輝煌，小臣簪筆螭坳旁。紀神聖功職所當，遭逢景運賡明良。麒麟游囿鳳集岡，
朱草榮砌芝生房。祥圖仙牒殊未央，億萬寶曆歌無疆。

## 恭睹御書篤志經學四字賜韓侍郎爲作歌

湯右曾

金壺瑶札貞觀年，神毫飛灑如雲烟。清風美德近臣賜，寶貴何啻青瑶鐫。雍熙淳化變朝體，摛染所及神明全。攀車受貺繼前典，儒臣蘇李恩猶偏。明良際會魚水合，翰墨照耀星辰懸。方今聖人軼三五，文思至德苞坤乾。九州焜煌八表遍，倬彼雲漢賡詩篇。墨花泮涣邈天上，人間風月何由傳。春官宗伯起吴會，退之永叔知誰先。九經縱横森武庫，百家傾瀉流奔泉。猗與國楨鬱樑楝，寂與文士窮丹鉛。遺文如見伏生語，奥義欲廢康成箋。公卿大夫重經術，文儒致用非徒然。殊恩自得稽古力，異數不問官曹遷。忽頒四字燦奎斗，嘉乃六籍勤排穿。天章雲錦爛五色，乍㢘高棟扶修椽。通都歎息傳盛事，求觀車馬争喧闐。鑪錘萬象羲頡上，並包八體鍾王前。嘘嘘雲霧氣騰地，蕩蕩日月光流天。豈惟筆精更墨妙，遥識主聖兼臣賢。廟堂從容論道暇，坐倚瑶瑟鳴朱絃。文章黼黻光册府，臯謨益贊簪裾聯。慶雲葩郁甘露結，時有瑞氣縈珠躔。壽冒子孫綿世世，永與玉軸琅函編。

## 宋堅齋刑部齋中觀南巡圖恭紀

唐孫華

皇帝二十有七載，鑾輿省俗巡南陲。雲行雷動布愷澤，萬姓鼓舞霑天施。群臣拜手頌聖德，欲傳圖繪流鴻熙。景長事大莫敢任，賦成六合知何時。廣平公子獨首倡，自言丹素臣能爲。

退思此事實創舉，豈有粉本供師資。似營天屋起雲構，一夫詎敢揮斤梴。江南畫史多能品，亟走重幣傾金貲。流聞盛事各踴躍，奔走麏集來京師。灑掃華堂具供帳，凝神默坐同搘頤。烏目山人推巨手，群材鵠立聽指揮。先成藁本後朱碧，次第妥貼無差池。始自燕都訖吴越，中間一道通透迤。城郭村墟各鱗次，星旃翟茀紛筚麗。有時放筆寫泰岱，凌空萬仞驚厜㕒。有時縮筆寫人物，頰毛點染窮鬚眉。有時都邑寫浩穰，士女闐咽兒童窺。有時春物寫娟麗，柳絲飄颺花枝垂。山或巉以巘，亦或墮而卑。水或峻以激，亦或清而漪。如人面目各自别，短長黔皙分妍媸。珠旗雲罕夾鳳輦，恍惚疑有神靈隨。山水人物各師授，兼斯二妙古有誰。收拾提封歸絹素，地媼蹙縮供鑪錘。尚餘空潤筆不到，渺然萬里真無涯。有如聚米成山谷，道途歷歷備險夷。亦如營作新豐市，各辨門户知衢逵。大包岳瀆穿冥涬，細摹絲髮窮毫氂。衆手渾成如一手，萬象融液無瑕疵。明堂告成書大匠，琴川一老今班倕。謂王石谷。金橋圖畫今再見，吴韋絶筆誠堪追。開元封禪，駕至金橋。上命作《金橋圖》，凡山水、人物等，吴道玄主之；犬馬、騾驢等，韋無忝主之，時稱絶筆。見鄭綮《開元傳信記》。要知省方爲民事，非因游覽煩驅馳。傳之千秋萬世播景爍，可當豳風屏障卷阿詩。

## 觀宴高麗使臣

唐孫華

皇風暢洽覃寰宇，綴舞階前列干羽。早聞西國貢瑶環，又見南蠻獻銅鼓。鴨緑江邊一小邦，箕子遺封傳自古。樂浪玄菟本漢疆，割棄千年不復取。衛滿山川自險雄，歷代皆憂難用武。
隋唐屢駕未成功，終憑絶塞相撑拒。於今順服號藩臣，琛帛來庭歲旁午。傳聞漸染有華風，
頗習詩書慕鄒魯。强梁無復莫離支，懷柔早遍精奴部。折風紗幘屋微高，廣袖朝衫紆帶組。
雍容猶見漢官儀，便旋不作白題舞。春官賜宴列陪臣，殽核千盤酒百甒。六合由來自一家，
異域何須畫玉斧。熊州渡口罷樓船，平壤城頭輟干櫓。吾皇柔遠不觀兵，鑿齒雕題盡編户。
妙手誰摹王會圖，盛德歌詩吾能譜。

詔減蘇松浮糧四十五萬兩恭頌　　陳　璋

聖人建極天地昌，仁育義正臨萬邦。眷顧東南心如傷，三春膏雨施江鄉。賦半天下吴中强，
就中大半蘇松當。抑買公田宋季倡，元踵籍畝征求忙。按租充課明貽殃，孰階之厲由淮張。
三百年間多流亡，百姓怨苦不飽糠。聖祖御宇六巡方，頻賜蠲復澤瀸汪。吾皇期民富而康，
厚生至計期久長。閭閻積困在浮糧，宸衷注慮彌周詳。四十五萬免輸將，減額億祀準爲常。
皇仁聖德浩難量，譬猶上古開洪荒。鳳銜丹詔下金閶，呼嵩聲高達穹蒼。即今秋禾告豐穰，
五穗九穗競獻祥。太和一氣包混茫，感符天意慰民望。三江五湖恩波揚，兩郡家室盈倉箱。
願同野老仰日光，含哺擊壤歌陶唐。

## 大駕東巡幸闕里恭紀

姜宸英

軒皇垂裳得天紀，七曜聚合如璧珠。經歲四千五百六，貞元之會今同符。康熙紀元天子聖，
二十三年文教敷。臨雍雷振靈鼉鼓，拜洛天浮龍馬圖。舜干乍揮荒服靜，神鞭再投海水枯。
爰議時巡降清問，禮官具儀帝曰俞。德音始涣萬物泰，所過盡賜明年租。禮崇望告首東岱，
制度一一準有虞。簡省輿衛止除道，奔走父老寧需扶。既陋五土事封禪，亦笑八駿徒馳驅。
闕里臨幸有故事，跨漢軼唐禮數殊。泉林游泳證道妙，魯門未到心先輸。有司宿戒壺濯陳，
羹鉶飯簠籩脯朐。笋簴鱗羸編磬備，和以琴瑟笙簫竽。樂工肆成太常部，三十六舞紛縈紆。
是月仲冬日乙卯，軫中朗概明前櫨。風和氣暄翼雲罕，冕旒肅穆中殿須。雲雷之尊犧象二，
祭器羅列商周模。祝辭親製皇帝獻，告虔幣嘉酌清酤。贊稱九拜獻三跪，此事今有古所無。
烟燎既舉神洋洋，千官並起鏘瑶瑜。皇帝更衣御行幄，臚傳進講駢生徒。如聆金石壁中奏，
復見詩禮庭前趨。諦觀象設展圖繪，始知妙手神明俱。帝乃載歌歌五言，音成雅頌文典謨。
摩挲手植生意盡，化工迴斡欣重蘇。鸞旂北指廟扉闔，羲和停轡儼未晡。墓門高揭大庭庫，
石梁徑渡城陰洙。千年隧道絶荆棘，四方移種饒檀榆。黄玉一閟不復見，惟見群鶴鳴相呼。
舉酒三酹復再拜，草間翁仲聞都吁。靈蓍目擊心自契，陰陽變化誰能摹。六師久嚴先輅動，
皇情欲去增踟躕。青雲留拂翠華葆，垂露交輝金榜烏。四氏承恩拜稽首，填觀萬姓皆睢盱。

踰年廟碑復載往，睿藻揮灑翰墨濡。碑用西山奪玉石，白鏹賫運出中帑。蓋用琉璃瓦兼兩，
樹之金聲門右隅。排抉幽扃焕長夜，晶懸杲日當天衢。百家騰恣仁義塞，可憐聖路荒榛蕪。
元和大中衹文具，漢鎸唐搨空模糊。我皇好道不旁騖，但言魯國惟一儒。岐陽嶧陽先後聖，
嵬峨並列穹龜趺。從此膠庠盛經術，弦歌詎獨鄒與邾。人文化成休氣應，陽和鼓動天地爐。
群臣不知所報答，陛下萬歲長歡愉。

## 御賜韓侍郎篤志經學扁額恭題長句

姜宸英

忽驚雲氣生高棟，蜿蜒鱗鬣勢欲動。驪珠幾顆落人間，并是半天雷雨送。太平天子赫威靈，
長戈一掃除氛霧。欲以詩書基鴻業，方領矩步争來貢。懋勤清殿晝漏長，閑揮寶翰吴綾光。
一字褒長萬金價，肯令常侍徒登床。長洲侍郎蓬山客，飽飫奇文窮巖壁。貯之自足經世資，
豈止詞章供潤色。拜賜歸來春滿巷，舉座傾瞻歎嘖嘖。已將家學判申韓，免使詞人論韓白。
家住吴趨大道邊，炎光長向斗牛懸。梧桐賜第君恩在，遺子經還世世傳。

## 恭讀御製題王謂豐年農慶圖詩敬和元韻

鄂爾泰

覆車黄雲交碧落，萬井歡騰動寥廓。手鐮腰索齊登場，孰辨環山與帶郭。童犢喫喫老㸬閑，
溪棱塍塾寫潺湲。廣糧門下一無事，墉崇櫛比相間間。賽神報社互稱壽，割肉在手歌在口。

由來膏澤多豐年，大布新衣矜富有。挑菜兒歸女下機，渾家飽飯喧通闡。此圖此慶頗難睹，
宵旰側窺披咏時。

## 春歸西苑直廬作　勵廷儀

輕陰淡蕩絮交飛，布穀聲裏喚春歸。幾番風信不知處，百花衮衮隨風去。枝頭結子緑陰齊，
漏聲遥在小山西。日長數盡花磚影，地迴人如太古静。獨立閑階繫所思，一篇還賦餞春詩。
却從上苑花開後，悵望家園三月時。

## 扈從出古北口　張廷玉

曉日未出山烟昏，冷風直透重綿温。長鞭鞭馬過峻嶺，綵旛近指南天門。綫路不足容兩軌，
猙獰怪石狼虎蹲。攬轡高吟顥濱句，前途山色非中原。長城直與鳥巢似，昔人《長城詩》云：
『此城冠山如鳥巢。』雲邊隱見頹垣存。前朝防戍疲士卒，枕戈荷戟忘寒暄。瘴霧漫漫霜月苦，
一聲羌笛如呼冤。青燐散野白骨聚，至今想像猶銷魂。聖朝聲教遠莫外，黄支烏弋皆稱藩。
候臺不設瞭館廢，窮邊來往如庭軒。年年避暑歷兹土，笑迎鑾輅山花繁。書生珥筆良厚幸，
六隨清蹕邀殊恩。朝嵐夕靄供覽矚，巉巖危磴從攀援。盛事真足傲千古，昔人出塞安足論。

# 本朝館閣詩卷三

## 七言古二

### 聖駕駐蹕密雲賜觀御書大學全部敬賦

蔣廷錫

晴雲五色連長麾，凉風霏霏吹墨池。白檀山下駐黄幄，天心行健無息時。手書大學二千字，寸幅初展光陸離。精微遠契羲帝畫，古樸直邁岣嶁碑。懸崖邃谷起鸞鳳，折波奔浪騰蛟螭。古傳鍾王僅驅使，下至唐宋真糠糜。循環百遍究深妙，淺識未得窺毫氂。從臣相顧驚贊歎，小臣稽首拜獻詞。大學遺書出戴禮，經文孔子傳子思。化成天下始家國，功由誠正先致知。帝王統要悉包舉，古今大道相扶持。教兼内外通上下，聖賢之本仁義基。吾皇衆理會一貫，智周萬物權綱維。緝熙聖學已富有，日新盛德無纖疵。宅心天淵主誠敬，深宫夙夜常思維。上承歡顔下教育，周文止孝復止慈。政修事舉備制度，化行俗美歌關雎。發揚理道闡經義，異學祛掃淫詖辭。萬幾有暇博典籍，坐忘日影移龍墀。新民明德著功效，烟雲落處心手追。古來人君偶染翰，紅袍筆寫屏風詩。雲藍側理咏風月，豈與政治相培裨。何如聖人動合道，令德顯與人民宜。願勒金石賜學校，億萬萬載爲君師。

## 上幸額勒蘇臺大獵恩賜觀圍恭紀　蔣廷錫

秋高弓勁萬馬肥，千山紅葉連霞飛。外蕃部長率帳落，來奉君王大合圍。平川幾點人如豆，
漸見烏欄畫遠岫。青旗引路時飄揚，四無人聲約步驟。峰腰變出常山蛇，群馬斑駁雜五花。
陣脚欲轉勢未合，草間出没驚麏麚。東偏飛騎下林麓，山頂人排城堵矗。圍場圓放十里寬，
四面回還衣帶束。儦儦俟俟何處來，長角大耳跳蒿萊。倉皇急欲突圍走，揚鞭譟逐喧春雷。
羽林掠圍静無擾，馬密人齊圍轉小。雲麾五色八門開，盤屈游龍頭尾繞。十尋黄纛吹長風，
晴天皎日光曈曈。山祇地靈共鞭策，悉率群友居圍中。繡鞍玉勒疾馳騁，乾草霜蹄逐風影。
天威手挽八石弓，十四把長餘箭鋌。前鹿已中金僕姑，雕翎灑血紅模糊。後鹿一發中其項，
高坡仰仆鳴鳴鳴。須臾連射二十鹿，箭服曾無遺一鏃。天網還開三面恩，下馬撤圍教止戮。
秋冬獮狩古所傳，維皇聖武縱自天。仁風已捲鶴麗陣，勇氣尚掛魚鬚旃。外蕃健兒千二百，
忽掃雲屯散無迹。疾徐進退心力齊，知是吾君恩所格。始信天下一家語，絶域遐邊總畿輔。
小臣袖手得賜鮮，敬繼岐陽歌石鼓。

## 蒙恩賜觀朝會樂器恭紀

查慎行

雲門咸池及大章，制作肇自炎與黃。後來韶夏繼濩武，聲容綴兆猶相望。或以象功或象德，
宮懸一一傳太常。自從秦漢寖失古，器雖尚在意微茫。儒生好事强傅會，蒼龍朱鷺徒揣量。
流傳往往入樂府，遂薦郊祀陳明堂。豈知元音關運會，出與盛世鳴光昌。國家功崇德深厚，
上有堯舜垂衣裳。八風從律星告瑞，亭毒四序昭三光。一人穆穆慶交泰，多士濟濟歌元良。
朝乾夕惕日不暇，庭燎繼問夜未央。肅雍臨保本家法，儼睹列聖於羹墻。化成久道治累洽，
民俗康阜仁風翔。懷柔河岳指帶礪，撫馭畿甸巡遐荒。北清狼望罷斥堠，南拓鼇背開封疆。
圓顱方趾悉受吏，丹砮白雉爭來王。麒麟在郊鳳巢閣，不貴異物誇禎祥。太和元氣彌宇宙，
正賴雅樂爲宣揚。吾君神智况天縱，聖學孰測淵源長。精通緯數窮亥步，博極墳典追羲黃。
黃鐘累黍辨清濁，太簇截竹分陰陽。文成雲璈叩金石，詩出月窟諧宮商。伶倫却立衆工伏，
御製親授協律郎。豈惟神人共悅豫，兼采法曲收遺亡。每逢朝賀必合樂，左右羅列東西廂。
臣昨承恩預元會，摳衣肅拜丹墀旁。柘黃帕瞻黼座近，咫尺頫首心徬徨。廣廷雪花吐蓂葉，
雙闕日氣暾扶桑。乍聞鈞天動九奏，縹緲散入爐烟香。始終條理詎能析，但覺盈耳聲洋洋。
歸來恍惚疑夢寐，魯壁一夜聆鏗鏘。明朝詔許觀樂器，始信大樂非笙簧。編鐘編磬列簨簴，
楹鼓田鼓齊輝煌。旌麾奇綵繪螭虎，簫管逸韻含鸞凰。塤篪柷敔狀各異，據圖考證殊難詳。

天生耳目不虚畀，帝錫聞見開聾盲。虞廷當時傳搏拊，鳥獸應節猶低昂。幸逢昌期邀異數，及與百爾偕趨蹌。歡情不覺同率舞，拜手敢謂希賡颺。矢音遂歌紀盛事，萬年願奉南山觴。

## 上幸額勒蘇臺大獵恩賜觀圍恭紀

查慎行

聖朝雄略彌宇宙，四海爲家同在宥。行宫直過大青山，纘武年年寓巡守。川原繁膴少甌脱，邊障清寧罷烽堠。盡收種落當郊樊，大展岡巒作靈囿。凉秋八月商飈發，霜氣凝嚴冰未溜。朝來下詔大合圍，草淺林疏宜往狩。三千虎旅移前帳，十萬龍驤出華厩。奇毛個個五花文，表貉揚旜遍巖岫。層層葉幄絢紅紫，面面山屏圍錦繡。前行十里雪初晴，千步場如築新就。遥看數騎林西麓，畫裏依微人比豆。雁行齒序列後先，魚貫班聯隨長幼。綿綿翼翼遠不斷，整整斜斜近相凑。須臾旋繞山之東，觀者同時盡迴首。舉鞭初可一二數，錯落星文排列宿。長松冠嶺嶺插空，人馬從空俄下走。呼聲幾處震虚谷，驚起雕翎落飛狖。此時已有鹿斯奔，闌入圍場孤引脰。東跳西顧迷所向，首鼠張皇等鼯鼬。魚麗鸛翼頃刻成，變幻圓方詎能究。陣圖本是邱井法，旌立和門嚴介胄。合圍漸緊壤漸平，匝布叢攢勢相繆。不知鹿群何處來，俟俟儦儦紛邂逅。麏麚麞麛麋麖麑，麀麈麢麠麜麔麐。希聞偵伺前復却，防内怔惶駭而驟。渴舌長如飲澗垂，野心思突重圍透。天威奮武臨咫尺，頓轡齊鑣不容竇。神機獨握舉大綏，衆志成城鹿爲鏃。虹流電掣忽飛鞚，月滿弓開胥入彀。逸足公然帶箭馳，先聲所至隨弦仆。

一人獲雋萬人歡，群祝君王千萬壽。大招旋輾不盡發，餘勇猶浮衮龍袖。網開一面頌皇慈，節應騶虞叶仁獸。雲收霧捲圍乍撤，萬騎如風散晴晝。小試真同掃塞氛，盈庖豈獨充飣餖。觀兵耀德典彌崇，行賞班餘功孰懋。竊聞上古有大甸，秋獮相傳本由舊。青邱自欲吞雲夢，吉日先須卜庚戊。漆沮甫草偶于畋，悉率從王惟左右。今之健兒千三百，來自諸蕃踰尉候。大圍共一千三百人，皆出蒙古喀爾沁奥諸部落。期門將士但旁觀，山立何曾技輕奏。此皆至尊善撫馭，同軌歸誠車輻輳。國家恩澤浩如天，藩部寧非天所覆。自然忻舞群用命，王用三驅此其又。車攻寧數小雅材，羽獵應嗤西漢陋。矢詩橐筆本臣職，况著征衣隨短後。雖慚無力效殳鋋，盛事千秋幸親覯。

## 駕發藍旗營乘舟網魚命臣等沿河騎隨賜鮮鯉人各一尾恭紀

查慎行

雪光皛皛山棱棱，千山映雪朝日升。灤河之水暖不冰，刳舟剡楫凌空去。三丈黄龍帝親御，川后前驅風伯助。峽形漸束波愈清，潛鱗帖帖何敢驚。人聲不聞聞水聲，須臾船重皇情樂。銜尾駢頭來繹絡，八紘一張魚載躍。鰷鱨鰋鯉旨且多，義不盡取收網羅。滿渠新漲餘天波，詞臣拜恩已無算。復賜紅鱗長尺半，馬上携歸萬人看。

## 瀚海石歌

查慎行

瀚海去國門，亭堠千有餘。君王神武勤遠馭，伐叛特欲安邊隅。歸來玉斧畫大渡，屬國東西一都護。羈縻不設《元和郡國志》《太平寰宇記》：唐宋時邊方多設羈縻州。〔一〕甌脱閑，何者能邀至尊顧。異哉有神物，産自此海濱。溯從開闢混礓礫，直到海底今揚塵。女媧補天煉五色，散落人間人不識。年深道遠莫致之，瑰寶仍爲天上得。禁林過雨山蒼然，緑窗窈窕生紫烟。越羅蜀錦開什襲，詔許重陳玉案前。内官捧下通明殿，耀眼平生驚未見。碧砮奇氣蓄風雲，銅鍥飛芒繞雷電。七星掛斗何煌煌，六十四象隨圓方。綺霞縠霧錯采章，白璧自白黄琮黄。或如荔垂枝，又如柳拆囊。或如鏡留影，又如芝植房。或如犧牛角繭栗，或如蝦蟆八月頷頤張。或如青螺或文蛤，或如馬肝止血瘳膏肓。或如珊瑚出網丹出鼎，松脂出地琥珀凝堅光。賦形界色靡不肖，化工之巧盡洩無留藏。臣聞積水類生石，瑟瑟波摇紅鞢鞨。潮淘汐戰廉角平，蜃吸鰲呿光怪發。黔南白鷺洲，貴州思南府有白鷺洲，文石絶佳。文登彈子窩。在登州蓬萊閣下海中，見《蘇軾集》。偶披千萬遇什一，毓秀孕靈能幾何。孰如此石來自遐荒外，磊砢英多殊可愛。携來共指前席珍，采處曾蒙後車載。石兮石兮，爾豈無知空抱質，顧盼恩深同剪拂。回思萬古委泥沙，方信聖朝無棄物。

〔一〕按：《皇清文穎》卷六十四亦有此注，查慎行《敬業堂詩集》（四部叢刊景清康熙本）卷二十九無此注，或《皇清文穎》所加，《本朝館閣詩》因之。

## 賜硯恭紀

鄭任鑰

扶桑晃朗通九區，日浴先照天東隅。襟山帶海扼塞地，鬱葱佳氣開雄都。豐京鎬邑萃靈秀，
往往孕結瓊瑤瑜。鑾車時巡省方岳，百神受職群山呼。砥石巉巖若砥柱，夭矯飛走俱魁殊。
蘊玉山輝傳自古，美璞豈得同碔砆。世無卞和識神物，地不愛寶誰能刳。爲礎作礪等閑事，
何異石鼓疲春揄。帝咨工倕登此石，即墨封比躬桓蒲。劖雲劚玉有制作，中規合矩隨形模。
玉堂新様琢磨出，肌理滑笏堅而腴。金聲玉德洵兼備，呵冰蓊蓊雲衣鋪。蒸栗黄間鴨頭緑，
白虹紫電縈星樞。鴝眼村俗馬肝劣，鳳味龍尾真其徒。方箱大橐後車載，山靈夜徙秋雲孤。
寶跗光茫玉几净，丙夜拂拭研鉛朱。聖文典誥詩雅頌，遠跨周漢殷唐虞。龍章迅掃千兔禿，
昭回銀漢懸天衢。高碑大碣遍橅勒，人人競寶隋侯珠。微臣未登朝士籍，撏撦章句慚通儒。
斷磚破瓦每自惜，硯蟾注水行將枯。竭來金門初待詔，果腹珍饌傳天厨。寵新地近但悚慄，
重以朽鈍煩洪爐。何期涣汗沛膏澤，得與詞館同霑濡。受賜百拜納懷袖，一方軟玉如凝酥。
三重緹襲慎包裹，硯北却立心踟躕。守静尚默乃可久，不緇不磷無玷污。品方質厚硯之德，
豈以瓦合矜時趨。敬披御集讀硯説，寒螿一一回昭蘇。作人造士軼三古，寧有才俊留菰蘆。
我朝太平矢文德，共球八表來將輸。摩挲寶器不輕用，用作明堂王會圖。賡歌喜起贊聖德，
青藜照席看操觚。傳之千秋奕葉後，上媲稷益皋陶謨。

## 詔減蘇松浮糧四十五萬兩恭頌

楊繩武

皇帝御歷三載初，澤洋恩普淪肌膚。光天之下遍海隅，家給户足人樂胥。聖心注念惠我吴，
新綸尤荷皇仁殊。蘇松兩郡濱海區，厥田下下多沮洳。載在禹貢揚州書，宋元末季額漸踰。
官田略比民田租，明世積重繁征輸。甲于天下財賦都，歷三百載困未蘇。聖祖軫念吴民劬，
屢爲宵旰勤咨諏。皇帝繼序開宏圖，恫瘝在抱時予辜。深宫愷悌念里閭，特沛解澤和風噓。
兩郡四十五萬餘，浮賦舊額多蠲除。不煩會計籌盈虚，勤恤民隱不少需。宸志獨斷由中乎，
莫贊一得芻蕘愚。讓善聖祖不自居，聖孝繼志光前謨。鴻恩曠見振古無，千秋萬世永不渝。
從此東南民力紓，喜氣雷動聲歡呼。或舞於巷歌於塗，勞者得息飢者哺。老有所養字厥孤，
擊壤鼓腹游康衢。熙熙皞皞非驩虞，伏唯聖德塞昊輿。聲靈赫濯聲教敷，玉門萬里息鼓枹。
海波不揚受指車，臨雍耕耤典禮俱。明罰敕法囹圄疏，烝烝吏治除奸污。廟廊坐論多鴻儒，
四方髦士來于于。人游化日樂以舒，復此愷懌長涵濡。小臣夙直承明廬，敢忘載筆爲揚揄。
雖無負郭思耕鋤，蒙恩桑梓同歡愉。願歌天保進九如，皇帝萬壽膺璇符。

## 松山歌

塞爾赫

錦州城南多崐壘，路入坡隴低復起。行行曠望見廣原，一掌平開渾如砥。東南突屼聳高阜，

行人指説松山是。松山之上一松無，風過濤聲清入耳。此山得名不記年，半土半石形迤邐。
漢魏北燕遼金元，有明至今一彈指。人民城郭凡幾更，此山依舊蒼然峙。我來山下訪舊事，
當年戰壘無遺址。緬邈崇德五六年，神兵禦敵渡遼水。彎弧洞鐵氣如虹，俯視將軍埒羊豕。
千騎轉戰杏山前，路隔松山十八里。戰鼓驚天海浪翻，百萬覆車强半死。凱旋牧馬瀋水陽，
天助龍飛良有以。今日田園古戰場，萬縷炊烟墟落裏。沉吟懷古向秋風，殘照松山凝暮紫。

## 成均石鼓歌

張廷璐

帝京首善重大學，八方騏驥登天衢。宫墻肅穆大成殿，彤階釦砌如金鋪。穹碑屹立焕天藻，
葱蘢古柏環千株。戟門立戟各十二，位置石鼓門兩隅。在昔周宣振王業，岐陽大狩建旐旟。
車攻馬同唯吉日，貫楊與柳多嘉魚。文成蒼鬱儼雅頌，紛披大篆史籀書。流傳磨滅已八九，
手捫指畫嗟糊糢。當年作歌寄欣慨，鴻篇珍重唯韓蘇。迄今二子久陳迹，五六百載歲月徂。
此鼓完好復森列，聖人庭廡天子都。由來神物鬼神護，興廢不與凡器俱。斑剥寶光跨鐘簴，
陸離古色超璠璵。儼陳虞敦與周簠，紛錯商璉同夏瑚。東西分布各有五，五星縈帶如聯珠。
又如輔弼朗相向，左右兩兩環天樞。聖朝車書大一統，聲教洋溢媲唐虞。東漸西被朔南暨，
禮陶樂淑文德敷。上丁釋菜親詣學，千官陪祀橋門趨。愚生遭遇亦何幸，成均蹌濟叨簪裾。
璧水澄泓映芹藻，講堂鐘鼓羅生徒。諸藩遺子争就學，大化翔洽彌寰區。摩挲日夕對石鼓，

沐浴聖澤相涵濡。乾坤悠久德教永，長留神物輝球圖。

## 十月二日游盤山　沈起元

盤山龍盤盤薊野，星雨何年此飛灑。堆空萬石無根荄，領袖邊峰抱華夏。
籃輿數折千巖分。回頭已失來處路，硆砑面面何嶙峋。昨宵風雨山新沐，添得潺湲奏鳴玉。
蹴蹈層巒落葉聲，寒空山色青松獨。鬱律松根石氣長，松倒石飛相俯仰。老蛟躍起穿虎背，
彩鳳無聲立仙掌。萬松盤谷遍精藍，割裂陡壁窮鎸劖。逃虛往往鑿混沌，不許靈秀常封緘。
憑闌小憩山之半，燕薊群峰角而丱。白雲址下往復來，雲動山移紛凌亂。千盤雲罩躋絕頂，
雲作海鋪日欲瞑。塵土蒼茫忽若遺，渺身惝怳凌青冥。瞥眼風迴雲乍消，側輪窺我長松梢。
人間哀樂一映爾，九州何遠天何高。翠華昨歲曾巡幸，天藻輝輝照幽境。山呼漢武笑登封，
於穆堯情緬箕潁。常懷扈蹕缺躋攀，王事俄偷一日閑。登臨敢憶淮南桂，但對松石慚貞堅。

## 恭和御製雪浪石用東坡原韻　沈起元

蘇才如海如雲屯，論者遂以文章尊。雲胸石腸與時左，常與山水窮朝昏。定州城中一片石，
詎有光氣驚荒村。波紋密縷別黝素，煉非五色來天門。峨嵋積雪岷江浪，根觸愛玩勞吟魂。
太初混沌闢大塊，五岳亦自纖塵根。石先無雪亦無浪，化兒幻此留奇痕。詩人好奇貢美譽，

借此塊壘傾心論。髯乎不偶石何幸，至今重石珍其盆。更邀睿藻賁光采，石與公兮萬古存。

## 扈駕巡幸五臺上以龍泉關路隘命從臣半止關外余與同年周蘭坡學士與焉次行唐和蘭坡途中即事原韻

沈起元

少日游踪萬里隘，兹行喜扈周王邁。極睇龍泉矗天雪，羸馬怯登意仍快。君恩留後次行唐，迴轡紆徐入圖畫。連巖邃壑斷行踪，誰剪長虹壓泉派。山深無人風日閑，烏桕一株紅自晒。何年樵牧剔雲根，虎卧龍騰僵不壞。馬首箕山弔許由，可識人間幾興敗。山樞隰栗載唐風，今古何須發深喟。一鞭投宿玉亭村，塵容却恐鄉農怪。千章喬木夕陽多，愧乏甘棠歌勿拜。解鞍茆屋息心魂，乍爾逃虚領清瀣。我聞五臺六月寒，堅冰不消木生介。金根玉輅此日登，凜冽寒空凍雲砦。微臣晏安聖主勞，耿耿填胸空蔕芥。曼殊師利果有靈，陽和早轉清涼界。

## 恭和聖製乾清宫聯句詩

張鵬翀

皇清玉燭調萬年，太平歌頌長流傳。聖皇法祖欽昊天，夙夜宥密心乾乾。乾隆四載歲序旋，日月軌度星順躔。兆豐瑞雪三白連，翠蓂舒莢凝祥烟。乾清宫中金鏡懸，明良元首股肱聯。春風上日開錦筵，元正高會賡鴻篇。王公陪侍星雲旃，趨蹌卿佐鸞鳳翩。龍旗繡畫明金纏，琉璃匣映珊瑚鮮。天章首倡筆似椽，皎如初日臨華箋。賢王摛毫粲珠蠙，瓊林花蕚争芳妍。

三階上相台席專，鹿鳴天保詞相宣。六卿黻佩叶比肩，歌來帝所皆清便。偕吟香案侍列仙，
華鐙耀采榮金蓮。彤墀肅穆秩豆籩，從容几杖扶華顛。雪林陽景度八甎，詩成煥爛羅瑶璇。
堯厨蓮蒲美膏羶，天香暖吸真珠涎。香携滿袖醉舞𧞤，捧歸珍賜摇吟鞭。春回上林草芊芊，
玉池風柳方三眠。帝京人物紛駢闐，九旗畫鼓聲咽咽。冰開寢廟薦鮪鱣，親祈年穀垂紘綖。
農功將興照天田，天街萬枝燈火燃。雨香雲淡翠陌阡，緑蓑青笠驅烏犍。陰陽調劑無伏愆，
垂裳聖主揮熏弦。春養孤子加憫憐，太倉出粟少府錢。安以衽席飽以饘，皇穹覆幬無私偏。
天門詄蕩啓八埏，搜羅俊乂如于畋。熊羆詎若登仁賢，争驅王路北首燕。驊騮騏騄驤騰騫，
松杉栝楠杞梓梗。明堂華棟森桷梴，方今泰階王道平。永保億載金甌堅，賡颺喜起信有焉。
懷忠攄愫心卷卷，願箴大寶金石鐫。十思九德非言詮，我皇至仁及蚳蝝。始和布政開愚顓，
我皇至孝感醴泉。璇宫日暖浮金船，我皇至明燭幽淵。乾端坤倪妙運旋，我皇至斷握大權。
獨神舉措絶夤緣，我皇制作不襲沿。六經爲七人窮研，我皇聲靈振極邊。畏懷威德銷矛鋋，
萬方重譯集帝廛。圖成王會光瑶編，一人恭儉天下先。窮閻疾苦咨胝胼，齋宫水旱禱祀虔。
宣房瓠子懷河壖，平均徭賦苛嬈蠲。弛張寬猛無拘攣，君臣一德祚永延。調和元化歸陶甄，
小臣田間久伏跧。來游帝里高霞褰，十年詞曹忝備員。使查萬里歸自滇，殿前作賦恩光駢。
輝輝並列珠玉楞，巍巍仰睹皇風扇。珥筆日侍蓬萊巔，屬車豹尾隨龍牽。許身稷契願則然，
勛華共矚天中璿。壽如南山更增川，自今伊始長綿綿，聖皇御宇萬福全。

一百六日圓明園即事恭紀

張鵬翀

芳時又度一百六，華年已過五十三。鄉園千里隔歸夢，鶯啼草長江之南。宮端華重懼難稱，
戀恩未敢抽朝簪。病餘强起就班列，將將珂馬聯騑驂。車輪忽墜清路轍，袴靴半染濁水泔。
易衣整佩亟趨赴，平明御苑隨朝參。太平清暇本無事，宮壺雨露長濡涵。芳菲三月春意滿，
耕桑四海聖澤覃。青壇展敬奏廣樂，鞠衣將事從親蠶。萬花競發映天藻，詎待羯鼓催春酣。
溪桃蓓蕾碧尚淺，山杏爛漫紅初憨。幾餘秀句落珠琲，乾坤萬象皆包函。雲霞東海涌初旭，
翠綵西山浮夕嵐。詩情畫意妙無既，餘韻杳眇香氍毹。清明寒食最佳節，踏春士女樂且耽。
不開芳宴朱成碧，但愛新篇青出藍。傳宣侍從許賡和，劈牋染翰依珠龕。小臣愕散百不諳，
頭白自學書中蟫。聖恩眷注特優異，詩國似令儕子男。清詞麗句妄追躡，重章疊韻如饞貪。
農郊望雨正晻靄，催詩好景瞻淒滄。詩成進御復承賜，炊蒸滿器盛饋盦。自知飽食無補報，
詎免汗顏增愧慚。但期豐登慰宵旰，千金稽麥聽黃鸙。穿花傍柳歸路晚，天街鐘鼓聲韽韽。
小詩相與紀榮幸，大任自量寧克堪。百年婚宦願粗了，名山五岳窮幽探。青春欲拋朱夏近，
快飲好覓屠酥庵。斬新花蕊未可負，轉眼便恐飛毿毿。

## 恭和御題敖漢玉瀑泉詩元韻

張鵬翀

竊聞山川靈境有顯晦，闡幽闢奥非偶然。異哉敖漢游牧地，乃有飛泉百丈空中懸。噴珠濺玉坐閲幾人世，忽邀宸游識賞寧非天。遠看乍喜净垂練，諦視直訝化作烟。銀河落天杳無際，詎省曲注成奔川。大聲震激聾瞶醒，清派漱滌沉痾蠲。乾坤軒豁一呈露，渚此萬古蛟龍淵。溯洄欲上路夐絶，疑有仙靈高隱隔水和雲眠。御題玉瀑信無愧，崇崖好勒貞珉堅。涵虚倒漾竹樹秀，灑藻倍覺雲山鮮。秋空麗日烱摩蕩，潭底晴旻時漏穿。澄觀静覽默有待，詎許尋常鱗鬣浮鱅鰱。至人遇物契元造，妙意直探靈源先。匡廬雁宕縱標勝，懿此奇逢聖迹寧容遷。願分一勺效蠡測，寸管敢望窺天全。

## 萬壽節前畫林壑清秋並題進呈

張鵬翀

聖皇天縱文武姿，萬年端拱裳衣垂。敕幾清暇偶游藝，虞廷作繪賡歌詩。金風八月吹桂枝，桂輪三五將圓時。群仙上壽白玉墀，如麻列佩紛参差。酌北斗之瓊漿，引南山之瑶巵。秋光淡宕入睿思，燕酣筆洒雲霞詞。命臣鵬翀寫詩意，小臣拜舞不敢辭。上尊幸得賜餘瀝，醉墨濡染臣能爲。肺肝查枒吐竹石，瀑泉噴薄堆琉璃。蒼茫雲氣澹無際，元氣果合成淋漓。問臣何所師，臣師王蒙黄大痴。上追北苑想渾厚，兼取東坡溢怪奇。畫禪别自有神解，往往形貌遺黄驪。竊聞聖製擅殊絶，珍秘不使人間窺。至人天巧侔造化，巨瀣安敢測以蠡。小臣薄技本無取，遭逢聖主蒙深知。畫成張向雪色壁，清秋林壑含晴曦。躋堂稱觥獻萬壽，豳風圖繪宜陳斯。但期十風五雨八方壽域同熙怡，安用虚無縹緲蓬萊方丈求安期。

## 恭和御製十駿圖歌元韻

阮學浩

天閑列駟星垂房，騂騮絡繹歌乘黄。拳毛獨步迥殊况叶，千年國馬誇驌驦。霜蹄蹴踏神中藏，追風逐電威奮揚。猛逾賁育勇卞莊，争致猶傳左賢王。祇今賓貢梯山上叶，奉策躡伏同獅床。連錢蹀躞首齊驤，嘶入層雲依朔方。回顧牝牡隨奔狼，間行秋獮諏辰良。郊原草勁商飆凉，三驅殪發交駭惶。權奇倜儻久著名叶，肯容群獸紛跳梁。渥洼遺使嗤漢皇，蒲梢汗血真尋常。詎曾十種騰精芒，金羈遥控苜蓿鄉。丹青貌出絶塵英叶，勢如俊鶻摩空翔。羲經遠取推純剛，飛行萬里無峙糧。駕馭幸托有道邦，聖人端拱臨要荒。勤修圉牧時不忘，築臺市骨思深長。駑駘未許淩高閶，宸章褒德篇堂堂。賡歌馳驟翰墨場，微臣蹇筆書餘慶。

## 敬觀欽頒湖南岳麓書院御書道南正脉扁額恭紀

阮學浩

熙時文教周海隅，光被直埒唐與虞。奎章寶翰自天錫，日華流曜同苞符。地因人勝古有語，岳麓結秀臨重湖。在宋初葉潭州守，始闢靈境徠生徒。開寶四年潭州守朱洞始建書院。頒書賜額踵其後，稱四書院名非誣。咸平四年，從知州李允則請，給國子監經籍並賜額，與石鼓、應天、白鹿稱四大書院。南渡先覺子朱子，力爲大道芟榛蕪。張劉會合喜同志，一堂講論追步趨。乾道三年，劉珙安撫湖南，聘南軒主書院，朱子來講學其中。紹熙五年，朱子爲安撫使，生徒至數千人。淵源伊洛溯洙泗，湘江之水清而紆。盛事何年遂湮没，齋厨寂寞弦誦孤。偶爾支拄藉來哲，如明入地繁星敷。纍纍斷碣委巖畔，剜苔剔蘚頑石渝。泰運恭逢天子聖，聖人作睹開群愚。闕里尊崇邁往制，次第論定褒真儒。天書飛賁到林岫，昭回萬古宏遠模。道南一脉斯爲正，大哉王言圖範俱。銀鈎鐵畫麗霄漢，璧窠古法誠區區。岣嶁禹碑近掩映，神含象緯風雲驅。仰觀敬集衿佩侣，叠足注目齊嵩呼。願勉實學沐皇化，廉頑立懦功旁孚。造士詎減庠校序，育材應媲瓊瑶瑜。勿使萃處負游息，下鄰佛宇侔仙都。澡心滌慮日瞻拜，爛斑瑞靄聯辰樞。

## 聖主臨雍禮成恭紀

張　湄

斑麟赤雀天降祥，水精之子爲素王。九州木鐸聲喤喤，日月代燭修夜暘。三千七十會冠裳，群川宗泗岳拱防。筆嚴衮鉞吾道昌，要使萬世皆虞唐。自有生民誰頡頏，綿綿統緒屬今皇。韋編漆簡勤表章，心法治法源流長。覃敷文教暨八荒，鶉居鷇飲與俗臧。矧兹辟雍宅中黄，東西南北遵路康。兩楹數仞屹宫墻，彩虹天矯丹翚翔。參霄松檜鬱葱蒼，蟠銅屈鐵森千霜。駢羅石鼓來岐陽，奎文睿藻交焜煌。重以金碧琉璃光，猗與美富埒朝廊。大昕警衆擊鼓鏜，簴業既設崇牙張。鸞旂翠蓋雲飄揚，簫韶鳴入金絲堂。莘莘俎豆潔裸將，溪毛躬薦流芳香。一人低徊禮器旁，天容肅穆神齋莊。咨爾左右同奉璋，追趨舞字軒乎饗。春絃夏羽登畯良，緇幃講肄發笥藏。咀含六藝如宮商，橋門風暖槐露瀼。子衿環聽青成行，原天稽古晰微茫。中和條貫典訓彰，禮超聃郯樂摯襄。受裁奚止東魯狂，日躋上理聖敬强。化移疏俗延殊方，乾坤軒豁振雷硠。獻琛納賮賓蠻羌，小臣際盛沐恩滂。咏歌拜手繼皋颺，祝君壽考祚無疆。

## 恭和御製十駿圖歌元韻　阮學濬

天駟炳曜星連房，毓種騏驎驪與黃。十駿蹀躞呈奇況叶，逐電追風齊驌驦。玉勒錦韉天厩藏，詎類騕駕太飛揚。蟻封曲折如康莊，在昔八駿傳周王。漢家蒲梢逾塞上叶，陋彼青海舞登床。史策標名咸超驤，群空冀北推九方。星弧不動銷天狼，緩轡馳驅調且良。有時縱獵秋氣涼，射熊殪兕奇獸惶。弭節驕嘶千里名叶，過都越國超津梁。魯頌徵歌稱驕皇，江都曹霸能殊常。妙筆點綴肖毫芒，長林豐草沙苑鄉。尺素生姿尚英英叶，況乃籥雲飛龍翔。猗歟取象符乾剛，躡景八極猶羸糧。我皇至德綏萬邦，端拱在闥臨八荒。馭朽懔懔時難忘，緬懷謨烈遠以長。睿藻高懸輝天閶，三驅弗御開明堂。小臣賡韻叨詞場，駑駘策勵拜手慶。

## 玉甕歌恭和御製元韻

阮學濬

乾符坤珍鍾靈訖，瑞應玉甕登瑶闕。至寶顯晦會有時，猶是至元舊時物。媧皇煉出瓊瑛脂，巧匠鑿透玲瓏骨。形橅古朴太璞完，榮光騰上燭蟾窟。就中可容五石餘，大涵細入紛軋芴。四圍刻畫象環瀛，緸淪百道注洄汩。孚筠旁達理縱横，洪濤委輸自涌没。天輪地軸相迴旋，蓬萊三山峰屹屹。紛紜萬狀駴心神，鼇呿蜃吸並呵歘。龍宫鮫室黯不開，陽侯海童互翕欻。或躍北溟爲鯤鯨，或潛泥沙爲螃蜞。或如掉尾自婉蜒，或如揚鬐争陵突。仿佛鑄鼎肖罔兩，不比張網辨魦鱖。乍見初驚制偉奇，細看彌覺勢縈鬱。緬昔曾陳廣寒殿，列之玉墀輝黼黻。長虹掩映太液波，遥通星漢溯瀛渤。詐馬宴開集簪裾，位置帖妥無隉杌。何年淪落到塵凡，墮自瓊島埋蒿蔚。紫府閴寂晝掩闗，韜光匿彩誰披拂。如石韞玉珠沉淵，美在其中氣坌勃。可奈空庭雜瓦瓿，寧識向來光赤韍。歷元洎明四百年，古色蒼痕猶仡仡。遺老閑録紀盛事，竹屋紙窗煨榾柮。我皇好古特搜奇，睿鑒精能尋斷碣。剜苔剔蘚真氣現，似獲荆璧憫和刖。珍惜仍歸禁苑中，御藻品題昆刀劂。致用天家伴尊彝，那許人間漫掎扣。稽之往古昭聖瑞，有孚盈缶占豈不。《瑞應圖》曰：玉甕，聖人之瑞應也，不汲自盈。永永流傳億萬年，連城照乘都慚艴。

## 玉甕歌恭和御製元韻

齊召南

珊珊虬箭浮壺訖，卿雲捧日騰瓊闕。墀邊照見氣如虹，道是元宮存舊物。甕形磊砢腹膨脝，窪鐏巧鑿蒼龍骨。瑪瑙曾傳虞舜年，衡山膏露沾崖窟。移自仙房帝作歌，文采輝煌紛軋芴。亦知異寶有神護，五百年來理難汩。諦看刻畫何斑斑，島嶼波濤鶩隱没。匝地中區大九州，六鰲贔屭三山屹。扶桑若木蟠枝柯，夜汐晨潮遞噓噏。張融有賦述元虛，祇説鴻濛勢洶欻。何如神璞寫靈蟲，大自鯤鯨細鬣蚒。伊古開疆數漢唐，有元神武能排突。一角東還百雁南，譬張巨網漁鱸鱖。河窮星宿海窮冰，國名欽察洲名鬱。萬里朝正會紫宸，質孫環列垂丹黻。廣寒別殿記前規，此甕當中象瀛渤。斗杓斟酌任深淺，磐石堅牢防隉杌。焕璧班隨玉斧擎，流霞觴照青莎蔚。底須疊洗飾黄金，用昭儉德同繩拂。當時創業本艱難，將相才賢總平勃。興隆共聽鳳凰笙，大宴年年聚華韍。南村掌録時未遠，源流已似編疏仡。寒酸却用蓄冬虀，瓦盆翻羡煨枯柮。一朝奇遇列承光，快如觀海高登碣。作臼何當辱鼓文，連城亦未嗟荆刖。況有天章炳日星，萬年琬琰傳鐫劂。清涵沆瀣貯醇和，那有泥沙煩掎扣。銀罋宜添瑞應圖，禹鼎堯尊可同不。小臣才薄勉賡詩，陳向瑤階顔自艴。

## 奉敕恭賦三希堂歌　沈德潛

江左風流數王氏，司徒以後多聞人。羲獻父子樹清節，法護文學超常倫。勳名一家著史册，翰墨千載流精神。快雪時晴羲之帖。洵書聖，中秋獻之帖。姿媚中藏筋。伯達珣帖。一帖推後勁，遒逸自足追前塵。東晋至今十六代，離合聚散同烟雲。太清樓空幾泯滅，秋壑堂廢疑沉淪。至寶閲世永不壞，鬼神呵護留乾坤。從來法物聚所好，歸諸秘府羅紛陳。聖皇勤政得清暇，披玩卷軸時討論。一字品題物逾重，圖球並作天家珍。三希名堂世希有，何啻朱鳳兼白麟。吾皇寄托别有在，字同義異窮聖真。寓意于物匪留意，頤情養性常如春。游心理窟無止步，濂溪易通曾有云。唯士希賢賢希聖，聖人希天直欲探天根。萬里雖遠終可到，立志恢郭無涯垠。士人黽勉臻上達，而況上聖德性通高旻。法書珍重衹簡翰，游泳六藝緣依仁。小臣拜手敬瞻玩，摩挲那敢指掌捫。昔人筆墨貴鳳髓，睿藻箴勖揚龍文。承命作歌識卷末，疑有榮光騰起爛爛煇星辰。

## 奉敕題黄公望山居圖恭和御製元韻　沈德潛

畫師如將將兵兼正奇，大癡富春山居之圖世所知。蘭亭右軍神到候，生氣坌涌何淋漓。此卷興會不相亞，筆所欲赴神先之。岡連嶺複勢合沓，偶然忽斷便有雲相隨。想其解衣磅礴處，著墨飛動奕弈軒須眉。上追右丞雪江幅，同音笙磬夫何疑。聖人得此屢評品，探抉亭毒窮端倪。江山萬里入毫楮，大造在手非關思。敕命小臣題紙尾，窘迫詰屈安能爲。昔年曾跋富春卷，今閱此本俯仰生賫咨。天章雲漢敬賡和，秋蛇春蚓敢望岣嶁山尖碑。

## 恭和御製咏雪浪石叠東坡韻

沈德潛

東坡仇池之石疑雲屯，壺中九華分卑尊。後來復得雪浪石，摩挲晤對忘昕昏。宛然孫知微畫皆活水，跳波蹴浪縈繞烟雲村。尺寸中有萬里勢，如接太行與孟門。定州太守閱二載，海南遠謫傷清魂。仙人騎鶴一去竟不返，高陽仍見留雲根。名園修整復舊觀，此石妥帖位置拂拭莓苔痕。我皇嵩洛時巡偶經此，往迹憑弔堪評論。却嗤牛李空愛名，侈汰似鑄金蓮盆。段文昌既貴，以金蓮盆濯足。何如端明遭讒被黜足自樂，宵人君子千載昭然存。

## 恭題御畫擘藍即次御製元韻

沈德潛

擘藍譜入群芳中，兄視園葵弟山薤。養成木本挺磥砢，霜雪交侵常不壞。味甘差可佐稼穡，性淡未須埒薑芥。一經御筆賜描摹，窮檐風物饒生態。安得山左遍地生，劚取充飢萬民賴。蚩蚩肉食厭肥醲，此品未嘗何足怪。蔬族也，北地有之，近代入《群芳譜》中。

## 恭和御製閲豆班集堤工元韻　沈德潛

河濱夫役點唱齊，鳩形鵠面來師師。河臣董率下楗石，忽見小利趨便宜。去年霪霖汩下土，宣洩不及歸墟遲。未熟季馴防河議，頓令螻蟻攻金堤。低窪之處半漂没，可憐廬井淪塗泥。天家發倉屢賑貸，猶聞鴻雁聲啼飢。方今修築利堅久，歸仁高堰差同之。内府金錢肯惜費，要令凋瘵回華滋。爾民幸生聖人時，臣工甚毋相視嘻。

## 恭和御製游金山寺用東坡原韻　沈德潛

春明有夢十載餘，君賜歸田遠塵海。此行從駕來南徐，江山面目依然在。西津渡邊石陂陀，一葦直溯江之波。宛如蓬壺境縹緲，重樓飛閣層層多。六師移處烝徒楫，仿佛周王于邁日。波心忽見騰鯉魚，鱗甲黄金尾蒼赤。入舟知是盛世瑞，豈比鰲身映天黑。到山日午光晶明，山頭猿鶴恬不驚。猿鶴忘機泯情識，仁風涵煦遍民物。小臣隨蹕依名山，頹齡猶喜腰脚頑。宸章敬誦情曷已，觀於海者難爲水。

## 恭和御製自金山放船至焦山用東坡韻　沈德潛

金山山水夙所耽，方蓬宛在江之南。焦山對峙兩相抗，北固形勝聊參三。放舟東下送遥目，或如伏象如眠鼉。三十餘年重經此，與山靈遇心銜慚。到山逕路半難識，巖下不改蛟龍潭。舊詩依然在頹壁，朗誦一過餘清酣。老僧問名憶往事，石上恍惚三生談。古鼎歊雲位佛座，殘碑瘞鶴留花龕。樊圃春菘澹不厭，曹溪泠水嘗偏甘。江山無限任攬取，不酬以值誰言貪。東坡金焦每還往，謝却世味吾能堪。朱方一棹便許到，何須深處留茅庵。

## 恭和御製試中泠泉元韻

沈德潛

嗜茶成癖性稟天，如酒渴者直欲吞長川。夙聞江心有泉聚靈秀，窟穴乃在浮玉之名山。名山名泉兩美合，高士品後人爭傳。銅瓶下沉深汲取，不比阿耨達水虚稱泉。大瓢酌取置瓦鼎，地爐活火松枝然。緑雲玉乳沁靈腑，臞仙更擬成茶仙。杜牧之自號茶仙。身輕兩腋風欲起，便思招陸鴻漸，呼玉川子，九龍山前共品之。鐵花巖下何足比，人生樂事那有此。所恨過江不逢李雲卿，莫尋揚州二妙南泠水。

## 恭和御製鄧尉香雪海歌元韻

沈德潛

鄧尉西去山名吾，風土淳樸疑皇初。居民祇解種梅樹，以花爲業言非誣。春來千村遍花氣，沁徹心腑神俱舒。置身顛崖眩雙目，連縞積素難形模。茫茫浮天混一氣，不見崖岸相縈紆。木元虚賦道不到，清芬冷艷非同途。羅浮山下有此景，幺鳳恍惚來吴趨。前年天都眺雲海，滃鬱雲氣晨光餘。今年家山攬香雪，花光萬頃饒清娱。仙鳳逸韻總高致，兩地縹緲無差殊。我皇巡行布仁惠，堯尊舜樂歌成需。用李濯《廣達樓賦》語意。登山愛此晴際雪，洗滌肥膩還清疏。林逋但種三百樹，此間那數孤山孤。山農競觀雲日表，梅林謳送聲音吴。小臣賡颺乏理趣，只愁見笑於樵夫。《長楊賦》語云：「士有不談王道，則樵夫笑之。」

## 奉敕題龔開駿骨圖恭和御製元韻

開字聖與，號翠巖，宋末淮安人。隱於畫者。

沈德潛

古人千金市駿骨，翠巖所際非其時。崖山一角海水沸，伏處那有青雲期。憑仗秃筆寫胸次，千里超躍應雞斯。西戎馬。胡爲不寫豐腴寫羸憊，辱奴隸手往往鞭笞之。蘭筋銅骨眼未見，俗賞但解珍毛皮。棱棱並露十五肋，久虚棧豆常羈羈。鬱勃每從境遇出，神妙忘却經營爲。嘗聞紙鋪兒背代几席，室無一物吁可悲。杜陵野老賦瘦馬，兩人寄託並是人中奇。平湖詹事有語不敢吐，高江村自跋不能賦詩，祇録少陵《瘦馬行》。氣怯力薄難爲辭。一朝得邀聖人顧，天葩揮洒縈神思。權奇滅没慮卑伏，塵外賞識關職司。南城泥滓無污辱，東郊苜蓿添華滋。披圖肆矶慨遭遇，方今渥洼龍種悉受天家知。

## 恭和御製觀采茶作歌元韻　沈德潛

雀舌嫩，緑雲老，一旗一槍品恰好。南高龍井最擅名，采茶人走空山道。青裙縞袂各携筐，
競上巉巘擷鷹爪。歸來文火續續添，土銼香生勤焙炒。上等先充官府租，山家留得知多少。
品泉品茶雖有經，此事毋庸太探討。我皇貢茗不求佳，後蔡前丁枉機巧，民間辛苦深宫曉。

## 恭和御製水碓元韻　沈德潛

溪流淙潺赴層曲，村農藉此舂場穀。桔槔依樣勢旋回，杵臼和鳴機自熟。南方巧製到邊陲，
能補前民尚象遺。精鑿簸餘留棄粒，黄雞啄取向秋肥。天顔睹此逌然喜，輪逐清湍轉無已。
却憐廡下賃舂人，一逸一勞分彼此。

## 玉甕歌擬應制　鄭虎文

天啓聖瑞玉甕出，惟聖克受昭聲歌。臣愚未睹法宫寶，伏讀睿藻心爲摹。甕廣三尺容五石，
隨形凹凸浮圓荷。刻劃類鑄鼎象物，長風蹴踏萬里波。腥涎怪霧走蛟蜃，呀呷睒睗騰黿鼉。
陽冰不治陰火閟，怪變滅没吞江河。伊誰鏟削運鬼斧，或巨靈掌吴剛柯。吾思此玉當在璞，
魄然萬古藏嵯峨。百靈孕含胚太極，潤及草木輝巖阿。原爲聖役剖鑿出，宛轉人世襲臼窠。

那知德薄不能有，供玩耳目羞嫜婀。如延津劍泗水鼎，神物終化理不訛。于時恭承陛下聖，萬方獻瑞聲猗那。人無遺賢物鮮棄，希世寶肯終烟蘿。熊熊龍氣光夜燭，乃迹而得歸搜羅。轉敕内府輸朽貫，千金易致駟馬馱。陳之廣殿重圖訓，奠如金甌無傾頗。龍翔鳳翥發天唱，四十八人鳴相和。嗚呼隱見會有遇，委棄道院歲已多。冬葅實腹泥没足，學士憑弔資吟哦。拂拭偶及光萬國，經天不掩同羲娥。甄幽拔隱寄深慨，誰其會者空摩挲。異物且貴况奇士，努力明盛毋蹉跎。

## 河决行

癸酉秋九月，河决，銅山東小店汛。麟時司試江南，過兹壤，情態目擊，作是詩，紀天子紓策促使，憂悴民命也。

夢麟

嗚呼咄嗟鼓嚨胡，黄河之水點滴無。嗚呼！黄河萬里之水曷得點滴無？巨防溜决南東徂，乃使故道鬱塞泥沙淤。宿霊虹泗濁濤漱擊聲洶呼，小店東不一里，河身坐見馳突。驪騮駒，驪騮駒，馳過河，河中飛黄埃。皇帝陛下痛觸徐方灾，前遣大司寇，旋遣大司馬，賜之驛騎勿許休息連夜來。屬以十從事，駱驛就途罔間風雨雷。傳聞宫中昏旦罄擘畫，凡百卿士其以所獲報銅階。茆檐蔀屋廑宸慮，披圖覽奏天心日月相周迴。徐州水衝突，物料無所求。皇帝爰命河東之臣協濟毋逗遛，河東大吏各各率屬來邊州。中丞司馬相須迅發無羈留，汝則知我陛下日抱蒼生憂。道逢老翁哭山徑，悲言何人爲殺黄流性。老翁老翁爾不見，廟堂吁咈宸衷勞，九年之堯無此聖。嗚呼！九年之堯無此聖，汝曹何患無性命。老翁罷哭涕在頤，插翎數騎東南馳。

# 本朝館閣詩卷四

## 五言律一

扈從聖駕南苑閱武應制　馮溥

訓武乘農隙，春蒐典制同。甲開光吐日，弓勁響隨風。九陛都俞切，三門禮讓崇。微臣叨侍從，珥筆愧難工。

秋日瀛臺即事應制　馮溥

待漏百花芳，君王問未央。星辰催曙色，鴛鷺接班行。學士收封事，詞臣進講章。游魚時出聽，雅製協宮商。

頒俸紀恩　施閏章

月俸重霑及，恩傳天語來。秩卑偏異數，禄厚豈長才。虎觀今時緩，鴛班舊鬢催。官閑無一事，飽食意遲回。

## 賜翰詹諸臣鮮藕恭紀　施閏章

蕒陛分甘切，龍池寵賚遥。擎來横白玉，捧出下青霄。旋雪花香在，深嘗野興饒。漫誇仙掌露，渴病已全消。

## 康熙十年二月二十八日蒙召入弘德殿出西伯求賢圖命題賦五言近體應制　沈荃

白髮垂綸叟，丹書佐命臣。風雲寧預料，魚水自相親。駐馬高林晚，揚旗碧甸春。慇懃後車意，曠代有同倫。

## 春日扈從恭紀　項景襄

閣道雲爲幄，仙山玉作臺。更無凡迹到，只有異香來。柳拂金輿度，花迎寶扇開。太平多樂事，侍從得徘徊。

## 天壇齋宿候駕恭述　王士禛

穹宇中宵啓，齋心上日乾。星河明泰畤，燎火動甘泉。紫禁傳清漏，青松覆御烟。行宫空拜望，不數漢皇年。

十月朔上親祭太廟是夜雪恭紀　王士禛

烝嘗崇九廟，雲物麗層霄。三后神靈遠，中天陟降遥。至尊思肸蠁，列侍肅金貂。六出豐年喜，先迎御仗飄。

喜聞官軍已復保寧　王士禛

大將臨興勢，神兵下武都。地中鳴鼓角，天上拔螯弧。困獸誰能鬥，長鯨竟就誅。錦屏連劍閣，絶壁勒銘無。

講筵紀事二首　陳廷敬

崇政經帷秘，延英玉陛高。聲容肅中禁，寵渥厚詞曹。天語開黄卷，乾文上彩毫。萬言親講誦，或恐聖躬勞。

燕寢羅緗帙，高居御氣清。泰階懸朗照，乾象法時行。燎火千門望，詩書五夜情。未央常待旦，求理爲蒼生。

早朝即事　陳廷敬

遠坊雞未唱，疲馬夜行遲。漏點催金鑰，珂聲動玉墀。朝班存近侍，官職在文辭。正喜勤封事，君王召對時。

早朝賜茶　李天馥

象闕華鐘發，龍樓寶仗開。簫韶雲際度，環佩月中來。玉砌氍毹毯，瓊漿瑪瑙杯。罷朝香滿道，獨向鳳池回。

由馬蘭峪抵石門鎮　李天馥

野聚多依谷，孤城每傍岑。土風餘古意，人語雜邊聲。地敞龍蛇遠，春和草木深。園陵頻北望，佳氣渺森森。

瀛臺賜宴泛舟賞荷應制四首　葉方藹

夏后璿臺上，周王瑶水前。何如逢聖主，開宴集群賢。雲壑真丹地，冠簪儼列仙。千秋傳盛事，光耀史臣編。

御座霞爲幄，花林玉作臺。更無凡迹到，只許近臣來。晬穆依天表，光榮接上台。太平欣正永，長日得追陪。

詔許仙舟泛，人行一鏡中。象從河漢接，氣與斗牛通。荇藻翻輕影，鳧鷖溯遠空。朝宗皆到海，心共百川融。

光風動水際，異采發華滋。翠蓋亭亭立，紅衣冉冉時。清波輕泛鷺，密葉暗藏龜。微物生多幸，終年荷聖慈。

恭讀御製時巡近郊憫農事有作詩應制　李　鎧

法駕巡春野，田功憫夏畦。推恩三輔渥，在宥萬方齊。梅雨紓宸注，豳風入睿題。皇仁同大造，知識泯群黎。

恭讀御製懋勤殿讀尚書至無逸篇有作詩應制　李　鎧

碧殿憂勤著，琅函法戒微。道承先聖統，心徹小人依。稽古期從欲，垂謨在敕幾。克艱交用儆，億兆奉恩暉。

## 賦得衣露浄琴張應制　　李鎧

御袂含春薄，當軒綴露微。孤桐傳静夜，萬籟入清輝。水動魚應上，天空鶴似飛。虞弦方解愠，持此佐垂衣。

## 恭讀御製覽貞觀政要詩應制　　李鎧

聖德勳華匹，神功子姒超。猶稽三代後，獨契太宗朝。甲夜披緗帙，前徽益布昭。天文星日麗，萬古聽簫韶。

## 乙丑闈中次韻五首　　嚴我斯

丹詔求賢切，清時拜獻頻。九重懸藻鑑，什襲重儒珍。士有登龍望，才誇吐鳳新。廿年空躑躅，孤負上林春。

秘閣傳宸翰，黄封下禮曹。骨收千里駿，相取九方皋。御苑風雲集，天衢日月高。經綸須大手，珍重吕虔刀。

侵曉攤書坐，當軒樹影鮮。右文昭代典，吾道幾人傳。辛苦三千士，瞻依尺五天。持衡公等在，須著祖生鞭。

鎖院人初散，空堂月二更。青燈思往事，白髮笑浮名。臺迥星河近，城高畫角清。春風桃李發，吟眺一含情。

共有憐才意，中宵起浩歎。何人工抱瑟，有客笑彈冠。霄漢逢年易，文章報國難。由來天下士，不厭布衣寒。

## 雪中侍直恭紀應制四首

張　英

自昔占年瑞，連朝不厭多。休兵知歲稔，偃武慶時和。積素輝珠箔，飛花點玉珂。好將書史册，黃竹漫賡歌。

滿苑瓊瑤屑，輕烟與共浮。天心慈下士，宸念切西疇。花散嘉平月，禾登大有秋。鑾坡時久立，沾灑翠雲裘。

雪中看上苑，別自有山容。太液銀爲磧，華林玉作峰。烟常籠翠竹，色最愛青松。園吏開温室，梅花香更濃。

同雲栖殿角，霰後漸霏霏。風細蹁躚舞，寒輕宛轉飛。玉階人語靜，宮瓦鵲聲稀。愧乏陽春調，吟詩傍粉闈。

## 夏日早西苑侍直二首　張　英

曙色丹樓外，涼颸綠水潯。門連菰蔣暗，橋入芰荷深。草樹吹香氣，清華發賞心。吾生日衰暮，慷慨托長吟。

谿館意翛然，來因避暑偏。朝霞暄夕露，水鳥聒晨烟。雲宿宮墻樹，風鳴石瀨泉。江湖無限思，縈繞白鷗前。

## 蒙恩賜宴西苑恭紀四首　張　英

上林風日好，游讌賜芳晨。花映長堤曉，波涵太液春。馬嘶銜碧草，舟泛入青蘋。共慶昇平樂，殊恩及侍臣。

離宮烟浦外，幽賞禁垣西。瑶島孤峰秀，華林萬樹齊。水生楊柳岸，春滿杏花蹊。不覺移情久，仙源到易迷。

水亭浮畫棟，高敞若凌虚。雲影摇珠箔，天光動綺疏。藥欄栖皓鶴，石瀨戲文魚。聖主揮弦處，薰風化日舒。

蘭饌陳山海，瓊筵接水雲。共乘青雀舫，驚起白鷗群。地勝情偏愜，恩深酒易醺。小臣歌既醉，天保奉吾君。

## 蒙恩賜食品酒醴恭紀二首　張　英

紫陌晴雲暖，年華入歲除。恩銜宮使詔，春滿侍臣廬。蘭饌烹鮮日，椒觴獻臘初。頒從霄漢上，歡躍更誰如。

歲月恩波裏，風光禁籞中。佳辰叨法膳，備物愧愚衷。榮逮宗祊遠，甘分稚子同。堯厨天酒緑，寒谷總春融。

## 便面畫雙鷺碧蓮題曰路路清廉圖奉敕賦之　張　英

精白勵臣衷，含情藻繪中。蓮香披淺瀨，鷺羽立芳叢。皎潔心常似，塵埃意已空。聖懷勤賞咏，長此振清風。

## 恭和聖製甲子冬至幸闕里元韻十首　徐乾學

紀瑞符三五，觀民軫廟堂。山河修玉帛，禮樂見羹墻。捧額王綸出，披圖輦道長。遭逢真盛事，拜舞頌垂裳。

六代臨雍禮，先諮政事堂。犧牲陳玉版，翟籥隱丹墻。泗水麟踪杳，尼山鳳德長。生平仰止意，
翠殿戒軒裳。

丹霞仙仗外，法駕莅明堂。帳殿迎花徑，旂門映女墻。一牢禋祀遠，萬騎羽林長。陽氣葭灰動，
和風拂繡裳。

龍驂瞻廟貌，攝級獨升堂。喬木排青闥，猗蘭遶畫墻。承雲歌曲渺，飛鷺舞容長。奠瘞櫺星路，
彤霞簇御裳。

亞獻羅牲俎，三終合樂堂。穆皇深禹拜，髣髴見堯墻。彝器匏尊古，靈文檜紐長。應嗤仙李廟，
七德舞霓裳。

宸藻摇金榜，天章煥講堂。霓旌開日月，鳳吹落宮墻。錯繡文茵展，流蘇玉佩長。從臣皆拱立，
肅穆整黃裳。

鹵簿森前殿，葳蕤蔽後堂。三英飛錦繖，九曲覆旃墻。恩賚傳宣出，歡聲舞蹈長。從茲素王服，
羽葆紀纁裳。

春秋臺下宅，絲竹有虛堂。華表欜檀路，孔子墓後有欜檀樹。豐碑薜荔墻。賜租丹詔渥，頒服紫茸長。徧覽周秦迹，苔花碧染裳。

更稅圭門駕，來登廬墓堂。玉輿停古道，珠勒繞深墻。落日三霄迴，歸衢五父長。兔溝晴水色，歷歷照簪裳。

姬聖存初廟，軒楹對紀堂。靈旗通一氣，翼瓦映重墻。肇祀皇衷切，分茅世澤長。几筵瞻仰近，衮繡睹衣裳。

## 萬壽詩四首　李振裕

聖德乾元合，綿綿壽歷長。扶輿迎淑氣，河洛獻榮光。黄道三辰正，青陽萬彙昌。隨班趨殿陛，歌祝進霞觴。

景運千年見，黄河水至清。曾聞堯浲洞，再見禹平成。晚爨千村聚，朝烟萬耦耕。睿謨誠善後，謳誦匝編氓。

年年逢此日，華渚映流虹。芝蕙雲臺瑞，星文寶鼎崇。四巡方輯玉，萬歲共呼嵩。近接天顔喜，依光尺五中。

御柳飄馳道，新鶯囀上林。霞明瞻禹黻，風暖聽虞琴。日月天衢永，江河聖澤深。微臣何以祝，葵藿久傾心。

上步禱天壇甘霖立霈恭紀二首　王鴻緒

甘雨皇心切，圜邱禮太清。省刑寬赤縣，虔禱答蒼生。曉日沈芳甸，濃陰繞翠旌。自天膏澤渥，真傍六龍行。

至德穹蒼應，油然萬嶺雲。升壇纔靄靄，潤葉已紛紛。絲散天衣濕，烟含野穗分。豐登瞻帝力，擊壤九衢聞。

五月初九日賜游暢春園觀荷花復命中官同泛舟游覽畢賜宴兼賜千葉荷花一瓶恭紀八首　王鴻緒

內直依天苑，薰和殿閣風。日陪丹禁裏，身住碧霄中。嶺樹遥分翠，池荷曉映紅。忽聞傳召入，聯珮接芳叢。

西嶺千重水，流成裂帛湖。分支歸御苑，隨景結蓬壺。玉蝀凌波迴，瑶臺入漢孤。上林曾有賦，於此見真圖。

曠觀天上景，游魚唼翠迷。舞蜨知香戀，葉覆一池齊。荷呈千瓣艷，花磯就澗低。秘閣臨流峻，
自有若邪溪。
更看幽絶處，鶯聲不斷聽。香氣無邊散，樹杪出龍亭。花間開鳳閣，山圍一苑青。湖映千林緑，
魚網掛烟汀。
蘭橈經百轉，金鱗晝躍川。朱鷺晴遵渚，楊柳碧絲懸。烟波青鏡闊，中瑺引畫船。既歷芳巖勝，
何境不栖仙。
今朝風景好，肴含花色妍。酒借波光緑，式燕自天傳。接茵同晝卜，銀塘敞玳筵。翠巘依雕檻，
喜荷渥恩偏。
拜恩瑶碱下，分頒貯寶瓶。折取從靈沼，密瓣自亭亭。艷姿何灼灼，塵寰眼未經。上苑芙蕖種，
光采耀仙扃。
看花能到此，殷紅半奪春。重緑全迎夏，來賞芰荷晨。言聽熏瑟奏，生爲侍從臣。堯舜雍熙世，
蓬島復何論。

## 賦得淡日非雲影　　徐元夢

秋空移白日，淡漠不關雲。寂寂當軒照，霏霏隔樹曛。何須驚彩暈，早已絶塵氛。自愧瞻堯久，拘墟滯見聞。

## 賦得雪夜書千卷　　徐元夢

窗白生寒久，燈明散帙初。幽情參六出，清味在三餘。鹽絮知誰咏，丹黄衹自如。夜深渾不寐，水月浸吾廬。

## 春風限韻　　徐元夢

拂地初融凍，沿溪乍解凘。徘徊千樹底，藴藉百花時。慣逐陰晴變，頻兼雨露垂。自然生意好，披對滌煩思。

## 春雨次前韻　　徐元夢

春雲生沼上，細雨點流凘。隱隱紅滋處，鱗鱗緑起時。璚膏隨地布，珠顆滿庭垂。播種農夫慶，因知慰聖思。

聖駕南巡恭紀四首　徐潮

聖代時巡重，欣逢熙皞年。寒輕猶北闕，春迴已南天。仗入江雲遠，旌連海日懸。萬民齊引領，羅拜翠華前。

飛輓供京國，長河捲素濤。地官難作計，天步不辭勞。刊滌踪非遠，平成績並高。江鄉好安枕，睿鑒悉秋毫。

初日照江城，城邊鼓吹迎。何知九重遠，真見六龍行。結隊疑山勢，群呼作海聲。翻勞聖天子，愛惜到敧傾。

問俗崇淳古，遥聞誥誡嚴。君王先尚儉，長吏敢忘廉。舊習風斯變，豐年瑞屢占。從兹比户慶，藏富在茅檐。

瀛臺引見充日講官恭紀二首　徐倬

束帶隨鵷序，瞻天向法宫。龍池連碧漢，御幄俯崆峒。舞蹈梧陰下，趨蹌柳浪中。微臣真忝竊，長得侍薰風。

肅穆宸居遠，方壺員嶠前。魚含紅藥影，鷗泛緑楊烟。海闊原無暑，雲多自近天。九重宣令旨，箋註曲臺篇。

## 春雨應制三首　徐倬

緑野春膏動，青郊聖澤多。烟輕浮麥浪，雲重護鷗波。蝶翅穿花濕，鶯聲帶雨和。皇情深豫悦，親播勸農歌。

蒼龍方勸駕，玉女已披衣。響逐和鑾細，波添彩鷁微。燕銜泥自喜，魚樂水忘機。灑道浮塵净，雲烟扈六飛。

陽和遥布德，甘雨亦隨之。紅杏香含潤，緑桑柔吐滋。漢莖空有露，隋柳漫如絲。何似商霖好，天顔喜可知。

## 恭讀御製咏金蓮花詩　沈涵

靈種關山北，瑶華禁苑西。翻階雲葉吐，拂檻露枝低。濯秀疑臨水，含香不染泥。一經宸翰賞，凡卉邈難齊。

賦得膏雨潤公田應制　張榕端

皇仁調玉律，天澤自無愆。雲幕千岐秀，春回萬井田。鶯聲嚝暮靄，牧唱起朝烟。薦熟思馨飶，應書大有年。

賦得衣露净琴張應制　張榕端

瑶宫萬籟静，清露暗霑衣。宇净銀河迥，風和玉漏稀。忽聞流水引，恍見彩雲飛。遥想南薰曲，元音淡復希。

恭讀御製懋勤殿讀尚書至無逸篇有作詩應制　張榕端

恩膏浹九有，猶自軫民依。每覽咸和訓，常求未旦衣。咏歌關至理，燕豫敕時幾。寶翰超千古，群瞻日月輝。

恭讀御製咏觀天儀器詩應制　張榕端

蓂莢知時節，璿衡器允諧。盈虚真有象，推測自無乖。雲漢留宸藻，光華仰泰階。管窺何所似，向日祇葵懷。

恭讀御製宮門聽政示閣部諸臣詩應制　張榕端

宮門時聽政，曉日散鳴鴉。喜起風如見，賡颺禮倍加。元音諧律吕，御筆舞龍蛇。捧讀知何幸，欣榮詎有涯。

讀朱子文集恭賦應制　張榕端

朱子遺編在，淵源接杏壇。聖門資啓鑰，學海欲觀瀾。即以文章論，猶同金石看。盛朝褒典重，奕祀永難刊。

賦得駐蹕華林側應制　張榕端

名園當勝日，法駕此停驂。隼羽穿叢薄，華裾映碧潭。非徒修禊飲，兼欲問桑蠶。動植希皇豫，生成意總含。

恭和御製金蓮花詩　張榕端

靈葩移鷲嶺，列植映金閨。正色常凝露，清泠不染泥。名同君子貴，詩荷聖人題。賜燭餘芬在，携歸禁苑西。

## 端午日應制　沈三曾

丹扆正當陽，天中節序昌。虎符懸藻采，龍鏡照輝光。宮扇和風動，仙葵上苑芳。不勞施色綫，化日正舒長。

## 西苑入直　成德

望裏蓬瀛近，行來閬苑齊。晴霞開碧沼，落月隱金堤。葉密鶯先覺，花繁徑不迷。笙歌迴輦處，長在鳳城西。

## 景山　成德

雪裏瑶華島，雲端白玉京。削成千仞勢，高出九重城。繡陌迴環繞，紅樓宛轉迎。近天多雨露，草木每先榮。

## 蕉園　成德

見説齋壇密，前朝太乙祠。鶯邊花樹樹，燕外柳絲絲。宮籞人稀到，詞臣例許窺。今朝陪豹尾，新長萬年枝。

## 恭紀聖德詩六首　王化鶴

聖主承乾日，車書合萬方。瑞樞宵正朗，寶曆日初長。苑柳低成緑，宮雲淡欲黄。觚棱天一柱，佳氣鬱蒼蒼。

神武光前業，梯航九譯通。賫琛皆奉朔，鶼鰈盡來同。劍拂妖星落，旗翻陣壘空。八方皆手額，離日在天中。

文德千秋盛，輝煌照大庭。薰風和舜瑟，麗日轉堯蓂。禮樂高三代，絃歌洽四溟。還聞薄海外，黨塾盡通經。

三殿宵鐘徹，翻書乙夜勤。雲霞輝御藻，星漢露天文。灑墨千縑發，揮毫萬軸分。侍臣欣拜賜，黄帕捧繽紛。

舊獻金門賦，雲霄忝致身。草從螭陛緑，花到鳳池春。運啓文明日，恩加侍從臣。自漸芸閣吏，幾載沐陶鈞。

輯瑞迎鑾輅，晴雲五色霏。天顔真咫尺，臣悃自瞻依。詔許隨行殿，恩容拜瑣闈。肅聆温語切，奬借有光輝。

## 重至闕下紀恩二首　高士奇

侵曉趨丹禁，征衣未浣塵。臣心澄似水，天語藹生春。遠起扶犁手，重來珥筆身。秋成今歲好，清問感皇仁。

自賦歸田後，循陔遂五年。豈知將母意，仍得聖人憐。輕舸辭湖曲，全家到日邊。舊巢痕未掃，仍傍九重天。

## 暢春園侍直　高士奇

別苑開殊勝，絪緼聚太和。檐高翻燕翦，渚淺織魚梭。緑砌垂陰早，朱櫺受旭多。森嚴人不到，此地有烟蘿。

## 侍從暢春園宴游六首　高士奇

御苑森嚴地，人寰別有天。銅池微滴雨，珍木遠含烟。院静鶯吭滑，山遥翠黛連。縱游承密旨，徙倚日爲年。

窅窕雲廊轉，參差水榭清。烟嵐隨日换，林壑自天成。鴛瓦魚鱗簇，虹梁雁齒平。皇風存簡朴，曾不尚丹楹。

野葶紅翻浪，山萸緑長痕。引泉摇露索，就樹列雲根。亭毒知天意，滋培沐聖恩。寸心同小草，無計答春温。

茨土風仍在，閭閻意不忘。林中聽布穀，花裏映條桑。波暖鳺鶓浴，叢深蛺蝶忙。野人情抱愜，天上見春光。

細荇牽芳帶，么荷捲翠鈿。溯流檣影動，摇浪縠紋圓。咳唾天何近，恩光古未傳。臣心明可鑑，報答指清川。

憶昔趨中禁，豐餐撤御厨。一從栖水竹，五載饜菁蕪。重捧金莖賜，欣嘗玉粒腴。湛恩終始在，鼓腹頌康衢。

## 賜宴西苑恭紀二首　　高士奇

亭榭水雲隈，軒楹面面開。地疑圓嶠近，人自玉墀來。駕鳳雕甍出，疏龍磴道回。賦成慚庾信，忝竊侍臣才。

遠勝東堂會，晋太和六年，命群臣東堂臨流小會。何殊曲水游。顔延之有《三日賜讌曲水賦詩序》。早鶯啼太液，芳樹遶瀛洲。北接層霄峻，南臨萬堞浮。此中涵帝澤，端愧濟川舟。

## 上元賜宴恭紀 高士奇

韶年啓芳宴，麗景上丹墀。月皎珠蹕近，風微玉漏遲。羹鮮調石髓，鱠細縷蓬池。夾道光輝滿，華燈焰九枝。

## 三月六日賜九卿翰詹臺省宴於西苑勤政殿前命臣英臣士奇宣旨勸觴宴畢復命泛舟觀覽恭紀二首 高士奇

聽政常朝外，新成別殿工。檐牙茅不翦，砌角草初叢。密侍仍雲近，巍班並棟隆。同時霑玉醴，遠勝未央宮。

鎬飲當宸豫，醺生鵷鷺行。肆筵陪列坐，傳語勸加觴。鳥弄春聲滑，花催午氣香。風光渾上日，曲水更迴翔。

## 午日侍宴西苑恭紀四首 高士奇

炎景紆清晝，嘉時奉豫游。金螭陳綵仗，畫鷁動蘭舟。高柳陰初密，圓荷葉始抽。遭逢近霄漢，身已到瀛洲。

島嶼三山外，林塘五鳳西。風藤牽紫蔓，夏木發丹荑。岸轉亭初出，波平檻盡低。金鰲坊裏望，樓閣隱虹霓。

九重端扆暇，游豫躍龍泉。蒲草沿堤碧，榴花照佩鮮。魚潛知聽樂，鷗戲解迎舡。願以池爲醴，歡同在鎬傳。

招涼曲榭東，鳳檻往來通。仙管聞天上，長筵布鏡中。流鶯啼繞樹，亂蝶舞依叢。亭午宮槐影，稀疏落綺櫳。

## 恩賜食品羊酒恭紀二首　高士奇

序轉青陽近，烟收瑣闥寒。椒花和貫鼎，柏葉映辛盤。玉食多偏渥，藜腸報愧難。烹羔北堂上，共頌萬年歡。

家住薇垣裏，光輝接紫宸。韶華看獨早，福履賜常新。守歲開芳醞，稱觴擘異珍。春風歌德澤，時作紀恩人。

## 賜御饌安肅菜恭紀　高士奇

嘉蔬不易致，珍味下天厨。嫩比山中笋，融如塞上酥。凍餘津轉溢，霜壓味偏腴。因憶江鄉雨，青黄幾棱鋪。

## 扈從法海寺敬觀世祖章皇帝御書敬佛二字碑恭紀　高士奇

先皇留寶翰，光彩耀珠林。夭矯龍蛇護，蒼茫歲月深。時勤明主孝，獨感侍臣心。筆力純鈎健，巍然峙碧岑。

## 扈從駐蹕檀柘寺　高士奇

層巒隱蕭寺，斷碣紀當年。柘老風霜古，潭空歲月遷。拂檐多茂竹，繞户盡流泉。清景留宸覽，山光淡夕烟。

## 登戒壇　高士奇

絶巘横初地，鳴鑾曲徑通。旌旐分遠近，樓閣倚虛空。壇静山松冷，巖深野卉紅。游巡重農事，偶陟梵王宫。

## 渡渾河　　高士奇

浩淼看無盡，滄波滾滾來。浮橋齊渡馬，大地不生埃。勢接黃圖壯，流從碧漢迴。尋源雖有志，終忝漢臣才。

## 重經泰山　　高士奇

憶昔陪仙馭，凌寒陟岱宗。露垂丞相碣，雲壓大夫松。峰頂銜初日，山頭駐六龍。宸章勒霄漢，遥識翠芙蓉。

## 恭和御製登金山元韻　　高士奇

水國微茫界，中原勝概收。樹迎飛蓋轉，雲逐畫舡流。聖蹕人天聚，仙山曉夜浮。此來愜心賞，不復問瀛洲。

## 金蓮花　　勵杜訥

不入化城邊，緣何地涌蓮。法輪迎舜日，嘉卉現堯年。詎肯因泥滓，偏逾出水鮮。從臣齊額手，摘取供金仙。

## 賦得一簾寒月照書厨　勵杜訥

風細湘簾静，霜清月色妍。已能穿繡户，還欲浸瑶編。傍架移梅影，臨窗映篆烟。吟餘忘漏永，就榻理冰絃。

## 賦得澹日非雲影　勵杜訥

日出東隅早，光浮水際輕。梧軒疑曉月，竹塢若初晴。風過天逾净，秋高景自清。花磚頻諦視，那有片雲生。

## 皇仁綏遠詩八首　朱彝尊

紫禁開魚鑰，青郊建羽旄。受降資廟略，載筆忝詞曹。塞拓漁陽遠，山盤虎北高。群臣歸燕息，轉念聖躬勞。

雁路緣沙磧，魚雲接幔城。鳴鑾七校從，吹笛六軍行。俗本通鞮譯，人今息戰争。紛紛携老穉，遥望屬車迎。

納款陳千帳，班朝式九圍。不圖瞻日角，轉自懾天威。重馬駝金橐，茸裘换錦衣。早知恩賚渥，慕義久先歸。

錫宴原殊禮，官庖出尚方。自來鹽穀少，初得旨甘嘗。位近周青馬，詩呈漢白狼。遠人何以報，齊奉萬年觴。

羽衛三千士，龍媒十二閑。載旌平似水，布陣屹如山。膽已寒蕃部，讙仍啓聖顔。始知師以律，悔恃七旗孱。

繼絶宏新典，殊榮表外藩。河山申信誓，謨訓有恩言。入視金吾帳，來隨白虎旛。自今同尉候，不敢更懷諼。

鳳蓋將旋日，重携所部來。感恩翻涕泣，送遠愈徘徊。星野瞻箕足，雲旓戴斗魁。神功一萬祀，駐蹕起層臺。

左闕千門曉，南風五月薰。崇牙鐃吹曲，仙仗羽林軍。行健同天德，鳴謙集帝勳。小臣逢盛際，獻頌愧無文。

## 蒙召入南書房供奉

朱彝尊

本作漁樵侣，翻聯侍從臣。迂疏人事減，出入主恩頻。短袂紅塵少，晴窗緑字匀。願爲温室樹，相映上林春。

## 恩賜禁中騎馬　朱彝尊

魚鑰千門啓，龍樓一道通。趨翔人不易，行步馬偏工。鞭拂宮鴉影，衣香苑柳風。薄游思賤日，足繭萬山中。

## 壬戌除日保和殿侍宴　朱彝尊

珮結緋魚後，樽開白獸先。呈能勾樂隊，密坐潤爐烟。紫路頻除夕，青燈異往年。誰當頌椒會，猶侍聖人前。

## 癸亥元日賜宴太和門　朱彝尊

垂衣逢盛際，輯玉盡來庭。白醞三光酒，青歸一葉蓂。新年恩較渥，昨日醉初醒。九奏鈞天曲，風飄次第聞。

## 十三日賜宴應制　朱彝尊

詔許宮門入，人隨陛戟移。江梅低壓帽，火樹密交枝。既醉盈觴酒，無疆萬壽詩。夢游真不到，今夕奉恩私。

## 上元保和殿侍食　朱彝尊

露草詩歌雅，雲天易象需。不圖大酺樂，獨許小臣俱。注碗茶膏滑，堆盤菜甲殊。歲除曾幾日，四度飫堯厨。

## 賜銀蘑菇　朱彝尊

細菌多無算，銀盤大一圍。未殊榆肉脆，更較樹雞肥。御墨題猶濕，嘉蔬物豈微。流傳文館記，盛事景龍稀。

## 賜法酒　朱彝尊

敕自宫門下，香從内庫來。绿瓷雙瓮滿，黄紙一封開。燈火將除夜，屠蘇最後杯。沉吟主恩重，入手且先催。

## 元日賜宴　邵遠平

玉階鵷鷺集，元日御筵開。紫殿雲如蓋，朱樓雪似梅。仙杯承露酌，天樂雜風來。燕豫歡何極，承恩既醉回。

## 平滇恭紀八首

嚴繩孫

昭代當熙洽，天王本聖神。車書山海共，玉帛歲時新。城角軍麾偃，宮花輦路春。兩階干羽日，端拱見皇仁。

聖治方韜甲，天心未厭兵。賊臣真負主，大將且專征。鷹隼乘風疾，鯨鯢失浪輕。家家春酒熟，從此賀昇平。

六詔南交地，昆明控百蠻。天連花馬國，山擁碧雞關。雨露知新澤，瘡痍動聖顏。詔書憐父老，扶杖淚痕斑。

萬里瞿塘峽，天清戰鼓聞。久知蹂躪苦，應待撫綏勤。波静珠江水，風開玉壘雲。今朝諭蜀檄，不用長卿文。

海國驚妖霧，南閩結蜃樓。豺狼方濟惡，猿鶴自同仇。飛檄榕陰暗，歸鞍荔子秋。水晶宮外路，依舊月如鈎。

隴坂高無際，函關百二雄。陣開秦嶺北，烽舉杜陵東。方略尊皇極，安危倚上公。九重初飲至，一爲奏彤弓。
老弱愁供億，丁男問轉輸。帝憂民力瘁，人樂主恩殊。湯火群黎急，雲霓我后蘇。功成知廟勝，千古奉黄圖。
俯仰乾坤大，平成覆載寬。紫宸朝萬國，青瑣拜千官。賜酒霞觴重，陳詩露掌寒。天顔時有喜，數近御屏看。

蒙恩賜游暢春園恭紀十首　　蔡升元

高齋凌碧漢，甲觀俯清漪。静鑑無遺照，澄淵豈易窺。燕閑仍典籍，苑囿亦茅茨。儉德尤堪紀，規模百世師。
背山横作障，導水匯成溪。雨歇千林霽，春深萬緑齊。氤氲香不斷，咫尺徑還迷。何處延朝爽，高樓有御題。
承恩中使引，先上木蘭橈。曲岸穿花出，層巒鎖樹遥。陂池臨漭沆，臺閣望岧嶢。最好晴波裹，垂楊蕩畫橋。
榜題皆睿製，結構本天成。繪景四時備，標名萬象呈。昔聞靈囿沼，今見小蓬瀛。彷佛携雙屐，春山隊裏行。

嘉植多南産，移栽不畏寒。瓊枝凌百尺，虬幹鬱千盤。偏以冰霜勁，都緣雨露寬。更難饒翠色，北地長琅玕。

閬苑群芳集，金鈴護碧紗。高低千萬樹，紅白淺深花。籠日重重錦，迎風片片霞。滋培由聖澤，春色自無涯。

最有花王貴，仙姿迥軼群。洛城應減色，歐譜亦虚聞。露浥金莖重，香從玉案分。芳名多未識，十畝看瓊雲。

峰迴披石洞，别有一壺天。巖壑生成秀，鶯花分外妍。琴聲調細溜，奩影倒晴川。應接真無暇，山陰莫浪傳。

若比武陵源，尤堪避俗喧。桑麻新闢野，桃李儼成村。列肆符天市，平疇接禁園。吾君游息處，念念在黎元。

晝永還沾賜，傳餐内饌豐。瓊酥凝曉露，珠粒挹香風。飽飫恩無已，沿洄興不窮。直廬天尺五，一棹小橋東。

望西山　吴晟

山瀉瓊池勝，披圖按水經。洞名疑小有，泉品類中泠。縹緲朝烟白，微茫晚岫青。涓涓通太液，終古赴滄溟。

上元應制　陳元龍

極拱宸樞北，春隨斗柄東。星橋迴焰紫，火樹吐芒紅。五夜嬋娟影，千門旖旎風。昇平多擊壤，樂與萬方同。

扈從出口山川景物觸目賞心恭紀十首　陳元龍

土美從人説，身經始稔知。清泉甘似醴，豐草滑如脂。不信風霜厲，還看物産滋。小臣誠厚幸，策馬自忘疲。

山行深更好，恍在畫圖中。絶巘千尋碧，疏林萬樹紅。原禽栖茂草，仙鹿出芳叢。目賞真難給，朝朝景不同。

靈液不知源，涓涓遠石根。臨流清可鑒，潤物氣常暄。沁骨能祛疾，充腸便滌煩。南陽空記異，菊水漫稱尊。

綿亘山無極，鳴鞭入紫烟。凌寒花自滿，映日翠逾妍。樹杪雙旌出，雲中六轡連。巨靈何日擘，巡幸待堯年。

奇花難問種，珍果不知名。艷若鋪霞錦，香疑襲杜蘅。金光隨手摘，火實傍車迎。漫道江南好，霜柑幾樹盈。

紫塞羊初美，秋原雉正肥。芳鮮欣適口，鹽豉漫勞譏。珍豈誇婁膳，貧還笑朔饑。徒縈蝦菜慕，嘗此味全非。

旦暮寒暄異，終朝備四時。午風初夏好，斜日晚秋宜。春服隨人著，冬裘入夜披。自然安作息，雲外不須疑。

青崖多植黍，葱鬱自成叢。不費耘耔力，無勞灌溉功。餘糧栖畝畔，滯穗樂年豐。擊壤皆熙皥，猶存上古風。

誰言沙漠地，鎮日作山游。嵐翠侵衣濕，溪聲傍枕梳。汲泉烹苦茗，撥火試新蒭。自愧詩篇拙，難題塞上秋。

堯封不可極，禹貢未曾收。漫自分三壤，于今隘九州。山從高掌拓，水載廣輪浮。不是陪仙蹕，誰能快壯游。

## 熱河紀事四首　　陳元龍

千山環紫塞，一水護丹邱。土沃風猶古，農耕户已稠。地靈迎日馭，天意待宸游。隨蹕重過此，清凉五月秋。

行殿無雕繢，山原有性情。高卑因地勢，簡樸自心清。林壑千重護，烟雲四面生。寰中新樂土，萬載駐霓旌。

官自文章舊，恩因顧問新。形真成俗吏，人識老儒臣。高厚難酬主，衰殘未乞身。摩挲雙眼暗，開帙每逡巡。

僦舍三間潔，移花一院香。新泉烹茗啜，野菜入羹嘗。室淺風翻帙，墻卑月滿床。七年塵土夢，到此暫心凉。

## 賦得清如玉壺冰　　陳元龍

洞徹疑無質，晶瑩自有真。虚明能鑒物，貞潔不生塵。寒色交相映，清姿自可珍。當筵能避暑，表裏見璘珣。

## 賦得窗户貯清陰　陳元龍

夏木窗前繞，重重蓋遠張。展書浮翠影，拂硯借清光。有日簾常捲，無風座已凉。寸陰須寶惜，聖誠豈容忘。

## 聖德省方詩四首　劉涵

玉燭泰階平，同文海甸清。九重天蓋覆，萬里日昭明。紫禁求民瘼，蒼生軫睿情。省方虞典重，時令及春行。

輪輓由河運，千夫版築工。頻年勞物力，何日睹成功。堤堰高低處，淮黄遠近中。要須親閱視，未暇息皇躬。

濱水淮揚地，飛鴻集野田。天心深豈弟，帝澤爲矜全。普散千倉米，平添萬竈烟。茅檐蓬户外，稽首望星旓。

虎衛乘春發，龍舟進纜徐。兒童瞻翠蓋，父老近鑾輿。笛鼓喧村社，桑麻翳草廬。采風聞擊壤，應得聖情舒。

## 聖駕南巡恭紀四首　查嗣韓

青韶開鳳歷，紫極駕龍驂。天指星辰北，春隨鹵簿南。鳴鑾風乍暖，灑道雨初甘。佳氣旌旍外，群山擁翠嵐。

地勢東南下，河身西北高。不須沈璧馬，已見奠金鰲。屹砥中流柱，狂迴大海濤。平成經睿慮，親歷不辭勞。

燈火船舡月，笙歌岸岸樓。鶯聲連紫陌，花氣護芳洲。户有昇平樂，車因父老留。山呼齊拜舞，長願奉宸游。

安瀾思禹德，底績頌皇功。今古神謨合，乾坤奠麗同。崇山輝鳳藻，遺殿鎮蛟宫。無事勤疏鑿，朝宗萬派東。

# 本朝館閣詩卷五

## 五言律二

恭祝萬壽詩十首　陶爾燧

寶曆昌辰會，珠囊景運隆。璿璣七政朗，玉帛萬方同。坐致垂衣化，時調緼瑟風。普天躋壽域，上理協鴻濛。

德懋名難罄，功高志不矜。萬幾無少暇，一敬遠相承。乾惕崇明旦，精勤肅寢興。熙朝百度舉，遐邇頌咸登。

鳳詔蠲租數，雞竿肆眚頻。如天弘聖澤，率土戴皇仁。霽日輝丹極，甘霖沛紫宸。八荒歸户牖，齊祝萬年春。

耀德琱戈偃，宣威玉帳開。遐陬遵正朔，絶漠静纖埃。苞櫱三方剪，梯航萬國來。太平垂遠略，盡自聖心裁。

聖學縑緗富，天章日月懸。菁華采玉圃，麗藻潤珠淵。洒翰神虬舞，揮毫彩鳳懸。球圖珍奕祀，
羲畫有心傳。
好古心無逸，崇儒道更光。翠華臨闕里，寶訓式膠庠。增額羅林藪，搜奇重選場。遂令鄒魯化，
漸洽到遐荒。
鑾輅巡青甸，牙檣涉翠濤。祇因民事切，不惜聖躬勞。淳樸占風俗，濡培遍雨膏。壺漿輿望慰，
處處擁霓旄。
屢建宣房議，猶聞濁浪驚。神謨經指授，偉績奏平成。禾黍千村茂，倉箱百室盈。天顏知有喜，
澤國慶豐亨。
貞恒同日永，保定自天申。御苑紅雲曉，仙源碧樹春。羹調神鼎渥，醴酌帝壺淳。尺一洪庥溥，
恩覃億兆人。
銅砌韶光暖，瑶階麗旭長。宮鶯穿柳碧，林燕啄芹香。願獻千秋鏡，欣稱百福觴。洪慈沾覆冒，
永永戴穹蒼。

## 恭祝聖壽二首　胡任輿

元會推隆運，綿延寶曆長。乾坤仁壽主，開闢聖神皇。五色星垣正，三辰福曜昌。萬年當此節，河海遍榮光。

春色扇堯蒲，春雲滿帝都。百花香盡合，萬物氣全蘇。揲卦剛逢泰，添籌正衍圖。九如詩總頌，未足慶嵩呼。

## 皇帝北征大捷凱旋恭紀六首　汪　倓

玉陛來陳事，彤庭爲請留。有征知獨斷，無敵本神謀。春暖開行殿，晴陽拂綵斿。遠追軒后烈，涿鹿斬蚩尤。

内厩龍媒躍，連營虎士趨。帝真勞一怒，王自用三驅。儼列雲臺仗，無煩竹使符。禡牙還禱馬，禁旅出天衢。

萬象依宸極，三靈護壁門。風雷天子令，雨露聖人恩。塞外龍蛇起，軍中虎豹屯。賜衣新挾纊，寒谷見春温。

露布傳三捷，班師計七旬。芙蓉迎小隊，楊柳憶歸人。天際朱旗色，雲中紫塞春。丹青憑好手，圖取獻楓宸。

迢遞榆關路，飛揚翠蓋飄。雅歌賡杕杜，鐃吹雜笳簫。刁斗窮荒靜，烽烟絶域銷。君王自神武，休問漢嫖姚。

往者軍符急，端資廟略神。指揮收嶺粤，滌蕩撫巴秦。金甲爲農器，巢車息戰塵。漠南重一舉，翦逆爲安民。

熱　河　　高其倬

昆圃原宜苑，神山自有樓。星躔連尾分，職覲近皇州。地勝清無暑，湖平滿不流。聖人行處好，塞麥十分秋。

南苑晚雪應制　　法　海

文囿停鑾日，同雲簇暮天。銀花符瑞臘，玉粒兆豐年。睿藻歌宜麥，天心重力田。由來勤恤意，憂樂萬民先。

## 從幸揚州天寧寺應制　法　海

彩仗臨仙梵，香帆引鳳舸。由來竹自好，况復雨中過。春日鶯花盛，詩人禪衲多。扈游分賦日，天籟發高歌。

## 聖駕南巡閲河省方布德詩四首　陳　璋

仙仗出神京，春風拂旆旌。河冰正月泮，輦路百花迎。下采臣工議，遥知父老情。恩膏萬方洽，先到闔閭城。

黄河天上落，淮水地中分。雪浪翻紅日，風濤卷白雲。疇咨堯慮切，荒度禹功勤。萬世平成績，安瀾荷聖君。

帝燭窮檐隱，真同日月高。繹騷防吏卒，供億恤秋毫。天語聞廛市，民情望羽旄。官箴須共恪，莫負聖心勞。

舊日繁華俗，甄陶籍化工。服疇敦本計。師儉返淳風。聖德如天大，陽春與物同。九州齊擊壤，帝力信無窮。

## 恭謁福陵　　呂履恒

太祖龍升處，巍巍近斗杓。南天千岫拱，中夜百靈朝。廊廡丹如昨，松杉翠不彫。仰瞻佳氣聚，常在五雲標。

## 恭謁昭陵　　呂履恒

文皇克繼述，海甸悉從風。釁序初興教，戈鋋已奏功。白山鳴瑞鳳，遼水卜飛熊。王業方新日，群瞻氣象中。

## 大雪至暢春苑　　呂履恒

離宫三十里，霏雪滿瑶天。城郭初寒外，山林已皓然。梅花宵並潔，柳絮曉方妍。珥筆多辭賦，將書大有年。

## 賜硯　　呂履恒

首夏清和日，皇情暇豫時。歌風傳紫禁，賜硯出彤墀。著墨光逾湛，摹書老更宜。補天非易事，鍛鍊正相期。

## 賜周易朱子全書佩文韻府　吕履恒

賜書臣亦與，感激致何辭。春院風開處，秋鐙夜誦時。紫陽千卷重，皇極萬年推。博物希前哲，空空亦自知。

## 鳳池秋月　姜宸英

幾歲長安客，秋風怯早寒。今宵蟾魄度，却向鳳池看。樹密摇光碎，萍開落影團。坐深清冷色，和露滴金盤。

## 恭擬初夏新晴較射　汪士鋐

較射及新晴，風清畫鼓聲。弸雲迎日麗，的暈入花明。飲羽三聯妙，鳴弓叠甲驚。聖朝方教讓，决拾敢誰争。

## 恭和御製咏竹元韻　鄂爾泰

萬竿蔽千畝，深翠縝繁陰。自有鳳鸞集，曾無苔蘚侵。虚中涵妙理，疏節動高吟。日月移寒暑，終年秖此心。

## 敬和御製六月十八日初霽恭侍皇太后園中游賞元韻　鄂爾泰

蘭殿慈暉永，龍池霽景多。一人崇色養，六月紀歡歌。花笑鳥争舞，荷香魚戲過。驪珠四十顆，手捧樂云何。

## 賦得溪添閏月花　查嗣瑮

天似憐幽賞，春疑殢故叢。不應撩亂緑，重掇寂寥紅。得氣非關雨，開遲不受風。故園蝴蝶夢，飛過小橋東。

## 賦得林花潤色分二首　查嗣瑮

嘉樹初經雨，朝來入望新。豈知三月暮，還借一分春。映日重添韻，迎風更有神。芳菲無限好，只在浣輕塵。

鶯燕競西東，穿林趁曉風。氣蒸烟靄外，光泛淺深中。物有沾濡樂，天多潤澤功。他時秋後葉，還待曙霜紅。

## 熱河紀事六首

勵廷儀

蜿蜒還翠嶺，高下建宫垣。拱極千山伏，朝宗萬壑尊。邊陲天廣大，民物日孳蕃。總被陽和澤，冬泉水自温。

地占佳山水，離宫闢一隅。花繁憐溜暖，穀稔喜田腴。宵旰只民事，官曹必汝俞。孰云萬方遠，呼吸念肥癯。

風土敦龐地，天教界兩京。湖山據勝景，圖繢錫嘉名。花比蜀中景，禽欺隴上鸚。幾回登島嶼，不復羡崑瀛。

好景帝開先，從游踰十年。鹿鳴窺舞鶴，魚躍狎飛鳶。船舫迴蘭棹，驊騮立錦韉。會邀天一盼，萬象解登仙。

屋斜無定向，隨意築林邱。城市千峰逼，山村萬井稠。有居仍逆旅，無客是閑游。伏暑崇朝雨，凄然敵九秋。

清切依山殿，弘文啓別廬。溪雲沾硯席，巖翠滴衣裾。既愜烟霞性，重栖鸞鳳居。自慚還自喜，故舊得應徐。

## 春日侍直暢春園即事四首

張廷玉

侍直蓬山側，春光又一年。綠蕪酣宿雨，紅杏破輕烟。燕羽穿簾幕，禽聲答管絃。攤書忘晝永，鐘漏隔花傳。

靈臺風物好，和氣自成春。在藻魚吹浪，銜芝鹿近人。繁花迎翠輦，芳草藉雕輪。最愛尋芳蝶，蹁躚趁釣綸。

錦石橋邊路，簪毫日日過。柳陰春水曲，花外暮山多。雨洗檀欒竹，風梳窈窕蘿。銀河天上瀉，下界沐宏波。

閑階容小立，露草有餘芬。松影團成幄，花光散作雲。遠霞高處見，清籟静中聞。徙倚窗前石，衣沾紫蘚文。

## 恭和聖製初夏新晴較射

蔣廷錫

綠草射埸平，西山乍雨晴。角弓開月影，飛羽勁風聲。手敏頻穿鵠，心和不失正。雍容揖讓意，觀德協皇情。

## 湯泉　蔣廷錫

白石丹砂水，延年並菊泉。陽從天性發，暖得地功全。氣蘊千山雨，膏流萬頃田。湯盤有述作，
聖德日乾乾。

## 恩頒御苑各色牡丹敬讀聖製恭賦　蔣廷錫

選取名花種，移將御苑栽。萬枝雲錦合，五色畫屏開。深淺隨風見，高低映月來。皇情吟咏處，
草木感恩培。

## 恭祝萬壽詩十二首　查慎行

瑞靄凝丹陛，祥烟擁紫宸。萬年三月節，四海一家春。禮樂調元化，謳歌屬聖人。敷天多望幸，
特爲舉時巡。

睿慮周遐邇，皇猷冠古今。堯階三尺土，舜樂五弦琴。德自重熙洽，恩沾壽考深。萬方均樂育，
帝謂本無心。

見説山東叟，欣觀德化成。蠲租憐歲儉，賜粟惠春耕。不息天行健，無私帝好生。活人餘百萬，

軫恤荷皇情。
翠岫三千丈，崔巍上岱宗。金泥除漢策，玉檢陋秦封。旗拂天門樹，雲開日觀峰。仙山留五老，擁蓋候飛龍。
鑾輿親閱視，河水正平堤。西受清淮弱，東趨滄海低。一條鋪練帶，千里亘虹霓。永紀隨刊績，朝宗萬國齊。
川岳懷柔日，乾坤奠麗中。安流歸聖算，平土奏神功。桑柘連郵遠，來牟入望中。不教傳警蹕，到處聽呼嵩。
一覽江天闊，長流聖澤深。晴霞開海面，塔火照波心。御墨蛟龍勢，仙韶鸞鶴音。扶桑占喜氣，來往快登臨。
春水江南路，巡游紀昔年。觀風來海嶠，問俗上吴船。淳朴安耕鑿，繁華輟管弦。天顔知有喜，康阜勝從前。
千頃頗黎色，重爲明聖開。宸章懸日月，睿藻焕亭臺。桃李乘時放，烟波拂棹來。湖山真有幸，直作小蓬萊。

秦淮民望切，歸路又重經。二水春流碧，三山爽氣清。香烟迎不斷，翠輦過還停。愛戴心如一，爭看萬壽屏。

宵旰勤三事，清廉勉六曹。與民同後樂，爲政必先勞。優詔辭尊號，回鑾沛雨膏。先一日大赦。巍巍功德在，峻極孰爭高。

地久天長運，河清海晏期。九如爭獻頌，三祝並摛詞。譾陋叨殊遇，顓愚仰聖慈。自慚同小草，依托上林枝。

## 春分禁中雨　　查慎行

小雨流鶯外，濛濛紫界墻。不知春過半，但覺日添長。白髮趨中禁，芳時感異鄉。多煩玉階草，爲我報年光。

## 西苑上巳呈同直諸君　　查慎行

上巳接清明，韶光滿苑城。曉烟和柳重，夜雨爲花晴。節物春長好，年芳老自驚。兩三修禊伴，閑話水邊行。

### 鞍子嶺直廬庭西新設松棚　查慎行

十丈移巖壑，三間蔭苑墻。有時松子落，隨意乳毛香。不礙流晨露，尤宜障夕陽。天教人夏健，何減北窗凉。

### 恩許扈從諸臣戴草笠　查慎行

臺笠都人制，黄冠野服姿。直疑雲覆頂，不怕雨催詩。凉燠俄能换，陰晴兩自宜。從臣齊戴德，美蔭荷皇慈。

### 賦夜光木　查慎行

積水生神木，俄登几案旁。四時無改火，五夜必騰光。近映藜輝淡，遥分桂魄凉。頓教虚室白，臨卷勝螢囊。

### 黄土梁　劉　巖

後嶺連前嶺，天根倚石根。峭峻熊耳萼，穹洞虎牢門。鳥路穿雲過，駼蹄踏霧昏。中原回睇處，寧獨華嵩尊。

## 古北口　劉巖

古戍勒兵屯，千峰擁一門。犬牙交塞口，鳥道插城根。寒燠天分劃，山川氣吐吞。夕陽驅馬過，烟滿磧沙痕。

## 鞍子嶺　劉巖

天畔插山棱，盤盤幾百層。石危循磴歇，峰峭撥雲登。朔吹旋崖瀑，寒聲裂竇冰。未曾鐫姓字，孤負碧崚嶒。

## 西湖留鑾　吴焯

芳草蘇堤路，乘輿已四過。湖山應改色，春水自無波。玉蝶花穿錦，金鶯柳擲梭。留鑾齊萬姓，歡意達謳歌。

## 玉泉山恭紀四首　賈國維

曉仗移仙苑，春帆指玉泉。岸迴風細轉，川遠纜徐牽。月榭重重出，山窗面面連。遥看蓬境杳，不盡水雲邊。

散步溪橋外，清流引興長。瓊珠千斛瀉，檻楯四時凉。柳濯魚吹絮，花浮燕蹴香。静深知聖德，托意在滄浪。

阡陌開雲錦，溪分水脉長。麥深初覆雉，畦暖漸分秧。聖意勤溝洫，公田足稻粱。小臣瞻望意，不異在江鄉。

文茵隨地坐，萬緑蔭清溪。澗底分旂色，松陰散馬蹄。望連青嶼迥，人在碧雲栖。髣髴仙源路，垂虹影自迷。

## 賦得野含時雨潤

賈國維

好雨滋芳甸，披襟快遠尋。村烟浮野樹，山氣靄平林。露浥千紅濕，雲迷萬緑深。乾坤同一眺，何處不陰森。

## 台拱即事

呂耀曾

禹甸山河外，遐陬隸版圖。有苗皆向化，無處不歡呼。絶域風雷動，皇仁雨露濡。莫言台拱遠，已見好規模。

## 賦得麥候始清和　楊開沅

仲呂初調律，來牟已協和。光風披綺陌，甘雨潤嘉禾。候紀占秋早，人欣樂歲多。南薰傳解愠，九野應衢歌。

## 京城八景詩八首　楊開沅

### 瓊島春雲

仙山凝瑞靄，春氣望中深。輪囷扶金闕，氤氲護寶林。龍文分列岫，鳳羽散遥岑。紫陌需餘澤，崇朝頌作霖。

### 太液晴波

榮光澄素沼，明鏡朗靈湫。荷净珠擎蓋，魚游彩漾舟。瑶臺懸倒景，碧殿蘸清流。豈樂同周囿，還看潤九州。

### 玉泉垂虹

方流疏派遠，屈注落迴波。拂雨滋璚樹，飛雲溉玉禾。虹橋千澗度，素練半天過。乍可乘槎上，璇源問絳河。

### 薊門烟樹

緑樹接平原，濃陰識薊門。塔標林杪寺，帘指雨中村。葉密鶯聲滑，風高雁影翻。遥知佳氣滿，葱蒨五雲根。

### 居庸叠翠

雄關連翠巘，鎖鑰北門扃。虎卧臨三輔，龍盤據八陘。嵐光侵塞紫，霽色入天青。形勢神京壯，徘徊欲勒銘。

### 西山霽雪

晴旭帝城西，千山玉樹迷。光分瑶闕麗，氣壓碧岑低。積素通銀海，浮嵐炫彩霓。只疑天表近，雲路可攀躋。

### 金臺夕照

碧草連空暗，黄金此築臺。市惟千里駿，基合萬年培。虹散流殘照，霞飛映古苔。清時多稷契，謾數郭生才。

### 蘆溝夜月

桑乾流曉月，瀲灧傍微雲。轍迹因霜淺，波光帶樹分。征人餘夢醒，嘶馬隔津聞。萬國朝宗道，清華曙景紛。

## 秋日侍直二首　繆沅

秋雪點平蕪，寒生金僕姑。五雲低帳殿，紫塞拱周廬。珍衛駝封賜，傳餐鹿堥酥。佽飛軒猛氣，親手搏於菟。

珥筆陪雕輦，回中夙寢興。月明山巒巒，霜曉木棱棱。眼疾拳毛騧，神寒帶角鷹。平疇看躍馬，相顧意飛騰。

## 賦得帳殿鬱崔巍應制　阿克敦

野净秋光裏，雲開帳殿中。雙旌摇晚照，萬馬動西風。烟重山逾紫，霜輕葉未紅。時巡當歲稔，聖藻仰天工。

## 哈密　阿克敦

蕞爾伊吾地，西通路正賒。衣冠别蒙古，城市類中華。引水能知稼，分畦善種瓜。聖朝深護惜，村落有人家。

## 侍直南書房恭紀二首　張大受

未識蓬萊路，虛爲翰墨臣。舉頭初近日，著眼總成春。佳氣湖山靄，薰風草木新。儒衣欣橐筆，恰值禊游辰。

濟濟來西苑，平明入禁中。香飄知輦過，澤遠覺舟通。内侍擎金椀，親軍拓寶弓。晚歸鴉繞樹，光耀幾人同。

## 東科爾寺　德齡

一統華夷盛，三秋旌旆遥。市城通古塞，綏撫到天驕。西極烽烟息，東科海霧消。雍容持節客，羞説霍嫖姚。

## 大通河　德齡

山斷得平路，摇鞭渡大通。千峰晴入畫，一水澮涵空。狐兔營深窟，鷹鸇識順風。慚無綏遠略，觀獵賦徒工。

## 渾水　德齡

塞水含泥濁，源泉出石清。波摇博望節，岸撤亞夫營。已見洗兵甲，還期潤耦耕。降胡過萬帳，烟火樂西成。

## 扈駕巡行塞外恭和御製曉發圓明園即景成什元韻四首　沈起元

龍馭從天下，秋旻特地晴。際雲禾黍色，列嶂斾旌明。甘雨神功寂，遥邊爽氣迎。憑軒慈聖喜，帝德視西成。

出塞走群巒，秋光雨後看。黛螺初聳髻，珮玉暗鳴灘。逸興歌黄鵠，清光度白翰。佽飛頻奉詔，黍地馬休盤。

獮狩修王制，時巡士氣舒。射聲千校尉，望幸萬窮廬。雨露均沙漠，邊關接里閭。菲材逢聖世，欣附後塵車。

睿藻入秋烟，吟情動一鞭。雅南聊寄爾，惠保獨深焉。采發江山麗，光垂雲漢連。化工將德意，多半卷中傳。

## 恭和御製歷下亭元韻三首　沈起元

歷下亭何處，明湖烟水間。一時名士集，千載白雲閑。花遠春如畫，波開月半灣。臨汾今日駕，新拂岱雲還。

臺榭具今古，楹軒鏡淥波。居然海右勝，復此春風多。清濼涌寒碧，歷山浮遠螺。重華耕鑿處，漫數少陵過。

雲旗飛彩鷁，北渚正淵泓。海岳深春氣，鶯花流水聲。藻間魚自戲，洲畔鷺孤明。游賞宸襟暢，還餘懷古情。

## 聖駕南苑大閱恭紀八首　汪由敦

干羽堯天洽，車書禹迹同。順時稽令典，撰日整元戎。七德揚神武，三驅振古風。不須刊石鼓，盛烈邁車攻。

清蹕向長楊，鳴鑣出建章。九旗懸日月，萬騎蹴冰霜。帳殿氈毹暖，旗門組練光。驍騰健貔虎，肅肅羽林郎。

地是周靈囿，城連漢上林。華旃馳日馭，紺宇佇天臨。沙路飛塵凈，松皋積翠深。離宮時暫駐，端不爲從禽。

甲帳拱中樞，辰旗辨正隅。玉鞭馳騕褭，寶纛擁蝥弧。令舉吟龍角，營開合虎符。氣酣金鼓外，雷動萬人呼。

日角瞻天表，親巡驃騎營。秉旄森豹尾，按轡儼龍行。韎韐威容壯，戈鋋節制明。六軍同忭躍，挾纊此時情。

周官司馬法，風后握奇經。迭進嫻師律，環生變陣形。千行飛電紫，萬道漲烟青。却望高臺上，森嚴衛百靈。

六鈞神力勁，一發耀天威。旋旆仍餘勇，呼鷹更合圍。采翎迎日麗，錦翼旁雲飛。恩賚叨蕃錫，歡同奏凱歸。

詰戎非耀武，偃革誕敷文。喜氣融城雪，和風卷陣雲。陽回軒律正，歌阜舜弦薰。謨烈承三后，垂衣仰聖君。

恭和聖製展謁永陵元韻　　張鵬翀

造國豳岐似，艱難翼後昆。雲仍瓜始瓞，川祭水先源。永奠興京宅，高居列岫垣。神孫揚駿烈，輝映鳳凰原。

恭和聖製展謁福陵元韻　　張鵬翀

奮迹掃群雄，環封拓海東。英靈符沛上，大業定關中。珠阜凝庥遠，閶風展祀崇。神堯興一旅，於爍啓天衷。

恭和聖製展謁昭陵元韻　　張鵬翀

斷蛇初起漢，逐鹿不關秦。指顧摧三蘖，成功易五旬。葛燈風尚樸，石馬汗如新。嗣德光先烈，如聞帝命申。

經筵恭紀八首　　張鵬翀

聖節稱觴後，經筵御講時。捧書承寶幄，稽首上彤墀。霽日金支映，秋雲玉葉垂。恩光榮四照，長鞏萬年基。

聖學欽天縱，經筵懋日新。一中宏贊化，萬古繼傳薪。説命資心沃，皋謨拜手陳。廟堂持政要，風俗自還淳。

遜志重申命，殷繁理萬幾。功須參密勿，道在慎淵微。詎以規爲瑱，惟思德可衣。從容咨至理，麗日仰清暉。

德業崇如此，皇衷祗益謙。保持端不易，叅兩貴能兼。祖烈承基命，天心重養恬。從兹交儆切，亭育運洪纖。

虔惕嚴朝夕，常虞問道心。順時行典禮，稽古望規箴。共仰王言大，彌欽聖學深。無能思衮職，誰敢比南金。

衮職何曾闕，皇心自凛淵。憲章欽有秩，彝叙肅無愆。後甲開元命，先庚引萬年。時時容進講，還號小經筵。

講席承恩澤，儒臣自古榮。茶香清肺腑，鼎味重和羹。共愧叨殊渥，何由報寸誠。御爐香染馥，袍袖紀雙擎。

御幄承經訓，皇言茂德元。經綸心獨運，翼贊道彌尊。禮樂符千聖，聰明擴四門。萬年隆至治，端拱正乾坤。

## 賦得講易見天心四首　余　棟

動直静原專，皇躬即是乾。萬幾清宴後，三易討論先。奥旨深無底，微言妙脱筌。貞元常不息，方寸運高圓。

太極雖無象，羲經似可尋。凉風吹溽暑，暖氣奮重陰。姤復時來往，坤乾自古今。細推爻象藴，造化握皇心。

月體原無窟，天形詎有根。先儒觀卦氣，取象發高論。震巽初求索，陰陽已吐吞。乾坤立二用，展也易之門。

圖書昭判合，卦象别圓方。對待形先立，流行化乃光。理從易簡究，辭爲變通詳。聖學如登岱，臣僚敢面墻。

## 聖主臨雍禮成恭紀六首　梁詩正

道德符宣聖，文章接素王。崇儒風愈古，視學典重光。鳳輦橋門駐，鸞旂璧水揚。莘莘看彦士，迎拜辟廱旁。
黄屋隆華構，笙鏞入奏頻。觀光增裔冑，釋奠及王春。舞列威儀備，尊罍濯溉新。載稽三獻禮，天子特躬親。
聖聖心相契，尊崇禮日躋。宫墻伊古仰，藻翰自天題。德表尼山峻，光懸列宿齊。祇令瞻謁次，炳耀序東西。
禮備生徒集，升堂講幄開。昕徵循舊典，雨化被群材。性道探微旨，欽明仰睿才。一人崇正學，奎斗朗中台。
鐘鼓三雍盛，趨蹌庶尹多。圜橋俱俊秀，敷化叫菁莪。錫賚周衿珮，恩華被玉珂。聖朝文德洽，倫叙奏熙和。
共慶儒風暢，從知士氣興。典隆群辟奉，教立萬方承。盛與鴻都埒，榮逾虎觀升。育才誠本計，天府重賢登。

甘霖普降特召大學士内廷翰林圓明園泛舟恭賦　蔣溥

寵命游瓊島，郊原雨足時。濕雲開碧嶺，凉意到芳池。棹引香風度，舟迴錦岸移。承恩同授簡，睿賞入新詩。

聖駕南苑大閱恭紀二首　程盛修

南苑蒐苗地，三朝翠輦臨。保邦原在德，御衆不忘欽。櫛沐開基遠，綢繆屬望深。雅歌傳睿藻，猶是紹庭心。

帳殿中權肅，天威震叠時。百年豐鎬澤，萬隊虎貔師。鉦鼓團精鋭，風雲聽指揮。太平櫜戢久，仍見鄂褒奇。

早春過賈島故里恭和御製元韻　陳兆崙

詩魂肖山骨，故里澹斜陽。有數稱才子，何人鑄法王。苦吟鶯語澀，道服水田荒。異代榮天顧，生窮固不妨。

甘霖普降特召大學士内廷翰林圓明園泛舟恭賦　任啓運

時雨天心應，蓬瀛霽景饒。風荷低畫舫，烟柳覆紅橋。勝地趨陪近，平疇入望遥。宸衷知有喜，膏澤字良苗。

甲子仲春上丁偕同年張存中文廟分獻紀事二首　阮學濬

秘殿凌霄漢，明禋典肅將。千尋森檜柏，數仞煥宮墻。禮器遺型古，軒懸雅韻長。簪紳都拜下，容易獨升堂。

釋褐曾聯步，頭銜總未加。東西分祼獻，兄弟忝清華。前歲家兄分獻。所喜偕張仲，還堪繼老查。初白、查浦兩先生，昆弟先後分獻，東宮呼初白曰『老查』。俱見《敬業堂集》。詞林傳掌故，留與後來誇。

石　鼓　阮學濬

千載岐陽碣，遥移太學來。鼎彝同位置，星斗並昭回。蝌蚪龍蛇迹，韓蘇黼藻才。摩挲三歎息，鴻寶實奇哉。

賦得吹面受和風　阮學濬

祓禊傳佳節，芳郊淑景融。新流添渌水，緩步引輕風。傾耳鸝聲外，披襟柳影中。緬懷杜陵叟，逸興與今同。

賦得日長農有暇　阮學濬

農事初逢夏，青疇化日長。浹辰梅雨足，亭午柳風凉。饋餉來郉舍，停鋤憩野塘。優游忘帝力，擊壤慶時康。

甘霖普降特召大學士内廷翰林圓明園泛舟恭賦　黄孫懋

畫鷁中流渡，宸顔穆以歡。恩膏敷沃野，侍從許儒官。縠縐浮瓊沼，屏開列翠巒。須知天意洽，不是侈游觀。

恭和御製消夏十咏元韻　李兆鈺

荷

芙蓉初日見，睿賞豁明窗。香泛迎凉殿，鮮疑濯錦江。唼紅鱗六六，掠翠燕雙雙。臨水歌新調，詞成玉潤摐。

蟬

朱夏寂鶯簧，新蟬續韻長。琴弦彈露滑，筝柱鼓風忙。避暑吟深夜，驚秋咽早陽。上林栖得所，無事遠螳螂。

扇

花際摇輕箑，幽香度翠叢。半規裁皓月，兩袖動清風。白夜開時朗，紅塵拂處空。微凉生殿閣，翔洽萬方同。

蛙

雨霽銀塘漲，蛙鳴兩部齊。引聲先土蚓，接響繼莎雞。風澹芙蓉沼，月明楊柳堤。倚欄聽鼓吹，不覺玉繩低。

螢

宵行如秉燭，掩映月波澄。點點明非火，星星照即燈。影流池岸去，輝弄井闌增。上苑清光滿，瞻依物且能。

冰

明傾金掌露，快翦玉壺冰。沁骨寒威壯，窺人冷艷凝。空靈塵不染，淡泊味堪憑。一片清凉界，熱中應未曾。

月

鏡懸銀漢迥，良夜最宜游。泛艇光先得，憑樓興更悠。青空宵露墜，碧落暮雲流。不盡清輝照，蒼涼六月秋。

雨

潑墨雲連岫，迷離暗緑村。曲欄敲竹韻，深樹噪禽言。浪白漁蓑滿，山青牧笠繁。樓窗閑佇望，烟雨凑黄昏。

瓜

晶盤削緑瓤，竹几引紅香。手滑如裁玉，牙芬似嚼霜。午風驅暑最，夜月解酲良。縱得冰園種，清甘豈並嘗。

蛩

霜前宜唤起，月下似催歸。清響依風切，低吟帶露微。識時沿錦砌，解意近緗幃。物理淵懷鑑，悠然悟道幾。

聖駕南苑大閲恭紀四首　　鶴　年

軒管迎陽日，虞琴解愠年。九圍聲教洽，七德武功宣。綵仗龍斿轉，華林虎旅騫。聖朝修古制，萬騎赴平川。

雲物開新霽，鑾輿指幔城。蒖敷三葉翠，雪麗六花晴。金鼓轟雷動，旌旗耀日明。師中嚴號令，氣象壯昇平。

天子親教射，騶虞應節詳。期門咸踴躍，羽衛各騰驤。龍虎千軍列，風雲八陣張。指揮雄略遠，盛事邁岐陽。

國典蒐苗大，皇猷繼述隆。選徒揚政令，振旅被仁風。雅韻天葩發，歡聲聖澤融。鑾回齊虎拜，震疊萬方同。

恭和御製恭謁孝陵元韻　沈德潛

佳氣皇陵厚，中龕帝業鴻。作京仍冀北，入統自關東。大武開文德，曾孫溯祖功。寢園隆薦鬯，觸緒緬英風。

恭和御製恭謁景陵元韻　沈德潛

六十年深愛，寰瀛永不忘。敬承知子啓，聖德識孫昌。繼緒懷垂統，傳心實見墻。松楸瞻拜處，洒淚浥壺漿。

## 恭和御製潭柘岫雲寺元韻六首

沈德潜

鑾輅經山曲，來過祇樹園。香林原有域，雲氣欲爲門。松老蟠鱗甲，峰低列子孫。聖人觀物化，妙悟在忘言。

木石皆聞法，猿猱許結鄰。潭涵雲月影，柘閱古今人。竹裹經聲静，風前磬韻頻。西山多佛刹，清浄此誰倫。

聖主留題處，驪珠顆顆懸。丹泉流座下，翠嶂合窗前。風逆旃檀氣，春生忍草烟。祖師禪已透，不礙火中蓮。

從臣跋馬日，名刹小淹留。爲問黄梅事，還參白足流。俯看群鳥背，高上一峰頭。欲識伊蒲饌，齋厨或許投。

虚室閑舒卷，晨烟與晚霞。坐收千叠翠，不設四圍紗。悟得隍中鹿，何愁井裏蛇。翻經遇伊卍，難字試侯芭。

碧雲僧眼静，翠巘佛頭濃。收入光明藏，常清冰雪胸。遲人峰朵朵，送客水淙淙。谷口回車騎，猶聞烟外鐘。

## 恭和御製消夏十咏元韻　　沈德潛

### 荷

艷質凌湖鏡，幽香透水窗。盈盈明隔浦，采采涉清江。瀉露珠無算，摇波影自雙。鳴榔何處響，花外聽摐摐。

### 蟬

逸韻響松篁，閑園日正長。噪林喧處寂，移樹定中忙。斂翼含疏雨，殘聲曳夕陽。幾先能早避，窺伺任螳螂。

### 扇

摇動驅殘暑，如過斑竹叢。闔餘還入袖，開去便生風。丁緩機相亞，元規塵欲空。南薰更披拂，聖澤萬方同。

### 蛙

雨餘蛙倍閙，同類知應齊。盛怒疑虩虎，長鳴異木雞。塘邊波拍岸，烟外草平堤。鼓吹晨連夕，相看月色低。

螢

熠熠波心度，空明點碧澄。坐衣幾欲潤，映字不須燈。墻角倦時墜，林端聚處增。雨餘光不濕，自照爾偏能。

冰

頓覺青蠅散，空堂爲置冰。雕鏤工莫就，炎暑氣常凝。蠶種從知幻，山形未許憑。懷清差自信，因熱竟何曾。

月

雨後銀盤上，清光信可游。金塘波灧灧，雲漢影悠悠。鵲遶驚還定，螢飛濇不流。襟懷同止水，涼氣已先秋。

雨

久旱得靈雨，歡呼動遠村。豐穰已有兆，禱請在無言。林潤禽聲樂，池平蛙吹繁。晚涼添霽色，新月破黄昏。

瓜

瓜區紛采摘，覆葉帶清香。片削盤呈翠，涼生齒濺霜。東陵風自古，西域貢俱良。何幸逢君賜，分甘正席嘗。

蛩

草際吟蛩起，群知秋信歸。報寒聲尚早，弔夜韻還微。白月澹幽砌，輕颸入暮幃。此時驚懶婦，織素識先幾。

## 恭和御製消夏十咏元韻　裘曰修

荷

一畝開文沼，千莖遶綺窗。花時宜永日，采處即清江。翠蓋亭亭直，紅衣灧灧雙。幾餘吟興發，芳韻溢錚摐。

蟬

未覺秋聲動，從知夏晝長。一枝栖自穩，三匝意何忙。弄響咽高柳，趁晴喧夕陽。此時觀物理，妙藴喻螳螂。

扇

障塵臨大道，撲蝶向深叢。欲擬團圞月，能生淡蕩風。火雲朝覆砌，赤日午行空。舒卷方隨用，功非笛簟同。

## 蛙

鼓吹宵聲鬧，池塘草色齊。鳴階連夜柝，達曙接晨雞。漠漠凉生袂。霏霏水拍堤。詩懷偏此夕，不覺月輪低。

## 螢

爲愛微光好，蕭然爽氣澄。碎如千點火，繁似九枝燈。映壁宵吟久，投囊夜課增。暗飛螢自照，杜老句偏能。

## 冰

乘時遵月令，凌室乍開冰。玉氣輝輝合，珠光的的凝。桃笙清可倚，柳檻凈堪憑。雪碗無炎暑，招凉得未曾。

## 月

乍可湘簾捲，兼宜桂楫游。窺窗光淡淡，映水影悠悠。宿霧清於掃，行雲輕欲流。檐牙留照後，節氣近初秋。

## 雨

一雨灑郊原，高低遶緑邨。芝蘭清有韻，桃李静無言。九野歡聲洽，三農樂事繁。人家烟樹外，嵐氣秀朝昏。

瓜

絳實堆盤艷，青霞迸露香。薦宜同藕雪，甘不讓糖霜。細滌冰甌净，閑傾法釀良。荔枝三百顆，争似此先嘗。

蛩

清籟秋前發，新凉雨後歸。草根吟更切，砌下響誠微。鶴唳將騰遠，螢光亦照幃。蛩聲鳴應候，同此得先幾。

從謁景陵　夢麟

陵闕肅重闈，嚴扃虎豹蹲。八神昏警蹕，石馬夜臨軒。天地深恩在，蒼生痛哭存。吞聲萬行淚，臣本老奴孫。

皁成門外觀征蠻師出二首　夢麟

日出大旗高，霜騰萬馬豪。雷霆朝伏壘，鼓角晝鳴刀。邊徼懷明主，艱虞賴爾曹。誅鯨知不遠，好憶聖心勞。

廟算軒轅帝，天兵虎豹群。父兄惟僕射，功罪仰將軍。陣轉蠻雲黑，關開峒壁曛。擒王兼射馬，衛霍待銘勳。

# 本朝館閣詩卷六

## 七言律一

康熙辛酉季春上駐蹕馬蘭峪賜觀湯泉恭紀二首　李　霨

烟樹蒼蒼古薊門，山川競秀發泉源。靈砂暗漱雲根暖，玉液潛通地軸温。孝奉慈宫時進御，澤流寰海盡承恩。共瞻别殿祥風轉，樸素還欽儉德尊。

福泉雲軸冠黄圖，何幸叨陪法從趨。香霧已看蒸沆瀣，天池殊勝濯蓬壺。陽和遍滿春臺樂，游豫謳吟化日敷。寵渥同霑凡骨换，長令翹首憶仙都。

湯泉應制二首　魏象樞

大壑層巒抱碧隈，湯泉勝迹擬蓬萊。山龍隱躍徵文物，地德温和助壽杯。雲擁翠華巡幸出，星高水殿問安迴。慈宫頤養多嘉悦，孝治端從聖主開。

陽和滿地豁重陰，詔錫臣工次第尋。甃石四圍池貯水，傍巖千樹柏成林。橋山弓劍瞻依近，蔀屋桑麻擁護深。不比華清傳盛事，吾皇舉動萬年箴。

郊壇陪祀恭賦　施閏章

圜邱清曉霧氤氲，拜舞衣冠鵷鷺分。碧殿朱旗群宿繞，黄鐘清磬九霄聞。雪澄泰畤光連海，柴望天門氣作雲。肅穆祠官能備物，馨香還賴聖明君。

方澤陪祀恭賦　施閏章

雨後仙壇碧草芳，遥聞玉輅出芝房。崇墉柏帶青霜氣，方澤波含明月光。環衛旌旗嚴咫尺，精靈岳瀆走蒼茫。朝來回輦西山去，五色晴雲接建章。

駕謁諸陵恭賦　施閏章

戢戈息燧武功成，大祀端飛警蹕聲。海立魚龍瞻彩仗，風馳虎豹避霓旌。橋山弓劍元靈寢，豐沛歌宫自舊京。到處題詩聞駐輦，時時賡和遍公卿。

己未二月朔同被徵諸臣集試體仁閣上賜食且宣諭曰館選廷試例不給饌嘉爾等學行名儒優以曠典是日治南饌張椅坐蓋前所未有也

恭賦紀恩　施閏章

減膳深知念萬方，大官珍賜喜初嘗。天漿捧出金莖遠，宮饌分來玉粒香。葵藿腐儒沾醉飽，絲綸温語重輝光。華筵異數承恩渥，載筆還歌湛露章。

瀛臺引見　施閏章

禁林沆瀁有神洲，宮殿巍峨在上頭。靈沼不勞歌聖德，昆池習戰讓宸游。虹橋畫舫波間動，緑樹青峰檻外浮。聞道甘泉新獻捷，共欣魚藻主恩優。

召見乾清門恭賦　施閏章

入直長趨丹鳳樓，忽驚咫尺覲宸旒。未遮宮扇瞻天近，不散卿雲繞日浮。帝德難名深氣象，主恩蓄意待咨諏。心懷董賈才何有，奏對誰當第一流。

西苑曉行　施閏章

新蒲古柏曉陰陰，太液昆明接上林。翡翠層樓浮樹杪，芙蓉小殿出波心。人歌鳧藻衣冠會，水奏簫韶鼓吹音。欲望天顔真咫尺，露臺迴合彩雲深。

敕賜翰詹諸臣鮮藕恭紀　施閏章

水殿傳呼特賜榮，詞臣拜舞集承明。真從太液仙源出，肯數蓮峰玉井生。列案一蕖冰共白，堆盤千片雪同清。楓宸魚藻恩何限，葵藿常懷就日情。

御札賜内直侍臣天花和王侍讀　施閏章

靈卉蒙將麗藻誇，驚分珍饌出天家。秀疑漢殿銅池草，潔比雲霄玉樹花。生摘餘香如帶露，烹來仙液勝餐霞。共傳藜閣承恩重，不數東陵五色瓜。

劉井柯亭二首　施閏章

青熒誰鑿水晶寒，錦石銀床位置安。起草群臣曾洗硯，論文異代一憑欄。宫雲近覆晴猶潤，海眼潛通旱未乾。倘有泥蟠神物在，那愁霖雨被人難。

仙客聯翩倚檻來，丹亭曾向日邊開。殘荷蔽芾猶連井，芳草萋迷舊有臺。接坐共聯星聚地，凌雲誰稱歲寒材。風流未墜餘陳迹，悵望千春首重回。

## 羽獵應制　張新標

宵旰深宫警晏安，龍旂清野簇雕鞍。本緣細柳觀兵出，不等長楊縱獵看。赤羽驟揮千隊擁，金鞭迴控萬山盤。侍臣燕醴還詞賦，應念輕貂御體寒。

## 詔開經筵恭紀二首　沈荃

帝城遲日正芳春，講幄初開集近臣。已見陳常昭軌物，更知基命格天人。宸修翼翼惟時敏，聖德乾乾與日新。伫看右文敷雅化，明良千載應昌辰。

蓬萊紫氣繞氤氲，此日虞廷奏縵雲。侍從儒臣咸舊學，太平天子况能文。西清窈窕聞鐘鼓，東壁輝煌列典墳。精一心傳親紹述，五經無事析紛紜。

## 賜游温泉恭紀四首　湯斌

山陵叠翠倚層霄，瑞靄晴臨碧澗遥。石上泉聲隨玉漏，巖邊樹色映金鑣。雲峰遠結盤龍氣，瀑水平懸踞虎橋。一奉恩榮歌鎬燕，長從仙蹕聽簫韶。

碧潭波遶翠微迴，帳殿紅雲覆綠苔。閬苑烟深朝絳節，華清春曉對蓬萊。山光獻瑞天杯永，

寶翰騰輝御榜開。萬國共瞻隆孝治，漫言驪阜重仙臺。

傍巖依岫敞離宮，詔賜恩波卿貳同。閣道周迴香溜裏，衣冠趨步綵雲中。不須雕斫傷元化，

惟有真淳表聖功。何事露臺傳漢主，萬年儉德仰皇風。

薊北烟巒俯大溪，甘泉春色接丹梯。曉來嵐氣當窗入，雨過花光拂座低。摇曳霓旌依碉轉，

參差豹尾與雲齊。願將景物同民樂，薄海烝生望紫泥。

## 乾清門引見充日講起居注官恭紀

秦松齡

曈曨曉色啓天關，玉陛傳呼侍從班。廿載重來趨鳳沼，三年今始識龍顔。淵衷默契圖書表，

瓊翰高懸日月間。忝拜新恩參講席，纖埃何以益邱山。

## 賜觀嘉禾恭紀

邱象升

欣傳嘉穗獻龍樓，率育知紓宵旰憂。魯史大書登萬寶，周王無逸驗三秋。豈勞魚夢占豐歲，

未待豚穰慶滿篝。從此普天皆買犢，坐銷兵甲事東疇。

命典會試二月六日賜宴禮部　王士禛

郎官列宿記當年，重到南宫尺五天。滿座金貂霄漢上，幾叢羅綺舞筵前。八公相鶴希真賞，一代登龍愧昔賢。弱歲計偕今白首，承恩還憶舊青氈。

放　榜　王士禛

銀燭青烟徹曉明，曙鳩聲散九重城。高風鵬鶚扶摇起，春水魚龍變化生。仙掌凌空干氣象，湘靈鼓瑟擅才名。書生報國從今始，取次烟霄第一程。

恩賜五臺山新貢天花恭紀　王士禛

春直銅龍晝未闌，忽傳天語下雲端。名山包貢來中禁，珍賜封題出大官。曾恥稻粱縻厚禄，敢忘藜藿負儒冠。宛然身到清凉境，聖主恩深勝露盤。

聖德萬壽詩十首　陳廷敬

泰符運啓帝圖昌，還識流虹繞電祥。鳳歷紀元天並永，龍飛當午日初長。仙桃結子春三月，御柳垂條歲萬行。正是艷陽逢聖節，紅雲高捧御爐香。

日暖花朝紫禁林，風迴青瑮漏沉沉。萬幾宵旰三天事，四海昇平五夜心。雨露恩流金闕外，桑麻春長玉階陰。億年齊上無疆祝，總爲憂勤卌載深。

聖質天齊凝寶命，神霄地迴照人寰。山河環拱罘罳上，日月高臨藻火間。八表驩聲歌帝則，萬年春色駐龍顏。皇圖開拓要荒外，柔遠何曾閉玉關。

講席經函列御筵，淵源盡闡魯庭傳。文成偉論高謨典，詩就新篇達性天。載咏光華同舜旦，深明歷象定堯年。仰觀俯察鳶魚妙，道契羲皇一畫前。

丹地金鋪淑景新，綺疏明浄對花茵。九霄清宴心無事，萬卷詩書筆有神。璀璨宸章懸斗極，龍鸞聖藻麗星辰。六文八法流傳盛，光被誰能比一人。

龍文五色護瑤幰，拜賜恩華自日邊。開處春風彌宇宙，捧來瑞氣出山川。香含月樹枝枝秀，朗照驪珠顆顆圓。琬琰恭橅垂寶搨，維南同壽永留傳。

神威征伐久旋師，灌燧銷烽正此時。一自三回臨朔漠，遂令萬祀靖邊陲。玉鞭晝舉靈泉出，金甲宵明御寢遲。北斗天南回望處，於今中外盡雍熙。

黼座慈雲下碧空，普天人在太和中。祥刑德與陶虞並，育物心將造化同。丹鳳九重銜赦草，金雞一夕報春風。遐荒盡是康衢地，處處謳歌達帝聽。
荷鋤倚杖野農情，每聽車音爲省耕。瑞日早迎仙蹕上，彩雲時傍翠旗生。華封人進三多祝，嵩嶺神傳萬歲聲。江北江南常望幸，五年今得見巡行。
虞廷威鳳喜來儀，麟趾文祥福履綏。曠代光華踰鎬飲，萬年祝頌叶邠詩。春雲瑞雪迎三正，甘雨和風順四時。仰荷栽培同寸草，蓂階還與露華滋。

## 南郊朝賀恭紀

陳廷敬

昨夜陽回曉仗過，天門鐘鼓競鳴珂。朝衣舊惹爐烟重，宮日新移扇影多。雲日編年書鳳簡，歲華簪筆在鑾坡。亦知詞賦工無益，若爲昇平許載歌。

## 編纂世廟實録恭紀

陳廷敬

天顏如覲秘函新，東觀重登載筆頻。日曆早垂青史事，編年仍屬舊詞臣。容衣弓劍春前淚，風月江山戰後塵。手闢太平歸聖主，寢園雲氣繞楓宸。

## 元日早朝二首　陳廷敬

斗轉風迴左掖春，頻年簪筆侍元辰。看移雉尾疏星落，行近螭頭曉霧新。三殿霓旌分玉帳，九門清漏聽雞人。太平朝會垂衣早，欲采民風取次申。

午夜千官候曉風，鑾坡歲月漏聲中。檐前夕燎霏烟碧，殿角春雲送色紅。朝袖香濃仙仗外，歸鞍日霽掖門東。忻逢主聖時清際，禁近何人作頌同。

## 武闈奉和馮相國韻　陳廷敬

太平玉帛萬方同，校武常勤廟算中。躍馬雕弓懸塞月，瑣闈椽筆快秋風。檐前落葉疏鐘度，樓上清霜畫角雄。邂逅高賢逢盛際，奎堂幾夜燭花紅。

## 侍宴外藩郡王賜石榴子恭紀　陳廷敬

仙禁雲深簇仗低，午朝簾下報班齊。侍臣早列名王右，使者曾過大夏西。安石種栽紅豆寇，火珠光迸赤玻璃。風霜歷後含苞實，只有丹心老不迷。

## 講筵賜紫貂文綺白金恭紀三首　陳廷敬

去歲含毫侍玉墀，錦裘天上拜恩時。衣冠曙色交龍衮，鵷鷺春温集鳳池。禁苑久依簪筆地，直廬重咏賜貂詩。微勞一髮何曾效，輕煖頻年愧聖慈。

紫纈青綾出尚方，恩深奏謝閣門旁。機絲巧度金梭月，刀尺頻沾錦綺香。袖拂螭頭爐氣暖，步隨龍尾珮聲長。許身衮職無能補，空睹宫衣滿篋箱。

榮光賜予報重重，内裏分金敕禦冬。赤縣尚鎸初進字，瑶函纔啓御前封。記恩未忍輸泉布，索米從教罄釜鍾。不羨長門空賣賦，腐儒執簡慶遭逢。

## 燕　山　陳廷敬

一重邊鎮百重山，鳳翥龍騰向北還。對峙太行爲左輔，近連滄海作雄關。東西日月天門外，開闢乾坤帝座間。頫視九州形勢大，風雲直北戍樓閑。

## 湖南諸路大捷恭紀二首　李天馥

兵氣銷沉楚澤空，鼓行將報抵滇中。懸車已屬無前勢，略地應收不戰功。挾纊投醪諸旅勸，魚麗鶴列兩甄雄。九疑回雁空雲火，平秩南訛拱祝融。

高牙鉦鼓震江樓，青翰波平走鄂舟。湘廟氛清斑竹長，渚宮燐散畹蘭幽。已聞陶侃收羅縣，急署陽城撫道州。萬里鐃歌齊奏凱，錦袍還祝大刀頭。

## 侍宴西苑泛舟賞荷恭紀四首　李天馥

期門綺埒稅驊騮，中使傳呼促放舟。錦纜晝閑堤北渡，黃檣晴颭水西頭。半灣楊柳蟬聲靜，一路蘼蕪鳥語幽。即此九疑仙種勝，烟波何事涉江求。

咸池何異洞庭張，勝賞真堪陋柏梁。酒政觴嚴瓊珮錯，榜人舟駛葛衣涼。石渠雨過添新瀑，水殿風來惹暗香。仙境分明三島麗，乾坤寧別有滄浪。

午餘欲拍晝橋隈，又敕重游擊汰開。蘭枻搖珠推浪過，晶盤瀉雪送冰來。周遭淺碧沉雲樹，密邇諸香敞月臺。翹首御舟方進酒，萬年遥祝紫霞杯。

諄諄温語廑宸衷，帳殿傳來自上公。共道臣榮殊過望，誰知聖意更無窮。花堤款段駝殘醉，柳掖方空納好風。竟日承恩真異數，涓埃何以效微忠。

## 湯泉應制二首　李天馥

一路垂楊畫裏津，祇園喜奉玉音頻。透迤繡巘來仙梵，宛轉青谿護谷神。勝地效靈資遠澤，名山毓瑞慶長春。共驚造物真奇作，大陸茫茫彙廣輪。

天然位置自巍峨，猶是香巖舊補陀。似藉烟霞成錦繡，不將金碧易藤蘿。祥光鬱作橋陵瑞，暖氣蒸爲宇宙和。深幸小臣逢盛事，追隨還欲賦卷阿。

## 上元賜酺恭紀二首　彭孫遹

祥烟瑞日焕丹宸，候入青陽淑氣新。下際天光交泰運，全銷兵氣太平春。人間令節三元重，雲裏仙韶萬象均。願上堯樽稱聖壽，千秋萬祀樂良辰。

千官卜晝禮初成，瑞靄絪緼淑景明。含凍花因吹律發，閣陰天爲試燈晴。金甌不缺重輪月，玉琯常調太簇笙。會見昇平多樂歲，吹豳擊壤遍寰瀛。

## 孝陵陪祀恭紀四首　張玉書

鼎湖春斷廿年餘，幾度朝陵動玉輿。此日寢園申祼享，遥天風木重欷歔。祠官禮肅犧尊薦，待從班齊雁翼舒。謁罷攀號紛雨泣，野烏啼咽夕陽初。

豐碑突兀御階旁，玉軸丹青石室藏。令甲自高唐六典，規模直陋漢三章。南金東箭輸天府，垂矢和弓列上方。締造恩深貽燕遠，宵衣大業付今皇。

迢遞周垣隧道崇，削成雙闕表幽宮。龍依奧宅千峰繞，神擁諸天一氣通。石馬夜嘶銀海月，朱旗朝閃碧臺風。徘徊曲磴松楸路，咫尺音容想像中。

菁莪遺澤遍簪纓，十九人趨殿左行。尚憶臨軒頻睿問，當時授札一儒生。玉衣影秘瞻天杳，野藿心孤向日傾。獨有白頭宮監在，祾恩回望倍傷情。

## 南苑扈從四首　　張玉書

離宮落日駐和鑾，槖筆驚聞召講官。匹馬頻嘶沙路軟，千林遥拂暮烟殘。天低翠幔星疑曙，月轉朱旗漏未闌。最是宵衣勤訪道，經函常向夜深看。

長槐夾陛捧瑶編，入對分班拱細旃。簾捲朱絲風自静，函開金殿日初懸。身依咫尺龍顔近，字叶宫商玉旨宣。空愧管窺無寸補，朝朝香案惹爐烟。

平沙玉勒擁龍媒，豹尾風清萬乘來。羽戟連雲花外立，琱弓如月柳邊開。佇看露布馳三捷，遥播天威下九垓。寄語征南諸將士，甘泉早奏凱歌回。
晨裝警蹕苑風清，大纛飛文射日明。繡衮遥瞻霄漢迥，牙籤還向御筵横。鑪香肅穆飄經幄，
鑾輅從容出幔城。却訝從官分隊列，三千犀甲一儒生。

## 湯泉侍游　張玉書

回鑾仙嶺屬芳春，温谷傳觀詔侍臣。水德靈長堪潤物，土風清淑更宜人。離宫不改茅茨舊，
馳道初瞻彩仗新。幸沐恩波比翔咏，此中聖澤廣無垠。

## 南書房賜膳恭紀　張玉書

寒星拂曙漏聲徐，清切天門候起居。温旨召趨丹禁闥，御香同展錦函書。珠盤六膳晨飧渥，
雪椀三漿旰食餘。臣朔飽恩翻自愧，廿年橐簡術全疏。

## 恭紀聖恩詩八首　李鎧

夜郎歸後出榆關，南北風塵瘁旅顔。百里幾曾頻報最，一官惟幸未踰閑。久留枳棘栖遲地，
敢望蓬萊侍從班。丹詔自天疑夢寐，不圖身傍五雲間。

正闢虞門達四聰，微名亦玷薦賢中。休論補衮才難稱，即試雕蟲技未工。銀榜忽隨多士入，玉堂真與列仙同。無方幸際明良會，蹇蹇從兹勵匪躬。

蘭臺給札編摩日，芸閣分書校勘時。珥筆那酬明主眷，解衣還顧小臣私。連雲宫錦披新彩，叠雪香羅帶晚颸。挾纊温生慚鷃翼，羔羊常誦召南詩。

時平文教日光輝，曾奉恩綸校禮闈。五夜丹黄真忝竊，十年辛苦夢依稀。何能手挈探珠網，但有心忘鑿木機。得士幾人裨國是，至今惶汗仰宸威。

西清承乏似鶯遷，敢向亨衢更著鞭。坊寀頓趨青殿上，除書叠下紫宸邊。春深鶴禁鳴珂入，花滿蓬池待詔宣。引分自慚還自勵，箴銘心倍切冰淵。

聯班講幄命初申，祇懼何由一致身。主聖道原昭典則，臣愚心自效尊親。夙傾丹悃趨蹌拙，翻荷綸言顧遇頻。自幸遭逢難報塞，每依香案頌皇仁。

臣少孤貧母茹荼，恭逢盛化集高梧。龍章兩世邀華衮，鸞紙三函焕寶符。錫類真同天廣運，矢音無補帝訏謨。祇應葵藿丹心在，常向晞陽照海隅。

鑾坡清秘聚英才，寵命驚看闕下來。豈有鴻文堪潤色，居然鰲禁許趨陪。昭蘇草木三春雨，鼓舞魚蟲一夜雷。屢沐恩光紀榮遇，敢將詞賦比鄒枚。

## 孟秋朔享太廟候朝恭賦二首　嚴我斯

晴雲散雨動晨熹，凉候新秋展孝時。清蹕迴傳魚鑰啓，玉鑣徐引翠華移。勾陳衛遠隨行幄，
閟殿香生想受釐。丹陛宫懸停未發，皇情邃穆命歸遲。

鯨鐘初動響簫韶，隱隱鸞聲天上遥。圭瓚駿奔榮侍從，階墀鵠立儼雲霄。烟開雙闕傳晨漏，
影静千官散早朝。歸擬武功文治頌，天家世德媲虞姚。

## 早朝次韻二首　嚴我斯

璇題射日曉融融，繚繞彤輝映遠空。雉尾龍衣垂御極，螭頭虎拜聽傳嵩。晝長銀箭宫壺緩，
天近瑶墀殿陛崇。聞道萬方争送喜，泰階星爛紫垣中。

宫府簪裾集上台，親承聖學總伊萊。已調珠璧三辰瑞，好獻昇平萬壽杯。鐘鼓聲晴開邃穆，
雲霄望切喜趨陪。時傳宸藻賡歌起，肯數横汾宴鎬才。

沈繹堂掌詹齋中敬觀御書並内府法刻恭紀二首　嚴我斯

秋宵開讌集簪裾，親捧新裝玉軸書。驚見奎章垂綺閣，恍疑天路到宸居。盈盈露浥分仙掌，歷歷星文映碧虛。最羡宮臣頻拜賜，龍箋長共彩雲舒。

兩朝妙墨炳球琅，珠緯連輝共一堂。黄帕金泥題處濕，瓊函玉璽印猶香。擎來想見趨宸幄，展對還同近御床。需醉不妨宮漏永，十年身在紫微旁。

陪祀聖廟同大司成曹頌嘉通議勞書升學士周緘齋賦　劉謙吉

宮墻端坐聽雞鳴，敢後鵷班逐隊行。三代遺文傳石鼓，諸生太學重橋衡。司成昨夕盤分饌，侍從同年夜視牲。自愧未嘗聞俎豆，拜瞻空得列承明。

朝日壇陪祀恭賦　勞之辨

扶桑一出遍寰中，壇壝春風禮向東。位首三辰光燭物，象尊兩曜晝懸空。經天度數乾坤合，掃地規模邱澤同。九獻告終歸珮綬，金烏已射古壇紅。

## 夕月壇陪祀恭賦　勞之辨

冰輪夕曜配朝暾，設坎規模古制存。尚白總依商帝色，位西仍避太陽尊。節因小盡蓂留葉，魄待初生桂露痕。忝竊列卿空應象，羞將衰鬢照銀盆。

## 上御瀛臺再試江南丁酉科貢士命尚書臣王熙帶領引見兼敕内府賜膳賜燭恭紀二首　楊才瑰

雞人籌唱露華妍，閶闔宏開拜舞先。左掖松青珂色映，西園槐緑水光連。虹橋瑶沼環三殿，鸞蹕仙雲馭九天。踧踖尚書蹡履處，佩聲得到玉墀邊。

菁葱樹色隱昭陽，菡萏風生別院香。太極圖涵天地秘，允孚齋納斗星光。試題擬御製太極圖序允孚齋説，齋爲上讀書之所。金華蓮燭傳中使，冰瀝山珍賜尚方。來自草茅深惕息，賡歌先獻萬年章。

## 南巡恭紀八首　田雯

駘蕩春光二月同，霓旌晝楫帝城東。潞河新柳參差緑，上苑晴霞晻靄紅。七校平分芳草岸，千帆斜挂杏花風。十年未及巡南國，每爲蒼黎動聖衷。

金堤竹揵碧痕侵，靈府還勞璧馬沈。乙夜長翻溝洫志，宣房先賜水衡金。奔騰漸息河公勢，底定皆知聖主心。玉檢赤文傳廟略，澄清重見屬車臨。

黄不分流淮不東，肯教中澤有飛鴻。喜聞布穀鳴鹽瀆，深鎖支祁閉水中。江左苔生圜室碧，淮南粟發太倉紅。宅田三載寬租調，無待豳詩播國風。

山市春陰水市霞，緑疇襟帶受風斜。地官早上職方志，天語長詢農父家。角里林泉留奥曠，石湖烟水賞清華。道旁聽唱迎鑾曲，牽纜芳洲放楝花。

越角吴根一水分，隔江風動迓南薰。橋邊花亞飛龍轡，亭腹波涵控鶴軍。帳蓋平連湖嶼色，布金遥散講堂雲。諸天舊雨皆歡喜，法雨香來滿徑聞。

平陵西望秣陵關，鍾阜春花滿地斑。仙仗全依石城樹，春旗半捲六朝山。長干市下歌湯網，舊墅衢前識舜顔。渺渺秦淮如帶水，戀恩猶自日潺潺。

乘來畫舸勝金輿，水檻香濃翰墨舒。風雨忽生金鏤管，烟雲欲潤玉蟾蜍。篇章清廟生民什，文藻王謨帝典書。扈從諸臣皆有賜，天章琬琰紀恩餘。

法駕初歸槐序宜，芊眠麥信午風吹。回飈次第喧金鼓，繞殿斑斕簇羽旗。玉案紅雲傳刻漏，
銀臺碧樹引朝儀。儒臣遞進河清頌，不數卷阿召伯詩。

## 迎鑾恭紀二首　田雯

自甘沉寂山中老，詔下偏憐蟣虱臣。李渤退閑稱隱客，韓翃名姓冒詩人。風飄雪葉朝衫重，
牋擘吴綾御墨新。行在史官勞記注，敦牂黍䆉小陽春。
寒緑茅堂如笠大，高懸三字似三峰。元和體格驚新樣，天水規模邁舊踪。捧出巷喧希代寶，
詮來義取後凋松。一條下署冰銜在，赤篆盤拏抱六龍。

## 萬壽聖節内殿稱賀恭賦　張英

紫殿傳呼動八紘，當年華渚慶雲生。中天日映丹霄麗，南極光懸黼座明。春滿九重聞笑語，
風清四海賀昇平。寰瀛歲歲瞻龍德，玉簡金泥紀頌聲。

## 耕耤禮成恭紀二首　張英

東郊淑景轉和風，穜稑朝來獻六宫。禹甸三千開稽事，姬年八百肇農功。雲依鑾輅金根外，

春滿龍旗黛耜中。自古惟陳無逸訓，君王親與萬方同。

乘時秉耒踐堯封，九扆齊飛擁六龍。隴畔授鞭京兆尹，壇邊進耜大司農。青旂千畝公卿集，縹軛三推父老從。儉德由來兼孝德，迎神此日撤歌鐘。以國忌停用樂。

## 滇南蕩平恭紀六首

張　英

君王指顧定滇中，絶徼炎荒聖澤通。益部火雲天際掃，昆池鯨浪日南空。投戈喜愜休兵志，因壘真成不戰功。步輦早趨長樂苑，慈懷先與慰深宮。

露布天南萬里餘，經旬飛羽到庭除。銅壺深夜傳中禁，鈴索清宵響直廬。奏捷魚符偏早讀，紀功鳳紙不勝書。况逢霧掃金戈日，正是陽回玉管初。

帝德如天本好生，惟教貔虎瞰孤城。釜魚自見鯨鯢滅，簞食仍聞士女迎。六詔何曾驚夜柝，百川猶不廢春耕。烏蒙烏撒咸歸化，洱海波澄看洗兵。

昇平大典慶如林，底定還勞睿慮深。肅藉明禋揚祖德，勤將錫類答天心。恩周九服光圖史，孝達重闈冠古今。舞勺歌雍追盛事，功成一代紀元音。

遥聽鳳詔萬方同，温律吹從玉殿風。獄縱赭衣求訟簡，賦蠲赤縣恤民窮。花村鵲報茅檐喜，棘寺鸞栖犴户空。兵氣盡消佳氣滿，普天甘雨慶雲中。

彤廷喜起集臣工，經緯訏謨仰聖聰。雲合群方歸舊服，星羅宿將定元功。羽干載舞期同樂，華黍登歌願屢豐。手建太平千萬祀，無疆大歷慶龐鴻。

恩轉侍讀學士恭紀二首　張　英

門開宣政日曈曨，温室花繁淑景融。載筆趨來宫漏裏，除書聞自禁闈中。身依香案恩常渥，名愧冰銜歲不同。廣厦細旃時賜對，慚無一得報宸衷。

藝苑詞曹比鳳池，雞栖敢傍最高枝。丹梯目躡雲霄近，碧草心銜雨露滋。東觀崇階容屢陟，西清秘簡許頻窺。承恩便詔當筵謝，不待鵷班曉漏時。

恩擢翰林學士兼禮部侍郎恭紀四首　張　英

枌榆陋質比鷦鷯，阿閣何期託聖朝。三徑蓬蒿連紫禁，八年書帙傍丹霄。手攀天上星辰近，身被人間雨露饒。日日青花龍尾道，常同歷草侍神堯。

青瑣沉沉入紫微，四時常見著宫衣。蓬瀛自古人争羡，史册如臣遇亦稀。香案宸顔容咫尺，經幃天語賜光輝。唐虞典誥羲文易，拜捧瑤函翼萬幾。
文明天授御飛龍，俯視群流若岱宗。涓滴何能思報答，冰淵常恐負遭逢。褒綸驚捧王言重，
野質深慚聖度容。自是清時榮侍從，章縫偏覺渥恩濃。
紫泥光映曙霞生，重疊冰銜忝姓名。仙籍屢看標藝苑，崇階還許列清卿。一時寵命沾鸞掖，
同日除書出鳳城。群自講筵蒙異數，拜官千載有殊榮。

除夕養心殿侍宴恭紀　張　英

深殿宵沉寶炬燃，歲除欣侍五雲邊。步隨仙仗陪鵷鷺，坐近天香聽管弦。柏葉分行傳玉琖，
椒花送煖入瓊筵。漸知温律陽春早，拜手君恩又一年。

元日養心殿侍宴恭紀　張　英

暖日和風漾鳳城，履端清讌在承明。樓前晴雪消金掌，璣上春星轉玉衡。三殿班聯同愷樂，
萬方歌舞頌昇平。欣瞻元日恩輝早，聽奏鈞天第一聲。

## 五日西苑泛舟侍宴恭紀四首　張　英

蒲香風暖浴蘭辰，御苑歡游奉紫宸。時有微雲消暑氣，還因宿雨浄芳塵。幽潭碧樹迎仙仗，畫舸朱欄列近臣。欲識君王同樂意，普天今是太平人。

簪裾鵠侍彩雲端，釃酒臨流聖澤寬。碧玉橋頭雙旆引，緑楊陰裏萬人看。西園擊楫過瑶島，北岸揚舲到激湍。惠靄和風偏此日，還知天意與同歡。

郭外靈泉入渚宫，藏舟别渚洑流通。新從太液移黄鵠，遥隔平橋望彩虹。夾岸林巒浮積翠，一樓簫管御微風。咸池樂奏游魚出，静愛湖天似鏡中。

韋杜金張黼座前，小臣竊喜荷恩偏。追陪鳳蓋鸞旂裏，蕩漾雲亭水榭邊。仙醖自天傾玉液，官庖隔岸送瓊筵。清時令節沾殊渥，願捧蒲樽祝億年。

## 南苑講筵恭紀二首　張　英

行宫清閟曉垂裳，棐几先陳黼座傍。聖主勤民兼講誦，儒生報國藉文章。乍含雞舌瞻天表，近傍龍鱗識御香。况是土階崇儉德，圖書道已接羲皇。

細旃廣厦集簪裾，正是甘泉避暑初。閣啓邇英朝進講，筵開崇政早陳書。柳風細拂爐烟外，
鶯囀稀聞晝漏餘。喜見孝經通衛士，誦聲常聽滿星廬。

## 侍從西苑進講恭紀二首　張　英

清時避暑駐離宫，竹塢花溪輦路通。水殿凉分蘆荻雨，山亭香滿芰荷風。坐臨空翠鳴弦裏，
静聽飛泉講幄中。聖主一編猶在手，乾行不息與天同。

陪輦行宫講誦餘，隔溪欣得傍宸居。垂楊影裏攤書卷，流水聲中掩直廬。曉露新荷開沆瀣，
夕陽高樹對扶疏。傳呼小艇花間泊，觀稼亭西近玉除。

## 南苑扈從講武恭紀　張　英

時平講武近岐陽，甲胄蒐春出建章。洛水旌旗周甫草，西京詞賦漢長楊。御圍雲氣成龍虎，
天厩星精本驌驦。畫戟雕弓森羽衛，射生群與奉君王。

## 扈從南苑　張　英

川融山靄迓鑾輿，樹裏星羅盡直廬。萬馬踏雲開御道，千官迎日護宸居。平原曠衍初游獵，

行殿深嚴尚説書。扈從屬車蒙授簡，抽毫作賦愧相如。

西苑侍直奉命遍觀稻田菜畦蠶舍　張　英

秋雲亭畔路逶迤，菜甲桑條雨過時。池館蕭疏農作繪，君王清燕稼先知。分秧新水平瓜壠，煮繭香風出枳籬。却向此中頻侍直，春陰遥起故園思。

月下出自西掖　張　英

太液波涵禁苑西，君恩分與一枝栖。長堤路指紅墻近，古殿陰連碧樹低。曉度石橋看馬迹，晚隨金鑰聽烏啼。慚無經術酬知遇，高閣空燃照夜藜。

恭睹御製游覽諸詩　張　英

帳殿瑶函載錦牋，登臨處處有詩篇。朝吟麗句龍驤擁，夜落仙毫寶炬燃。瑞彩常教籠古寺，翰香分賜與流泉。小臣忝附清塵外，時聽南風入五弦。

## 恩賜御筆楷書清慎勤三大字草書格物二大字石刻及趙孟頫所書不自棄文石刻恭紀四首

張　英

承恩陪侍禁垣邊，御筆封題自講筵。共仰奎章超百代，欣看宸翰麗中天。波翻筆底虬龍出，雲涌毫端日月懸。自愧小臣叨賜渥，光華糺縵頌堯年。

琳瑯寶翰重南金，拜賜還知意獨深。常願普天沾聖澤，特將如水勵臣心。守身當似持雙璧，愛日偏宜惜寸陰。飛白漫誇題玉署，恭承三語即官箴。

墨池遥接晉唐風，蒼勁雄奇奪化工。古法傳來章草在，貞珉勒就石經同。祇因道與千秋合，不獨書兼八體工。更向揮毫窺聖學，精微囊括片言中。

龍章拜手賜龍墀，更捧新成御府碑。價比蘭亭初勒石，書傳松雪舊臨池。縹緗尚有王孫迹，翰墨還邀聖主知。敢向熙朝甘自棄，昔賢遺訓是良規。

## 恩賜御筆臨蘇軾詩一卷草書唐詩二幅恭紀二首

張　英

君王清燕侍臣知，棐几常臨白玉墀。披卷愛當明月夜，揮毫多在晚凉時。湘簾香繞書千帙，春殿雲生墨一池。地近九霄饒雨露，名勝新賜曲江詩。御書唐詩有曲江烟柳之句。
坡仙楷法今猶在，草聖新題墨未乾。秀色松雲千嶺上，奇姿鸞鶴五雲端。臣叨寶翰重頒渥，
人比瑶光一見難。自幸此身依日月，拂牋常奉萬年歡。

## 賜内府綵絲藥物

張　英

節近天中景物和，瓊琚沾賜出鑾坡。繽紛色映臨風珮，飄渺香侵叠雪羅。聖澤豈需靈藥護，
君恩還較綵絲多。玲瓏宫樣人争識，似曳雲霄紫玉珂。

康熙十二年十月十二日特賜講官紫貂白金文綺時同賜者學士臣
熊賜履侍讀學士臣楊正中臣杜臻臣陳廷敬侍講臣孫在豐編修
臣葉方藹臣史鶴齡臣英八人恭紀三首

張　英

霜華曉日映龍樓，講幄連開玉殿頭。温語九天傳鳳詔，輕寒十月賜貂裘。頒從御府香雲繞，
衣傍爐烟紫氣浮。冰雪頓忘皆聖澤，陽春遍荷主恩優。
清班日侍禁庭陰，温飽無求本素心。珥筆方慚糜重禄，承恩况復賜南金。九齡曾上千秋鑑，
藴古還陳大寶箴。自愧涓埃全未答，但鏤銀管效謳吟。

紫殿披香帶曉開，青縑内府出新裁。山龍幸際垂裳盛，縫掖慚無濯錦才。宫繡繽紛雲外捲，天章璀璨日邊來。願將俯念諸臣意，衣被蒼生遍九垓。

### 賜櫻桃　張　英

講筵人退五雲端，分得含桃出禁闌。薦廟衹因先百果，承恩舊許賜千官。錦林初傍宫雲摘，翠籠猶沾曉露漙。飽食盈筐叨聖澤，火珠光映水晶盤。

### 賜白櫻桃　張　英

朱果頻經賜上方，忽看素質滿瑶筐。堆從玉碗初難識，瀉向銀盤但有香。鳥未敢銜疑雪片，冰堪相映總珠光。水晶簾下初擎出，風味宜含曉露嘗。

### 賜魚兔　張　英

紅耳霜毛碧草眠，御河春水錦鱗鮮。嘉魚盡入珊瑚網，靈獸争迎白玉鞭。山澤搜來游獵後，恩波分自御筵前。還同門下沾膏澤，偕咏中林在藻篇。時被賜者惟内閣翰林。

賜高麗人參一函　　張英

紫團名重舊神京，紫團，參名，東坡有《紫團參》詩。瓊液金枝色最瑩。山澤常看雲氣護，海天朝映日華生。俯憐弱質宜仙草，特賜靈芽荷聖情。時飫甘香同湛露，勝含雞舌在西清。

賜新貢岕茶二瓶　　張英

紫筍芳芬比蕙蘭，吴山越水到長安。含香瑞草封雕篋，拜賜名芽出禁闌。自瀹清泉松籟起，細傾仙液露華溥。只因身侍紅雲裏，歲歲恩波捧月團。

恩命供奉臣周道寫臣小像裝潢成軸特賜恭紀二首　　張英

十載清曹近玉墀，經幃秘閣許追隨。忽聞恩澤傳宫使，爲寫儀容遣畫師。香近御爐熏絹素，墨和仙露點鬚眉。三毫頰上頻添取，多在天顔指顧時。

潘岳中年鬢有星，自將疏野歎儀形。披裘只合栖山澤，鳴玉何堪著殿廷。麟閣勳名慚竹帛，瀛洲文學愧丹青。惟驚蒲柳沾恩渥，敢效豐裁問九齡。

## 南書房盆中白梅盛作花　張　英

一樹梅從上苑移，頓勞中使護重幃。花迎暖日香侵席，人對春風雪滿枝。疏影夜添燒燭後，
清芬朝撲捲簾時。野橋絶磵尋常見，幾到君王白玉墀。

## 賜假南歸經營邱壠恭賦紀恩四首　張　英

臣心寸草由來久，未敢封章達至尊。每見青郊陳麥飯，思乘春水到柴門。上書幸恕愚情迫，
當寧偏承詔語温。迴憶此身依日月，芸編香案十年恩。

典學筵開久侍觀，龍綃棐几碧雲端。風亭展卷都忘暑，温室披圖豈避寒。日旰坐當樓影直，
宵分聽徹漏聲殘。法天行健誠稀覯，蠡見惟愁測海難。

自離疏蹻入觚棱，碧落丹霄十二層。別苑每隨臨水殿，御筵常近讀書燈。静從秘閣聽鈴索，
晚向天街望玉繩。檢點生平恩遇地，涓埃酬答愧無能。

鷄舌乍辭文石陛，羊腸重踏碧山岑。陳情敢有懷鄉意，拜命彌增戀闕心。繾綣難違芸閣侶，
低徊還惜禁庭陰。年來供奉銜恩句，暫向東皋澤畔吟。

## 歸田紀恩詩十首　張　英

癸亥年三月十八日山中恭遇聖壽望闕行禮畢賦此

韶華曙景滿人寰，憶聽仙鐘綴末班。虎將總歸丹鳳闕，狼烽盡掃碧雞山。目驚雲漢羅天藻，身寄江湖想聖顔。空谷拜飈還北望，一聲啼鳩緑陰間。

乙丑年三月十八日恭遇聖壽望闕行禮畢賦此

燕雲縹緲隔宸居，自返邱園報答疏。烟霽秦淮開寶幄，江清弘濟照龍輿。拜承温語慚樗櫟，歸話慈顔動里閭。彈指又逢天慶節，烟霞猶自戀衣裾。

舟中感念聖恩恭賦二首

鷗語蟬聲助客吟，篷窗獨坐數烟岑。停雲暫遂南歸志，捧日猶懸北望心。驛路柳稀傷客久，江潭花落憶恩深。歸來未覺清貧甚，檢點青箱有賜金。

十載趨承白玉墀，經幃清切荷恩私。春風上苑宮鶯早，夜雨長楸禁漏遲。授簡常陪鳷鵲觀，移家近住鳳凰池。汀洲夜泊聞雞後，彷佛金華進講時。

至家聞五日賜紗恩命恭賦

里社新秋客子歸，始聞當暑賜宮衣。紫霄乍睹冰紈出，赤日驚看雪練飛。香自禁庭傳畫匣，凉分殿角到荆扉。聖情不遺幽遐隔，感遇酬知自古稀。

初聞特恩諭祭之命恭賦

迢遥南北隔江烟，紫闥暌違近一年。已遂烏私歸下澤，忽驚鳳綍耀重泉。寧親盛典宗祊紀，稽古殊榮里巷傳。自是君恩優侍從，居人争數義方賢。

諭祭禮成謝恩畢恭賦

一卷遺經訓子孫，先臣耆耋晚承恩。簪纓已許膺三命，俎豆何期薦九原。飄緲御香臨蓽户，喧闐鈞樂動衡門。身兼悲喜趨迎處，手把官衣滿淚痕。

田間感念聖恩恭賦

草土陳情黼席前，詔從休沐憩林泉。春陰學種池邊柳，時雨看鋤墓下田。常展賜書孤館讀，閑將聖德老農傳。青蓑黄犢臣家事，恰喜歸耕慶有年。

癸亥歲除蒙賜羊酒食物恭紀

九重深念侍臣歸，再見江天雨雪霏。法醖昔常歌醉飽，歲寒今復拜恩輝。冰堅遼海魚初美，霜落關山兔正肥。野性願甘藜藿老，仙庖遥領事尤稀。

恩召臣子編修臣廷瓚至内廷詢臣起程並賜食南書房恭紀

北風吹雁過茅茨，有子離居荷聖慈。宵旰不忘簪履賤，江湖猶繫廟廊思。細旃天語承恩日，秘閣仙庖賜食時。十載未言温室處，蓬萊清切到方知。

南苑扈從恭紀　　史鶴齡

曉隨仙仗出神京，爽氣争看翠軸横。豹尾聯鑣依日麗，龍輿馳道御風清。柳垂金殿千絲裊，水落銀橋萬玉鳴。聖主巡游來上苑，天衢雲净馬蹄輕。

南苑進講恭紀　　史鶴齡

獵馬平原正夏初，鑾坡朝罷更陳書。儒生敢謂三冬足，聖主彌勤五夜餘。御鼎香濃浮殿陛，宫槐清廕滿彤除。文章早誦相如賦，報國寧容上子虛。

賜白櫻桃恭紀　　史鶴齡

櫻桃原出上林紅，忽訝冰姿萬顆同。宿雨漫教瓊玉瑩，曉霞常映水晶融。宫鶯欲啄疑珠露，綵燕驚翻避雪風。今日承恩天澤渥，翠籠擎賜自瑶宫。

## 平滇凱歌八首　　陸棻

南詔昆明舊有池，遠聞幕府屬清時。相期入殿朝三帛，豈意當關誓六師。鶉帝夙沙終受版，熊皇指霧早懸旗。蠻雲瘴草從風偃，香柏還沾雨露施。

長沙反側羽書多，天與風雲壯止戈。箐嶺欲遮庾嶺樹，盤江遥促晉江波。已傳烏石俘王郢，那許花田葬尉佗。玁罷郊原三窟盡，回看毚兔舞婆娑。

旆旆青旌指越嶲，赦書終不宥鯨鯢。開疆依舊通花馬，奉使無勞祀碧雞。都統印懸罷部北，羽林軍返夜郎西。妖氛一著戎衣定，諸葛山高息鼓鼙。

霜戈雪鎧渡天橋，賤水梅花箊外飄。石燕城邊開玉帳，木蓮樹底建金標。征南將令嚴無犯，逐北軍鋒勝不驕。僰爨彩雲重見處，百蠻羅拜漢嫖姚。

渡瀘甲騎夜投邊，龍虎争如八陣堅。盡道巴人驚草木，肯教蒙氏領山川。朱旗霧向苴蘭捲，赤箭雲從石賧傳。早識西南皆故郡，仙槎勿復問張騫。

陣雲烽火徹龍關，計日長楊聽凱還。壁壘精嚴連白帝，版圖遼闊隸烏蠻。十行飛札標三洞，一片嗚鉦響萬山。挽盡銀河兵甲洗，月明不用指刀環。妖星一夜落寒芒，共樂天朝化日長。繡面蠻丁芟紫棘，花眉苗女摘青桑。貢琛土俗圖王會，授鉞勳勞册尚方。帝德照臨原自近，雕題鑿齒盡梯航。葡萄江水接金城，露布星飛只幾程。鑾輅乘時當講狩，鳳樓宣捷共聞鉦。嵩呼劍佩來重譯，樂奏簫韶合九成。從此宵衣垂拱治，康衢擊壤頌昇平。

## 東巡扈從三首　孫在豐

### 蘇州道中望盤山

天門縹緲樹冥冥，巖作雲根翠作屏。終古幽泉泠澗壑，何年春雨劚芝苓。東迴滄海連三島，北擁橋山護萬靈。聞道禪關七十二，望中遥指一峰青。

### 渝　關

唐時所建，一名臨渝關，以臨渝水故名。

渡臨渝水問渝關，舊是唐宗甲馬還。兔走蕪田飛羽落，人耕沙磧戍樓閑。燕然千里寒無樹，盧谷三邊鎮有山。輦道春風迴灑處，氈裘細看雨痕斑。

## 遼　河

一名句驪河，河之西曰遼西，東曰遼東。出靺鞨北諸山中，經塗山至洪州崖頭牛家莊，出粱房口，入於海。

句驪一派此朝宗，源繞塗山百谷中。地向岐豐成帶礪，水分瀍澗作西東。金鰲浪拍連滄海，鐵鳳雲高舞大風。自有神鯤歸帝網，渭川應是載非熊。

## 赴京兆宴入棘闈口占

徐乾學

聖世巍科録異才，詞臣聯騎瑣闈來。春曹捧敕群官侍，御路簪花京尹催。九陌和風摇玉珮，滿堂晴月瀉金罍。三年兩度叨恩宴，鳳闕紅雲首重回。

## 闈中即事呈太傅宛平公成少司馬鄭副憲暨分校諸君二首

徐乾學

鳴騶此日鎖闈開，十六年前騎馬來。文運正欣逢泰盛，君恩豈易答涓埃。兩行樺燭看傳鑰，一縷新蟾照舉杯。懷槧欣陪丞相席，聯裾真讓列卿才。

春風寂寂敞虚堂，禁苑連翩玉筍行。授簡風流存著作，埋輪中外仰封章。感恩報國寧無意，識曲搜奇定有方。落盡繁華都不管，迢迢清夜静焚香。

## 西苑四首　徐乾學

丹禁晴開晝漏遲，上林春水緑逶迤。金堤柳弱龍媒下，玉殿花深雉尾移。淑氣暗通三島月，和風先拂萬年枝。宸游扈蹕宜春苑，多是天街燈火時。

綵橋珠箔壓芳塘，玉露金莖接建章。三素雲霞融晚色，九成臺殿扈朝凉。樓船乍泛荷風動，闌檻平臨荇帶長。最是昇平多暇日，從臣無事奏長楊。

馳道朝回散玉珂，簫韶初引翠華過。西山碧巘排窗入，北闕彤雲傍輦多。隱隱官堤圍御幄，迢迢水殿接明河。臨風睿藻飛揚甚，不數横汾一曲歌。

太液凝雲淡不高，水邊亭榭迥迢遥。蓬萊雪滿初移蹕，鳷鵲寒多早散朝。絳節爐烟縈別殿，玉河帆影動平橋。東郊未轉迎春仗，已見鶯花遍九霄。

## 恭和聖製千叟宴詩元韻　王掞

雲際觚棱霽後妍，連朝紫禁啓長筵。春王歷轉初周紀，聖主恩隆首引年。玉座備聆天語切，金甌常共頌聲延。勉將蒲柳酬高厚，湛露光榮少比肩。

# 本朝館閣詩卷七

## 七言律二

### 聖駕幸闕里恭紀八首　韓　菼

朝看閶闔影曈曨，萬乘東臨御六龍。不用金泥崇泰畤，獨來魯壁撫秦松。宮懸疊奏聲高下，罍齊親開禮肅雍。今日巡游因釋奠，陋他雲起漢皇封。唐人封禪詩：『千年泰山頂，雲起漢皇封。』

一代堂廉論道時，天章雲漢肅昭垂。傳心直接千秋統，翼聖遥尊萬世師。德契周情兼孔思，人瞻舜目與堯眉。龍旂玉輅光東魯，争頌神明禮樂姿。

奎文閣下日華明，承聖門前御輦行。翠蓋紅雲迎雉尾，瑶函寶册擁霓旌。罘罳璀璨檐前色，絲竹鏗鏘壁後聲。有喜天顔剛一笑，和風進講魯諸生。

九成樂奏倍光昌，犧象雲雷列兩行。訪道肅然瞻禮器，披帷宛爾遇羹墻。鬚眉默契存金石，上周覽聖迹，憑几行教小影，立像、行像諸石刻。鹵簿親留重廟廊。特留曲柄黄傘以示尊崇。殿上聖人躬贊拜，不須太祝與齋郎。

堂廡崇高碧漢齊，太初遺石想端倪。石在詩禮堂下。杏壇檜影垂璿製，柏葉槐枝焕御題。承聖門内有唐槐、漢柏二株。十丈豐碑青染黛，一泓聖水碧無泥。孔廟遺井，上命汲水嘗之。壁書想像曾留處，故宅金絲迹未迷。

聖林門外鬱崔嵬，氣象峥嶸壯八垓。雲木秋高敷碧草，宫墻日麗净蒿萊。楷林亭畔閑瞻眺，洙水橋西足溯洄。起輦齊聲呼萬壽，聖人陵上聖人來。

晚出思堂步輦過，慨然餘慕沛恩多。祭田增後豐珠粒，詔增孔林地十一頃。文幣頒時耀綺羅。賜衍聖公蟒袍。賜額中闈旌節操，節並松筠匾額。拜官哲嗣永山河。官周公及諸賢後裔，世襲勿替。

吾皇重道踰前典，萬歲千秋澤未磨。

早從洙泗證心源，過魯追從永不諼。東郡推恩增鳳詔，上駐蹕兖州，恩綸屢沛。西山采石劚雲根。特命采碑石於西山。郊壇肅祀賢王禮，命皇子祭告。廟貌巍峨聖主恩。化日兩楹陳俎豆，素王萬古道逾尊。

## 大捷凱歌四首　　韓　菼

天行龍德本時行，萬乘親勞萬里征。壯士銀河堪洗甲，軒轅玉帳久論兵。凌烟大將分軍出，

挏馬名王夾道迎。亭障於今連絶漠，六飛到處受降城。

群疑獨斷事如神，廟勝恒先帷幄臣。萬世慮長寧借箸，大荒掃盡不揚塵。功高玁狁頻三捷，

時殄苗頑正七旬。最是除殘解愠候，春風琴遍海西春。

天戈百道擁貔貅，朝步遥臨瀚海頭。膳減桃花分共飽，時減御餐食將士。衣添房子結同仇。賜綿甲。

桔槔戍遠惟瞻斗，楊柳人歸不到秋。姑衍燕然誰得似，九黎重見剪蚩尤。

不須吹律總先天，塞外迎鑾萬象妍。聖德如泉甘瀝漉，民心似草蔚芊眠。從教羌笛歌春色，

又慶祥雲捧日邊。朱鷺白魚寧到此，珍符譜入短簫篇。

## 駕幸西苑觀荷賜近臣讌恭紀四首　　王鴻緒

鷄人初唱入瀛臺，紅嶼群瞻鳳輦來。不盡波光摇黼帳，無邊山翠落蓬萊。柳含仙仗晴烟動，

花挹金莖曉露開。最是九重宵旰切，宸游暫捧柏梁杯。

千章苑樹鬱菁葱，樹底朝儀拜舞同。爵引躬桓分五等，班隨劍履引三公。蒼龍曉過銅池雨，
朱鳳朝縈玉岫風。鵠立濃陰頻倚望，傳呼珍饌自離宫。
從官忭舞拜殊恩，紺幄傳來帝語温。自是太和流玉陛，不須天樂奏雲門。尚方重整芙蓉宴，
中使還添琥珀樽。幸仰宸襟歌在鎬，願將雨露滿乾坤。
已沐君恩等賜酺，却催龍舸泛芳湖。清風徐動牙檣轉，曉日晴懸水榭孤。拜捧樽罍皆玉醴，
坐來雲浪是蓬壺。臨流還咏嘉魚什，聖澤知應水旱無。

乙亥六月二十六日臣廷敬臣士奇偕臣鴻緒恭詣暢春園謝恩臣英臣杜訥暨内閣學士臣藻兵部督捕理事官臣會恩翰林院侍講學士臣廷瓚臣夔右春坊右庶子臣岳頒並宣召同至韻松軒賜饌饌畢登舟溯山澗至淵鑑齋觀荷列席賜名酒時果復令内侍引至齋後遍觀嘉卉遂至佩文齋恭閱御書數百幅各賜千葉荷花一瓶恭紀八首

王鴻緒

曉日曈曨靄苑門，垂楊深處頌皇恩。忽傳聯珮游瓊島，重荷調蘭列鼎飧。花覆錦茵摇水榭，
鶯窺朱扆語風軒。嘗羹不覺移磚影，坐愛層霄萬景暄。

中涓引上木蘭舟，御苑風光結伴游。兩岸柳垂丹嶂密，一川花泛碧泉幽。雲開似入桃源徑，棹轉猶迷杜若洲。應勝乘槎浮漢渚，更瞻仙仗列蓬邱。

瑶齋高瞰玉河平，百頃波光似鏡明。西嶺翠微連檻合，東瀛雲氣拂簾生。何須牛女留銀漢，漫説風雷動石鯨。聖主臨淵惟鑒古，泠泠山水舜琴清。

瓊軒髹几更張筵，晴對芳湖玩綺蓮。香扇堯厨蒲萐日，榮浮漢宴柏梁年。細斟嫩碧松醪美，分擘輕紅荔子鮮。飽飫嘉珍歌既醉，渾忘身在五雲邊。

淵穆宸襟契太虚，翛然塵外水雲居。經營靈囿勤民暇，歌咏卷阿聽政餘。案上緑沉三代物，床頭黄素六朝書。回翔閬苑真何幸，枚馬雄才愧不如。

向陽黼座對烟嵐，座後軒亭碧樹龕。滿院藤陰炎暑散，一簾香霧午風含。嘉禽雪羽來天外，珍果丹葩自日南。學士總饒花鳥興，上林奇種未曾諳。

機務清閑翰墨研，牙籤玉軸滿瑶編。蓬萊山作藏書館，太液池爲洗硯川。八體縱横參造化，六文揮灑入雲烟。因知睿筆超神聖，曾寫鸞龍九萬箋。

捧閲奎章到日斜，更從浦溆挹明霞。蓮房細展千重瓣，水殿分頒五色花。翠管摘來同岳井，銀罌擎出賜天家。聖朝異數何優渥，留作瀛洲盛事誇。

## 召試暢春園蒙賜御書恭紀二首　徐秉義

日轉青槐暑氣澄，宮厨屢敕大官丞。聯詞思潤因餐玉，奉職心瑩有賜冰。碧樹含風香冉冉，紫苔無雨石稜稜。蓬萊花木參差似，試問人間得到曾。

鵠峙鸞停總不如，捧歸黄帕勝瓊琚。同邀鳳紙斜行墨，别賜龍綾徑尺書。懸處宜籠金罘罳，開時須鎮玉蟾蜍。君恩優渥真如海，竭蹶還憂報稱虚。

## 瀛臺賜宴恭紀十首　徐秉義

禁林佳氣入新凉，詔賜廷臣泛羽觴。自有恩波傳太液，况看物色徧長楊。流霞欲净樓臺迥，湛露初晞草木香。今日曳裾天上去，參差鴛鷺儼分行。

泱漭瑶池百頃餘，特移畫舸泛仙渠。浮梁碧水連滄海，隔岸金庭敞太虚。錦纜迴波多駕鵞，輕帆截浦不驚魚。星河已許乘槎渡，躡履方排閶闔居。

蜀錦吴綾出御前，温綸宣賚遍班聯。機絲巧縟天孫就，綺樣明光内府傳。引領雲霄頻舞蹈，稱身章服待翩躚。自慚尺寸曾無補，濫沐承筐五色鮮。

聯袂徐行上苑中，朱欄畫閣迥凌風。菱花天畔含珠白，水鳥波心浴日紅。北闕金莖森崪峍，西山丹嶂鬱葱蘢。須臾綺席重重布，恰傍長堤緑樹叢。

華幔高張步障稠，傳來殽蔌主恩優。幽蘭列座香能遍，垂柳當筵翠欲流。萬鑿方菰天庾粒，八珍豐膳大官羞。晶盤還賜荷池鱠，纔躍纖鱗入釣鈎。

尚方杯斝酌醍醐，中旨邀歡酒百壺。碧椀梨花學士引，錦茵芳草侍中趨。手傾沆瀣高天近，坐轉清陰旭日晡。不醉那能酧聖德，仰瞻丹闕共嵩呼。

永日徘徊在禁園，威顔咫尺正臨軒。雲中恍奏鈞天樂，花下真開煖玉樽。三省冠裳頻晝接，九霄咳唾自春温。淹留觴酌參言笑，愷樂偏叨聖主恩。

欲移珠爲出瑶宫，寵錫沾來尚未窮。正壓歸鞍雙繡段，忽頒珍果滿筠籠。玲瓏藕節藏冰骨，的歷蓮房長碧筒。更有紫苞菱乍熟，發生並托御池中。

昔年承詔赴蓬萊，曾奉君王宴鎬杯。此日游行方丈島，更逢獻酢柏梁臺。得餐玉屑看顔駐，已到華胥却夢回。欲賦上林天子事，凌雲愧乏馬卿才。

越裳滇海浄烟塵，喜起君臣宴享頻。法酒葡萄方貢入，和羹蒟醬遠蠻馴。傾心欲上千秋鑒，
布澤常爲大地春。但使普天均雨露，簫韶鳴鳳在丹宸。

## 聖武遠揚青海平定詩六首　徐元夢

熙朝文軌庶邦同，青海從來候尉通。早列屏藩承正朔，久安沙磧沐皇風。跳梁忽軼生成外，
負固難容覆載中。萬里驅除非得已，神機密運付元戎。
醜類寧教恣蔓延，師中錫命睿謀全。韜鈐密授元臣略，節制遥伸大將權。刁斗森嚴開玉帳，
羽書徵調簇金鞭。聖皇本不矜神武，爲掃塵氛靖九邊。
紛紛馳騎近西凉，螳臂攖車不自量。猛虎怒來無豕突，神鷹搏處失鴟張。氣凌山岳人争奮，
陣列風雲勢莫當。何地尚能容假息，追奔威已震遐荒。
正是層冰積雪中，熊羆百隊勢排空。長驅直入軍聲壯，分道窮搜士氣雄。組練有光寒映月，
驊騮得路夜嘶風。總因豢養恩難報，刻日能成不世功。
朔吹驚沙撲面迎，犁庭擣穴駭神兵。牛羊遍野隨征纛，甲仗如山雜去旌。塵外驅風争附款，
馬前羅拜泣更生。應知此日收殊績，制勝神謨賴聖明。

寢園躬薦正春深，行殿欣傳報捷音。大烈允昭先世烈，皇心即是在天心。殊方自此無傳箭，重譯於今盡獻琛。共仰懷柔文德遠，還陳干羽玉階陰。

召聯柏梁體詩與宴内廷蒙示御製瑞雪近體詩恭和元韻　徐元夢

内朝扶杖入班聯，新霽逾看萬象鮮。高唱正宜方白雪，餘音並欲繞朱弦。耄齡忝預頒金管，春晝欣逢敞玳筵。颺拜總知交儆意，非誇勝事仿陳編。

喜雨二首　顧祖榮

天心咫尺即宸衷，至道應知召歲豐。纔見求衣宵避殿，俄聞却蓋曉還宫。萬家柳借龍池緑，一色花呈禁苑紅。準擬來朝高閣望，西山霽色翠排空。

未央鵲尾影翩躚，巽二風回尺五天。次第物榮兼土潤，分明玉散與珠連。千村緑暗雲中樹，百道聲喧嶺上泉。共慶昇平無一事，小臣簪筆但書年。

聖駕南巡恭紀二十首　徐潮

垂衣端拱治功成，宵旰猶殷聖主情。萬國歡心環紫極，九重清問遍蒼生。波摇錦纜恩光徹，日麗龍旂霽色明。丹詔甫從三殿下，普天凫踴望神京。
畿南佳氣鬱葱葱，遠道承歡愜帝衷。玉鼎新呈櫻荀味，雕輿日試杏花風。香飛輦路春雲麗，
澤被江鄉化雨融。孝治允符齊拜手，賡揚至德萬方同。
早春南狩駕青陽，警蹕無譁豹尾行。次第蘭橈帆影肅，紆徐驛岸柳絲颺。鳴霆特借軍興令，
渙汗還懸象魏章。幸仰天顏真咫尺，安行緩節過芳塘。
大官有約節儲胥，供億何曾動里閭。食監自能調玉饌，牙盤不遣餽金輿。陳來內府連雲幄，
勿剪農田帶雨蔬。祇爲恤民寬物力，我皇儉德豈勝書。
治理時時博訪求，皇衷三紀費綢繆。采風久已陳康樂，駐蹕猶聞恤隱幽。公社香泥栖乳燕，
溪塘水岸穩眠鷗。疇咨尚自勤鞀鐸，更效堯衢擊壤游。
拂曙龍舟動翠旄，烝徒協力敢言勞。吉行不用催牽挽，緩棹無煩急鼓鼛。驛路幾程花似錦，
春泥一望草如膏。敷天共效三多祝，罷役歸來醉濁醪。
夾岸喧闐擁御舟，恩多處處望宸游。接肩羅拜皆黔首，扶杖迎趨盡白頭。車駕未臨先踴躍，
輿情難拂爲遲留。瞻雲就日真何幸，同樂堯天巷舞秋。

湯湯時廑廟堂憂，巡歷先春駕羽舟。瓠子不勞誇漢績，河倉底事羨唐謀。重瞳一覽收全局，睿算無遺奠衆流。明德只今追大禹，平成千載頌皇猷。

洪流浩淼軫東南，澤沛頻頒已再三。艱食尚勞清問切，散儲重荷聖恩覃。盤中顆粒香初熟，屋下旄倪飽欲憨。佇看桑麻盈緑野，樂郊從此慶餘甘。

帝念封疆簡重臣，省方肆覲拜龍鱗。殷殷慰問聆明訓，藹藹諮詢本至仁。奎藻輝煌迎曉日，錦裘安燠錫陽春。丹誠感激應難寫，致力清時敢愛身。

寬簡曾聞古帝恩，欣逢今日典謨存。朝端顯示憐才意，域内宏開宥過門。許洗前瑕收後效，頓移秋肅化春温。含容無量生成德，盡向薇垣仰至尊。

軫恤三農賜積逋，傳聞陬澨盡歡呼。催科事簡閑胥吏，力穡功成富黍稌。草木枯荄榮雨露，昆虫微息仰昭蘇。九重愛養同洪造，從此輸將敢後無。

祥刑雅化慰雲霓，黼座恩同覆載齊。九陌陽和移木鳳，一天膏雨濕金鷄。訟庭草長春風軟，貫索星開夜漏低。革面嬉游堯舜世，青蓑黄犢滿前畦。

煮海持籌佐度支，輸將額課分何辭。高懸舜日通幽隱，遍洒湯霖到草茨。萬井月波烟竈静，千艘雪巘棹歌遲。水滏山陬惠不遺。
珥筆鄒枚豹尾間，身依翠輦近龍顔。濡毫肅候帷宫敕，賜膳榮膺内府頒。臣志久應忘里社，
主恩優許訪家山。遭逢盛世多休暇，翻笑桑麻未得閑。
關梁有急暫加科，豈爲徵求數取多。寬政三春多雨露，德音一夕遍江河。揚舲共鼓中流楫，
度榷高吟估客歌。官吏優游行旅忭，縈紆無處不恩波。
暫辭魏闕主恩深，趨拜行宫宛上林。頒出奎章珍合璧，捧來寶翰重兼金。懸堂身與雲霄近，
題榜心驚日月臨。縱有樵漁安谷口，感懷天子念遺簪。
熙朝文教盛薪槱，竹箭南金美並收。士氣光昌開國脉，君恩稠疊被儒流。棘闈正闢看花路，
泮水先同采藻游。壽考作人千載遇，經生何以慰旁求。
捍衛軍容刁斗嚴，整齊魚麗習韜鈐。櫜弓戢矢身多暇，負重翹關力自兼。挾纊舊恩懷異數，
投醪新澤快均沾。旌旗壁壘加精采，遥望師中喜氣添。
拜覲天顔沛德音，台階平處紫垣深。泰圻已近回鑾日，江國猶懷望幸心。蒲藻即今多樂愷，
黍苗何地不陰森。史臣載筆登瑶册，慶洽時雍集獻琛。

丙戌禮闈知貢舉呈同事諸公　　徐倬

聖朝選士集英賢，奉命南宮夙夜虔。千丈文光騰斗極，三條官燭映星躔。堂中豸繡皆同調，簾外麻衣絕可憐。回憶卅年辛苦事，春風五度此盤旋。

南巡恭謝天恩四首　　徐倬

奎章頒賜五雲端，御墨淋漓尚未乾。鳳舞龍游三竺曉，禹碑宣碣萬人看。天垂雨露先黃髮，春送陽和到考槃。更有嘉瓜來域外，近臣捧出水晶盤。

絳雲紫氣繞行宮，特召衰儒豹尾中。晝漏未移三錫命，班聯齊聽共呼嵩。神漿瀲灩嘗仙味，金薤琳瑯想化工。止輦親承天語切，六街須避內閑驄。臣侍立路旁，上停輦傳諭令，臣子扶立寬處，防御馬衝突。

帝車南指古錢塘，麥浪平鋪塵不揚。兩岫雲飛白苧舞，滿湖水進紫霞觴。移來宮扇鶯花繞，飄出爐烟草木香。童叟商量留輦駐，蓴絲魚膾貢君王。

追隨鳳艦傍鈎陳，釣雪灘邊聚士民。燈火光連三島月，魚龍氣暖五湖春。已欣太乙臨南極，還望微垣拱北辰。三萬六千濡聖澤，獨將烟水賜波臣。

### 金山寺仰瞻宸翰恭賦　徐倬

虎卧龍跳造化工，春蛇秋蚓敢争雄。帝心原與天無外，聖學真如海不窮。岣嶁山尖科斗迹，陳倉鼓内柳魚風。休將兩戒誇南紀，萬里江山一覽中。

### 恭賦御製野望湖邊遠碧横二首　徐倬

萬頃湖光曉日紅，天開一鏡照無窮。浮嵐煖翠春相染，螺髻修容望若空。十二橋邊真聖水，三天竺下即崆峒。蓬壺縹緲瀛洲遠，總在重瞳指顧中。

湖光靄靄杳無邊，望處空青曉色鮮。萬樹濃陰遮不斷，連宵清露洗猶妍。直通碧落三千界，遠接齊封九點烟。聖主臨軒纔一顧，卿雲紅映蔚藍天。

### 春日入館與修太宗文皇帝實録恭紀二首　胡會恩

紫殿深嚴校秘文，彤墀佳氣曉氤氲。雲雷草昧千秋鑒，松杏山河百戰勳。一自史官留鉅筆，更勞耆舊補遺聞。至今弓劍英靈在，手捧龍箋拜典墳。

一代星雲護直廬，朝朝鳴珮集簪裾。國書藏本懸科斗，宫硯濡毫辨豕魚。曉月頻隨仙仗入，春風徐引苑花舒。何時焚罷蕉園稿，琬琰鐫成付石渠。

## 瀛臺賜宴恭紀十首　胡會恩

高秋霽旭動龍旗，清蹕深宮燕喜時。絶域頻來馴雉貢，炎方更秩碧鷄祠。良辰不奏横汾曲，盛事宜賡在鎬詩。知是柏梁開廣宴，珮聲清曉集彤墀。

禁垣烟靄鬱蒼蒼，五鳳樓西接苑墻。日麗蛟宫浮畫楫，風迴龍壑轉牙檣。蘭旌競引千官渡，桂殿遥臨一水香。身到玉清瞻黼座，螭頭咫尺近恩光。

千章琪樹拂金飈，碧柳青槐入望遥。不盡雲峰連鶴籞，無邊雪浪跨虹橋。上公劍履趨丹地，中禁絲綸下紫霄。天語春温齊拜舞，翻令尸素愧群寮。

御府機絲五采明，尚方拜賜有殊榮。擎來紫綺抒霞爛，捧出香羅叠雪輕。廿載宵衣勞聖主，萬方歲篚逮儒生。遭逢異數逾華衮，題處微臣忝姓名。

槐堤芳草簇華茵，鴛鷺分曹綺席陳。翠釜流膏炊玉粒，雕盤和芍膾銀鱗。香飄繡幕祥風轉，珍列瓊筵湛露新。藜藿平生真飽德，願將民力達楓宸。

蕙肴裁幸飫天厨，芳宴重開賜百壺。内殿齊頒金鑿落，群工競泛碧醍醐。花間笑語忘堂陛，水上樽罍列畫圖。曠典若非超往代，從來三爵許過無。
晚凉霑醉拜殊恩，紺幄猶傳帝語温。中使頻煩催羽爵，大官絡繹置衢樽。風來榆柳吟蟬滿，
浪擁菰蒲宿雁翻。對景銜觴真勝賞，蓬萊佳氣滿乾坤。
碧沼澄泓際遠天，朱欄瑶草弄芳妍。座浮蘭氣熏仙酌，澗落泉聲戛野弦。波底朱魚潛泳藻，
林端瑞羽近窺筵。太和今日歸靈囿，不用雲門九奏懸。
嘉果繽紛雜庶羞，凉風初薦鳳池頭。冰菱色漾銀塘晚，碧藕香分玉井秋。解渴似霑仙掌潤，
搴芳猶聽榜人謳。交梨火棗誇珍異，争似芙蓉闕下游。
瑶池宴罷盡呼嵩，慶洽簪裾忭舞同。身近五雲依舜日，時當七月憶豳風。聖情稠叠歸應晚，
天路分明夢亦通。深愧章縫難獻賦，卷阿猶願頌無窮。

## 暢春園侍宴恭紀四首　胡會恩

黄綸夙戒下瑶天，遴集儒臣禁苑前。曉月聯鑣三事後，薰風鳴珮五雲邊。晝長緩遞花間漏，
宫静惟聞柳外蟬。清切尚方調玉膳，年來三度渥瓊筵。
畫鷁蘭旌曲岸隈，乘查真向御溝來。舟移碧島千林静，身在冰壺一鏡開。不盡清輝含草樹，

無邊佳氣拂樓臺。雲窗四面芙蓉發，高讌香浮白玉杯。
高齋清敞是宸居，插架風雲切紫虚。百道龍光飛卷軸，九天香案列圖書。芝泥穗篆窺金匱，
朱草華苹長玉除。自是寸陰無暇晷，揮毫總出萬幾餘。
緗荷仙種浥清馨，賜出人間目未經。聖代誰誇蓮作炬，天香今貯玉爲瓶。即看鳧藻辭清禁，
何異鸞驂下紫庭。歸騎榮光滿前路，此身直是上丹青。

## 恩賜御書恭紀二首　　胡會恩

文治光昌庶績熙，萬幾清暇每臨池。發揮神藻山河耀，沾被深仁草木滋。元氣淋漓風格勁，
中鋒含蓄露華垂。聖人書學還躋聖，天縱吾皇百世師。
淵鑒齋中淑氣新，至尊染翰對芳春。花朝洛水流觴日，草聖蘭亭縱筆辰。寶幄爐香凝睿思，
璇題墨妙注精神。驪珠四百光華爛，渥典何當逮小臣。卷幅末御題：『三十三年春三月修禊日，
臨於淵鑒齋中。』

## 太學紀事詩十首　彭會淇

### 謁廟

夙昔蓬山展拜虔，移官喜近聖人前。雍容導引羅衿珮，親切趨承到几筵。末學愧分新絳座，
儒臣榮溢舊青氈。回思釋褐春風日，叨被恩光十七年。

### 釋菜

曈曨殿角啓朝暾，月吉親師古禮存。肅若朝儀齊虎拜，頒來法醞獻犧尊。教先鼓篋歌鳴鹿，
潔薦溪毛效采蘩。樺燭影摇群吏散，緑陰深鎖映朱垣。

### 齋宿

初携襆被入西廂，半榻琴書静夜張。聖主齋宫親祝册，小臣清署自焚香。鈴聲到枕風吹閣，
柏影横階月轉廊。隱隱晨鷄纔動聽，橋門劍履已成行。

### 陪祀

春秋秩祀重雍宫，庭燎光齊鹵簿同。鴛鷺隨班先九列，牲牢將事盡三公。欣從俎豆趨承下，
得側冠裳拜舞中。分胙携歸叨聖澤，也登鼎實薦宗工。

## 觀樂

釋奠工歌雅奏揚，先期陳設兩楹旁。賁鏞駕刻螭頭重，簫鼓形摹鳳咮長。譜出元音風渾穆，傳將法器日輝煌。聖人自建中和極，豈獨司存有奉常。

## 會講

夜然藜火一燈青，曉起攤書向廣庭。談引清風傾滿座，坐移晴日上疏欞。噌吰鐘鼓齊觀聽，想像羹墻見典型。自是熙朝文教洽，期門子弟盡横經。

## 校課

廊廡陰森樹影高，每携多士競濡毫。當年問字惟寒畯，此日程材盡譽髦。淬厲秋風誰奮翮，咿唔午夜尚焚膏。國恩思報慚無補，次第鉛黄敢憚勞。

## 習射

矍圃風流在澤宫，不徒男子事桑蓬。即今禦侮歸樽俎，大抵奇英讓沛豐。决拾既調年正少，鍵櫜纔解賦還工。太平天子勤蒐狩，好侍長楊與射熊。

## 檢書

太學書樓儼石渠，登樓猶見有藏書。棗梨充棟沉蛛網，篇帙盈箱走蠹魚。檢點不辭臣職在，搜羅應念國恩餘。我皇著述高千古，好待新頒内府儲。

修　碑

墻陰石碣幾縱横，土蝕苔侵草自生。剩有姓名傳甲第，尚將年號認元明。虎闈標榜承新寵，雁塔留題感舊情。幸際昇平文物備，殘碑拂拭若爲榮。

賜觀豐澤園　沈　涵

名園高敞隔塵凡，竹逕逶迤度碧巖。别館清陰遲玉珮，平疇翠色上朝衫。柔桑雨潤經初翦，香稻雲連候載芟。誰識九重霄漢上，耰鋤長得睹民巖。

瀛臺泛舟　沈　涵

瀛臺佳景世無雙，太液瀠洄泛畫艭。荷葉香清迎劍珮，柳絲風細拂舡窗。天邊樓閣疑蓬島，鏡裏烟波勝錦江。在鎬願賡魚藻咏，誰堪舟楫佐經邦。

瀛臺賜宴恭紀四首　張榕端

皇家别館屬瀛洲，藻井梧飄爽氣流。琪樹千章依鳳閣，澄湖一帶抱龍樓。遥天嵐岫浮空翠，近水芙蓉照素秋。瞻望無殊蓬嶠勝，乾坤寧復有丹邱。

簪裾曉集鳳城隈，魚貫登舟擊汰開。彩鷁乘風排荇度，錦帆截浦蕩荷迴。松林如蓋衣霑翠，莎岸成茵佩映苔。佳氣迴浮仙仗外，六龍早御九重臺。

瑶池列幕帶迴塘，午宴重霑柳蔭涼。果腹已叨銀縷膾，酡顏盡覆紫霞觴。暫舒笑語情方暢，終秩威儀樂未央。虎拜當筵歌既醉，隆恩早已下明光。

疊捧温綸擬飲醇，泰交盛事洽臣鄰。幾年載筆蓬瀛署，此日乘槎牛斗津。已見戈鋋清戍壘，還看禮樂慶昌辰。莫言近御偏承寵，佇沛恩波四海均。

禮闈分校和李湘北少司農韻　　張榕端

授簡曾陪多士行，朱衣此日歲時更。風檐還憶焚膏況，午夜重驚擊柝聲。欲得才華同錦爛，先教心迹似冰清。十年辛苦酬恩地，慚負人間藻鑑名。

史院槐陰　　沈三曾

仙種由來星宿分，蟠根上苑氣氤氲。葉含鳷鵲樓頭露，枝帶蓬萊闕下雲。院貯清暉凝視草，窗涵疏影照論文。亭亭自應三台象，凡卉繽紛總不群。

## 聖武北征大功告成詩六首

曹鑑倫

豹尾鷄翹出玉京，凉州大閲振威聲。半天鼓動河流却，萬竈軍歡屋瓦驚。雕鶚堡前朱旆繞，鴛鴦泊上彩雲横。太平天子真神武，止殺還須用五兵。

風雷隱隱護周廬，五彩龍文擁帝車。泉出旌門珠瀑卷，草迎行殿緑雲舒。九盤夜渡黄河水，三略朝提玉帳書。漢將莫誇臨瀚海，聖人親已到狼胥。

聖武臨戎賊胆寒，威驚鷙鳥避旌竿。樓蘭西去關門迴，姑衍南來地軸寬。朝發尺書降贊普，暮馳單使報呼韓。番戎頓顙軍麾下，盡荷生成載道歡。

欃槍既掃沛皇仁，群醜投戈盡束身。湯網恩深三面解，軒臺威聳百蠻馴。蕃歌人踏關前月，鐃曲風傳塞上春。直畫青邱爲北户，不須戒鼓節金錞。

鑾輿三駕建霓旌，總爲蒼生致太平。款塞已看來萬國，受降何用築三城。晨迴雁磧雲迎馬，夜渡龍沙雨洗兵。從此殊方歸化域，年年争路貢瑶京。

鷺鼓前驅振旅還，告功祖廟涣恩頒。千群龍馬來西極，萬里江山鏁北關。播穀繅絲農事競，擊轅鼓腹野人閑。普天齊享昇平樂，炳燿神功史册間。

## 西苑御試恭紀二首

曹鑑倫

舜陛摳衣拾級升，日高金雀轉觚棱。萬幾餘暇緗圖展，三殿恩光瑞靄凝。侍史遞傳龍尾硯，近臣分擘鶴文綾。人間已覺瀛洲迥，况復瑶天最上層。

上林筆札幾回頒，委珮趨承侍從間。寶饌遥分鸚䳇粒，金爐添爇鷓鴣斑。身偕彩鳳巢阿閣，恩重靈鰲戴巨山。拜手屏營思砥礪，叨聞宸訓訂愚頑。

## 暢春園引見

張廷瓚

西山蒼翠護宸居，簪珮趨承到玉除。地接平疇觀稼穡，窗迎深緑擁圖書。柳絲細織春烟外，鶯囀初調晝漏餘。身入上林深閟地，揮毫獻賦愧相如。

## 夏日入直奉敕賦詩二首

張廷瓚

觚棱日影上花磚，簪珮趨承黼座前。咫尺含香天表近，從容授簡聖恩偏。爐分細霧縈斑管，簾動薰風拂彩箋。秘閣琳瑯羅四庫，卿雲糺縵紀堯年。

清漏堯階報午籌，承恩許坐殿西頭。幾年載筆趨鸞掖，今日揮毫集鳳樓。聖主崇文超百代，微臣異數紀千秋。好分太乙青藜火，天禄牙籖勉校讎。

## 暢春園書扇恭紀二首　張廷瓚

曙色初分鳥乍啼，輕衫早出鳳城西。柳絲踠地縈鞭影，芳草成茵襯馬蹄。雨霽西山嵐氣重，風迴南畝翠烟低。蓬萊五彩雲生處，遥指華林萬樹齊。

層軒宛轉上林東，高捲珠簾受好風。泉脉遠來青磵曲，漏聲遥轉緑雲中。庭前片石苔痕遍，窗外千峰黛色同。身到瀛洲清閟地，驚心揮翰益難工。

## 召試豐澤園恭紀四首　張廷瓚

曉日曈曨啓建章，六龍迎處錦成行。鏘鏘劍佩羅丹闕，渺渺烟波渡綵航。黄鳥啼殘新柳岸，輕鷗浮過白蘋鄉。行來蘿薜清陰徑，三夏炎曦漸欲忘。

十畝桑陰覆竹門，離離嘉穎繞華軒。誰知紫闥宜春苑，别有青疇布穀村。蠶室絲紛冰縷色，稻畦風捲碧波痕。聖人無逸崇民事，羅列邠風在禁園。

澄澈池開一鏡圓，流紋如縠到階前。千竿修竹森蒼玉，幾點新荷貼翠鈿。蝶翅幽花紅雨潤，蟬聲高柳緑雲偏。長廊邃館無雕飾，風景清芬本自然。

列坐濡毫滿禁林，御題含義總淵深。薪傳真偽敦儒術，農事艱難廑聖心。尚膳榮頒文陛側，天漿香散百花陰。皇仁樂育真無極，拜獻徒慚瓦缶音。

### 太液池　張廷瓚

御苑清流啓巨川，沿堤樹色遠含烟。曉風細織冰綃薄，夜月晴浮玉鏡圓。菱葉平分雙槳出，藕花低覆白鷗眠。移家太液池頭住，得沐恩波十五年。

### 秋日直宿署中偕同館作　王沛思

梧色秋清尺五天，禁廬入直漏聲傳。門環御水光銜月，庭秀高松勁拂烟。有侶鳴珂同濟濟，無才染翰愧翩翩。宵深尚爾和衣坐，慎重明朝侍講筵。

### 滇南蕩平恭紀四首　高士奇

葭飛玉琯一陽回，快聽天南捷奏來。魚鑰特傳宵禁啓，鼍鐘催動曙光開。萬年正朔占麻歷，六宇同文本睿裁。孝慰西宫情備洽，殿廷歡忭擁春雷。

嗚笳疊鼓剗孤城，滿路壺漿市不驚。梟獍已摧餘孽盡，欃槍直掃宿氛清。牂牁南去通重譯，阿㛮西來罷遠征。野老扶犁歌帝澤，熙熙皞皞樂昇平。

雙龍闕下布絲綸，泰運重開宇宙新。頓起瘡痍恩似海，宏敷雨露物皆春。九州治績煩群吏，萬姓歡歌賴一人。省却軍供民力緩，借籌不用度支頻。

獨秉乾符執太阿，功成洱海定干戈。任人自有裴中立，克敵重看馬伏波。玉歷千秋新歲月，金甌一統舊山河。小臣咫尺瞻天近，倍覺龍顔霽色多。

恩擢翰林侍講恭紀八首　高士奇

絳霄高處散初暾，黼座傳來詔旨温。爝火微光瞻日月，鴻鈞厚澤感乾坤。身依瑣闥丹梯近，職忝仙官玉署尊。牢落十年逢景運，敢辭橐筆侍朝昏。

上苑菲菲碧草齊，春來雨露發寒荑。趨朝未敢稱三俊，入院何嘗試五題。馬踏天街金騕褭，酒傾内府碧玻璃。書生到此誇奇遇，終恐愚蒙點介圭。

瀛洲清迥絶躋攀，忽訝名聯玉笋班。明福門開鄰大内，弘文館啓覲天顔。不因流細歸滄海，却捧塵纖益泰山，丹墍莫思雲卧穩，方壺咫尺在人間。
右銀臺路曳華裾，興慶池頭賜直廬。羽翼難同阿閣鳳，飛勝早化北溟魚。花開繡嶺春隨輦，
月滿金鑾夜著書。千載微臣良際會，漫勞詞賦比相如。
鶯遷碧落日初升，出谷鶯看寵命膺。豈有才華千尺錦，直慚名姓一條冰。鳳書特降綸扉誥，
鶴綺新頒内殿綾。此際恩波真浩瀚，鰲峰頂上許先登。
九皋鳴鶴近聞天，委珮爐香惹瑞烟。玉蝀曉過三島路，金烏晴上八花磚。葵知向日心原赤，
璞本無塵質自堅。堪笑漢臣宣室對，但將神鬼論當年。
玉堂華蓋逼春星，直日時時對御屏。霖雨纔蘇猶減膳，烽烟旋定不聞鈴。宸章輝耀工三體，
儒術粗疏昧六經。檢點平生千里志，蜉蝣何力破滄溟。
凌晨珥筆傍雲衢，首夏清和節候殊。短翮翩翩風蕩漾，芳條冉冉雨涵濡。明堂簠簋羞庸器，
大厦楩柟雜朽株。聖治崇文逾百代，稻粱空自飽侏儒。

## 命以原銜充日講起居注官恭紀　　高士奇

三年著作愧簪毫，講幄新陪記注曹。案底渾忘金殿廣，墀頭更比玉堂高。西清麗日看黄繖，

北極仙雲對赭袍。忝竊儒臣兼柱史，殊恩不遺憶蓬蒿。

元旦侍宴養心殿二首　高士奇

寶曆初開鳳紀新，萬方玉帛慶元辰。香傳柏葉杯中酒，歌動梅花笛裏春。衎衎謳吟歸正朔，雍雍品物樂洪鈞。小臣幸際唐虞日，願得年年侍聖人。

青陽淑景滿乾坤，樓閣祥雲捧至尊。鴛鷺兩行依繡幄，笙簫一派引金樽。臣心願比春冰潔，天語真同化日温。稱祝華封歌既醉，還將斑管紀殊恩。

同侍講學士臣張英初至南書房侍從月下退朝恭賦　高士奇

汀鷗野鶩接鴛行，秘殿承恩夜未央。喜得横經窺聖藴，時從給札奉天章。輝輝寶炬明雕几，爛爛寒星耿玉潢。退食從容宫漏静，馬蹄歸路有清光。

夏日直西苑恭紀四首　高士奇

林沼葱蘢帶曉烟，禁中别自有山川。殘霞半映金堤柳，靈雨先滋玉井蓮。冉冉紅香迷野鶩，絲絲緑影噪新蟬。當軒止覺凉生袂，早有薰風動睿篇。

干羽懷柔到日南，萬方無事樂桑蠶。金塘𣇄雁恩波闊，玉澗莓苔化雨甘。巖際共攀松粒五，苑中齊識柳眠三。樓舡旂葆誇西漢，不羡昆明碧水潭。

朱垣升旭晝方炎，奏對諸僚禮數嚴。錦障輕籠金勒馬，黄羅高捧緑頭籤。篆浮寶獸香頻起，漏滴銅龍水更添。封事上林思曼倩，詼諧忠愛有誰兼。

勤政樓前幾暇時，古槐夾路影參差。趨朝瑶浦呼舡渡，退食天閑賜馬騎。出水蓮房初結子，沉波菱葉細牽絲。何須作記游西苑，日日螭頭一獻詩。

## 懋勤殿侍直上親灑宸翰書忠孝二字賜臣士奇恭紀

高士奇

碧天迢遞霽秋霖，繡扆當前列古今。兩字親題揮寶翰，孤踪竊幸奉綸音。常懷闕下傾葵志，敢忘江干負米心。盤錯自維非利器，終期仰答主恩深。

## 恩賜御用絨帽秋色團龍紗袍恭紀

高士奇

薰弦初奏午風清，寵溢冠裳拜賜驚。昂首自知紅日近，舉身如在絳霄輕。紘綖布彩規天象，黼黻昭文稱聖情。青箬緑簑還憶否，捧歸翻覺汗顔生。

夏日恩賜内緞綾綢表裏各八端是日再賜白金及法瑯合藥物口敕

褒嘉恭紀　高士奇

賜衣節序喜纔過，披拂薫風御座多。纂組充盈頒玉笥，機絲絢爛出龍梭。兼金捧處心彌礪，
寶合携歸質不磨。同日祇驚三錫異，更傳温語下鑾坡。

恩賜狐裘一襲紫貂一領内紵二端恭紀二首　高士奇

秘殿承恩雨露頻，早寒天氣賜衣新。豐貂粹腋千金貴，繁繐鮮機一色匀。薄學有慚稽古力，
愚忱但效負暄人。因思被服真無限，長短偏宜穩稱身。

曉啓金鋪映陸離，鳳裘鸞錦各新奇。光華欲奪明霞燦，温煖全勝旭日披。幾載青衫淹巷陌，
一朝紫綺立階墀。虞廷快睹垂裳理，獻納安能補一絲。

疏請歸養紀恩十首　高士奇

拜捧需頭達九閽，詔容扶侍返輕軒。致身遑恤私家計，將母欣承聖主恩。省闥秋離温室樹，
江鄉晴護北堂萱。老親喜極還垂涕，小鼎添香祝至尊。

湖干數載掩山扉，徵召重宣入禁闈。鳳闕瞻雲扶母至，漁莊愛日乞身歸。光輝道路新丹紵，
趨走階除舊綵衣。獨使微臣邀異數，天慈優渥古今稀。

再提鉛槧直金鑾，家國低徊去住難。豈意陳情辭禁掖，轉蒙遷秩長儲端。衣緣品換先裁紫，
心戀恩深倍矢丹。鶴寢龍樓天咫尺，正欣東極日承歡。

聖謨曾忝校蓬萊，雲霧窗中草更裁。帝德自成堯舜典，儒生本乏馬班才。琅函寶册垂千古，
駿烈鴻庥暢九垓。日曆起居搜輯遍，全呈稿本秘蘭臺。

覆載高深過所生，忍違金馬向蓬衡。幸逢偃革包戈代，獲遂温衾扇枕情。四海臣民安鞠育，
萬年天子享昇平。聖朝孝治沾微末，快睹蒼烏獻玉京。

憶昔頻年扈四巡，屬車作頌愧崔駰。金戈直討天山北，玉帳重隨瀚海濱。泉涌鸊鵜騰戰馬，
塞開雞鹿撫降人。犁庭睿算難窺測，載筆花生絕域春。

三從鑾輿抵朔陲，仰看神武邁軒羲。磧西傳檄俱投甲，幕北焚庭早剋期。罷候玉門宣帝澤，
洗兵銀漢返王師。殊勳紀述非容易，笑指燕然陋漢碑。

龍旂豹尾侍戎行，上苑華林拜御床。金匱秘圖昭聖武，瑶函細札爛天章。觥心法酒流霞釃，

篋底宮羅叠雪香。却比封人欣有母，頻時邀得御羹嘗。
二十年來點玉墀，國恩家慶忝虛縻。多緣寵過人應忌，自倚忠孤主獨知。日照傾葵收鷺序，
天教劚笋慰烏私。山居夜草歸田録，玉案紅雲在夢思。
潘輿永日得扶將，藥裏關心鬢盡霜。進果有人携幼穉，浣裙無助憶糟糠。魚蔬風土安親夢，
鷄黍山村隔帝鄉。忠孝兩經兼抱愧，南陔北闕鎮相望。

蒙恩歸養奉母南行抒情八章留別都門親舊　高士奇

重携紫橐侍天家，三見宮槐糝地花。曉殿記言同左史，春潭賜宅傍西華。霜經葵藿心仍壯，
日愛桑榆景未斜。幸是聖朝宏錫類，歸扶白髮勸餐加。
屬車塵裏魯諸生，瀚海交河取次行。漠北旄頭歸一掃，回中豹尾扈三征。籠殘成火還成咏，
看盡邊花未識名。待把遭逢誇野老，瓦盆泥飲話昇平。
別苑經時校玉函，忍忘清曉對晴嵐。隨行漫逐栖梧鳳，下筆争如食葉蠶。翠岫參差圍曲榭，
紅衣高下綴澄潭。餘閑坐挹無邊景，棐几吟籤幾共探。
鶴禁深嚴地絶塵，崇班自昔簡儒臣。詎知烏鳥私情切，翻荷龍鸞寵命新。謝琰光榮叨異數，

王恭妙選愧前人。鑑湖一曲堪投老，青綬垂腰許乞身。

水北花南有舊廬，閑園將母日方舒。探懷香噀千頭橘，入饌肥烹二寸魚。芝檢排窠邀國典，松窗流曜捧天書。只憐鴻案塵生久，八座同誰問起居。

紅繚墻邊白板扉，蕭閑三徑到人稀。重城每怕金魚合，密坐難邀玉麈揮。海月盈虧時忽忽，渚鴻來往恨依依。城中不得與親知晤對，惟以書問代面。雲藍一紙相思字，肯托東風問釣磯。

傳柑促膝記春宵，石鼎聯吟漏轉遥。試燈前二日，與夏重德尹亮功、赤抒、元朗聯句餘蔭軒。愛激波瀾迴九派，從拚酩酊竭三蕉。鬒絲坐覺流年度，帆腹旋看帶雨飄。野水長林吾事足，諸君努力致烟霄。

鯉魚風緩動歸航，雙槳延緣紫蓼旁。剩有圖書堪壓浪，不妨鷗鷺與同行。水邊惜別吟南浦，花裏承歡戀北堂。最是君恩難報塞，觚棱迴首遠蒼蒼。

## 聖駕南巡臨幸西溪山莊賜五言詩并御書竹窗二字恭紀二首　高士奇

渚水灣環路淺深，何期聖主一登臨。勾陳暫駐溪橋外，朗曜能迴澗壑陰。雪蕊烟梢光睿藻，竹窗梅岸洽宸襟。恩輝振古真誰並，珉石難鐫感激心。

舊業重編枳棘籬，漁村淳朴只茅茨。松齋藥椀何曾有，嵐氣榛烟且是宜。弱草長承垂露葉，寒花盡發向陽枝。何當玉趾經過地，千載流傳際會奇。

## 隨駕入京蒙賜御書千字文卷萊衣晝錦匾額恭紀八首　高士奇

絳闕嵬峨霄漢間，螭頭龍尾又躋攀。恩綸特自雲中沛，日馭初從河上還。淑景融怡開壽域，晴光明媚霽天顏。回翔别苑無窮勝，緩步仍隨供奉班。

七曜金文麗日星，筆端造化藴空靈。掃來千字成俄頃，力轉洪鈞作典型。遠溯遭逢超載籍，擬傳渥澤勒碑銘。親題縑尾昭謙德，數語真宜媲聖經。

迴思少壯直彤墀，矢竭馳驅答主知。微效豈云勤夙夜，孤踪常得托培滋。蒲經秋雨摧何早，稊被春風發已遲。今日天言憐舊事，小臣感極轉增悲。

三番漠北扈龍鑣，將母陳情荷聖朝。寒暑屢移更緑鬢，山林雖遠戀丹霄。傾陽葵藿心徒切，抱節松筠志未銷。忠孝本來無二事，始終期不負唐堯。

十年緤獨守荆扉，母子煢煢曉夕依。乞得身閑榮晝錦，暫從野外悦春暉。欣從八表呼嵩節，肅拜重瞳覲日歸。自此草堂多慶豫，鄉人争看著萊衣。

叩辭黼扆就征鞍，欲報恩波倍覺難。頭上總教增髮白，胸中猶自耿心丹。再瞻龍衮嗟身遠，堅守魚磯保歲寒。悵望觚棱幾回首，摛毫先已淚汍瀾。

九華春殿啓琅函，屈指流光類駛帆。重認細旃羅典訓，却觀仙苑茂松杉。身經矰弋惟甘退，聖念沉淪特改銜。自分服官無寸補，祇將擊壤和英咸。

河邊春早喜迎鑾，鳳舸追陪振羽翰。來路旌旗光日月，歸裝翰墨燦龍鸞。南趨親舍愁千疊，北望宸居緒萬端。恭對琳瑯沾湛露，闔門感頌藉承歡。

## 迎鑾歸途紀恩八首　高士奇

紫甸春明侍翠輿，風光又近浴蠶初。九天眷重難辭闕，五夜心懸爲倚閭。却賦南陔頻悵望，回瞻北極更躊躇。滄波一棹烟霄遠，細憶恩華淚滿裾。

上林深處接蓬瀛，霧閣雲窗萬象清。窈窕溪山難問徑，繽紛花鳥不知名。祇應仙侶尋芳到，特許儒臣緩棹行。小草春來沾雨潤，結根欣向玉階榮。

賜休七載傍巖扉，空有丹誠捧禁闈。何意閑身涵聖澤，更邀殊錫到慈幃。金膏瀲灧嘗靈藥，宮錦斑斕製綵衣。獨倚蓬窗凝望久，紅雲一朵戀恩暉。

賚予便蕃晝接頻，天容藹藹散陽春。從來契合非常事，如此遭逢有幾人。擬竭細流還益海，却憐衰鬢已成銀。風雲千載難重遇，書向瑶編勸蓋臣。

別館幽深翠靄多，槐風麥雨潤仙坡。瓊霞滿酌堯尊賜，玉管輕調舜樂和。縹緲鈞天聞雅奏，從容歸路帶微酡。征塵漠漠三千里，清夢依然繞大羅。

天朝特典愧頻叨，日對穹蒼感覆幬。豈有忠謨酬主聖，猶垂宸訓念臣勞。和飈拂處迴寒谷，甘澍濃時沛野蒿。展卷長如依日月，不知身自在林皋。

河流如鏡曉波平，偉績多由睿慮成。憶向東風迎鷁首，便隨南國護龍旌。烟籠花柳穠華遍，春麗江山繡畫明。今日孤帆淮北路，寸心戀主獨回縈。

閶闔迢遥倚碧空，蒼茫雲樹望難窮。來看堤草承茵緑，歸訝山榴拂棹紅。客路暗驚韶序改，恩光常對霽波融。江湖魏闕心如一，總在堯天旭照中。

## 萬壽聖節内殿稱賀恭紀二首　勵杜訥

鈞天樂奏動鼉鐘，寶鼎祥烟傍衮龍。螭陛歡呼同岱岳，鵷行忭祝效華封。春深閬苑瓊枝秀，慶洽甘泉玉醴濃。拜獻欲陳金鑑録，琅函億載紀時雍。

五雲捧日向蓬萊，仙掌遥瞻瑞景開。帝德巍巍臻壽域，皇仁浩浩陟春臺。化隆熙洽逾三代，頌溢升恒遍八垓。鸞鶴迭傳瑶水宴，萬年長進紫霞杯。

恭紀聖恩二首　勵杜訥

幾載身依日月傍，雙枚晝静咏天章。薰風初度臨仙掌，湛露新承步玉堂。輩接青錢稱萬選，職司汗簡愧三長。寵榮溢量知難報，祇竭丹誠效對揚。

蓬山自昔比瀛洲，侍從清班孰與儔。珮曳鑾坡隣豹尾，香含鷄舌立螭頭。在公夙夜惟文字，退食從容亦校讎。自顧疏庸真忝竊，如天浩蕩主恩優。

上元侍宴　勵杜訥

瑶階侍從移清宴，别殿趨承醉醁醽。蕙火蘭燈争皎月，龍膏鳳燭淡疏星。一人樂事同寰海，九陌歡聲徹御屏。竊陋柏梁傳漢代，願歌喜起繼虞廷。

五日西苑泛舟侍宴二首　勵杜訥

六龍夙駕駐瓊臺，宴集簪纓動地來。宵雨清塵開畫舫，卿雲散彩護蓬萊。遥添山翠聯星漢，近挹蒲香入酒杯。魚藻自應揚盛事，濡毫未敢步鄒枚。

春深上苑樂堯天，午日重來拜賜筵。貼水新荷分荇帶，齊雲嘉樹映蘭舡。晶盤綺膳羅珍膾，玉斝丹砂泛醴泉。仰飫隆恩歌既醉，葵心還祝萬斯年。

## 塞外觀月

勵杜訥

乍涌冰輪萬里清，光騰行幄恍瑤京。遲他五夜晶初滿，坐到三更魄倍明。此夕似疑邊地雪，當年曾照漢家營。天開聖主昇平福，拜手中宵擬賦成。

## 塞　草

勵杜訥

雲霞塞外擁行旌，遍野萋萋入眼明。翠色迎來袍影綠，芳茵踏處馬蹄輕。多因地僻膏偏沃，每到炎蒸葉倍榮。聖澤敷天覃率土，蕃蕪庶草荷生成。

## 塞　花

勵杜訥

避暑來從塞上行，晴光彷彿是春明。一天雨露均霑潤，遍地芳菲不辨名。花色似將人面映，香風直傍馬頭生。聖朝化日真無外，百卉邊陲共向榮。

## 野芍藥

勵杜訥

山坡遠望見花枝，宛似豐臺綽約姿。野質未曾登上苑，芳名猶自號將離。喜逢化雨覃敷日，得有臨風爛熳時。率土盡皆涵聖澤，莫云草木便無知。

# 本朝館閣詩卷八

## 七言律三

甲子元日賜宴南書房上復以肴果二席賜及家人恭紀　　朱彝尊

纔承曲讌侍仙闈，又撤瓊筵到北扉。歲酒更番移席勸，主恩一念感心微。比鄰漏下驚窺户，兒女燈前笑攬衣。閑向金坡説遺事，全家賜食古來稀。

恩賜内紵恭紀　　朱彝尊

上闌初日映簾犀，天語聽傳紫閣西。織自珠宫加熨貼，擎來黄紙驗封題。折枝花訝臨風立，掉尾鯨看戲水齊。端綺入春恩再洽，稱詩彌愧在梁鵜。

恩賜御用衣帽恭紀　　朱彝尊

鶴紋初啓尚衣封，藤帽朱絲自九重。日角乍辭宫樣穩，冰紈不散御香濃。玉堂掌故傳他日，青鏡衰顏話舊踪。回憶滄江六年事，笋皮荷葉釣船縫。

## 恩賜鰣魚恭紀　　朱彝尊

京口鰣魚二尺肥，黄梅小雨水平磯。乍黏越網千絲結，早見燕山一騎飛。翠釜鳴薑纔敕進，
玉河穿柳旋携歸。鄉園縱與長干近，四月吴船販尚稀。

## 瀛臺賜宴恭紀四首　　陳維崧

西苑新晴曉色開，凉飈瑟瑟鳳城隈。千官秋泛芙蓉舸，七月春生琥珀杯。碧甃紅墻臨鏡出，
金簫玉笛拂雲催。天家殿閣清如水，不信真從此地來。

黛幙參差紺樹通，君王新幸日華宫。四圍劍佩山光内，一簇貂蟬水色中。雪瀑釀來黏緑箬，
錦鱗斫處映丹楓。筵前忽訝秋風滿，冷艷霜欺葉葉紅。

繽紛彩幣滿朝班，賜出龍紋霄漢間。乍撫霜紈冰滑笏，遥擎霞綺月彎環。絲從濯錦江頭曬，
衣向穿針節後頒。爲聽九門鶯杵急，宫袍分給侍臣還。

盡日天香染紫微，鳳凰闕下拜恩暉。才慚入雒年非少，人到游仙遇總稀。縹蒂帶將菱芡重，

雕鞍壓得芰荷歸。天南又報鐃歌競，早晚彤弓勞鐵衣。

## 扈從温泉恭賦二首　潘耒

蘭峪盤山紫翠重，環京拱闕秀千峰。天分箕尾祥光聚，地接園林淑氣鍾。乳竇出泉珠滚滚，
砂床蒸暖玉溶溶。春來草樹光榮極，總爲時巡駐六龍。

扈從千官簇仗來，得瞻靈迹共徘徊。炎蒸幸有浮烟井，奮迅真爲出地雷。一潄神膏先氣爽，
未探煖溜已心開。張衡欲獻温泉賦，仰愧盤銘上聖才。

## 玉河新柳　邱象隨

九霄佳氣散春晴，新柳千條拂禁城。玉勒引絲初繫馬，金梭織葉早藏鶯。風飄河上垂垂緑，
烟鎖橋邊濯濯輕。自是聖朝多雨露，一時林木盡含榮。

## 瀛臺賜宴恭紀二首　徐釚

翠輦朝臨太液池，祥雲多繞萬年枝。看花詔許鵷鸞並，宴賞偏承雨露私。緩放蘭橈波蕩漾，
驕嘶玉勒影參差。侍臣擬獻長楊賦，簪筆先歌在藻詩。

柳岸旌旗拂曉風，轆轤聲轉近離宫。鳥銜魚子衝波白，燕蹙蓮衣墜粉紅。縹緲樓臺疑海上，虚無簫管出雲中。鈞天一醉渾如夢，猶識憂勤感帝聰。

恩賜翰詹諸臣鮮藕恭紀二首　汪楫

托根靈沼自年年，緑葉金房敢較先。華井虚傳花十丈，瀛臺真見藕三千。是日賜藕計三千枝。擎來只似移瓊樹，踏出渾疑采玉田。從此碧城添盛事，肯教珠實擅芳鮮。

鸊鵜膏與佩刀融，片片寒光落腕空。共擬截肪同瑩白，驚看切玉得玲瓏。西池舊種千年碧，太液初消十里紅。最是承恩逢晦日，只疑捧出月明中。

中秋早朝　張鴻烈

將曉趨朝月已圓，縱横珠斗拂祥烟。殿開秋色紅雲裏，衣染天香紫極邊。自有仙盤頒玉露，誰沾文酒撤金蓮。小臣珥筆慚供奉，未獻千秋寶鑑篇。

上命侍直南書房恩賜御書臨蘇軾書陶潛詩一幅恭紀二首　徐嘉炎

詔許儒臣侍執經，薰風長日拂雲屏。圖書玉架晴翻碧，殿閣湘簾晝擁青。群捧龍章尊訓誥，欣承鳳簡作儀型。深慚獨荷瑶箋賜，奎壁芒寒貫紫庭。
陶公高潔賦歸來，蘇子當年冠蜀才。應識宸衷褒逸掺，懸知天藻賞奇才。烟浮藹楮霞添繞，墨灑麟毫翠欲開。何幸傳家珍緑笥，近光常得倚雲裁。

## 瀛臺侍直二首　邵遠平

瀛洲曲檻敞崇臺，帳殿周迴曉鏡開。宫是九成無暑到，樓真五色見雲來。垂衣肅穆瞻行幄，簪筆聯翩陟上台。使節歸朝還侍從，小臣歷試本凡才。
鬱葱玉樹映朱樓，太液芳波浄不流。石磴參差環豹尾，牙檣溶漾引龍舟。鏡中臺殿晴逾碧，檻外峰巒翠欲浮。扈蹕真疑三島近，無煩羽客詫瀛洲。

## 聖駕閲視河工蒙荷殊恩恭紀二首　宋犖

幾度宸游問濬川，平成今遇錫圭年。天心總爲蒼生繫，廟算真超夏后前。蝌舍魚莊齊望幸，汀桃岸柳各争妍。久膺節鉞慚無補，清静惟期效昔賢。
隨刊績奏幸南邦，翠蓋華枝泛大江。吴越韶光開輦路，湖山秀色入船窗。湛恩汪濊康衢頌，睿藻繽紛藝苑降。白首重蒙優詔及，自憐遭際近無雙。

蒙恩復充日講起居注官恭紀　　蔡升元

十載清班列講筵，簪毫常在玉墀前。重邀恩綍趨香案，依舊朝衫帶御烟。如日如雲光協帝，記言記動管窺天。遭逢聖主曾何補，儤直惟應載萬年。

蒙恩入直南書房恭紀　　蔡升元

蓬壺方丈迥難攀，特詔趨陪供奉班。豈有寸長窺聖藻，常教尺五近天顔。尚方給札雲窗近，秘閣翻書晝漏閑。從此朝昏依日月，更無塵夢到家山。

上元前一日蒙恩賜宴恭紀　　蔡升元

鈔書別館展琅函，天禄虚糜日抱慚。已飫大庖方餞臘，重叨芳燕近傳柑。堆盤仙果當風剖，壓帽宮花帶月簪。下直歸携袍袖滿，團圞兒女盡分甘。

蒙恩賜宅雪池恭紀　　蔡升元

甫入明光離蓽門，賜居何幸首蒙恩。鑿冰剋日成華厦，架棟連雲傍禁垣。五色霞蒸樓焕彩，九重春到室添温。感深轉憶清苕宅，滿逕蓬蒿老樹村。

賜宅後蒙恩命内務府辦給器具移家之日詔詹事臣陳元龍伴送入宅恭紀　　蔡升元

上林嘉樹喜遷喬，太液晴波景色饒。便展圖書趨紫禁，直携家室上丹霄。寸絲粒粟由官裏，厚地高天托聖朝。歸第更叨恩禮重，春風并辔有宫僚。

六月十三日移居蠶池養疾感恩恭紀　　蔡升元

豈特終身去宿疴，移家妻子盡歡歌。平分翠色瀛臺柳，依舊清光太液波。深院自驅塵翳少，廣庭偏受月明多。那知天上蓬萊島，長作人間安樂窩。

奉命編纂歷朝咏物詩類下直後蒙恩遣中使詢視屋宇恭紀　　蔡升元

弇陋如臣側直廬，一編讎校愧才疏。天街蹀躞朝隨輦，雪案摩挲夜檢書。歸院春山看歷歷，巡檐夏屋樂渠渠。君恩海樣深無際，更敕中官問賜居。

賦得雨中春樹萬人家　蔡升元

翠蓋時巡二月天，一犁春雨足新田。杏花紅濕翻帘影，楊柳陰濃起爨烟。指點村墟蒼靄外，依稀雞犬白雲邊。分明一幅詩中畫，寫作蓬萊應制篇。

賦得雲裏帝城雙鳳闕　史夔

金掌銅樓直望遥，鈎陳肅穆萬靈朝。千門碧瓦排銀漢，八表華星拂綺寮。松棟烟霏衡岳柱，芝楣霞繞赤城標。侍臣日在紅雲裏，不覺衣裾染絳綃。

賦得雨中春樹萬人家　史夔

罨畫層嵐匝遠岑，黛雲繚繞子城陰。短桃巷陌紅猶濕，新柳亭臺緑已深。屋角墻頭流靄靄，橋南溪北漲涔涔。烟蓑雨笠春郊路，桑柘千村父老心。

暢春園書扇蒙賜筆墨恭紀五首　孫岳頒

別館深居西郭遥，水迴山抱建霞標。卿雲遍擁林巒秀，佳氣中含景物饒。避暑暫違青瑣闥，封章仍奏紫宸朝。承恩宣召趨蹌急，何意層層歷絳霄。

不施丹雘去珍奇，階土茅茨宛在兹。瀟洒迴無塵可到，静深惟有鳥相知。五弦解阜薰風動，萬彙榮昌湛露滋。御膳賜來還飽飫，遥聞仙漏出花遲。

鳳舞龍飛仰御書，臨池真愧奉宸輿。扇分斑竹千竿秀，畫展湘江八景餘。放眼山林神淡遠，寄情花鳥筆蕭疏。恭題衹覺難相副，珍重應憐腕未舒。

誰云烏玉久如新，漫説蒙恬造自秦。詎似龍香調御墨，寧同翠羽飾湘筠。會磨端石承零露，好寫藤箋絶點塵。從此茅齋增氣象，祥光隱隱麗三辰。

寶玉何如翰墨林，西園東壁盡球琳。仰承聖主崇文意，益勵儒生報國心。禁地忽來真異數，芳園獨到可微吟。他時追憶曾游處，衹向鈞天夢裏尋。

早朝　　尤珍

青陽淑氣九霄通，紫陌韶光萬户同。雪净上林風乍暖，雲開仙掌露初融。寒梅迴出紅塵外，好鳥新飛緑樹中。此日蒼龍迎瑞靄，春暉長駐未央宫。

神武平北詩十首　　陳元龍

祥開寶曆應璇樞，翕闢神功焕帝圖。九譯環裘歸正朔，兩階干羽叶元符。久知薄海恩皆渥，豈有殊荒教未孚。天末一星餘畢昴，重煩玉弩振威弧。
借箸盈廷總未工，天開秘略自宸衷。青邱丹浦書空紀，洛水徐方事不同。七萃有聲知禁旅，
五雲無際是行宮。莫言萬里流沙遠，只在皇綱咫尺中。
捷遣牙璋誓出郊，奎星十二指前茅。先聲似電能搜窟，勝氣連雲必擣巢。苜蓿未青踰瀚海，
龍驤有血是蒲梢。凱歌要及秋前唱，不待西風驗折膠。
邏些城邊月一彎，霜天吹角暮雲閑。已收屈射騎羊地，更奪祁連牧馬山。林際亡猿空狡獪，
草間脱兔亦孤孱。從今塞草花顏色，疑是閼氏血染斑。
虎落魚鈐勢接聯，青霄百道起狼烟。縫開鐵甲風吹裂，色暗瑚旗雪射穿。搏虎人歸喧玉帳，
分營角起響金天。長纓自繫單于頸，先縛狂童馬上還。
有征不殺是王師，屢納降酋示聖慈。狐兔漸亡唇齒國，虎狼翻效爪牙資。乞身頓顙來何暮，
戀草貪泉悔已遲。却笑迷恩窮默啜，偏尋斧鉞托膏脂。
振旅狼山度翠旛，龍舟天外溯河源。大荒自古無人渡，斷岸從今有棹痕。斗象南看皆奉朔，
流沙西去亦稱藩。穹廬悚息同編户，不用黄雲塞上屯。

閲盡墩臺見月輪，賀蘭山外斷驚塵。邊關不唱從軍曲，蕃長新爲守土臣。聲教已看周地軸，威靈直欲逼天垠。從來異域書難信，今日輿圖遠更真。

永掃邊方萬古愁，遥傳佳氣入皇州。盡翻戰角爲鐃吹，好脱戎衣换錦裘。就日扶携寬警蹕，呼嵩忭躍溢平疇。長安酒價應增倍，壯士歸來十日游。

倒傾銀漢洗天兵，更覺乾坤氣象明。不用披圖横玉斧，盡收絶塞作金城。山川一氣歸仁壽，雲物千年紀太平。陬澨有知齊擊壤，好將歌頌佐咸英。

奉命教習庶吉士示館中諸君子四首　陳元龍

五雲多處舊横經，三十年來鬢已星。領袖清班真忝竊，楷模群彦愧儀型。官同山岳千尋峻，人到蓬萊萬選青。莫負聖朝培養意，他年相待上槐廳。

諸公濟濟盡時英，肅拜登堂誼不輕。君命欲儲公輔器，師資難副友生情。聲華一代文章重，品誼千秋竹帛明。正好三冬窮萬卷，休嫌五夜對孤檠。

庭前靈鵲噪空枝，起倚迴欄有所思。共想花開全盛日，須知醸就最寒時。清如冰玉從來冷，堅似喬松詎可移。綸閣巖廊皆舊學，何人不憶鳳凰池。

慧業文人煉骨仙，多從冰雪結因緣。能甘寂境才方老，不坐空山道未堅。青簡憑誰堪不朽，紫烟有路敢争先。他山頑石虚磨礪，恰喜初陽氣已旋。

## 扈從聖駕南巡詩八首　陳元龍

萬年有道啓昌期，化洽垂裳庶類熙。周雅戢戈櫜矢日，虞廷覲岳省方時。烽沉關塞農桑盛，春遍江淮雨露滋。正值青陽行慶候，曉看九野協風披。

熙朝孝治被寰瀛，此日巡方盛事并。長樂宫開移畫扇，金根車動出層城。緑波晴泛牙檣遠，香苻風迴鳳鷁輕。養志怡顔隆聖母，神厨應見蓮蒲生。

黄流勢與運渠連，衝决常縻太府錢。禹橇昔曾行水土，舜瞳今復閲山川。源流一覽宸謨定，修築隨宜睿算全。從此河宗長效順，千檣漕舸往來便。

雞翹豹尾泛安流，周覽郊原庶彙稠。宫扇暗摇桑日麗，天衣暖上麥風柔。祇循繡陌移青雀，不許雕鞍破緑疇。自是聖心憐稼穡，扶犁野老拜龍斿。

祥開南極壽無疆，閶闔行宫淑氣翔。五色日懸天上瑞，萬年人進御前觴。斑文錦綴交衢幕，鵲尾爐焚夾道香。民力從來勞軫恤，不教父老費壺漿。

勾陳羽衛曉騣騣，比户歡傳法駕臨。檻外緑波粼毯秀，馬前香錦菜畦深。野人滿飽天厨味，耆叟分携太府金。更許蕃民還舊國，佇聽八極遍謳吟。

沃野春深景物滋，省方到處念農時。杏花菖葉留宸矚，桑扈耕犁入睿詞。筆灑龍鸞騰墨彩，韻鏘金玉焕文思。寸陰還惜船窗暇，風度牙籤桂棹移。

時巡至德播寰瀛，河岳懷柔日月明。虞孝親安天下養，禹勤水自地中行。碧梧彩鳳同聲唱，黛畝嘉禾合穎生。幸扈屬車逢盛典，愧無麗筆奏鯨鏗。

聖駕駐蹕蘇州恩賜臣父陳之闇御書金扇一柄恭紀　　陳元龍

時巡到處播仁風，寶箑新頒鶴髮翁。御墨未乾春有露，龍香乍拂夏初融。捧持似璧恩光重，舒展如規朗照同。草野衰顔無寸報，珍藏世世勵丹衷。

暮春十一日任少司馬假宛平相國怡園集館中諸賢會課以賦得花枝照眼句還成爲題盛事也聞之故態復萌口占二首　　陳元龍

時雨初晴啓令辰，催詩花意自相親。忘情忽得多情句，不語如逢解語人。色射朝霞明欲動，香浮綵筆字生春。午橋舊接瀛洲路，授簡登堂盛事新。

名園不爲尋花去，花引詩情欲吐伸。紅暈小桃光有曜，綠垂弱柳净無塵。韶華觸目幽情動，景物宜人得句新。十雨五風春倍好，留題莫遣負良辰。

大臣年七十以上者許乘馬入紫禁城恩已渥矣兹又特賜内府肩輿乘坐出入聖朝佚老殊恩自古所未有也恭紀　陳元龍

策馬徐行度禁門，朝朝出入感殊恩。又憐雨雪霜蹄滑，特賜肩輿翠幕温。禮邁公侯驚受寵，榮加耄耋敢稱尊。朽株難報栽培德，盛事千秋永不諠。

歸田紀恩詩八首　陳元龍

大耋抽簪退已遲，兩朝知遇不勝思。歷官清要慚尸素，參預絲綸愧翼爲。孝治推恩重錫命，舊臣歸老荷榮施。心依玉几難言去，九叩堯階有涕洟。

承明出入沐恩深，守拙浮沉鬢雪侵。四紀廟廊明主德，六年陵寢老臣心。衰慵力盡驚華衮，聖世身閑保素襟。海宇清寧歌愷澤，扶筇隴畔聽謳吟。

有子登朝愧世臣，廿年珥筆玷蓬瀛。更憐鳩杖成孤往，俯體烏私與令名。教孝思忠綸綍重，特恩將父綵衣榮。賞延三世承簪紱，襁褓孩提荷聖情。

天語重申後見期，呼嵩再許上彤墀。青山歲月皆君賜，絳縣春秋不自知。食德飲和仁壽世，
錫齡養老盛明時。寸丹寧乞金丹換，一點葵誠永未移。

異數便蕃下九重，就家錫宴湛恩濃。珍羞捧賜天厨膳，仙果頻頒上苑供。温旨宣傳傾碧醞，
中官鄭重啓黄封。寵行恩禮驚殊渥，銜結生生矢寸胸。

詔命公卿與餞行，東門祖帳下車驚。就衰一老辜殊寵，憑仗諸君佐聖明。麗日當空原自近，
紫雲回首不勝情。從今便是漁樵侶，候吏何煩到處迎。

秋風莫道片帆輕，萬丈恩光在客旌。文玩盈床懷寶重，秘書滿載射奎明。林泉賜與青山永，
耆碩褒稱白髮榮。驛路争看歌聖德，萬年有道泰階平。

君是唐堯稷契臣，歸歟長作太平人。多稌多黍調元化，言孝言忠戴聖仁。宸翰光華明晝鷁，
贈言情重壓空籯。館閣贈詩甚多。此身久致非吾有，今日田間幸有身。

來青軒敬睹御書恭紀四首　湯右曾

丹梯翠磴引躋攀，忽到天開地闢間。别有樓臺連碧落，盡消烟霧出青山。光涵象外千重影，
氣結空中五色斑。奕舃華軒懸御扁，墨痕鮮潤似初頒。

千峰入檻勢全卑，裂帛流成洗硯池。法自古傳才獨重，筆經天授格尤奇。赤文科斗開羲畫，
綠樹猿猱識禹碑。萬丈光芒三尺字，扶桑迴出最高枝。
建標晴擁赤城霞，文苑全開四照花。翥鳳迴鸞騰遠勢，偃波垂露括諸家。長雲亘地流虹彩，
列宿收芒避日華。從此榮光燭霄漢，霏烟一一繞龍蛇。
嵐浮樹豁鬱蒼蒼，佳氣凭闌滿帝鄉。紅日曉生天一角，銀河秋掛殿中央。詞臣憶載隨游筆，
老衲曾披御賜香。豈獨名山留睿藻，乾坤萬古賁奎章。

### 院中讀書二首　　湯右曾

槐廳鈴索靜無喧，金鑰傳來啓掖門。五粒曉松寒夾路，三眠晴柳綠當軒。披華振秀翻官庫，
漬墨研丹盡主恩。回憶十年吟誦處，青氊何似紫花墩。
文窗窈窕見觚稜，閣在西清第幾層。金鳳印成題詔紙，玉蟲綴滿讀書燈。坐深香篆縈衣過，
賦罷雕闌任意凭。敢道近蒙稽古力，文章報國苦無能。

### 恭紀聖恩詩四首　　沈宗敬

素業相承有一經，當時端尹侍彤廷。文章報國邀宸眷，翰墨開函傍御屏。曠典至今猶鄭重，

陳編留篋總清泠。寸箋獨進天顔喜，温語褒嘉翠輦停。

華門簪紱幸蟬聯，兩世承恩鳳沼前。詎有聲華同賈至，愧無名業繼韋賢。滄江路杳瞻雲日，丹闕心懸歷歲年。今日持將芹曝獻，學書學畫硯爲田。

天章何幸及儒林，中使傳宣寵賚深。願挹薰風歌聖德，敢將蘭雪滌臣心。六經廣孝真遺則，千字成文有座箴。玉軸携歸驚異數，涓埃莫報倍沉吟。

紈扇輝煌出尚方，許將末藝進巖廊。難描帝室山河壯，漫寫江南水石蒼。巖爲宸游凝曉碧，林隨輦路發天香。三吴擊壤歌衢意，圖繪慚無六法良。

## 咏硯池冰

王　原

月銜片石曉凝寒，香斂縹囊古墨丸。影合蛟龍雷未動，眼明鸜鵒鏡同看。憑添玉册千行白，與照冰心一寸丹。取次鳳池春有信，天葩五色吐雕翰。

## 濟寧迎鑾恩賜召對恭紀二首

孫致彌

翠華臨幸遍陽春，異數何期及小臣。十載重瞻天咫尺，九霄親拜帝絲綸。和風乍拂垂楊軟，好雨旋滋細草新。自幸生當明盛世，難將高厚頌洪鈞。

敕使傳呼近御前，泥塗忽訝上青天。草茅名姓重瞳識，蒲柳容顔聖主憐。獻賦得依龍艦側，承恩轉憶鳳池邊。休官尚沐非常寵，何異金門侍從年。

恩命入直武英殿纂書恭紀　陳鵬年

思歸未忍赴衡門，直爲孤臣戀國恩。葵藿不知天地德，松筠常有雪霜痕。兩膺金虎分名郡，再入銅龍近至尊。驚捧温綸如夢寐，華顛徒愧赤心存。

雪中入直　陳鵬年

六花飛作帝城春，紫殿金鋪一色勻。萬頃鏡中難着影，九重天上本無塵。亞枝密想探梅路，飢雀寒如入直人。獸炭龍團皆拜賜，同將雪水試茶新。

賜聯表裏常交正動静自無違仿黄庭堅體恭紀　揆　叙

御書十字十華星，直使涪翁奉典型。勁比雪中松骨格，瘦于雲外鶴儀型。恩頒魯國璠璵器，戒切周王户牖銘。瞻仰豈惟欽翰墨，應同天語日丁寧。

## 敕使朝鮮雜詩五首　　揆　叙

### 初出都門

風薰燕市雨初收，近郭郊村緑樹稠。戀闕迴瞻天北極，計程直向海東頭。碑傳箕子遺封在，地訪檀君舊迹留。行遍淵波江畔路，歸途迢遞指清秋。

### 中前所石佛寺芍藥

郊原紅藥已紛披，意外禪扉見數枝。此地遲開如有待，他年重玩與誰期。最憐野月當頭映，莫遣邊風掠面吹。爲語山僧須割愛，臨分真合贈將離。

### 過摩天嶺

炎官火繖正當空，峻嶺摩天地勢雄。曲磴回環青靄外，亂山高下緑陰中。沈沈雲合渾忘暑，栩栩身輕想御風。却笑白衣勞轉戰，只今異域盡來同。

### 立秋日平壤作

涓江雲斂萬峰青，亦有梧桐一葉零。還往山川諳異域，遷移時序驗虚星。蟬鳴漸較秋前切，蟲語初從夜坐聽。便覺微凉侵枕席，不須重上快哉亭。

石逕無塵暑氣清，水花齊放趁秋晴。香吹翠蓋含風細，粉濕紅衣墜露輕。短策馳驅明日路，小亭延佇暫時情。金塘玉溆多幽賞，不負丸都嶺外行。

## 肅州肅寧館觀荷花

## 萬壽聖節恭賦八首　周起渭

太平天子壽如天，天帝高居不計年。日月總行黄道裏，星辰常護紫微前。梯航接踵朝金闕，花柳長春傍御烟。閶闔雲中歌吹滿，遥同萬里祝增川。

百疊祥烟繞帝宫，玉階仙仗曉曈曨。銅池芝草年年長，仙圃桃花歲歲紅。夏屋連雲千里合，春臺送暖萬方同。還看天意如人意，十日甘霖五日風。

正朔遥頒十二樓，九州之外又神州。地通香海環流處，人到蓬山最上頭。蓂葉莫窮天甲子，蟠桃常記帝春秋。紅雲歲歲依香案，岳瀆朝宗拜冕旒。

光風冉冉鳳城隈，山色濃如獻壽杯。金埒幾程過閬苑，玉泉三匝繞蓬萊。崆峒路向青天入，太液波從碧漢來。聖祚綿延春日永，百花齊傍御筵開。

宫柳含烟百子池，仙花簇錦萬年枝。金莖雨露山河潤，玉藻衣裳日月垂。羲畫開天龍馬出，虞琴解愠鳳凰儀。從今十屋添籌算，甲子千回總盛時。

減賦蠲租歲未停，深宫子夜尚談經。禹糧堯韭俱登饌，周鼎商盤總勒銘。天上七星持斗柄，人間五岳繪真形。華胥世界春何極，日日東風百草青。

高樓大艑鬱嵯峨，銜尾千帆次第過。九曲安瀾天作塹，百神受職海無波。風飄楊柳牽絲纜，水泛桃花净綺羅。但使江河同聖壽，永教千載奠江河。

雍雍禮樂更桑麻，王會衣冠道路賒。喬岳已看船是藕，海山新貢棗如瓜。千秋歲月同春晝，萬國河山總帝家。從此八荒開壽域，年年今日醉流霞。

聖武遠揚青海平定詩六首　朱軾

萬國輸誠感至尊，仁風披拂滿乾坤。諸藩久沐生成德，小醜偏忘覆載恩。纔見師中天討赫，俄聞闑外凱歌喧。九霄温律回寒磧，春色融融滿玉門。

車書一統會冠裳，何事么麽敢陸梁。命將專征乘豫順，居中制勝仰乾剛。朱旗焕爛雲霞色，紫塞昭回日月光。輦下歡呼聲動地，捷書昨夜報飛章。

七旬一月溯奇功，奚似平邊半月中。虎旅分行揚武衛，龍韜萬里授元戎。全銷兵氣霜降日，

霜嚴刁斗靖關河。齊歸風教天無外，皇仁浩蕩播休和，聖武丕昭慶止戈。雲擁旌旄清朔漠，

盡稟聲靈海不波。從此九邊閑將吏，軍中惟唱太平歌。

寵賚遥頒自九天，千軍拜命錫金錢。芙蓉小隊閑排甲，楊柳新堤緩着鞭。上澥受成中澥至，

鐵衣出塞錦衣旋。王師十萬無遺鏃，簫管悠揚入酒泉。

脱劍櫜弓憩六軍，百官齊賀靖塵氛。神謨奮斷承先志，至德謙尊集大勳。天地助靈昭赫濯，

山陵昭告薦清芬。巍巍駿烈光千載，鳳闕常凝五色雲。

聖武平北詩六首　　高其倬

星輝雲爛際時昌，聖主尊居卜歷長。至德九天明日月，神威萬里肅風霜。版圖已見昭無外，

聲教何容阻一方。三御六龍欣底定，從兹海岳盡梯航。

歌傳笳鼓擁回軍，三月犁庭昔未聞。銘勒燕支彰大武，謀成犄角靖餘氛。一鞭已近長安日，

萬騎猶屯朔漠雲。大沛仁恩寬黨與，招來遣使日殷殷。

爲民總不憚艱難，十月重臨朔塞寒。毳帳千群來化外，降幡一片入雲端。從前空恃山川險，

盡惕天威草偃風。正值辟雍光大典，蓼蕭方奏又彤弓。

此日方知雨露寬。遂自雲中回警蹕，不教壯士困征鞍。

飛馳露布奏行營，極北烽烟萬里清。佳氣連雲浮豹尾，祥光散綵護龍旌。華峰指日看歸馬，青海無波待洗兵。濯濯聲靈咸震疊，防邊不用築三城。

和風甘雨净飛塵，豈入千靈擁畫輪。事出萬全非用武，師行九伐爲安民。冠裳夾道天顔近，鐃吹連雲法曲新。野老壺漿咸鼓舞，呼嵩無限太平人。

廟謨斷決自宸衷，匝歲欣看異域通。塞外有天皆舜日，寰中無地不堯風。雲霄大業千年事，竹帛鴻名百代功。歌咏終慚同白雪，願隨率土樂年豐。

## 熱　河　　高其倬

天作南山地獻原，萬靈翹首奉行軒。眼中羊馬西樓富，頭上星辰北極尊。五色雲來知入夏，九州人聚自成村。年年雨露隨雕輦，千里桑麻接塞門。

## 望小天山　　高其倬

崑閬曾元衆巘君，亭亭一鶴立雞群。倚天峭劈無塵玉，墮地孤流不動雲。永夜有光宵欲曙，四時同色夏難分。凌虛剩許飛仙到，誰擬磨崖待勒勳。

## 喀爾喀部書所見　高其倬

額手溫綸敬拜嘉，款賓解煮尚方茶。海西盡奉諸侯職，漠北兼無可汗牙。草瘠草肥占歲事，雁回雁去記年華。牛羊繒絮相酬酢，中外于今正一家。

## 北　鎮即醫巫閭山。　呂履恒

營州作鎮肇封疆，恒岱遥同祀冀方。北極星光分野闊，東京王氣亘天長。迢迢松響聞空際，漠漠山形入大荒。盛代精禋邁三古，靈風甘雨祝農祥。

## 恭和御賜山莊避暑詩扇二首　覺羅滿保

萬幾清暇駐山莊，民瘼關心睿慮長。十雨五風周甸服，千巖萬壑繞巖廊。自天湛露螭頭渥，當暑微飈殿角涼。珍重驪珠五十六，擎來御墨尚留香。

太和元氣聚山莊，石磴松筠輦道長。軒棟呈祥雲入牖，堯階崇儉竹爲廊。研珠點韻丹文麗，挹露揮毫玉宇涼。猶記往時陪法從，經函長傍御爐香。

恭隨聖駕北巡自暢春園駐蹕湯山恭紀　覺羅滿保

羽林遥映翠微峰，繡野雲開奉六龍。温液香浮烟正暖，薰風晴拂瑞初濃。村連幕影雲千叠，陌散林光翠萬重。紫塞招凉叨珥筆，恩波浩蕩此先逢。

聖駕親視河淮巡行江浙恭頌八首　姜宸英

十年輿望切前旌，咨警常留聖主情。祇爲神謨存北伐，故教天意緩南行。奇探虎穴狂氛静，怪鎖蛟宮濁浪平。今日雙龍趨翼衛，春風摇曳出皇城。

舳艫南指路非賒，楫擁烝徒静不譁。行漏曉供長信膳，迴帆初放紫宸衙。漁樵得意瞻容衛，鷗鷺無心避鼓笳。中道時聞寬大詔，歡聲雷動萬人家。

塗泥自古記淮揚，已束洪流似帶長。緑字朱文窮宛委，隤林楗石陋宣房。精誠感動鮫人泣，方略潛驅罔象藏。會有靈圖符聖瑞，波心泛瀲發榮光。

瀕河猶自愁艱食，詔截東南十萬艘。更免舊逋紓郡邑，同霑新惠出波濤。家家秋潦成堤堰，處處春田響桔槔。比量皇恩真似海，百川奔赴不辭勞。

祥飈吹送大江流，一望南天瑞靄浮。蓬島侍書群學士，塗山輯玉萬諸侯。同瞻日角歌岡阜，喜覲旌門拜冕旒。誰是旬宣多政績，内傳新賜黑貂裘。
東吳佳麗巡游處，風景微傷不似前。秋穫未經開百室，天恩重與賜三年。宏恢帝網金雞舞，廣勵儒宮木鐸傳。試看六龍新幸後，明湖草木倍鮮妍。
三山凝望日光輝，講武臺前翠幙圍。細草平沙開馬埒，黃雲紫氣護龍旂。將軍命中誇猿臂，校尉登場號佽飛。次第千官同拜賞，迴鑾争獻萬人衣。

## 乾清宫侍宴賦柏梁體詩恭和御製元韻

福敏

天章絢爛動星辰，灑落銀鈎氣象新。烟火萬家纔極目，登臨半晌已凝神。江山迢遞歸淵宇，人物熙和浹大春。樗散無由叨扈從，陳詩聊和壤歌民。

開年嘉會集班聯，泰運欣逢雲日鮮。遐邇蒸黎登壽域，融和淑氣應鳴弦。青陽令節方三始，黃耇耆英在四筵。一德從來能致瑞，好將大有紀芸編。

## 恭和御製翰林院宴畢駕幸貢院七律四首元韻

鄂爾泰

萬歲千秋記此辰，棘闈寥寂比荒闉。幾聞玉趾移亭午，來自詞垣論曰辛。量校不收無行客，獎成深許讀書人。御製句云『從今不薄讀書人』，凡見者聞者莫不感奮。薔薇桃李皆含澤，中候凝和豈待春。

政術頻煩喻鼎台，科名殷望屬群才。南朝風月徒爲耳，北斗權衡有是哉。欲網鳳麟希世出，默祈忠孝待天開。文章報國談何易，端委須從性道來。御製句云：『志聖賢志應須立，言孔孟言大是難。』臣盥手莊誦，頓發深省，不敢作文字觀。

鴻翥鵬盤祇自搏，底曾雲路可相干。飽温無意償三試，軾轍稱名匹二難。國器半爲貧賤士，棟材常起末微官。恩懷甲乙惟賢俊，衣鉢矜傳局已殘。

試院停鑾午漏沉，奎堂吟續壁堂吟。叢山木美工求大，塯井泉微汲戒深。持玉尺衡迷五色，授朱衣柄課儒林。兼銜早愧知人哲，臣叨恩命，兩主春闈。精白常應矢此心。

恩命掌翰林院事次張天扉宮端見贈韻四首　　鄂爾泰

衰遲人易負恩光，識路休推老馬良。幾會和羹酧鼎鼐，並無餘事到篇章。延英早愧青綾暖，余歷任不由翰詹，前命充經筵講官，異數也。寶善重憐古簡香。寶善亭，藏書所。好是木天詞匠在，喬林材足構華堂。

宣麻視草日縈回，愓息都從慚怍來。垂老餘功惟補過，多生結習劇憐才。勉循我法登堂説，
慰藉群賢接膝陪。翻笑退朝書一卷，閉門深坐苦低徊。

敢道坡仙與謫仙，工遲拙速陋前賢。雞林名播香山草，寶篆榮分玉局蓮。宮相自來須鼎望，
文衡曾不負芸編。君家正始遺風在，才調休憑綺麗傳。

十年叨忝領朝簪，葵藿雲霄一片心。亦有傳經期報國，偶來種樹望成陰。量才那得齊長短，
汲井還須問淺深。聞道鳳池多盛事，歸昌待爾發清音。

上賜琉璃瓶荷敬依元韻恭紀　鄂爾泰

曾于圖畫見猶粗，愛出天然供幾株。好相不殊空裏色，真香恰似有中無。妙蓮華注琉璃界，
太乙波分藻鏡壺。捧賜歸來心似水，書窗漏永頌康娛。

恭和御製翰林院宴畢駕幸貢院七律四首元韻　史貽直

棘闈光氣逼星辰，翠葆霓旌拂綺闉。聖世不忘羅俊彦，儒生誰敢憚艱辛。徘徊滄海探珠地，
惆悵荆山獻玉人。桃杏花前叢桂後，恩波無限逗陽春。

奎斗星明接曙台，恩綸稠疊勵群材。誰爲國士無雙者，共仰王心克一哉。人説仙瀛登路迥，帝殷籲俊仕途開。龍旗還向龍門度，鳳輦看從鳳沼來。

九萬鵬程向此摶，雲連矮屋月闌干。漏殘蠟淚終宵易，筆走蠶聲得意難。校藝場中迎黼座，儒生墜裏擁從官。躬逢聖主旁求切，莫恨柯亭爨竹殘。

分題握管暮沉沉，曾向簾帷剪燭吟。幸際風雲依禁近，多慚雨露沐高深。聖朝會見麟游囿，泰運方看鳳在林。禮樂百年瞻至治，薦賢爲國有同心。

## 典試粵東午門宣旨恭紀　查嗣瑮

日華五色映蓬萊，眯眼窺天霧忽開。敢謂九重親試用，尚煩諸老更廷推。寸心何計酧明主，五字真難辨異才。七十二人應蹀躞，誰充駿骨上金臺。權文公貞元中奉詔考定草澤賢良之士，擢第者七十二人，粵東舉額適符此數。

## 試院和同年夏熙澤　查嗣瑮

白蓮高吐桂堂明，聽徹南窗雒誦聲。剖蚌求珠須照乘，鑿山尋璞待連城。五星並朗雲無迹，三鼓初沉夜正清。百十七篇酧唱在，他時雅頌有和鳴。用歐陽主文事。

恭賦御製野望湖邊遠碧横　查嗣瑮

和風初轉屬車鈴，忽報河清翠輦停。盡掃烟光凝暮紫，遥從天際落空青。七言已建中和極，絶景齊歸萬歲亭。不獨虞絃賡絶調，應添水志與山經。

聖駕南巡念臣父士奇昔年僇直微勞予謚文恪遣侍衛臣波鼎臣常壽賫捧御書文恪扁至平湖縣就臣家中頒賜又至臣父墓所賜奠酒三爵且以臣之謭劣未及散館即綬編修稠疊隆恩涓埃莫報謹撰詩四章以志臣世世瞻戴之誠云　高輿

羽林遥從玉輿來，花蕚迎旌爛漫開。淑景人人争就日，歡聲處處動成雷。承恩幸接龍顔近，眷舊新聞鳳詔裁。特賜易名頒大典，小臣銜結重增哀。

憶昔先臣守一廛，遭逢聖主賜陶甄。匪躬原屬傾葵分，異數頻承湛露偏。乙夜披陳邀顧問，孤踪孑立荷矜全。未終報稱旋歌薤，猶仰恩華到墓田。

祇因親老憶江鄉，詔許歸田奉北堂。日月照臨光自近，雲霄瞻仰道偏長。迎鑾幾度叨殊澤，晋秩當年拜寵章。稠疊恩多難負荷，九京猶自矢競惶。

考行稱名世所欽，秩宗定議協官箴。一生終始邀宸鑒，兩字褒崇慰夙忱。堂構豈堪承世澤，班聯特許側詞林。多慚父子蒙高厚，彌矢微臣捧日心。

次韻蔣西君恭賦御製木紙扇　　勵廷儀

人間匠作一時空，便面新裝奪化工。剪羽已輸千縷翠，裁紈寧許半銖同。拔從木屑群材外，得近龍香掌握中。舒展漫隨團扇伍，揮毫猶得寫薰風。

賜普洱茶　　勵廷儀

曾賜雲龍一品鮮，玉堂人困記當年。月團再拜薰風後，雀舌休誇穀雨前。旋拾松花添活火，試烹瓦鼎泛新泉。煩襟未信清如許，習習凉生六月天。

恭和御製駕幸翰林院賜宴分韻聯句後復得詩四首并示諸臣

元韻　　張廷玉

太和蒸作玉堂春，得近瓊筵飫鼎珍。德仰羲文今聖主，心儀房杜古名臣。須臾鳳藻從天降，咫尺龍光映日新。俯伏花磚承指顧，載聆榮譽重逡巡。

特許瀛洲集鳳鸞，簪毫雅稱進賢冠。席容玉笋分行坐，酒賜金罍帶笑看。共聽簫韶仙樂舉，近瞻黼座瑞雲團。隨風咳唾皆恩澤，劉井中涵太液瀾。

垂垂白髮首班聯，拜捧虞廷喜起篇。職忝三公參論道，身依上聖敢稱賢。傳家富有金泥籍，滿袖濃携寶篆烟。更愧攝官居秘省，日趨香案領群仙。

久已乾坤協氣融，日躋聖敬抱淵衷。持盈每鑑登封侈，鳴豫深嗤望祀崇。辭貴立誠垂世則，政師行健與天同。不須太史書邦瑞，會見麟游上苑中。

奉詔增修皇輿表院中即事次韻二首　王式丹

瀛洲亭畔静階除，匼匝槐枝亞碧虚。池面輕風迎散帙，檐牙初日照翻書。共知定本推前輩，未敢傳鈔付小胥。東觀從容參典校，騶駼載筆愧庸疏。

栖塵簾閣喜新除，秘册駢羅几席虚。周室職方傳舊志，漢家年表效横書。要從鞮鞻增圖籍，豈爲華離問史胥。理罷縹籤方永晝，垂鞭歸拂晚風疏。

初夏西苑觀麥應制　王式丹

上苑鸞旗淑景移，曉披麥浪影離離。青林碧沼環千畝，甘雨和風秀兩岐。勝日宸游同省稼，豐年嘉瑞恰乘時。即今譜入南薰曲，新采來牟率育詩。

## 蒙恩欽賜進士恭紀二首

蔣廷錫

主恩深重荷生成，拂羽欣如出谷鶯。翰墨一旬邀供御，科名俄頃附光榮。共隨鴛序趨中禁，同向天門策太平。扇影爐烟瞻望處，寸心慚感百交并。

雲氣晴明曉色鮮，巍巍三殿護祥烟。侍臣拱立螭頭外，綵仗平分御道邊。天上恩波流不盡，人間名姓喜初傳。一聲仙樂金門出，新換宮袍雁塔前。

## 賜蜜漬荔支

蔣廷錫

嶺南三度荔支芳，蕉核釵頭塞北嘗。入眼乍驚紅玉顆，剖開猶記絳羅囊。十分崖蜜霜添味，萬里銀盤露帶香。滿口甘腴同拜食，九天今日飽瓊漿。

## 夜光木

蔣廷錫

乍見星芒映室中，喜看藜火照窗櫳。夜明簾薄來西域，徑寸珠圓出海宮。清似晶融還貫月，碎如銀散遠隨風。此身恍入琉璃界，寧羡金蓮蠟炬紅。

## 太和殿傳臚恭紀　查慎行

九霄臺閣九重城，臚唱親聽第四聲。自比蓬麻資灌植，群欣燕雀荷生成。雲開閶闔趨冠珮，風過江湖識姓名。從此酬知須努力，勉承鞭策赴王程。

## 文廟釋褐　查慎行

數仞宫墻霄漢連，兩楹俎豆故依然。曾陪鼓篋三千士，重到橋門二十年。末學豈增科目重，菲才特荷聖人憐。較他儕輩蒙恩早，獨在青衫未换前。

## 元旦太和殿早朝　查慎行

火城宛轉度星橋，香殿葐蒀接慶霄。黄繖綵斿龍影動，玉笙金管鳳音調。五雲淑氣開蓂莢，一日春風曳柳條。先一日立春。鷺綴鴛分真忝竊，正衙初預德陽朝。

## 元日乾清宫早朝　查慎行

三陽景運翌佳辰，紫極傳來詔旨新。雙闕倚天晴帶雪，千門銜日曉除塵。金爐香引朝元路，銀燭光分待漏人。親見堯蓂新吐露，龍飛四十二年春。

## 駕幸西苑直廬恭紀　查慎行

翰墨林依紫苑東，親承步輦出芳叢。萬間廣厦移天上，時直廬新經改築。三接深恩沛禁中。身作紅雲長傍日，心隨碧草又迎風。直廬便是披香殿，月賜虚慚赤管功。

## 閏三月二十一日蒙恩召入淵鑒齋乘舟至瑞景軒蕊珠院露華樓遍觀各種牡丹恭紀四首　查慎行

宣唤欣承異數加，高從雲漢泛仙槎。行陪閬苑神仙侣，看遍春風穩重花。濃淡何心隨造化，丹青難貌是韶華。旃檀别殿分明到，只作華胥好夢誇。

艷極真宜過雨看，枝頭肅肅尚朝寒。盤盂向背開瓊扇，瓔珞高低現寶鬘。白日光中雲五色，明波濯處錦千端。天邊頃刻成新瑞，點出靈砂九轉丹。

萬卉千葩未覺稠，掃宫老監記牙籌。薌林不斷通三島，花海無邊際十洲。佳氣茵蒀蒸作霧，餘霞縹緲結成樓。蕊珠一本尤奇絶，徑尺重臺兩竝頭。

瑶階釦砌望迴環，映徹層層着色山。御譜新標題品外，花名凡九十餘種，皆皇上新定。佳名微别淺深間。心如草木春知閏，天並君王霽在顔。一片爐烟成百和，袖中携得國香還。

### 賜玻璃眼鏡恭紀二首　查慎行

玉比晶瑩鏡比圓，一時披豁睹青天。明珠吐暈泥沙外，爝火分光日月邊。名紙尚堪題細字，秘書仍許對新篇。此生視息真何幸，雙眼摩挲敵少年。

霽月光風在紫垣，海西佳製賜頻煩。潭空秋水清無底，壺貯春冰薄有痕。絶勝金鎞除脆膜，不須藜杖照黄昏。曾經隔霧看花後，老戀餘光盡主恩。

### 扈從塞外蒙賜武彝芽茶恭紀　查慎行

幔亭峰下御園芳，武彝山下有御茶園，元時貢茶地名。貢入春山采焙鄉。曾向溪邊尋粟粒，蘇軾句：『武夷溪邊粟粒芽。』却從行在賜頭綱。雲蒸雨潤成仙品，器潔泉清發異香。珍重封題報京洛，可知消渴賴瓊漿。

### 連日賜鮮魚恭紀　查慎行

銀鬣金鱗照坐隅，烹鮮連日賜行厨。感踰學士蓬池膾，味壓詩人丙穴腴。虞集詩：『魚藏丙穴腴。』素食餘慚留匕箸，加餐遠信慰江湖。笠檐蓑袂平生夢，臣本烟波一釣徒。

## 賜佛手柑恭紀　　查慎行

筠籠珍重貢炎方，羅帕玲瓏照玉堂。縹蔕經時猶帶緑，芳苞映日已全黄。長隨錦荔迎凉到，遠勝新橙透甲香。別與傳柑增掌故，立秋時節賜山莊。

## 賜食榆錢糝恭紀　　查慎行

天上星榆歷歷看，春風吹綻小團圞。柔條摘處青成串，新火烹來翠滿盤。槐葉冷淘難比色，藜根舊糝記同餐。他時詩向田翁説，此味曾經賜大官。

## 將隨駕口外避暑蒙恩賜紗葛衣二襲恭紀　　查慎行

垂柳陰中晝捲幃，微軀宜稱襲恩暉。行穿碧水丹山路，先賜含風叠雪衣。凉逐冰絲分繭館，香隨越葛出星機。序更不用愁刀尺，預算秋風扈蹕歸。

## 賜哆囉雨衣恭紀　　查慎行

短褐頻趨道路塵，青氈猶是向來貧。爲憐褦襶隨朝士，特賜哆囉出罽賓。燥濕推恩慚厚庇，短長稱意荷終身。從今聽雨聽風候，僕直堪誇栖椊人。

陳乾齋前輩以院長兼領教習作述懷詩四章示館中諸君子諷咏循環贊歎不足輒次元韻奉簡　查慎行

重燃藜杖照傳經，光透文星是歲星。鈐索自諳清氣味，畫圖人識舊儀型。用白樂天集賢故事。
波涵鯨海千層碧，地拔鰲峰一朵青。此日門墻稱最盛，春風桃李屬頭廳。唐翰林承旨所居名頭廳。

北扉清切接延英，一片皋比寄不輕。半載巖廊虛左席，六年林壑仰高情。谷中吹律春常暖，
句裏探珠夜自明。豈獨殊材歸領院，雅輪當代荷扶欒。

鸞凰多出上林枝，劉井柯亭有去思。公望久推師表地，人才况值聖明時。來聽長樂鐘聲度，
起視花磚日影移。法醞錦袍冬拜賜，太平故事在蓬池。

經名千佛集群仙，總借文章與作緣。冰署頭銜差耐冷，玉成國器待攻堅。鑾坡地重官宜攝，
驥路風清駕獨先。四首新詩代條教，玉堂氣象一時還。

## 聖駕東巡盛京恭謁祖陵大禮慶成詩十首

陳世琯

一人統御際承平。祖宗文武垂先烈，熙朝區夏肇東瀛，天作高山啓大清。三后神靈時陟降，原廟衣冠想舊京。報本不忘親享祀，旋看奏假賚思成。

時當零露届秋初。閭閻共慶寧居樂，鵷班拜手送鑾輿，帝侍慈幃問省餘。神列勾陳隨輦後，稼穡群覘大有書。更喜太平真氣象，出關民物似華胥。

鐵嶺峥嶸接斗杓。龍虎萬年長拱抱，王氣蒼茫屬瀋遼，陪都東去路迢遥。渾河曲折環邊極，精靈五夜每趨朝。橋山弓劍歸藏地，時有紅雲上九霄。

水源木本溯三陵。粢盛潔處齋心達，祠官典禮叠相承，列聖居歆儼式憑。僾見愾聞通一氣，膋膟焚餘香靄升。聖祖昔年殷薦後，又看繩武肅嘗烝。

纘緒文皇實肇基。王業艱難垂世德，履武姜嫄推聖母，篤生始祖事神奇。燕天高帝初光宅，皇心乾惕協靈祇。閟宫盥薦抒誠恪，有道曾孫對越時。

建武南陽置酒年。長白嵐光遥對席，燕喜一堂群受祉，天厨稠叠湛恩宣。漢高沛邑歌風日，松花江色靄浮筵。君臣宛似家人會，既醉歡欣黼座前。

殿名崇政肅朝紳，稽拜信桓及遠人。鵠立鵷翔齊舞蹈，黄支烏弋並尊親。八荒在闥聯中外，
六合爲家篤主臣。應遣畫師閻立本，圖成王會獻丹宸。

雍容典禮敷文德，震爚川原耀武功。陣合鸛鵝緣大閲，軍分茶火爲臨戎。網留一面湯仁在，
禽失三驅易象同。却笑揚雄誇羽獵，何如吉甫咏車攻。

恩詔頒來速置郵，德音汪濊遍神州。聽將匝地歡呼動，知是經天濊澤留。錫類定能孚血氣，
宣威不獨鼓貔貅。聖朝至治歸仁孝，庸行從來即大猷。

告成大禮返皇畿，路過灤河望六飛。發駕金風方颯爽，迴鑾玉雪正雰霏。舞成七德揚翬羽，
庭列千官拜衮衣。赤鳳白麟休獻瑞，太平端拱自巍巍。

丙申元旦早朝　阮應商

氤氳滿眼日曈曨，八表歡呼帝澤通。玉仗班齊凝紫霧，仙韶聲細逐和風。泰階有喜天垂象，
雲物同占歲兆豐。愧乏封章酎主聖，欣逢錫福自深宫。

敬讀御製幸雲栖詩恭賦　吴陳琰

五雲深處擁招提，玉輅遥臨歷澗溪。萬壑松風潮候應，一天花雨梵音齊。江帆燕舞知迎蹕，
山寺鐘清有賜題。前度御書同焕爛，榮光高燭兩湖西。

# 本朝館閣詩卷九

## 七言律四

### 傳臚日紀恩　賈國維

紫陛朝儀肅九賓，聲聲臚唱出楓宸。忽聞御苑探花客，即是孫山下第人。天子深恩能造命，寒儒榮遇頓生春。喜心倒劇翻嗚咽，百折名場困此身。臣鄉榜以籍貫被劾，蒙恩賜復。會試落第，又蒙特賜殿試。感極而悲，不自知其所由來也。

### 賜恩榮宴恭紀　賈國維

南宮燭盡綺筵開，三百群英結隊來。精膳各分諸子座，一甲三人，特席設於露臺上。首班先得上公陪。也知名是流霞酒，獨喜恩沾湛露杯。馬上欲眠君莫笑，醉歸曾是到蓬萊。

### 賜鈔恭紀　賈國維

綸扉賜鈔拜恩歸，濟濟歡騰出翠微。旅食乍添邀帝澤，萊衣先買寄親闈。寒酸暴富人皆羡，兄弟同沾世所稀。臣弟兆鳳同榜。却憶兼金頻有賜，微臣此日更神飛。臣先食内俸三年，額外屢沐白金之賜。

## 授翰林院編修職恭紀

賈國維

聯步常趨翰墨清，三年真愧竊芳名。臣與學士法海侍書内廷，上常以内翰林呼之。適聞詔下瀛洲路，又聽鶯遷上苑聲。虎觀銀毫欣共載，鳳池新句可同賡。冰銜敢謂心如水，但矢微忱答聖明。

## 萬壽聖節恭賦二首

吴士玉

太平時節祝堯辰，端拱垂衣頌紫宸。松棟鶯飛三月曉，蓂階虎拜萬年春。仁風入律笙鏞協，德既充庭玉帛陳。共喜百生今一遇，敷天同日效尊親。

錦幔花燈信帝居，九衢民物入華胥。上林樹集鳴岐鳳，太液波跳燕鎬魚。山阜雅詩文陛進，地天泰運史官書。循環元會綿千億，寶祚欣逢六甲初。

## 賜裘恭紀

鄭任鑰

短褐青衫隱纈紋，忽從天上借氤氳。輕于柳絮團香雪，白似梨花蘸暖雲。曳練全欺宫錦燦，章身常帶御爐薰。朝來便覺陽和滿，濡墨螭坳當策勛。

## 丁亥萬壽聖節恭賦聖駕時臨幸江浙。　楊開沅

欣隨鴛鷺集嘉辰，南極騰輝接紫宸。際曉卿雲開瑞色，通宵霖雨潤芳塵。彤除拜舞天原近，清蹕追趨願未伸。滿眼江鄉沐行慶，衢歌同祝萬年春。

## 賦得春色滿皇州二首　楊開沅

乘乾和令覲羲皇，麗景先占四海康。玉琯條風披萬户，銅除晴雪轉三陽。宮桃露重苞輕紫，岸柳烟濃簇淺黄。極目昇平傳有象，承明橐筆頌無疆。

星橋纔慶歲三登，節近昆明應制仍。旭日未晞金掌露，暖風先泮御河冰。草薰綺陌沾靈雨，雲籠天階正玉繩。共識青陽臨大有，錫時五福應休徵。

## 賦得三十六宮都是春　趙熊詔

庖羲奥義費研摩，六六相承卦畫殊。卦本象儀因有數，畫分奇偶亦同符。地中雷始陽初動，天下風行陰漸敷。識得循環生意在，乾坤隨處是洪壚。

清潭應制　阿克敦

宿雨全收拂曉晴，碧泓新漲更涵清。波分天外雲光淡，影帶洲邊草色明。傍水亭臺炎暑却，
隔溪荷芰遠香生。翠華臨處塵埃静，自有淵淵愜聖情。

他爾氣嶺　阿克敦

雪滿陰山勢自横，中通一嶺類關城。飛泉百道從雲落，亂木千重繞澗生。巖仄有時難并轡，
石欹無處不遮行。蠢頑恃此成巢穴，化洽行看險亦平。

恭和御製翰林院宴畢駕幸貢院七律四首元韻　阿克敦

恰逢陽月最佳辰，特典傳宣遍九闉。纔向花磚親翰墨，更從棘院軫艱辛。搜羅每下求賢詔，
襄贊終期槖筆人。此日翠華勞警蹕，千秋文苑總含春。

文昌司命屬三台，玉尺金臺校衆才。天地篤生非偶爾，國家培養亦深哉。誰將美錦心爲製，
漫道紅紗眼未開。好待春風秋露日，持衡一矢潔清來。

養成毛羽自飛搏，厚禄休將末學干。海底千層收欲盡，竿頭百尺進猶難。曲江高會題仙籍，

雁塔芳名重禮官。次第上林花信到，莫將嘉實鳥銜殘。
芹生玉井碧香沉，海宇欣傳御筆吟。下士有懷無不達，聖情能鑒亦何深。焦桐留韻歸宵雅，
秀木儲材積鄧林。共識垂衣敷大化，鈞陶萬類荷皇心。

京兆秋闈和諸城總憲韻四首　阿克敦

紫泥封啓拜天書，受命先將萬慮除。千古論文歸大雅，一時襄事集華裾。香飄雲外秋風裏，
雨過籬邊暮靄餘。寂寂虛堂人静後，就中消息更何如。
搜奇未暇問清尊，學古誰能破舊藩。竈火茶烟遲永書，秋光槐影隔重門。空群騏驥應殊種，
逝海波濤自有源。今日文章歸大手，西臺冰鑑共春温。
持衡虛步諸君後，暮雨晨風院宇深。領得個中多至味，自然物外有清音。巉巖欲剖空山玉，
冷落誰尋碧海琴。相對三旬吟未了，秋蘭芳意矢堅金。
老去清班愧有聲，寸心堪信不須盟。但求至理無今古，肯向時流逐變更。碧落晴開秋月皎，
青山遠帶暮雲平。當年記得經由處，敢詡今朝藻鑑精。

## 萬壽聖節恭賦二首　徐用錫

星繞虹流六十年，蹡蹡鴛鷺仰堯天。爐烟近裊雲霄上，扇影徐分日月邊。陶淑萬方周禮樂，平成億載禹山川。彤廷何限華封祝，寰海三多次第傳。

太和宇宙慶星辰，上苑岧嶢接綺闉。輦路鶯花三月麗，康衢簫鼓萬年春。黄圖帶礪彌天壽，紫府星辰與日新。久道化成文治盛，周詩棫樸頌皇仁。

## 陳海寧夫子教習己丑庶吉士以長句四篇示勉同館敬步原韻　徐用錫

文明喬喬焕天經，瀲灧光涵壁二星。恩降黄麻崇舊學，班聯紫闥拜先型。喬松直上千尋秀，泰岳飛來萬仞青。久説五雲騰繞處，今朝特見覆寒廳。

葳蕤玉珮帶裘英，入座春風拂面輕。三殿文章徵道氣，九重恩禮副深情。訓辭金擬千迴鍊，語義珠懸四照明。自顧粗才知感激，願分藜火到青檠。

飛栖分占上林枝，執卷躊躇每三思。刷羽今來儲相地，餐齏猶記授書時。苦中磨鍊心常泰，熱處趨蹌足敢移。九萬鵬程須六月，從容亦得上天池。

誰言峻望邈如仙，莫放兢持是善緣。冬日自然温可愛，春冰真覺履難堅。通經妄意規韓子，博物何心景茂先。點點梅花逗桃李，程門雪後即春還。

## 望西山雪　徐用錫

昨夜風花走素虬，西山望作玉京游。寧知寒色離重郭，盡放清光貯小樓。一角畫如懸水月，半邊天似涌沙洲。十年對面何曾到，慚愧同君早白頭。

## 萬壽聖節恭賦二首　戚麟翔

六宇歡聲徹帝廷，扶携老幼祝堯齡。休徵百福歸皇極，月建三春紀壽星。棫樸宏開雲漢麗，笙歌遥沸海山青。群工漫進千秋鑑，聖德神功括六經。

長年珥筆侍鑾坡，拜慶今從鴛鷺過。半月前人修上巳，浹旬後佛浴清和。九重階上簫韶曲，萬歲聲中保定歌。億兆臣民潛願望，封人有祝媲三多。

## 成都試院八月十五夜　張大受

衡鑒堂開月色澄，臣心敢擬玉壺冰。人材類萃奇難得，文字銓量老尚能。蜀國江山如錦列，皇朝館閣若雲蒸。分明露溢蟾宫近，桂樹清香此夜凝。

成都鹿鳴筵追和范文穆公韻　　張大受

來從西蜀采瑶珍，岷水峨山秀出群。向曉桂華初染露，凌秋鵰翮迴排雲。青袍名姓升天府，白髮文章答聖君。萬古六經供世用，後生努力策功勳。

十月十二日承詔選録宋金元明四朝詩次日起居注館宣旨恭紀二首　　顧嗣立

四部紛綸群玉堆，編摩首命並蘭臺。奉旨以嗣立領《四朝詩》館之首。似憐詩是吾家事，特地恩從天上來。僞體别裁回格律，殘編采綴拂塵埃。英華文苑猶能續，滴露研硃意未灰。

詞章結習是前因，碌碌甘隨十九人。同館被命者共二十人，故云。卷列四朝詩作史，地分三館德爲鄰。是日《歷代詩餘》《廣群芳譜》二館亦同宣旨。西清東觀爐烟近，黄帊牙籤硯影新。回憶閭邱著書處，冷螢幽蠹落松筠。

## 十月十二日承詔選録宋金元明四朝詩次日起居注館宣旨恭紀八首

王時鴻

傳宣詔命及埃塵，忭舞歡趨仰聖仁。廿載鴛行頻屬目，一群鷗渚乍來人。登朝多士文明盛，下第書生氣象新。聽得仙班指點説，五雲深處是楓宸。

蓬蓽恩叨特達深，一犂烟雨别長林。豎儒敢望凌雲路，聖主偏多化雨心。仗衛影瞻雙鳳闕，珮環聲應五弦琴。何當身比枯亭竹，也厠鈞天荷賞音。

紅擁扶桑焕帝畿，參差宫樹綺霞圍。向來委珮豐貂地，纔見裝棉大布衣。廣殿香濃烟靉靆，小春風暖日光輝。詩歌丹槧芸窗事，拜捧絲綸踴躍歸。

異書多自木天分，洗盡寒酸舊見聞。直向文瀾窺萬壑，儼從筆陣選千軍。紙窗清曉温兼習，燈火深宵拙補勤。却悔當年矜蠡測，幾同鹵莽説耕耘。

幾暇編摩事汗青，廣搜姓氏勝書屏。君臣異代邀欣賞，蘇軾遇仁宗事。今古詞人好敬聽。句入非常金石集，事同不朽鼎鐘銘。未容取舍憑胸臆，百遍吟來筆屢停。時鴻分選宋詩，凡所采輯，悉遵聖諭指示。

發凡創草詔群儒，天語傳來悟一隅。黼黻盛明真有幸，揣摩聲韻豈其徒。大都好處推風格，曾記年時學步趨。博訪彙登香案上，殘編斷簡等嘘枯。

百千砧杵竟何成，坐説文章愧起行。得比詞曹專所事，便爲聖代不虚生。月宫籍上慚流輩，天子書中忝姓名。莫歎升沉霄壤隔，西風倦眼豁然明。

至德由來造化通，無私人仰帝天同。一寒袍亦煩宸顧，不易居皆廑聖聰。放斥莫嫌逢運蹇，包容竊喜際時隆。惟將犬馬酬恩意，常傍天邊藜火紅。

## 恭和聖製千叟宴詩元韻

魏廷珍

鷺序繽紛鶴遜妍，蓬萊勝處啓瓊筵。生逢壽主都增算，身列仙班幸有年。恩勝虞庠分上下，典逾周禮並登延。盈廷盡是洪崖侣，拜舞螭頭笑拍肩。

## 聖主臨雍禮成恭紀六首

吴襄

鑾輿夙駕凰城隈，聖主崇儒詣學來。漏轉銅龍丹闕啓，光浮石鼓戟門開。頌傳芹藻歌于邁，雅奏菁莪樂育才。正是雍熙當累洽，章天雲漢倍昭回。

炯炯櫨星駐彩旄，玉階親陟殿廷高。氤氳元氣浮仙仗，馥郁香烟染御袍。萬舞初陳揚羽翟，六莖徐奏協雲璈。東田帝耤耕纔罷，大禮頻行不厭勞。

龍旂白馬載前光，綵紵祥麟毓慶長。宗系世遥稽譜牒，景行心切見羹墻。春秋俎豆崇千祀，祠廟高曾儼一堂。豈但榮施叨五代，素王累葉已封王。

御屏高敞蹕旋移，綈几瑶編進講時。咫尺瞻天惟穆穆，班行席地總師師。槐枝欲綻春風細，棠影初斜麗日遲。忝附侍臣恩賜渥，乳花浮碗拜皇慈。

駪駪胄子藹如林，六館弦歌聖化深。運際治平勤典學，統承精一契傳心。鴻猷莫罄天巍蕩，大道原同日照臨。漢室談經稱盛事，祇從章句費推尋。

聲教覃敷遍九垠，神州膠序見尤親。學規共凜王言肅，試額頻增聖澤新。四海文明儀鸑鷟，一時風化本睢麟。分明目睹虞周盛，不數圜橋億萬人。

## 賦得修竹成陰手自裁二首　吴　襄

晴摇緑翠散修篁，種得瑯玗傍玉堂。地暖自來宜雨露，梢柔今已耐風霜。幾年籜解千尋勢，一望陰連數畝凉。好借知音裁笛管，九霄清韻叶鸞凰。

烟梢翠筱自嬋娟，養護辛勤記往年。帶雨移來欣得地，凌雲看去欲依天。喜鄰松柏陰相接，未試冰霜節已堅。結實漸垂珠瑟瑟，最宜栽近鳳池邊。

## 賦得花枝照眼句還成二首　　吴　襄

東皇著意布和風，滿眼韶華盡化工。萬柳雲連天際緑，一簾霞映樹頭紅。詩情蕩漾三春候，花氣氤氳七字中。日對園林清興發，倚闌高韻許誰同。

陶冶心靈愛物華，韶光滿苑屬詩家。行看春色千重麗，陡覺吟情百倍加。疑有歌聲真解語，夢傳綵筆欲生花。名葩俊句相輝映，錦繡叢中鬥綺霞。

## 恭和御製翰林院宴畢駕幸貢院七律四首元韻　　德　齡

吾皇籲俊練良辰，鳳旆虹旌集錦闉。祇爲賢能勞寤寐，特於科第念艱辛。虞門穆穆傳賓俊，周雅芃芃賦作人。十月芳華香輦座，濃恩暖歷小陽春。

昇平有象協三台，藹藹廷多黼黻才。已遣旌旄問姝者，更同喜起咏熙哉。蒼龍彩抱宸章動，若木華連睿藻開。自昔驊騮矜一顧，争看千里籋雲來。

直上清秋翼並摶，伐檀那復置河干。石多似玉分須急，金必披砂揀最難。郊遂已看移不帥，賓興惟待論爲官。聖朝樂育同天地，何况琴材爨未殘。

井亭桐葉影沉沉，曾記當年事苦吟。奔走未酬官爵重，文章詎報國恩深。嘉祥久兆芙蓉鏡，盛事彌誇桂樹林。幸上星辰隨曳履，惟期不負讀書心。

擬館試爲愛寒花晚節香　德齡

葳蕤翠葉擁花黄，燦映星霞冷帶霜。故向高秋標正色，不妨孤賞後群芳。餐英人瘦神俱淡，透月籬疏影亦香。古盎移栽深護養，要看歲暮鬥梅妝。

聖主躬耕耤田恭紀二首　吴應棻

天意君心一氣通，先期灑道有神功。一犁紅杏枝頭雨，幾陣桃花信後風。零露湑兮農具潤，春泥濕處土膏融。試聽仙樂聲和協，先奏咸豐後屢豐。

郊宫祈穀禮初成，又見金根載耜行。后土顯然呈地寶，先農默爲助春耕。那知鋤雨犁雲候，悉載堯咨舜儆情。處處粢盛供孝享，俱從夙夜殫精誠。

## 聖駕南苑大閲恭紀二首　吴應棻

貔貅十萬耀戎裝，共仰龍鱗照日光。馬控流星紅赭汗，弓開滿月緑穿楊。旍梢風颭花千簇，鹿角雲排卦八方。兩翼中間羅萬象，盛朝軍制邁軒黄。

恩綸大賚羽林軍，踴躍歡聲動地聞。將士渥沾三日宴，山河底定萬年勳。陋他漢武金鐃曲，拓得周宣石鼓文。大狩禮惟司馬職，葵心一點捧紅雲。

## 恭和御製落葉六首元韻　張廷璐

萬類榮枯自有由，離披殘葉信難留。但看林麓黄初落，無復軒窗翠欲流。修竹疏時先漏月，高梧飄處早知秋。盈虚探取循環理，天地何心愉與愁。

亭皋深緑映殷紅，漸覺濃陰取次空。野老籬根籠蟋蟀，幽人門外雜蒿蓬。飛隨廣陌千家雨，響墜高樓一笛風。最好看山無障礙，嶙峋石骨淡烟中。

惜别情懷憶遠心，每當摇落感偏深。九秋不耐霜初隕，一巷惟留雲作陰。影到閑庭松獨秀，花圍老圃菊堪尋。山齋自領清幽趣，試聽蕭蕭空外音。

枯木圖成筆意殊，研朱調碧又何須。雲中辨樹枝梢見，林際觀空色象無。淺渚影隨晨集雁，
故巢寒逼夜啼烏。學書收取供操翰，霜柿扶蘇愛幾株。

花散諸天較若何，西風庭院夜來多。千林盡脱開平楚，一片紛翻逐遠波。待得春光迷大地，
依然繁蔭見交柯。扁舟可駕輕如此，桂楫乘流好渡河。

榆柳先零每望秋，欲辭修幹若爲愁。月明楚岫來游屐，楓老吴江送客舟。宸藻高深凌雅頌，
詩家清淺陋錢劉。微臣載筆慚賡咏，浩蕩滄溟一點漚。

禮闈次静海大司寇韻二首　　張廷璐

聖朝文教久涵濡，濟濟群賢集九衢。杞梓選材歸上苑，驊騮逐隊向皇途。藍田争獻懷中璧，
碧海誰探頷下珠。正是棘闈春浩蕩，温綸重叠荷恩殊。

簪裾列席共槐廳，鎖院深嚴永晝扃。湘管丹鉛寧漫試，風檐鈴柝憶曾聽。惟期蕊榜羅群俊，
敢負芸香守一經。况有宗工持藻鑑，寸心同矢對青冥。

聖主躬耕耤田恭紀二首　　徐　本

旭日旌旂輦路分，肇開東作邁思文。燃蕭默祝千村雨，秉黛深鋤一片雲。柳漸鳴鳩春意滿，

杏初飛燕午風薰。衮衣成禮臨黄幄，次第公卿致力勤。鳳城環繞緑疇多，群仰躬耕駐玉珂。兆姓盡知敦本意，老農齊唱得年歌。兩岐定見舒新麥，同穎欣看長瑞禾。帝德天心相契合，豐登寰宇共誠和。

甘霖普降特召大學士内廷翰林圓明園泛舟恭賦　　徐　本

甘霖昨喜遍郊畿，詔許新晴覽翠微。萬井膏腴方被澤，一園草木已含暉。波隨棹影初生縠，凉沁荷香暗襲衣。幸奉良游瞻聖藻，疇咨念念切民依。

聖主躬耕耤田恭紀二首　　鄒升恒

昌期致治在勤民，稼穡開先事必親。祈穀已行元日禮，耤田仍及土膏春。風光二月連三月，帳殿千人拱一人。共喜乾行乘巽德，早看鑾輅出楓宸。

教孝明農鉅典彰，王畿仍作四方綱。民歌補助先成諺，天鑒精誠屢降康。春雨一犁秧水緑，秋風萬里稻雲香。微臣願領瞻蒲衆，酌兕同稱萬壽觴。

聖主臨雍禮成恭紀二首　　查　祥

詣學名頒玉詔新，寅衷謙德備楓宸。九霄鵠峙群官肅，萬騎雲從法駕陳。星麗紫垣晴焕采，日臨黄道净無塵。中朝士庶齊歡躍，争看君王謁聖人。

百僚環侍絳帷張，次引生徒到講堂。士氣軒騰承詔旨，儒衣寬博拜君王。草茅禮習朝儀肅，鄒魯榮叨世澤長。拱立兩行分雁序，去天尺五覲龍光。

聖駕南苑大閲恭紀二首　　留　保

貔貅百萬衛神州，法駕風清十二斿。輦路遥連黄道正，御爐徐引瑞烟浮。握機一卷承皇古，顯比三驅卜大猷。武備修明全盛日，黎元額手慶宸游。

轟雷掣電火連營，叠磤叢鎗共一聲。響徹八門開紫極，雲排兩翼現金城。神弓自教諸軍射，御馬常先衆騎鳴。甲胄詩書雙濟美，吾皇智勇是天成。

恭和御製駕幸翰林院賜宴分韻聯句後復得詩四首并示諸臣

元韻　錢陳群

瓊筵晨啓坐生春，聖主親賢比握珍。鴻運百年興禮樂，鹿鳴初什答君臣。袖中鰲禁香烟裊，庭際瀛洲草色新。插架賜書千萬軸，小留天步到檐巡。

璇題雲構好栖鸞，環侍群仙七等冠。優渥恩綸真異數，琳瑯新句許傳看。文光直上應千尺，和氣融來是一團。不漏蓬壺清淺水，也隨學海助波瀾。

賡歌體製擬珠聯，百六詩成第一篇。步輦初臨參至聖，頭廳並遣謁唐賢。院署有孔子神廟、韓愈祠，是日行禮有差。曈曨日影浮雞樹，澹沲風光上鶴烟。不到五雲清秘地，那知人世有神仙。

共欽聖德日昭融，提命諄諄感寸衷。縱有心期思樹立，慚無學植答登崇。承筐賚予恩光遍，申宴叨陪茀禄同。陛楯千行誰不羡，幾生修到玉堂中。

恭和御製翰林院宴畢駕幸貢院七律四首元韻　錢陳群

燦爛文昌拱北辰，垂芒下照帝城闉。時清真見才師濟，主聖偏知士苦辛。樺燭閃風吟卷地，青衫似草計偕人。拜瞻天仗聞天語，輦路如隨有脚春。

人間有路接中台，鎖院曾量斗石才。試已至三亦足矣，拔能得五盡佳哉。晷移蝸舍千行列，

雲擁龍門四扇開。最憶年時文戰北，蹣跚六七番曾來。臣陳群曾應京兆試五、南宫試三而成進士。

羽儀王國待扶搏，不是尋常挾策干。擢秀鄧林心匠巧，求珠赤水夜光難。瀾翻舌本推文傑，

冰作頭銜屬試官。珍重至尊延訪意，摩挲莫厭漏聲殘。

花開桂落寫升沉，七字宸章萬遍吟。求士何妨求驥比，愛才真與愛民深。華簪自昔憐初服，

玉笋經春戀故林。寒畯一時齊忭舞，敢將志業答皇心。

恭和御製駕幸翰林院賜宴分韻聯句後復得詩四首并示諸臣

元韻　　勵宗萬

文孝涵濡已百春，山川貢瑞士懷珍。治超貞觀年間主，心慕凌烟閣裏臣。史館親臨從未有，

玉堂佳話一番新。賡歌燕衎存咨儆，不用登封續漢巡。

樂奏簫韶集孔鸞，千行劍佩列簪冠。如春温語環階聽，有喜天顏侍坐看。拜賜名茶烹鳳餅，

捧歸文綺翦花團。瑶編更共雲箋錫，學海均沾百尺瀾。

五字宸題似璧聯，宴成走筆更裁篇。豈將黼黻誇詞苑，欲以箴規勵集賢。掃去浮華空月露，
自然麗藻涌雲烟。瀛洲珥筆人何幸，一食金丹骨便仙。

小春風日湛恩融，訓士殷勤仰聖衷。所貴因文而見道，須知業廣乃功崇。禮隆洙泗心源合，
世際唐虞景運同。自此菁莪春益盛，連茹並進石渠中。

恭和御製翰林院宴畢駕幸貢院七律四首元韻　　勵宗萬

霓旌翠葆拂星辰，一片非烟散綺闉。特幸文場觀整肅，深憐舉子倍艱辛。日邊氣旺青雲客，
山外歡回泣玉人。四首宸章勤慰勞，枯桐殘桂總含春。

慎遴冰鑒自奎台，力屏囂浮拔異才。九載旁求思切矣，幾回申命曰欽哉。化承累洽滋培厚，
運始中原氣象開。注記一時多曠典，賡歌纔自玉堂來。

雕鶚乘秋奮擊摶，何曾老去屈方干。盡除宿弊持衡易，特命新題剿説難。入彀文雖知有數，
抱才人不患無官。雞窗自此都勤學，書卷寧供蠹蝕殘。

三條燭盡漏聲沉，記得風檐擁筆吟。僥倖昔年爲學淺，科名奕世受恩深。漸看暖律回寒谷，
又聽嚶鳴滿上林。萬彙均歸陶鑄裏，傾陽惟有竭葵心。

恭和御製出古北口元韻　沈起元

巖關非漢月非秦，村落雲連古竈煙。鑾輅不驚深谷鳥，青山長老太平人。泉分南北迢迢遠，風接幽燕漠漠淳。邊草邊花承輦道，欣將微露灑清塵。

恭和御製登景州開福寺塔元韻　沈起元

高標擁起矗云天，趙北燕南盡檻前。紫塞千重人外障，齊州九點望中烟。鵬飛萬里還疑碍，鴿宿層臺自伏禪。聖主登臨深遠寄，浮圖肯問造何年。

恭和御製濟城春望元韻　沈起元

春晴烟景畫城樓，樓下東風草木柔。岱色連雲蒸雉堞，濼源伏地噴泉流。聽鸝客坐屏山閣，拾翠人歸北渚舟。爲念飛鴻猶有在，恬熙滿目聖還憂。

聖駕東巡盛京恭謁祖陵大禮慶成詩八首　于振

萬乘東巡展孝思，鳴鸞前載漾微颸。濕雲頓掃開芳甸，晴日平臨滿畫旗。漢代歌風追鎬洛，周家卜世著邠岐。起居晨夕趨行殿，仍似深宮定省時。

高山天作發祥初，長白縈迴結隩區。鴨濬仙源瞻王氣，鵲銜靈果啓鴻圖。黃旄夙設周廬仗，赤伏還陳受命符。載撫杯棬欣主德，宸襟彌自斂盤盂。

萬峰岝㟧靄松楸，鬱鬱葱葱佳氣浮。寶祚無疆知地脈，曾孫有道荷天庥。衣冠拜處朝儀肅，綸綍宣時惠澤流。春露秋霜方怵惕，歡聲早已動皇州。

雉堞崢嶸杳靄間，睿謨握勝控雄關。南臨渤海兼遼海，東接松山與杏山。應運功成遺壘在，太平日久戍樓閑。即今雞犬桑麻地，饗蜡吹豳自往還。

悠悠旌旆靜無譁，來享來王總一家。到處如安記里鼓，遺歸不假指南車。鶊黃褶麗隨仙仗，狐白裘温扈翠華。欲倩龍眠高畫手，摹成王會示荒遐。

朔風凌競馬騤驔，鸛鶴魚龍士所諳。伏札能穿何論七，前驅不戒總開三。千屯月上霜威冽，萬幕雲深雪意酣。日暮放罝鉦鼓卧，又聞帳殿啓經函。

萬幾清暇富文章，頃刻龍鸞天際翔。賦就盛京思劍舄，舞成世德念羹墻。宮懸肄業皇猷壯，瓊笈鐫摹御墨香。蠡管詎能窺聖學，願偕儀鳳記鏗鏘。

冬序初回是小春，一陽來復届芳辰。鑾輿過處衢歌溢，鳳輦歸時巷舞頻。共識聖朝隆典禮，咸知純孝格天人。小臣愧乏卷阿頌，鼓腹聊同擊壤民。

聖駕南苑大閲恭紀四首　尹繼善

六琯葭飛萬物春，詔傳閲狩肅清塵。金輿赤羽雲中出，銀甲朱斿仗外陳。文德覃敷光正遠，武功丕振烈猶新。紹庭不盡憂勤意，睿藻先將示近臣。

晾鷹臺迴接層霄，虎帳開時直斗杓。玉座高臨虬纛整，軍營遍歷馬蹄遥。千山瑞雪連天净，四野和風應候調。建旐設旄循舊典，非徒搏獸咏于苗。

南苑晴暉向曉開，旌旗簇簇陣雲堆。驅馳變化龍驤奮，步伐從容羽騎迴。有喜天顔敷雨露，無譁軍令肅風雷。熙朝不廢修戎事，赫濯聲靈萬國來。

夏諺于今意自親，吾休吾助賴游巡。歡聲挾纊回陽律，喜氣投戈協兆民。文囿騶虞仁最普，虞階干羽化彌淳。颺言更進無荒戒，憂樂關心仰一人。

聖駕南苑大閲恭紀四首　徐以升

天垂景慶帝垂裳，文教覃敷武奮揚。南北賮琛歸禹貢，東西鶼鰈入堯疆。亦知世治兵無用，誰道時平戰可忘。簡閲特行冬仲典，羽林千萬盡龍驤。

銅龍漏曉屬車行，寒柳晴融樂鳥聲。雲罕高擎霞氣紫，霓旌横拂日華明。千條馬埒如弦直，百步萊田似砥平。坱莽神皋雄壁壘，羃天錦繡五花營。

鼓旗十二晾鷹張，天子親臨日月光。九地龍蛇縈曲直，八門魚鳥制圓方。無譁霜凛干戈氣，有爛星羅劍佩行。共仰中央雲一朵，氤氲紅繞御爐香。

六軍温詔乍傳宣，内府恩流百萬錢。靈囿呼嵩山谷應，和門挾纊鼓鐃闐。風清玉輦龍顔喜，露湛彤弓豹尾旋。聖世觀兵原耀德，金甌長卜太平年。

## 恭和御製駕幸翰林院賜宴分韻聯句後復得詩四首并示諸臣

元韻　汪由敦

冰署先吹暖律春，御筵香靄荷分珍。晴霞曉散蓬瀛境，湛露恩均侍從臣。東壁詩篇追自昔，延英樂府記番新。宴次中和清樂，奏玉署延英之章。欣逢盛典叨殊渥，芳醞親頒第八巡。是日，召至御前賜酒十三人，臣次第八。

研丹點筆燦翔鸞，高捧光騰近侍冠。清閟深堂纔暫憩，喬皇宸藻已傳看。九霄霞彩珠爲斗，五色雲機錦簇團。自是聖涯涵溟涬，望洋何處溯文瀾。

玉音辰告肅班聯，風雅淵源典誥篇。宣諭有『因文見道，不專尚詞章』語。保泰百年欽主聖，賡歌一曲勵臣賢。繽紛更拜承筐賜，馥郁同携滿袖烟。欲笑金鑾傳密記，衹從游幸詫群仙。

元氣均調聖澤融，儒風遥邑仰天衷。鳳池波比滄溟闊，鰲頂峰逾泰華崇。廿載迴翔私感切，千秋際會衆心同。惟將稽古孜孜意，永戴堯仁業業中。

## 恭和御製翰林院宴畢駕幸貢院七律四首元韻

汪由敦

三霄湑露渥昌辰，仙仗重移向綺闉。直爲蓬山均愷澤，更從棘院軫艱辛。繡楹寶帖榮觀國，玉版奎章懋作人。試看和風吹長養，八紘隨處布陽春。御製詩并御製書聯扁額發直省貢院，恭奉勒石。

奕奕紅光燭斗台，百年羅網育真才。鳳凰鳴矣梧生矣，元首明哉士勖哉。月窟桂飄仙路迴，春江杏倚上林開。誰知鱗次風檐隘，特荷君王玉趾來。

鵬背曾看九萬摶，門高詎敢寸私干。披砂不道求金易，抱璞應憐獻玉難。黎獻萬邦傳帝典，賓興三物本周官。詞源學海敷彝訓，未許區區但守殘。

鎖闈晝静漏森沉，幾度煎茶記舊吟。蘇軾有《試院煎茶》詩。樺燭敢辭通夕倦，冰衡頻忝被恩深。珠璣百琲涵滄海，杞梓千章蔚鄧林。多少迎鑾魚雅士，欣欣就日見葵心。

## 恭和御製柳絮五首元韻　　汪由敦

落梅寂寞畫檐巡，柳絮俄看滿綠津。弱質飛飛空竟日，長條冉冉記先春。晴翻繡箔千門曉，暖逐香車九陌塵。恰爲帝城增景色，赤欄橋外簇游人。

雪花飛日秀新稊，花雪飛時到處迷。陌上尋春驚晚矣，樓頭望遠正紛兮。劇憐烟重慵開逕，無那風多困拂堤。剩有落紅千萬片，補巢同作杏梁泥。

辭蒂何須帶曉霜，倚風仍繞杏間堂。輕盈無力惟餘態，撩亂多情盡放狂。烟雨漫催三月去，鶯花併作一春忙。銀塘添得蘋千點，飄泊隨緣也不妨。

穿花渡水暗霏霏，亂撲長亭客袖揮。灞岸低迷芳草暗，御溝陰曆玉泉肥。漫空蛛網黏難褪，貼地榆錢卷共飛。安得禦寒同吉貝，掃來裝作萬家衣。

吟入瑶箋興不窮，色香無著繪虚空。魚吹鏡裏微生浪，燕蹴簾前乍受風。岐路轉蓬憐客子，閑窗捉影笑兒童。吹嘘總借東皇力，穩重争如膩玉紅。

恭和御製駕幸翰林院賜宴分韻聯句後復得詩四首并示諸臣元韻

劉統勳

翠輦移來翰苑春，儲材深望得殊珍。付將調燮經綸手，領此文章侍從臣。師濟官僚周道擁，廟廊鐘鼓一時新。沙堤何幸承天步，豹尾雲旗匝幾巡。

阿閣宏開集鳳鸞，六曹三省列儒冠。誰知文苑英華盛，便作周官典制看。詩就千言波灧灧，榜懸七寶月團團。詞臣同此親芳饌，觀海人曾見紫瀾。

隆恩稠疊到班聯，温語如聞湛露篇。錫爵豈惟明尚齒，承筐兼以示求賢。宮商韻協朱弦奏，鼎鼐香凝玉篆烟。甘露親從天上得，縱教凡骨也登仙。

開霽烟光旭日融，葵忱傾向矢丹衷。西清敢詡詞華富，黄閣方齊相業崇。隆禮難酬千載遇，敷文已見萬方同。勖哉珥筆承恩者，夙夜勤思夏屋中。

恭和御製翰林院宴畢駕幸貢院七律四首元韻

劉統勳

盛事喧傳共此辰，一聲清蹕徹重闉。詞垣已慶新丹雘，棘院還蒙念苦辛。在藻依蒲辭舊侶，擔簦躡蹻有勞人。天文朗耀懸珠斗，遍燭鱗鱗萬舍春。
聚奎有象應星台，勉爾旁求得俊才。王國爲楨洵美矣，臣心如水尚欽哉。菁莪不向私門頌，
桃李偏連上苑開。何幸青衿瞻黻冕，至尊親到禮闈來。
雲鵬有路九霄摶，燕雀休憑弱羽干。價比連城真贋別，目迷五色鑒裁難。訓言剴切垂貞石，
典故殷勤問禮官。多士幾人能立志，遺經長對短檠殘。
風檐想像漏聲沉，跋燭含毫入夜吟。此地幾經文思苦，今朝一顧聖恩深。璠璵器重光崑圃，
梁棟材多茂鄧林。三復宸章同拜手，洪鈞陶鑄見天心。

## 恭和御製柳絮五首元韻　劉統勳

嫩緑常瞻鳳輦巡，交枝深鎖玉園津。遲遲日轉當三月，點點花飛送暮春。曲苑飄連斑筍籜，
游輪碾伴麯絲塵。悠揚自趁芳菲節，留取濃陰蔭暍人。
乍辭弱縷謝柔稊，落蕊晴絲意共迷。蠶月有條歌沃若，琴風應候奏薰兮。參差一任隨流水，
游冶無端上大堤。比似南朝談妙果，半登茵席半污泥。
何來輕靄綴明霜，密密疏疏上下堂。丈室散花寧易墮，楊枝滴露不成狂。金絲梭擲藏鶯巧，

文杏梁深助燕忙。舒卷浮雲同闊達，兩無根蒂未相妨。

十行御墨淡烟霏，雅韻天成玉札揮。寓目光風吹絮轉，關心膏雨潤苗肥。機洋溢處當軒舞，勢接連時撲地飛。何事行雲歸且未，素綃空颺五銖衣。

萬縷千條望不窮，顛狂色相漸成空。白綿飄蕩朱明日，翠帶依微少女風。掃地已看清法界，折枝詎待走香童。波添太液浮萍合，繞岸芳華緑映紅。

## 恭和御製落葉六首元韻

劉統勳

密運誰參造化由，千林風葉落難留。桐陰當户初飄影，楓樹臨江正點流。響入砧聲勞遠望，曲同蟬韻易驚秋。從來詞客偏多感，九辯吟成宋玉愁。

遠浦連腮褪舊紅，寥天雁字寫長空。林間豈有悠揚絮，枝上翻疑斷續蓬。潤色曾沾三月雨，寒條不耐五更風。莫言轉盼分榮悴，同入洪鈞鼓鑄中。

鬱然僅見後凋心，青女排空點染深。尚愛蒼崖鸞鳳影，已無榿木草堂陰。幽人閉户何曾掃，羽客行踪未可尋。蕭寺當年閑蠟屐，荒林踏遍聽秋音。

風物蕭騷氣候殊，詩情畫意兩相須。山間樵逕迷難渡，天際烟林淡欲無。記取輕陰藏戲馬，留將曉色帶啼烏。何人携客黃泥坂，月下扶疏看萬株。

飄零一任墮無何，玉露金風處處多。楊柳枝猶搖古陌，芙蓉影不隔清波。鐘鳴苦憶江南路，夢覺迴看枕畔柯。賦罷秋聲人不見，空庭耿耿望明河。

皎潔風光愛素秋，翻翻轉益發詩愁。湘波月冷沉魚唱，汾曲雲飛引桂舟。隴首一篇凌鮑謝，江楓五字駕曹劉。那知寫入宸章裏，變化真如碧海漚。

京兆秋闈即事呈大司寇阿公兼示分校諸君子四首　劉統勳

綸扉曉啓捧鸞書，簡命持衡玉筆除。鳳闕乍聞傳姓字，天門旋見列簪裾。桂華香帶秋風早，梧葉涼飄夜雨餘。行到庭陰重回首，當年辛苦意何如。

分席叨陪耆宿尊，憶曾立雪仰籬藩。人推朗鑒高三館，心爲熙朝闢四門。每以虛懷參衆論，幸因先達識詞源。廷評會見勞丹筆，且坐春風一月温。

六曹三館聞名久，比屋聯床鎖院深。問字異時容載酒，論文此日歎知音。奇探昌谷囊中句，妙聽成連海上琴。樺燭光添傳好語，寒沙撥盡得南金。

想像春蠶食葉聲，寸心凜凜敢寒盟。玉音須善酧三策，雨立應憐徹五更。久勖文章歸大雅，邇來格律見昇平。洛陽紙價從教貴，信有群賢鑒别精。

賦得光風摇動蘭英紫　李重華

瑶圃新芽最得陽，微風習習起崇光。祥雲自映烟華色，御氣全披露晼香。吹引高臺催作賦，影回春岸蕩流觴。良時共沐南薰調，試咏猗蘭和聖王。

賦得柳橋晴有絮　趙大鯨

新烟漠漠護輕條，令節晴和有絮飄。映日飛揚迎淑靄，因風披拂遍平橋。萍香碧水春留迹，雪點朱闌暖未消。幸得吹噓依上苑，佳時景色倍含韶。

甘霖普降特召大學士内廷翰林圓明園泛舟恭賦四首　彭啟豐

雨餘清暑净塵埃，優渥歡聞遍八垓。祇爲熙時同樂愷，故教長日預追陪。珍禽睍睆隨旌舞，文藻参差引棹來。一派玉泉新漲滿，田疇霑潤及根荄。

上林風景畫圖工，倒影樓臺萬象中。秀簇方壺瞻眺遠，恩深太液泳游同。凉飔拂處榆槐緑，綺浪翻時菡萏紅。仰睹宸章親灑翰，作舟還重濟川功。

宵旰殷懷若雨暘，萬幾游覽悦時康。臣鄰一德觀元化，禁近承恩覲帝光。繞楫鳧鷖淡容與，
忘機鷗鷺共游翔。欲知圖繪豳風意，早盼黄雲稻隴香。
十年珥筆侍彤墀，霄漢金莖湛露滋。披拂薰風曾奉詔，霑濡甘雨又乘時。蓬瀛勝景身方到，
山水清音聽始知。天上招凉鎮無暑，晝長刻漏轉遲遲。

瀛臺賜宴恭和御製元韻四首　　鄒一桂

苑籞晨開集玉珂，蓼蕭恩重曉風和。天瓢共挹三秋露，瑞穎歡登八月禾。慶洽明良叨侍從，
路親霄漢紀經過。雲飛不數横汾曲，一德君臣仰帝歌。
朝爽西來瑞靄稠，水晶宫殿鏡波浮。乘槎欲接明河影，式燕群沾太液流。鑒物澄懷歌在藻，
濟川洪業勵同舟。清光晶晶懸秋日，遍作恩輝滿樹頭。
紅泉碧磴浄娟娟，仙閣遥臨紫陌烟。隊逐鷺鴛聯繡仗，春生醽醁敞華筵。天章親許巴人和，
勝事憑將綵筆傳。記取囊萸佳節近，太平天子慶豐年。
宴罷瑶池詔暫留，五雲深處足賡酬。澤均疏賤同尊戚，先一日宴王公宗室。恩轉陽春入素秋。
摘架葡萄盈翠籠，躍波魴鯉上銀鈎。歸來拜賜榮登俎，錫類仁施遍十洲。

## 賦得地闢天開第一人二首　　鄒一桂

功德巍巍冠百王，文章性道久彌光。尼山俎豆明禋遠，泗水弦歌化澤長。數仞當年猶躑躅，一詞何處更揄揚。器車服物依然在，仰止高山誦廟堂。

江漢洪流彙百川，擬將學海測深淵。子臣弟友功參化，用舍行藏動合天。聖又多能難臆度，道惟一統在心傳。宸章賁處龍文耀，坊表欽崇億萬年。

## 恭和御製駕幸翰林院賜宴分韻聯句後復得詩四首并示諸臣

元韻　　張鵬翀

寒林花木逗芳春，綺席歌闌更賜珍。列坐賦詩徵喜起，承筐侑酒洽君臣。雍容侍從人文盛，宏整詞垣氣象新。俄頃天章復垂示，欲呈巴曲重逡巡。

禁苑朝來駐八鸞，玉階環擁肅衣冠。道因文顯毋岐視，古作今型好諦看。鳳沼新流鳴滮滮，鰲峰老樹鬱團團。論思清閟蘄無忝，未許尋常點墨瀾。

鴛行紱珮影聯聯，賜帙心晞學古篇。儻信皋夔書未讀，可能房杜相稱賢。欄邊團鳳烹清茗，閣外飛鴻散紫烟。獨愧樗材蒙帝眷，叨分官職是神仙。

曝日常思獻暖融，漸無素藴答宸衷。文章少日傳王勃，經術中朝重戴崇。醴設本緣聯上下，宴酣還擬証和同。日斜池上鳴歸佩，猶在龍光照耀中。

翰林賜宴次日入朝謝恩再和聖製元韻四首　張鵬翀

恩垂玉署藹如春，錫宴榮分尚席珍。載筆千秋傳盛事，賡歌一德重元臣。鶴天久托雲霄迥，鰲禁重瞻彩藻新。彷彿蓬壺仙境裏，花開頃刻酒逡巡。

池上鏘鏘集鳳鸞，御前聯袂勝彈冠。金鑾故事簪毫紀，學士新樓入畫看。彩仗和風欣弄影，瓊林瑞雪望成團。涵虚聖學深于海，亭沼潺湲愧細瀾。

柏梁吟句未成聯，小憩東廂發鉅篇。此日卷阿同扈聖，當年秘院本儲賢。盈懷共挹金莖露，滿袖仍携玉案烟。甲子重開鴻業永，瀛洲何事艷神仙。

禁林游燕仰冲融，酒醴笙簧結素衷。敢擬周行能顯示，或資微壤却增崇。勛名房杜前型在，風範劉柯雅尚同。更喜鑾迴留寶座，恩輝常滿玉堂中。

恭和御製翰林院宴畢駕幸貢院七律四首元韻　張鵬翀

禁林榮遇幸逢辰，轉憶峨冠入帝闉。雲路一鳴殊快意，鎖闈三試劇艱辛。空群每念求千里，廣厦常思庇萬人。此日龍門行玉輦，頓令寒谷盡回春。

至公堂迥接三台，黼座從容擬論才。科第豈無名世者，經書能替古人哉。九重衮繡光華映，萬里驊騮道路開。寒士一時齊吐氣，至尊親閱選場來。

造化無心孰控摶，榮名有命許誰干。衹緣膏露滋培久，倍覺洪波變化難。振刷賢關隆選格，講明經訓懋儒官。恩光他日凝蓮炬，定憶螢枯與蠟殘。

珠光劍采詎埋沉，珊網宏開入睿吟。造士自關朝典鉅，憐才誰識聖情深。虛名愧久叨中禁，全樹欣看借上林。添得青袍多少淚，百年雨露萬年心。

恭和御製柳絮五首元韻　張鵬翀

轉眼東風又一巡，綠楊吹絮乍迷津。平橋糝作濛濛雨，曲檻縈回艷艷春。著意織成三月錦，等閑判與二分塵。朝來正值新迎夏，撩撥吟情最可人。

含葩著蕊細如稊，萬點氤氳眼欲迷。飄灑詩情憐白也，悠揚舞態學虞兮。和花攬入紅成陣，
著水浮來緑滿堤。認得無邊生意在，禪心未信肯拖泥。
空階匀集似鋪霜，忽起因風上玉堂。縱有别情輸管領，本無才思敢輕狂。散來欲著仍難定，
飛去如閑却又忙。剩有鬢絲堪比素，蜂粘雀啄了無妨。
漫天乍訝雪霏霏，羽扇縈盈不可揮。風定低留紅蕚瘦，雨餘曲掩緑苔肥。詩人漫惜從教墜，
游子相憐各自飛。稠叠獨關宵旰慮，可能絮暖萬人衣。
睿藻飛揚思不窮，和花和絮掃塵空。三分春色迎長日，一晌明光拂曉風。天上品題沾翰墨，
人間戲捉任兒童。憑他灑作催詩雨，麥飯秋登飽二紅。

## 恭和御製落葉六首元韻

張鵬翀

驚飈摧落竟何由，尚憶春叢聽栗留。衰緑模糊如雨下，殘丹斷續入烟流。强將爛熳裝新景，
直以摧頹送杪秋。官閣轉添詩興好，不將枯菀攪離愁。
重重露緑與烟紅，千樹叢殘萬樹空。看門草書如掃籜，聽翻樂曲號吹蓬。縱然索索無生氣，
尚爾飄飄欲御風。留得龐眉書客在，與儂相慰寂寥中。

天工旋運妙無心，静對芳林落葉深。大似包荒含衆有，直同傾否散群陰。清機亹亹紛相觸，墜緒茫茫祇獨尋。木葉山花須會意，微言千古有知音。

天苑根蟠衆木殊，飄飄雲際復誰須。春秋祇覺重重攝，悟後纔知恰恰無。和露零時宵警鶴，斷烟横處晚啼烏。後凋自合群瞻仰，紫閣青松第一株。

班聯曉入伴陰何，共倚寒林引興多。鰲禁風清敲碎玉，鳳池雲藹逗微波。紛飛自綴千重錦，特立彌標百尺柯。祇覺御溝流更遠，吟篇誰與問明河。

清齋寂歷度窮秋，墜葉蕭騷動旅愁。吟入疏鐘連上苑，夢隨殘籜逐孤舟。栽培地力宜滋樹，剥落天心肯盡劉。轉眼陽和回斡早，春蓂拂水點輕漚。

## 恭和御製紅葉四首元韻

張鵬翀

塞外霜華冷著枝，秋光濃似暮春時。隨風欲墮蕭蕭影，映日初翻艷艷姿。水漾珊瑚疑奪采，林銜火齊更呈奇。平添麗思瞻天藻，偶當瑶箋一灑之。

忽見紅蕤簇舊枝，衆芳摇落獨華時。仙人坐樹留香影，青女凝妝發妙姿。一抹艷烘山寺曉，九秋濃占鶴林奇。懸知仙侣移舟處，疑是芙蓉欲采之。

上林纈染一枝枝，幾認催開二月時。爛漫暫成桃杏色，蕭疏終是雪霜姿。故知老樹無多景，特爲高秋擅一奇。比似衰顔發酡頩，正須天酒一中之。

童童清蓋聳高枝，簇簇繁紅又一時。斷澗浮來斑駁影，寒砧摧落艷陽枝。祇知鸞鳳吟偕好，詎識虬龍化獨奇。綵筆倘容干氣象，臨流制草學揮之。

# 本朝館閣詩卷十

## 七言律五

甘霖普降特召大學士内廷翰林圓明園泛舟恭賦　梁詩正

連朝甘雨净埃塵，望歲心勞慰一人。宵旰餘閑抒睿慮，優容異數逮儒臣。蘭舟倒影千峰翠，荷沼流香六月春。勝境天開同樂豫，彩箋分賦湛恩新。

恭和御製駕幸翰林院賜宴分韻聯句後復得詩四首並示諸臣

元韻　梁詩正

日華曉賁鳳池春，學海千尋彙翠珍。自古崇文歸論道，即今聖主得賢臣。榮光上映圖書秘，景運重開甲子新。曠典寵驚前史罕，幾番拜舞重逡巡。

蓬山深處集鵷鸞，橐筆争峨學士冠。要識雲霄殊異數，莫將科第等閑看。譜傳樂府簫韶奏，宴賜官厨湛露團。歡洽更聆天語切，聖門無涘一觀瀾。

榜署天題珠璧聯，詩成更賦柏梁篇。幸蒙此日榮稽古，却勝當年號集賢。玉醴斟來親御案，
綺文捧出帶爐烟。瀛洲舊住神仙侶，今更名標最上仙。

東觀多才道化融，勤思則古廑淵衷。書探宛委方稱富，學貫天人信可崇。月露漫誇千首麗，
堂廉合慶一心同。幸隨元老叨賡拜，身在唐虞二典中。

恭和御製翰林院宴畢駕幸貢院七律四首元韻　梁詩正

鑾輿臨幸及霜辰，棘院森嚴傍帝闉。四海早瞻文煥爛，九重猶念士艱辛。風檐晷促通經彥，
雲路梯攀射策人。從此恩流登俊地，陽和分取藝林春。

奎光煜煜燭乾台，自古瑶林萃衆才。三載賢能書盛矣，百年禮樂運皇哉。魚龍變化隨春動，
桃李繽紛向日開。金榜更垂天筆麗，旁求令典式將來。

萬仞瓊霄鶚羽摶，青雲入望盡思干。漫言場屋科名易，須識朝廷拜獻難。白首一經憐下士，
丹鉛三復重簾官。升沉祇判持衡手，莫使搜芳桂獨殘。

冬冬院漏夜初沉，猶記當年抱苦吟。官燭分來催草就，句臚唱罷被恩深。久咀橄欖回初味，
敢侶鸞凰忘舊林。他日倘教量玉尺，勉承明主愛才心。

## 恭和御製柳絮五首元韻 梁詩正

花事匆匆又一巡，柳綿宛轉遍芳津。攀條省識黃金嫩，和曲應傳白雪春。啼眼乍乾零剩粉，

舞腰頻裊散輕塵。昌黎莫笑無才思，丰致偏宜淡蕩人。

誰將榮悴辨枯稊，夢繞池塘境轉迷。年運每占桑落矣，風情還記籜飄兮。殘春有客辭梁苑，

斜日無人上汴堤。糝徑總教行迹斷，瑶簪微露笋掀泥。

便學青腰降雪霜，賺他白戰聚星堂。縈回謝筆鹽成味，點綴陶巾酒助狂。漠漠無情空裏色，

翩翩作態静中忙。飛揚自解隨琴韻，正使沾泥也不妨。

章臺風景亂烟霏，撲面真同白羽揮。碧毯旋團封草短，緑波攢點作萍肥。魚唫喜見銀刀出，

燕蹴驚看玉翦飛。曾向龍池沾雨露，定隨雲葉潤仙衣。

長安陌上樹無窮，涌現兜羅障遠空。想像秋深卷蘆雪，縱横春杪趁蘋風。飄來欲送斑騅客，

撲取聊憑丱角童。獨有靈和邀睿賞，飛花巧綴畫欄紅。

## 恭和御製落葉六首元韻　　梁詩正

西風次第自經由，木葉亭皋無計留。落砌足供書室貯，題箋應付御溝流。一天霜露酣清曉，匝地丹黄繪好秋。解道榮枯等閑事，多情楚客底須愁。

傷心花事褪殘紅，那料逾時緑更空。物理從來歸委蜕，人情到此惜飄蓬。楓橋欲散千枝雨，梧井先傳一夜風。最耐深秋閑領處，空山流水夕陽中。

摧殘造物本無心，瞥見山家舊徑深。客過乍粘行屐齒，僧閑自掃法幢陰。漫嫌萬彙芳都歇，要識三春信可尋。即事長吟瘦島句，西風渭水嫋餘音。

惹取幽人逸興殊，臨風颯沓撲眉須。林疏遠嶂分濃淡，枝瘦前村半有無。栩栩態迷莊夢蝶，摇摇影逐相竿烏。憑將妙枝誇股七，隕籜誰教綴舊株。

婆娑生意欲如何，雀噪鴉栖畫意多。隴首飛來銜落日，吴江冷去渺清波。輪他黄葉猶存逕，羨爾青松不改柯。倘教寫經同梵貝，度人應不數恒河。

川原頻作有聲秋，萬吹蕭騷動遠愁。征客踏殘榆塞月，漁人載滿芷湘舟。引將賦就雲間陸，賺得重來洞口劉。妙入天章瞻學海，自慚賡和等微漚。

## 恭和御製柳絮五首元韻

蔣溥

嫩綠園林次第巡，曉看飛絮渡龍津。一番飄瞥還驚雪，幾日悠揚又送春。地軸轉旋非借力，天風擡舉不沾塵。去來自在渾無迹，離思茫茫正惹人。

峭寒邀勒綠楊稊，節到清和絮欲迷。過眼總歸空際耳，撩人猶覺有情兮。幾重亭館梁王苑，十里烟波學士堤。此際日長花影静，晚窗都上燕巢泥。

薄於積雪厚於霜，慣入盧家白玉堂。好共飛花争態度，也隨舞蝶弄輕狂。一簾曉日空留影，鎮日東風爲恁忙。滴露有人閑讀易，硯池頻點亦何妨。

陌上争看玉屑霏，縱饒團扇不勝揮。鋪成白毯芳園潤，化作青萍春水肥。何妥巷南時漠漠，張融池北故飛飛。若堪機杼供刀尺，萬姓應添九月衣。

九十韶華賞不窮，柳綿無數漾高空。物微何幸邀宸藻，質薄終須借惠風。著體不曾餘結習，繞庭争捉笑兒童。從教舞罷春光老，又見翻階芍藥紅。

## 恭和御製落葉六首元韻　　蔣溥

飄落寥天底有由，偶然解脱自難留。凄凉似蝶隨風散，歷亂疑花逐水流。疏雨半林榆塞暮，寒烟一幀薊門秋。猶存百尺龍門幹，付與羈雌迷鳥愁。

霜染丹楓花樣紅，獨憐冷艷又成空。已搇摇落同枯樹，畢竟紛飛類轉蓬。極浦迴迷千障雨，清宵寒戰五更風。掃來蕭寺和僧影，收拾青黄一徑中。

登臨是處感秋心，入望蕭騷恨轉深。冷韻打窗驚旅夢，空枝滿目映苔陰。每從霜後籬根見，還向山蹊杖底尋。欲把琴絲寫寥落，不勝商氣入清音。

此樹婆娑景已殊，空留殘影上蝦須。窗前不礙雲來往，庭下頻驚花有無。踏徑留聲知過鶴，栖枝難定怯寒烏。秋紅晚翠誇奇艷，檢點園林剩幾株。

雨洗烟埋奈若何，荒堤古徑積來多。閑燒野竈烹香茗，輕載寒蟲渡緑波。葱蒨一庭懷舊蔭，蕭疏幾片戀殘柯。不如天上靈榆好，終歲青青傍絳河。

水村山郭可憐秋，颯沓寒林動客愁。幾伴夜猿啼冷雨，時隨沙雁送行舟。春風有待應重秀，生意還餘不盡劉。悟徹歸根參妙理，盡教聚散等浮漚。

## 聖駕南巡恭紀八首

徐以炟

登封泰岱及中嵩，更詔南巡瑞靄通。望幸三春憐蔀屋，親勞萬乘奉慈宮。花迎鳳蓋欣長日，柳展龍旂布惠風。兆庶共欽天下養，彩霞遥映海雲紅。

神堯六度紀時巡，御輦朝移萬象新。馳道塵清聯曉蹕，東風浪暖溯通津。長堤已奏安瀾慶，比屋還邀發粟仁。千里淮流涵聖澤，欣看擊壤遍衢民。

畫鷁中流曉鏡開，邗江熙皞接蘇臺。無邊淑氣隨仙仗，不盡恩波被草萊。山指鳳凰雲靉靆，洲傳白鷺水瀠洄。禮加勝國超千古，聖主躬親祼獻來。

盡辭供帳免儲胥，五色祥光捧帝車。春到六橋香不斷，雲飛三竺畫難如。風雷聲隱錢江浪，委宛文探禹穴書。莫漫物華誇綺麗，天章璀璨勝瓊琚。

歡擎東帛逮旄倪，望外綸音降紫泥。舊賦全蠲江上下，新租半貸浙東西。投簪百職邀榮寵，脱穎群材待品題。兵弁農商咸額手，聖恩高厚與天齊。

芳郊聯騎擁千官，事事關心到玉鑾。半壁從茲無疾苦，九重原不爲游觀。俗崇勤儉倉箱裕，人習淳龐歲月寬。珍重吾皇敦勉意，豳風自昔繪艱難。

天顔有喜奉慈顔，虞帝周文莫與班。六十載來循典則，三千里外歷湖山。即看巷舞衢歌處，都在祥雲慧日間。文母萬年皇受祉，屬車夾道望重攀。

雞翹豹尾五雲飄，南國嵩呼徹九霄。清蹕乘春巡夏甸，薰琴鼓物叶虞韶。歡傳故里輿情洽，恩逮先臣異數邀。恩旨遣官詣臣父原任大學士臣本墓所賜祭。感極敬陳時邁頌，萬年玉燭慶長調。

## 甘霖普降特召大學士内廷翰林園明園泛舟恭賦二首　嵇璜

乘時甘雨慰疇咨，别苑晨開霽景遲。宿潤半霑仙島路，新膏全沐上林枝。西山勝爽抒宸矚，南畝艱難入睿詞。游豫不忘勤恤意，焦勞惟有侍臣知。

迎凉水殿許追陪，青翰舟從天上來。縠浪乍添雲似幕，螺峰新濯翠成堆。欣逢游豫忘三伏，早識沾濡遍八垓。清漏頻移傳賜果，藕花香裏拜恩迴。

## 恭和御製翰林院宴畢駕幸貢院七律四首元韻　嵇璜

光動魁躔紀瑞辰，鑾輿新賁鎖闈闉。求賢聖主如飢渴，挾策真才獨苦辛。玉尺平量期獲雋，金針暗度屬何人。龍門此日紆宸顧，寒谷吹嘘總是春。

黼黻文章耀鼎台，朝廷立政在儲才。知人則哲誠難矣，覲國之光尚勖哉。天筆大書珠斗焕，
帝歌賡作慶雲開。從今郭隗臺邊路，不數千金買駿來。
前程九萬儘扶搏，忍困藩籬不上干。五色賦成迷目易，三條燭燼稱心難。惟憑雅正師多士，
肯以浮華炫試官。博得天顔回一笑，短垣猶剩墨痕殘。
棘院行行景象沉，巡檐凝睇想幽吟。政先鼇剔頹風挽，澤溥滋培至意深。遠溯源流澄道派，
盡刊枝葉振詞林。千秋衡鑒應相勵，報國先酧造士心。

## 恭和御製柳絮五首元韻

嵇璜

柔風著柳幾番巡，萬點飛花滿碧津。是處飄揚難戀樹，經時宛轉欲留春。空餘嫩緑成濃蔭，
强與殘紅作後塵。蝶陣蜂衙漫撩亂，晝長寂寂倚闌人。
芳林纔見茁柔稊，陡覺濛濛四望迷。征客攀條懷往矣，閑庭吟句想紛兮。三生任化萍鋪水，
十里遥驚霧隱堤。色相總隨鴻爪迹，可知如雪復如泥。
東皇也解降繁霜，糝出輕盈傍玉堂。偶藉吹嘘終不住，若教沾灑豈能狂。樓頭帶月三分白，
天際隨雲萬態忙。認取靈和標格在，飄茵墮溷兩無妨。

朝弄青烟夕弄霏，漫勞輕筵手中揮。團階亂入苔痕澹，撲研微添墨瀋肥。妙繪可能摹薄影，佳名本自號高飛。蘆花簾外松濤捲，試展霓裳作舞衣。

流鶯枝上惜春窮，一片閑愁綴遠空。未免有情先北地，轉因無力愛東風。沿堤細惹垂鞭騎，比屋頻煩掃徑童。爲近仙闌邀睿藻，瀠洄不逐御溝紅。

聖主躬耕耤田恭紀四首　吴華孫

雨灑春郊柳拂堤，蒼龍夙駕爲蒸黎。堯年舜日三辰麗，禹甸周原萬井齊。喜見麴塵清御路，恰添新水潤耕犁。皇心祇念民依切，輦後新看耒耜携。

功開一墢重躬耕，隴畔欣瞻典禮成。父老共扶丹耦出，公卿咸御紺轅行。高翻翠靄旌旂影，半趁和風笑語聲。嘉種乍分生意足，預占大有慰皇情。

升臺臨眺景冲融，襏襫還看共勸功。三十六禾詞宛轉，億千萬里畝南東。早知觀稼天顔喜，咸樂瞻雲衆願同。一望烟蓑偕雨笠，村邨風景畫圖中。

皇仁真比海波深，宵旰常勤稼穡心。纔見郊壇蒼璧薦，又瞻帝耤翠華臨。禮行勞酒沾恩澤，樂奏簫韶播德音。幸際昇平陪法從，康衢擊壤效謳吟。

聖駕南苑大閲恭紀二首　　吴華孫

紅雲捧處奏韶鈞，鳳輦躬臨簡閲親。萬騎騰驤開曉仗，六軍飛動飭勾陳。排空霜戟含鋒鋭，麗日星旗繪象新。節合騶虞鳴羽鏑，勇欽天錫邁群倫。

芳郊瑞靄氣氤氲，玉帳千官鵷鷺分。衛接九天依日月，營開八陣合風雲。驊騮色門金環轡，鎧甲光生錦繡紋。共睹虞階干羽集，聖朝緯武即經文。

賦得花枝照眼句還成　　曹一士

雨露恩深詎自知，仙葩爛漫萬年枝。日邊雲錦張瑶席，天際瓊蕤罨鳳池。一片韶華描未盡，十分穠艷倚多時。無言敢謂同桃李，報答春光却有詩。

恭和御製翰林院宴畢駕幸貢院七律四首元韻　　孫灝

鳳沼銜恩宴吉辰，龍津駐輦瞰重闉。頻瞻日表天巍焕，頓改風檐地苦辛。玉笋競誇門下士，紗籠曾護榜中人。争如雨露培根渥，桃李金城萬樹春。

文昌座迴冠三台，帝爲蒼生佇上才。第一官求誰可者，無雙士貴豈虚哉。宫蟾乍喜凌雲接，林杏先思向日開。盛比橋門觀聽萬，鎖闈驚見翠華來。
滄溟六翮此鵬摶，立鵠孤寒又若干。顧盼自天儒不賤，典文從古見猶難。風前畫燭然深夕，
筆底春蠶動試官。冰鑑丁寧勞聖訓，夜珠投恐目光殘。
桐井朱門列棘沉，宸襟清暇入高吟。鄉三物後書升重，國百年來養士深。仙仗雲排光席舍，
天章日麗照儒林。小臣窺管知誠陋，籲俊惟期永德心。

## 聖主臨雍禮成恭紀二首

林令旭

文明肇啓應昌期，赤紱瑶光繫睿思。至德千秋原契合，清時三月肅威儀。銅龍漏轉鑾輿動，
翠柏春濃彩仗移。共喜昇平傳盛事，聖人君拜聖人師。
盥薦升堂聖敬昭，旋開講幄御香飄。書呈玉几開黄帕，露浥金莖下碧霄。位育功深原性教，
欽明德被繼陶姚。心傳道統遥相接，雲焕龍章仰盛朝。

## 與修世宗憲皇帝實録初入史館恭賦

阮學浩

石室鴻編照古今，簪毫日傍禁垣陰。澤流窮谷深山涕，史載三謨二典心。黼座紹庭欽寶訓，

玉堂分局感儒林。微生雨露霑濡久，仰對何由效寸忱。

恭校世宗憲皇帝硃批諭旨剞劂告成蒙恩頒賜恭紀二首　阮學浩

憶昔乾行御六龍，常將兢業勵寅恭。九霄不隔千官奏，五夜仍披萬里封。風動日暄功迅速，文經武緯命申重。幾康總攝揮毫際，繞劄紅雲露尚濃。

雙版流霞卷帙分，朝朝浣手直南薰。低徊想見玉猷密，展誦如傳帝訓殷。石室虔翻鷟紫綍，琅函拜錫捧丹文。從兹蓬蓽緘藏富，定有榮光護典墳。

歲辛亥座主溧陽任公以少司馬兼館師暮春十一日課集宛平相國之怡園舊墅詩題賦得花枝照眼句還成時相國海昌陳文簡公少宰吴門吴文恪公閣學青陽吴文簡公並有篇什傳播詞林同年吴菉溪彙館課諸同人詩弁以三公手迹裝成小册乙卯花朝出以相示爲賦長句一章　阮學浩

載筆當年問字親，午橋舊館接華茵。蓬瀛並曳花間佩，殿閣曾分句裏春。香靄瑶箋含秀彩，風清棐几對芳辰。玉堂嘉話憑君記，奕世流傳翰墨新。

三晋棘闈和壁間陳南麓前輩二首韻呈同事諸君子　阮學浩

工歌席正懷張藉，深嚴鎖院比巖疆，簪紱聯翩雁一行。身傍雲霄看歷歷，夢迴江海思茫茫。
授簡筵應對謝莊。千古河汾昭正派，清時文羽頡還頏。

披吟密座驚檐雀，芝蘭論臭半交初，同調相憐氣不疏。敢信珠淵搜易盡，終教駿骨市非虛。
謂分校諸君。整肅重闈静鑰魚。謂監卷某司馬。最是聖朝勤側席，循名應勿負賢書。

疊壁間韻奉答分校顧寸田二首顧名之麟，丙辰庶常改官。　阮學浩

乍許程材依月地，萬事休令苦劃疆，彬彬名彦偶隨行。青簾畫燭餘蕭爽，高唱遥吟接混茫。
曾陪珥筆侍山莊。朝來攬鏡慚勳業，一任秋旻紫燕頏。

雲路誰争新薦鶚，鐘鼓高樓入夢初，由來心眼戒粗疏。此邦人物推君實，今日文章陋子虛。
蠹編吾合老爲魚。不才最怯閑嗤點，多少平生未讀書。

撤棘後再疊前韻二首兼以志别　阮學浩

場屋孰堪稱令器，得失分明判若疆，彀中英俊幾連行。名成祇益人辛苦，論定難云事渺茫。

唐王師旦對太宗語。師門我本是荒莊。合河孫公族人應試者皆報罷。兼旬未愜搜羅願，六翮風前信頡頏。

熏爐茗椀卷簾初，接席清言興絶疏。自昔當場嗟目眯，諸公相諒爲心虚。多情尚戀晨兼夕，別思先縈雁與魚。良會幸偕文字役，此行真抵十年書。

## 乾隆丁丑聖駕重幸江浙恭紀十二首　阮學浩

迎鑾猶憶舊風謡，又睹江天喜氣饒。祇爲九重憐半壁，頻煩六御下層霄。花明扇影香徐度，柳惹爐烟翠欲飄。七載兩邀黄幄過，杖藜人説似神堯。

慈輿遥下紫雲端，仙樂聲清叶鳳鸞。南國風光三月曉，天家禮數萬人看。時停警蹕先扶輦，笑指湖山爲勸餐。聖主承顔歡倍昔，賡颺孝德古今難。

重臨特爲省封疆，儲偫還聞出尚方。豈有耕氓疲力役，更無供帳費輸將。只看野放三春景，但許民焚一路香。如此聖心何以報，喧闐齊進萬年觴。

給復崇朝濊澤周，和風吹送大江頭。深恩似海何多幸，夙負如山更不憂。枌社泥香巢乳燕，桑田雨足唤鳴鳩。祇今歲月寬閑甚，扶叟携童覲冕旒。

迎郊百吏去駸駸，寄與殷勤保赤心。欲使閭閻忘帝力，可無夙夜矢官箴。虞咨岳牧時方泰，
漢奬循良意最深。拜手再逢親考績，絲綸稠疊望爲霖。雲梯潮落晴雷殷，
洪澤風恬曉鏡磨。遶郭更教添保障，千帆安穩聽漁歌。
最關宵旰是長河，疏築全憑睿畫多。堤似偃虹無漏蟻，水能循軌不揚波。
綢繆澤國布春温，聖政殊難屈指論。魚稻自肥咸樂業，田廬無恙又承恩。尚懷飢溺勤清問，
重展謳歌答至尊。見説東風隨彩鷁，一時糴麥遍邨村。
不趁春風散馬蹄，山光帆影互高低。三霄雨露先淮北，萬户笙歌過浙西。織婦耕男民俗古，
吳趨越絶頌聲齊。茅檐幾度紓宸矚，喜溢花灣更柳溪。
名區繡錯遞經行，睿賞篇多駐輦成。春雨春晴俱入畫，江花江鳥亦含情。前題尚有雲霞護，
新製還增象緯明。珍重藝林須共寶，屬車塵裏聽元聲。
禮儀備舉德音馳，衢巷歡欣協媚兹。地遠誰知光自近，天高方信聽原卑。難忘父老申前約，
願指旌旄請後期。文母七旬開壽域，稱觴依舊幸江湄。
將母微臣許乞身，横經負耒住河濱。莫酬高厚心空赤，曾玷清華髮未鋃。愛日正逢仁壽世，

閑居真作太平人。即看踴躍朝天路，碧水青疇澤倍新。

自陳情後結葵衷，玉案重霄有夢通。獻曝獻芹儕野老，言忠言孝感群蒙。晨昏視問皆君賜，雲日瞻依喜衆同。信是天顔容咫尺，里門拜舞效呼嵩。

## 賦得漏聲遥在百花中四首

阮學浩

待曉趨蹌入鳳城，百花深處漏分明。響沉蓬島霞千點，風送瓊林玉一聲。隱約鳴條渾未散，悠揚拂檻不勝清。衣冠幸厠群仙地，宫柳垂垂正囀鶯。

鑰魚聲静肅官寮，苑樹蘢葱入望遥。疏影乍移和漏轉，餘音不斷逐花飄。漸聞玉珮趨丹禁，想見銅壺隔紫霄。清切五雲深鎖處，光華糺縵律長調。

爐烟佈靄覆仙葩，晷刻頻催曙景斜。虬箭響穿温室樹，鴛行聽到上闌花。香濃不假輕鈴護，韻遠寧教密蕊遮。咫尺龍樓臨瑞旭，鐘聲初散萬人家。

疏點凌晨下碧空，早朝人度緑陰中。清泠似滴枝邊雨，緩急微從苑外風。蓂葉乍舒含曉籟，薰弦時和出芳叢。親聆詎比鈞天夢，玉陛春深路已通。

## 聖主躬耕耤田恭紀四首　　宋　楠

康田無逸凜深宮，新展龍旂御畝中。二月躬耕循典禮，五朝家法重農功。祁寒雪後縈宸念，御製《得雪》詩：『茆檐還慮怨祁寒。』閔雨春來切聖衷。不似漢唐依故事，祇將玉輦玩芳叢。

禾詞宛轉彩旂輕，鳳吹遥連擊壤聲。萬耦犁雲環帝耤，六龍飛雨過春城。香飄翠甸花叢濕，緑入芳郊輦路清。梐楯不應嫌露立，天衣霑灑爲蒼生。

餳簫社鼓太平年，薄靄輕陰長養天。玉液遠滋清畎露，洪纛低拂緑楊烟。豳風内苑觀周稼，鈎盾西京置漢田。豐澤御園曾履畝，宸章奕奕五雲邊。

紫陌春和萬象舒，華滋久已溢衡廬。蠲租並歲傳恩詔，發粟連圻走傳車。遍敕花封咨保介，別開詞館輯農書。親耕總爲民天計，珥筆真慚退食餘。

## 恭和御製駕幸翰林院賜宴分韻聯句後復得詩四首並示諸臣

元韻　　宋　楠

御墨曾題閬苑春，驪珠字字總兼珍。重揮金薤琳瑯句，遍及瀛洲侍從臣。天禄餘光垂照遠，玉堂佳話紀聞新。獨慚聖製高難和，濡遍霜毫日幾巡。

左安門外集鵷鸞，拜賜齊峨日下冠。寶紵欲尋刀翦製，龍縑仍入畫圖看。高麗紙砑輕雲母，普洱茶分小月團。秘笈琅函尤鄭重，敬從學海溯波瀾。

華蓋星光七曜聯，玉書重叠典謨篇。桓榮車服由稽古，張説文章在集賢。久向池頭霑雨露，可無筆底走雲烟。房謀杜斷千秋業，未要人呼是謫仙。

讀書氣習漸消融，想像唐賢好折衷。無逸圖曾摹宋璟，臣於乾隆元年蒙欽命無逸圖賦散館。濟時策尚愧姚崇。天根月窟階原峻，道籥言筌理本同。仰睹乾文常炳耀，離明垂象日方中。

## 恭和御製翰林院宴畢駕幸貢院七律四首元韻

宋　楠

纔看冰署集星辰，又見鑾輿轉鳳闉。校士此間分甲乙，撤闈前月紀庚辛。洵知上苑鳴珂侶，原是風檐翦燭人。兩地儒紳俱望幸，珠旂隨處佈陽春。

蕊榜人多位鼎台，經綸端藉出群才。文期有用爲佳耳，士聽無譁尚慎哉。壁府占祥星再耀，史臣紀事帙重開。乾隆九載初冬吉，大駕親臨貢院來。

鵬背長風九萬摶，摩霄有路豈須干。冰甌雪椀盟心易，月斧雲斤措手難。題目禁中由御定，主司簾内異粗官。千金得士期登用，莫注蟲魚但守殘。

等閑雲路判升沉，甘苦何期入睿吟。一代制科風尚貴，百年文教濯磨深。龍章並仰書垂露，鶯谷行看羽出林。共慶生民來未有，帝王如此愛才心。

## 奉命太學分獻紀事二首　陳兆崙

前朝熏沐傍東廂，萬樹森圍晝景長。爲訪石經延博士，未諳綿蕞問齋郎。圜橋盛事思初服，執簡流年記十霜。乾隆三年，初舉臨雍大典，兆崙忝侍從聽講。幸得頭銜還似舊，好隨青蓋望神光。是日慎郡王承祭。

五更鐘動曉風和，樺燭千行引玉珂。獸噴香爐橫殿角，鶴翻松露灑陂陁。論才未足行初獻，用戴記語意。此膝差容拜四科。記取歸燔同受貺，書生榮遇自來多。

## 甘霖普降特召大學士内廷翰林圓明園泛舟恭賦　雷鋐

應時甘澍潤桑麻，樂愷皇心喜有加。碧澗平添新漲水，翠畦遥映上林花。岸移彩鷁波紋動，風度青岑樹影斜。大小臣工陪勝賞，宸章五色燦雲霞。

## 聖駕東巡盛京恭謁祖陵大禮慶成詩八首　　夏廷芝

熙朝孝治久昭融，緒纘前徽帝德隆。垂創艱難追駿烈，聲靈赫濯溯鴻功。橋山松洞千春聳，
原廟馨香一氣通。翠輦親臨崇報本，淵源默契總相同。

清時典禮重明禋，駕擁龍旂正及辰。沙磧千山森壁壘，羽林萬騎肅鈎陳。已看琛賮來重譯，
並使懷柔及百神。絶徼歡闐宣德化，黄旄朱節紀東巡。

插天長白聳丹霄，鴨緑瀠洄江水遥。州接青營雄地軸，野分箕尾焕星杓。素題樸角風猶古，
白馬彤車績尚昭。列祖神宗貽蔭遠，千年儉德溯陶堯。

寶城葱鬱護雲烟，肸蠁初升對越虔。玉匣衮龍垂奕代，寢園弓劍感當年。宸衷肅穆抒三獻，
典禮精誠奉百籩。至德中孚能合漠，仁恩從此洽垓埏。

祝嘏頻聞告孝慈，中和雅奏啓純禧。百年禮樂涵濡日，九廟神靈悦豫時。往事何須追灞杜，
永年直欲邁周姬。推恩更自酬房魏，寄爵長深佐命思。

黄花丹葉正清秋，仰奉慈顔頌作求。視膳終朝陪鳳輦，承歡曉日近龍樓。九天作賦光霄漢，
萬國呼嵩拜冕旒。大孝由來天下養，億年色笑進觥觴。

景物陪京衍慶長，五雲開處坐明堂。風清帝里黄圖會，秋滿真人白水鄉。寵渥需雲頒虎旅，恩深湛露遍鵷行。先時況有蠲租詔，蔀屋茅檐共樂康。

蕃釐已降禮初成，旆轉千貔野不驚。十月陽春回海宇，九重孝享洽幽明。黄榆紫塞敷天澤，東鰈西鶼遍頌聲。光烈覲揚昭萬古，小臣珥筆矢歌賡。

甘霖普降特召大學士内廷翰林圓明園泛舟恭賦　鄂容安

上林新霽布温風，霑足欣看四野同。五夜焦勞惟帝切，九重呼吸與天通。應教水殿芳荷長，遥想秋原寶稼豐。緑漲移舟叨侍從，由來膏澤是元功。

恭和御製翰林院宴畢駕幸貢院七律四首元韻　鄂容安

玉堂高會近星辰，試院鳴鑾紫禁闉。巨典鴻文超令甲，景雲旭日正先辛。是日庚午。從容天步登龍路，辛苦風檐立鵠人。瑞氣珠宫渾不散，賢關草木盡回春。

地憑北斗映三台，桂籍槐廳引彦才。君子游歌真樂只，文章場圃亦雄哉。風檐月燭千廊寂，意蕊心花一院開。貢樹分香天語接，他年公輔此中來。

長風羽翼試高搏，氣象虛傳彩筆干。誠正由來求已切，才華到底報恩難。鎬豐雅頌尊周士，賈董風規貢漢官。省識寸心關得失，秋江應不怨凋殘。

霓旌鳳味晝沉沉，雲路鵬程入聖吟。千載持衡天鑒在，百年養士國恩深。芙蓉敢有先傳鏡，桃李誰言自得林。科第須從忠孝副，雲霄儀羽九重心。

聖駕南苑大閱恭紀二首　張映斗

昇平海宇慶同文，講武仍關睿慮殷。大閱久垂司馬法，中朝特重羽林軍。三冬日暖宜蒐乘，七萃雲屯佇策勳。閫外乍傳天子詔，已瞻華蓋應霄雯。

犀渠組練燦成堆，鶴列平分八陣開。赤羽干雲盤繡谷，黃龍捧日上金臺。排空鼓角從天下，照海旌旗捲地迴。忽聽鳴弦連破的，君王親射錦標來。

恭和御製駕幸翰林院賜宴分韻聯句後復得詩四首並示諸臣

元韻　張映斗

三霄長借玉堂春，燾育群才擬國珍。光映台階連壁府，頌申聖主得賢臣。鈞衡翊贊人惟舊，户牖箴銘德又新。咫尺蓬瀛邀玉軑，崇文式化邁時巡。

梧桐棲鳳竹棲鸞，拜舞循墻共整冠。法曲便從天上聽，寶書長向月中看。龍鱗偃水雲流影，
燕彩飛花錦作團。湛露均霑恩澤厚，總歸聖海拓文瀾。
帝歌先引韻分聯，孔思周情仰睿篇。契合薪傳文載道，掃除蕪學士希賢。雲開黃幄調珠露，
日麗彤墀起玉烟。式燕禮成頒賜渥，璘瑞十賚軼真仙。
康衢歌鼓逗春融，保泰勤惓切聖衷。官進三台增壯麗，禮隆一德備優崇。天家雨露儲才廣，
國計綢繆作室同。獨愧小臣無補報，葵忱惟慶日方中。

恭和御製駕幸翰林院賜宴分韻聯句後復得詩四首並示諸臣

元韻　董邦達

璇霄大啓玉堂春，盛世川巖並效珍。恰喜乾行逢泰運，從知聖主重賢臣。蘭臺寵錫圖書富，
册府光華禮樂新。法醞遍霑歌既醉，不須監史繞筵巡。
沙堤一帶集鵷鸞，喜溢層雲日戴冠。上相台階容接座，鈞天法部許頻看。頒來瓊笈兼文綺，
捧出花箋並月團。稠叠深恩真異數，只慚學海未觀瀾。
堂陛賡歌一德聯，雲霞絢綵仰鴻篇。尊師已見崇先聖，勖德從教企昔賢。讌罷金莖滋湛露，

歸來錦袖惹香烟。詞林掌故應重紀，底説坡仙與謫仙。

甲子瑶圖淑氣融，九重乾惕切淵衷。登三咸五神逾凛，舜儆堯咨業倍崇。華蓋騰輝天意協，鰲峰忭舞衆心同。小臣竊幸依瀛海，長沐恩波浩蕩中。

恭和御製翰林院宴畢駕幸貢院七律四首元韻　董邦達

文教昌明際此辰，五雲佳氣護層闈。奎垣正耀重開甲，巽命時申自納辛。已集蓬池傳鎬宴，更臨棘院作周人。多將萬點恩波雨，灑遍千山桃李春。

清時灼灼啓英台，帝念殷殷育俊才。儒術真堪經世也，制科豈是爲名哉。三秋蟾影香初馥，二月仙姿紅又開。多少風檐辛苦淚，翻從感激聖恩來。

積厚方將九萬摶，可容輕易向時干。傳薪有學斯無忝，翻水成文未足難。自古闢門開盛典，熙朝敷政屬儒官。程材大小周時用，莫便迂疏但守殘。

賢關咫尺判升沉，回首當年鎖院吟。忝與持衡慚識淺，肯教張網畏淵深。昭回雲漢欽天藻，樂育菁莪滿士林。屢被恩膏難報稱，願將冰雪勵臣心。

## 奉命典試雲南出都門恭紀　　張　湄

萬里西南第一程，征塵驛騎趣裝行。籠霄御氣回頭近，當暑征衫稱體輕。信有文章移樸俗，
肯教顔色著離情。碧雞使者殊堪數，我愧王褒共馬卿。

## 春社齋宿臺中　　張　湄

瑶壇紫氣接宸居，拂拂條風啓蟄初。六府養民先土穀，千官從祀肅簪裾。春生太液蒲芽淺，
月冷南臺柏影疏。慚愧微名題諫院，皂囊猶有未陳書。

## 聖駕東巡盛京恭謁祖陵大禮慶成詩八首　　阮學濬

日華雲爛煥中天，列祖膺符五百年。在昔神謨初啓泰，于今聖德恰乘乾。九重孝思追千載，
萬國歡心浹八埏。敬仰丹陵崇鉅典，清秋玉露正新鮮。

尊養承歡聖孝隆，朝朝定省傍行宫。節經菊綻萸芳後，路遶山環水抱中。藩衛享王滋湛露，
閶闔圖畫入豳風。太平有象慈顔喜，望幸年年歲歲同。

當年東極闢乾坤，王業艱難裕後昆。地接毉閭盤遠勢，波迴鴨緑蘊真源。畫疆經野逾豐鎬，

秉鉞垂衣軼昊軒。九域抒誠歸列聖，宣昭義問定中原。
寶城萬仞鬱岹嶢，岳峙川渟景象饒。朱果盤根曾協瑞，喬松聳翠更凌霄。輝煌碧宇臨宸極，
縹緲星旗曳斗杓。執匏隆儀昭聖敬，還陳世德譜雲韶。御製樂章。
元勳佐命翊昌辰，酹酒殊恩次第巡。磐石銀潢皆帝胄，攀鱗附翼總名臣。旂常已荷酬庸典，
帶礪還叨懋賞仁。麟閣高標惇史紀，榮分俎豆尚如新。
崇政嵩呼簇百官，爐烟馣馤拜金鑾。正當累洽重熙會，益信持盈保泰難。豐芑貽謀垂百祀，
枌榆賜復遍三韓。特頒鳳詔宣中外，風動時雍兆姓歡。
翠輦平明駐舊畿，清飈獵獵颭龍旂。塞連雞鹿迴金勒，陳擁貔貅晃鐵衣。豈謂觀兵煩睿略，
祇教懷德靖天威。低徊松杏憑遺迹，治外而今賦采薇。
顯謨承烈儼羹墻，御藻高懸藉覲揚。奎壁焜煌函雅頌，京都研練陋班張。卜年卜世貽庥遠，
文子文孫衍慶長。珥筆竊欣瞻盛典，生民清廟頌無疆。

恭和御製駕幸翰林院賜宴分韻聯句後復得詩四首并示諸臣

元韻　　阮學濬

恩霑冰署早含春，鳳沼連翩萃國珍。信是夔龍逢聖主，好希房杜號賢臣。圖書府闢崇文廣，
清秘堂開賜額新。咫尺木天天表近，嵩呼拜手肅逡巡。

分得頭綱餅幾團。會倩才人王禹玉，承恩灑翰富文瀾。
瓊筵綵幄集鴛鸞，縈袖香烟更繞冠。丹陛樂從芸閣聽，青藜書借西山看。頒來側理紋千叠，

賡歌百韻玉堂聯，倏捧天章又四篇。式展隆儀崇往哲，還憑勝迹憶前賢。鰲峰絢采添新色，
華蓋凝輝靄瑞烟。明訓煌煌歸見道，馬卿獻賦漫稱仙。

令啓陽和樂意融，猶從豫大廑宸衷。萬年保泰心逾歛，奕葉重光業倍崇。可但登瀛唐制合，
直教翽鳳雅詩同。千秋盛典蘭臺紀，復旦光華日正中。

恭和御製翰林院宴畢駕幸貢院七律四首元韻　　阮學濬

文苑飛觴燕吉辰，鎖闈紆輦莅嚴闉。銀花榜漫誇先甲，黃絹詞須辨受辛。字掃三千期獨對，

風培九萬肯因人。特勤當宁咨詢切，共囿天家浩蕩春。

五雲高迴接星台，選俊連翩重育才。拾芥摘髭誰似者，染衣鑄硯亦奇哉。文場浩浩相縈繞，筆陣堂堂自闔開。首善觀光真幸事，遭逢多傍日邊來。

## 奉敕恭和御製詩三首

阮學濬

名士如沙孰控摶，乾坤氣象彩毫干。書生躡屩誠非易，措大經綸或未難。號舍紛排鵝鸛陣，品題區別鳥龍官。昔年尚憶辛勤事，燈火熒熒燭燼殘。

羽衛環垣晝漏沉，皇情撫景動清吟。雲霄共識天衢近，風雨偏關睿慮深。萬鎰光芒珍片玉，一枝恩眷托芳林。鑾回敬仰宸章煥，彌軫孫陽惜驥心。

恭和御製秋日郊行元韻

平疇如洗露華滋，翠陌濃陰夾路垂。宿雨乍消殘暑散，清飈徐向碧叢吹。膏流禹甸禾兼黍，韻叶豳風畫亦詩。爽洽宸襟欣茂育，舒長晴旭入秋遲。

恭和御製新秋試筆元韻

高樹凉蟬咽露鳴，隔林一葉墮秋聲。風飄金井凌空徹，日射瑤軒分外明。共仰雲霞羅睿藻，仍從宵旰警皇情。只慚香案叨簪筆，温飽端嚴負此生。

恭和御製食荔支有感元韻

嘉果標名譜荔支，毓根閩海品尤奇。輕紅脱骨金盤映，約素凝脂玉椀移。碧水丹山從錫貢，餐霞吸露有餘思。嘗新忽睹宸心切，聖孝還同視膳時。

相國鄂公掌翰林院事宫詹南華前輩上詩四首公有和章諷誦循環詠歎不足即用南華韻奉呈

阮學濬

文昌輝映上台光，元老兼銜帝簡良。丹陛嘉謨歸學術，黄花晚節綴詞章。憑將永叔三千首，歐陽公詩：『翰林風月三千首。』剩得南豐一瓣香。憶昔春風滋沆瀣，循墻依舊許升堂。公在吴中開春風亭課士。

陽和恰喜報春回，莅任立春。連茹初爻叶大來。豈謂積薪餘物議，尚煩夾袋貯人才。談經直使群言協，愛士常留竟日陪。杖履從容聽笑語，光風霽月正徘徊。

高詠霓裳領衆仙，鑑衡魁柄屬名賢。丙辰、壬戌，兩主禮闈。立殘絳帳楊時雪，植遍蓬池庾杲蓮。天禄重新邀太乙，玉清益焕護瑶編。忻逢聖代崇文會，院榜銀花掌故傳。

十載追隨預盍簪，奉公提命識公心。讀書漫許誇千帙，篤志須教惜寸陰。癸丑年初謁公，訓云：『少陵詩「讀書破萬卷」，吃緊在一「破」字。』謝上蔡喜涉獵，程子戒以玩物喪志，然作字甚敬。又云：『即此是學，正須參看。』題額片言懸鑑朗，黔陽貢院，公留題有『人天樞柄是虚明』之句。書紳兩字砭愚深。前侍坐時，公勉以立品要緊。竊從末座賡餘韻，爨下焦桐愧賞音。

## 甘霖普降特召大學士内廷翰林圓明園泛舟恭賦二首

介福

蓬壺深處曙烟新，泛艇傳宣及侍臣。乍喜凉風消溽暑，早欣時雨净芳塵。流膏遍渥青疇潤，宿靄初收翠黛匀。對景怡情宸賞洽，恩波沆漭浹群倫。

篆烟刻漏日長時，雨霽凉生太液池。躍浪文魚依檻近，凌風沙鳥度舟遲。垂楊影裏瞻天藻，流水聲中進小詩。盛典幸逢幾暇候，銜恩均托上林枝。

## 聖駕南苑大閲恭紀二首

張爲儀

鳴鐃振鐸選車徒，指顧龍蛇展陣圖。曉日晶瑩明組甲，朔風勁烈入雕弧。馬嘶平野騰驤闊，旂列諸方錦繡鋪。更向五雲高處望，太平天子握兵符。

城南苑雪路逶迤，雷動星陳簡六師。洛水裳華傳盛事，車攻吉日咏新詩。弭兵久遂昇平樂，講武還勤暇豫時。靺鞈臨戎昭有奭，君王福禄正如茨。

## 聖駕南苑大閲恭紀四首　金德瑛

敷文懿德載櫜弓，冬狩因時閲武功。吉日應占蒐卒乘，期門奉詔集羆熊。風雷四面軍聲合，日月中臨御道通。鶬尾香飄徐按轡，太平天子統元戎。

組練飛馳捷羽翰，城南草净列營寬。六師盡識尊尊誼，萬乘親升將將壇。鼓角濤喧驚野外，旌旗雲合映林端。正當雪積霜凝候，挾纊恩深士不寒。

兵制深嚴仰聖朝，烝徒不數霍嫖姚。環生陣勢隨舒卷，山立軍容敢撼摇。共荷皇威争自奮，夙嫻師律寂無囂。一人彀矢連穿札，萬騎嵩呼動碧霄。

振旅還旋我武揚，止齊步伐自知方。清時久已消兵氣，餘勇猶堪騁獵場。士飽馬騰襄盛典，金聲玉振頌宸章。昇平治軼車攻賦，永固鴻圖寳籙長。

## 甘霖普降特召大學士内廷翰林圓明園泛舟恭賦　秦蕙田

天然圖畫水雲莊，詔許追游泛綵航。霽後烟浮平野闊，望中山接遠天長。吟風樹影隨輕棹，映日花光漾曲塘。侍從承恩知有喜，先期甘雨遍耕桑。

恭和御製翰林院宴畢駕幸貢院七律四首元韻　秦蕙田

瀛洲雅讌洽良辰，帝輦還巡鎖院闈。九陛温綸垂涣汗，一時寒士釋酸辛。容光不隔通微照，棘地初傳警蹕人。曠典千秋書甲子，龍門十月普陽春。

奎垣瑞氣近三台，聖世賓興禮上才。燒尾浪高非偶爾，穿楊心苦亦微哉。人稱冀北驊騮壯，天與文昌日月開。此際風檐瞻翠葆，殊榮偏喜話從來。

培風莊叟羨飛摶，直上青雲未易干。下乘只今愁任重，治朝從古説才難。正期志節侔三代，詎以文詞貿一官。寸晷厚叨勤恤意，寒窗忍愛雪燈殘。

紫陌迴鑣日未沉，光昭雲漢麗高吟。百年典寄權衡鉅，七字恩同覆載深。畫燭那知輝鳳藻，青衫從此重雞林。昇平盛事榮稽古，情竭難傳報稱心。

聖主躬耕耤田恭紀四首　曹秀先

五輅星馳駐翠壇，西南郊外擁千官。雞翹豹尾因風動，玉帶銀魚拂曉寒。縹軛乍迴千畝潤，

青箱始播萬人歡。香飄九陌春常在，天子先知稼穡難。短短桃花縈蹕路，
盛典初成吉亥期，陽和遍地總無私。六龍帶雨郊原濕，九扈飛聲野老知。
青青柳色颭春旗。觀畊臺上還凝望，絶勝豳風七月詩。
清川碧樹互晴陰，二月鶯花滿上林。初向郊關田祖迓，即時歌舞太平音。迴鑾五色飛雲繞，
勞酒三公執爵斟。齊上春臺稱萬壽，萬家生命聖人心。
耕織嘉禾各繪圖，我皇繼述啓苞符。星明五穀開銀鏡，露浥三危浸玉壺。太史簪毫書大有，
老人鼓腹在康衢。薦馨郅治昭全盛，清廟生民播遠謨。

恭和御製翰林院宴畢駕幸貢院七律四首元韻　鶴　年

譽髦斯士慶逢辰，仙仗争看溢巷闉。棘院親臨逢再甲，風檐遍覽念多辛。飛鳴益奮摶霄翼，
毦毸應無失路人。鑾輅所過如挾纊，不關候值小陽春。
寶翰輝煌照斗台，旁求至意屬真才。無私鑑物須淵若，有志觀摩尚勉哉。詞館清華門益闢，
蓼蕭譽處宴新開。相期握瑾懷瑜輩，盡入瀛洲座裏來。
文陣須將大力摶，袖中行卷漫輕干。弊清簾外蒐蘿易，題出宸衷擬議難。自此諸生歸就學，

更無捷徑去求官。三年養得凌雲氣，不怕天香桂子殘。
龍門咫尺判升沉，特軫皇情寄雅吟。辛苦三場天不負，漸摩百載澤尤深。愧非經笥叨師席，漫向鱣堂課士林。弦誦各教敦實學，菁莪仰副育才心。

### 賦得三十六宮都是春　吴　泰

先天一畫啓鴻濛，妙用循環卦象中。月窟淵深凝淑氣，天根邃密協元功。陰陽總具生生義，奇耦分居六六中。自是皇心涵太極，滿腔春意藴無窮。